Horst Weber

Der böhmische Türmer

Horst Weber

Der böhmische Türmer

Roman

UNIVERSITAS

Besuchen Sie uns im Internet unter
www.herbig-verlag.de

Schutzumschlag: g@wiescher-design.de
Umschlagmotiv: Ullstein Bilderdienst, Berlin
Satz: Fotosatz Völkl, Inzell/Obb.
Gesetzt aus der 10,8/12,5 Stempel Garamond
Druck und Binden: GGP Media GmbH, Pößneck
Printed in Germany
ISBN: 978-3-8004-1475-8

Inhalt

Die Spur 7

Schachtelwelt 61

Schachtelgeist 80

Türmer Naz 116

Schlagzeilen 146

Weihnacht 194

Schwarze Wolken 221

Tagebuch 255

Fremde Heimat 342

Wolfspinge 438

Glossar 473

Geschichtlicher Überblick 1918–1948 475

Bibliographie 477

Dank 478

Die Spur

Der Stau ist erträglich und frißt sich hinter dem zwölften oder dreizehnten Auto ins Leere. Die Sonnenuhr markiert den späten Nachmittag und wird durch kein Wölkchen zeitlos. Lerchen steigen ins Unermeßliche. Eichelhäher krächzen verrostet aus Baumkronen. Leichter Wind kräuselt. Heuduft zieht vom ehemaligen Niemandsland herüber. Wem gehört das Land nach der Wende? Dort, wo der Stacheldraht verlief, wuchern Holler und Haselnuß ins vormals peinlich gerodete Schußfeld. Ein Traktor mit österreichischem Kennzeichen müht sich Kaninchen scheuchend durch hüfthohes Gras.

Die Zöllner hüben wie drüben agieren im Schatten, betont gönnerhaft mit entschärften Amtsmienen. Keiner steigt auf die erhitzte Fahrspur herunter und kontrolliert die Kofferräume. Beamtete Gnade leitet auch den Jogger unbehelligt über die Grenze, der da – den Paß über dem Kopf wedelnd – auf bleichen, oberhalb der Knie krebsig roten Säbelbeinen vorbeitrabt: in Ruderleibchen, Kräuselsocken, beides quergestreift, und Halbschuhen. Der Zipfel eines Taschentuchs lugt aus der Gesäßtasche seiner Turnhose. Hat wohl Heuschnupfen. Die Zöllner kennen ihn und winken schmunzelnd durch. Vor der Wende hätten sie so einen nicht hinübergelassen, auch nicht mit der verordneten Deviseneintauschsumme im vorderen Einband des Passes. Jetzt hat er wohl Dollar oder Schillinge drinnen.

Vor der Wende, als ich hier mit meiner Frau über die Grenze kam, war das anders. Keiner Amtsmiene wäre ein kapitalistischer Grinser entschlüpft, als sie nach dem Průsmyk, dem Paß, fragten. Wenig Autos, ewiges Warten und unser Unbehagen über die nebelhaft bedrohliche Staatsgewalt in den grünlichen Uniformen und Tellermützen. Und das zehrende Bauchgrimmen, ob sie Playboy, Penthouse und die Bunte finden würden (für die Männer der Tante Ritsch), versteckt unter einer Decke im Kofferraum, und – in unseren arglosen Augen raffiniert – die Strumpfhosen, den Kaffee und das Parfum unter den Vordersitzen. Und dann der unterdrückte Triumph, als sie nur den Eierlikör im Koffer fanden und requirierten. Also, wir schwammen in aufgekratzt kindlicher Stimmung bis hinauf nach Tabor. Unglaublich: die bedrohliche Staatsmacht ausgetrickst. Und – ätsch! – eine Flasche Eierlikör, Ritschs Lieblingsgetränk, unentdeckt unter dem Regenmantel im Fond.

Und jetzt überhole ich kurz nach der Zollfreizone, ein Stück vor Vyssí Brod, ehemals Hohenfurth, den Jogger im Ruderleiberl, der da unverdrossen dem Straßenrand folgt. Vor einem rosa Haus schlägt er plötzlich einen Haken und verschwindet in der Haustür. Letzteres sehe ich schon im Rückspiegel, und auf dem Haus steht auf Deutsch: Zur Frommen Helene. Hab ich beim Vorbeifahren gelesen. Und jetzt stehen zwei Fragen quer: Zieht der Straßenläufer da drinn, hm, auch seine gestreiften Socken aus, und wieviel muß er bezahlen? Am Ende wird da eine EU-Agrarsubvention für strukturschwaches Grenzland zweckentfremdet.

Da ich den Fragen nicht nachgehen kann, biege ich jetzt nach rechts ab, Richtung Krumau, und siehe, da stöckelt ein Schwarm frommer Helenen die Straße entlang. Sie stöckeln auf der anderen Straßenseite und lächeln in den abendlichen Gegenverkehr hinein. Die Tagestouristen fahren heim. Und als ich nun in Rosenberg bin und auf dieses schöne Schloß hinaufschiele, oh Laurentius, da hätte ich fast die Frau übersehen, die auf meiner Straßenseite steht und mit dem Daumen deutet. Diesmal bremse ich ohne Fußjucken, denn sie sieht aus wie die Kolloratursängerin Gruberova. Nur schlanker mit einer schwarzglänzenden Hose knapp wie eine Wursthaut. Das ist so schnell gegangen, daß ich nicht einmal die besagte Atemnot kriege, als moralischen Reflex, der dich bei so einer Sache leicht erwischen kann. Dobrý večer! sage ich ohne Stottern. – Ahoj! sagt sie, fahren Sie nach Krumau? Also, da bin ich ein bißchen irritiert. Erstens, weil sie vor einem rosa Haus steht, zweitens, weil ich wegen der Hausfarbe eine andere Frage erwartet habe. Aber jetzt sehe ich erst: Auf dem Haus steht nicht Fromme Helene oder sonstwas Betreffendes, sondern Hospoda, und oberhalb dieser Aufschrift erkennt man durch die Tünche: Gasthof Schwarzer Adler. Schau mal, dünn angepinselt diese Kulisse, denke ich. Wenn man die Vergangenheit löschen will, braucht man qualitätsvolle Deckfarben, womöglich – auch nach der Wende – westliche. Die kann man nur mit Devisen kaufen, und deshalb nehmen die frommen Helenen gerne Dollar und Deutsche Mark und kriegen dafür einen guten Kurs auf der Bank. Und das kann sogar eine Filiale der Bank Austria oder der Česká sporitelna sein, in der auch schon die Erste Österreichische Sparkasse mehrheitlich drinsteckt. So schleicht der Kapitalismus auf leisen Pfoten und macht alle Fassaden bunter. Wie der Hochwald von Stifter erobert er sein Terrain zurück und löscht fünfzig Jahre der tschechischen Isolation aus. Und meine Frau, Gott hab sie selig, hätte jetzt vorbeugend gesagt: Da geh'n wir aber nicht rein. Da drin spielen sie keine volksdeutschen Stükke mehr, auch wenn draußen Schwarzer Adler draufsteht. Da findest du keine alten Requisiten. Allenfalls billiges, kommunistisches Interieur. Geschmacklos. Volkseigen. Resopal. Und auf den Judenfriedhof, links nach dem Ort, gehe ich auch nicht mit, auch wenn die Linzer dort früher ihre Juden begraben haben und die Grabinschriften deutsch sind. Ich gehe mit dir auch auf keinen anderen Friedhof in dieser Gegend, auch wenn dort zu Allerheiligen Grablichter aus Graz, Solingen oder Wattenscheid brennen. Dorthin treibt's nur Gruftspione wie dich. Du mußt immer in der Vergangenheit rumwühlen, in diesem Stinkbrei. Du bist ein Wellenschläger, ein Aufrührer, kein Bewältiger.

Nun gut! Bin ich also. Da hätte ich leicht gekränkt sein können. Aber einerseits ist sie jetzt etliche Jahre unter der Erde, und andererseits, wer weiß schon genau, was er wirklich ist oder meint zu sein. Sie hat mir viel bedeutet und spukt mir deshalb posthum durch meinen genealogischen Forschergeist. Für den hat sie nichts übrig gehabt, obwohl ihr Großvater der Mutter nach ein Hrdlyčka gewesen und sie in Brünn geboren ist, wo sie 1945 den berühmten Todesmarsch der Brünner nach Österreich mitgemacht hat. No, sie ist damals nicht marschiert, sondern relativ bequem in einem Handwagerl gelegen. Für ihren Kinderwagen, neuestes Modell mit abnehmbarem Oberteil, hatte sich einer der eskortierenden Partisanen, wahrscheinlich ein hoffnungsvoller Vater, interressiert. Todschick muß das Modell gewesen sein, daher ist bei dem Gerangel um den Wagen ihre Großmutter umgekommen. Leider, leider. Aber vergessen wir das bitte schön.

Da steht also draußen vor der offenen Wagentür noch immer die schwarzbehoste Opernsängerin und schaut mich fragend an. Ach so, sie will nach Český Krumlov.

Steigen Sie ein, sage ich und bin froh, daß ich nicht mehr allein bin. Und wir schweigen vorerst am jüdischen Friedhof am Ortsrand vorbei, der Moldau entlang bis Zatorí, wo im Zellulosewerk Holz aus dem Böhmerwald verarbeitet wird.

Erst da platzt sie unvermittelt in die anhaltende Stille:

Hier gibt's billige Zigeinerinnen.

Äh ... Was? Wie bitte? – Sie taxiert mich aus spöttischen Augenwinkeln.

Billige Zigeinerinnen gibt's da. Die da draußen beispielsweise. Hechstens sechzehn is' die.

Sechzehn? Aha!

No, da gibt's noch jingere. Vielleicht dreizehn. – Sie rollt das »L« wie die Wiener rund um den Wienerberg, dort, wo zu Kaisers Zeiten die tschechischen Ziegelarbeiter ihre Lager hatten.

Kinderstrich. Touristenfalle. – Was sagt die Polizei dazu?

Die Polizei? Sie verzieht die schmalen Lippen. Die nimmt hundert Dollar und macht Augen zu. Halbes Jahr lang. Friher, im Kommunismus, war Polizei jeden Tag in Fabrik bei Zigeiner. Haben alle arbeiten missen mit vierzehn. Und heite? Vater in Fabrik, Mutter bei Putzen, und Tochter in Schlafzimmer mit Freier. Nix arbeiten. Haben wir Zigeiner hier seit Krieg.

Meine Frau wäre kein zweites Mal nach Böhmen gefahren. Nein! Als wir damals durch Zatorí kamen, standen zwar keine Zigeunerinnen am Straßenrand, aber vor den Fabrikstoren drängte ein Menschenhaufen und zerbröselte langsam im Schichtwechsel. Ich mußte im Schritt fahren. Schau dir diese platten Gesichter an. Und die Bierbäuche. Da ist ja bei uns jeder Betriebsrat ein schöner Mensch dagegen. Und vor den Haustüren die Fettwänste im Unterleiberl neben der Bierflasche. Und dahinter die trostlosen Fassaden und Balkone. Keine Blumen. Und das Gras wuchert ihnen bis zum Hintern. Sag nicht, das ist Mangelwirtschaft. Auch im Kommunismus gibt's Holzbretteln. Und damit kann man Blumenkisterln zimmern. Wo bleiben da deine Bastler und Tüftler? Und auch im Kommunismus gibt's vielleicht Rasenmäher. Und wenn schon keine Rasenmäher, dann zumindest Hammer und Sichel.

Ist Kapitalismus nun gut oder schlecht? frage ich die blondgelockte Gruberova. Viele bei euch wollen wieder den Kommunismus.

No, Kapitalismus ist gut. Sind wir nicht mehr eingesperrt und kennen alles kaufen. Ist aber viel teurer ... Wie heißt du?

Gert. Und du?

Ilona (mit rollendem »L«). Bist du gekommen wägen Mädchen?

Ich muß lachen. Eigentlich nicht. Aber wenn ich dich so anschaue ...

Sie zuckt mit der Achsel. – Bist du gekommen wägen Krumau?

Nein, ich fahre nach Prag und Karlsbad. Möchte hier nur übernachten.

Wirst du kein Zimmer kriegen. Haben wir heit Fest der finfblättrigen Rose.

Das ganze Wochenende sei der Teufel los, erzählt sie. Aus Prag und von sonstwo kämen die Musikgruppen für Alte Musik, »die ganze Stadt rennt in Renaissancekostums bis Zwelfe in die Nacht«, es gäbe Umzüge und Theater, und das schon seit 1909, da hatten sie die Sechshundert-Jahr-Feier der Stadt. Nur unter den Kommunisten gab's keine Feste, da sind dir Verputz und Ziegel auf den Kopf gefallen, da hat Verfall aus offenen Fensterhöhlen geklotzt und der Regen durch die Dächer der Schiele-Motive geweint. Also kein Ambiente für Feste. Und für Tradition haben die sowieso nichts übrig gehabt. Nur für Fortschritt. Für verordneten.

Als ich mit meiner Frau das erste Mal in Krumau war, standen wir plötzlich still, gegenüber der Lekarna am Stadtplatz, mit dem Wappen aus 1620 – wo auf Deutsch draufsteht: Stadtapotheke der Stadtgemeinde Krumau –, weil wir einen anschwellenden Ton hörten, wiederholt von der Mantelbrücke auf der Burg herab: Waaaas ... Waaas ..., also wie die Jedermannrufe am Salzburger Domplatz, und ganz verständlich, weil jedes Wort tragend wie aus einem Trichter ...: Was haben die Tschechen aus unserem Krumau gemacht! Waaas haben die Tschechen ...! Und die paar Touristen am Stadtplatz haben verwundert nach oben geklotzt. Und das waren keine Bühnenrufe, nein, das war ein Schrei der Empörung, und deshalb hatte man den Rufer eingesperrt, aber am nächsten Tag wieder freigelassen, weil er einen kanadischen Paß hatte. Aber dann haben sie ihn abgeschoben über die Grenze. Für ihn der zweite Abschub nach 1945.

Und jetzt, wo die Raketen platzen und wie die Wasserfälle in farbiger Pracht über den Burgfelsen purzeln, jetzt, wo restaurierte Zinnen und Erker im fahlen Zauber liegen und sich die Gespenster der Vergangenheit verkriechen, jetzt, wo die Säulen der Rundgalerie am Schloßturm wechselnde Schatten werfen und ich warte, ob der Türmer an die Brüstung tritt, jetzt, wo ich trotz Höllenlärms sogar den Ulrich von Liechtenstein vernehme, der »... in Beheimlant / ze Krumbenowe gekomen«, jetzt, wo Burg und Stadt wie ein vertrautes Krippenpanorama vor mir liegen, vor dem die Menschenmenge wogt, da muß ich sagen, das hätte auch meiner Frau imponiert und dem kanadischen Krumauer. Dem wäre der Bühnenruf im Halse steckengeblieben. Jawohl. Die Kulissen stehen also im neuen Glanz, nur die Akteure versteht man nicht mehr. Aber das kann ihm im Wiener Burgtheater auch passieren, wenn die Schauspieler in das Haus schreien und die Silben vernuscheln. So wie das Krumauer ist halt auch das Reinhardtsche Deutsch schon etwas Nostalgisches. Vom Prager wollen wir gar nicht reden. Dem Fortschritt ist das aber egal.

Wiedemauchsei, ich sehe das Schauspiel aus dem Fenster eines Dachzimmers mit Spitzwegschem Milieu. Auch die Einrichtung ist biedermeierlich, und nicht weit unter mir die hölzerne, mit Menschen vollgestopfte Baderbrücke über die Moldau, und links der Turm von St. Jodokus, und hinter mir das Doppelbett unter der Dachschräge, King size, also nicht aus dem Biedermeier. Und es paßt genau in den Winkel unter den Balken. Aber da tropft kein Wasser durch wie bei Spitzweg oder den Kommunisten, weil Haus und Appartement jüngst saniert wurden, und letzteres gehört der Ilona, die neben mir steht und auf das Feuerwerk schaut. Also, wie von ihr angekündigt, hatte ich vergeblich ein Zimmer gesucht. Aber sie hatte mir ihre Handynummer gegeben, und deshalb konnte ich sie zum Abendessen einladen. Und jetzt bin ich bei ihr samt einer Handtasche, aber wir gehen noch auf das Schloß hinauf, weil um Mitternacht bieten sie dort ein Nocturne: Madrigali von barocken Italienern und Heinrich Schütz, laut Programm. Und so was darf man nicht verpassen, auch wenn das Doppelbett höchst aufregend wirkt.

Also, ich hätt' Ilonas Vater sein können, möglicherweise auch der Großvater, aber das macht ihr nichts aus, denn wer interessiert sich sonst schon, wie sie meint, für »Il primo libro de Madrigali« aus 1611. Noch dazu in der Geisterstunde. Und wer sucht sonst nach dem Nocturne aus ihren CDs das Adagio von Albinoni heraus oder einen Telemann. Es muß ja nicht immer gleich der Bolero von Ravel sein. Sie verstehen! Den hätte sie auch in ihrem Fundus gehabt. Also, ich will mich gar nicht auf eine höhere Musikebene setzen und ein bißchen damit angeben, aber – willkommener Zufall – besagten Albinoni und Telemann habe ich auch im Auto zum Einschieben. Nur den erotisierenden Bolero nicht.

Am Vormittag danach, als wir uns den Festzug anschauten, die Landsknechte, Trommler und Pfeifer, Bürger und Fürstlichkeiten, da sagt sie, sie gehe schon mal voraus in die Wohnung, und ich solle nachkommen. Und als ich dann nachkomme, da strahlt sie mir in einem luftigen Sommerkleidchen entgegen, hält mir ein Glas Prosecco vor die Nase, sagt »Prost«, und auf dem King size liegt ein gepackter Koffer. Und ich krieg einen Kuß, und heute schaut sie überhaupt aus wie eine Mischung aus Gruberova und Monroe. No, da hab ich mir was eingebrockt.

Natürlich darf sie mitkommen nach Prag. Und auf der Fahrt auf der E 55 über Tabor erfahre ich, was ich noch nicht weiß. Denn in der Nacht hat sie nicht mehr viel erzählt, sondern nur ein bißchen Albinoni mitgesummt.

Ich brauche keine Angst zu haben, von wegen Doppelzimmer und sonstigen Kosten, sagt sie, sie habe in Prag eine Freundin, bei der könne sie wohnen. Mit der habe sie studiert. Soziologie. Leider habe sie nach der Wende abgebrochen, weil der goldene Westen gelockt hat. Freiheit, endlich Freiheit. Sie lacht etwas bitter: No, war das ein Fehler. Ein tschechisches Schicksal sozusagen wie bei Dolly Buster. Kopfsprung in den Kapitalismus. No, die Dolly hat's geschafft. Sie, Ilona, sei aber nicht im Pornogeschäft gelandet, sondern in einer Bar. Zuerst Go Go und später hinter der Theke. Hab' ich ja nicht Deitsch gekonnt am Anfang. Haben wir ja Russisch gelernt in Schule. Also zwei Jahre Köln, dann habe sie genug gehabt und überdies ein Kind. Und ihr Freund habe sie sitzengelassen. Durchschnittsschicksal. Und jetzt ist das Kind bei ihrer Mutter in Budweis, und sie fährt mit mir nach Prag. So ist das. Aber wieso habe ich, Gert Wessel, jetzt ein schlechtes Gewissen? So als ob ich den ganzen Abend mit Karl Heinz Böhm über äthiopische Brunnenbohrungen geredet hätte, und dann gehe ich heim, ohne etwas zu spenden.

Ich habe also Ilonas Handynummer und wohne bei der Tante Ritsch in Žižkov. Die ist eigentlich keine Tante, sondern nur eine Cousine meiner Mutter und die letzte Zeitzeugin meiner Kindheit. Ritsch, die eigentlich Maria heißt, Marenka, und mit meiner Mutter in Neudek bei Karlsbad aufgewachsen ist, und zwar in der Heinrich-von-Kleist-Straße, der späteren Hermann-Göring-Straße, der späteren Stalina ulice, der jetzigen ... weiß ich noch nicht ... Deshalb möchte ich ja dorthin. Ritsch mit dem losen Mundwerk, von der mein Großvater Julius gesagt hatte, sie habe Gift in den Zähnen und werde keine dreißig Jahre alt werden. Aber sie quasselt noch immer hurtig im fünfundachtzigsten Lebensjahr, ohne Blattl vorm Mund und streckenlang in Selbstgesprächen, weil ihr František vor dreizehn Jahren gestorben ist.

Ritsch, die als Kind immer Krach mit ihren Lehrern hatte und mit Fünfzehn von daheim ausriß. Sie landete nach einigen Umwegen in Prag und blieb dort am tschechischen Salonschleicher František kleben. Ritsch, bei der ich also nun zweimal hinschauen muß, als sie die Tür öffnet, weil sie seit meinem letzten Besuch so geschrumpft ist. Zu einem wieseligen Weiblein, das mich mit frischen Augen und neuem Gebiß anstrahlt. Übergangslos die Begrüßung: Nu, da bist' ja. Was mechst'n essen?

Zuerst müssen wir aber meinen Jeep versorgen. Nebenan haben sie eine Pension aufgemacht, da hat die Tante schon vorgesorgt. Finf Johr in München, lacht der Besitzer, nur roboti, roboti, aber jetzt hamma scheene Zimmer, und ich könne im Hof abstellen. Sechzig Kronen per Tag. Und hier hamma scheene Prospekte von Pension, fier Ihre Spezis in Esterreich. No, besser als dasses g'stouln wird, sagt Ritsch, a sou a scheins Auto. Ihrem Enkel, dem Pavel, hätten sie vor drei Tagen das Radio aus dem Auto ..., weil des wor a neichs Radio, aber a alts Auto. Und ich solle mich nur umsehen. Ringsum dicke Lenkradsperren allüberall, auch gegenüber vor der Filiale der Waldviertler Raiffeisenkasse, obwohl die ja bewacht wird. Wegn derer Maffia, sagt sie. Aber man wisse nie, ob die Wächter nicht auch stehlen. Und die Polizei täte nichts. Das habe es im Kommunismus nicht gegeben.

Und überhaupt die Kommunisten, erzählt sie später, nachdem ich an einem Dutzend Palatschinken ohne Aufstrich herumdrückte (i ho koi Marmelad mehr), die worn fei net schlecht.

Da habe man wenigstens Arbeit gehabt. Gute Arbeit. Ihr Sohn zum Beispiel, der Franta junior, der vor zehn Jahren gestorben sei an Lungenkrebs, war Dienstfahrer bei der Gewerkschaft. No, der hat den ganzen Tag nur die Bosse herumfahren müssen. Iß fei zsomm! Iß fei zsomm! Aber nach dem Umbruch habe man ihn entlassen. Und ihr Sohn Peter, mit seinen siebenundfünfzig, habe auch schon in die kleine Rente müssen. Iß fei zsomm! Iß fei zsomm!

Und die Wohnungsmiete ist verdreifacht worden, seit das Haus an den früheren Eigentümer zurückging, an Jud aus Amerika, und so bleibe ihr von den fünftausend Kronen Rente nur noch die Hälfte, aber sie sei zufrieden. Und dann will sie sich den Bullen von Tölz anschauen, ihre Lieblingssendung im Fernsehen, und ob ich auch wolle, jawohl, denn da brauche ich die restlichen Palatschinken nicht mehr zu essen. Und dann sitzen wir einträchtig auf dem schmalen Bett hinter dem Tisch, wo sie schläft, und es ist ein Urerlebnis, den Ottfried Fischer auf Tschechisch ..., und die bayrischen Perchten und Wurzelseppen vor dem Forsthaus, wo das Verbrechen geschehen ist, auch auf Tschechisch, urkomisch, und sie übersetzt mir Schlüsselsätze und fragt dauernd, wer der Mörder ist, und ich denke mir, wozu bin ich drei Jahre in die tschechische Volksschule gegangen, wenn ich kein Wort mehr verstehe. Du hast ja g'red' wia a Tschechenbou, sagt Ritsch, wia a Tschechenbou, und jetzt is nix mehr da? No, vielleicht brauchst' an Schock, damit's wieder kummt.

Und dann gehe ich ins Bad und sehe, daß sie extra geputzt hat. Etwas angerostet die Armaturen zwar, aber sauber und keine Kartoffel und Zwiebel in der Badewanne wie vor 15 Jahren. Das sollte meine Frau jetzt sehen können, die damals eine Woche lang nicht in die Wanne konnte. Nie mehr bringst du mich in dieses Land, hatte sie damals gesagt, nie mehr in dieses Haus. Vorratswirtschaft hin, Mangelwirtschaft her – große Worte der Nachsicht –, aber Seife und Wasser gibt es auch bei deinen Landsleuten. Und Putzlappen auch. Und die Kartoffeln kann man wegschmeißen, wenn sie Stengel austreiben. Jawohl!

Was hast du gegen die Ritsch, meine Liebe? Die kann ja nichts dafür, daß deine Oma erschlagen wurde. Du kennst immerhin ihr Schicksal. Und Schicksal muß man tragen … Was soll da ich sagen? Hab keine Ahnung, was damals mit meinem Großvater Julius geschah. Und meine Mutter hatte auch keine. Und die Ritsch auch nicht. Der ist einfach nicht erschienen – zur Aussiedlung (»odsun«, wie die Tschechen sagen: Abschub), als der Aufruf des Narodní Výbor kam. Stell dir vor, es ist Vertreibung, und niemand geht hin. Der Julius ist nicht hingegangen, und deshalb haben wir nie wieder etwas von ihm gehört. Seine Existenz hörte dort auf, wo die Märchen beginnen: Es war einmal. Und deshalb muß ich hinauf ins Erzgebirge, denn es gibt noch den einen oder anderen Zeitzeugen. Was ist mit Julius damals passiert?

Und jetzt im Bad, als ich den Boilergriff nach links schiebe und den Wasserhahn aufdrehe, da pfaucht es wie der Teufel nach einem Weihwasserspritzer, und eine Stichflamme schießt aus dem Blech, und da brennt schon das Holzscheitel, mit dem der Boiler gegen die Seitenwand abgestützt ist. Und die Ritsch kommt gerannt, Mara und Josef, und dreht den Griff zurück, und dann rennt sie um einen Eimer, und ich lösche das Feuer. Und dann zeigt sie mir das Seitenblech vom Boiler, denn das ist schon durchgerostet, und früher hat sie nur bei der Genossenschaft anrufen brauchen, und schon war der Monteur da und hat repariert, aber heutzutage muß sie das selbst bezahlen, und woher das Geld nehmen? Und auf den Schreck hin trinken wir noch einen Eierlikör, den ich ihr mitgebracht habe, und essen ein paar Mozartkugeln.

Ritsch wohnt im Arbeiterviertel Žižkov am Fuße des Veitsberges – Vítkov –, wo sie schon im Protektorat gewohnt hat. Da oben hat Jan Žižka 1420 den Kaiser Sigismund samt seinen Kreuzrittern geschlagen, fünf Jahre nachdem sie den Magister Hus in Konstanz verbrannt hatten. Der Jan Hus hätt' sich auch nicht gedacht, daß der Žižka da oben einmal als größtes Reiterstandbild der Welt stehen wird, neun Meter hoch und über sechzehn Tonnen schwer, von wo man ihn überall sieht. Und er, Hus, nur drei Meter hoch und am Altstädter Ring, wo man ihn nur von dort aus sehen kann.

Im übrigen: Auf den Veitsberg mußt' unbedingt nauf, sagt die Tante, schön zum Spazierengehen. Aber nicht am Abend, weil da kriegst' oine aufn Dietz, wennst koi Geld hergibst. No, da gehe ich lieber nicht. Ich trau mich ja nicht einmal in die Wanne, weil was ist, wenn der Boiler explodiert? Heutzutage kriegst du ja alles in den Geschäften, sagt Ritsch, auch Boiler, aber du kannst es dir nicht mehr leisten. Nu, was issn da besser: früher oder jetzt? Und sie schiebt mir noch ein Stück Gugelhupf über den Tisch, und ich schiebe ihr einige Geldscheine rüber und sage, sie solle morgen unbedingt den Installateur holen, und sie schiebt mir die Scheine zurück, den Installateur ja, die Scheine nein, und ich die Scheine wieder hinüber, und sie die Scheine wieder zurück, und hin und zurück. Aber nicht so viel, sagt sie dann, und mit den Scheinen in der Hand: Wou geb i des bloß hi? Und sie öffnet Läden und Kästchen, sie müsse das gut verstecken, denn sie hat kein Konto, aber vielleicht in ein Buch, die Welt von A bis Z, das hat ihr Bruder Willi einmal aus Sachsen mitgebracht, soll sie's unter G (wie Geld) oder K (wie Kronen) oder sonstwo, aber da findet sie's am Ende nicht mehr, und vor zwei Jahren habe man ober ihr, im vierten Stock, ihre Freundin beraubt und sie obendrein noch abgemurkst. Ihre Freundinnen sterben im Kapitalismus alle aus, sagt sie, und da sie selbst noch nicht aussterben will, habe sie an ihrer Wohnungstür ein zweites Schloß machen lassen. Aber wohin jetzt mit dem Geld?

Hoffentlich lebst du noch ein paar Jährchen, liebes Tantchen, denn ich brauche dich noch als sprudelnde Erlebnisquelle, unerschöpflich, wenn einmal angestochen. Weißt du wirklich nicht, was mit Großvater Julius damals passiert ist? Aber vorläufig müssen wir jetzt auf den Friedhof Žižkov, denn es ist Sonntag und da müssen die Toten gegossen werden: der František senior und junior und die abgemurkste Freundin vom vierten Stock. Und als wir dann mit der Linie 10 unterwegs sind, denke ich, daß ich heute die Ilona anrufen muß.

Am Montag treffe ich Ilona im Café Europa am Wenzelsplatz und muß auch bei ihr zweimal aufmerken, weil sie schaut nicht mehr aus wie die Gruberova oder Monroe, sondern wie … (kennen Sie den Film mit Jean Paul Belmondo, na, wie heißt er doch?), also wie die Seeberg mit diesem flotten Bubikopf, aber darüber hinaus in Kupfer. Und das hat ihr nicht der Friseur, sondern ihre Freundin verpaßt, und die wolle mich auch einmal kennenlernen. Und ich erzähle ihr die Geschichte vom Bullen von Tölz (kennt sie, kennt sie) und daß ich nicht auf den Mörder gekommen bin, weil ich nicht mehr Tschechisch kann, und deshalb brauche ich unbedingt ein Schockerlebnis. Und da kichert sie die Tonleiter rauf und runter und sagt, nichts leichter als das. Das könne sie mir schon bieten. Ich bräuchte sie nur nach Karlsbad mitzunehmen, und vielleicht auch ihre Freundin, die heiße Eva, aber das kostet zweihundert Dollar je Tag. Pro Mädchen natürlich und Spesen extra.

Und als ich ganz baff bin und dreinschaue, als ob mir mein Jeep gestohlen …, also an diese Art von Schock hätte ich jetzt nicht gedacht, und außerdem besäße ich keine Dollar, da perlt sie wieder los, daß die Leute herschauen, und verschluckt sich, so daß ich ihren Buckel klopfen muß. Mach mal Hände hoch, das hat bei meiner Tochter auch immer gewirkt. Und tränenden Auges hat sie eine Idee, und wir gehen über die Karlsbrücke hinüber auf die Kleinseite. Dort kennt sie – schräg gegenüber der heiligen Maria vom Siege – ein besonderes Antiquariat, und vielleicht haben sie dort Schulbücher von anno dazumal. Ein sprachliches Licht könne ja auch ohne Schock aufgehen, man müsse nur durch die Verkalkung durch auf das Langzeitgedächtnis …, hihi, hehe … Sie sagt autsch, als ich sie in den Hintern zwicke.

Aber leider, sie haben dort keine antiquarische Erstklasslerliteratur, leider, da müsse man in den Kellern ausgedienter Menschen suchen, weil so was gibt man nicht einmal auf den Flohmarkt, so was schmeiße man im allgemeinen weg. Jawohl, so wie das meine Mutter auch getan hat, samt unserem Ariernachweis, den meisten meiner Kinderzeichnungen und den Verleihungen an meinen Vater, Gott hab ihn selig: Eisernes Kreuz zweiter Klasse, Verwundetenabzeichen und die Medaille Winterschlacht im Osten. Jawohl! Sie wollte wohl sieben Jahre Nazi- und drei Jahre Tschechenzeit aus ihrem Leben tilgen und hat damit ihre Jugend getilgt. Aber wie kann man die Vergangenheit einfach wegschmeißen?, und ich stehe jetzt da wie der Ochs vorm Tor und finde keinen Zugang.

Und so fahren wir mit der Straßenbahn wieder zurück in die Altstadt und gehen in der Revolučni ulice in eine Buchhandlung. Wo bittäscheen gibt's da eine Kindheit? No, am ähesten in der Kinderabteilung. Suchen wir mal! Und da kämpft sich Ilona durch die Regale und kommt mit dem Räuber Rumcajs von Václav Čtvrtek daher. Mein Gott! Fünf Konsonanten hintereinander. Čtvrtek. Das bricht dir jede germanische Zunge und dämpft die Lust auf die Kindheit. Außerdem sagen mir die Illustrationen nichts. No, haben wir das als Kind alle geläsen, sagt sie, hast du sicher auch. Ist der tschechische Hotzenplotz. Hast du äben eine dicke Kalklage drieber.

Und dann kommt sie mit einem Buch daher, dessen Titelseite eine Ameise ziert, und die heißt Ferda, sagt sie, und das Buch heißt »Ferda Mravenec« und ist von Ondřej Sekora, und der ist so was wie der Walt Disney der Tschechen. Und da kriegt meine Kalkschichte einen Sprung, das verschlossene Tor öffnet sich einen Spalt, und als ich durch die Seiten blättere, kommt mir vieles bekannt vor, und mir fällt die Biene Maja ein und der Karel Gott, weil es gaukeln Libellen, Schmetterlinge, Spinnen, Blattwanzen und der Grashupfer mit dem Nußschalenwagen durch die glückliche Natur, und immer wieder Ameisen. Und ich sehe Dinge, die gar nicht im Buch vorkommen, zum Beispiel bereimte Figuren aus der »Fidelen Kommode«, einer Lesequelle meiner Kindheit: »Helene!« sprach der Onkel Nolte, / »Was ich schon immer sagen wollte! ...«, und auch Ritter des Deutschen Ordens mit den bedrohlichen Eisenköpfen und den langen weißen Mänteln. Jawohl, diesen Film haben sie uns damals vorgespielt, ein Eisenstein-Film, und die Ritter brechen durch das Eis und ersaufen jämmerlich. Und dann wieder

Ameisen, die in meinen Kinderzeichnungen vorgekommen sind, auf grobflächigem Zeichenpapier, wo sie mit Speeren und Schilden den feindlichen Ameisenhaufen bestürmen. Ich kann mich genau erinnern, aber leider verstehe ich kein Wort des Textes. Also verlorene Mühe.

Doch Ilona gibt nicht auf: No, dieses Buch kaufen wir mal erstens. Da haben wir eine Spur. Jawohl! Und dann kaufen wir zweitens noch Písanka 1 und 2 für ABC-Schützen und drittens Matematika 1 mit den Gartenzwergen drauf, wie sie an der Grenze überall angeboten werden, zum Beispiel gegenüber der Frommen Helene in Hohenfurth. Tschechisch rechnen lernst du am leichtesten. Und viertens kaufen wir das Buch »Chcete mluvit česky«. Wollen Sie Tschechisch sprechen? Für Anfänger. Das geniegt fier den ersten Schock, sagt sie, zahlst du bar oder kreditweise?

Dobrý večer, milá teta! Das hat mir die Ilona beigebracht und heißt: Guten Abend, liebe Tante! Toller Erfolg, denn die Ritsch nimmt's hin ohne Mienemux und quasselt auf Tschechisch drauflos. Gott sei Dank fällt ihr aber rechtzeitig ein, daß ich weder Sohn noch Enkel bin, und sagt, die Puffer könne ich wohl nicht mehr essen, denn pünktlich um sechs – wie vereinbart – hat sie einen Berg Puffer beisammen gehabt, daß es eine Freude war, aber jetzt isses Viertel vor sieben. Entschuldige, liebe Tante, … und ich muß eine gute Ausrede erfinden, denn ich kann ihr nicht sagen, daß wir Ilonas Freundin Eva besucht hatten.

Und nun ist der köstliche frische Berg auf einen patzigen Haufen geschrumpft, und Ritsch möchte mir etwas anderes machen. Aber nein, nein, liebe Tante, und ich esse den ganzen Haufen mit Todesverachtung. Leider fängt der Kommissar Rex erst nach acht an, und ich kann deshalb mit der Ritsch nicht zum Fernseher wechseln und so den halben Berg stehen lassen wie unlängst die Palatschinken, wo sie sich doch so angestrengt hat. No, heut werd ich einen Wanst haben wie eine Boa nach dem Wildschwein.

Aber ich muß schon sagen: So ein Kartoffelpuffer mit Apfelmus ist für jeden Westler eine Delikatesse, denn welche Hausfrau stellt sich bei uns stundenlang in eine Wolke Fettdunst hinein, da nützt ein Dunstabzug ja auch nicht viel, soferne man überhaupt einen hat. Und den Wirtshäusern ist es auch zu aufwendig. Aber der Ritsch macht das nichts aus. Sie steht schon nachmittags um drei beim Herd, auf ihren Säbelbeinchen, denn die Aardäppeln wollen fei gescheelt un a gerieben sei. Aber morgen gibt's Pellkartoffeln, das ginge schneller, und ich bräuchte nicht pünktlich sein. Preisfrage: Was haben Pellkartoffeln mit der kommunistischen Zentralwirtschaft und der Badewanne zu tun?

Also, hör mal zu: Du willst Pellkartoffeln machen, weil du noch ein halbes Kilo Quark hast. Und du möchtest Liptauer dazu. Du hast zwar Pfeffer, aber keine Zwiebel. Also gehst du runter und kaufst Zwiebel. Es gibt aber keine Zwiebel. Erst nächste Woche wieder. Also machst du Kartoffelpuffer. Nächste Woche gehst du Zwiebel und Kartoffel einkaufen. Jetzt gibt's aber keine Kartoffel, wegen der Schlechtwetterperiode. Die volkseigenen Landarbeiter machen Innendienst: Traktoren reparieren, Krankenstand und Prognosen für den nächsten Fünfjahresplan. Das braucht Zeit wegen der Sitzungen. Wie bei unserer Gewerkschaft, wo du zu den Betriebsversammlungen gehst, um die Hand zu heben. Solidarität: keine Abstimmung ohne Handheben. Und die Kartoffeln verfaulen inzwischen auf dem Feld. So! Aber du hast über den Franta junior gute Beziehungen zur hiesigen Gewerkschaft und kriegst gleich fünfzig Kilo aus dem Bruderstaat Polen. Also rein damit in die Badewanne, wo auch schon die Zwiebel von letzter Woche warten. Und jetzt können wir einige Wochen Pellkartoffel essen, aber der Quark ist aus. Also doch wieder Kartoffelpuffer … Hoffentlich haben wir genug Fett.

Das ist der Kreislauf der zentralen Planwirtschaft, und so was hätte sich meine Frau einmal anhören müssen. Gott hab sie selig.

Und noch vor dem Kommissar Rex fängt die Ritsch zum Erzählen an und läuft über wie die Frühstücksmilch heute morgen. Also, in diesem Haus ist sie schon seit 1941, seit sie verheiratet ist. Zuerst oben im vierten Stock, schöne große Wohnung. Seit der Wende hier unten, weil billiger. Mara und Josef, das war was, bis sie heiraten durfte. An Tschech heiern domols. Igittigitt. Da bin i von Pontius bis Pilatus bin i. Also, hinauf ins Palais Czernin, sagt sie, zu oin hohn Viech. Neurath hat er ghoist. Sie wußte damals nicht, daß es der Reichsprotektor höchstpersönlich war. Aber der Adjutant habe sie nicht hineingelassen, obwohl sie ein enges Sommerkleidchen anhatte mit den Knöpfen oben offen. Nu, da habe sie sich im Stiegenhaus versteckt und gewartet, bis er mal aufs Pipi ... Wutsch, da bin i noi, und nochmals wutsch, vom Vorzimmer gleich zen Oberst noi. No, der, total verdattert, wie i da noikomma bi. Da könne ja jeder, und wie leicht man ihn stehlen kann. Aber dann hat er gelacht und einen Zettel bekritzelt und dem Adjutanten geklingelt. Der hat noch blöder g'schaut ... Aber Hochzeit hat's erst geben, als der Heydrich den Neurath abgelöst hat, am siebenundzwanzigsten September einundvierzig, aber das war Zufall.

Nu, bis dahin haben wir a Bude am Karlsplatz gehabt, ein Loch mit Petroleumkocher, aber damals war halt das Bett das wichtigste. Und ich war schwanger und das Peterle drei Jahre alt.

Ihre Mutter hätte nicht wissen dürfen, wie dreckig es ihr am Anfang in Prag gegangen sei. Mir hon ja koi Geld ghot. Aber angemalen habe sie sich wie ein Hutschenpferd. Prag, die große Welt. Und ihre Schwester Annl, als sie nach Prag kam, hat gesagt: Du schaust ja aus wie a Hur.

Ja, ho i gsagt, un rauchen tu i a.

Und der František? Der war ein Fallot. Ihre Schwester habe immer abgeraten. Weil der ist auch zu anderen Weibern ...

No, die Annl lebt noch. Aber ihr Mann, der Vacin, dieser Obernazi, der nach dem Krieg mit der roten Armbinde rumgelaufen ist, als Antifaschist, ist auch schon tot.

Und da denke ich mir: Beneš-Dekrete hin oder her und Gerechtigkeit hin oder her, das Problem mit den Sudetendeutschen löst sich von selbst. Man muß nur warten können. Sie sterben aus wie die Saurier und Neandertaler. Und dann wird sich kein Mensch mehr darüber emotionieren. Eventuell stehen sie noch in dem einen oder anderen Historienwerk. Dreieinhalb Millionen als Fußnote der Geschichte.

Du woist jo, sagt die Ritsch noch, der Vacin war jo nachm Krieg Förster auf der Platt bei euch oben. Der hat sich's mit den Tschechen gerichtet.

Und bevor wir jetzt den Kommissar Rex anschauen, wie er seine Leberkässemmel frißt, zeigt sie in den Hof hinunter, quasi als Zählstrich unter ihre Gedankenhüpfer, und sagt: Da unten isses passiert. Im Mai fünfavierzg. I seh heit no des Weible un den alten Moo, wie sie übern Houf geihn, einghängt, un da kommen die zwoi Weiber grennt, wia Furien, mit Spaten, die oine war die Hausmaasterin vom Nachbarhaus, un hobn die Alten derschlagen. Einfach so. Des vergess i nie, vergess i nie.

Ich erzähle Ilona nichts davon, was mir die Ritsch über den Mord an den zwei Alten im Hof offenbarte. Gewisse Sachen verschweigt man lieber. Bißchen Political correctness. Abtuende Heuchelfloskel. Nicht daran rühren. Kann man Unrecht auf ewig zuschütten? Weiß nicht. Nur mein Tschechisch bleibt ewig verschüttet. Mausetot. Und das ist der reinste Jammer, denn was mir jetzt einfällt: vergangenen Sonntag nach dem Friedhof die politische Sendung um elf. Da säbelte die Ritsch zu mir ins Zimmer, ganz aufgeregt, denn im Fernsehen redeten sie über die Beneš-Dekrete.

Donnerwetter, eine Moderatorin wie die Maischberger, resolut zupackend, und zwei Abgeordnete, ein Kommunist und eine Sozialistin. Und ich ohne Tschechisch. Aber Ritsch übersetzt. Sieh an: Auch in Tschechien lüftet man die Decke, läßt die Sonne in die dunklen Winkel scheinen. Mein Gott, mehr als fünfzig Jahre danach. Aber vielleicht muß man vierzig Jahre Kommunismus abziehen, weil in dieser Periode die Vertreibung ein nationales Tabu war. Bleiben für die Vergangenheitsbewältigung der Tschechen nur zehn Jahre netto. Da haben wir länger am Holocaust verdaut und exkrementieren noch immer anrüchige Würstchen in die öffentliche Meinung. Aber langsam tauen die tschechischen Politiker auf, weil: EU und heim ins Reich, das europäische natürlich. Also wieso dann die ganze Sache vor fünfzig Jahren? Ist das nicht widersinnig?

Die Politiker sind lauter Scheißer, sagt Ritsch, ein bißchen unwürdig für eine alte Dame, und statt dem Havel hätte sie lieber einen Kommunisten, auch wenn die ihre Františeks nicht mehr auferstehen lassen können. Aber die billigen Mieten damals und die Sicherheit, sozial und in der öffentlichen Ordnung …, und immerhin, dreimal war sie am Schwarzen Meer auf Urlaub und einmal sogar auf der Krim. Davon zehre sie bis heute.

Im Fernsehen nun die Sozialistin: Die Beneš-Dekrete sind unabänderlicher Rechtsbestand der Republik und kein Hindernis für einen EU-Beitritt. Die Vertreibung ist passiert und damit basta. Und sie nimmt den Zeman in Schutz, den Ministerpräsidenten, der da europaweit sagte: … es hat ihnen weder geschadet noch genützt … Sie wollten heim ins Reich, und sie gingen.

Und die Ritsch: Die hat jo oin Huscher. Und die zwoi Alten im Hof wor'n nix? Und die fünf Landser, denen man die Kehle durch …, unten auf der Hajkova? Habe sie selbst gesehen, und das waren Prager Freiwillige für die Wehrmacht, und der eine war der Sohn der beiden Alten … Haben die noch weggehen können von hier? Noi, die wären froh gewesen, wenn sie gekonnt hätten.

Und im Fernsehen der Kommunist: Er habe schon Verständnis für persönlichen Zynismus, bei allem, was die Deutschen den Tschechen angetan haben, aber kein Verständnis für politischen, der da öffentlich hinaus nach Europa tönt. Und man müsse mit den Ausgesiedelten eine breite Diskussion beginnen, das eine oder andere Dekret zurücknehmen, zum Beispiel das Enteignungsdekret.

Und die Ritsch: Jawohl! Mit dreißig Kilo Gepäck haben sie damals verschwinden müssen. Und ihre Geschwister Annl und Willi hätten Heller für Heller in die Sparkasse Neudek getragen, jahrelang, und dann waren die gesparten hundertfünfzigtausend Kronen futsch. Und ihre achttausend Erbgeld waren auch futsch.

Und die Sozialistin: Wenn wir unsere Rechtsgrundlagen ändern, stehen die Vertriebenenverbände vor der Tür und wollen ihr Vermögen zurück. Da geht unser Staat bankrott. Wir können doch nicht hergehen und unseren Mitbürgern sagen, sie sollen die ehemaligen Häuser der Deutschen verlassen …

Und der Kommunist: Hat man die Deutschen damals gefragt, ob sie ihre Häuser verlassen wollen?

Und die Ritsch: Der is gout, der is gout. Wie hoistn der?

Und die Sozialistin: Wer hat damals vorwiegend den Vorsitz in den Nationalausschüssen gehabt? Das waren Ihre Leute. Sie waren federführend. Die Übernahme des deutschen Vermögens in die nationale Verwaltung ist von Ihnen als Beginn der späteren allgemeinen Vergesellschaftung angesehen worden. Denn 1948 haben S i e enteignet. Aber tschechisches Vermögen bitte schön. Hat man den Adel und die Industrie gefragt, ob sie ihre Häuser verlassen wollen? Na also …

Und die Maischberger: Aber der Adel und die Industrie und sonstige Besitzende kriegen ja heute ihre Häuser zurück.

Und die Ritsch: Jajajajaaa! Die Juden und der Schwarzenberg. Und die polnischen und russischen Zwangsarbeiter kriegen jetzt sogar Nachzahlung von euch drüben. Und was ist mit den deutschen Zwangsarbeitern, welche die Tschechen ins Uran und sonstwo hingesteckt haben? Do hör i fei nix. Mei Cousin war drei Johr in Joachimsthal. Frag ihn, wos er kriegt hot: Die Schwindsucht hot er kriegt.

Und die Sozialistin: Man muß die Frage stellen: Wer war damals tschechischer Staatsbürger und wer nicht? Staatsrechtlich gesehen. Wer war Verräter und Kollaborateur und wer nicht? Darüber müßte man jetzt diskutieren. Aber ich verweise auf unseren Rechtsbestand.

Und die Maischberger: Noch einmal! Glauben Sie, daß die Beneš-Dekrete eine Gefährdung eines etwaigen EU-Beitritts sein können?

Und die Sozialistin: Nein, keineswegs, ich möchte nicht sagen im Gegenteil, aber wir wollen bekanntlich der Europäischen Union beitreten und nicht der Sudetendeutschen Landsmannschaft. Darin besteht ein Unterschied.

Mein lieber Schwan! Vermögen, Vermögen und die Angst darum und drumherum. Das Gespenst der Restitution schwebt über der Diskussion. Da schiebst du schon mal was Aufstoßendes aus dir raus. Geht politisch auch nicht anders. Denn sag deinem Volk, es müsse etwas zurückgeben, da fegt dich die Empörung hinaus aus den politischen Gefilden. Also weg vom Fenster und Gespenster über deiner Datscha, zum Beispiel dem schönen Forsthaus in Bergstadt Platten, das du der dortigen Agrargenossenschaft abgekauft hast, für ein paar Kronen. In dem bis vor einigen Jahren der Förster Anton Vacin wohnte, der Schwager von Ritsch. Und viel früher hat hier einmal der Förster Franz Fladerer gewohnt, mit seiner Familie und seinen ausgebombten Verwandten aus Bochum. Aber letztere erst seit 1943, als die Engländer massiv über das Ruhrgebiet gekommen waren. Und der älteste Sohn vom Förster hat Fritz geheißen. Höllteifi Fritz haben sie ihn genannt, weil ... aber dazu kommen wir noch.

Und im Café Kafka in der Josefsstadt mit den deutschen Sprüchen an der Wand, als Aufputz für die Touristen, fragt mich Ilona, wie sie eine Vergangenheit bewältigen solle, von der sie nichts wisse. No, und ihre Freundinnen, zum Beispiel die Eva, wissen ja auch nichts darüber. Das ist deine Vergangenheit und nicht meine, sagt sie. Und der Kommunist in der Fernsehsendung sei ein gewaschener Heuchler, denn zu ihrer Zeit habe man in der Schule nur von der glorreichen Oktoberrevolution, der heldenhaften Roten Armee, dem tschechischen Widerstand und der tschechischen Legion gehört. No, und daß die Deitschen uns ieberfallen haben und nach dem Krieg weggezogen seien. Nie war eine Rede von Häusern zurückgeben und ähnlichem. Und jetzt großes Blabla im Fernsehen. Und der Beneš? No, der war ein Präsident. Eine Figur aus der Geschichte.

Aber wen habe der schon interessiert? Die Jungen haben lieber in geschmuggelte Erotikhefte und Modejournale geschaut. In die Zauberwelt des Westens. Erst seit der Wende liest man von der Vertreibung manchmal in der Zeitung. Über die Dekrete zum Beispiel. Und seit wir in die EU wollen.

Und nach dem Kaffee bestellen wir zwei Biere, Gambrinus, prosím. Und ob der Kafka hier auch sein Bier getrunken habe? Jeden Tag, sagt der Kellner augenzwinkernd auf Deutsch, dort drüben im Eck, er habe ihn persönlich bedient. Hihi. Aber der habe nur Pilsner Urquell ...

Bei uns ist das anders, liebe Ilona. Wir bewältigen schon in die vierte Generation hinein. Wir haben professionelle Bewältiger. Viele haben gar keinen anderen Beruf. Warum sollten sie auch, wenn man mit dem Bewältigen Geschäfte machen kann? Und diese Geschäfte florieren, solange es Leute gibt, die ein schlechtes Gewissen haben. Aber die Ironie dabei: Während die einen bewältigen, fangen die anderen wieder von vorne an. Die marschieren schon wieder. Und warum? Also... Aber da guckt die Ilona tiefsinnig in ihr Bierglas, nimmt einen Schluck, blinzelt schelmisch über den Rand und sagt: No, kenntest du auch Romane schreiben wie Kafka. Und sie tätschelt nachsichtig meine Hand. Und ich sitze da wie der Vater beim Pornoschauen: ertappt. Und meine Frau hätte jetzt gesagt: Wen interressiert das schon? Du red'st dich schon wieder in einen rechthaberischen Wirbel hinein. Immer mußt du am Podest stehen. Aber die Ilona sagt nur: So, und jetzt gäh'n wir sich auf die Burg oben, den Hradschin.

Und ich kann's nicht lassen: Spurensuchend, spurenlesend schleppe ich die Dokumentation »Die Vertreibung der deutschen Bevölkerung« mit dort hinauf. Zwei Bände des ehemaligen BRD-Ministeriums für Vertriebene. Aber nur im Kopf, weil vom Gewicht dem durchschnittlichen Touristengepäck nicht zumutbar. Und inhaltlich, mein lieber Schwan, heutzutage den durchschnittlichen Nachkriegsgenerationen auch nicht zumutbar, weil aus schauerlichen Einzelschicksalen gestrickt. Solche Strickmuster sind der konsumhörigen Lebenslust nicht verträglich, sie reiben auf der verwöhnten Wohlstandshaut. Aber mir gaukelt angesichts gotischer Strebepfeiler, barocker Heiliger und des omnipräsenten Karl IV. die stereotype, immer wieder nach vorne drängende Frage herum: Warum dieser Haß damals?

Später sitzen wir in Schwejks Hostinec U Kalicha, zum Kelch, bei einer böhmischen Ente. Heute gibt's bei der Ritsch wieder den Bullen von Tölz mit Kartoffelpuffern und deshalb habe ich mich vom Essen abgemeldet. Außerdem ist die Eva drei Tage weg und ihre Bude sturmfrei, und ich möchte es endlich mit der Ilona wissen, denn nach dem Nocturne in Krumau ist nichts passiert.

Aber man kann im Kopf schwirrende Fragen nicht ins Depot stellen wie einen Reisekoffer. Jede Frage stellt eine neue Frage. Jede Frage bohrt. Jede Frage belastet. Jede Frage irrt vergeblich durch die Dokumentation des Vertriebenenministeriums, greift endlos von Kugel zu Kugel einer Gebetsschnur, immer wieder am Anfang endend, und erntet allenfalls die Litanei gegenseitiger Vorwürfe von Tschechen und Deutschen. Aber es kommen keine Antworten.

Also, warum dieser Haß?

No, habt ihr uns ieberfallen, sagt Ilona und will es damit auf den Punkt bringen.

Das war Hitler, sage ich. Nicht wir Böhmendeutsche.

No, ihr auch. Ward ihr ja beim Tausendjährigen Reich dabei.

Aber was war vorher? Da waren wir bei euch. Nachbarn zu Nachbarn in eurem Staat.

No, und was war noch vorherer? Jetzt kennten wir zurick bis Adam und Eva.

Also, noch vorhererer geht nicht. Lassen wir das und gehen morgen in das Armádní muzeum. Dort gibt's die Geschichte der tschechoslowakischen Armee von 1914 bis 1945. Wer weiß, was wir da sehen? Da werden vielleicht Fragen beantwortet. Und morgen soll's ja regnen.

Niemand denkt ans Wetter, als wir in der Wohnung ihrer Freundin Eva sind. Hier bietet sich weder Biedermeier noch Spitzweg an, sondern Laura Ashley und Andy Warhol. Und Ilona drückt auf die Stereoanlage und verschwindet durch eine Tür mit einer Einfassung wie aus Tiger von Eschnapur. Eigenartige Stilmischung und dazu Eric Clapton aus der Stereo.

Als sie wieder auftaucht, muß ich schon wieder zweimal

hinschauen. Hast du nicht gesehen, als ob sie zum Pferderennen nach Ascot ..., mit wallendem Seidenschlafrock, orangegelb geblümt, fast wie die Couch, ab der Taille glockig nach unten, und gleichfarbigem Hut, aber Sakrahaxn, mit einer Krempe, da könnte sie als Sonnenschirm gehen. Und auf Stöckelschuhen, auf denen sie mir eben in die Augen schauen kann. Und ich will schon fragen, wohin ..., aber da macht sie eine Drehung, daß die Seide nach oben wirbelt, und drunter hat sie nichts an. Oh, Mann.

Und ihr Gekräusel unten ist kupfern wie ihre neue Frisur. Aber das ist natur, das habe ich schon in Krumau gesehen, als ich ins Bad wollte. Und dann verschwindet sie wieder, hmtata, hmtata, Clapton ganz aus seiner Art mit einem Walzer, wer hätte das gedacht, und ist hurtig zurück mit einer Flasche Prosecco und zwei Gläsern, und dann legt sie die Bolerodiskette auf den Couchtisch. Und der Clapton inzwischen mit »lonly stranger«.

Und ich denke, wenn das jetzt eine längere Zeremonie wird, geht am Ende nichts mehr, denn ab einem gewissen Alter quillt dir das Testosteron auch nicht mehr aus den Augen heraus. Und deshalb komm zur Sache, Schätzchen. Nein, noch nicht, weil sie kommt mit einem Morgenmantel für mich. Seide, wahrscheinlich Sri Lanka, Erinnerungsstück aus einer Ayurvedakur. Wir machen heute Völkerfreundschaft, sagt sie: Verbrüderung. Und sagt man auch Verschwesterung? Weil wir sind ja keine Homos nicht. Spezielle Bewältigung des sudetendeutschen Problems, ganz normal auf Hetero. Und sie spielt die tschechische Urmutter Libussa, und ich solle den germanischen Urvater. Was habt ihr diesbezüglich auf Lager? Wotan oder so? Sie kennt den Ring der Nibelungen. Wahrlich ein gescheites Mädchen. Also Libussa und Wotan. Und was dabei herauskommt ist Karl IV., denn der war ja deutscher Kaiser und gleichzeitig der Vater Böhmens, obwohl er ein Luxemburger war. So hat das damals funktioniert. Jawohl! Zieh dich aus und den Schlafrock an!

Und als ich als Wotan ohne Fell dastehe, der Clapton spielt »tears in heaven«, stößt sie auf eine Überraschung: Sie guckt an mir runter, kriegt komische Augen und kuddert lauthals drauflos, die Tonleiter rauf und runter, wie schon erlebt. Was haben wir denn da, sagt sie mit feuchten Augen, Gottchen, wie süß, das paßt ja genau zu meiner Haarfarbe. Und ich denke, das ist echt böhmische Noblesse, wie sie das sagt, denn eher sieht mein Dings aus wie eine aufgedunsene Weinbergschnecke nach einer guten Saison, auch wenn Schwarzviolett und Grün gut zu Kupfer passen. Diese Farben haben ja schon Klimt und Mucha, der Prager, kombiniert.

Und jetzt habe ich einen gewissen Argumentationsnotstand, denn vor einigen Wochen hatte ich eine Blinddarmoperation und einen Bluterguß nach unten, aber gewaltig, weil gleichzeitig eine Anschwellung wie aufgepumpt. Farbe wie ein Nubier, und der nette Doktor, und jetzt wird jeder lachen, ist aber wahr, der Dozent Pimperl, sagte nur: Kleiner Schönheitsfehler. Farbe wechselt wie beim Chamäleon, zuerst schwarz, dann violett, dann grün, dann gelb und dann weg. Ist aber noch nicht weg, bis auf die Schwellung. Das Chamäleon ist zwischen erstem und zweitem Stadium steckengeblieben. Hat sich der Doktor einen Jux gemacht? Der hat am Ende zu tief geschnitten, weil auch meine Stimme plötzlich so hell war wie die deutsche Synchronisation von Robert Redford. Und die habe ich noch immer. Also kein Wohlklang in Bass oder Bariton.

Aber die Ilona kichert sich halbtot, als sie mir in den Schlafrock hilft. Und dann füllt sie sich mit Prosecco an und gibt mir eine Infusion. Quasi Mund zu Mund …, da mußt du durch die Nase atmen … Und der Clapton: »Before you accuse me.« Und dann: Walkin' blues, und wir tanzen, Haut an Haut, Seide trennt nicht, sondern verstärkt erwartend. Zarter Duft nach Birne hinter ihrem Ohr, und der Duft von frischem Heu, Geruch von Kindersommern im Erzgebirge, der Geschmack von Buttermilch und Himbeerbrause. Und ich passe genau unter ihre Hutkrempe, dem gemeinsamen Dach, und ihr Atem ist wie der warme Wind am Heuwagen des Großvaters, und ihre Tonleitern sind wie das Lachen meiner Mutter unter Vogelbeerbäumen … Ach was! Quatsch, lieber Wessel! Was heißt hier böhmische Wurzeln? Das ist sentimentales Zeug und literarischer

Käse. Deine Wurzeln mußt du in Platten und Karlsbad suchen und nicht hier unter Warhol-Imitationen. Du bist hier, um zu schnackseln. Basta!

Und der Clapton: »Nobody knows you when …« Und ich denke, es muß nicht immer Händel oder Albinoni sein oder ein Madrigal von Giaches de Wert, weil wegen denen hat mich Ilona ja in Krumau übernachten lassen. Aber die Eva mag so was überhaupt nicht. Und deshalb noch mal Clapton: »Old love«. Und ihr anschmiegsamer Körper unter der Seide, und ihre Wange und ihr Nacken, und ihr Gurren und ihr Mund. Und alles unter dem breitkrempigen Hut. Der allumfassende Schutz des Kaisers Karl IV. Aber jetzt wirklich die Schwellung, weil die Infusionen wirken wie die Operation von Doktor Pimperl. O Wotan, raunt sie in mein Ohr, und sie knabbert ein bißchen daran herum: Tu Felix Austria bumse. Ach ja? Und ich beuge mich zurück und schaue verwundert ihrem spitzen Näschen entlang, welch fruchtbarer Boden für Geschichtsunterricht sie doch ist. Die Urmutter Böhmens. Und sie perlt wieder die Tonleiter entlang, während ich zum Telefon renne, denn ich muß geschwind die Tante Ritsch anrufen, weil sie sich sonst Sorgen macht und nicht schlafen geht, obwohl der Bulle von Tölz schon aus sein muß. Aber wie soll ich ihr erklären, daß mir die russische Maffia nicht den Autoschlüssel abgepreßt und mich mit einer Platzwunde am Kopf am Veitsberg liegen gelassen hat, gleich unterhalb vom Žižka, ohne Geld und Kreditkarte, sondern die Ilona jetzt den Clapton raus und den Bolero rein … Und mit Wechselschritt rechts, Wechselschritt links, zu mir, tralala, und von hinten – ja, Tantchen, nein, Tantchen – an meine Geschwulst …, die jetzt aussieht wie das Dings am Arc de Triomphe neulich in Salzburg, vorne rosa, dann blauviolett ins Grünliche auslaufend, also künstlerisch wertvoll, und mich jetzt daran zur Couch zieht (Eva hat ein Schnurlostelefon) – ja, Tantchen, nein, Tantchen, wir …, ich meine, ich habe eine Ente gegessen, im Kelch, weißt schon, wo der Schwejk seinerzeit … Ja, mit Knedlíky und Kraut. Kommt gleich nach deinen Kartoffelpuffern. – Und da liege ich schon auf der Couch, und die Ilona aufrecht über mir, spreizig als tschechische Urmutter im Schlafrock und Hut, interessante Perspektive ... – Ach so, wo ich jetzt bin? Weil so eine komische Musik ...? Nein, das ist keine Disco. Wie soll ich sagen ...? – Und die Urmutter senkt sich jetzt, fixiert meine Augen und schnippt mit den Fingern, rhythmisch konzentriert mit gespitzten Lippen, weil, wenn sie noch wartet, wird der Bolero zu schnell oder sie muß die Diskette noch einmal von Anfang an ... Ob sie den Rhythmus halten kann? – Also dobrý večer, milá teta, ich erzähl dir morgen alles ...

Natürlich hab ich der Tante Ritsch nicht alles erzählt, als ich am nächsten Tag zu Mittag bei ihr war. Ich habe aber auch nicht mit windigen Ausflüchten hin und her geschummelt, weil ich wollte ja noch zwei Nächte zu Ilona. Die Ritsch, helle Platte, hatte sowieso alles durchschaut. Und das war ihr gar nicht recht, denn sie wollte mich, sieh einmal an, mit ihrer Schwiegertochter Mirca, der Witwe ihres Františeks junior, verkuppeln. Die Gute. Also, milá teta, heute abend und morgen abend geht's leider nicht, aber ab übermorgen ..., und da mußt du halt dolmetschen wie bei der tschechischen Maischberger oder dem Bullen von Tölz, weil die Mirca kann weder Deutsch noch Englisch, und nach den Kartoffelpuffern mit Apfelmus können wir von mir aus den Bolero einschieben. Für die Völkerfreundschaft muß man schon einen gewissen Einsatz leisten, vor allem wenn die Kronenzeitung so katastrophale Umfragewerte publiziert. Und das repräsentativ, bitte schön: Denn nur bei dreizehn Prozent der Tschechen sind die Österreicher beliebt. Und nur bei elf Prozent die Deutschen. Nach der Beliebtheit der Sudetendeutschen hat man leider nicht gefragt. Ist auch besser so. Jedenfalls müssen wir uns anstrengen, um unsere nationale Reputation aufzubessern. Auch wenn's mit einem violetten Dingsbums geschieht, immerhin dem Reiz des Exotischen.

Draußen perlt der Schnürlregen wie in Salzburg, und in der Vorhalle des Armádní muzeum brauche ich nicht lange auf Ilona zu warten. Wie auf Wolken schwebt sie herein, den grauen Tag überstrahlend, gibt Küßchen, und heute – Überraschung! –

brauchen wir nicht einmal Eintritt bezahlen. Tag der Armee. Staatskosten.

Drinnen konzentriert sich das thematische Programm auf zwei Teile: den tschechischen Untergrund in den Weltkriegen und das Attentat auf Heydrich. Also ich hätte mich gerne in den Ersten Weltkrieg vergraben, aber mit Rücksicht auf Ilona überbrücke ich eilig zum Attentat hin und seine Ursachen. Und außerdem schleppe ich noch immer an Band I und II des Vertriebenenministeriums und erhoffe Antwort auf die Frage: Warum dieser bodenlose Haß vor und während der Vertreibung? Also, Mythos Attentat: Große Aufmachung. Der Beitrag der Tschechoslowakei zum Zweiten Weltkrieg. Das Protektorat. Die Exilregierung in London. Die Exiltschechen in der Svoboda-Armee. Darf man nicht vergessen. Die Opfer im Protektorat. Vergleichsweise wenig. Aber man kann Unrecht nicht quantifizieren.

Und dann – deutschsprachiges Skript an der Kassa – Heydrichs Strategie und Konzept:

Völlige Entpolitisierung der tschechischen Gesellschaft,
Bildung von sozialen Gruppen (geistig-innerlich),
Integration des Arbeiterstandes in die Rüstungsproduktion,
schrittweise Germanisierung nach Rasssenkriterien.

Eins, zwei, drei, vier. Ein starkes Stück und daher teilweise Antwort auf meine Frage. Du wärst germanisiert worden, sage ich. Blond und blauäugig und mit deinen Proportionen. Und Deutsch kannst du auch. No, und mein Kupfer, kichert sie. Und die Eva auch: Blond und blauäugig und die Proportionen. Aber die ist unten dunkel, sagt sie. No, diese Farbkombination gibt's bei uns auch. Also, die meisten Tschechen wären germanisiert worden, und was wär' mit dem Rest passiert? Aber dazu ist es ja nicht gekommen. Heydrichs Strategie ist geplatzt. Also warum dieser Haß?

Und dann sitzen wir Hand in Hand im Kinosaal und die alten Wochenschauen flimmern uns das Attentat und die Folgen vor. Das ging ja ruck, zuck: Himmler ließ in der Nacht nach dem Attentat von zehntausend einsitzenden Intellektuellen mal sofort hundert erschießen. Also jeden Hundertsten. Stell dir vor, du stehst in der Reihe und die zählen ab. Eins, zwei, drei ..., und du bist der hundertste. Und der Ministerpräsident Elías, der schon seit 1941 in der Todeszelle saß, war auch dran. Kein Pardon. Und dann großes Politspektakel bis rauf zu Hitler: Staatsbegräbnis. SS-Aufmärsche. Ich hatt' einen Kameraden. Totensalut. Und dann natürlich Lidice, die Rache. Von einem SD-Dokumentator gefilmt. Aber nicht die Ausrottung, sondern nur die Zerstörung des Ortes. Und diese endlos gezeigt: alles in Zeitlupe und in Wiederholungen. Beeindruckend. Nur Musik und Zeitlupe und Musik und Zeitlupe. Schweigender Mythos. Und der nimmt kein Ende. Und die Schulklasse vor uns wetzt hin und her und will gehen, aber die Lehrerin ist streng und unduldsam. Mythospflege. Natürlich. Und Ilona mag auch gehen, aber ich kann den Haß noch immer nicht fassen. Vor allem, weil die Tschechen ja auch fleißig für das Winterhilfswerk gesammelt und dem Führer zum Geburtstag einen Lazarettzug geschenkt haben. Aber andererseits verständlich, weil sie waren Protektorat und um atmosphärische Tricks nicht verlegen. Also geht Ilona auf einen Kaffee, und ich will nachkommen.

Aber jetzt: Die Reaktion des offiziellen Prag auf das Attentat. Angst vor der Repression. Organisiertes Beileid auf den Hauptplätzen der tschechischen Städte. Stimmungsmache für Berlin. Und die Loyalitätserklärungen von Moravec, Minister für Volksaufklärung: Wir wollen mithelfen an der Neuordnung Europas im Rahmen der nationalsozialistischen Revolution ... Der Nationalsozialismus als Sozialismus der Tat ... Und die geistige Annäherung des tschechischen Volks an das deutsche ... Und alle Kräfte für den Endsieg des Reichs ... Wir versichern dem Führer, daß alle, die der Vergangenheit nachträumen, beseitigt gehören. Denn der Morgen ist unser!

Also, vor lauter Hakenkreuzfahnen siehst du die Fassaden der Häuser nicht.

Und dann die Abschlußkundgebung am Wenzelsplatz, am dritten Juli zweiundvierzig. Und vor lauter Hakenkreuzfahnen siehst du auch hier die Fassaden der Häuser nicht. Verhüllt, verhüllt wie der Jan Hus am Altstädter Ring. Aber eines siehst du, weil die Kameramänner Spots aus der Menge heraus ... Du siehst versteinerte Gesichter. Unverhüllte Fassaden quasi. Aber du siehst keine Gedanken oder geballten Fäuste in den Hosentaschen. Und natürlich keinen SDler oder Gestapomenschen in der Menge. Aber die tragen ja auch das Hakenkreuz nicht auf der Fassade. Sind in Zivil.

Und der Moravec: »Heil unserem Führer Adolf Hitler! Heil unserer herrlichen deutschen Schutzmacht! Heil unserem Staatspräsidenten Dr. Hácha! Heil der tschechischen Zukunft!« Auf Tschechisch natürlich, aber vom Kommentator übersetzt.

Aber niemand schreit Heil. Und deshalb muß die Musik losplatzen mit der tschechischen Nationalhymne. Und da stehen sie, die Hände zum deutschen Gruß gereckt, der ganze Wenzelsplatz ein Arm, und singen: Wo liegt meine Heimat? Dort, wo das Wasser in den Auen donnert, wo in den Felsen summt der Tann ... Und dann wieder ein Spot: Ein junger Mann. Und dem rinnt eine Träne über die Wange. Ganz deutlich und unzensuriert. Eine unzensurierte Träne, scharf fokussiert den Mundwinkel nässend. Fataler Fehler der Zensur. Oder hat Goebbels geglaubt, der weint wegen dem Heydrich? Auf jeden Fall Träne. Eine einzige. Aber jetzt beginne ich zu verstehen.

Ja, aber dann Mozart. Keine Zeit mehr für Reflexionen über die Träne. Der Mozart hat seine Zukunft und unsere Vergangenheit bisher heil überstanden. Mozart hat Prag geliebt. Und die Prager haben ihn geliebt. Und als er gestorben war, haben sie drüben auf der Kleinseite, in St. Nikolaus, bereits sein Requiem aufgeführt. Da war er noch kaum angeätzt vom Kalk im Wiener Massengrab. Damals haben die Deutschen in der Prager Ratsversammlung die Mehrheit gehabt. Kaum zu glauben. Aber die Tschechen haben ihn genauso geliebt.

Und jetzt Don Giovanni im Ständetheater. Dort, wo die Uraufführung über die Bühne ging. Und Ilona hat Logenplätze. Hinter einer Amerikanerin mit Sohn, die auf einem medizinischen Kongreß sind. Haben die Plätze über Internet gebucht.

Kennen Mozart auch, aber nicht den Don Giovanni. Deshalb sitzen sie mit großer Erwartung an der Brüstung.

Während der Vorstellung wandern meine Seitenblicke zu Ilona. Unbemerkt aus den Augenwinkeln. Sie ist versunken, und der Don Giovanni rinnt ihr porentief übers Gesicht. Aber dann merkt sie doch was und lächelt mich an.

Nach der Pause sind die Amerikaner weg und wir in der ersten Reihe. Sie hat einen indischen Schal um die Schulter. Von Eva. Was für modischer Pfeffer zu schwarzer Hose und schwarzem Pulli. Seit ihre Freundin als Escort arbeitet – Studentin, Erstversuch seit Jahren –, kann sie in Evas Garderobe aus breitem Fundus schöpfen. Nicht nur bei Morgenröcken und Hüten. Aber die Eva wird bald mit dem Studium fertig sein. No, vielleicht fange ich auch wieder an.

Aber zuerst gehen wir in den Klub Architektu. Unter seinen Gewölben haben schon Karl IV. und Fürst Metternich gespeist. Und dort singt sie »Reich mir die Hand, mein Leben …«, aber auf italienisch, zum Bauklötzestaunen, »la ci darem la mano …«. Also andiamo, aber wir gehen nicht auf mein Schloß, sondern in Evas Wohnung, und dort tritt sie als Zerlina auf, im schwarzen Trägerhemd bis zum Boden und (no, was schon?) mit schwarzem Hut, breitkrempig mit Trauergesteck oben rum. Da verblassen die Opernkostüme im Ständetheater zu Statisterie. Und ich passe wieder genau unter die Krempe. Aber diesmal ohne Clapton, sondern …, no, weiß ich nicht mehr … Jedenfalls hat Eva keinen Mozart in ihrer CD-Sammlung.

Und sie tröstet mich, weil sie im Museum, beim Lidice-Mythos, nicht mit mir durchgehalten hat, wie den Masetto nach den Stockhieben. Die Arie müssen Sie sich einmal anhören. So was von innig. Zum Ineinanderverkriechen.

Und was erfahre ich nachher?

Sie war anschaffen. Jawohl!

Besondere Stimmungen fördern Geständnisse, auch wenn sie niemand verlangt. Hast du im Kopf seit Krumau, sagt sie. Säh ich dir an Nasenspitze ab. Jawohl, sie war anschaffen, wenn auch nur für einige Monate. Gleich nach der Kölner Zeit. Auf der Strecke zwischen Hohenfurth und Rosenberg. Die schnelle Achse. Hatte ja noch keine Arbeit, nicht einmal eine Zukunft. Hatte nur den Sohn Felix, den Glücklichen, und die Erinnerung an die kaputte Beziehung in Köln. Der Kerl dort hatte sie um etliche Ersparnisse geprellt. Köln war ein großer Fehler, trotz der schönen Karnevalssitzungen und des Rosenmontagszugs. Muß man gesehen haben. Ihr Mistkerl da oben war sogar mal Karnevalsprinz. Aber nur in Reserve. Also jeder zahlt mal Lehrgeld. Für den goldenen Westen mußt du gewappnet sein. Gold? Hahaha. Ironie schmeckt bitter. Hätte in Prag bleiben sollen. Vielleicht auf die Art wie Eva und andere Studentinnen. War nach dem Kommunismus eine Art Ausdruck von neuem Lebensgefühl und Liberalität. Nicht nur wegen schnellem Geld und Lebensstandard, war fast Mode. Im bigotten Kommunismus durfte es so was nicht geben. Da gab's sexuelles Wegstekken. Kein Sexobjekt Frau. Nur Arbeitsobjekt Frau. Puritanische Arbeiterklasse. Prostitution war Sache von Geheimdienst: an der Hotelbar. Verordnet. Die Mädchen dort haben mit der Staatspolizei zusammengearbeitet. Halbprofis sozusagen. Haben aber statt Lebensstandard Orden gekriegt. Heldinnen der Arbeit.

Heutzutage ist vieles leichter, da kann man was nachholen. Paar Jahre Escort zum Beispiel. Warum auch nicht, mußt' ja nicht mit jedem … Fertig mit Studium. Dann guter Job, guter Mann, den du dir richten kannst. Katze und Kind, etwas kulturelle Ebene, Datscha im Böhmerwald oder Erzgebirge, noch immer zu einem Spottpreis. Ziele wie überall auf der Welt, da haben weder Nazis noch Kommunisten etwas daran ändern können.

Und was machst du jetzt?

Buch- und Souvenirshop auf der Burg in Krumau und Touristeninformation. Manchmal Fremdenführungen in deutscher Sprache. Als Ersatz. Und ich spar auf ein Auto.

Und letzten Samstag in Rosenberg, als ich dich fast umgefahren hätte?

Da perlt sie wieder ihre Tonleiter ab und sagt: Reiner Zufall. Ich war bei einer Freundin.

Und warum bist du zu mir ins Auto gestiegen?

No, weil der Bus schon weg war.

Nächster Abend: die Ilona als Polarforscher. Sibirischer Fuchs und drunter Strapse. Sie will unbedingt strippen. Diesmal ohne Hut, sondern mit Pelzhaube. Was soll ich sagen: zum Schluß nur noch Pelzhaube.

Am Samstag war dann leider die Eva zurück und ich wieder bei der Tante Ritsch. Die Mirca besuchte uns, und statt Kartoffelpuffer gab's Schweinsbraten mit Kraut und Knedlíky. Wie kriegt die Ritsch nur den Geschmack hin, wo sie seit zwanzig Jahren nichts mehr schmeckt? Kleiner Kunstfehler vom Zahnarzt damals. Hatte irgendwelche Nerven erwischt. Jetzt habe sie schon die zweiten falschen Zähne, sagt sie. Schmerzlos, makellos, praktisch. Deshalb mußte ich ja zweimal hinsehen, als sie bei meiner Ankunft die Tür aufgemacht hatte. Dieses Mißverhältnis: dünn wie ein Strich und das Riesengebiß. Zwanzig Kilo habe sie abgenommen, seit ihr Lieblingssohn, der Franta junior, gestorben sei. Das war vor zehn Jahren. Toll: zwei Kilo pro Jahr. Gratulation. Nein, sagt sie, innerhalb von ein paar Wochen. Sein Tod habe sie schwer getroffen. Und die Mirca, sagt sie, war damals erst fünfunddreißig. A brav's Madel und viel jünger als er. Hat die zwei Enkerl zu ordentlichen Menschen gemacht. Und dann nimmt die Tante einen Schluck Eierlikör, obwohl sie ihn nicht schmecken kann. Aber sie riecht und spürt ihn. Man muß zufrieden sein.

Und der Boiler funktioniert wieder. Jawohl, das ist schnell gegangen. Aber ich staune: Da ist kein neuer Boiler montiert, da hängt der alte Boiler. Nur links außen ist der Riß verschweißt, als Narbe im Email, aber das Innenleben ist erneuert. Billiger als ein neuer, sagt die Tante. Jawohl, die Tschechen sind doch Bastler und Tüftler. Haben sie in der Planwirtschaft lernen müssen. Also, ab heute in die Wanne ohne Angst und Mißtrauen. Gut. Und mein Geld hat sie doch in der »Welt von A – Z« versteckt, nicht unter »G« wie Geld, sondern unter »F« wie Friedhof und František ..., denn das vergißt sie nie und nimmer, und ein Einbrecher käme nicht auf die Idee ... Und heute abend spielen sie »Sissy« im Fernsehen, mit der Romy Schneider, und das könnten wir uns anschauen, auf Tschechisch natürlich, wenn ich nicht mit der Mirca ausgehen will. Aber ich könnte die Sissy auch bei der Mirca anschauen. Sie hat eine schöne Wohnung, und der Gabriel, der eine Sohn, sei derzeit auf Urlaub, und der andere lebt bei seiner Freundin.

Und die Mirca, ahoi, ahoi, ist ein knödliges Frauenzimmer, halbdrall griffig, bißchen mehr Taille als die Gruberova, mit blondumrahmtem neugierigem Gesicht, Stupsnase und blauen Augen. Und sie ist Buchhalterin und offeriert nebenbei Wellness: Massagen und Rückengymnastik. Fleißiges Mädchen, sagt die Tante, und bei mir würde sie für eine Massage sowieso nichts verlangen. Und ich denke an den Bolero, den könnte man vielleicht im Anschluß an die Romy Schneider ..., aber zuerst kommt der Schweinsbraten, und zur Verdauung schauen wir noch vergilbte Fotos an, welche Ritsch aus einer Schachtel kramt: zum Beispiel Ritsch mit ihrer Schwester Annl Zwo und meiner lachenden Mutter, ein Dreimäderlhaus im Nachthemd, oder František, ihr Mann, auf einer Stehleiter.

Und sie berieselt die Fotos mit ellenlangen Kommentaren, übersetzend zur nickenden Mirca hin. Dei Mutter woar a scheins Madl, sagt sie, wia a Reh. Mit sou scheine Zäh', sou schei wia mei Gebiß. Und der Franta auf der Leiter balanciert im vierten Stock oben (sie zeigt zum Plafond hinauf), in der größeren Wohnung, die sie in den Fünfzigern zugewiesen bekommen hatten. Haben bis fünfundvierzig Deutsche drin gewohnt. Danach irgendwelche Weißnicht, vielleicht Zigeuner. Die seien aber, obwohl mit sechs Kindern gesegnet, hinausgeschmissen worden. Dabei war der Mann bei den Kommunisten. Aber die Mutter immer im Wirtshaus und die Kinder allein und verwahrlost am Fensterbrett. Und furchtbar, als sie das erste Mal die Wohnung betreten haben. Da hat der Luster nicht funktioniert, und der Franta daher mit einer Petroleumlampe hinauf. Und was sieht er? Wanzen sieht er. Die wollte er wegbrennen. Aber das Petroleum ist nach unten geronnen und hat ein schönes Feuer am Boden ... Und da haben wir das große Loch im Parkett gesehen. Eine Feuerstelle, von den Vorgängern hineingehackt, weil außer Strom auch das Gas abgeschaltet war. Und die Asche hatten sie in die Badewanne ... O mei, o mei.

So spricht also nun die Ritsch ellenlang, und die Mirca nickt und schaut mich neugierig an.

Ich habe bei Mirca keine Massage genommen.

Und jetzt bin ich schon mit der Ilona auf dem Weg nach Karlsbad, auf der A 48 bei anhaltendem Hoch. Große Freude, aber ein bißchen Wehmut wegen Ritsch und Mirca. Es kitzeln mich die Wurzeln. Werde der Tante den Pelzmatel meiner Frau schicken, weil sie im Winter immer friert. Der Mantel hängt bei mir unnütz im Kasten, und in Tschechien gibt's noch keine Sprühaktionen der Tierschützer. Aber gleichzeitig plagen mich quälerische Skrupel: Kann ich einen westlichen Pelz über Tantchens proletarisches Milieu breiten? Bin ich dann ein kapitalistischer Gönner? Großprotzig herablassend? Verletzend? Weiß nicht: Tantchen wollte sich nicht zum Abendessen einladen lassen. In ein Restaurace. Nicht einmal in ein Hospoda, ein Wirtshaus. Sie habe nichts zum Anziehen, hatte sie abwehrend gesagt, bleim mer lieber dahoim. Was fängt sie dann mit einem Pelzmantel an?

Blankgescheuertes Juniwetter putzt Westskrupel hinweg, und Ilona hat das Adagio von Albinoni eingelegt. Barock beruhigt. Und sie verlangt nicht zweihundert Dollar pro Tag, sondern gar nichts. Und sie krault mir den Nacken und summt das Adagio mit. Und dann blättert sie im »Chcete mluvit česky?« und sagt: Erste Lektion kennst du ja schon. Dobrý den! Guten Tag. Wie geht es Ihnen? Jak se máte? Zweite Lektion: Moje rodina. Meine Familie. Hast du Kinder?

Ja, zwei.

Blödmann! Wie heißen sie?

Günther und Carlotta.

Hast du schon Kalk bis in Kopf. Also, iebersetze oder sprich mir nach! Jak se jmenujete? Wie heißen sie?

Sagte ich ja. Günther und ....

No, ist mit dir nix anzufangen heite. Und so was hat zwei Jahre auf Volksschule studiert, auf tschechische. Frag ich gleich: Was arbeitest du ieberhaupt in Esterreich?

No, Verschiedenes. Aber hauptsächlich mach ich Werbung. In meiner Agentur.

Ah, gut! Und wo warst du auf Volksschule bei uns?

In Horní Blatná. Bergstadt Platten. Kennst du?

Hab' ich schon gehehrt. Oben im Erzgebirge. No, sei froh, daß du von dort weg bist. Hätt'st' sonst keine Agentur. Und kein solches Auto. Wärst' nicht einmal Lehrer. Weil bist du Mensch fier Lehrer, aber nicht fier Parteibuch. Ist eich drieben besser gegangen als uns. Sind wir nach Krieg gekommen von Regen in ..., wie heißt das?

Traufe.

Ja, Traufe.

Und dann legt sie die Sarah Brightman ein, »Timeless«, und ich frage sie wegen des Pelzmantels und der Tante. Da lacht sie und sagt: Habt ihr im Westen immer schlechtes Gewissen gägen uns. No, schick halt Pelzmantel. Und wenn Tante nicht nimmt, schick Mantel nach Krumau. Ich nähm ihn.

Und dann Karlsbad. Karlovy Vary.

Eine Heimkehr. Jawohl! Schon wieder ein Mythos: das Karlsbad der Familienalben, der Erzählungen meiner Mutter und der Bildbände in den Regalen. »Die fidele Kommode«: »Ein schönes Mädchen kam zur Beicht' / An Sünden schwer, an Jahren leicht.« Das Schwärmen Goethes: »Was ich dort gelebt, genossen ...« Das Überdrüber Humboldts: »Der Brillant in Smaragdfassung«. Kaiserlich-königlich. Die Monarchie. Und schon 1522 der Medicus Payer: »Das Karlsbad heilt dir, wenn es wo gebricht: Darm, Magen, Leber, Galle, Stein, Niere und Gicht.«

O Ilona! Während du neben mir schläfst, krampfen Wechselbäder in mir herum. Karlsbad sehen und sterben? Der Humboldt spinnt, hatte meine Frau gesagt, und du spinnst auch. Alles nur wegen der Ohrwürmer deiner Mutter und Tanten. Die haben dir ein Kuckucksheim gebaut. Vierzig Jahre Eiserner Vorhang haben das Kuckucksheim vergoldet. Mythos Heimat. Stern von einer anderen Welt. Unerreichbar.Und jedes Jahr eine neue Verpackung drumrum, gewickelt vom Sudetendeutschen Tag. Damit der Mythos nicht leidet.

Der Sudetendeutsche Tag als Bühne, auf der die alten Akteure spielen. Von dort schauen sie über die Grenze auf die alten

Kulissen. Vielhundertjährige Kulissen. Gotische, barocke, klassizistische … Wie sie zerfallen, zerbröseln, verwittern. Die Pfarrkirche in Niedergeorgental bei Brüx zum Beispiel. Da hatten die Panzer geübt. Verlassene Häuser in toten Dörfern. Und ein paar Kilometer weiter die Plattenbauten der Agrargenossenschaften. Das Kloster Tepl, aus dem sie eine Kaserne machten. Verfallene Pfarrhöfe und Wirtshäuser und daneben ein Betonkasten von Kulturhaus. Feuerwehrschläuche in Kirchtürmen. Niemandsland im Herzen Europas. Mythos Heimat sprengt jede Verpackung. Und dazu die Stimme des Kanadiers: Was haben die Tschechen aus unserem Krumau gemacht?

Weißt schon, hab ich ja erzählt. Hängt mir in den Ohren.

Ja, natürlich war das vor der Wende. Kenn' das alles von damals, als ich mit meiner Frau … Aber machen wir uns nichts vor: Grimm, Empörung und Mythos sind nachtragend. Zerstörung alter Kulissen tötet Identität. Viele sind – trotz Restaurierungsschwemme nach der Wende – für immer verloren. Sag nicht, daß war nicht bezweckt. Natürlich war das Absicht, denn wenn keine Identität, dann auch keine Geschichte und keine Zukunft. Auslöschen. Vergessen. Fußnote der Geschichte. Deshalb klammert der Sudetendeutsche Tag unnachgiebig am Mythos. Ist er sich selbst schuldig. Identität ist kein billiges Schlagwort. Jeder Mensch braucht Identität. Die suchst du in unserer Konsumgesellschaft vergeblich. Also ich sage dir: Gebt den Sudetendeutschen ihre Geschichte zurück. Das Schlimmste ist nicht der Verlust der Heimat, was immer man darunter versteht. Das Schlimmste ist das Auslöschen, das Dementieren, Negieren und Vergessen. Totschweigen. War da jemand? Laßt sie daher zu ihren Toten pilgern. Laßt sie Gräber pflegen und Gedenkstätten errichten. Dann werden wir ja sehen, ob sie ihre Häuser zurückfordern. Glaube nicht, denn sie haben inzwischen neue – tüchtiges Völkchen – aus dem Nichts … »Neue Heimat« heißen diese Siedlungen oft, aber sie sind gesichts- und geschichtslos. Also gebt ihnen ihre Geschichte zurück, damit der Mythos schwindet.

O Ilona! Ich rede mich nicht in einen Wirbel hinein. Ich denke mich nur hinein, weil ich dich nicht wecken will. Hab' geglaubt, daß ich schlafen kann wie du: wie ein Murmeltier im Winter. Aber nichts da. Hat auch der Whirlpool im Badezimmer nichts genützt. War übrigens mal was anderes. Hast du leicht auf die Garderobe von Eva verzichten können. Obwohl, na das wäre ein Hit gewesen: du mit Hut im Pool.

Villa Titania in der verlängerten Dr. D. Bechera ulice. Früher hat das Dr.-David-Becher-Straße geheißen. Nein, nicht nach dem Erfinder des Becherbitter oder Becherovka, das war der Josef. Der David hat das Sprudelwasser analysiert. War damals eine stinkfeine Gegend. Und meine Großeltern väterlicherseits, Alois und Berta, wären nur mit Ehrfurcht und Bücklingen hierher spazierengegangen. Sind sie aber nicht, weil Glasbläser aus der Moserschen Glasfabrik kaum hierherkamen. Auch nicht im Sonntagsanzug. Allenfalls sind sie zu besonderen Anlässen – meiner Taufe zum Beispiel – mit der Standseilbahn auf die Freundschaftshöhe hinaufgefahren, auf die Waldwege, wo sie den Kurgästen ausweichen konnten. Hundertzwanzig Kilometer Waldwege. Da hast du ausweichen gehen können wie in der Sahara. Oder sie sind auf die Stephaniewarte hinauf, dem »Ewigen Leben«. Höchster Punkt Karlsbads. Sechshundertsiebenunddreißig Meter. Hieß nach dem ersten Krieg Stifterwarte, nach dem zweiten Stalinwarte und heute Goethewarte. Aber meine Großeltern haben immer nur Stephaniewarte gesagt.

Und heute liegst du neben mir in der Villa. In tiefen Atemzügen, ohne meine Aufwühlung zu dämpfen. Und auch der Whirl förderte meinen Schlaf nicht. Zu viele Eindrücke auf einmal. Villenambiente mit solidem internationalem Standard. Schöner Park rundum. Die heutigen Eigentümer irgendwo in Prag oder Moskau. Maffia, sagst du. Weiß nicht. Jedenfalls aus diesem Haus wäre ich auch nicht gern hinausgeschmissen worden. Mit dreißig Kilogramm Handgepäck. Von jetzt auf dann. Aber wer weiß, vielleicht war es davor jüdischer Besitz. Vor dem Krieg gab's in Karlsbad viele Juden samt Synagoge. Nach dem Krieg null.

Zum Frühstück kommt die Ilona strahlend und ich mit Ringen unter den Augen. Ist das eine Heimkehr? Und sie frozzelt: Hat dich Whirlpool kaputt gemacht? Und dann Kichern: Violett und blau um Augen? Farbe wie dein Dingsda. Lacht sich jäde Sauna kaputt. Ist nicht normal. Mußt du zu Onkel Doktor in Esterreich. Oder zu Zirkus.

Und dann ein gewaltiges Hallöchen: Zwei Pärchen kommen den geblumten Läufer entlang. Aha: der dicke Mercedes vor der Tür mit dem Münchner Kennzeichen. Und eine der Frauen ist Eva, hast du nicht gesehen? Und sie gibt Küßchen und verzieht sich mit Ilona an einen Nebentisch. Und von dort perlen die Kolloraturen rauf und runter, was man sich halt so erzählen muß, wenn man sich zufällig in Karlsbad trifft. Und die beiden begleitenden Münchner grinsen zu mir herüber. Auch ein paar Tage auf Kur, was? Darm, Magen, Leber und überhaupt Unterleib. Dröhnendes Lachen, und heute gehen sie golfen, und ob ich mit meinem Mädchen mitkäme. Oder ob ich heute abend, weil der eine einen Whirlpool im Appartment hat, mitkäme, weil da passen wir alle sechse hinein. Dreifach Ringelpietz mit Anfassen. Tolle Sache, große Auswahl und kostet nicht mehr.

Nein danke, sehr freundlich, aber sollen sich die totlachen wegen meiner Kriegsbemalung am Dingsbums? Und die Ilona will auch nicht, weil wir heute Karlsbad besichtigen. Und erst jetzt fällt mir auf, daß überall englische Golfstiche herumhängen und die Stehlampen aus Zwergen mit Golfschlägern wachsen. Echt originell.

Und dann gehen wir hinunter ins Tepltal, in die Kolonnaden, die Mühlbrunn- und die Sprudelkolonnaden. Letztere mehrstöckig mit viel Glas aus den Nachkriegsjahren. Die schöne gußeiserne haben die Nazis zu Kanonen gemacht, ohne Respekt vor der Architektur. Und gleich dahinter reihen sich die Treppen zur Barockkirche Maria Magdalena hinauf. Ein Werk Dientzenhofers, wem das was sagt. Da müssen wir hinein, sage ich, denn da bin ich getauft worden. Damals hatte Onkel Pat, Mutters Bruder, sauer im Gigerlanzug aus einem Kostümverleih, den Riesenkrach mit meiner Mutter, weil er in seiner nagelneuen SA-Montur zur Taufe wollte, aber meine Mutter kriegte deshalb alle

Zustände. Vater war nicht da, der war schon eingezogen zum Militär. Hat mir alles die Tante Hedwig erzählt, weil meine Mutter schwieg über diese Zeit wie ein böhmischer Karpfen. Vor fünfzehn Jahren war die Kirche grau in grau und der Verputz bröckelte von Decke und Mauern. Jetzt aber strahlt sie wieder in goldener Pracht, sapperment, also: helle Freude statt Grimm und Empörung.

Und helle Freude zieht auch entlang der Häuserzeilen links und rechts der Tepl, barock bis Gründerzeit und Jugendstil. Die haben sich ins Zeug gelegt bis hinauf zum Hotel Pupp, bis auf einzelne Häuser in der zweiten und dritten Zeile vom Westend. Wird schon noch werden. Die Vergangenheit hebt ihr Haupt. Die Geschichte kommt zurück. Doch frage nicht, wie's vor fünfzehn Jahren war: Enttäuschung pur. Die vergammelten Villen, das hohe Gras in den Vorgärten, überwachsene Wege, abbröckelnde Balkone, verbarrikadierte Fenster und Tore, Fassaden wie die Filmkulisse aus »Dritter Mann«. Also Grimm und Empörung und wieder die Frage: Was haben die Tschechen aus Karlsbad gemacht? Möchte gar nicht vom neuen Kurkomplex Thermal, diesem architektonischen Ungetüm, an der unteren Tepl reden. Monument des Fortschritts, wo die Gewerkschaftsdelegationen aus den Bruderländern ein und aus pilgerten, in den Jeansjacken mit den Orden auf der Brust.

Aber Schwamm drüber und hinein in den Chebský dvur, steht auch auf Deutsch drauf: Egerländer Hof. Wo hätte es das vor fünfzehn Jahren gegeben, und warum die deutsche Vergangenheit verstecken? Wegen der braucht ihr euch nicht genieren. Also ein Interieur wie bei uns auf der Alm, aber der Ilona gefällt's. Juchhu.

»Eghalanda halts enk zsamm!« steht an der Wand, und ich denke, die werden sich über deutsche Stammgäste nicht zu beklagen brauchen, noch dazu, wo die Inhaber Kraus heißen. Kraus, wie mein ehemaliger Freund, der Türmer. Sind ja nur vierzig Kilometer bis zur Grenze bei Eger/Cheb. Kannst du ein preiswertes Tagesvergnügen haben: zuerst zum Essen in den Egerländer Hof und auf der Rückfahrt eine fromme Helene vom Straßenrand.

Was haben wir denn alles auf der Speisekarte?

Vorsicht! Die einst berühmte böhmische Küche gibt's nicht mehr. Auch die Tischkultur nicht. Wegen ihrer bourgeoisen Dekadenz. Vierzig Jahre Kommunismus hatten die Nahrungsaufnahme zum Ärgernis entwickelt. Bonjour, tristesse. Kollektive Ausspeisung. Einheitssoßen. Und reinster Horror vor fünfzehn Jahren: die volkseigene Bedienung. Ein Fall aus dem sozialistischen Märchenbuch: garantierter Arbeitsplatz in der Staatsverfassung. Wer soll sich da bemühen? Daher nur blasiertes Schulterzucken: Haben wir nicht! Probier'n Sie's nächste Woche. Sagte schon: Nie mehr wollte meine Frau in dieses Land. Die wissen nicht mal, was Liwanzen sind. Also, auf böhmische Küche mußt du nach Wien.

Aber heute gibt's freundliche Bedienung und drei Seiten Karte.

Und die Ilona will Lendenbraten in Rahmsoß, nein doch lieber Ente, weil Rindfleisch vielleicht zäh ist. Grundsätzliches Mißtrauen über Jahrzehnte geschult. Und ich denke mir, probierst' Karpfen, der ist nicht zäh. Aber aufpassen, weil ich in Krumau einmal einen Karpfen bestellt hatte und das liebe Vieh wie ein toter Hund serviert wurde: verpuddelt unter einem Haufen aus roten Rüben, Kraut und Pommes. Und ich präzisiere daher ins geneigte Kellnerohr: Aber Beilagen separat bitte schön.

Zwischendurch ist die Ilona ein bißchen neugierig auf meine Wurzeln. Väterliche Linie Karlsbad, jawohl, mütterliche Bergstadt Platten und Neudek. Wär' schön, sage ich, wenn ich jetzt die Tante Hedwig, Schwester meines Vaters, anrufen könnte, oder den Onkel Pat, Bruder meiner Mutter. So wie die Ritsch in Prag. Denn meine Mutter blieb stumm wie ein böhmischer Karpfen, wenn ich nach der Vergangenheit fragte. Mußte daher zu Tante Hedwig, als sie noch lebte. Aber was auch sie nicht gewußt hat: Was ist mit meinem Großvater Julius passiert, nachdem er die Austreibung geschwänzt hatte?

Ich fühl' mich hier irgendwie zu Hause, sage ich zu Ilona, ist mir alles so vertraut. Nicht nur du. Auch die Häuser und Gärten und die Taufkirche. Klar. Auch die Andreaskirche, aus welcher die Kommunisten eine Ausstellungshalle machten, auf deren Friedhof der Sohn Mozarts begraben liegt. Und die Denkmäler von Goethe, Schiller und so weiter. Kein Mythos mehr wie vor der Wende. Alles normal. Sitze hier mit dir. Kann gehen, kann kommen, wann ich will. Bin nicht mehr ausgesperrt. Nur Onkel und Tante kann ich nicht mehr anrufen. Schade. Aber ich könnte hier eine Garçonnière kaufen, wenn ich mal in Pension bin. Müßt' halt Tschechisch lernen.

No, brauchst' nicht, sagt sie. Reden wir Deutsch, wenn ich dich besuche.

Und da kommt schon die Ente und für mich ein Teller mit roten Rüben und Kraut in verschwenderischer Häufung. Na servus!

Karpfen kommt gleich, sagt der Kellner.

Mit der Garçonnière müssen wir uns aber tummeln, sage ich. Wenn du dreißig bist, bin ich sechzig.

Wenn du siebzig bist, bin ich vierzig, sagt sie. Wenn du achtzig bist ...

Und wenn ich ausgestorben bin, kriegst du die Garçonière. Und jetzt perlt sie wieder ihre Noten heraus und macht sich über die Ente her. Alles wieder in tschechischer Hand dann. So lösen wir unser sudetendeutsches Problem. Was bleibt, ist die Geschichte. Prost, Wotan! sagt sie. Prost, Libussa!

Und da kommt der Kellner mit dem Karpfen, und ich schau blöd, weil auf dem Teller nur Pommes, Rotkraut, Weißkraut, rote Rüben in verschwenderischer Häufung. Welch Botschaft empfing das geneigte Kellnerohr?

Wo ist der Karpfen?

No, drunter, deutet er. Und ich arbeite mich mit Messer und Gabel durch den bunten Haufen durch, und tatsächlich: Da schwimmt der Karpfen im Kraut- und Rübensaft und schaut mich fragend an. Und die Pommes gehen auf wie die Schwämme.

Der wird ja wieder lebendig in der Soß, sage ich. Ich hab' die Beilagen ja separat bestellt.

Haben Sie auch separat bekommen.

Aber warum dann noch einmal über dem Karpfen?

No, gehört sich zu Karpfen dazu.
Aber das sind ja zweimal Beilagen.
Nein! Einmal Beilage und einmal Karpfen.
Also bin ich jetzt Weiblein oder Männlein, und ich deute auf den ersten Teller.
Was is'n das?
No, ist das Beilage, wie bestellt.
Bravo! Und das? Und ich deute auf den zweiten Teller.
No, Karpfen.
Aber wo ist der Karpfen? Ich sehe keinen.
No, drunter.
Also unter der Beilage.
Nein, ist keine Beilage. Gehört sich zu Karpfen.
Der Kerl ist vom Volkseigentum übrig, denke ich. Und das geht noch ein bißchen hin und her, und es herrscht keine helle Freude, und meine Heimatgefühle schrumpfen. Ich muß doch Tschechisch lernen, sage ich zu Ilona.
Brauchst' nicht, sagt sie und nimmt den Rest in die Hand. Energisch auf Tschechisch, mit Geschäftsführer und frischem Karpfen. Aber ohne Beilagen. Wahrlich ein Sprung in die Marktwirtschaft, denn das hätte es unter den Kommunisten nicht gegeben.

Am nächsten Tag fahren wie nach Meierhöfen. Ich hab' zwar keine Ahnung, wie das jetzt heißt, aber auf dem Stadtplan sind die Rennbahn und die Glashütte eruierbar. Aha! Meierhöfen heißt jetzt Dvory, aber die Glasfabrik noch oder schon wieder Moser. Den Namen brauchen sie fürs Marketing und die neue Corporate Identidy, weil Moser ist kein Staatsbetrieb mehr, sondern eine Aktiengesellschaft. Und während wir Eger aufwärts fahren, sehe ich schon die Tiefflieger, wie sie über die Rennbahn reinziehen, anno fünfundvierzig. Ratatata. Das sitzt unauslöschlich im Gedächtnis.
Und vor der Rennbahn geht's nach rechts über die Brücke, und da liegt die Glasfabrik wie auf einer Schautafel.
Aber jetzt das Problem: Die Arbeitersiedlung mit den dreigeschossigen Backsteinbauten, die Moser schon vor 1900 gebaut

hat, steht nicht mehr. An ihrer Stelle gibt es nur Parkplätze. Ja, aber da hinten ein Block, ein einziger, im richtigen Winkel zum Bach hin, das muß ..., jawohl, das ist er. Da haben meine Großeltern gewohnt. Aber eingeschlagene Fenster, offene Fensterhöhlen im ersten Stock und eine rauchgeschwärzte Ziegelfassade machen eine Identifizierung schwer. Und deshalb krame ich mein Album aus dem Kofferraum. Jawohl, kein Zweifel mehr. Da oben im dritten Stock, neben der Dachrinne ist das Fenster, wo ich einst am Fensterbrett klammerte, als die Tiefflieger zum Greifen nah ..., konnte die Piloten erkennen, hatten Hauben auf wie Onkel Pat, und ich mit Stoppelgewehr ratatata auf die Pilotenköpfe, und dann war plötzlich die Großmutter Berta hinter mir, um Gottes willen Bou, und dann mußte ich runter in den Kohlenkeller. Schau mal, Ilona, durch diese Öffnung haben sie die Kohle runtergeschüttet, und nach jedem Fliegerangriff bist du schwarz wie ein Rauchfangkehrer wieder nach oben. Aber wir hätten in der Wohnung bleiben können, weil die Flieger immer den Bahnhof wollten. Jawohl, und dieses ehemalige Arbeiterhaus wird als Museum hergerichtet (Ilona dolmetscht), und da könnte ich ja ..., ich könnte jede Menge Fotos beisteuern und ein rubinrotes Glas aus Großvaters Werkssammlung: hohler Fuß und Stiel in zwölf Facetten geschliffen. Oder das Piano meines Vaters, das in einem Dorf in der Nähe Wiens unnütz herumsteht, mit den Einmachgläsern auf dem Deckel: Zwetschken, Brombeeren, Himbeeren. Genau wie damals in Meierhöfen. Oder »Die fidele Kommode«: »In Krippstedt wies ein Schneiderjunge / Dem Bürgermeister einst die Zunge.«

Themenvorschlag für das Museum; Arbeiterwohnstätte der Zwischenkriegszeit: Wohnküche, Kabinett, Klo am Gang, sechs Kinder und ein Klavier. Von Hedwig habe ich sogar eine Skizze mit der Einrichtung. Könnte man gut rekonstruieren. Und aus der Arbeiterwohnstätte schaue ich dann völlig heimisch aus dem Fenster. Als Originalrequisit. Vielleicht brauchen die einen Kustos, und ich lerne Klavier. Ja, ja, sagt die Ilona, da brauchst' keine Garçonnière kaufen.

Dann Begeisterung im Firmenmuseum. Ein Foto aus 1927: Arbeit in der Hütte. Auf einem Podest eine Reihe von Glasbläsern an den Blasstangen. Und wen sehe ich da? No, den Großvater Alois mit seinem Breitschädel sehe ich da, aber noch ohne Kropf. Den hat er erst später gekriegt, als die Oma auch schon einen hatte. Und die Ilona schmunzelt, und die Verkäuferinnen in den Ausstellungsräumen schmunzeln auch, sieh mal an: sein Großvater in unserer Fabrik.

Und nun darf sich die Ilona – also, das wollte ich auch ohne Großvater tun – eine Trinkglasgarnitur mit Karaffe aussuchen. Nein, das will sie nicht, muß aber, und da wählt sie das Modell Maria Theresia aus, nicht wegen der böhmischen Königin, sondern wegen des Schliffs und dem Ornament mit Akanthus- und Blütenblättern, das ihrerzeit schon Prinzessin Ilena von Habsburg verwendete, wie wir erfahren.

Und dann? Ja, und dann sitzen wir in einem Restaurace am Bahnhof und schauen uns an, und der Kaffee wird kalt, weil ich ihre Hände halte. Wir schweigen uns an. Niemand gewinnt. Jeder verliert. Und warum sollen Worte fließen, wo die Wärme von Hand zu Hand …? Und ihr Kupferhaar erglüht im Sonnenreflex. Moment, sage ich, so ein Licht kommt nicht einmal auf Bestellung. Also ein Spot: Madonna im Feuer, zum Abschied. Und dann müssen wir schon zum Bahnsteig, weil ihr Zug geht um sechzehn Uhr fünfzehn. Und vor der Wagontür nun die oft beschriebene Umarmung – abgedroschene Abschiedsszene? Und es ist fast so wie unter der breiten Krempe von Evas Ascot-Hut während sie murmelt: Deine Kriegsbemalung ist bald weg, mein Liebär! Nähmen dich nicht mehr bei Zirkus. Schade. Hätt' ich dich gerne ohne erläbt, mein Liebär! Und gleich darauf, schon beim Einsteigen: Ruf mich an! Und dann nochmals aus dem Fenster, während der Zug schon fährt: Ruf mich an, Wotan! Besuch mich! Und dann winkt sie. Und ich winke auch und sag zu mir selbst: Mach ich, Libussa, mach ich! Und sie ist jetzt schon um die Ecke und weg. Und ich habe Blei in den Füßen und starre in das Schienen- und Kabelgewirr, welches hundert Meter im Schatten steht, nur schwarz, und dann übergangslos im prallen Licht, und wäre nicht weggerannt, wenn jetzt Sirenengeheul … und die Tiefflieger wie einst über die Rennbahn her … Und ich stehe noch und schaue, und warte, ob der Zug vielleicht im Retourgang … Aber nein …

Also nun gut. Das war kurz, aber nicht schmerzlos.

Erst als ich am nächsten Tag Richtung Platten fahre, tausche ich Bedauern gegen Erwartung.

Du alter Ochs, sage ich mir, du bist wegen Großvater Julius hier und wie es da oben jetzt aussieht. Du bist doch nicht Goethe, der sich Hals über Kopf in die achtzehnjährige Ulrike von Levetzow – und da war er schon dreiundsiebzig – verliebt hat.

Jetzt bin ich schon in Neudek.

Aber große Enttäuschung, gemessen an den Erzählungen von Tante Ritsch und meiner Mutter und was ich im Heimatmuseum gesehen habe. Aber wieso Heimatmuseum? Habe ich ja mit meiner Frau vor fünfzehn Jahren nicht besuchen können, weil es gar keines gab. Außerdem war es damals ziemlich neblig, und wir haben uns in Neudek nicht aufgehalten. Also, du mußt wissen, liebe Ilona: Das Heimatmuseum von Stadt und Landkreis Neudek, und dazu gehört auch Platten, steht nicht in Neudek, sondern in Augsburg-Göggingen. Jawohl! Dort sind nach der Vertreibung die meisten Neudeker angesiedelt worden. Haben also ein bißchen Identität transferiert und in ein Heimatmuseum gesteckt. Und hochinteressant: Wie wird das hiesig tschechische einmal aussehen? Blickwinkel, Geschichtsbezug und Bewältigung der Vertreibung? Und noch interessanter: Der Kustos im Gögginger Museum, Herr Thurnwalder, ist mit Ritsch und meiner Mutter im Červenka-Haus, Ritschs Elternhaus, aufgewachsen. Solche Zufälligkeiten gibt es normal nicht, und als ich der Tante in Prag von ihm Grüße bestellte, wellte helle Begeisterung: Den Dieter, des mou i erlebn, den gibt's nou? Die Thurnwalders führten nämlich den Friseurladen im Haus und jeden Freitag (jedn Freiti) seien ihr dort die Haare gewaschen worden. Und jetzt muß ich nachholen: Die Ritsch spricht original Neudeker Dialekt, der nicht durch die bayrische Waschstraße gemangelt wurde wie beim Dieter. Der liegt, besser lag – stirbt ja auch aus – irgendwo zwischen Erzgebirgisch und Egerländisch. Und sein Aussterben wird der »Arbeitskreis Neudeker Mundartpflege« auch nicht lange aufhalten können. Infusion im Sterbezimmer sozusagen. Vor allem, weil die paar deutschsprechenden Tschechen in Nejdek, so heißt heute der Ort, mit dem Verstehen ihre Probleme haben. Und wer soll überhaupt in Zukunft diesen Dialekt reden?

Also: Die Neudeker Landsmannschaft ist nach der Wende schon öfter in ihrer ehemaligen Heimatstadt gewesen. In offizieller Delegation mit politischen Vertretern, denn etliche Neudeker haben sich in den Augsburger Stadtrat hineingearbeitet. Haben sich dabei doppelt anstrengen müssen, denn, ob schwarz oder rot oder sonstwie, sie waren Flüchtlinge. Und jeder Flüchtling war damals von vornherein anrüchig: gepunzt, behaftet, argwöhnisch geduldet. Nicht zu vergleichen mit heutigen Asylanten. Denn erstens traten sie in Massen auf, und zweitens kämpften die Ortsansässigen gleichermaßen ums Überleben. Ich sag dir, liebe Ilona: Als Heranwachsender standen mir die Komplexe bis zu den Haaren. Mehr als zehn Jahre Lager in einer Wiesenniederung. Im Sommer Hochwasser wie am überschwemmten Markusplatz, Bretterstege bis ins Schlafzimmer. Im Winter die vereiste Wasserpumpe im Freien, in die du pinkeln mußtest, um das Wasser aufzutauen. Traute mich nie einen Klassenfreund einzuladen. Minderwertigkeit grenzt aus. Der ewig vergleichende Blick auf das bürgerliche Leben der Schulfreunde. Die Schlägereien mit den Buben der angrenzenden Siedlung. Flüchtling. Flüchtling. In manchen Orten bleibst du Flüchtling bis in die x-te Generation. Das ist die andere Seite. Aber Schwamm darüber.

Siehst du, Ilona, Flüchtlinge – oder sagen wir ehemalige – besuchen nach mehr als vierzg Jahren ihre alte Heimat.

Und deshalb angemessen sowie respektheischend: der Gegenbesuch des Bürgermeisters von Neudek in Augsburg. Herr Michalek mit Dolmetscherin. An sich ein traditionell gepflogener Schritt unter befreundeten Parteien. Aber nach der Wende war dies ein Schritt auf glattem Parkett. Rundherum lauerten – argwöhnisch, verleumderisch mit Dreckeimer und Schaufelchen hinter dem Rücken – die politischen Sandstreuer. Denn was tat Herr Michalek in Augsburg? Herr Michalek tat ein ungewöhnliches Pfuipfui. Er streckte die Hand zur Versöhnung aus und entschuldigte sich vor sechzig Mandataren, Presse und Bürgerauditorium für die Vertreibung der Deutschen aus Böhmen und Mähren. Aber er konnte mit dem Bürgermeister von Augsburg nicht mehr den Schlußwalzer tanzen, weil die Sandstreuer ihr Werk schon vollbracht hatten. Bei der nächsten Bürgermeisterwahl in Nejdek war er ex. Da hatte wohl die Dolmetscherin gepetzt. Und sein Nachfolger wurde der protestantische Pfarrer, der sich bisher noch nicht entschuldigt hat. No, blöd wird er sein. Und jetzt gibt es keine offiziellen Delegationen mehr. Und ich frage dich: Wie wecken wir bei dieser Bewußtseinslage das Verständnis für das Geschehene? Du und ich. Schicken wir die Nejdeker ins Museum nach Augsburg? Ist ja nichts von Vertreibung und Völkermord und Schuld drinnen, sondern nur ein bißchen von vorher und nachher. Oder schicken wir das Neudeker Museum in Augsburg nach Nejdek, wo es eigentlich hingehört, so wie man das Heilige Haus von Nazareth nach Loreto in Italien expediert hat? Aber bei letzterem waren Engel im Spiel und die Jungfrau Maria, und kein protestantischer Pfarrer.

Wie gesagt:
In Neudek wohnten Mutters Cousinen Ritsch und Annl Zwo. Wenn wir sie besuchten, fuhren wir immer mit dem Zug. Vier Stationen vor Neudek, in Eibenwald, stiegen wir aus, weil sich von dort die Bahn wie eine riesige Kreuzotter ins Tal hinunterschlängelt und ein schöner Waldweg als Abkürzung nach Neudek führt. Außerdem war hier der Zonentarif zu Ende, und meine Mutter war sehr sparsam.

Deshalb wollte ich eigentlich von Neudek nach Platten mit dem Zug fahren. Beim Studium der Strecke hatte ich aber auf keiner Karte den Ort Eibenwald gefunden. Auch keine tschechische Bezeichnung dafür. Erst im Heimatmuseum Augsburg-Göggingen bekam ich Aufklärung. Dort hatte mir Herr Thurnwalder eine Karte mit schwarzen und roten Ortsnamen gezeigt.

Zum Beispiel schwarz: Bergstadt Platten, und in Klammer Horní Blatná. Und rot: Eibenwald, aber nichts in Klammer, weil es den Ort nicht mehr gibt. Der ist jetzt Wald und Wiese. Hat also die Natur vermehrt, obwohl das Erzgebirge inzwischen ökologisch kaputt ist. No, sagte Herr Thurnwalder, da gibt's viele rote Orte. Manchmal blüht dort noch ein Kirschbaum oder Apfelbaum als Zeitzeuge. Ist nachgewachsen oder hat man übersehen. Aber Eibenwald ist weg. Nur die Station gibt es noch. Für die sächsischen und tschechischen Wandervögel zum Wochenende.

Wegen des revanchistischen Pfarrers habe ich nicht in Neudek übernachtet, sondern bin nach Platten weitergefahren. Mit dem Auto. Und da liegt es nun vor mir. Wie auf der Postkarte im Album. Die Bergstadt. Also das ist das Kaff, hatte meine Frau vor fünfzehn Jahren gesagt, sei froh, daß du weg bist. Da heroben wärst du versumpert. Und Ilona hat das auch gemeint.

Na schön, ihr habt recht. Aber was ist mit dem Julius Grünes passiert? Der ist nicht weg, und zweihundert Meter unterhalb der Kurve ist sein Häusel gestanden. Und sosehr sich die Sonne auch bemühen mag, sie kann es nicht mehr herbeizaubern. Denn dort, wo ich einst Holz gehackt und Wühlmäuse gejagt habe, wiegen sich nur Holler und Haselnuß im leichten Nordwest. Kein lohnendes Motiv für ein Foto. Es war einmal ein Koneshäusel. Nicht einmal die Holzbrücke über dem Bach gibt es mehr. Kein Apfel- oder Kirschbaum liefert schlüssiges Zeugnis und markiert den ehemaligen Obstgarten. Nur die Ebereschen zeugen ungefragt an der Hauptstraße und reihen sich unverdrossen und zeitlos zur schattigen Allee nach Platten hinein. D'Vuglbeerbaam. Ihr Früchte brauchte der Großvater zum Schnapsbrennen.

Von hier aus haben einst die ersten Siedler zum Roden begonnen, anno 1532, runter zum Hochmoor, und drüben hinauf zum Plattenberg. Dort hatten sie Zinn gefunden, und der sächsische Kurfürst ließ eine Bergstadt anlegen. Hundertneunundneunzig Hofstätten im Geviert. Aber vorher mußte das Moor entwässert werden. Da hätte jetzt mein Freund, der Türmer,

Geschichten spucken können wie ein Spielautomat Münzen. Spannender als Mutters Märchen. Zum Beispiel wie die Platt und Gottesgab anno 1546, ein dreiviertel Jahr nach Luthers Tod, an die Krone Böhmens kamen. Und wie das mit der Grenzziehung hin und her verlief. Oder wie 1623, im Dreißigjährigen Krieg, die Kroaten kamen, die kaiserlichen, von Neudek herauf, und danach die Schweden von Sachsen her. Heißer Stoff für gespitzte Bubenohren.

Über dem ehemaligen Moor ragen der Kirchturm von St. Laurentius und die Schule aus den Dächern. Und vom Kirchturm blickt die ehemalige Türmerwohnung aus verstaubten Fenstern. Also, da nimmst du ein Zimmer gleich gegenüber dem Turm, von wo man die Fenster beobachten kann. Auch vom Bett aus fädeln sich die Gedanken hinauf. Aus dem morgendlichen Halbschlaf rettest du reflektorisches Zeug und schleppst es zum Laptop.

Hotel Modrá Hvězda. Es ist das einzige Hotel hier und war früher der »Blaue Stern«. War eine gute Adresse: Stammtisch von Großvater Julius und dem Türmer Naz. Onkel Pat hingegen ging zum Postwirt. Dort verkehrte er mit der Feuerwehr und den Turnern, später auch mit der SA. Schau mal an, was einem so einfällt, in diesem Zimmer am Marktplatz. Der Platz heißt jetzt Svatého Vavrince, aber der Postwirt ist total zugenagelt. Rundherum lauter Bretter. Und immer wieder der Blick hinauf zur Türmerstube. Auch während der folgenden Tage. Und eine Überraschung am oberen Platzende vor dem Rathaus: Eine Tafel auf Tschechisch und Deutsch. Herzlich willkommen in der Bergstadt Platten. Ein historischer Abriß der Stadt und wovon sie lebte: Bergbau, Spitzenklöppeln, Verzinnen, Handschuhmachen. Die Pfarrkirche St. Laurentius wurde 1542 aus Holz errichtet, aus protestantischem damals, und 1754 katholisch barock gemauert. Und wieder der Blick hinauf zur oktogonen Turmzwiebel mit aufgesetztem Glockentürmchen und der darunter liegenden Türmerwohnung. Aus anderer Perspektive, aber mit derselben Erinnerung. Ein Thema für Hitchcock. Der hätte auch aus dem Schlußsatz der Tafel einen Film gemacht: Wenn euch ein Berggeist oder ein Zinnwichtel begegnet, grüßt freundlich mit »Glück auf!« und wundert euch nicht über ihr altertümliches Deutsch.

Wir haben in der Bindergasse Nummer 188 gewohnt. Heißt jetzt II. Odboje. Und ich möchte die Frau Rößler, unsere ehemalige Nachbarin, besuchen, die vor fünfzehn Jahren noch gelebt hat. Damals überkam mich erinnerungsschwere Freude, als ich Christus im Nachthemd über ihrem Küchentisch sah. Er führte ein Kind auf schmalem Brett über die Schlucht, und das Bild hing einmal über Mutters Doppelbett. Ein Schlüsselerlebnis, als ob wir gestern erst weggezogen wären. Der Kalk begann zu bröseln. Aber die Rößlerin lebt seit drei Jahren nicht mehr, und die Tschechin, die mir die Haustür aufmacht, redet zwar mit Händen und Füßen, aber versteht mich nicht. Wie soll ich ihr ausdeutschen, daß ich mir gerne noch einmal den Christus im Nachthemd angesehen hätte?

Jetzt gehe ich natürlich auf den Friedhof: viel freie Fläche, verfallene Gräber, mißtrauische Blicke von der Staßenseite her. Und dann finde ich den grauen Granit mit der Goldschrift: Ruhe sanft. Aber nur der Rößler Josef steht darauf: 1900 bis 1975. Und die Rößlerin? Da ist wohl niemand mehr da, dem die paar Goldbuchstaben etwas wert gewesen wären. So kann man auch von der Lebensbühne abgetreten werden. Sang- und klanglos, ohne daß jemand deinen Namen nachlesen kann. Zumindest zu Allerheiligen und Weihnachten. Aber dennoch gibt es Trost: Sie liegt bei ihrem Josef. Und jetzt schau einmal: schwarze Marmortafel mit Goldschrift. Hier ruhen in Frieden: Edgar und Veronika Edelmann. Jemand hat Blumen in ein Glas gesteckt. Was ist aus Freund Harry geworden, ihrem Sohn? Ist er Tscheche geworden und lebt in Prag? Und dann suche ich Grabreihe für Grabreihe durch, finde aber nirgends die Aufschrift »Julius Grünes«.

Gibt es keine Leute mehr, die ich anrufen oder besuchen könnte? Ja doch, den Schneider Vílem, den jetzigen Bürgermeister und Leiter des Heimatmuseums. Den hat mir Herr Thurnwalder in Göggingen genannt. Aber der Wilhelm komme erst in ein paar Tagen zurück, sagt mir sein Bruder. Der ist in Prag.

Also, liebe Ilona, ich schmökere beim Frühstück in deinem »Tschechisch für Anfänger«: Kde je káva?: Wo ist der Kaffee? Je na stole: auf dem Tisch. Und wenn ich abends nicht einschlafen kann, denke ich an dich und deine Ascot-Hüte. Aber Testosteron rühren hat keinen Sinn, gescheiter, ich begebe mich aufs Schlachtfeld und zähle Feinde. Zum Beispiel in den Schlesischen Kriegen Maria Theresias oder den Napoleonischen. Zählen, bis ich eingeschlafen bin. Und ich werde den Pelzmantel nicht an die Ritsch, sondern an dich schicken, jawohl.

Und was tue ich sonst hier? No, ich folge dem lädierten Hinweis »Hotel Imperial« Richtung Plattenberg und ende vor einem Haus mit offenen Fensterhöhlen. Drinnen ist alles nackt und ausgeräumt. Hier hatten erst die Kinderfreunde, dann die Nazis und Kommunisten ein Kinderheim. An den herausgerissenen Installationen haben sich wohl die Vietnamesen vergriffen, die vor den Türen einiger Häuser sitzen und mich anschauen wie aus der Fabel. Und wem gehört das vernagelte Gebäude neben dem Kinderheim? Weiß nicht, vielleicht war das einmal das Imperial. Und etwas weiter, schon außerhalb des Ortes – wieder ein Schlüsselerlebnis – der Löschteich, in dem mich die Hitlerjungen getümpelt hatten. Wäre damals beinahe ersoffen.

Und dann am südlichen Ortsrand die Schule, an der Stuck und Ornamentik der Gründerzeit weg und neue Fenster installiert sind. Die Schule lebt also noch. Aber aus der evangelischen Kirche gegenüber wachsen Bäumchen aus den Fenstern. Nur das verrostete Blechdach hält sie noch zusammen. Und auch das Kriegerdenkmal 1914 bis 1918, auf dem die Namen herausgemeißelt sind, steht noch. Ausgelöschte Tote.

Aber die Wirtin vom »Blauen Stern«, sie heißt auch Mirca, sieh einmal, macht mir Erdäpfelpuffer mit Apfelkompott, Einbrennsuppe mit Knoblauch, Gemüseeintopf mit Gurkerl und am Sonntag Sauerbraten mit Erdäpfelknödel. Der Magen als Pfadfinder. Die Spur zurück läuft auch durch den Magen.

Und als ich dann einmal vom Plattenberg zurückkomme, wo

ich am ehemaligen Forsthaus, dem Vaterhaus von Höllteifi Fritz, vorbei zur Wolfspinge pilgerte, da reicht mir die Mirca ein Zettelchen: Der Bürgermeister ist aus Prag zurück.

Aber am Abend spukt mir wieder – weil ich nicht an dich denken will – das ehemalige Vertriebenenministerium durch den Kopf, mit seiner Dokumentation. Und im Wegdämmern höre ich Explosionen, und aus den Fabriken strömen Arbeiter mit weißen Armbinden am Arm, und da steht »N« drauf: Němec, Deutscher. Hätte auch Nazi heißen können, aber die waren keineswegs alle Nazis. Und deshalb werkt der tschechische Nationalausschuß, Národní Výbor, schicksalhaft bemüht an einer Naziliste herum, den einen oder anderen Namen streichend oder hinzufügend. Aber die für Aburteilungen zuständigen Revolutionsgardisten, besoffen umwölkt, von Politikern und Medien aufgestachelt, lachen nur: Steckt euch eure Liste in den Arsch. Němec ist Němec. Ob Nazi oder nicht: ratatata. An den Elbebrücken die Maschinengewehre. Und jetzt zähle ich von zweitausend an rückwärts. Ein »N« weniger, noch ein »N« weniger, noch eines …

Aber bitte, alles ist schon wieder Geschichte: Und manche Historiker sagen unbefragt, es waren nur tausend. Und manche sagen, es waren zweitausendsiebenhundert. No, ist ja nicht viel, wenn man so will, gemessen an den achttausend Moslems im bosnischen Srebrenica. Also Geschichte wiederholt sich. Wir können Wiederholungen nicht abschalten. Wer sagt, wir lernen daraus?

Auch mit dem Bürgermeister kann man über Geschichte plaudern. Im abgesteckten Rahmen, jawohl. Unter den Kommunisten hätte es keinen Dagebliebenen als Bürgermeister gegeben, da konntest du noch so Antifa und Parteiexponent sein. Aber Schwamm drüber, und die Goldinschrift für die Rößlerin wird die Gemeinde übernehmen, selbstverständlich, und auf Deutsch klarerweise, er habe das schon eingebracht, schließlich war sie eine brave Bürgerin, wenn auch ohne Verwandtschaft, aber der Gemeinderat hat sie bisher nicht ins Budget genommen. Es fehle halt – trotz Zuwendungen aus Augsburg – hinten und vorne am Geld, und der Tourismus beginnt wie verdickter Honig: süß, aber zähflüssig. Und gerade deshalb brauche man als zusätzliche Attraktion das Heimatmuseum.

Aber das größte Problem: die Gestaltung. Man müsse vorsichtig sein, denn so was dürfe nicht zur Pilgerstätte für Ausgesiedelte werden, auch wenn doppelsprachige Beschriftungen locken. Und deshalb Konzentration auf regionale Volkskultur ohne ethnischen Verdacht: zum Beispiel Bauformen. Das Haus hier: Aufblühendes achtzehntes Jahrhundert. Gemauertes Gewölbe unten, Fachwerk oben. Und als Wetterschutz im Westen Schieferschindeln. Im Osten Dachpappe. Und drüber Schieferdach. Haben fast alle Häuser im Ort. Und dann typische Hauseinrichtung neunzehntes Jahrhundert. Hat ja genug Abbruchhäuser gegeben, obwohl die angesiedelten Zigeuner das meiste verheizt haben. Erst haben sie verheizt, und dann sind sie weg. Dafür sind jetzt die Vietnamesen hier.

Siehst du, liebe Ilona, und dann wieder ein Schlüsselerlebnis, gleich im zweiten Raum nach dem neunzehnten Jahrhundert: der heilige Martin, fast einen Meter hoch, und der Gekreuzigte, und die Sturmhaube aus dem Dreißigjährigen Krieg, jawohl, und der Totenschädel mit den Glühbirnchen in den Augenhöhlen. Requisiten aus der Türmerstube. Und der Rübezahl mit vollen Backen. Entstaubte Vergangenheit als Museum. Die leibhaftige Türmerstube unter dem Zwiebeldach. Und sogar die Krippe ist aufgebaut, eine halbe Wandseite beanspruchend. Julius, mein Großvater, und Naz, der Türmer, ihre Schöpfer, hätten helle Freude daran.

Schachtelwelt

Es war einmal ein 20. April. Rund um dieses Datum gebärdete sich das Wetter sprichwörtlich launisch und zeigte uns die lange Nase. Noch am Tage zuvor hatte ein scharfer Nordwest die Wolkenbänke gegen den Plattenberg getrieben und knatternd an den Festfahnen gefranzt. Strichweise peitschte schräger Regen in die rasche Abkühlung. Es riecht wieder nach Schnee, hatten die Leute gesagt. Können wir gar nicht brauchen, jetzt, wo die Natur voll im Saft steht. Vom Haus der Apothekerin, unserer örtlichen Frauenschaftsleiterin, hatte sich die Flagge losgerissen und war auf das Kriegerdenkmal neben der Kirche geklatscht. Das Hakenkreuz hatte sich plastisch um den Arm des heroischen Handgranatenwerfers auf dem Sockel geformt, was die Apothekerin – in Trauer um ihren vor drei Wochen gefallenen Sohn – pathetisch als Symbol für die deutsche Zukunft deutete. Durch unsere Opfer zum Endsieg.

Der Ortsparteileiter Max Kleister hatte die Kreisleitung in Karlsbad angerufen und empört auf die Reichswetterfritzen geschimpft, welche entgegen dem herrschenden Sauwetter ein Hoch über Mitteleuropa prophezeit hatten. Auf nichts sei mehr Verlaß. Die Parteileitung konnte ihm auch nicht helfen, rügte ihn wegen defätistischer Einstellung und empfahl, er solle sich an den örtlichen Pfarrer wenden. Beten! Mein Lieber! Beten! Auch wir brauchen morgen schönes Wetter: Führers Geburtstag. Aufmarsch der Parteiformationen. Wir müssen unsere Stärke demonstrieren. Unsere Geschlossenheit und Solidarität mit der opferwilligen Bevölkerung an der Heimatfront. Den Wehrwillen am Köcheln halten. Die Skeptiker in die Glut hineinblasen lassen.

Es genügt nicht, wenn wir unsere Gegner verhaften oder in Paris die Kinos und Theater zusperren, weil schon wieder Anschläge auf unsere Soldaten ..., jawohl! Es genügt nicht, daß ein Blödmann hingerichtet wird, der in seiner Wohnung Feindsender gehört und anschließend darüber in vertrauliche (?) Ohren geflüstert hat. Volksverrat. Wehrkraftzersetzung. Jawohl! Es genügt nicht, daß die Medien täglich auf die Blutfratze des Judentums und das jüdisch-bolschewistische Mordbrennertum hinweisen. Jawohl! Nein! Wir müssen der Bevölkerung kontuinierlich unsere Präsenz vorführen. Vor allem auf der Straße. Begeistern, mitreißen, auf die Partei einschwören. Und dazu brauchen wir Sonnenschein. Die Partei muß gut belichtet werden. Schlechtwetter ist ein schlechter Regisseur.

Max Kleister begnügte sich an diesem Tage nicht mit Führers Geburtstag. Den feiert die Partei letztlich jedes Jahr. Er brauchte einen lokalen Anlaß, der über den national offiziellen hinausreicht und die gesamte Bevölkerung auf die Beine bringt, auch die von der Partei abseits stehende. Die Leute müssen mit einem hausgemachten Ereignis gelockt werden, mit dem sich alle identifizieren können. Unter seinen pomadisierten Schmalzlocken formte sich schon die Erfolgsmeldung an die Kreisleitung: Zur Ehrung des Führers und Reichskanzlers ist die gesamte Volksgemeinschaft mit ihren Vereinen angetreten. Bergstadt Platten als Musterstadt der Bewegung? Eine solche Meldung pflanzt sich gemeinhin bis zur Gauleitung und am Ende bis Berlin durch. Damit kann er Karriere machen. Aber nur bei Sonnenschein, bitte schön.

Also: Führers Geburtstag ist auch Gert Wessels Geburtstag.

Drei Jahre wird er alt. Fünfzig Jahre ist er jünger als Adolf Hitler. Die Nachbarn in der Bindergasse Nummer 188 frotzeln deshalb: Die Annl, Gerts Mutter, stapele hoch. Wollte für ihren Sohn eine Parteischiene in die tausendjährige Zukunft legen. Hat extra am 20. April die Wehen einleiten lassen, um ein bißchen Glanz auf ihren Schoß zu ziehen. Warum heißt der Gert nicht Adolf? Gutmütige Sticheleien kommen vor allem von Herrn Rößler aus der Nebenwohnung, der heimlich sein abgegriffenes KPTsch-Mitgliedsbücherl, trotz verschwenderischem Einsatz von Mottenpulver, im Wäscheschrank überleben läßt. Gegen den Willen seiner Frau. Er will es nicht wegschmeißen, weil er zum tausendjährigen Bestand des Reiches seine eigene Meinung hat. Der Annl ist das fallweise Sticheln egal. Ihr ist auch der Adolf egal. Sie hat die Wehen, abseits jeden politischen Kalküls, etwa mit insgeheimem Blick auf die enorme Öffentlichkeit dieses Tages, deshalb einleiten lassen, weil Gert drei Wochen über der Zeit war. Exakt zehn nach zehn an besagtem Abend hat er seinen ersten Schrei getan. Wer weiß, ob er das überhaupt gewollt hat. Auch seiner Mutter war es im nachhinein nicht recht, da Gerts Geburtstag künftig, solange Führer und Führermythos leben, im inszenierten Staatswirbel untergehen würde. Ein paar Stunden hätte sie noch warten sollen.

Auf jeden Fall ist Gert randvoll ausgereift ins Leben geschlüpft, obwohl man dies seinem dürren Gebein nicht ansieht. Aber wer zu spät auf die Welt kommt, muß viel nachholen: Deshalb ist er neugierig bis zum Platzen.

Neugierde treibt ihn auch an diesem 20. April früh aus dem Bett. Heut ist in der Stadt was los. Schon leckt die Morgensonne mit warmer Zunge über Schiefer- und Blechdächer. Weckt erwartungsfrohe Aufregung. Nur schattenseitig bleibt noch Feuchte. Nach dem letzten Bissen Frühstück, ehe Mutter zweimal schauen kann, verdrückt sich Gert und eilt unter stückweis wattiertem Himmel zum Jugendheim am östlichen Ortsausgang. Dort sammelt sich die Hitlerjugend. Das Sammeln ist schon Ereignis an sich. Sie sammelt sich um die Bannfahne. Sie sammelt sich um Gefolgschaftsfahne, Jungbannfahne. Sie sammelt sich aufgekratzt, lachend, abenteuerhungrig um Fähnleinfahnen und Jungenschaftswimpel. Wie ein Bienenschwarm um die Königin. Während leichter Dunst das rasche Auftrocknen des regennassen Asphalts verzögert, sammeln sich gleichzeitig die Mädchen. Sie sammeln sich um Mädelgruppenwimpel, Jungmädelgruppenwimpel, Mädelschafts- und Jungmädelschaftswimpel. Niemand kommt zu spät. Leitspruch: Fünf Minuten vor der Zeit ist des Soldaten Pünktlichkeit.

Max Kleister, der zu kurzer Inspektion vorbeischaut, bringt

Ordnung in das Sammeln. Formationsbildung. Kommandos der Fähnleinführer: Stillgestanden! Richt euch! Augen geraaadeeeauss! Zur Meldung an den Ortsparteileiter – die Augeeen links! Evakuierte Bombenkinder aus dem Ruhrpott, die im Jugendheim untergebracht sind, schauen feiertäglich zu. Klausner Michel, ein alter Sozi, der gegenüber dem Jugendheim seinen Vorgartenzaun streicht, räumt – als er die Kommandos hört – eilig die halbvolle Farbdose und den Pinsel ins Haus. Die Latten bergseitig vom Zauntürl und zwei talseitige Latten müssen Führers Geburtstag ungestrichen feiern. Neben dem Spielmannszug salutiert der strammstehende Gert. Max Kleister freut sich über den Wetterwechsel. Die Reichswetterfritzen haben recht gehabt: Führerwetter. Max hat den Glauben an die Allmacht der Partei und seine guten Karriereaussichten zurückgewonnen. Alle eingeladenen Vereine, außer dem Mandolinenklub Lindenau, sind gekommen.

Oberhalb des Jugendheims, vor dem Hotel Imperial, springen Bergknappen in ihren schwarzen Uniformen von zwei Kraftwagen. Federbüsche wippen. Silberknöpfe blinken gerieben. Es ist die Joachimsthaler Bergkapelle. Bargma Gelückauf! Zwischen dem Sportplatz des Jugendheims und dem Löschteich sind die Saatreiter aus Bärringen eingetroffen. Alte Männer und Jungen. Passanten wundern sich, daß mitten im Krieg überhaupt noch Reitergruppen auftreten. Auf frischer, allmählich erdig aufquellender Grünfläche sammeln sich außerdem: Bergwichtel und Hauer. Landsknechte und Wallensteinsche Trommler. Also Buben mit Barett und geklöppeltem Spitzenkragen. Die ersatzgeschwächte Schützenkompanie in den weißen Uniformen Maria Theresias. Die Kriegsveteranen. Heimatvereine aus Platten und Umgebung. Vom Bahnhof ziehen Neudeker Gruppen herauf. Breitkrempig sind die Hüte der Männer, bunt die Kopftücher und Blumenkränze der Frauen. Figuren wie aus meiner Krippe.

Durch die versammelten Festteilnehmer rennt Gert zur Schießhausgasse. Von dort rückt die Feuerwehr an. Klingendes Spiel. Fenster beben, Hunde und Katzen flüchten. Man hat die Feuerwehrmusik mit der Stadtmusik zusammengelegt, weil viele Musikanten im Feld stehen. Uniformgemisch. Trotzdem genügt ihr hallender Wirbel, um einen Rattenschwanz Gassenjungen hinterherzuziehen. Max Kleister ist begeistert.

Gratulation, Herr Ortsgruppenleiter! Was Fronleichnam, Kirchweih oder Erntedank im Kirchenjahr nicht schaffen, das schafft die Partei. Der Herr Pfarrer quasi vom Goldfasan überflügelt. Eine händereibend spitzbübische Rache für den Bannstrahl, den Hochwürden über gackbraune Uniformen in seiner Kirche verhängt hat. Hochwürden duldet keine Parteimontur bei der Messe. Dies ist ein Gotteshaus und kein Parteihaus, hatte er schon nach dem Anschluß verkündet. Eine gefährliche Aussage. Einzige Ausnahme: Max Kleister. Aber er muß sich in Montur mit der vorletzten Bankreihe begnügen. Zähneknirschendes Zugeständnis an das örtliche Konkordat.

Hätte ich nicht gedacht, daß der Max heute so einen Volksauflauf zustande bringt.

Vierhundertzehn Jahre Bergstadt Platten. Ein konstruierter Anlaß. Schon vor einem Jahr, also noch vor dem Überfall der Wehrmacht auf die UdSSR, war ich deshalb dreimal zum Gemeindeamtssekretär Karlmann gerufen worden.

Wir brauchen ein historisches Bezugsdatum, welches für ein Jubiläum im Jahr 1942 herhalten kann, sagte er beim ersten Mal. Soll am 20. April gefeiert werden. Laß dir was einfallen.

Bis zum zweiten Besuch – ein paar Tage nach der Doppelschlacht von Bialystok und Minsk, dreihundertachtundzwanzigtausend sowjetische Kriegsgefangene in deutscher Hand – war mir nichts eingefallen, und ich überreichte ihm stattdessen die Festbroschüre »400 Jahre Bergstadt Platten« aus dem Jahre 1932. Da ist unsere vollständige Chronologie drin, sagte ich. Die gibt zehn Jahre nach der Vierhundertjahrfeier nichts her. Was sollen wir also da feiern?

Bist du der Stadtchronist oder ich? fragte er.

Lassen wir's bei Führers Geburtstag.

Es bot sich also nichts Jubiläumsfähiges an. Auch in den folgenden Jahrhunderten nicht, da ab 1636, Beginn der Gegenreformation im Platten, die katholischen Pfarrer sich vorwiegend auf Geburt, Taufe, Heirat und Tod beschränkten. Ihre Kirchenbücher waren keine umfassenden, für Chronisten spannende zeitgeschichtlichen Dokumente mehr.

Als ich das dritte Mal zu Karlmann zitiert wurde – die Heeresgruppe Süd hatte gerade die Kesselschlacht bei Uman gewonnen, einhundertdreitausend Russen gingen in Gefangenschaft –, war der Ortsparteileiter Kleister persönlich anwesend. Ohne Umschweife sagte er: Wir machen am 20. April 1942 die Vierhundertzehnjahrfeier der Gründung Plattens.

Schon wieder? Wir haben ja erst vor zehn Jahren …

Geänderte politische Verhältnisse erfordern eine andere Qualität dieses denkwürdigen Ereignisses. Damals war die Bergstadt unter tschechischer Verwaltung. Ungebrochenes, kontinuierliches Deutschtum verträgt wiederholtes Bekenntnis …

Also feierten wir außer Führers Geburtstag nochmals unsere Stadtgründung.

Nach dem Festzug steht der aufgeputzte Max Kleister am Podium vor dem Rathaus und sagt hinter dem Rednerpult: Ein wahrlich denkwürdiges Jubiläum, nämlich vierhundertzehn Jahre Bergstadt Platten. Jawohl, Volksgenossen! Denkwürdig, denn wovon zeugen diese Jahrhunderte? Diese Jahrhunderte Jahre zeugen vom unerhörten Kolonisierungswillen unseres Volks, vom Aufbau dieses Landes, von Fleiß, Tapferkeit und Opferwillen seiner Bewohner … und im auslaufenden Satz schwillt die Stimme an, und er haut mit der Faust aufs Rednerpult, und da gibt es Applaus und einen Fanfarenstoß der HJ wie bei einer Büttenrede in Mainz.

Volksgenossen! setzt er fort … und wir müssen dankbar sein, daß uns ein gütiges Schicksal erlaubt, die Früchte unserer Arbeit nunmehr im Schoße des Reiches zu genießen. Vergessen wir nicht, ruft er, daß es erst vier Jahre her ist, daß wir in die Volksgemeinschaft des Reiches aufgenommen wurden.

Und ich denke mir, jetzt haben wir schon das dritte Jahr Krieg und fast hundert Gefallene im Ort und wohin das führen wird, wenngleich wir für den Kaiser mehr geblutet haben. Damals, im ersten Krieg, hatte unser Gerichtsbezirk fünfhundertdreiundsechzig Tote. Wofür eigentlich? Aber wer denkt da unten, in dieser mitgerissenen Menge schon daran? Außer vielleicht die Frauen in Trauerschwarz, soweit sie überhaupt hergekommen sind. Aber die stehen im stolzen Leid. Zum Beispiel die Frau Apotheker, deren Sohn vor drei Wochen ..., oder die Frau Lehrer Graul, deren Mann bei Leningrad ..., denn sie haben wertvollste Opfer für den Aufbau unseres Reichs, die Schaffung unseres Lebensraums im Osten, für die Zukunft unserer Kinder gebracht und holen sich hier das solidarische Mitgefühl der Volksgemeinschaft, das so wohltätig stärkt und tröstet.

Und wem haben wir das zu verdanken? setzt Max Kleister fort. Wem verdanken wir, daß uns unsere nationale Würde wiedergegeben wurde, daß uns der beispiellose Kampf unserer Männer an allen Fronten von Sieg zu Sieg führt?

Nun ja, vor einer Woche war wieder eine sowjetische Armee mit Hilfe Oskars, Gerts Vater, vernichtet worden, die dreiunddreißigste diesmal. Und Rommels Panzer rücken auf der Cyrenaika vor, da braucht man kein Rätsellexikon für die Frage des Ortsparteidings: Natürlich unserem verehrten Führer Adolf Hitler, dem wir heute und an dieser Stelle zu seinem dreiundfünfzigsten Geburtstag überaus herzliche Geburtstagsgrüße übermitteln. Unser Führer und Reichskanzler Adolf Hitler ... und hysterisch anschwellend ... lebe hoch, hoch, hoch! Und er gluckst vor Begeisterung, und aus den Lautsprechern überschlägt sich das Hoch-hoch, und alle schreien mit, und die HJ bläst in die Fanfaren, was das Zeug hält, und Gert schreit auch hoch, hoch, Volksgenossen! Und bei jedem Fanfarenstoß schüttelt es ihn auf den Armen der Nachbarin Rößler wie ein Schlachtroß beim Angriffssignal. Wer kann sich dem schon entziehen? Und er kräht Volksgenossen, Volksgenossen!, und rundherum lachen sie in anregender Resonanz, und da kräht er nochmals, obwohl der stramme Max wieder an der Reihe ist.

Gert entwindet sich der Rößlerin und drängt in die erste Reihe, damit er den Spielmannszug sehen kann, der vor dem Podium steht, und er schaut fasziniert auf die Winkel und Abzeichen und das Koppelzeug, auf die schwarzen Hosen, aus denen die gespreizten Beine kommen, auf die Landsknecht- und Flachtrommeln und das polierte Blech, aus dem gleich der nächste Fanfarenstoß … Der kommt auch zum richtigen Zeitpunkt, denn der Jungzugführer Horst Gläß steht mit seinem Tambourstab im rechten Winkel zur Front der Spielleute und beobachtet den Gemeindesekretär Karlmann schräg hinter Kleister, der seinerseits über die Schulter Kleisters mit Argusaugen dem Redetext am Pult folgt und bei jeder roten Markierung die Hand hebt. Die Regie muß stimmen. Bei heroischen Abläufen darf man nichts dem Zufall überlassen. Pathos und Lächerlichkeit liegen zu eng beisammen.

Links vom Spielmannszug die HJ noch in der winterlichen Montur mit den langen, an den Knöcheln abgebundenen Hosen. Danach, im rechten Winkel bergab karreebildend, die Formation des Kriegervereins: Mein Freund Julius und der Seff Ricken, sie dienten beide im k. k. Infanterieregiment Nummer 73, Eger, abgeschoben und versteckt zwischen lauter Sonntagsanzügen in der vorletzten Reihe. Weil die beiden ihr kaiserliches Feldgrau trugen, mit Stehkragen und Auszeichnungen auf der Brust. Bei sonstigen Ausrückungen, zum Beispiel Begräbnissen, wenn's nicht gerade um den Geburtstag des Führers ging, hatten die beiden immer Außenpositionen, da sie stattlich hagere Männer mit prächtigen Schnauzern waren. Willste nich 'ne Anzug nehmen? hatte die pragmatische Annl ihren Vater noch am Morgen gefragt, als sie sein Geburtstagsgeschenk für Gert abgeholt hatte. Doch der hatte sich geweigert: Der Adolf werde wohl so 'n Waffenrock aushalten. Schließlich habe er in diesem Tuch vier Jahre seinen Kopf hingehalten für Kaiser, Gott und Vaterland. Und gegen diesen Rock habe er sich in den vergangenen Jahren auch von den Tschechen nichts sagen lassen, obwohl ihn der Hawliček, der vormalige Postenkommandant der Gendarmerie, deswegen etliche Male scharf angegangen sei.

Also, Volksgenossen!, so spricht der Ortsgruppenleiter, unsere Opfer in den vergangenen zwanzig Jahren haben nun ihren höchsten Sinn erhalten, indem das Sudetendeutschtum seine herrliche Heimat vor dem tschechischen Ansturm gerettet hat und … und …, und da gab der Karlmann wieder ein Handzeichen, und der Fanfarenstoß der HJ mischte sich in den Jubel der Menge, und der Gert krähte Volksgenossen, Volksgenossen!, … vor dem Ansturm rettete und damit zugleich sein deutsches Vaterland gewann. Und dann sprach er von der Gewerbeschau in der Turnhalle der Schule, von Dankbarkeit und Pflichterfüllung und Lebensgrundlagen und Heimatfront, und währenddessen putzte der laue Aprilwind das bißchen Watte vom Himmel. Trotzdem stand auch der BDM-Block rechts neben dem Spielmannszug noch in Wintertracht, also braunen Blousons.

Den Mädchen stand das gut, und währenddessen hatten die Fahnen ausgiebig Gelegenheit zum Flattern. Straßauf, straßab lauter Hakenkreuze, nur ich hatte auf Wunsch des Herrn Pfarrer die schwarz rote Kirchenfahne vom Turm hinuntergelassen, rathausseitig, und währenddessen schwiegen selbstverständlich die Sammelbüchsen, mit denen die Jungmädel und Pimpfe den ganzen Vormittag hindurch geklappert hatten. Schon wieder oder noch immer fürs Winterhilfswerk. Sie hatten den Spendern Edelweiße an die Brust gepflanzt, die Lieblingsblume des Führers. Also Sozialismus der Tat.

Währenddessen war Gert aus der ersten Reihe verschwunden, denn er hatte auch etwas eingepflanzt, das kribbelt und zwickt wie Ameisen im Hintern, das dröhnt und steigert sich und fährt bei Trommelwirbel und Pfeifenschrillen in die Glieder, löst Reflexe und betätigt Mechanismen. Bum, bum, bum: Trommelmarsch Nummer eins. Es zieht an Marionettenschnüren, gibt Impulse ab, wenn die Fanfaren schmettern, der Schellenbaum klingt, und die Wimpel flattern. Wen läßt so was kalt, o Volksgenossen, Volksgemeinschaft, die ihr im Gleichschritt zählt: links, zwo, drei, vier, links …! Ist ja einfach. So weit schafft es auch ein Dreijähriger. Und Gert rennt los, wenn er irgendwo den Spielmannszug hört und sich die Trommelwirbel an den Häuserfronten brechen. Bei diesem Rhythmus, der einhämmert, geht's nur im Gleichschritt. Nur ausgeprägte Tölpel stolpern da heraus. Und so marschiert er, wann immer sich's bietet, mit seiner Straßenclique, dem Fritz, dem Harry, dem Adi und dem Rud, hinterher, mit weit schwingenden Armen und langen Schritten, die dennoch aus dem Takt kommen, da die Beine noch zu kurz sind. Leider. Bin ich erst groß und nicht mehr klein, werd' ich Soldat des Führers sein. Jawohl, die Pflanze wurzelt auf fruchtbarem Boden. Ganz von allein beginnt sie zu wachsen.

Und während Max Kleister auf die Zwischenkriegszeit verweist, die Zeit der nationalen Unterdrückung, auf die Verweigerung des Selbstbestimmungsrechts, den Einmarsch tschechischen Militärs in Platten, im Dezember 1918, mit großer Geste Richtung Julius Grünes und Josef Ricken zeigend, die Tschechen haben damals noch dieselbe Montur getragen wie die beiden da drüben, und ihr habt uns nicht helfen können, weil euch die Italiener noch nicht heimließen, war ja alles gelenkt damals, jawohl! In ungebrochener Treue gedenken wir daher der Toten, die damals …

Da steht plötzlich Gert Wessel hinter mir in der Turmstube, hat die einhundertachtunddreißig Stufen geschafft wie nichts, schwenkt mit flüchtigem Blick von den Bücherregalen über den Volksempfänger auf die Generalstabskarte, auf der ich ihm die aktuelle Feldposition seines Vaters zeigen könnte, irgendwo auf der Linie Charkow–Rostow am Asowschen Meer, bohrt verlegen in der Nase, strebt dann aber zielsicher zum offenen Fenster über der Kirchenfahne und ist auf Zehenspitzen am Fensterbrett.

Nu, ich stelle ihm einen Stuhl hin, und er sofort oben und winkt und ruft Kaarin, Guusti, das sind die Thielschwestern in der Frauenriege der Turngemeinde, aber die hören nicht oder wollen nicht, da gerade Max Kleister die Arbeitslosigkeit nach dem Krieg …, deutsche Beamte auf der Straße, weil …, und als der Max Luft holt und in seinen Text schaut, da kräht der Gert: »Volksgenosseeen!« in die kurze Stille hinein und nochmals: »Volksgenosseeen!«, bis er rot anläuft vor Anstrengung und unten die Menge ruckartig die Köpfe nach oben … und der

Horst Gläß den Tambourstab hebt, weil er die ärgerliche Handbewegung Karlmanns mißverstanden hat und der Fanfarenzug nun einen Tusch bläst. Und jetzt gibt's einen Lachsturm der Bürger, befreiend, und der Ortsgruppenleiter und seine Jungzugführer kriegen rote Schädel. Scheiße und Kruzitürken, während sich die Leute gegenseitig auf die Schultern hauen. Und noch einmal Scheiße und Kruzitürken, die ganze Inszenierung im Eimer, so eine verdammte Sauerei, na diesen Türmer werden wir uns kaufen, diesen Türmer. Los, jetzt, dalli, dalli! Deutschland, Deutschland über a-alles ...

Also nun ja, ich fühle mich im Moment in keiner passenden Rolle. Der Kleister läßt mir am Ende das Telefon abstellen und das Blechrohr vom Abort abmontieren, so daß ich wieder mit dem Nachttopf ..., jeden Tag einhundertachtunddreißig Stufen hinunter und wieder hinauf, wie früher. O Gott, mit so was halten sie uns an der Leine, und der hat mich ja auch in Verdacht, daß ich BBC höre, klammheimlich da heroben, wo mich kein Nachbar belauschen und denunzieren kann.

Der Gert hingegen, dieser Frühpimpf, nutzt seine Premiere, steht wie eine Kerze am Stuhl, mit deutschem Gruß, als sie unten, in flexibler Änderung des Programms, die Hymne spielen, und singt lauthals Richtung Plattenberg und Ostfront. Erst als er sich wieder über das Fensterbrett beugen, seine Wirkung von vorhin wiederholen will, packe ich ihn an den Hosenträgern, hebe ihn hoch, so daß er in der Luft hängt wie Max Schmeling über Kreta und sage: Su Gung, nu wart' mer emol, wos mit ins zwa passiert. Un itze giehst' ham.

Dem Gert ist vorläufig nichts passiert, wir wollen hier künftigen Geschehnissen nicht vorgreifen, sie haben auch keine Hitlerjungen raufgeschickt auf den Turm, um weitere Störaktionen abzuwürgen. Nur für Horstl Gläß, der sich mit angelaufenem Gesicht an den Tambourstab klammerte, gab es nach dem Abmarsch ein Nachspiel. Strafexerzieren: Auweia, schalmeia, Liegestütze und Häschen-hüpf mit Tambourstab auf ausgestreckten Armen. Der wird sich künftig genauer überlegen, ob er nach einem gekrähten »Volksgenossen!« wieder einen Tusch blasen läßt.

Es wäre besser gewesen, Gert wäre gleich nach Hause gegangen. Nein, er hat noch, während sich die Menge langsam verkrümelte, den Abmarsch der angetretenen Formationen beobachten müssen und ist dann mit dem Jungvolk mit Tschingbum und Trara zum Jugendheim hinaufmarschiert.

Am Nachmittag hat es daher den großen Stunk gegeben, als Gert nach Hause kam, so gegen drei Uhr. Die Mutter schwirrt wie eine aufgescheuchte Hummel durch die Wohnung, selbstgesprächig, mit vorwurfsvoller Litanei zwischen Kredenz und Tisch immer denselben Weg abmessend, weil sie jetzt erst zum Tischdecken kommt. Sie hat den Rabenschnabel von Sohn suchen müssen. Und der Tisch hätte längst fertig sein sollen, mit dem Kaffeegeschirr aus Schlaggenwald von Haas & Czjzek, der ältesten Porzellanfabrik Böhmens, Mutters ganzer Stolz mit den Goldmustern auf kobaltblauem Grund, den Gästen zur Präsentation, und den blauen Gläsern, gerippter Schliff mit glattem Rand, von Oskars Eltern aus Karlsbad. Und das ist nicht wegen dem Führer, du Dolm, sondern wegen dir. Da stellt man sich hin und macht eine Puddingtorte und Puddingkugeln, und die Else Rößler bringt einen Quarkkuchen mit Streußel rüber, und ich habe sogar echten Bohnenkaffee von der Ritsch aus Prag, und dann isser nicht da und vergißt auf seinen Geburtstag.

Nu breng de Walt net aus'n Gezapp, sagt die kurzstummelige Marie, itze isser jo do. Nu Gungele, was host'n z' Mittag gassn?

Also, der hatte nicht an Nahrungsmangel gelitten, der Gung, wo er doch bei der Hitlerjugend im Jugendheim gewesen ist. Die hatten ihm auf die Schulter geklopft: Heil dir, Volksgenosse! Aus dir wird mal was Großes. Hatten gelacht und ihn mit Eintopf und Erdäpfelpuffern gefüttert. Nur der mitgenommen wirkende Horst Gläß hatte finster geschaut.

Und jetzt sitzen wir also um Annls wertvollen Tisch, und in der Mitte stehen meine mitgebrachten Blumen in der Kristallvase und essen Rößlerschen Streußelkuchen, und die Frau Rößler ist ganz aus dem Häuschen wegen des echten Bohnenkaffees. Nun, nach dem Krieg werden wir in Bohnenkaffee baden können, so wahr wir hier sitzen, das sag ich euch. Und Gert sitzt mit seinen Freunden, dem Harry, dem Fritz und dem Rud, auf dem Kanapee unter dem Bild seines Vaters, der noch nie bei einem seiner Geburtstage dabei war, weil er da immer Blitzkrieg führt, und sie haben im Nu die Puddingtorte weg, in welcher der mit Kaffee und Rum getünchte Zwieback auf der Zunge zergeht, und es ist auch selbstgemachte Preiselbeermarmelade drin. Und während Gert die letzten Bissen schluckt, hat er schon seinen Papphelm auf, das Geschenk der Tante Marie, und dann hängt er sich das Stoppelgewehr um, das Geschenk seiner Mutter, und sitzt dann, solcherart gerüstet, auf dem Schaukelpferd, das der Großvater Julius gebastelt hat, schaukelt sturzgefährlich und schreit: Attaaacke!

Der Junge müsse wohl etwas kürzer an die Leine, meint Marie, und die Annl ärgert sich, weil sie könne ihn ja nicht einsperren. Und außerdem sei sie den ganzen Tag in der Fabrik.

Der habe Landsknechtblut in den Adern, schmunzelt der Großvater, da müsse wohl im Dreißigährigen Krieg einer von den Schweden oder Kroaten mitgepfuscht haben.

Blut hin, Blut her, meint die Mutter, aber wenn er noch mal vom Turm herunterschreit (und sie schaut mich dabei an), dann wackelt der Watschenbaum, und sie habe keine Lust, daß sie den Ortsparteidings wegen so was am Halse habe. Und dann räumt sie das Geschirr weg und holt die Fotoalben und eine Schachtel aus der Lade. Und das zivile Album läßt sie auf der Kredenz und holt das militärische an den Tisch, in schwarzer Krokoimitation, links oben in Silber der Reichsadler und rechts unten die Aufschrift: Kavallerie-Regiment 17. Denn da ist Gerts Vater drin, Oskar der Krieger. Und von den Kriegern hat man seit drei Jahren nur die Alben und die Feldpostbriefe zu Hause, und bei den Wessels das Bild Oskars über dem Kanapee. Aber nicht dekorativ hoch zu Roß, wie er in Polen eingezogen ist, sondern in schwarzer Panzerkluft mit schütteren Locken.

Oskar Wessel, der zivile Buchhalter und Lohnverrechner,

der nebenberufliche Musiker und Kapellmeister, den seine dikke Hornbrille vom tschechischen Militärdienst befreit hatte, aber bei uns kann man jetzt jeden brauchen. Oskar, der jetzt als Panzerfunker bei der Infanterie in den vordersten Gräben hockt und von dort das eigene Panzerfeuer dirigiert. Oskar, der Dirigent. Also Oskar im Zweimannloch, mit den Kopfhörern über dem schwarzen Schiffchen und dem Notizblock am Knie – davon gibt es ein anschauliches Foto im Album –, ist in diesen Krieg gezogen, nicht nur, weil er mußte, nein, sondern auch, weil er sich reizvolle Motive für seine Fotoleidenschaft erhoffte. Nu, das ging ja voll und ganz auf. Der künstlerische Wert seiner Aufnahmen – sein Horoskop attestiert ihm eine schöngeistige, gestalterische, auf das Wesentliche orientierte Kreativität – ist seit dem vergangenen Winter gestiegen. Also seit die Fronten im Stellungskrieg erstarrt sind und er nicht mehr vorwiegend vom Panzerspähwagen oder aus der Panzerluke heraus seine Aufnahmen schießen muß. Jetzt kann er sich mehr Zeit für lyrisch-romantische Perspektiven nehmen, auch wenn er dabei durch Schnee und Schlamm kriechen muß oder abseits im Gelände verständnislosen Partisanenbeschuß provoziert.

Zum Beispiel: Ukrainische Bauern schieben einen VW-Kübel aus dem Morast. Oder: Schlammwüste im Gegenlicht. Oder: Heiligengeistthema. Düsterer Himmel, aus dem ein Sonnenstrahl bricht.

Und noch einmal das Foto mit dem Schützenloch, eigentlich ein Schützenrechteck: etwas über schulterbreit, etwa zwei Meter lang, gerade daß die zwei Funker da drinnen sitzen können. Links oben im Bildeck liegen zwei Soldaten mit Stahlhelmen und schauen ins Loch.

Der Fotograf, wahrscheinlich Oskar, hat im Stehen geknipst und solcherart, auch wenn er klein ist, ein gutes Ziel für Scharfschützen oder Granatsplitter abgegeben. Aber nichts ist passiert. Poetisches Detail: am rechten Rechteckrand ein Blechgeschirr mit Messer und Gabel. Wahrscheinlich haben die zwei Liegenden kurz vor dem Schnappschuß das Essen angerobbt.

Nun ja, der Oskar hat ja dem Schützenloch auch ein literarisches, fast poetisches Denkmal gesetzt, das die Annl feinsäuberlich mit den anderen Feldpostbriefen und einer Anzahl nicht ins Album geklebter Bilder in ihrer Schachtel verwahrt.

Liebe Annl! schreibt er da. Immer nüchtern sachlich die Anrede. Nie schreibt er Schatzi, Mausi, Gucki, Schweini oder gar Liebling. Leider, leider. Und nach den einleitenden Fragen bezüglich Befindlichkeit, ihm gehe es ja, toi, toi, toi!, gut, und einigen Belanglosigkeiten kommt er meistens und zwangsläufig auf den Kriegsschauplatz zu sprechen.

Denk dir ein unendliches, kahles Feld ...

Soll ich weiterlesen? Fragt die Annl, denn die anderen hängen mit angefädelten Augen über dem Album, auch die Buben in ihrem Eck sind mit heißen Gesichtern über den losen Fotos in der Schachtel her.

Ja, kommt es mehrfach, mer passen scho uff.

Also, denk dir ein kahles Feld, hartgefroren, mit leichtem Schnee bedeckt, darüber pfeift ein schauderhafter Wind hin und bläst den dünnen Schnee hinter die Schollen, so daß die gefrorene Ackergrume frei wird. Unsere Männer liegen auf diesem Feld fest verkrallt. Mit dem kleinen Infanteriespaten hakken und kratzen sie die steinige Erde auf, bis sie auf ungefrorenes Erdreich stoßen.

Die Annl liest etwas abgehackt eintönig, anders als bei Hänsel und Gretel oder Schneewittchen oder dem Rübezahl, die Knaben am Kanapee sitzen trotzdem steil mit offenen Mündern, besonders Fritz, der wird schon sechs.

Da wird ein kleines Loch gegraben, in das sich ein oder zwei Männer hocken können. Da hocken oder stehen sie drin, der eine wacht, der andere dämmert vor sich hin. Es ist eiskalt, nur die Körperwärme heizt. Der Feind erkennt schnell die Linie und schießt mit Granatwerfern auf das Feld.

Niemand schaut mehr auf die Fotos, alle hängen an der Annl wie bei der Weihnachtsgeschichte.

Wenn sie dann kommen und ihre Panzer das Schußfeld auf die russische Infanterie verstellen, kann man sich nur tief dukken und warten und die Infanteristen dann im Nahkampf erledigen. Das Geschrei eines Getroffenen ist furchtbar, ohne Widerhall in der Einöde, und es hat keiner Zeit, darüber nachzudenken und teilzuhaben.

Die Annl hat feuchte Augen, wo der Oskar als Funkbeobachter doch auf der Spitze der Fieberkurve hockt, und alle stieren auf die Blumen in der Moservase. Da schlägt die Kuckucksuhr fünf, und die Rößlerin sagt in die andauernde Stille: die Infanteristen im Nahkampf erledigen. Was für ein Wort: erledigen. Is' ja schlimm. Das schreibt dein Oskar? Nu, do wees i, wu dr Gung dos Landsknechtblut herhot. Was für ein Wort? Was kann man sonst noch erledigen? Meine Einkäufe, jawohl, wenn ich noch Lebensmittelkarten habe. Deine Post an Oskar. Jawohl. Host' ihm schu g'schriebn? Die Kinder ihre Hausaufgaben, jawohl, wenn sie nicht gerade Geländespiele bei der Hitlerjugend machen. Was kann man denn sonst noch erledigen?

Nu, die dringenden Geschäfte im Schützengraben oder außerhalb des Schützenlochs.

Ja, die Hunde erledigen ihre Geschäfte. Und die Katzen und die Hasen und die Rehe.

Die werden aber auch erledigt, wenn sie keine Schonzeit haben. Nu, erlegt werden die, nicht erledigt. Ist ja gehupft wie gesprungen: erlegt oder erledigt. Der Krieg ist ein Handwerk. Der Krieg hat seine Zunftsprache. Der Krieg ist die Kunst des Überlebens. Du mußt erledigen, damit du nicht erledigt wirst. Eine simple Formel mit mathematischer Wahrheit. Hast du schon einmal einen Infanteristen erlegt? Der Schnelle frißt den Langsamen. Das hat die Strategie der Blitzkriege schwarz auf weiß bewiesen. Wo ist da Platz für moralische Sentimentalitäten? Da degenerieren furchtbare Tragödien, das Grauen und Himmelschreiende, zu simplen Fotomotiven: Schaut einmal die Fotos in der Schachtel an.

Aber unnere Manner werd'n erledigt von 'ne Russen u hob'n kaa Schonzeit.

Ja, die armen Manner, und bei dieser Kälte, das geht ja bis minus vierzig, ja, und dann der Wind, der den Schnee hinter die Schollen treibt, der Oskar schreibt ja wie im Buch. Nu, ab minus zwanzig merkst' nicht mehr, wenn's kälter ist, wir haben ja im Weltkrieg auch die russische Kälte gehabt. Sieh mal her, der Oskar mit Mums, hat 'ne Schal um sein Schiffchen gewickelt, wenigstens haben's die Ohren warm. Nu, vielleicht hat er 'ne Entzündung, hat er nichts geschrieben? Februar 1942 steht hinten am Bild, ist noch nicht lange her, bei Brjansk vor unseren Quartieren. Werden die Fotos nicht zensuriert? Die dürfen ja keine Ortsbezeichnungen in die Feldpost ... Feind liest mit, und noch dazu Brjansk in Latein, der andere Text fein säuberlich in Sütterlin, was haltet ihr denn von der neuen Schrift? In diesem Schuljahr lernen sie ja nur noch die Lateinschrift, jawohl, damit nach der Neuordnung Europas die anderen Völker leichter Deutsch lernen können. Nu, ich werd die neue Schrift nimmer lernen, da sollen mal die anderen. Deitsch odr Latein, der Oskar schreibt wie im Buch, das könne sie von ihrem Seff nicht sagen, meint die Marie, und sie ist ein bißchen neidisch, wenn der überhaupt mal schreibt. Ja, fragen alle, wo isser denn, was macht er denn? Nun, der Grünes Josef fliegt Geleitschutz nach Afrika, von Sizilien nach Libyen, drei Tommys hat er schon abgeschossen. Er war auch bei Kreta dabei, Geleitschutz für den Falschirmjäger Max Schmeling, na, da hat er's wenigstens schön warm im Winter. Siehst du, sagt sie zum Julius, und du hast ihn immer geschimpft, weil er so ein Motornarr ist und zur SA gemacht ist. Aus ihrem Täschchen kramt sie ein Foto, das einzige, was er je schickte: Josef, also der Onkel Pat, in Fliegerrock und kariertem Zivilhemd mit Fliegerhaube.

Nein, wie reichhaltig ist da vergleichsweise das Oskarsche Repertoire, und wie schön klebt die Annl in das Album und beschriftet! Etwa: Bei Zamocz; Abschiedsfoto mit unserer Quartiersfamilie, das ukrainische Bäuerlein mit Kosakenmütze und die Mamuschka samt Kindern, ein Bild wie bei einer Urlaubsreise, sogar die Hauskatze ist mit drauf. Nä, da hätte sie keene Zeit für, sagt Marie, und die Knaben haben inzwischen die Schachtel durch und verziehen sich, mit den restlichen Puddingkugeln in einer Tüte, in den Garten hinunter, die Tage werden ja immer länger. Und da schlägt die Frau Rößler die

Hände über dem Kopf zusammen und meint, diese Fotos bitte schön hätte man tunlichst von den Kinnerchen weghalten sollen, denn was sich da böte in dieser Schachtel, das sieht man in keiner Wochenschau, und die Annl hat ja recht, daß sie diese Unfaßlichkeiten nicht einklebt, da stehen hinten auch nur Nummern drauf und kein Text, zu so was könne auch einem wie Oskar keine Literatur einfallen, denn da bleckt die wahre Fratze des Krieges heraus. Oskar hat schon beim ersten Bild gut draufgehalten: eine offene Panzerluke. Nahaufnahme: zwei Totenköpfe wie zerquetschte Eierschalen! Halswirbel verschwinden nach unten, stecken in verfaulendem Kleidermüll, könnten einmal Wattejacken gewesen sein, also keine unsrigen! Eine schwarze Skeletthand aus Wattejackenärmel! Und die armen Kinnerchen sehen so was an. Oder: zerschossene Artillerielafette im Halbschatten. Totes Pferd unter der Deichsel reckt Beine gegen Himmel. Schrägstehende Sonne modelliert Vorderhufe und Hinterfessel aus dunklem Hintergrund und konturiert ein Speichenrad zum zentralen Blickfang. Halbvorn links frißt zweites Pferd aus aufgeplatztem Mehlsack. Oder: apokalyptisches Stimmungsbild! In Schwarzweiß kommt Gegenlicht besser zur Geltung als in Farbe! Schwerpunktmotiv: dunkler Weidenstamm halbrechts, von dem zur Bildmitte lose hängende Zaunlatten wegstehen. Rechts davon Hollerstaude als Schattenriß vor brennender Bauernkate. Vor den Zaunlatten im Dreck ein nackter Männerkörper mit Schuhen. Schwarzverbrannt reckt er Hintern und endlos lange Beine gegen den Betrachter. Hat da Oskar perspektivisch getrickst? Die Schuhsohlen wachsen dem Knipser fast in die Linse. Und daneben im Halbprofil eine stattliche Sau, höchst lebendig, die dem Körper in die Seite wühlt.

Erstaunlich, mit welcher Energie und gnadenloser Erfüllung Oskar seiner Leidenschaft frönt, da hätten wir im Weltkrieg, in Serbien und Italien, keine Zeit dafür gehabt. Immer nur marschieren, marschieren, vor oder zurück, und in den Pausen waren wir froh, daß wir sitzen oder gar schlafen konnten. Da hat's Oskar bequemer, der kann im Panzerspähwagen schlafen.

Und später dann am Isonzo, als wir in Stellung lagen, da hätten wir, aber wer hätte da schon, mit Stativ und den anderen unförmigen Gerätschaften und dergleichen. Die Mühe machten sich nur Kriegsberichtler. Oskar hätte Kriegsberichtler werden sollen: Zeitgeschichte in Dokumenten festhalten für spätere Bildbände und Jahreschroniken, den Krieg als Fotosafari erleben, seine Erlebnisse der Nachwelt vermitteln.

Ja, sagt Annl, für nach dem Krieg hat er schon Pläne, deshalb klebe ich die grausigen Fotos nicht ein. Nach dem Krieg möchte er nicht mehr als Buchhalter ..., da möchte er wenn möglich zu einer Zeitung oder einem Verlag, oder er macht wieder sein Salonorchester auf, aber in größerer Besetzung. Mit den Aufnahmen in der Schachtel gewinnt er jeden Fotowettbewerb. Nein, gewinnt er nicht, die Leute im Reichspropagandaministerium würden ihm die Bilder nur so um die Ohren hauen und ihn zum Minensuchen schicken wegen Volksverhetzung. Bist du sicher? Ja, sicher! Einen Wettbewerb könnte er nur beim Fotoklub »Český ráj« in Prag gewinnen, und dem würde hinterher die Gestapo das Gas abdrehen. So ist das.

Also, während die Annl Schachtel und Alben wegräumt ... Hätte ich noch mehr Beispiele von Oskars Fotofleiß vor Augen führen sollen? Zum Beispiel die Männergruppe mit erhobenen Händen, langen Bärten und verschlissenen Kaftanen bei Tarnopol, davon hat er eine ganze Serie geknipst, oder die zwei zerlumpten Russinen, Flintenweiber sagt man, welche von einem Offizier nach Waffen abgetastet werden ... Während also die Blumenvase anhaltend hypnotische Wirkung ausübt, während die Annl schon überlegt, was sie Gert für die nächsten Tage vorkochen soll, stehe ich am Fenster und schaue auf den Schuppen hinaus, von dem ein spitzer Ausschnitt in gelbstichiger Abendsonne liegt. Aus dem Schatten marschiert eine Kindergruppe in den Sonnenwinkel. Im Gleichschritt, voran Gert Wessel mit Helm und Gewehr, und eins und zwei, kommandiert er, und eins und zwei, ein Lied: Die Fahne hoch ... Das Ende zweier Geburtstage.

Schachtelgeist

Und jetzt der Herr Pfarrer beim Stufengebet: In nómine Patris et Fílii et Spíritus Sancti. Amen. Und Gert: Murmel, murmel, murmel ...

Und alle knien hinter ihm, und beim Glória Patri, Ehre sei dem Vater, verneigen sich alle aus Ehrfurcht vor der allerheiligsten Dreifaltigkeit, und die Ehrfurcht wärmt auch ein bißchen seinen Rücken, und die Muttergottes am Altar lächelt ihm zu, und das Jesukindlein winkt ihm mit dem Patschhändchen. Und dann neigt sich der Herr Pfarrer tief und betet das Confiteor, das Sündenbekenntnis, und bei mea culpa, mea culpa ..., durch meine Schuld, durch meine ..., da schaut er verstohlen unter seinen Arm auf die Männerseite hinter sich, und in der dritten Reihe sitzen diese gottverdammten, ups, ups, Hitlerjungen, welche ihn im Löschteich getümpelt haben: der Franz Mönnemann, der Gustl Löscher und der Horst Gläß, alle drei in adretten Sonntagsanzügen, aber Gert weiß, unter den Jacken tragen sie ihre Fahrtenmesser am Gürtel. Und hinten an der Kirchentür da steht wie immer der heilige Antonius und hält ein Kindlein in die Höh. Und da ruft das Kindlein, das ja nicht das Jesulein ist, »Volksgenossen!«, und alle schauen nach hinten, und der heilige Antonius sagt: »Pst, pst, sei still!«, und verdreht fromm die Augen nach oben, aber das Kindlein noch einmal: »Volksgenossen!«, und da sind der Mönnemann, der Löscher und der Gläß auf und nach hinten, eine Dreieinigkeit, die dem Altar entflieht und die Messer zückt, und sie entreißen dem Heiligen das Kindlein und stürmen messerfuchtelnd aus der Kirche wie die Schergen des Herodes.

Und Gert, den roten Ministrantenrock raffend, hinterher, ihr Mörder, ihr Mörder, aber vor der Kirche haut's ihm einen Schwall Wasser über den Dietz, daß ihm die Luft wegbleibt, und er schnappt nach oben, kriegt aber keine Luft, weil ihn jemand unter das Wasser drückt, sosehr er auch strampelt und gurgelt und sich abmüht, und er hört eine Stimme: Sagst du noch einmal Volksgenosse? Und im Hintergrund der Ortsgruppenleiter Kleister in Stiefeln, Breeches und Hakenkreuzbinde, und im Rhythmus von Gerts Blut der Trommelmarsch Nummer eins, bum, bum, bum-bum-bum, und dann schmettern Fanfaren dazu und »Sagst du noch einmal Volksgenosse? Sagst du noch mal ...?«

Und er voll ohnmächtigen Zorns: Ja! Jaaaa! Und da wird er noch tiefer unter Wasser gedrückt, aber plötzlich kommt er hoch, und es ist hell, und er sieht seine Mutter im verzinkten Zuber, aber dann ist er wieder vor dem Altar, der Herr Pfarrer ist gerade beim Deus, tu conversus, Gott, wende dich zu uns, und dafür weiß Gert kein Antwortsprüchlein, obwohl er schon vier Jahre alt ist, aber die Heilige Jungfrau Maria lächelt nachsichtig, desgleichen das Jesuskind. Nur Gottvater ganz oben blickt streng, mit tiefen Falten über der Nasenwurzel. Und der hat – wie Oskar über dem Kanapee – Brillen und keinen Bart. Und links und rechts vom Kin hat er Totenköpfe am Hals, silbrig flach, aber die wachsen plötzlich, werden bleich alabasterhaft, kriegen die dritte Dimension, werden rundschädelig, hohläugig. Augen: zweimal zwei schwarze Höhlen, in die man hineinfallen kann. Die dominieren das Schädelgesicht bis zu den bleckenden Zähnen, aber gleich drauf kann man nicht mehr hineinfallen, denn jetzt sind es zwei mal zwei Rundspiegel, zwischen denen sich Gottvater verliert. Rasierspiegel, solche wie Oskar einen im Marschgepäck hat, und darin spiegeln sich die Panzer, die in breiter Formation vorrücken, wie in der Wochenschau, unlängst im Kinosaal des Rathauses, vor der »Feuerzangenbowle«, seinem ersten Film in Begleitung der Mutter. Und der Rasierspiegel vergrößert alles, sodaß man Oskar deutlich sehen kann, vierfach, wie er unter schwarzem Barette aus einer Luke schaut, und in Nahaufnahme kann man deutlich Gottvater erkennen, links und rechts an Oskars Kragenspiegel, statt der Totenköpfe, mit Bart und ohne Brille. Und dann war ein Donnern und Krachen, und die Panzer flogen durch die Gegend von den Explosionen.

Und dann sah Gert seine Mutter wieder, durch Nebel und Schleier und Detonationsstaub, und er hörte Wasserplätschern, und es war hell im Zimmer, denn die Tischlampe war an.

Annl Wessel saß im Zuber vor dem glühenden Ofen, schwitzte wie im Fegefeuer mit hochrotem Gesicht, nein, sie hockte, hielt links ein Ding zwischen ihren Beinen und senkte sich langsam darauf hinab. Was machst' denn da? fragte Gert neugierig. Siehste doch. Ich wasch mich. Nu schlaf mal wieder. Nun, er tat zwar so, verweigerte aber, da er nicht mehr von der Hitlerjugend getümpelt werden wollte, und blinzelte deshalb unter den Tisch durch zur Mutter. Diese hantierte mit dem Ding, zog Seifenlauge ein, drehte es nach unten und senkte sich langsam wieder drüber. Es war das Blechding, welches normalerweise im Schuppen hing. Der geschätzte Leser tippt sofort auf ein Klistier, jawohl, und Gert hatte ja dessen Funktion schon öfter ausprobiert, als er zum Beispiel Edelmanns Katze bespritzte oder die Schuppenmäuse in ihren Löchern ersäufen wollte. Auch Großvater Grünes hatte das Ding schon ausprobiert, als er seinen Kühen, der Liesl und Amalie, einen Knoblaucheinlauf machte, als sie Madenwürmer hatten. Zur Vorbeugung hatte er auch gleich seiner Geiß, der Meck, eine Portion von der Lösung verpaßt, obwohl sie keine Würmer hatte.

Nun ja, die Annl hatte auch keine Würmer, sie litt auch nicht an Verstopfung, aber sie hatte ein halbes Kilo Karlsbader Salz in das heiße Wasser geschüttet. Was man halt so macht, wenn man sich nicht anders zu helfen weiß und eine Stinkwut auf den im Nebenzimmer schlafenden Oskar hat. Sie hatte auch eine Handvoll Salz in einen Liter lauwarmes Wasser geschmissen und mit verbissenem Gesicht geschluckt – das wirkt ja nicht nur auf den Darm, sondern auch auf die Blase –, und morgen will sie noch zur Apotheke, um harntreibende Drogen zu kaufen: etwa Selleriewurzeln, Kümmel, Birkenblätter und Hagebutten. Und wenn's nichts nützt, so ist es zumindest blutreinigend.

Der Zorn auf Oskar vergeht deshalb aber noch nicht.

Am nächsten Morgen – Oskar schläft noch, Gert muß sich ruhig halten und blättert in der »Fidelen Kommode« – steht Annl um acht Uhr vor Pfüllers Kolonialwarenhandlung am Marktplatz, eingereiht zwischen schwätzenden Hausfrauen, die auf ihre Ration Schweineschlachtfett warten, und blickt entrückt in ein offenes Faß Sauerkraut. Der scharfe Geruch mildert ihren bis hierher geschleppten Zorn. Pfüller bewirbt das Sauerkraut, nicht weil es die Annl resignativ melancholisch macht, sondern weil man dafür keine Lebensmittelkarten braucht: Hochfeines Sauerkraut, frisch eingetrampelt, empfiehlt Magnus Pfüller junior. Aber die Frauen warten auf Schlachtfett, vielleicht Rind- oder Schweinefleisch, wer weiß, wann das nächste Mal Nachschub kommt. Annls um sich greifende Resignation ist daher auch eine Fleischresignation. Wenn's keins mehr gibt, dann gibt's halt keins. Da helfen auch die Sonderrationen auf Oskars Reichskarte für den Fronturlauber nicht. Da muß der Herr heute mittag auf den Sauerbraten verzichten, muß er halt. Und die Hausfrauen wissen: In Karlsbad drin, und sogar in Neudek, da gibt's weniger Versorgungsprobleme bei Fleisch. Aber bei uns uff dr Platt? Wen von den oberen Goldfasanen interessiert schon unner Bauernkaff? Da müssen wir unnern Ortsparteidings mal ein Feuerchen schüren, unter den Breeches, is' ja wahr isses. Wir haben ja Verständnis dafür, daß der deutsche Soldat, der für uns krepiert – schließlich dient das dem Volksganzen –, höhere Lebensmittelrationen braucht als der Volksgenosse in der Heimat, selbstverständlich, aber dann soll er bitte schön seinen Sauerbraten an der Front fress … vermahlzeiten, bitte schön.

Ja, sagen die Hausfrauen, is' ja wahr, jetzt haben sie die Fleischration pro Woche schon wieder um hundert Gramm gekürzt, Otto Normal kriegt nur noch vierhundert Gramm. Mein Johann frißt das auf einen Sitz, ein Glück, daß er in Rußland is'.

So sprachen die Hausfrauen bei frischem Sauerkrautgeruch und beginnender Tageshitze – heut kann's noch Gewitter geben –, und die Annl kriegte doch ihr Rindfleisch für den Sauerbraten, ja doch, mit schönem Gruß an den Fronturlauber, schade, daß man ihn noch nicht kennengelernt habe, er solle sich's recht gut schmecken lassen.

Mit diesem Trost geht Annl nach Hause, wo inzwischen Oskar mit seinem Sohn einen kleinen Krach hatte, denn der Schlingel blättert die »Fidele Kommode« nicht nur durch, nein, sondern malt auch mit seinen Ölkreidestiften kräftig in die Illustrationen hinein, zum Beispiel dem Kaiser aus der Flöh-Hatz, J. Fischart, 1545 bis 1589, einen dunkelblauen Scharlachmantel, hast du nicht gesehen, oder dem Antonius von Padua, Wilhelm Busch, eine rote Nase und einen grünen Bart: »Antonius sprach mit ernstem Ton: / Fahre fort, meine Tochter, ich höre schon!« Oskar aber, im erregtem Ton gegen die Annl, sich illustrierend an die Stirne klopfend: Wie kann man nur vierhundert Jahre deutscher Humordichtung, einen klassischen Sonderband, fünfhundert Seiten, einem Vierjährigen zum Spielen geben? Nicht zu fassen ist das.

»Lasset uns meien und Kräntze bereiten … / Sehet ach! Sehet die fröhlichen Zeiten.« Annl muß dem neugierigen Gung zeitweise vorlesen, wenn er über den Karikaturen hockt: »Wie war zu Köln es doch vordem / Mit Heinzelmännchen so bequem!« A. Kopisch, 1799 bis 1853.

Aber heute ist ihr weder zum Lesen noch Reimen zumute. Mangels Sauerkrautgeruchs kriecht ihr der Zorn wieder ins Gesicht. Ganz fleckig werden ihr die Wangen. Mit irgendwas muß sich der Gung doch beschäftigen, wo er das so gern anschaut, sagt sie, besser so was als dauernd das Zeug mit den Panzern, Fliegern und Kanonen in den Illustrierten. Und du schickst dann auch noch diese grauslichen Fotos aus dem Osten.

Gott sei Dank ist die Kamera Mitte Februar südlich von Charkow, nachdem Oskar im Morgengrauen fluchtartig seinen Gefechtsstand räumen mußte, vom Iwan überrollt worden. Also keine Aufnahmen mehr. Seither kam es wiederholt zu Begradigungen von Frontbögen nach hinten, was ja letztlich meine langweilige Türmertätigkeit bereicherte, konnte ich doch fast täglich, von Deutschlandsender und BBC genährt, auf der Generalstabskarte mit den rotköpfigen Stecknadeln hantieren. Ein Verlust für die anspruchsvolle Kriegsdokumentation ist es allemal, daß Oskar den beginnenden Rückzug nicht mehr in anschauliche Bilder fassen kann.

Oskar, der den Verlust seiner Leica nachhaltig betrauert und zur Zeit an der Abwasch über seinem Rasierspiegel hängt, im Unterhemd und in Pyjamahose (es könnte mehr dran sein an ihm, aber dann käme er nicht mehr so leicht in die Panzerluke), klopft sich zwar linkshändig wieder an die Stirn, nuschelt aber mit verzogenem Gesicht, da er rechts die Wange schabt, daß er Annls Meinung nicht kommentieren möchte. Lieber wäre ihm jetzt ein Frühstück.

Hätt'st ja selber machen können, wenn du schon so spät aus den Federn ... Immer zu spät raus, genau wie heut nacht. Hab' ich nicht gesagt, du sollst aufpassen? Nein, der Herr kann das nicht. Außerdem hab' ich inzwischen für heut mittag einen Sauerbraten besorgt. Ich würd' auch lieber mal etwas länger im Bett bleiben.

Und während Annl eine Textstelle durch den Sinn gaukelt, aus Oskars Horoskop, in das sie von Zeit zu Zeit hineinguckt, nämlich, daß für ihn das Sexualleben eine Gefahrenquelle bilde und daß in gesundheitlicher Hinsicht Indispositionen der Respirationsorgane zu gewärtigen seien, sie muß nur im Lexikon nachschauen, was das für Organe sind, und daß es leicht zu Schädigungen der Unterleibsorgane kommen könne, aha, da haben wir's ja, während sie Kaffee macht, ein ordentlicher Bohnenkaffee täte wieder mal gut, der Kaffeeersatz hängt einem ja schon zum Halse raus (dank Oskars Urlaubskarte hat sie heute wenigstens die doppelte Ration gefaßt), während Gert beobachtend überlegt, wie er dem Vater gefallen könnte, da sitzt Oskar in Hemd und Hose am Kanapee, blättert in der Filmillustrierten vom August einundvierzig und schaut seinem Konterfei an der Wand zum Verwechseln ähnlich.

Und während Annl danach abwechselnd in drei Töpfen rührt, Himbeeren, Schwarzbeeren, Ribiseln, denn sie kocht ein, Gert vor einer Schüssel mit gewaschenen Erdäpfeln sitzt, denn er muß schälen, während er »Hänschen klein« pfeift und die geschälten Kartoffeln in eine mit Wasser gefüllte Schüssel schmeißt – nu paß emol uff, du sollst nicht spritzen –, während Zarah Leander im Radio »Der Wind hat mir ein Lied erzählt« orgelt, während Annl überlegt, wann sie ihren Blasentee machen soll, denn sie war am Heimweg noch in der Apotheke, hat aber nur Kümmel und Hagebutten bekommen, Sellerie und Birkenblätter sind aus, da ist Oskar mit dem Kaffee und dem Leitartikel fertig. Und da will er – inzwischen singt der Kammersänger Strienz »Heimat, deine Sterne« – auf den Deutschlandsender wechseln, wegen möglicher Sondermeldungen des OKW, aber die Annl läßt ihn nicht. Weil die uns ein X für ein U vormachen. Da fragt er sich, ob er hier überhaupt auf dem richtigen Dampfer ist, während, wie man hört, seine Kameraden am Donez gerade gegen eine russische Offensive stehen. Da fährt er seinen Sohn an: Hör auf zu pfeifen!, und verschwindet im Schlafzimmer.

Gleich darauf kommt er zurück, mit eckigem Gesicht, hat links seine Klarinette in der Hand, rechts das Mundstück, schnaubt: Und was ist das? Was ist das?, fuchtelt vor Annls Augen rum, brennt mit seinen Brenngläsern, dieser Brille, dem Gert ein Loch in den Leib, was glaubt ihr, was die Klarinette kostet? Und jetzt ist das Mundstück total verklebt. Malzzuckerl, Malzzuckerl hat er gelutscht. Schmeck' ich ja. Das ist eine Konzertklarinette, versteht ihr? Und wenn der Krieg aus ist …

Aber der Annl ist wurscht, was ist, wenn der Krieg aus ist. Wir können halt nicht warten, bis der Krieg aus ist. Wer weiß, wann der Krieg aus ist, und wir müssen jetzt leben, und sie kann halt nicht den ganzen Tag auf den Buben aufpassen. Ihr ist lieber, der Gung spielt auf der Klarinette, als daß er von den Pimpfen getümpelt wird. Außerdem ist er musikalisch. So ist das.

Und dann hat Oskar das Mundstück gesäubert und ist wieder im Schlafzimmer verschwunden. Gleich darauf hört man ein paar Triller und ein paar tiefe Töne und ein paar hohe, langgezogen klagend, und die kippen um in eine Melodie, »Will der Herr Gra-af ein Tänzchen wohl wagen«, aus dem Figaro, und da ist Gert in seiner Ecke und holt die Mundharmonika aus der Kiste. Reiben! ruft ihm die Mutter zu, Aardäppeln reibn. – Ja, gleich, sagt er. Und drinnen gibt's wieder Triller, die zum swingen anfangen, rhythmisch gleitend, Glen Miller: Kulturbolschewik, Niggermusik würde Goebbels sagen. Da dreht Annl das Radio lauter, weil sie spielen gerade »Dein ist mein ganzes Herz«. Und da wird Oskar noch rhythmischer und improvisiert, und Gert legt die Mundharmonika zurück und nimmt seine Blechtrommel, weil der Rhythmus fordert heraus. Und Oskar kann nicht lauter spielen, er spielt schon laut genug. Vorsicht! Das sind keine deutschen Kulturwerte, die nach außen dringen. Und als Gert die Schlafzimmertür öffnet, schreit Annl, Oskar solle da drin mit dem Gedudel aufhören, und dreht »Dein ist mein ganzes Herz« noch lauter, so daß draußen auf der Straße schon ein paar Leute stehen bleiben.

Und da befördert Oskar seinen Sohn – dieser hat zum Trommeln begonnen – durch die offene Tür zum Küchentisch, unsanft, und seine dicken Brillen brennen wieder Löcher in die Gegend. Und Gert muß sich mit dem Arm am Tisch abfangen, aber da stehen schon eine Reihe Einrexgläser darauf, bis oben gefüllt mit dem köstlichen Beerengatsch, einige mit Himbeeren, einige mit Schwarzbeeren, einige mit Ribisel und einige gemischt. Und davon fliegen jetzt die meisten durch die Gegend, in die Oskar noch immer seine Löcher brennt. »Dein ist mein ganzes Herz, für ewig dein …«, und der Mutter bleibt das Herz stehen, weil Gert eine Watsche kriegt, daß es ihn auf die Tischplatte haut. Und da fliegen die anderen Gläser ebenfalls, Gott sei Dank sind die meisten schon zu, und der Vater schreit: Jetzt komm her, jetzt komm her! Aber Gert kommt nicht, und da haut ihm der Vater einen Spitz rein ins Steißbein, das knochige, erwischt ihn aber nicht ganz und ist ihm nun hinterher um den Tisch herum, denn der Vater muß seine Aggressionen abbauen, und die Mutter schreit, Jesus Maria, hört auf, hört auf!, denn die verteilen den Beerengatsch gleichmäßig im Raum, und aus dem Radio tönt jetzt Heinz Rühmann »Das kann ja einen Seemann nicht erschüttern«, und dann steht die Rößlerin in der Tür, mit offenem Mund, und fragt: Kinnerchen, was isn do lus?

Und Stink und Stein, und Kurz und Klein, und Schmerz und Pein, und Stich und Hieb, und Kinderlieb und Schütze Arsch: Los, los, marsch, marsch! Und ich hatt' einen Kameraden, in meiner Heimat Schützengraben. Dort gibt es keine geistigen Engen so wie hier in diesem Kaff. Abenteuer und Gefahren machen frei, auch – und gerade – wenn der Tod lauert. So frei wie die Stadtluft, zum Beispiel in Karlsbad. Eingesperrt und angekettet bist du hier am häuslichen Herd. – Und die Himbeeren und Schwarzbeeren haben wir eigenhändig im Wald ..., der Gert und ich, und die Ribiseln aus Edelmanns Garten ... – scheiß drauf. Wie oft kriegt ein Frontschwein Urlaub? Zwei Jahre war ich nicht hier, eine lange Zeit. Und ihr Zyklus und mein vermasselter Interruptus?

Und die Annl sitzt auf dem Kanapee und heult. War ihr heute nacht ein »Schlappschwanz, du« entwischt? Und hatte sich Oskar am falschen Subjekt, dem dreikäsehohen Knirps, gerächt? Also nun nein. Und die Rößlerin, praktisch veranlagt, holt Eimer und Lappen: Loß 'ne Kopp net hänge, Maadel, bleib mal schön sitzen. Und Gert hockt mit eingezogenen Schultern unter dem Tisch, mit zusammengebissenen Zähnen und trockenem Gesicht, obwohl ihm die linke Wange samt anschließendem Ohrwaschel brennt, aber ich heule nicht, heule nicht. Und Oskar kommt gestiefelt aus dem Schlafzimmer, als Panzerfunker, schwarz wie ein Zieten-Husar, das Schiffchen keck in der Stirn. Nur den Schlips bindet er noch vor dem Rasierspiegel. So, sagt er dann trocken, ich fahr nach Karlsbad. Mal schauen, ob das Piano noch in Ordnung ist.

Und die Annl, erschlafft, die hängenden Arme tatenlos zwischen den Schenkeln, den undefinierbaren Stierer im emsigen Rumoren der Rößlerin, sagt: Heut gibt's keinen Sauerbraten mehr. Und dann, als Oskar schon weg ist, holt sie Gert unter dem Tisch hervor und zieht sich um. Komm, wir gehen zum Bahnhof. Vaters Zug geht ja erst in einer Stunde.

Der Julitag heizt wie ein glühender Backofen. Grünkupfern flimmert die Turmkuppel oberhalb der Türmerwohnung, die Ränder im Sommerdunst verschwommen. Als es ein Uhr schlägt, schwenken von den Wiesen unterhalb des Plattenbergs verkniffene Augen zur Kirche runter.

Im Schatten des Vogelbeerbaums, der sich unförmig zum Waldrand hinaufweitet, ruht eine Arbeitsgruppe: Seifert Herta, die Thielschwestern Karin und Gusti, das Ehepaar Rößler, Frau Groß und Annl mit Gert. Die Thielschwestern in den hellblauen Trikots des Turnvereins mit dem Mädelschaftsemblem zwischen den Brüsten. Der thielsche Vorderbau blüht ungehaltert gegen den Zeitgeist. Die deutsche Frau an der Heimatfront trägt BH. Nur die Thiels nicht. Das hat auch Josef Rößler schon beobachtet, also beim jährlichen Schauhopsen des BDM auf dem Sportplatz hinter der Schule, wo besagte Brüste kaum wippen. Aber so nahe wie heute hat er das noch nicht gesehen. Und deshalb hat er unter seiner Schirmkappe, die er auch im Winter trägt, verstohlene Stilaugen. Aber nur bis seine Frau es merkt. Und die zischelt nun: Schau när hie, schau när hie, du oller Ochs du, daß dir d'Aug nausfalln. Und das hören alle und deshalb kann er nicht mit einer abwertenden Handbewegung darüber hinweg, sondern muß scherzhaft verniedlichen: KdF, sagt er, Kraft durch Freude. Außerdem habe er nur auf das Hakenkreuz im Emblem geschaut, auf welches ja heutzutage ein ganzes Volk schaue. Also nun.

Kichern der Thielschwestern, Lippenbeißen der Else Rößler, da nun mal öffentlich, was sich sonst flüsternd von Kopfkissen zu Kopfkissen fädelt, als halblaute Klage am Einschlafen hindernd. Und die Beruhigung der Frau Groß: Warum solle man auf so junge Dinger nicht hinschauen, schließlich gehe auch der Herr Pfarrer zum Schauturnen. Was sie nicht sagt, sondern nur denkt: Der Saubär, der dreckige, dem fallen die Augen raus, während unseren Männern in Rußland der Arsch abgeschossen wird. Und das Bekenntnis der Seifert Herta, die sich auch solche Kürbisse wünsche, damit der Franzos' in Rößlers Zinkerei auch mal einen Blick auf sie riskiere und nicht immer nur auf die Gusti. Jawohl! Andererseits sind heutzutage solch handfeste Brüste reine Verschwendung, wo doch alle Männer für Führer, Volk und Vaterland im Felde stehen. Wer weiß, ob die überhaupt zurückkommen. Da habe ja die Annl Schwein gehabt, daß ihr Oskar für vierzehn Tage auf Fronturlaub ist, jetzt, wo in Rußland jeder Mann gebraucht wird. Aus der Welt der Fotoalben und Pappschachteln ist er herausgestiegen wie Graf Dracula aus dem Sarg und in die greifbare Realität gerückt. Und dann fährt der Kerl nach Karlsbad zu seinen Eltern und seinem Klavier und läßt Kind und Gattin allein zurück.

Warum bist'n net mitgmacht, Maadl, fragt die Rößlerin, hättst das Gungele bei uns lassn. Aber die Annl kriegt trotz ihrer Lachgrübchen feuchte Augen und schüttelt den Kopf. Nu guck när emol ne Gung a, sagt Frau Rößler, loßt ne Kopp hänge bis unten. Sei net olbern, Kinnerchen, komm ze mir un ass e Brot. Und der kleine Wessel, finster wie ein Vierjähriger nur sein kann, mit geschwollener Wange und getrockneten Tränenspuren bis zu den Mundwinkeln, futtert statt des entgangenen Sauerbratens ein Quarkbrot mit Zwiebeln und spült mit Buttermilch nach. Essen gegen Weltschmerz. Der Vater wird schon wieder zurückkommen, meinen die unwissenden Frauen, und wir sind ja auch noch da. Gelle?

Der alte Grünes, etwas abseits beim Leiterwagen, späht prüfend über die Kirchturmspitze nach Westen, denn da hinten kommen Wolken auf. Zwei Drittel des Tagewerks haben sie geschafft. Vom Waldrand oben laufen feinsäuberliche Heureihen bis in die Ortsnähe runter. Ein überdimensionales Strickmuster, die Musterläufe gerade so weit auseinander, daß das Kuhgespann bequem durch kann. Also machen wir die erste Fuhre, sagt er, und Gert soll inzwischen auf Brot und Kannen aufpassen. Und dann darf er auf den Leiterwagen hinauf und durch den Ort fahren. Ein schönes Abenteuer.

Der Heuduft zieht in die Nasen der Frauen, die das Heu

über die Querstange gabeln. Schweißränder wandern nicht nur unter den Achseln und am Buckel, sondern auch zwischen den Brüsten. Oben auf dem Wagen der schichtende Rößler, den Mützenschirm auf der Nase, so daß keine Stilaugen raus können. Auch die Annl, in weißer Bluse und Blumenrock, gabelt eingelernt und hat keine feuchten Augen mehr. Nein, Zornfalten hat sie an der Nasenwurzel, weil der liebe Oskar womöglich schon am Klavier sitzt, die gerührten Eltern um sich, während sie hier wie eine Wilde arbeitet und hofft, daß die Anstrengung und der geschluckte Blasentee eine Schwangerschaft verhindern.

Und Julius, die Kühe am Zügel, nicht nur das Wachsen der Ladung im Blick, sondern auch die Wetterseite, denn dort verdichten sich Quellwolken wie drängelnde Schafe, sagt: Holt 'ne Gung!, denn die erste Fuhre ist voll, und die Wesselsche ruft nach Gert, aber der ist nicht im Schatten des Baumes. Und da rufen auch die anderen, Ge-ert, ja wo isser denn? Aber der ist nicht da, na so was, wo er doch immer schon bereit steht, wenn eine Fuhre fertig wird.

Also, der Dingerich wird doch nicht drüben am Steinhaufen sein, wo die Steine aufgehäuft werden, die sie aus der Wiese graben. Da gibt's Kreuzottern, sagt Rößler, bei der Hitze sind die Viecher rege. Da hat's vor zwei Jahren den Flechsig Naz erwischt, als er die ausgeackerten Steine aufschichtete. Jesus Maria, jetzt rannten die Frauen, vorneweg die Annl, schreiend zum Steinehaufen. Doch, der Heiligen Jungfrau sei Dank, da war der Junge nicht. Ge-ert! Ge-ert! riefen sie wie die aufgescheuchten Hühner, aber den konnten weder die Rufe noch der Leiterwagen locken.

Und während der Großvater Grünes mit der ersten Heufuhre aufbrach, Zeit durfte nicht verloren werden, denn die Wolkenschafe drängten am Horizont, während noch ein Viertel der Mahd ohne Strickmuster war, zogen unter Rößlers Kommando die Frauen schräg gegen den Hang, die Rechen geschultert und auf die beunruhigende Annl einredend. Weit könne er ja nicht sein, der Junge. Vielleicht drüben im Jugendheim, wo ein neuer

Schub KLV-Kinder eingetroffen sei, aus dem Ruhrgebiet. Dort haben ja die Tommys kräftig abgeräumt. Ja, die Seifert Herta ist ab Montag als Betreuerin abgestellt, ze ne arme Kinnerchen. Und gestern ging ein Feuersturm über Hamburg nieder. Und die Berliner Bevölkerung soll auch evakuiert werden. Wo bleibt'n da der Göring mit seiner Luftwaffe?

Zeitgeschichte läuft also ab und macht betroffen. Der Deutschlandsender spricht zwar von Bombenterror, hortet aber Opferstatistiken verschämt hinter Rekorden in der Rüstungsproduktion. Zwölftausend Panzer im ersten Halbjahr. Zweihundertachtzig Flugzeuge pro Monat in Wiener Neustadt. Wer spricht gerne von Opfern, wenn sie Niederlagen illustrieren? Zum Beispiel in Stalingrad vor einem halben Jahr. Persönlicher Schmerz wird nicht durch Statistiken gemildert. Wie stark war die sechste Armee? Dreihundertausend Mann? Soviel wie die Einwohnerzahl von Graz? Ist das vielleicht ein Trost für die Frau Groß, deren Bruder, Hans Leitl, dort ins Gras oder, besser: in die gefrorene Erde gebissen hat. Und ein Onkel der Thielschwestern ist dort vermißt worden. Da hat Oskar mit seiner ganzen vierten Panzerarmee nichts mehr ausrichten können, obwohl sie bis auf achtundvierzig Kilometer an den Kessel rangekommen waren. Der Oskar hat ja Glück gehabt, daß sie ihn noch in den Urlaub gelassen haben, jetzt, wo im Donezbecken allerhand los ist. Kaum zwei Tage war er da, da ist die Rote Armee am Mius und bei Isjum zu einer Offensive gegen die neuformierte sechste Armee und die erste Panzerarmee, in welche Oskar umgegliedert wurde, angetreten. Heißohrig saßen wir in Oskars erster Urlaubswoche vor dem Radio, aus dem wieder Siegesmeldungen kamen. Und deshalb gab's auch wieder illustrierende Statistiken. Feindliche Opfer: Siebenhundert Panzer zerstört. Achtzehntausend Russen gefangen. Oskar, was sagst du dazu? Doch der kommentierte nicht, sondern sagte nur trocken: Wir werden sehen.

Während also Zeitgeschichte abläuft, sich durch die Summe der Einzelschicksale verschleiert und den betroffenen Menschlein den Durchblick auf die Zusammenhänge stiehlt – das OKW berichtete heute über zunehmende Partisanentätigkeit in der Ukraine –, während ich, obwohl die gegenüberliegenden Fenster offen sind, im Hitzestau schwitze und die oberen Wiesen am Plattenberg beobachte, dort war mir am Waldsaum ein Kind aufgefallen, das sich zwischen den Bäumen verlor, da marschiert Gert unter Fichten und Haselnußstauden den Hohlweg zum Plattenberg hinauf. Ein Hänsel ohne Gretel.

Er trottet dahin, finster mit verschmiertem Gesicht, Heulrinnen bis zu den Mundwinkeln: Der Vater wird schon sehen wird der. Da komm ich halt nicht mehr heim komm ich. Wer läßt sich schon gerne in die Seele pissen, daß es nachhaltig brennt. Und leicht knickebeinig reiben die Knie aneinander, wie im Garten, wenn ihm die Mutter schimpft und er sich schämen muß, weil's beim Soldatenspielen in die Hose gegangen ist: Hosenscheißer! Schäm dich! Und über den Zaun lachen die Edelmanns, wenn er abzieht, mit gesenktem Kopf und das Unterhemd verkrampft über die Handvoll Po zieht: He, he, Volksgenosse! He, he ... Nein, ich komm nimmer heim.

Und der Vater, der da seit Jahren mit strengem, bebrilltem Blick aus dem Rahmen schaut, an der Wand über dem Kanapee, in der schwarzen Uniform mit dem Totenkopf am Kragen, der soll bloß wieder abhauen soll der. Der Vater, von dem die Mutter erzählt, wenn ihre Cousinen, die Annl Zwo und die Ritsch aus Neudek, zu Besuch sind: Wie es damals war, als sie ihn in Karlsbad kennengelernt hat, ganz ohne Uniform, im Café Kaiserpark am Klavier oder abwechselnd mit Klarinette und Akkordeon. Und zwei Monate später ist es dann passiert: an einem Wochenende in Marienbad, im Esplanade, Etablissement Rübezahl, wo Oskars Tanzkapelle »The five Fidelios« aufspielte. Jawohl, spöttelt die Vacin Annl, mit dem Götterspeer ist's passiert, hi, hi, denn Oskar heißt Götterspeer. Sie hat in ihrem Namensbüchl nachgesehen. Also damals ist der Gert entstanden, das Gungele. Ein germanischer Name, obwohl der Oskar eher wie der Goebbels ausschaut. Nu groß isser ja nicht, dein Oskar. Und die drei Cousinen kicherten und gluckten und hoben abwechselnd den Gung aus dem Kinderwagen, weil am Sonntag spazierte man gerne zum Plattenberg hinauf, zu Kaffee und Kuchen, und mußte gegen die Steigung schieben. Klein, aber oho, sagte die Ritsch, die Annl wird schon wissen, was sie an Oskar hat.

Also, dieser Vater mit den schütter werdenden Locken und leicht verkniffenen Mundwinkeln, der da seit neunzehnneununddreißig mit stechendem Blick an der Wand hängt, ist für den Jungen allgegenwärtig. Wie der Himmelvater und Jesus über den Ehebetten. Die dicken Brillen wirken wie ein Brennglas, brennen dem kleinen Gert das Stammeszeichen ins Bewußtsein. Zwischen der Kredenz, in der die Mutter ihr Geschirr und die Gläser hütet, und dem Kanapee, zwischen Herd, Nähmaschine und Schaukelpferd oder in der Zimmerdiagonale ist er an diesen Blicken angefädelt, egal, wo er sich hinwendet. Von der Wand herab gängelt ihn die Vaterfigur, abseits von trivialer Alltäglichkeit ins Mystische gerückt, vom Kanonendonner und Siegesmeldungen aus dem bespannten Radioloch umrankt: ein Mittelding zwischen Gott, Rübezahl und »unnern Fiehrer und Reichskanzler«. In dieser schrecklichen Zeit haben Millionen von Kindern den Vater nur an der Wand hängen. Millionen von Müttern verklären, erhöhen, streuen Flitter über Fotoalben, drohen mit, verweisen auf: Da hat er gerade ..., da waren wir ..., da sind wir mit Tante Hedwig ..., oder stellen, weil er gefallen ist, brennende Kerzen unter sein Bild. Egal, wie beschissen der Kerl gewesen sein mag.

Und der Blick des Vaters erreicht Gert auch im dösenden Wald, fixlautern ..., heizt seinen Trotz an, als ob lauter Oskar-Konterfeis an den Baumstämmen links und rechts des Weges hingen. An der Abbiegung zur Wolfspinge zögert er, weil es ihn zu seinem Freund Fritz, dem Förstersohn am Schwarzwasserhang, zieht. Nein, Fritzens Mutter würde ihm ein Glas Himbeerbrause anbieten und ihn dann nach Hause bringen, zum verkniffenen Oskar an der Wand und dem nörgelnden Gejammer seiner Mutter. Nein, dann doch lieber in ein Mauseloch oder eine Höhle verkrümeln. In der Wolfspinge sieht dich der Vater nicht. Da sieht dich nur der liebe Gott. Der sieht dich überall, sagt der Herr Pfarrer. Gegen den darf er nicht trotzen, weil er nächstes Jahr zu den Ministranten will. Aber gegen Vater und Mutter will er, darf er, weil ihn noch kein Beichtspiegel daran hindert. Die sollen mal sehen, wie es ist, wenn er nicht mehr heimkommt. Die sollen mal ein bißchen weinen um ihn. Und so trappelt er voller Selbstmitleid auf moosigem Pfad, über gefilterte Sonnenflecken ins Reich der Klüfte und verfallenen Bergwerksstollen, in welches ihn der Förstersohn Fritz schon einmal verschleppt hatte. Der Vater? Der kennt ihn ja gar nicht. Der ist ja zum Militär eingezogen worden, als Gert nicht mal ein Jahr alt war. Und seither war er immer auf Vormarsch in ganz Europa. Auf meiner k. k. Generalstabskarte habe ich Oskars Blitzkriege, die wurden ja von der Panzerwaffe getragen, mitverfolgt. Nur einmal noch hatte Oskar seinen Sohn gesehen. Und zwar nach dem Westfeldzug, 1940, in dem Oskar unter Generaloberst Guderian gesiegt hatte. Da war er eine Woche auf Urlaub. Soldatenvater. Urlaubsvater. Vater an der Wand. Fotografisches Verhältnis. Damals war Gert zweieinhalb Jahre alt und erlitt, daß ihn der Vater den Platz an Mutters Seite wegnahm. Das erste Mal mußte er am Kanapee schlafen. Seither verfolgt ihn der mahnende Blick Oskars. Und jetzt ist es wieder soweit. Der Vater ist aus den Fotoalben gekrochen. Gert muß wieder am Kanapee schlafen und kriegt noch Watschen dafür. Oh, ungerechte Welt.

Und als sich über die durch die Äste fallenden Sonnenstrahlen ein Graufilter stülpt, bleibt Gert vor einem Strauch stehen: Tollkirschen. Schöne rote Tollkirschen. Die waren vor Augenblicken noch im hellen Glanz. Jetzt sind sie farblich gebrochen. Die Wolkenschafe fressen die Sonne und lassen dumpfe Laute hören. Es rumort von der Wetterseite her. Gert weiß, daß ein oder zwei Kirschen den Tod bringen. Wie ein Kreuzotternbiß. Fritz hat einmal damit experimentiert: Hagebuttentee mit einer Tollkirsche drin. Daran war das Jägerlatein seines Vater schuld. Die Tollkirsche sei, bei geringer Dosis, ein Schlüssel zur Geisterwelt, hatte er einmal gesagt. Das Tor zu Rübezahl und seinen Zwergen. Sie stellt die Wirklichkeit auf den Kopf. Und Fritz, der alles ausprobieren muß, braute sich die vielversprechende Teemischung mit Kirsche, weil er gerne den sagenhaften Silberschatz in der Wolfspinge gefunden hätte. Ich weiß nicht, ob er ins Delirium schwebte und die Bergwichtel befragen konnte, zum Schatzsuchen ist er jedenfalls nicht gekommen, weil er vorher in der Intensivstation des Karlsbader Krankenhauses landete.

Und jetzt pflückt Gert trotz warnenden Donnergrollens eine Kirsche. Der Trotz sitzt zu tief: Nur einmal abbeißen. Den Tod schmecken. Das Tor zu Rübezahl und seinen Zwergen öffnen. Vor der Wirklichkeit fliehen. Die Eltern werden schon sehen werden die, wenn ich nicht mehr nach Hause komme. Und während er sich, links und rechts am Fels abstützend, eine Kluft hinunterzwängt, während sich seine Haut rötet und das Gestein die hitzige Wallung kühlt, während er sich in einem schwarzen Sarg sieht, mit aschfahlem Gesicht und weißem Totenhemd im schönen Kontrast, drei Lilien auf der Brust, und darob in Tränen ausbricht (auch Mutter weint herzzerreißend, ach, und Vater spielt auf der Konzertklarinette »Ich hatt' einen Kameraden«), während er am Grunde der Kluft in düsterem Halbdämmer an verfallenen Schachtöffnungen und Höhleneingängen vorbeischlurft, während er mit Atemnot zu kämpfen beginnt und die schleichende Angst unterdrückt (es war ja alles nicht so gemeint), da wird der Donner immer drohender, und auf der Neudeker Höhe zucken die ersten Blitze aus den Wolken.

Welcher Aufruhr über Platten.

Als ob die Kirche abgebrannt wäre. In das aufsteigende Gewitter hinein mobilisiert die Wessel Annl zuerst die nachbarschaftlichen Erntehelfer, und als dies kein Ergebnis bringt, mich, den Türmer. Sie denkt nicht mehr an Blasentee, Abführsalz, Schwitzkur und Oskar, denn es wird schon finster.

Im Handumdrehen haben wir die Feuerwehr und drei Jungzüge HJ auf den Beinen. Letztere hatten gerade Heimabend und begeisterten sich hellauf am Suchalarm. Endlich mal ein Ernstfall. Der Volksgenosse Gert ist verschwunden. Stillgestanden! Richt euch! Augen geradeeeaus! Wehrtitel Vermißtensuche. Und dann hinauf zum Plattenberg mit »Ein Lied! Drei und vier! Ein junges Volk steht auf, zum Kampf bereit …«.

Obwohl feldmarschmäßig ausgerüstet, mit Tornister, Zeltplane, Taschenlampe und Fackel, mußten sie jedoch gegen Mitternacht die Suche abbrechen. Der Himmel wollte – so scheint es – den Plattenberg ersäufen. Ganze Bäche schüttete er herunter. Auch die Feuerwehr gab auf. Wir befürchteten das Schlimmste. Ich mußte Annl durch die Sakristei in die nächtliche Kirche lassen, wo sie im Kerzenschein eine Stunde lang vor dem Altar kniete.

Erst bei Morgengrauen, als ein unschuldiger Himmel einen schönen Tag versprach, waren die Suchmannschaften wieder unterwegs. Max Kleister, der Ortsparteileiter, hatte auch die Jungmädelschaft angefordert und koordinierte persönlich die Suche. Aber erst Fritz, der Sohn des Försters Fladerer, fand Gert. Man hatte den sechsjährigen Fritz, der sich in der Wolfspinge gut auskannte, in eine der Felsspalten abseilen müssen, da durch die übliche Zugangskluft noch Gewitterwasser rauschte. Gert lag bewußtlos auf einer erhöhten Stelle einer Höhle, die man nur durch tiefes Stauwasser erreichen konnte.

Dem Jungen war nicht viel passiert. Der Arzt stellte eine leichte Vergiftung fest und verordnete zwei Tage Bettruhe und Beobachtung. Als ich ihn zu Hause besuchte, sagte er mir, er habe den Silberschatz gesehen. Den hätten ihn die Bergwichtel gezeigt.

Drei Tage blieb Oskar in Karlsbad, räumte die Einmachgläser seiner Mutter vom Piano, spielte schrägen Jazz, bevor er es stimmte, las die Feldpostbriefe seines Bruders Karl, der schon im Juli 1941 bei Smolensk gefallen war, lungerte in den Cafés der Kolonnaden herum, schaute sich »Quax, der Bruchpilot« mit Heinz Rühmann an und saß schweigsam vor dem Radio: Die Allierten waren auf Sizilien gelandet und nahmen am 22. Juli Palermo. Die Panzerdivision »Hermann Göring« und die 15. Panzergrenadierdivision sollen sie zurück ins Meer werfen. König Viktor Emanuel stürzte Mussolini. Auweia, da braute sich was zusammen. Im Osten nichts Neues: Starke Partisanentätigkeit in der Nordukraine. Teilerfolge im Donezbecken, garniert mit Statistiken: gefangene Russen und zerstörte Panzer.

Ansonsten hatte Oskar wegen seines plötzlichen Abgangs aus Platten ein schlechtes Gewissen.

Wenn er am Piano saß, verzog sich Ami, der Hund, unter das Kanapee und steckte den Kopf zwischen die Schmutzwäsche, die dort bis zum nächsten Waschtag muffelte. Oskars Mutter saß dann in sich gekehrt, die Hände im Schoß und fixierte ihren Sohn. Einmal sagte sie in eine Spielpause hinein: Als es Karl erwischt hat, ist das Kruzifix von der Wand gefallen. Ich hab's weggeschmissen. Paß gut auf dich auf, Junge!

Berta Wessel war ein abgerackertes, zähes Weibchen mit aufgeblähtem Kropfhals, aber ausdrucksstarkem schmalem Gesicht. Ihre Rehaugen leuchteten unter dichtem schlohweißem Haar, welches sie straff nach hinten gekämmt und zu einem Knoten gebunden hatte. In ihrer Jugend war sie, wie man so sagt, eine Schönheit gewesen. Sechs Kinder hatte sie aufgezogen. Vier Buben und zwei Mädchen. Karl war der älteste, Oskar der jüngste. Nach Oskar hatte sie ihren Alois nicht mehr zugelassen, nein, wo käme man denn da hin. Wenn ihn zwischen den Beinen der Teufel kitzele, solle er doch runter in den Kohlenkeller gehen. Wo hätte sie in der Zweizimmerwohnung, nämlich Wohnküche und Kabinett, auch weitere Kinder unterbringen sollen. Nein, da wolle sie lieber das Piano, das sie ihrem Alois abrang (obwohl sie die Möbel hin und her schieben und von der Kredenz die Seitenleisten entfernen mußten), zwischen Kanapee und Kredenz hineinquetschen. Aber Oskar und Rudl, der zweitälteste, zeigten Musikalität und sollten eine instrumentale Ausbildung bekommen. Da legte sie Wert darauf, denn sie wußte, was ein verkümmertes Talent bedeutet. Hatte sie doch selbst zum Ballett wollen – ihre Mutter war Schneiderin im Stadttheater Karlsbad gewesen –, aber dann wurde sie von einem Tourneeschauspieler geschwängert und heiratete kurz darauf den gutmütigen Alois Wessel, der vor dem ersten Krieg aus dem niederösterreichischen Großpertholz zugezogen war.

Alois war Glasbläser, der dem Ruf der Glasfabrik Ludwig Moser & Söhne in Meierhöfen gefolgt war, die damals eine Hochblüte ihrer Firmengeschichte erlebte. Immerhin errang Ludwig Moser bei der Weltausstellung 1900 eine Silbermedaille und 1910 in Brüssel eine bronzene.

Oskar sah seinen Vater nur zum Mittagessen, da dieser, obwohl schon in Rente, nachmittags zum Schichtdienst mußte. 1941, als die Firma in »Staatliche Glasmanufaktur Karlsbad AG« umbenannt wurde, hatte man ihn wieder geholt, da seine jüngeren Kollegen irgendwo in Norwegen, Frankreich oder Rußland standen.

Und während er seine Einbrennsuppe schlurfte, seinen Löwenzahnsalat mit Sauerampfer mampfte oder vom Gulaschrest die Soße austunkte, feinsäuberlich mit Brotstückchen – das Tellerausschlecken hatte ihm Berta abgewöhnt –, während Oskar sich über Fronterlebnisse trotz auffordernder Fragen verschwieg, es geht schon, sagte er nur, da entschlüpften dem Alten zwischen Rindfleischbrocken und Salatfasern ungewohnte Sätzchen, die mehr ahnen ließen, als sie sagten: Der Arzt sage, er habe Asthma, in der Nacht sitze er oft im Bett, weil er keine Luft kriege. Das komme von der Arbeit an der Blasstange, sage der Arzt. Aber er meine, das komme vom Kropf. Dieser drükke auf die Luftröhre. Kann man da operieren gehen? Er liebe seine Arbeit, aber es geht nicht mehr so wie früher. Er wird vom Hüttenmeister angeschnauzt, weil er immer längere Pausen brauche. Da hilft ihm auch die Deutsche Arbeitsfront nicht. Da hätte vor achtundreißig die Gewerkschaft anders reagiert. Und überhaupt: Seit die Vorstände ausgewechselt worden sind, die Herren Ritter und Elbogen, ist das Arbeitsklima begackt. Zu viele Parolen und gegenseitige Vernaderungen. Feind hört mit.

Ja, Ritter und Elbogen waren feine Leute. Ritter ist nach New York, von Elbogen und seiner Familie hat man nichts mehr gehört. Nun ja, es wäre gescheiter gewesen, Oskar wäre mit seinem Bankdirektor aus Fischern auch rechtzeitig nach Amerika gegangen.

Ich weiß, lieber Oskar, du bist bedrückt, weil Alois bedrückt ist. Er hätte sich einen schönen Lebensabend verdient. Die Rente wäre ausreichend, die Mosersche Dienstwohnung könnte er bis zu seinem Tode behalten. Jetzt, wo alle Kinder draußen sind, reichen die zwei Zimmer, und wenn ihn Berta überlebt, könnte sie auch bleiben. Du bist bedrückt, weil Berta bedrückt ist, nicht nur wegen Alois, sondern vor allem wegen Karl, er und du seid ja ihre Lieblingssöhne. Die älteste Tochter, deine Schwester Luise, eifersüchtig tratschhaft und im Dauerstreit mit der Mutter, meint deshalb hinter vorgehaltener Hand, du und Karl seid gar nicht von Alois.

Du bist bedrückt, weil du ahnst, daß die Panzerdivision »Hermann Göring« die Allierten auf Sizilien nicht mehr ins Meer schmeißen kann, daß das Ostufer des Dnjepr – trotz siebenhundert vernichteter Sowjetpanzer – nicht mehr gehalten werden kann, daß nach dem Hamburger Feuersturm mit dreißigtausend Toten auch Berlin drankommen wird. Du bist bedrückt, weil du nicht helfen kannst, weder deinen Eltern noch dem Großdeutschen Reich. Welche Keule: Du kannst dir nicht einmal selbst helfen.

Und Oskar ist bedrückt, weil er nur vierzehn Tage Urlaub hat und seiner Frau und seinem Sohn davongelaufen ist. Er spielt nicht mehr die gekränkte, unverstandene Leberwurst. Er spielt den reuevollen Heimkehrwilligen. Und deshalb begleitet er nach dem dritten Mittagessen seinen Vater in den Schichtdienst. Es treibt ihn in die Moserschen Ausstellungs- und Verkaufsräume, weil er für die Gläsersammlung seiner Frau eine Zutat will. Zu seiner Gewissensberuhigung. Er schwankt zwischen einer farblosen Pokalvase mit graviertem Dekor, Landschaft mit Bäumen, Reiter und Reiterin, Thema »Schön Rohtraut« nach Eduard Mörike – wir wissen, daß Oskar literarische Bezüge liebte –, und einer Deckeldose in zwölf Facetten geschliffen, Jugendstil nach Josef Hofmann.

Also, Oskar! Laß deinen persönlichen Geschmack im Keller, laß deinen Intellekt verstaubt, onaniere nicht mit hintergründigen Themenverknüpfungen, es muß ja der Annl gefallen und nicht dir. Und dunkelgrünes Smaragdglas schmeichelt ihren Augen, wirst schon sehen. Du willst ja mit ihr, trotz der Verstimmungen der letzten Tage, noch ins Bett, bevor du zu deinen Panzern machst. Da kannst du ihr's noch mal zeigen von wegen Schlappschwanz und so, mit deiner gestrigen Erfolgsnummer im Kopf. Unglaublich, wie scharf die Hauptmannsgattin geladen war, oben im Tanzcafé Hirschensprung. Ihr Mann in Rußland, sie auf Kur. Erregend: ein simpler Unteroffizier mit einer Hauptmannsgattin. Der ist ja schon beim Tanzen einer abgegangen. Und als du mit ihr raus bist, schon an der Tür mit prall gefüllter Hose, rüber in die Büsche – du brauchtest nicht einmal das Koppelschloß überm Panzerjäcki öffnen –, und sie ihr vierzigjähriges Gesäß in den Halbschatten reckte, hochbeinig, aber gebückt, da du kleiner warst als sie, ... na ja ... Aber so schnell geht's halt bei deiner Annl nicht, da brauchst du schon ein bißchen Geduld und ein anständiges Vorspiel. Noch dazu, wo du ihr erster warst und bist und sie wegen deiner Kriegsspiele arg entwöhnt ist. Was für eine Vergeudung eines an und für sich hitzigen Körpers. Also keine Ausrede von wegen, daß es bei der Hauptmannsgattin und in den Puffs in Frankreich und Polen auch geklappt hat. Die Damen dort machen es ja professionell und sind eins, zwei, drei am Gehänge. Sag nicht, daß sei der Krieg, da muß alles schnell gehen, ruckedizuck. Deshalb gibt es ja in Feindesland auch Vergewaltigungen, auch durch unsere Wehrmacht, nicht wahr.

Ungenützte Chancen sind sonst auf ewig vertan. Da verlierst du deine zärtlichen Gefühle, jawohl. Und ich verstehe dich ja, lieber Oskar, wenn du schon mal auf Heimaturlaub darfst und schon in der Bahn eine nasse Hose kriegst, weil du immer nur an das eine denkst, was du so mit deiner Frau alles anstellen willst. Mein Gott, den Schützengraben mit dem Bett vertauschen, ich verstehe, ich verstehe. Aber andererseits, lieber Oskar, verstehe bitte die Annl, die nicht alles mit sich machen lassen will, was du auf deinen Feldzügen gelernt hast: etwa in der Art wie bei den Kühen ihres Vaters oder den Hunden oder französisch: Was für Sitten du da anschleppst, Mensch, ist ja eklig, denk an dein Horoskop. Da steht, daß das Sexualleben für dich eine Gefahrenquelle bildet. Das hat ja Annl im Kopf, die denkt ja an die möglichen Schädigungen deiner Unterleibsorgane. Hat das etwas mit den Indispositionen der Respirationsorgane zu tun? Na, sie muß doch einmal im Lexikon nachschauen. Respiration ... Respiration?

Jedenfalls brauchst du nicht trotzen, lieber Oskar, auch wenn du für die Annl und die anderen Volksgenossen beim Iwan den Hintern hinhalten mußt; auf der gefrorenen Steppe, auf der ein schauderhafter Wind den Schnee hinter die Schollen treibt. Verstehen wir ja, aber daß du da mit offenem Hosentürl auf der Erde oder im Schützenloch ..., da holst du dir auch ohne Horoskop ein Blasenleiden. Garantiert. Also pack dich immer gut ein! Und die Annl will halt keine Sauereien. Zärtlichkeit will sie, Liebe und Verständnis und ein bißchen Anerkennung.

Jawohl, das andere kommt dann von allein. Du mußt dir halt Zeit lassen, auch wenn du nur vierzehn Tage Urlaub hast.

Ja, nun: Oskar kaufte also die Deckeldose aus dunkelgrünem Smaragdglas mit Facettenschliff. Eine teure Gewissensberuhigung. Er hätte doch nicht mit der Hauptmannsgattin – wie hieß sie doch gleich? – in die Büsche sollen. Nachher ist man halt immer gescheiter. Kauft Oskar die Deckeldose, weil er die Annl kaufen will? Hm, wäre teurer als ein paarmal Puff.

Dann kaufte er noch, schon auf dem Weg zum Bahnhof, eine Mundharmonika, eine chromatische. Für seinen Sohn. Der hatte wohl die Watsche nicht verdient. Oskars Zorn auf Annl und auf sich selbst war möglicherweise auf das falsche Ziel geleitet worden. Und er, Oskar, wollte schließlich einen guten Abgang in den Krieg. Guter Abgang, gute Rückkehr. Bei der Rückkehr kann sein Sohn schon auf der Chromatischen spielen. Da ist er sicher. Obwohl die Mundharmonika für seine Begabung nur der Anfang ist. Da werden wir später ein neues Akkordeon anschaffen müssen, weil auf Oskars Akkordeon jetzt wahrscheinlich ein Iwan spielt, wenn es noch lebt. Was war geschehen? Nun, die Vormärsche hatte sein Akkordeon wohlbehalten überstanden – mit Hilfe seiner Kameraden und des verständnisvollen Kompaniekommandanten. Es gab ja auch immer Grund zum Feiern. Wie oft mußte er das Panzerlied spielen? »Ob's stürmt oder schneit, ob die Sonne uns lacht ...« Auch in Rußland kämpfte das Akkordeon bis Dezember zweiundvierzig, als es mit Oskar und der vierten Panzerarmee den Kessel Stalingrad aufbrechen sollte. Sie kamen nicht durch. Und dann wurde das Akkordeon bei einem sowjetischen Gegenangriff überrannt und vermißt. So war das. Weihnachten zweiundvierzig war dann zum Rotzen und Wassern. Sie mußten die »Stille Nacht« ohne instrumentale Begleitung singen. Na ja, seitdem gab es sowieso nicht mehr viel zum Feiern. Deshalb schmerzte ihm dann der Verlust seiner Leica doppelt, die Mitte Februar bei Charkow verlorenging, als sie eines Morgengrauens fluchtartig die Stellungen räumen mußten. Solche Dinge sind halt nichts für Rückzüge, höchstens was für Angriffe.

Die Zeit heilt Wunden.

Und so hatte Annl Wessel ihren Zorn auf Oskar bald vergessen. Distanz schafft Milde. Außerdem war sie froh, daß dem Gert in der Wolfspinge nichts passiert war. Das hätte schlimm ausgehen können. Der Zorn war weg, die Ungewißheit blieb: War sie nun schwanger oder nicht? Und so pilgerte sie, trotz Salzwassers und Blasentees, mit Gert zur »alten Schmieda« am Weg ins Schwarzwassertal. Vom Fahrweg weg, ein paar hundert Meter zum Waldrand hin, hauste diese in ihrem zerbröckelnden Häusel, bei dem die Schneelast des letzten Winters das Dach schon in den Oberstock gedrückt hatte. Auch der Rauchfang war zerbröselt. Die Alte hauste in der unteren Stube, bei der Fenster- und Türstöcke auch schon faulten, hatte das Ofenrohr, weil der Kamin nicht mehr zog, durch die Oberlichte des Fensters geschoben und mit Brettern und Moos abgedichtet.

Eigentlich hieß sie Anna Meinl, wurde im Volksmund aber nur die »Schmieda« genannt. Ihr vor Jahren verstorbener Mann war von Beruf Nagel- und Löffelschmied, daher der Hausname »Schmied«. Seit seinem Tode verfiel die Wirtschaft, die Wiese wurde nicht mehr gemäht und verfilzte, vor allem seit sie keine Ziegen und Hühner mehr hielt. Den Acker neben dem Haus ließ sie zwar vom alten Lein Adolf aus der Nachbarschaft mit

Kartoffel bebauen, aber seit sie von der Gemeinde Sozialhilfe bekam, grub sie die Früchte im Herbst nicht mehr aus.

Hundert Meter vor dem Haus weigerte sich Gert weiterzugehen. Er gehe in kein Hexenhaus, sagte er.

Aber Gung, sagte die Annl, es gibt ja keine Hexen.

Er gehe in kein Hexenhaus, beharrte Gert, die Nussa sei eine Hexe. Ihr Lulu stinkt wie beim Pferd. Der Fritz hat g'sagt, das ist Höllendampf und Schwefel. Das zeigt dem Teufel den Weg.

Und in der Tat, wenn die Alte am Abend vom Wirtshaus, wo sie gegen ein paar Pfennige Karten legte, nach Hause ging, roch man, wo sie strässig war.

Drinnen bei der Schmieda, unter abblätterndem Deckenverputz, in abgestandener säuerlicher Luft, zwischen einer Pendeluhr und der Kredenz – die Schmieda hat die Kredenz meterweit von der Wand weggeschoben, weil die Stubendecke undicht ist –, sitzt dann die Annl der Alten gegenüber und weiß nicht, wie sie anfangen soll.

Aber die Schmieda hat schon ihr Päckchen Spielkarten in der Hand, Doppeldeutsche, mischt locker aus dem Handgelenk, reimt wirre Sprüchlein, Nelken und Rosen, Nestl und Hosen, Mäuse und Schwarten, Spieler und Karten, greift sich von der Kredenz ein Tigelchen mit grünblauer Salbe und tupft der Annl unter die Nase, auf die Stirn und Ohrläppchen. Flauten und Harfen, Hechte und Karpfen, Riesel und Schauer, bitter und sauer. Der Geruch von Eibisch und Teer mischt sich ins Abgestandene. Do is Wolfskraut un Kinderfeiste drin, sagt sie, wächst inner Wolfspinge. Blüte und Samen, kommet zusammen – in Teufels Namen.

Sie ist doch eine Hexe, denkt Annl, der Gert hat recht, vor zweihundert Jahren wäre sie auf dem Scheiterhaufen gelandet, aber voriges Jahr war eine Behördenkommission hier, wollte sie wegholen, ins Altersheim bringen, aber sie hat sich mit Händen und Füßen gewehrt. Lirum, larum, Löffelstiel – für eine Mark sag ich dir viel. Und die Schmieda hängt konzentriert über ihren Karten: Die Annl habe wohl Probleme mit ihrem Mann, ja ja ja, und sie wolle wohl wissen, wie's weitergeht, ja ja. Schwarzbraun ist die Haselnuß – der Oskar muß zurück zum Russ'. Ja doch, aber wie geht's weiter? Annl hat sein Horoskop studiert, nicht nur wegen seines Sexuallebens, sondern wegen der Gefahrenperioden in seinem Leben. Da war vorerst das vierundzwanzigste Lebensjahr, das hatte er schon geschafft. Dann wäre noch das achtundzwanzigste bis dreißigste Lebensjahr.

Ihre politischen Ansichten, steht da drin, müssen Sie um die Jahre 1940 bis 1942 einer besonderen Kontrolle unterwerfen, damit Sie sich nicht irgendwelchen Schaden zufügen oder Ihr Glück verscherzen. Folgen Sie diesbezüglich nicht Ihren Idealen. Sind die Jahre 1940 bis 1942 ohne besonderen Schaden vorbeigegangen, so wird das fünfundvierzigste Lebensjahr mit einigen günstigen Möglichkeiten an Sie herantreten. Etwas geschraubt, jawohl, aber immerhin: die Jahre vierzig bis zweiundvierzig sind vorbei, und nur das Akkordeon ist bei Stalingrad verlorengegangen.

Das verrät die Annl aber nicht und die alte Schmieda über ihren Karten wiegt bedenklich das Haupt, denn sie hat gerade Herz sieben aufgelegt, den Ritter mit dem Pfeil in der Brust, und wird noch bedenklicher und schaukelt hin und her, aber dann kommt der Eichel Ober als Wilhelm Tell. Der schießt aber nicht auf den Ritter, sondern auf den Apfel, also sei beruhigt, liebe Annl. Und dann kommt Herz 10 mit den Ruinen, jawohl, die decken den Ritter zu, ui weh. Hirzepinzchen, Rumpelstilzchen. Ein großes Ereignis kommt auf uns zu, auf unnere Platt; sie wolle nur im lokalen Bereich deuten, keine weite Geographie abdecken. Nein, höchstens es kämen der Herr Hitler, der Herr Göring oder der Herr Goebbels persönlich. Denen würde sie aber keine Wahrheiten an die Ohren hängen, weil dann würde sie nicht im Altersheim, sondern in einem Lager enden.

Aber unser Platten wird es treffen. Der Daumen, der schüttelt die Pflaumen. Es vergehen noch ein paar Jahre, da werden sie dem Ritter, dem Ortsgruppenleiter Kleister die braunen Breeches über den Arsch runterziehen, da brauche sie gar nicht in die Karten schauen.

Bänke und Sessel, Pfannen und Kessel, Flinten und Sabel, Schaufel und Gabel. Ja, bin ich jetzt schwanger oder nicht? Bube deckt Dame, nein, der Ober den Unter, aber Pik König deckt beide, aus drei mach vier, aus vier mach drei, verschließ die Tür, hörst du den Schrei?

O weh! Heulen und Zähneknirschen wird's noch geben auf unserer Platt, in der Wolfspinge wird die Wilde Jagd heulen, das Brausen wird in den Erdschlünden und alten Stollen, im Gottvatergang und der Schneepinge widerhallen. Sei froh, daß dein Gung die Nacht da oben unbeschadet überstanden hat. Dein Gung, sagte die alte Schmieda, solle sich von den anderen Fratzen fernhalten, die da dauernd mit ihr Schabernack trieben, zum Beispiel das Ofenrohr mit Hadern zustopfen. Im Frühjahr sei sie ausgeräuchert worden wie der Fuchs im Bau. Sie wäre fast erstickt. Die Fratzen darf sie nicht erwischen. Und die schießen mit Steinschleudern auf ihren Nusser, dem halbzahmen Eichelhäher, der sich stets auf den Nußbäumen beim Haus herumtreibt. Is fei wohr. Und die Kerle sollen sie nicht mehr Nussa schimpfen. Es genüge ihr schon, daß der Herr Ortsgruppenleiter, der Max, höchstpersönlich bei ihr war, um sie ins Altersheim zu holen. Den habe sie aber mit Besen und nassen Fetzen aus dem Haus gejagt. Von hier bringe sie niemand weg, wo sie mit ihrem seligen Hans ein Leben lang geschafft habe. Und die Lausbuben sollen sich ja nicht mehr zeigen, sonst gehe es ihnen wie dem Ortsgruppenleiter. Und sie sprühte Feuer, und ihr zahnloser Mund pappte auf und zu wie der Froschkönig, und ihre grauen Haarsträhnen zitterten ums Gesicht wie die Schlangen der Medusa. Und sie deutete auf einen Haufen Steine neben der Tür: Die schmeiße sie auf die Gunga, wenn die sie noch einmal verarschen oder beim Pinkeln zuschauen, die Saubären. Zu jung zum Wichsen, aber ihre Luschi wollen sie sehen. Nussa, Nussa, komm heraus – wir treiben dir den Teufel aus! rufen sie. Die liderlichen Grünschnäbel hätte man zu ihrer Zeit in den Keller gesperrt.

Ja, und bin ich also jetzt schwanger oder nicht? Annl sitzt ratlos vor dieser geballten Anklage und prophetischen Bedrohung, wozu hat sie schon eine Mark über die Tischplatte geschoben? Aber siehe: Jetzt kommt ein Herz As, der Frühling, na also, nach Regen kommt Sonne. Abrakadabra, Hesperiden und Hinkebein, aus drei mach vier, aus vier mach drei, die Schmieda wiegt wieder bedächtig das Haupt: Sie sehe ein Schiff, eine Bahn, Flüsse, hohe Berge, oioioi, wilde Felszacken, Sommer. Karo fünf sticht Blatt zwei und Schell vier, bleibt auf Eichel drei liegen. Murmel, murmel: In fünf Jahren werdet ihr eine große Reise tun, alle drei. Murmel, murmel, hokuspokus, alle drei. Keine Teufelsfratze mit gelbem Blick aus dem Kamin, und die Annl spürt die säuerliche Luft nicht mehr. Eibisch zieht in die Nasenlöcher, auf der Stirn liegt ein kühler Hauch, hinter den Ohren prickelt es. Jawohl: Der Ritter, die Burgfrau und das Gungelchen umarmen sich. Nu sieh emol. Alle drei.

Heiliger Laurentius, der du auf glühendem Rost zu Tode gemartert wurdest, bitt' für uns. Jesus, König der Herrlichkeit, Jesus, Sonne der Gerechtigkeit, erbarme dich unser.

Lieber heiliger Laurentius, kannst du nicht ein Wörtchen für mich einlegen, wenn du das nächste Mal Audienz beim lieben Jesus hast, auf daß auch mir der Kelch vorübergehe, bitte schön. Wo wir doch Krieg haben und Oskar wieder ins Feld muß und ich dann wieder allein bin mit meinem Sohn. Was sollte ich mit einem zweiten Kinde anfangen? Ist doch ungerecht: wegen ein paar Minuten im Bett gleich ein Kind. Lieber heiliger Laurentius! Ich möchte mich in dieser Sache nicht nur auf die alte Schmieda verlassen, wo die doch dem Luzifer den Weg markiert. Ein bißchen absichern im Himmel kann wohl auch nicht schaden. Ich bitte dich, lieber Laurentius. Außerdem sind diese Zeiten nichts für Kinder. Fett und Milch wird immer weniger, Kinder kriegen Mangelkrankheiten und Lungenentzündung und Bomben auf den Kopf. Man kann sie nicht dauernd mit Erdäpfeln und Sauerkraut füttern. So hielt also Annl Zwiesprache mit dem Namenspatron unserer Kirche und murmelte mit den Messebesuchern: Herr, erbarme dich unser. Und neben ihr Gert im Gleichklang mit den Ministranten: … et in saecula saeculórum. Amen.

Aber Oskar, dritte Reihe Männerseite neben Julius, im sommerlich hellgrauen Nadelstreif mit Stecktuch, hört seinen Sohn nicht – vielleicht hätte er gelächelt –, sondern hat wieder das Gedankenlabyrinth des Skeptikers im Kopf, welches auch die Heilige Dreieinigkeit über dem Hochaltar nicht entwirren kann: Morgen muß er zurück an die Front, unumstößlich. Aber wofür kämpft er eigentlich? Wofür ist sein Bruder Karl gefallen? Für den Lebensraum des deutschen Volks im Osten? Das ist nicht unser Lebensraum. Da wohnen Polen, Ruthenen, Ukrainer. Sag nicht, lieber Jesus, daß da einmal Goten, Gepiden, Wandalen hausten. Also: Oskars Lebensraum ist das Dreieck Karlsbad-Marienbad-Franzensbad, dort, wo sie in den Tanzcafés seine »Five Fidelios« gebraucht haben. Vielleicht Prag, Nürnberg noch. Den großen Traum von einer Big Band mit Auftritten in Berlin, Paris, London, Wien hat er im Schützenloch begraben. Wieviel Erwartungsmüll, wieviel Träume, Hoffnungen, abgebrochene Karrieren sind an dieser eintausendachthundert Kilometer langen Rußlandfront in die Gräben gekippt worden? Träume einer verlorenen Generation. Nur unverbesserliche Spinner schleppen noch Ideale als Sperrmüll durch Schlamm und Eis.

Ach, Jesus, Glanz des ewigen Lichts, Vater der Zukunft, Erlöser der Welt, hilf die Gedanken ordnen. Kämpfen für Führer, Volk und Vaterland? Kämpfen für die nationale Größe? Rache für den Dolchstoß nach dem ersten Krieg, aus dem die Weimarer Republik geboren wurde? Ende und Anfang haben meist keine Naht. Niederlage treibt zu neuem Sieg. Sieg zu neuer Niederlage. Ein ewiges Rad, durch Verblendung und Kurzsichtigkeit angetrieben.

Wir haben das Elsaß, Westpreußen, Südpreußen, Südtirol verloren. Das Reich ist größer, als die Grenze steht. Deshalb, Oskar, denk an die nationale Größe … Ja, ja, schon, aber genügen da nicht die Olympiade und die Fußballweltmeisterschaft oder der Max Schmeling? In meine nationale Größe müssen jedenfalls auch Glenn Miller und Louis Armstrong passen. Was haben wir Menschlein sonst von der nationalen Größe? Jesus, Licht der Bekenner. Wenn wir schon von Verlusten sprechen, dann haben wir hier in Böhmen viel mehr verloren. Wir haben Österreich verloren. Schließlich ist es uns unter Franz Josef doch nicht schlecht ergangen. Der Julius neben mir hätte heute lieber seinen Waffenrock von anno dazumal angezogen statt des schwarzen Anzugs. Aber das sehen die Nazis nicht gerne. Haben wir damals von Rassen und Untermenschen gefaselt? Wieviel Juden haben für den Kaiser Kopf und Kragen verloren? No, prosím, mit den Tschechen haben wir auch so halbwegs gekonnt. Das hat auch der Postenkommandant der Gendarmerie, Hawliček, bestätigt und sein nationales Auge zugedrückt, wenn Julius mit den Kriegsveteranen im Rock des Kaisers ausgerückt ist. Nun ja, jetzt ist er nicht mehr da, der Hawliček. Auch der Bezirksrichter Kovar, der Lehrer Drahoslav Sveida, der Zollbeamte Brtek und ein paar andere sind nicht mehr da. Die sind nach dem Anschluß mit ihren Familien nach Kladno und Kolin umgesiedelt. Natürlich ist auch die erst 1936 gegründete tschechische Schule, zwei Räume im Kolb-Schneider-Haus am Marktplatz, geschlossen worden. Wir sind sozusagen tschechenfrei, so wie vor dem ersten Krieg. No, nach 1918 sind ein paar hergekommen. Dienstverpflichtet aufs Zollamt, Gendarmerie und das Bezirksgericht. Bei der Volkszählung 1930 waren es neunundzwanzig. So ist das.

Ach, Jesus, Verkünder des großen Ratschlusses, und was schert meine Mutter Berta die nationale Größe und Würde, wenn Karl, ihr Lieblingssohn, in russischer Erde vermodert? Na ja, es stehen ja noch die Brüder Oskar, Rudl und Gustl am Dnjepr und Don. Ach, Jesus, unser Freund, sei uns gnädig, verschone sie, äh, uns. Darum wird man wohl noch ersuchen dürfen.

In meinem, Oskars, Horoskop steht, daß ich meine politischen Ansichten um die Jahre 1940 bis 1942 einer besonderen Kontrolle unterwerfen muß, damit ich mir keinen nachhaltigen Schaden zufüge oder mein Glück verscherze. Sind meine verspäteten Zweifel, die da irr im Kopf rumschwirren, eine Wandlung meiner politischen Ansichten? Was heißt politische Ansicht? Natürlich habe ich für den Anschluß gestimmt, dieser verlockenden Alternative zum tschechoslowakischen Staat – bei neun Prozent Arbeitslosigkeit und dem planmäßigen Assimilierungsdruck der Tschechen. Drüben in Sachsen haben sie nur ein Prozent Arbeitslose gehabt. Wir haben hier alle für den Anschluß gestimmt. Auch meine Eltern Berta und Alois, die immer sozialdemokratisch gewählt haben.

Dóminus vobíscum – et cum spíritu tuo. Orémus.

Ja, lieber Jesus, beten werden wir später, ist ja einfacher als Zweifel wälzen. Du betest, und alles ist gut. Ich würde nicht mehr für den Anschluß stimmen, nach allem, was gekommen ist. Amen. Und die Zweifel machen meine morgige Abreise nicht leichter. Vor allem, wenn ich da hinten in der vorletzten Reihe dieses arrogante Arschloch in der begackten Uniform mit der Armbinde sehe. Und die großmäuligen Töne, welche die spucken. Hat mir von Anfang an nicht behagt. Könnte mich direkt am heutigen Evangelium erwärmen: dem Gleichnis vom Pharisäer und Zöllner. Und an der hochtönigen Bedeutsamkeit des Herrn Pfarrer: Denn ein jeder, der sich selbst erhöht, wird erniedrigt, und wer sich selbst erniedrigt, wird erhöht werden. Der da hinten wärmt sich in der Heimat den Hintern, während ich beim Iwan für ihn den Kopf hinhalte. Ich könnte ja nicht einmal davonlaufen und morgen den Zug in die andere Richtung nehmen, und dabei nachdenken: Zum Beispiel über die preußische Tugend des Gehorsams. Ist dies unsere große Lebenslüge? Aber wo könnte ich denn hin? Wir Deutsche sitzen in ganz Europa. Die würden mich überall erwischen. Ich hab genug Desserteure baumeln gesehen, steifgefroren mit einem Pappschildchen um den Hals: Ich habe den Eid auf den Führer gebrochen. Und zum Iwan überlaufen? Wie denn? Dich überrollen lassen im Schützenloch, Augen zu mit verbissenen Zähnen: Sdajus, Towarisch, ne strelajte, ergebe mich Kamerad. Nicht schießen! Kopf zwischen den Schultern und Hände hoch? Schicksalsergeben in blinder Panik: Ratatata oder nicht? Und wenn du Glück hast, verreckst du dann in einem sibirischen Lager.

Du nimmst hinweg die Sünden der Welt: Erbarme dich unser.

Jawohl, dann schon lieber zurück in den Graben zu den Kameraden, die du doch nicht im Stich lassen willst. Weg von allen Zweifeln und Bedrückung und Labyrinth. Ganz ohne Gebet. Amen. Weg von der kleinbürgerlichen Enge dieser vierzehn Urlaubstage. Die Annl versauert ja in diesem Platten als Handschuhmacherin. Darf doch nicht wahr sein. Immerhin hat sie die Bürgerschule besucht. Deshalb gehen wir nach dem Krieg auf jeden Fall nach Karlsbad.

Also: Oskar kämpft für Annl und seinen Sohn, ja doch, er kämpft für den Pfarrer da vorn und die Ministranten, er kämpft für seine Banknachbarn, die Alten, die Frauen und Kinder und für die Buben vor ihm in den Sonntagsanzügen, die unter den Röcken das Fahrtenmesser tragen.

Damit sie auch nach dem Krieg hier sitzen können, egal, wie er ausgeht. In dieser kleinen Welt, ja in Millionen kleiner Welten, wird das Leben weitergehen. Auch wenn wir verlieren.

Kýrie eléison. Christe eléison. Voll Unbehagen schiebt Oskar diesen Gedanken weg, hinter den Hochaltar. Der läßt sich aber nicht verbannen, hält höhnisch bekritzelte Täfelchen ums Eck: Stalingrad, Charkov, El Alamain, Biserta, Palermo. Kýrie eléison. Kýrie eléison.

Na ja, lieber Jesus, schlimmstenfalls landen wir wieder bei den Tschechen. Vielleicht vermeiden aber die Allierten den Fehler von 1918, und wir bekommen das Recht zur Selbstbestimmung. Dann kämen wir vielleicht zu Bayern oder Sachsen. Glória in excélsis Deo.

Also für Max Kreisler, der demonstrativ, wenn auch in der vorletzten Reihe, in brauner Kluft sitzt, kämpft Oskar nun nicht. Der Ortsgruppenleiter kniet, steht und verneigt sich zwar mit den anderen in Demut vor dem Herrn, etwa beim Credo oder Pater noster, sitzt aber zwischendurch kämpferisch heroisch auf seinen Breeches, mit herausfordernder Miene, da doch der Pfarrer wiederholt, und zwar schon anno neununddreißig von der Kanzel herab verkündet hat: Dies ist ein Gottes- und kein Parteihaus. Und deshalb wolle er in der Kirche keine braunen Uniformen leiden, was auch für die HJler galt. Eine verwegene Aussage in Zeiten wie diesen.

No, die Zeiten sind auch schon vorbei, in denen ganze SA-

Züge in die Kirche marschierten, zu Führers Geburtstag etwa – die SA marschiert jetzt in der Wehrmacht –, oder der Pastor Krause die Abschaffung des Kruzifixes predigte, weil kein zivilisiertes Volk sein Idol ans Kreuz schlage, außer die Juden.

Unser Jesus sei ja auch ein Jud, sagt Annl. Nein, sage ich, Halbjude, weil vom Heiligen Geist empfangen. Das stimme nicht, sagt Sepp, der Bruder Annls, der bei der SA war und jetzt Tommys über dem Mittelmeer abschießt, weil Maria Arierin war, denn Nazareth liegt in Galiläa, und Galiläa ist von den Juden okkupiert worden, und die Galiläer waren Arier. Außerdem könne er das Märchen von der unbefleckten Empfängnis sowieso nicht glauben, und neueste Forschungen hätten ergeben, daß Maria mit einem germanischen Söldner der römischen Besatzung ... SA-Märchen, sagt Annl und ist sauer auf ihren Bruder, und als dieser damals zur Taufe Gerts in Karlsbad in SA-Uniform anrauschen wollte, anno neununddreißig, hat sie einen schönen Wirbel veranstaltet. So einen Taufaufzug wolle sie ihrem Sohn nicht in die Wiege legen. Da würde sich ja der Nährvater Josef im Grabe umdrehen, für so was würde er seinen unbefleckten Namen nicht hergeben. Da nehme sie doch lieber den František als Taufpaten, den Franzl, mit dem Ritsch gerade aus Prag auf Besuch ist: Gert Franz, nach Franz von Assisi, dem Vogelfreund, jawohl. Aber nach dieser Drohung stand dann doch der Sepp am Taufbecken, in eher schäbig abgewetztem Zivil, denn ein Tschech als Taufpate, so ein Powidlgfrieß, nein danke, da trete er eher aus der SA aus. Und so wurde der kleine Wessel zum Gert Josef und der Sepp zum »Onkel Pat«.

Alleluja, alleluja! Aus Tiefen schrei ich, Herr, zu dir; o Herr, erhör mein Rufen. Löse meine Zweifel, lieber Jesus, du ethnischer Halbjude du oder Vollarier. Da sind wir wegen dir durch die Christenverfolgungen durch, und was haben wir jetzt? Judenverfolgungen wie im Mittelalter. In Karlsbad habe ich Leute mit dem gelben Stern auf der Brust gesehen. Im Bus wollte mir ein älterer Herr mit Stern seinen Platz anbieten, weil ich als Arier, noch dazu in Uniform, an der Haltestange stand. War mir sehr peinlich. Obwohl ich nicht wußte, ob er Raucher war, habe ich ihm meine Schachtel Zigaretten zugesteckt. Der hat sich bedankt und ist bei der nächsten Haltestelle raus. Hab mich ja schon vor zwei Jahren mißbraucht gefühlt, als diese Polizeiverordnung zur Kennzeichnung der Juden rauskam. Als Begründung dafür trommelten, wie wir wissen, die Medien: Der deutsche Soldat hat im Ostfeldzug den Juden in seiner ganzen Widerwärtigkeit und Grausamkeit kennengelernt. Dieses Erlebnis läßt den deutschen Soldaten und das deutsche Volk in seiner Gesamtheit fordern, daß dem Juden in der Heimat die Möglichkeit genommen wird, sich zu tarnen ..., und so weiter und so fort. Ich deutscher Soldat, lieber Jesus, habe wohl Juden gesehen und auch eifrig geknipst. Waren am Vormarsch exotische Motive, zum Beispiel die Männergruppe in Tarnopol mit erhobenen Händen, langen Bärten und verschlissenen Kaftanen. Eher jämmerliche Gestalten. Waren wahrscheinlich keine Partisanen, wie die bewachenden SDler sagten. Bin froh, daß ich bei den Panzern bin. Panzer machen keine Exekutionen. Panzer sind fürs Partisanenerschießen zu schade. Panzer sorgen für die Vorstöße im Blitzkrieg. Zangenartiger schneller Stoß in den russischen Raum, gegnerische Flanken durchbrechen, Kessel schließen. Aber Juden erschießen?

Und der Priester: Dóminus vobíscum.

Und der Gert im Chor der Ministranten: Et cum spíritu tuo.

Und der Priester: Ite, missa est. Gehet hin, ihr seid entlassen.

Und der Gert im Chor der Kirchengemeinde (außer Oskar): Deo grátias.

Und Oskar, beim Verlassen der Kirche: Amen.

Nun ja, du hast mir die Zweifel nicht genommen, aber in deines Vaters Namen, morgen geht's an die Front. Wenn schon nicht für den Führer, dann für Volk und Vaterland. Wir werden es noch einmal probieren, vielleicht gibt es wieder einen schönen Vorstoß: »Es stürmt unser Panzer in feindliche Reih'n.«

Und Oskar trägt seine Entscheidung erleichtert in den »Blauen Stern« zum Mittagessen, wo sie den neulich versäumten Sauerbraten nachholen, mit griene Kließ.

Inzwischen ist auch Oskars Vater aus Karlsbad dazugestoßen, den Julius vom Bahnhof abgeholt hat. Alois möchte seinen Sohn verabschieden und Grüße an dessen Brüder Gustl und Rudl ausrichten lassen. Diese liegen im selben Frontabschnitt, wobei sich Rudl als Verbindungsstelle anbietet. Er ist Sanitäter am Hauptverbandsplatz seiner Einheit. Die zur Zeit bettlägerige Berta hat Alois Briefe an die Söhne mitgegeben. Schlußsatz: Paßt gut auf euch auf!

Nach dem Mittagessen geht's auf den Plattenberg hinauf zu Kaffee und Kuchen. Gert auf Vaters Schultern im Zwiespalt der Gefühle. Einerseits: Hoppa, hoppa, Reiter als Vierjähriger, wie peinlich. Hoffentlich sieht ihn der Fritz nicht. Andererseits: die bemühte Zuwendung des Vaters, vor allem seit er von der Nacht in der Wolfspinge weiß. Vater hat ein schlechtes Gewissen. Gert frißt der Trotz noch ein bißchen an der Seele. Mutter Annl, vom externen Sauerbraten festlich eingestimmt (erlebt sie ja selten), fühlt sich durch ihre Interventionen bei der alten Schmieda und dem heiligen Laurentius etwas beruhigt, obwohl sie die dubiose Zahlenmystik der Schmieda – aus drei mach vier, aus vier mach drei – noch nicht durchschaut. Und sie denkt an die smaragdgrüne Deckeldose, das neue Prunkstück in ihrer Sammlung, und die vergangene Nacht mit ihrem Mann. Lasset die Herzen leuchten.

Und am Abend, an diesem zehnten Sonntag nach Pfingsten, weil Oskar nicht weiß, was er mit seiner Frau reden soll, und weil ihm das Gesäß der Hauptmannsgattin nachwirkend im Kopf rumspukt, gehen sie früh zu Bett. Alois ist mit dem Abendzug nach Karlsbad zurückgefahren.

Am nächsten Morgen um sieben Uhr ist es soweit. Oskar verabschiedet sich. Als Panzerfunker, ganz in Schwarz, das Schiffchen keck in der Stirn, hebt er Gert hoch: Mach keine Dummheiten mehr wie in der Wolfspinge. Hörst du? Und paß auf deine Mutter auf! Dann umarmt er Annl und wehrt energisch ihre Begleitung zum Bahnhof ab. Er haßt Abschiede am Perron. Alle würgen das Heulen nieder. So, jetzt geht er mit seinem Köfferchen und läßt wettermäßige Stimmung zurück. Grau bis strichweise Regen. Vom Fenster des Schlafzimmers aus winken Annl und Gert.

Als er weg ist, ziehen sie sich eilig an. Sie laufen runter zum Marktplatz, an der Kirche vorbei, die Marktgasse Richtung Bahnunterführung und steigen rechts zur Antoniuskapelle hinauf, von wo man Bahnhof und Bahntrasse sieht. Und da stehen sie Hand in Hand und warten unter dem verhangenen Himmel. Und da zischt und qualmt es auch schon und schnaubt zunehmend und nähert sich beiden, und im ersten Wagon nach der Lokomotive steht Oskar am geöffneten Fenster und qualmt auch. Und da sieht er sie und winkt, überrascht und heftig. Er freut sich, und es tut ihm jetzt leid, daß er sie nicht am Bahnhof haben wollte. Und er winkt und winkt, und jetzt muß er sich, da der Zug in die Linkskrümmung geht, weit aus dem Fenster lehnen, aber er winkt noch, und dann ist er weg. Und der Zug entschwindet im Wald.

Türmer Naz

Stundenlang hockt der Wessel Gert mit offenem Mund vor meiner Krippe und weiß nicht, daß die feingliedrigen Figuren – seit den zwanziger Jahren habe ich mit Hilfe meines Freundes Julius daran geschnitzt und gebastelt – ihren angestammten Sommerplatz eigentlich in den großen Schachteln hinter dem Treppenabsatz haben. Aber die Krippenlandschaft fügt sich harmonisch in den Oktogonknick zwischen den beiden östlichen Fenstern und bereichert den Blick auf den Plattenberg mit seinem Turm. Ich freue mich jeden Tag, wenn ich hinschaue. Wäre schade, sie jedes Jahr mühsam ab- und aufzubauen.

Aber was sagen die Leute? Der Türmer Naz, sagen die Leute, hat das ganze Jahr Advent. Der nimmt der stillsten Zeit im Jahr ihren Glanz, für den ist die Krippe ein Spielzeug, der entheiligt sie, jawohl, da sollte der Herr Pfarrer mal ein ernstes Wörtchen entschlüpfen lassen. Meine Söhne dürfen nicht in HJ-Kluft in die Kirche, sagt Frau Gläß, aber der Naz hat da oben Narrenfreiheit. Vielleicht sollte einmal statt des Pfarrers der Herr Kleister, unser Parteichef, in die Türmerstube schauen. Der Naz hat ja keine Nachbarn, die ihn kontrollieren können. Der kann jeden Feindsender, na ja, hm, is' ja wahr. Außerdem, sagen die Leute, hat er einen leibhaftigen Totenschädel neben der Krippe hängen. Und seine Stiefel knarren bei jeder Wallfahrt, als ob er sie nicht bezahlt hätte. Von Maria-Sorg bis Maria-Kulm bringt er jede Litanei aus dem Rhythmus. Das macht er absichtlich. Und zu Hause geht er barfuß und mit Hut. Und die Hunde machen einen Bogen um ihn. Höchst verdächtig, sagen die Leute, wer weiß, wo der Hund vom Rud Kones gelandet ist, der voriges Jahr auf mysteriöse Weise verschwunden ist. Ja, ja. Und Gerts Freunden redet er ein, daß Mahm Löfflers Kuh schwarze Milch gebe. Sie ist nämlich die einzige schwarze Kuh in der Gegend. Besonders dieser Höllteifl Fritz necke damit die reizbare Mahm bis zur Weißglut. Ja, ja! Wer weiß, was der Türmer sonst in seiner Turmstube so treibt, seit er keine Stunden mehr blasen muß und Radio und Telefon hat. Die Partei sollte auf der Gemeinde nachsehen, ob sein Abflußrohr überhaupt genehmigt ist, welches in die Regenrinne führt. Man kann doch die Fäkalien nicht mir nichts, dir nichts mit dem Oberflächenwasser mischen, in einer zivilisierten Nation. Da muß er halt wieder aufs Töpfchen oder runter in den »Blauen Stern« wie vor 1938.

So sagen bestimmte Leute, aber dem Gert macht das nichts aus, und er hat auch seinem Freund Fritz bewiesen, daß die Milch von Mahm Löffler ganz normal ist, muß er doch jeden Tag eine Kanne davon holen. Da kann es schon passieren, daß er am Heimweg mit der Milch bei mir landet und selbstvergessen vor der Krippe verkommt, so daß ihm seine Mutter suchen muß. Natürlich gibt es bei solchen Anlässen Krach, weil die Annl zum Beispiel zu Mittag Liwanzen machen will oder die Milch sauer geworden ist.

Neulich ist er ohne Milch, aber mit einer Schachtel Spielzeugsoldaten angerückt. Es wäre besser gewesen, ich hätte Maria und Josef samt Jesukindlein bei Esel und Ochs in der Felshöhle gelassen, anstatt sie mit den Heiligen Drei Königen und dem Kamel in die Schachtel zu packen, wo sie bis Weihnachten Sommerschlaf halten. Die hätten vielleicht einen Kriegsschauplatz verhindern können. Eine Zeitlang konnte ich Gert und seine Soldaten von der Krippe fernhalten, ihm den Fußboden davor als Aufmarschraum für motorisierte Truppen schmackhaft machen. Da er aber Feinde brauchte, mußten wir den Kriegsschauplatz schlußendlich in die Krippe verlegen. Die Hirten, Bergleute, Rauchfangkehrer und sonstiges Volk boten sich als ideale Partisanen an.

Seit Oskars Feindfahrt am 30. Juli saßen wir oft gemeinsam

vor dem Radio. Als die Opferzahlen des Feuersturms in Hamburg bekannt wurden – man sprach von dreißigtausend Toten –, verklebte Gert die Fenster in der Krippenstadt mit schwarzem Papier und richtete in einem Stollen des Bergwerks einen Luftschutzbunker ein. Ich mußte ihm die Wirkung von Brandbomben erklären. Als die Rote Armee die Städte Orel und Belgorod eroberte, verteilte er seine Soldaten zum Häuserkampf in den Gäßchen des Krippenbergs. Vor der Stadtmauer postierte er einige Panzer. Als die Partisanentätigkeit in der Ukraine immer stärker wurde, wollte er die »bandenverseuchten« Krippengebiete von der Bevölkerung säubern und Männer und Frauen zum Arbeitseinsatz einziehen. Die Schafe der Hirten wollte er für die Feldküche requirieren. Gut, daß die Figuren angeleimt waren.

Nach dem allierten Luftangriff auf die Flugzeugwerke in Wiener Neustadt, dem ersten auf österreichisches Gebiet, verlagerte er sein Interesse auf ein gewichtiges Buch: »Die fidele Kommode«, vierhundert Jahre deutscher Humordichtung, ein Trum, groß wie ein Meßbuch. Er schleppte es die einhundertachtunddreißig Stufen hoch, keuchte und schwitzte, kam sofort an meinen Tisch und schlug den Wilhelm Busch auf: »Hier sieht man Fritz, den muntern Knaben / Nebst Huckebein, dem jungen Raben …« Und er folgte mit dem Zeigefinger den Zeichnungen entlang: Und was issen das? Die Annl hat wohl wenig Zeit zum Vorlesen, jetzt, da sie nach der Fabrik zu Hause an der Nähmaschine sitzt und Überstunden macht: Handschuhfutter für Winterhandschuhe der Wehrmacht. Die hat aus den Erfrierungen des letzten Winters gelernt. Sie braucht Handschuhe und Filzstiefel. Linke & Neumann am Bahnhof haben einen Großauftrag bekommen, der hoffentlich auch Oskar zugute kommt.

»Und dieser Fritz, wie alle Knaben / Will einen Raben gerne haben.

Schon rutscht er auf dem Ast daher / Der Vogel, der mißtraut ihm sehr.«

Der Gert in seiner knielangen hellgrauen Trägerhose hätte seine Handvoll Po lieber in eine flickige Hülle ohne Bügelfalte gesteckt, wie sie sein Freund Fritz trägt, mit der er die Bäume rauf und runter und auf dem Fußboden hin und her ..., aber die Annl möchte nicht umsonst geschneidert haben. Die Zuteilungen auf der Kleiderkarte werden immer geringer, und wenn man schon einen Stoff ergattert, dann wird eine Hose daraus gemacht. Und die wird getragen! Basta! Bei ihr gibt es kein geflicktes Zeug. Also, da kann der Bub geradezu froh sein, daß Annls Schwägerin Marie wie eine Henne auf dem Ballen SA-Stoff sitzt, aus dem sich Onkel Pat eine Ausgangsmontur mit Breeches wie der Max Kleister machen lassen wollte. Die Annl hat schon begehrliche Blicke darauf gehabt. Könnte ein schöner Jägeranzug daraus werden, meint sie: dunkelbraune Einfassungen, Stehkragen und Blattspiegel, Hirschhornknöpfe. Den passenden Schnitt hat sie aus der »Münchner Illustrierten Presse«. Der Sepp werde doch nach dem Krieg nicht mehr in einer albernen SA-Uniform rumrennen. Da wird er doch seine Fliegeruniform tragen.

»Schlapp! macht der Fritz von seiner Kappe / Mit Listen eine Vogelklappe ...«

Und zwischendurch wird der Rabe grün und gelb angemalt wie ein Papagei. Zeig das ja nicht deiner Mutter! Und dann bearbeitet er gleichermaßen das abgebildete Klavier samt Pianisten: »Der Virtuos / Stürzt darauf los / Mit hochgesträubter Mähne ...«

Aber nach drei Lesungen rückt er wieder mit seiner Soldatenschachtel an, zieht – häuslichen Konflikten vorbeugend – seine gebügelte Trägerhose aus, weil er sich am Fußboden ausstreckt und aus dieser Perspektive die Krippe fixiert. Komisch: Über dreckige Unterhosen hat die Mutter noch nie geschimpft, außer sie waren von innen dreckig. Und er kommt sich gar nicht dreckig vor, wenn er am Samstag samt Unterhose in den Waschzuber gesteckt wird. Unsere Wehrmacht wird schließlich auch nicht jeden Samstag in den Zuber gesteckt. Die braucht das Wasser für die Suppentöpfe. Außerdem schießen die Partisanen Löcher in die Zuber, damit die Wehrmacht Läuse kriegt. So sieht Sabotage aus.

Also: Ich hätte zumindest das Jesukindlein aus der Schachtel holen und als spirituelle Abwehr in die Höhle legen sollen. So steht bald darauf einer von der SS zwischen Ochs und Esel und requiriert auch diese beiden für die Feldküche. Ein Festschmaus für die Wehrmacht.

Die Krippe als Kriegsschauplatz verkam demnach nie zur Langeweile. Oft mußte ich den Gung gewaltsam nach Hause schaffen, weil die Annl ihn nicht abholen konnte, da sie fleißig an Oskars Kälteschutz werkte, ihrem Beitrag der Heimat am Endsieg. Fellhandschuhe gegen die asiatischen Horden.

Wenn ich dann allein war, die Häuser unter mir friedlich zwischen Tag und Nacht dämmerten, die Sonne längst verglüht war und den fernen Schattenriß des Waldes schärfte – wer denkt da an zerbombte Städte? –, zog ich die Verdunkelung vor die Fenster und steckte mir die Pfeife an. Unser Schuldirektor, der mit mir nach dem Krieg ein Heimatmuseum einrichten will, sagt: Deine Krippe gehört ins Museum. Und die Sturmhaube aus dem Dreißigjährigen Krieg und der heilige Martin und deine Stadtchronologie auch. Wenn du Theologe wärst, hätten wir einen zweiten Pater Hahn. Einen zweiten heimischen Faust. Nicht nur wegen des Totenschädels an der Wand. Nein, ein Kauz ist ein Kauz. Du bietest Stoff, aus dem man Legenden macht. Auch der Pater Hahn war so einer. Der ist nicht nur zu Hause barfuß gegangen, sondern auch über Land. Um den haben die Hunde auch einen Bogen gemacht. Der hat höchstpersönlich Fleißbildchen gemalt und im Unterricht an die Kinder verteilt. Und der hat Gassenhauer mit denen gesungen und sie auf der Gitarre begleitet. Der war auch Ortschronist und hat im Memorabilienbuch der Kreuzkapelle geschmökert.

Also, ich ein Faust? Nein! sage ich zum Totenschädel. Nur weil du da oben hängst und aus schwarzen Augenhöhlen auf mich niederglühst? Nein, du sollst mich nur an unsere jämmerliche Vergänglichkeit erinnern. Als schweigsamer Mahner, denn unsere Zeit ist begrenzt. Dein vertrauter, jeder Eitelkeit entblößter Anblick ist Trost für mich, nichts Unheimliches oder Bedrohendes. Warst du ein Protestant oder Katholik, der anno 1623 bei einem Scharmützel ums Leben kam? Ich fand dich neben dem verrosteten Helm und dem Rest einer Hellebarde auf den oberen Wiesen zum Plattenberg, als ich mit Julius Steine aus der Erde grub. Mein Freund: Wir werden einmal ausschauen wie du, egal, ob wir schön oder häßlich, arisch oder semitisch, ob wir Herren- oder Untermenschen gewesen sind. Wir sind alle gleich, auch wenn uns die braunen Herren akribisch den anthropologischen Meßzirkel an Stirn und Backenknochen setzen. Zur ethnischen Klassifizierung: Langschädel oder Kurzschädel? Hat es zu deiner Zeit schon Ariernachweise gegeben? Egal. Wir werden alle zum Entsorgungsprodukt des Homo sapiens. Und dann ist es wurscht, wer von uns in welcher Türmerstube hängt und mit glühenden Augen romantische Stimmung verbreitet.

Also: Faust bin ich nicht, du anonymer Zähneblecker. Ich verstehe nichts von Magie und venezianischer Kunst wie der Pater Hahn. Ich kann keinen Teufel beschwören und nicht mit vollen Backen schreien. Ich kann auch keine Diebe aufspüren oder die Zukunft deuten wie die alte Schmieda. Nein, ich als Mesner und Vorbeter bin kein Faust, auch wenn mich deine Gegenwart beruhigt und ich die Leuchten in deinen Augen originell finde.

Die Lampen hinter dem heiligen Martin und dem Gekreuzigten werfen überdimensionale Schattenbilder auf die Holzdecke. Eine anregend heimelige Stimmung, wenn ich BBC höre. Das sind drohende Schatten, sagt Julius: Paß mer fei uff, daß' dich nit erwischen. Ich stelle deshalb schattenmildernde Kerzen unter den Plafond, wenn Julius da ist. Das wirkt weniger bedrohend, wenn er mithört. Julius kennt auch die k. u. k. Generalstabskarte, auf der ich den wechselnden Frontverlauf der Ostfront abstecke. Sie ist unter einem Holzpaneel an der Wand zu meiner Winterstube versteckt, welches unter dem oberen Abschlußbalken eingehakt ist. Nur Gert weiß noch darüber Bescheid.

Im Ergebnis decken sich die Meldungen über den Frontverlauf bei BBC und dem Deutschlandfunk annähernd. Nicht jedoch in der Berichterstattung: Zum Beispiel eroberten die Sowjets am 5. August Orel und Belgorod am Donez. Der Deutschlandfunk sprach von strategischen Frontbegradigungen und der Errichtung von Auffangstellungen. BBC sprach vom Scheitern des Unternehmens »Zitadelle«, der letzten deutschen Großoffensive an der Ostfront. Stalin ließ in Moskau ein Freudenfeuerwerk abbrennen und Ehrensalute für die beteiligten Truppen schießen. Ich steckte zwei neue Markierungen auf die Generalstabskarte.

Mit Oskar stand ich während seines Urlaubs öfter vor der Karte. Gemeinsamer geographischer Bezug verbindet, denn seine Einheit liegt zwischen Don und Donez, etwa dort, wo auch ich 1918 nach dem Zusammenbruch des russischen Heeres gelegen bin. Wir haben den Russen im März 1918 in Brest-Litowsk den Frieden diktiert, aber trotzdem den Krieg verloren. Hätte mehr rausschauen müssen damals. Wir wollen hier nicht über die Dolchstoßlegende räsonieren, aber Hitlers Aufstieg wurzelt unter anderem darin. Wäre besser gewesen, unsere Kaiser wären uns erhalten geblieben. Trotz allem.

Also, der Kriegsschauplatz in der Krippe dauerte bis zum 15. August, denn da wurde die Mailänder Scala durch einen britischen Luftangriff zerstört. Dies meldete der Großdeutsche Rundfunk und nicht die British Broadcasting Corporation. Anlaß genug, daß ich Gert zu einer sofortigen Beendigung der Kämpfe drängte. Vor allem auch, weil er seine Panzer und Autos in der Krippe auffahren lassen wollte, um mit dem Partisanenspuk ein für allemal aufzuräumen. Wir sperren die Partisanen einfach ein, sagte ich. Da spannen wir vorne ein Netz vor, so daß sie nicht raus können. Die sind dann eingesperrt wie in einem naturnahen Zoo. Verstehst du das? Jawohl, wie in einem Lager, sagte er und zog seine Soldaten ab. Dafür mußte ich mich ab nun verstärkt der »Fidelen Kommode« widmen: »Meine schöne rote Nase / Kommt mir gar nicht übel für / Und daß ihr drüber spottet / Freunde, das verbitt' ich mir.«

Am 23. August rückten die 69. sowjetische Armee und die 7. sowjetische Gardearmee in Charkow, dem drittgrößten Verkehrsknotenpunkt der Sowjetunion, ein, nachdem sie vorher von unseren Truppen geräumt worden war. Offensichtlich wollten wir ein zweites Stalingrad vermeiden. Und so nebenbei registrierte die Annl, daß ihre Regel ausgeblieben war. Sie fühlte sich zwar etwas aufgebläht und hatte geschwollene Brustdrüsen, aber sie vertraute auf die alte Schmieda und den heiligen Laurentius, also bestand kein Grund zu übertriebener Sorge.

Mein lieber Totenkopf!
Du hängst da oben und weißt nicht, daß mich an Annl, Gert und Julius eine ganz besondere Beziehung bindet. Sie ist das Geheimnis meines Lebens schlechthin. Jahrein, jahraus packen mich die Momente, in denen ich überlang ausschreitend die Holzdielen zwischen dem Gekreuzigten, dem heiligen Martin und der Sturmhaube abmesse, wie in einer Gummizelle gegen die Wand rennend. Ich bin mit meinem Geheimnis eingesperrt. Ich kann die Wahrheit nicht nach außen tragen. Ich kann die Wahrheit niemandem mitteilen. Schon gar nicht den Betroffenen. Du bist der einzige, dem ich die Wahrheit zumuten könnte. Aber du hast keine Ohren, um zu hören, du hast keinen Mund, der mir Antwort und Rat geben könnte. Du hast nur ein Gebiß, welches mich ungerührt anbleckt. Lach nur, ja lache nur über die menschlichen Berührtheiten, die einem den Schlaf rauben! Wahrheit, die sperrig im Kopf ankert und ewig nicht heraus kann, frißt dich langsam, aber sicher auf. Deshalb muß sie raus! Sie muß raus! Sie braucht Beurteilung, Zustimmung oder Ablehnung.

Aber Wahrheit, die ans Licht kommt und eigennützig in fremde Lebensgefüge eindringt, kann Beziehungen zerstören. Wahrheit tötet. Lohnt es sich also, dieses Risiko einzugehen? Naz, sei vorsichtig! Offenbarung kommt wie ein Erdbeben über die Betroffenen. Daher: Laß dein Kämmerlein zugesperrt. Auch wenn dich der Gedanke quält. Naz, halt's Maul.

Wozu hast du sonst selbstverleugnend geschwiegen, damals in den zwanziger Jahren, wenn du jetzt aufklärerisch plaudern willst? Wozu hast du damals Neudek verlassen? Fluchtartig?

Wozu hast du die Türmerstelle in Platten angenommen, wo du mit deinem Geheimnis leben konntest? Die Leute sagten damals, der Kraus Ignaz schmeißt seine sichere Beamtenstellung in der Stadtkasse hin, nur weil er nicht Tschechisch lernen will. Wenn das alle deutschen Beamten so machen, haben wir bald nur noch Tschechen in den Behörden sitzen. Das mußtest du dir gefallen lassen, obwohl es nur die halbe Wahrheit war. Also, Ignaz: Wenn deine Wahrheit unbedingt raus muß, dann hol dir Feder und Papier. Komm! Schreib nieder, was dir sperrig im Kopfe sitzt. Dann ist dir leichter. Laß die Feder in säuberlichem Sütterlin tanzen, auf daß spätere Generationen dein Geheimnis erfahren.

O du schöner deutscher Wald im Spätsommer.

Die Dichter schreiben nicht umsonst vom Waldesrauschen und Bächemurmeln. Sensiblen Gemütern schlagen die Sinne an, wenn der Wind in die Wipfel greift, sie zum Schwingen bringt und die Vogelwelt zum Alleluja reizt. Erst das Rauschen und Raunen schafft die Stille, man hört den Wald atmen. Die Dichter schreiben aber auch von Wettern und Sturmwinden, wenn es unheimlich braust und heult, der Sturm die Wipfel brechen will und die Vögel sich ängstlich in den Zweigen verkriechen. Da wehren sich die Bäume mit tausenden Armen, fuchteln wie riesige Ungeheuer im Ringen mit Rübezahl, aufgewühlt wie das Meer, stützen einander und umarmen sich. In solchen Augenblicken jauchzt das Türmerherz, die Brust schwillt an und entläßt wilde Schreie in das Wüten der Natur. Herausfordernde Gemüter müssen nur aufpassen, daß ihnen keine Äste auf den Schädel knallen, denn manchmal verlieren die Bäume den Kampf und müssen Äste und Wipfel opfern, falls sie nicht entwurzelt werden wollen. Auf den Höhen des Erzgebirges machen ihnen auch der lange Winter und der Druck der Schneelast gehörig zu schaffen. Deshalb gehen die Plattner im Sommer und Herbst nicht nur in die Schwarzbeeren, sondern auch ins Holz. Sie regeln sozusagen die Zivilisation des Waldes und machen mit Einverständnis des Försters Franz Fladerer, dem Vater des Höllteifl Fritz, den jährlichen Waldputz. Wie sie auch zu

Ostern und Weihnachten geflissentlich den Hausputz machen.

Und so zersägten Julius und ich an jenem glasklaren Vormittag – es war der zweiundzwanzigste September dreiundvierzig – im Wald oberhalb seines Häusels, nach dem Vorbesitzer hieß es Koneshäusel, einen abgesplitterten Wipfel und den übriggebliebenen Baumstamm. Auf den Licht- und Schattenflecken des Waldbodens sammelten Gert und Harry Edelmann mit einem Leiterwagen Äste und Reisig und schichteten respektable Stöße auf.

Zu Mittag kutschierten uns Liesl und Amalie, Julius' Kühe, durch den späten Sommer. Vor einigen Häusern sitzen alte Frauen in der Sonne. Im Sommer sei es denen zu heiß auf der Hausbank, meint Julius, deshalb heißen diese schönen Tage Altweibersommer. Nicht nur die alten Frauen haben graue Haare. In dieser Zeit haben auch die Kinder weiße Fäden im Haar. Und als sich die Buben an den Kopf greifen, da lacht Julius und sagt, das komme von den Spinnweben, denn in der Luft schwebt und webt es, und der Wind trägt diese duftigen Gespinste bis auf die Kirchturmspitzen und weiter zum Himmel hinauf, und deshalb heißen sie auch Marienfäden. Und die Heilige Jungfrau mache daraus Garn und mit dem Garn einen warmen Mantel, weil sich mit den Fäden der Winter ankündigt. Im übrigen kämen wir mit dieser Holzfuhre nicht über den Winter, sagt er. Wir müssen noch zweimal in den Wald.

Während nach dem Mittagessen Julius und ich über dem Holzbock hängen, Äste und Stammteile auf Meterholz sägen, während Gert und Harry sich am Kleinzeug versuchen, Harry hält die Zweige und Gert hackt beidhändig zu, während also Julius gleichzeitig sägt und die Knaben im Augenwinkel hat (paßt mer fei uff, sagt er, die Axt ist scharf), während Liesl und Amalie hinterm Holzschuppen grasen, die Katze Minka hinter Wühlmäusen her ist, die ihre Gänge durch den Vorgarten ziehen, während dann Julius eine Henne aus dem Verschlag hinter dem Stall holt, die soll in den Kochtopf, weil der Tag schaffensreich war, während Harry Löwenzahn in den Hasenkäfig stopft und sich nicht traut, den Finger durch das Gitter zu stecken, während Gert, der Katze helfend, mit einem Stock die Mäusegänge freilegt, während gleich darauf ein schreiender Harry um das Hauseck rennt, verfolgt von der flügelschlagenden Henne, die keinen Kopf mehr hat und wie besoffen taumelt, während die Henne beim Hausbrunnen ihre letzten Zuckungen macht und Julius, die Hacke in der Faust, schimpfend ums Eck biegt (wo issen des Luder, des damische), während er einen Eimer Wasser über Henne und Blutlache schüttet und die Katze mit dem Hühnerkopf Richtung Holzschuppen läuft, ... da hat die Rote Armee beiderseits der Pripjet-Mündung in achtzig Kilometer Breite den Übergang über den Dnjepr erzwungen und dort, wo Oskars Einheit liegt, einen tiefen Einbruch in die noch kaum ausgebaute deutsche Pantherstellung erzielt, ... da hat die Annl schon das zweite Mal keine Regel mehr bekommen. Ja, eigentlich ist sie schon fünf Tage über dem Termin.

Sie macht zuerst dem heiligen Laurentius die gewagtesten Vorwürfe. Nein, 'tschuldige, gegen die Gottsobrigkeit und die Heiligen soll man sich nicht versündigen, die göttliche Rachsucht ist in der Bibel oft genug belegt. Da schieben wir die Schuld lieber der alten Schmieda zu, die mit dem Teufel im Bunde steht. Karo fünf sticht Blatt zwei und Schell vier. Aus drei mach vier, aus vier mach drei. Blöde Sprüche, und dafür zahlst du eine Mark. Nu sieh emol, hatte die Alte gesagt, alle drei werdet ihr in fünf Jahren eine große Reise tun. In fünf Jahren? Da wird der Krieg schon vorbei sein.

Annl schöpfte zwar wieder ein bißchen Hoffnung, aber sie hat dann letztlich medizinische Gewißheit haben wollen und ist zum Doktor Schütz, dem Gemeindearzt, gepilgert; wie bei einer Wallfahrt: Jesus erhöre uns. Ein bißchen spirituelle Bestechung kann ja nicht schaden.

Vor der Haustür des Doktors machte sie noch mal kehrt, pilgerte, die Untersuchung hinauszögernd, um die Kirche herum und die Bindergasse hinauf und landet schließlich in ihrer Wohnung, wo sie den Brief Oskars, der gestern gekommen ist, aus der Schublade holt und am Kanapee unter Oskars Bild nochmals durchliest: Im Osten, 3. September 1943. Meine Lieben! schreibt er. Leider bin ich wegen unserer aufreibenden Einsätze erst jetzt zum Schreiben gekommen. Gott sei Dank bin ich gesund, und es geht mir gut, was ich auch von Euch hoffe. Dann schreibt er, daß sein Bruder Gustl verwundet wurde und in einem Spital in Lodz liege, daß Annl auf die Klarinette und die »Fidele Kommode« aufpassen und Gert Musikstunden zukommen lassen solle, mit Mundharmonika beginnend, erwähnt einen Brief seiner Eltern, aber nichts von Frontverschiebungen, Kampfhandlungen und Anzahl vernichteter T 34 oder Stalinpanzern.

Nach dem Briefdatum kämpfte er noch im Donezbecken, weil dieses erst mit dem Fall Stalinos am 8. Septemter aufgegeben wurde, greift aber dann doch aus dem kriegerischen Spielzeugladen eine Episode heraus, die reportagehaft knapp hohen Erlebniswert vermittelt: Die Nächte im offenen Erdloch sind kalt, schreibt er, zumal unsere Decken noch nicht da sind. Gestern ging ich daher im Finstern los, um Stroh zu besorgen, ohne Waffen, links Wald, rechts Feld, auf breiter Straße. Ab und zu ruft mich ein Posten an. Ich halte, orientiere mich und höre hinter mir im Sonnenblumenfeld raschelnde Schritte. Ich erschrecke, fasse mich aber und brülle: »Parole!« Keine Antwort. Sofort weiß ich, daß mir auf wenige Meter ein russischer Spähtrupp gegenübersteht. Ich trete von der hellen Straße ins dunkle Gras und ducke mich. Lange Stille, dann Flüstern. Zwei Gestalten kreuzen wortlos den Weg, verschwinden im Wald. Ich vertraue auf die Dunkelheit, auf die Gewohnheit der Spähtrupps, jede Feindberührung zu vermeiden, und renne plötzlich, so schnell ich kann, los, zurück. Die Angst war nicht ohne. Kurz darauf schießt russische Ari in die Gegend.

Oskar hat also ohne Stroh zurückrennen müssen, dachte Annl, da ist ihm im Schützenloch kalt gewesen, da ist ihm auch sein Mitgefühl eingefroren. Da hat er nicht überlegt, daß ich hier am Kanapee hocke und zum Doktor Schütz gehen muß. Da schreibt er nur abschließend, er hoffe, daß sich meine Besorgnis als unbegründet herausstellen möge, und wenn schon etwas passiert sei, müsse er mir die richtige Entscheidung selbst überlassen. Dieser Kriegsberichtler. Wem soll ich sie denn sonst überlassen? Ja, schreiben kann der Oskar wie im Buch und schickt mir halbe Romane über seine Abenteuer, aber mich tut er in zwei Sätzen ab.

Liebes Bleckmaul!
Annls Sorgen waren begründet. Der Doktor Schütz, aus Düsseldorf zugewandert und heilfroh, daß er dort nicht unter den allierten Bomben sitzt, lächelt, als er ihr das Ergebnis der Untersuchung mitteilt: Junge Frau, sagt er, für die Zukunft neues Leben, was kann der Herr uns Schön'res geben.

Und die Annl, die ihr Gift jetzt nicht nur auf ihren Mann im Schützenloch, sondern auch auf den sprücheklopfenden Doktor spritzen möchte, ging an diesem Tag nicht mehr zum Bahnhof hinunter in die Fabrik und auch nicht gleich zu Vater, Sohn und Suppenhuhn ins Koneshäusel, sondern entgegengesetzt, gedankenschwer, grüblerisch trotzig, zum Plattenberg hinauf.

Ach, Oskar! Lauf halt, wenn dir die russische Ari vor die Beine schießt, und hüpf, daß sie dich nicht erwischt, denn du wirst Vater. Und es wäre gescheiter gewesen, sie hätte dir vor dem Urlaub den Pimpus abgeschossen, is fei wohr, dann wäre das nicht passiert. Und ich steh jetzt da, und du überläßt mir großzügig die Entscheidung: Mit lieben Grüßen, Dein Oskar. Und dann genehmigt sie sich Kaffee und Kuchen und ordnet ihre Gedanken. Schichtet hin und her wie in ihrem Glasschrank, ordnet wieder und poliert herum, vielleicht sollte sie noch einmal zur alten Schmieda ..., die hat ja auch der Thiel Gusti geholfen, als sie vom Franzos in der Zinkerei schwanger wurde. Aber nein, als deutsche Frau und Mutter ..., und wenn das der Herr Pfarrer erfährt, also, sie geht zu keiner Engelmacherin. Und plötzlich zuckt es wie ein Blitz in ihr Bewußtsein: Aus drei mach vier. Der Hokuspokus der alten Schmieda wird greifbar. Aus vier mach drei. In fünf Jahren werdet ihr drei eine große Reise tun. Wir drei?

Und da eilt die Annl durch den Wald bergab, und die schleichende Dämmerung nimmt den Fichten die Konturen und aus den Bäumen kriechen schwarze Schatten und legen sich über den Weg, bedrohlich und bedeutungsschwer. Und die Annl will raus aus diesem Wald. Und die Schatten kriechen ihr in den Kopf, zäh und klebrig, und blättern in Oskars Horoskop, in den bedeutungsschweren Jahren vierzig bis zweiundvierzig. Ist die Gefahr vorbei? Wir haben das Jahr dreiundvierzig. Also, die Sterne lügen nicht, sagt man, aber können die sich nicht um ein Jährchen irren, auf dem endlosen Weg, bis sie bei uns anlangen? Aus vier mach drei?

Und die Annl rennt jetzt bergab wie ein Reh, denn sie möchte umgehend einen Brief nach Rußland schreiben.

Nein, sie schrieb diesen Brief nicht gleich.

Zu sehr stand sie im Wechselbad ihrer Gefühle und wartete auf Beruhigung. Nur der anhaltend schöne Altweibersommer, der sie in die Schwarz- und Preiselbeeren trieb und Julius' letzte Heuernte begünstigte, lenkte sie ab und ebnete ihrem Realitätssinn einen neuen Weg: Der Staat freut sich über jedes Kind. Kinder sind die Garanten unserer Zukunft. Nicht wahr? Er wird ihr vom restlichen Hausstandsgründungsdarlehen den Großteil erlassen. Er wird die Rückzahlung auf ein Jahr aussetzen. Vielleicht ist dann der Krieg schon vorbei. Und sie kriegt mehr Kindergeld. Und sie kann mindestens noch sieben Monate Überstunden machen: Die Wehrmacht braucht auch nächstes Jahr Handschuhe und Stiefel. Erst als sie mit Gert und Julius im Schuppen hinterm Haus das Brennholz für den Winter geschlichtet hatte, Anfang Oktober, schrieb sie an Oskar und teilte ihm ihre Hoffnungen und Pläne mit. Ja, und im übrigen müsse wohl auch die Karlsbader Wohnung etwas größer werden und er solle auf sich und seine Respirationsorgane gut aufpassen.

Mitte Oktober, als Julius mit dem Schnapsbrennen fertig war, die Doppelfenster vom Dachboden geholt und an den Fensterrahmen sowie das Vorhäusel für den Winter vor die Haustür montiert hatte, wurde sein Sohn Josef westlich von Korsika abgeschossen. Zwei Tage, so schrieb der Seff, trieb er im Großen

Teich, bevor sie ihn rausgefischt haben. Marie, seine Frau, flatterte mit dem Brief – endlich hatte sie wieder einen – wie ein mit Maiskörnern gelocktes Huhn im Ort herum und spendete in der Kirche eine Kerze. Der Herrgott habe ihn nicht wollen, erzählte sie überall, ein Glück, daß er so ein Haderlump sei. Is fei wohr. Nicht einmal ein Haifisch habe angebissen. Es gehe ihm wieder gut, schrieb er, nichts Arges sei passiert, nur die Krankenschwestern haben ihn ein bißchen wärmen müssen. Bei dieser Textstelle schimpfte Marie über liderliche Krankenschwestern und unverbesserliche Schürzenjäger: Lautr Puffs sinne Lazarette, is fei wohr. Sie sollten ihn nur die Partisanen auf den Hals hetzen, damit ihm die Krankenschwestern vergingen. Ich leb hie wie ne Nun un sperr mei Büchsl ab, während er … Und tatsächlich werde er zum Partisaneneinsatz abkommandiert, so schrieb der Seff, weil sie zuwenig Flugzeuge hätten, wahrscheinlich kriegen wir dann gleich die neuen Messerschmitts, die Me 262. Mit diesen Düsendingern sind wir den Tommys weit überlegen. Also vor den Einschulungen erst noch Partisanenjagd, es sei zwar eine Zumutung für einen hochqualifizierten Piloten, aber zumindest kriege sein Bodengestell auch mal etwas Bewegung. Im übrigen hoffe er auf einen anständigen Weihnachtsurlaub.

Schon bevor Seff abgeschossen wurde und mit dem Fallschirm dreißig Kilometer westlich von Sardinien wassern mußte – dort wurde er nach zwei Tagen von einem deutschen Torpedoboot aufgefischt –, hatte Italien Deutschland den Krieg erklärt. Die Allierten standen zu diesem Zeitpunkt schon auf Höhe Neapel und rückten gegen Rom vor. Diese Kriegserklärung, wie Seff schrieb, sei ein neuer Lumpenstreich der Katzelmacher. Mit dieser Kehrtwende wollten sie wohl ihr Scherflein ins trockene bringen. Aber denen werden wir es noch zeigen. Warten wir mal, bis die neuen Messerschmitts da seien. Er habe ja Glück gehabt, denn hätte ihn ein italienisches Boot aufgefischt, säße er jetzt hinter Stacheldraht.

Schon bevor sich die Italiener endgültig auf die allierte Seite geschlagen hatten – der Duce mit seiner Gegenregierung tümpelte im deutschen Fahrwasser Oberitaliens –, konnte ich, der Türmer, an der Ostfront neue Begradigungen abstecken: Denn am 6. Oktober war die Rote Armee in den Raum Welikije Luki eingerückt und hatte die Stadt Newel erobert. Drei Tage darauf räumten wir den Brückenkopf Kuban. Annl werkte verbissen an den Winterhandschuhen der Wehrmacht, als könne sie damit den Vormarsch der Russen aufhalten. Außerdem wurden die Nächte in der Ukraine, wo Oskar die Front begradigte, immer kälter. Wer weiß, wann und ob überhaupt die Handschuhe in seinem Schützenloch landen werden. Sollte sie ein paar davon abzweigen und vor Weihnachten noch ein Päckchen schicken? Und bei Marie beklagte sie die armen Kerle dort draußen, denen der schauderhafte Wind den Schnee hinter die Schollen bläst. Dem Seff ginge es vergleichsweise gut in Italien, aber er wäre hinter Stacheldraht wohl auch besser aufgehoben als bei der Partisanenjagd. Sie solle keine Stinkstiefel quatschen, sagte die Marie. Sie, die Annl, habe ja im Juli ihren Mann daheim gehabt und sei schwanger, und sie, Marie, möchte wenigstens zu Weihnachen, wenn Seff auf Urlaub komme, wieder mal ihr Röhrchen hitzen. Is fei wohr, denn unneraans hot aa manchmal sei Kribbeln.

Am 24. Oktober gelingt der Roten Armee beiderseits Dnjepropetrowsk der Druchbruch durch die deutsche Front, und zwei Tage darauf erhält die Annl einen Brief, den die Rößlerin, weil die Annl in der Fabrik ist, entgegennimmt.

Dieser Brief, den die Rößlerin neugierig beäugt, hat eine Feldpostnummer.

Dieser Brief, die Rößlerin sieht es an den Stempeln, ist schon vierzehn Tage unterwegs.

Dieser Brief, sagt die Rößlerin zu Gert, ist von deinem Vater.

Dieser Brief, wie alle Briefe aus dem Felde, verbindet die Heimat mit der Front auf individuellste Weise. Es ist die persönlichste Art der Kommunikation zwischen draußen und drinnen. Deshalb brechen bei Schreibern und Empfängern gleichermaßen Gefühlspaletten auf, in denen Freude, Hoffnung, Schreck und Trauer alle Farbtöne spiegeln. Sondermeldungen und Wochenschauen schaffen so was nicht. So ein Brief ist bei vielen das erste, bei vielen das letzte Lebenszeichen von der Front. Die Rößlerin will sich darüber aber keine Gedanken machen.

Dieser Brief berührt Gert nicht. Auch die bisherigen, von Annl feinsäuberlich gebündelten Briefe seines Vaters berühren ihn nicht. Er kann das schwarze Gekritzel auf dem Papier nicht mit seinem Vater in Verbindung bringen. Für ihn hängt der Vater über dem Kanapee, von wo er ihm mit seinen Stechgläsern die Erinnerung an die Watsche im letzten Urlaub einbrennt.

Vom Kirchturm schlug es ein Mal, viertel sechs, als die Annl heimkam und im Nachklang die knarrenden Stufen hochstieg, links mit einem Packen Handschuhfutter zum Zuschneiden und Nähen, rechts mit der Einkaufstasche, da sie noch bei Pfüller war. Oben am Treppenabsatz die Thielschwestern und die Rößlerin im Meinungsdisput: Die Gusti will im Erdgeschoß zwei Räume für Berliner Bombenopfer freimachen und selbst hinüber ins Elternhaus ziehen. Fremde Leut' im Haus? Kinnerchen, hobt's eich dos gut ieberlegt? fragt die Rößlerin. Aber sie kann nichts dagegen tun, da den Thiels das Haus gehört. Der alte Thiel hat gleich nach dem Anschluß seine zwei Häuser auf die Töchter überschreiben lassen. Außerdem ist die Gusti in der Partei und war BdM-Führerin. Aber wo wird dann des Nachts der Franzos', der Fremdarbeiter aus der Zinkerei, einsteigen? Das fragt sie sich. Sie sollten die Baracke hinter der Zinkerei am Abend hinten und vorn versiegeln und einen Posten hinstellen, damit der Kerl nicht mehr raus kann und eper mit der Gusti einmal erwischt wird. Die schneiden ihr die Haare ab. Welche Schande für eine ehemalige BdM-Führerin, und wer weiß, was mit dem Franzos' passiert. Schlimme Zeiten, schlimme Zeiten: Das Jugendheim sei ja schon voll von Bombenopfern, und auch das Hotel Imperial, und der Förster Fladerer habe seine Verwandten aus Bochum aufgenommen. Die evakuieren dort schon ganze Schulen. Kinnerchen, Kinnerchen, und was jetzt auch bei uns die Zeitung empfiehlt: Einreißhaken, Wasser und Sand soll man in den Keller geben. Decken und

Luftschutzgepäck, Kerzen und was alles noch. Keine entflammbaren Kleider soll man tragen, Kunstseide und so. Und vor einem Angriff soll man die Blase entleeren, damit man vor Schreck nicht in die Hose … Glaubt ihr, daß die Flieger auch zu uns kommen?

Nu Annl, sagt sie, und deutet auf die Einkaufstasche, hot's wieder Aardäppelbrot gebn? Nein, diesmal ist das Brot mit Gerste gestreckt, hat Pfüller gesagt, aber die zweitausend Kalorien am Tag kann man damit schon abrunden. Ja, ja. Im übrigen, sagt die Rößlerin, ist Post für dich da. Vom Oskar.

Vom Oskar? fragt Annl erfreut und gleich darauf erstaunt, denn, nein, das ist zwar seine Feldpostnummer, aber nicht seine Schrift. Und als sie den Brief aufreißt: Nein, der ist nicht von Oskar, sondern von Franz Greiner, seinem Freund, mit dem er schon in der Ausbildung in Nürnberg im selben Zimmer lag. Da wird doch nichts passiert sein? Nein, sonst wäre doch der Max Kleister höchstpersönlich angetanzt, mit blank gewichsten Stiefeln und jüdischer Pomade im Haar, stellvertretend für den Führer und obersten Feldherrn, mit würdevoll ernster Miene in Erfüllung seiner traurigen Pflicht – das gehört zu seinen Aufgaben –, hätte die Hacken zusammengeschlagen und seinen Uniformdeckel abgenommen, mit dem Pomadenrand nach unten, hätte rechtshändig die offiziell amtliche Mitteilung aus der Brusttasche gefingert, hätte dann an die gnädige Frau mit aufrichtigem Beileid seine eingeschulte Rede gerichtet, hätte ihren Gatten als leuchtendes Beispiel für künftige Generationen hingestellt, der in Erfüllung seines Eides dem Ansturm der asiatischen Horden bis auf den letzten Mann standgehalten hat. Die Annl hat das ja schon erlebt, als in der Nachbarschaft Hans Leitl, der Bruder von Resie Groß, gefallen ist. Der Ortsgruppenleiter hat in Platten dieses heikle Werk schon weit über hundertmal durchspielen müssen, nein, also noch kein Heldentod, aber erschrocken ist sie doch gehörig, und sie geht in ihre Wohnung, blickt dem Oskar über dem Kanapee in die bebrillten Augen, nimmt die Beilage heraus und erschrickt gleich noch einmal, denn sie hält ihren am 5. Oktober an Oskar geschickten Brief in den Händen, und zwar ungeöffnet, und der

Franz Greiner schreibt: Liebe Frau Wessel! Das Schicksal schlägt zwar hart zu, aber es läßt immer wieder Lichtblicke offen. Und dann erfährt sie, daß der Russe am 22. September die Stellung der dritten, Oskars, Kompanie nach vorhergehendem Trommelfeuer überrannt hat. Oskar, der mit einem Kameraden rund hundert Meter vor der eigenen Feuerlinie in einem Dekkungsloch lag, sei leider vermißt. Nun, das sei noch keine offizielle Benachrichtigung durch den Abteilungsadjudanten, da noch die Rückmeldungen verschiedener Feldlazarette abgewartet werden müßten, aber er schreibe auf Wunsch Rudls, Oskars Bruder, der ja im selben Abschnitt liege. Sie solle sich jetzt noch keine übertriebenen Sorgen machen, da Oskar ja auch in Gefangenschaft geraten sein könnte. Was uns aufrichtet, ist die Hoffnung. Mit lieben Grüßen …

So. Da saß die Annl nun mit dem psalmenhaften Briefschluß auf ihrem Schoß, mit undefinierbarem Stierer auf die Kredenz, hinter deren Glas die smaragdgrüne Deckeldose, Oskars letztes Geschenk, leuchtete, würgte an einem Brocken Hoffnungslosigkeit und kerbte eine Falte Resignation in die Mundwinkel. Und warum, dachte sie, hat dieses Würstchen von Rudl, dieses fette Meerschweinchen – sie hat Oskars Bruder nie leiden können – nicht selbst geschrieben? Das wäre er wohl seiner Schwägerin schuldig gewesen.

Dann saßen die Thielschwestern, die zum Kassieren der Miete gekommen waren, links und rechts von ihr auf dem Kanapee, die Arme um ihre Schultern, und die Rößlerin gegenüber auf einem Stuhl, schweigend und betreten, und die Annl wußte nicht, an welche Schulter sie ihren Kopf lehnen sollte. Sie hielt sich starr und aufrecht wie ein Zinnsoldat. Was für abgetragene Trostworte schmiert ihr da der Franz Greiner auf die Seele, im familiären Auftrag sozusagen. Was uns aufrichtet, ist die Hoffnung, haha, und das traut sich dieser Rudl nicht selbst zu schreiben, weil er weiß, daß Oskar der wertvollere Mensch ist, jawohl, und weil er weiß, daß sie das weiß, jawohl, und es erwischt immer die besseren, wie beispielsweise auch den Karl. Die Würstchen kommen heil nach Hause, jawohl. Da läßt er einen fremden Menschen, auch wenn er ein Freund Oskars sein mag, diesen Brief schreiben und schöne Grüße ausrichten. Der hat wohl ein schlechtes Gewissen, weil er sich freut, daß es nicht ihn, sondern Oskar erwischt hat.

Jenseits semantischer Wortglaubereien, bei denen die Annl ja nur in grüblerische Ausweglosigkeit tappen würde, bisher hatte sie nicht einmal Oskars Respirationsorgane hinterfragt, entwickelte sie nun aufklärerische Entschlossenheit und unvermuteten Forschergeist: Man kann doch Franz Greiners schonungsvolle, wie den rettenden Strohhalm verpackte Mitteilung nicht mir nichts, dir nichts schlucken wie ein Aspirin und warten, bis das Kopfweh weg ist. Einfach die Hand in den Schoß legen und der Fliege nachschauen, die von der Kredenz auf den Vorhang fliegt und gleich die blank geputzte Fensterscheibe bescheißen wird? Nein, so leicht gibt sie nicht auf. Und so schreibt sie Briefe an die vertraute Feldpostnummer, zu Handen Franz Greiner und an den Kommandanten von Oskars Kompanie in der Panzerdivision. Nu, nachsehen im Schützenloch können die ja nicht mehr, aber es müssen doch noch genug Kameraden leben, die wissen, was passiert ist. Wozu haben die ihre Ferngläser am Bauch hängen? Wer war in seiner Nähe, als die Russen in die Stellungen eindrangen? Und dann fuhr sie mit Gert nach Neudek zu Annl Zwo, ihrer Cousine, die für das Ausweinen eine gute Adresse war.

Gert fährt gerne mit der Bahn. Die wechselnde Landschaft läuft ab wie ein Film im Gemeindesaal. Spannende Bilder ersetzen jede Handlung. Hinter jedem Eck, jedem Baum und Strauch bietet sich eine andere Welt an. Da die Strecke, sie verknüpft Karlsbad mit Johanngeorgenstadt in Sachsen, von Platten nach Neudek wie eine Kreuzotter zu Tale kriecht, rennt Gert von einer Fensterscheibe zur anderen gegenüber, damit er immer talseitig schauen kann. Hügel, Wiesen, Bäume, Bäche, Holzschläge, Einschichthöfe bieten sich mal mit der Sonne, mal gegen sie an. Die Räder schlagen einen beruhigenden Takt. Zwei Stationen vor Neudek, in Eibenwald, steigen sie aus. Hier richtet sich die Strecke nach Norden, um dann, weil sie zweihundert Höhenmeter überwinden muß, im weiten Bogen wieder in Südrichtung einzuschwenken. Sie steigen hier aus, weil erstens von hier ein schattiger Waldweg hinab nach Neudek führt und oberhalb des Eisenwerks in die Hermann-Göring-Straße mündet und zweitens der billigere Zonentarif endet. Da kann Annl wieder ein paar Pfennige sparen. Die trägt sie dann brav auf die Kreissparkasse Platten, Konto »Wohnung in Karlsbad«. Denn wir wissen schon: Nach dem Krieg ... In der Hermann-Göring-Straße haben die Červenkas ihr Haus, schräg unterhalb des mittelalterlichen Burgturms am Flüßchen Rohlau. Bis 1938 fand man es unter der Adresse Heinrich-von-Kleist-Straße 201 – war Kleist ein Jud? –, und die Annl ist hier zusammen mit den Červenkakindern, ihren Cousinen Ritsch und Annl Zwo und dem Cousin Willi aufgewachsen.

Seit dem Tode seiner Frau führt der alte Červenka das Wirk- und Weißwarengeschäft im Parterre allein und hat, da er verkleinern mußte, zwei Gassenräume und die Wohnung im Oberstock an den Friseur Thurnwalder vermietet. Die Červenka Annl heißt übrigens seit 1939 Vacin, weil sie mit dem schönen Toni, der zur Zeit in der sicheren Etappe Paris stationiert ist und fleißig Unterwäsche und Seidenstrümpfe schickt, verheiratet ist. Toni Vacin war gleich 1938 nach dem Anschluß in die Partei eingetreten, weil er Beamter im Forstamt des Kreises Neudek gewesen ist und einen tschechischen Namen hat. Für den Namen konnte er ja nichts. Er wußte auch nicht, wie der sich in seine Familie geschlichen hatte. Nun gut, man wird sehen: In seinem vor zwei Jahren beantragten Ariernachweis wird es Aufklärung geben.

Also: Die beiden Cousinen heulten zusammen eine Runde und tranken danach echten Bohnenkaffee, den Toni aus Paris geschickt hatte, und probierten anschließend die Schlüpfer und Büstenhalter, Strümpfe und Nachthemden, schwarzseidig mit Spitzen, die der Toni lieferte, vor dem Doppelspiegel am Schlafzimmerkasten. Ich sag dir, wenn der auf Urlaub kommt, bin ich dran, sagte Annl Zwo. So was kriegst du bei uns ja nicht mehr, nicht einmal in Karlsbad, und sie kicherten und kudderten und drehten sich und posierten, und fühl mal an, borg mir mal die Stöckelschuhe, dein Straps sitzt schief, für wen verschwenden wir uns dahier in unseren Reizen? Nur der Herr Jesus im Nachthemd über den Doppelbetten schaut zu. Hat der unterm Hemd 'ne Ringelpietz? Freilich hat der. Seff, der Bruder Annls, sagt, Jesu hat mit Maria Magdalena ein Kind gehabt. M. M. war keine Dirne, sondern seine Gefährtin. Sollen wir runter zum Fremdarbeiterlager? Dort gibt's jede Menge Franzosen. Stell dir vor, wir ziehen uns 'ne Mantel drüber und machen den unten auf. Wenn die uns so sehen, bespringen sie den Stacheldrahtzaun. Ich möchte ja nicht wissen, was der Toni so in Paris treibt, und sieh mal an, bei dir wölbt sich ja schon ein Bäuchlein. Jawohl, das konnte die Annl nicht mehr verbergen. Komm, probier mal das sündige Mieder da, wann soll ich so was nur tragen? Und währenddessen spielte Gert im Garten hinter dem Haus mit den Buben des Friseurmeisters Thurnwalder, und dann saßen die Cousinen wieder bei Bohnenkaffee und Cognac, auch letzteren schickte Vacin, prosteten auf die sprudelnde Quelle in Paris, die beruhigt wohl dadurch ihr schlechtes Gewissen, und prosteten auf das werdende Dings in Annls Bauch. Die Zeiten sind zwar nicht rosig, aber die Hoffnung hält uns aufrecht, higs, jawohl und zugenäht. Und Annl Zwo packte ein Nachthemd, einen Schlüpfer samt Büstenhalter ein, denn dir steht das besser als mir, und der Vacin wird nichts dagegen haben. Nur an ihre Schwester Ritsch in Prag dürfe sie so was nicht schicken, unter keinen Umständen, denn das hat ihr der Toni im letzten Brief ausdrücklich verboten. Die hat ja den František geheiratet, dieses böhmische Powidlgfrieß.

Dann hatten sie noch ein paar Cognac gekippt, lustig ist das Zigeunerle-eben, nein, unter diesen persönlichen Umständen zu singen hieße doch das Schicksal herausfordern, und Annl kam in leichte Schräglage und war in diesem Zustand – fast hätte sie Gert im Garten vergessen – und in der Gewißheit, daß Vacin keinen Juden in der Familie hatte, zurück nach Platten gefahren. Letzteres hatte ihr Annl Zwo beim Verabschieden noch mitgeteilt, denn der Vacin hatte endlich seinen Ariernachweis erhalten. Nu, da wird sich der Toni aber freuen.

Das Wochenende darauf fuhr sie mit Gert nach Karlsbad. Wenn Annl ihre Schwiegereltern besuchte, stieg sie nicht in Fischern, der der Glasfabrik Moser nächstgelegenen Station, aus dem Zug, sondern erst am Hauptbahnhof. Von dort öffnete sich das Tepltal nach Süden in den langgestreckten Kurbezirk hinein, und sie nahm trotz der Kriegszeit einen Hauch internationalen Glanzes mit hinauf die Eger entlang bis zur Brücke auf Höhe der Trabrennbahn, wo sie nach Meierhöfen abbiegen mußte.

Karlsbad, wie es die Annl sieht, das Mekka ihres Lebens sozusagen, mit der Kaaba als Wohnung, ist heutzutage nicht mehr das Karlsbad von früher. Die Hülle hat zwar nicht so gelitten, aber der Inhalt. Es fehlen der Adel und die Juden und die Internationalität. Wo blieb zum Beispiel »The Karlsbad Herald«, die einzige Zeitung Österreich-Ungarns in englischer Sprache, die den Kurgästen aus Amerika und England im Bäderdreieck gratis zugestellt wurde, die in allen größeren Städten und Kurorten und in den Lese- und Konversationsräumen der großen Ozeandampfer auflag? Wo blieb etwa Isidor Hübsch, Spezialgeschäft für Zephirhemden, Manschetten, Krawatten, Kragen in der Kaiser-Franz-Joseph-Straße, wo Oskars »Five Fidelios« ihre Hemdmascherln gekauft hatten? Oder Adalbert Kohn, Modesalon für vornehme Herrenkleider nach Maß, Haus »Orion«? Oskar hatte von dort seinen hellgrauen Nadelstreif aus englischem Tuch. Oder die Modistin Anna Zimmer in der Schützenstraße, Haus »Hermes«, wo Annl ihren flotten Sommerhut mit Feder gekauft hatte? Das war im Sommer achtunddreißig gewesen, als sie Oskar kennengelernt hatte, im Café Kaiserpark am Piano und Akkordeon, an einem Samstag nachmittag. Und aus den Augenwinkeln heraus war Oskar an ihr angefädelt gewesen, von Anfang an, ganz so wie aus dem Bilderrahmen überm Kanapee. Und während seine Finger auswendig über die Tasten flogen, hatte er immer wieder auf die Annl geschaut, mascherlbestückt und tonangebend, so daß ihre Cousinen, Annl Zwo und Ritsch, mit denen sie zum Tanzen gekommen war, sich anstießen, dauernd kichern mußten und auf der Heimfahrt nach Neudek ein gutes Thema hatten. Seit jenem

Samstag hatte Annl öfter bei ihren Cousinen übernachtet, zumindest hatte sie dies ihrem Vater Julius erzählt.

Und ich sag dir, du haarloser Freund, vielfach hat sich der nächtliche Feuersturm in den Fenstern der Stadt gespiegelt, der in diesem Jahr, gleich nach dem Anschluß, aus der Synagoge schlug und die nach oben gestuften Häuserzeilen, links und rechts der Tepl, in flackernde Krippenbeleuchtung tauchte. Reichskristallnacht. Vorerst ein schöner Anblick für die Gaffer, aber nachher nicht mehr, denn die Karlsbader Kulisse war beschädigt. Optisch und ideologisch. Aber das machte den meisten Kurgästen, die neu aus dem Reich zuströmten und die entstandenen Belegungslücken der Hotels und Pensionen auffüllten, nichts aus. Es waren KdF-Scharen: Volksgenossen, von denen viele das Bier noch aus der Flasche tranken und einmal die Woche ins Tröpferlbad gingen. Und die Zündler? Die gaben den Ton an und tranken statt Bier Sekt aus der Flasche.

Siehst du, die Annl will mit Gert nicht zur Modistin Zimmer gehen und auch nicht zum Isidor Hübsch, der ja auch Leibwäsche in Baumwolle, Wolle und Macco sowie Damenstrümpfe, Kinderstrümpfe und Handschuhe feilbietet, das heißt feilbot, denn ihn und die Modistin Zimmer gibt's ja nicht mehr. Nein, die Annl will ihre Schwiegereltern besuchen, denn sie hat ihnen den Brief Franz Greiners in Abschrift zukommen lassen.

Und nachdem sie die Egerbrücke bei der Rennbahn überquert hat und nach der Rohlau, die hier in die Eger mündet, rechts die Moserschen Diensthäuser erreicht hat, liegen sich Schwiegereltern und Schwiegertochter in den Armen. Es war das erste Mal, daß Berta das tat. Ihre insgeheime Ablehung Annls war von nächtelangen Tränenbächen weggeschwemmt worden. Im Leide treffen sich die Betroffenen, und es muß halt immer erst etwas passieren, damit die Menschen zueinander finden. Hat der Mensch in seiner Entwicklung nichts dazugelernt? Wir haben scheinbar nur die Vernunft entwickelt und nicht die Emotion. Aber wider besseren Wissens streuben wir uns auch gegen das bisserl Vernunft. Berta war erst vor zwei Tagen aus dem Krankenhaus entlassen worden, denn die Trauer um ihren zweiten Sohn hatte ihr ein Schlagerl versetzt. Nicht du hast mir den Sohn genommen, greinte sie, sondern der Russ'. Und Alois, trotz seiner offenen Einfalt: Nicht der Russ', sondern der Hitler.

Aber sie habe noch Hoffnung, meinte Berta. Kein Zeichen des Todes habe sich angekündigt. Nichts ist von der Wand gefallen wie bei Karl, und sie lasse den Haken leer, an dem das Kruzifix hing. Von dort soll nichts mehr runterfallen können. Die anderen Haken, an denen ihre sechs Kinder hängen, haben nichts fallen gelassen. Auch den Oskar nicht, der von dort wie über Annls Kanapee aus dem Rahmen schaut, mit den Totenköpfen auf den Jackenspiegeln und schwarzer Krawatte, denn es ist dieselbe Aufnahme, die Oskar als pauschale Erinnerung an die Familie verteilt hat. Da war Annl wieder etwas beruhigt, und Gert wandert nun von Schoß zu Schoß. Und der kurzbeinige Mischling Ami muß getätschelt werden, weil ihm der »Bou« – die Egerländer sagen nicht »Gung« wie die Erzgebirgler – kräftig zwischen die Beine gelangt hat: Was hatt'n der für'n Erdäpfel da hängen, bis zum Knie. Der Hund seufzt getröstet, und Gert wird gedrückt und geherzt: Der ganze Oskar isser der Bou, und jetzt kriegen wir von Oskar ja noch ein Kind (aus drei mach vier), schon deshalb muß der Oskar zurückkommen. Hoffentlich geht's dir gut, liebe Annl. Und dann gibt's Tschwatschingkoung, Zwetschkenkuchen und Tee.

Eingemachte Tschwatsching reihen sich auf Oskars Piano wie auf einem Speiseregal, o Gott, das darf der Instrumentenmacher Kretschmar aus Fischern nicht erfahren, und auf dem Piano klimpert dann Gert »Hänschen klein«. Ja, ja, sagt Berta, das gehöre einmal ihm, das Piano, er sei ja musikalisch wie Oskar. Und als er am Fensterbrett ein rubinrotes Glas aus Alois' Werksammlung gegen die Novembersonne hält, die fahl über dem Rennplatz steht, und die Facetten im leuchtenden Feuerspiel dreht, da schimpft Berta los. Aber nicht gegen den Bou, sondern gegen Rudl, ihren zweitältesten Sohn, der im selben Frontabschnitt wie Oskar gelegen ist und von dem sie erst vor ein paar Tagen Oskars Vermißtennachricht erhalten hat, sogar in Maschinschrift. Im Felde, den 6.11.1943. Liebste Eltern und Geschwister! Verzeiht, daß ich erst heute schreibe ... Der hat's gut, sagt Berta, der sitzt als Sanitäter hinten und muß nicht vorne den Kopf hinhalten. Hat er dir auch geschrieben? Nein? Nu, der Feigling. Hat ja schon am 22. September gewußt, daß Oskar überrannt worden ist, lag ja im selben Abschnitt, hat ja mit Tintenstift eine Skizze hinten draufgemalt, ist ein bißchen verwaschen, aber schaut aus wie der Große Wagen. Schau, da liegt Oskars Einheit, die Panzer, und da das Grenadierregiment 42 und da unten der Hauptverbandsplatz von Rudl. Nowo Dmitrowka. Die beiden Alten haben die Skizze ewig lang studiert und in Oskars Schulatlas nachgeschaut, aber nichts gefunden. Und spitzfingrig folgt Berta Zeile für Zeile den Brief runter: Dieser Heuchler. Wollte von Oskars Einheit die genaue Lage seines Gefechtsstands erfahren, schreibt er, um Oskar aus der Feuerlinie holen zu können. Der Heuchler, sagt sie nochmals, der Rudl und in die Feuerlinie. Wo schon alles vorbei war und die Russen dort gesessen sind. Da sei der Gustl noch der Ehrlichere, in all seiner Tolpatschigkeit, die er von Alois geerbt hat. So was täte er nicht vormachen. Gott sei Dank läge er noch in Lodz mit seiner Verwundung. Und überhaupt sei der Rudl immer auf die Butterseite gefallen. Er war zwar bei den Tschechen aktiv und hat fünf Waffenübungen machen müssen, das sei ja dem Oskar erspart geblieben, aber im Mai achtunddreißig, als sie ihn wieder geholt haben, da hat er nur Lenz geschoben, als Brückenwache zwischen Brüx und Teplitz-Schönau. Wir haben ihn dort mal besucht.

Nu, und bevor ihn die Deutschen eingezogen haben, habe ihn zwar die Gestapo geholt, er war ja bei den Sozis, aber denen ist er gleich mit Heil Hitler gekommen. Und der blöde Bou könnte jetzt noch im ruhigen Belgien sitzen, im Kriegslazarett 3/617, wenn sie ihn nicht nach Rußland strafversetzt hätten. Das komme davon, wenn man in der Etappe faulen Lenz schiebt und das Blut nicht hinterm Nabel halten kann. Diese Butterseite habe er sich selbst mit Dreck beschmiert, dieses Ferkel, und dann greinte sie wieder los: Es erwischt immer die Besten. Meine zwei besten Boum, meine zwei besten. Denn wie könne man sich nur, wie der Rudl, im Lazarett an die Kinder ranmachen. Ja, das habe ihr seine geschockte Frau, die Wanda, erzählt.

Siehst du, mein stummer Zähneblecker, die Annl hat den Rudl nie mögen, und künftig wird sie eher eine ausgewachsene Meersau verbildlichen und kein Meerschweinchen, wenn sie an ihn denkt. Wenn der Oskar wirklich abbleiben sollte, muß sie auf das Piano aufpassen, denn der Rudl war Kassier beim Arbeiter-Sängerbund »Liederkranz« in Fischern und leitet wohl schon deshalb seinen Anspruch auf das Piano ab, nicht nur, weil er, so wie Oskar, darauf gelernt hat. So dachte die Annl auf ihrer Rückfahrt nach Platten.

Jawohl, du Faustsche Requisite, sie war auf der richtigen Spur, auch wenn sie die Selbstsüchtigkeit von Oskars Bruder nicht so reflektieren kann wie du. Sie ist ja nur oberflächlich über Rudls Werdegang informiert. Sie weiß nicht, daß das Lazarett in Flandern ein Trakt eines allgemeinen Krankenhauses ist, gleich neben der Kinderabteilung. Sie weiß nicht, daß der Sanitätshauptfeldwebel Rudl zuerst in die Infektionsabteilung strafversetzt wurde, in der nicht nur französische und englische Kriegsgefangene lagen, sondern auch die achtjährige Anabelle Rohan. Erst danach wurde er nach Rußland versetzt. Rudl, der Wiederholungstäter: Statt ins Puff in die Kinderabteilung. Sie weiß nicht, daß er drei wichtige Wahlsprüche mit nach Rußland schleppte. Um oben zu schwimmen, mußt du erstens: Die Gelegenheiten beim Schopfe packen. Zweitens: Begrenzte Grundsätze haben. Drittens: Immer in der zweiten Reihe stehen. Da bist du über alles informiert, hast keine Verantwortung und kannst dich rechtzeitig ducken. Diese Wahlsprüche hatte er schon in der Handelsakademie entdeckt. Deshalb war er für alle, im Gegensatz zu Oskar, ein handlicher Mensch ohne Ecken und dazu umtriebig und einsatzfähig. Vielseitig einsetzbar also. Er war nicht nur Kassier beim »Liederkranz« und Mitglied des Konsum- und Sparvereins »Vorwärts«, sondern auch Turnwart des ATUS Fischern im Arbeiter-Turn- und Sportverband, obwohl er nicht einmal den Bauchaufzug am Reck schaffte. Bei den Gemeinderatswahlen im Frühjahr achtundreißig stand er für seine Partei, die DSAP, zwar auf der Wahlliste, wählte selbst aber, wie viele seiner Genossen, die Sudetendeutsche Partei unseres Oberturners Henlein. Der hatte in seinem »Karlsbader Programm« die Herstellung der vollen Gleichberechtigung der deutschen Volksgruppe mit dem tschechischen Volk verlangt und dafür rund neunzig Prozent der deutschen Stimmen eingefahren.

Wenn einer den Ausgleich mit den Tschechen schafft, dann der Henlein und der Frank, sagten viele Genossen an ihren Stammtischen nach dem Turnen und der Gesangprobe. Immerhin stellt er die stärkste Partei im Parlament. Seither trug auch Rudl zu seiner Knickerbocker meist weiße Stutzen, dem Markenzeichen der ehemaligen Heimatfront, und pudelte sich, mit rundem Gesicht und Glitzeräuglein, erhitzt und glänzend wie eine Speckschwarte, am Stammtisch wiederholt auf: Der Henlein ist in Ordnung, sag' ich euch. Den Konrad kenn' ich ja von den Tagungen beim deutschen Turnverband. Guter Mann. Der will gar keinen Anschluß, sag' ich euch, der will nur unsere Autonomie. Aber die Tschechen bleiben stur. Das kann sich noch rächen, sag' ich euch.

Wir wollen dem lieben Rudl keine prophetische Gabe unterschieben, reflektierender Freund du (Spieglein, Spieglein an der Wand, wer mischt die Karten bald im Land?), denn wir beide wissen, wo inzwischen europäische, nein, Weltgeschichte gemacht wurde. Soll ich dir einen Pack Zeitungen aus meinem Regal vor die Spieglein halten? Soll ich dir ein Ringelspiel zeigen, daß dich schwindlig macht? Henlein zu Hitler. Jaksch, unser Sozi, zu Henlein. Jaksch zu Beneš. Henlein zu Beneš. Der französische Botschafter Corbin zum britischen Außenminister Halifax. Corbin zu Chamberlain. Der britische Sonderbotschafter in Prag Runciman zu Beneš …

Und wir alle, also Rudl und Genossen, Oskar mit seinen Fidelios, ich, der Türmer, Seff mit seiner motorisierten SdP-Staffel, landauf, landab, städtisch erhitzt oder ländlich gelassen, hängen an den Radios und über den Zeitungen: Im Mai platzt die erste Teilmobilisierung Prags noch in die Gemeinderatswahlen hinein. Rudl wird, wir wissen es schon, als Brückenwache zwischen Brüx und Teplitz-Schönau mobilisiert. Seff entzieht sich der drohenden Einberufung auf dem Motorrad, welches dem Turnverein beziehungsweise der SdP gehört, hinüber über die Grenze. Im Moment ist er sowieso arbeitslos, denn bei Zenker gehen die Aufträge zurück. Für die Tschechen macht er keinen Finger mehr krumm, sagt er.

Vielleicht geht er in die sudetendeutsche Legion.

Den Finger krumm machen muß Rudl im Bedarfsfalle nicht nur an seiner Brücke, sondern auch sechs Wochen später, als er wieder entlassen ist und von seinem zivilen Vorgesetzten, dem Leiter des »Gec«, Großeinkaufsverband für Erwerbs- und Wirtschaftsvereinigungen, eine Pistole in die Hand gedrückt bekommt, weil er mit anderen Genossen in der Nacht das Lagerhaus Fischern bewachen soll. Hier rächt sich sein Grundsatz, daß er lieber im zweiten Glied und nie an der Spitze stehen will, denn der Chef geht nach Hause, und er steht hier als stellvertretender Leiter wie Sankt Niklas mit der Apfeltüte in der Hand und hat nur eine einzige Pistole verfügbar. Und deshalb hat er die Hose gestrichen voll, denn hier steht er nicht der deutschen Wehrmacht gegenüber, bei der man die Hände heben und sich brüderlich ergeben kann, sondern unberechenbaren Nazibanden, wie der Chef sagte, die sich womöglich an genossenschaftlichen Lebensmitteln vergreifen und einen hinterrücks abmurksen wollen. Als gelernter Schlaumeier wendet er daher seinen Wahlspruch vom begrenzten Grundsatz an und ernennt den Genossen Bachmann zum stellvertretenden Stellvertreter. Er übergibt ihm die Befugnis samt Pistole und verzieht sich in seine Kanzlei im Lagerhaus. Dort gibt es ein ordentliches Feldbett. Na also.

Diese Sommermonate achtunddreißig sind, nicht nur wegen des Badewetters, aufgeheizt wie mein Gußofen im Winter. Grinse nicht so spöttisch, Bleichgesicht, und sage nicht, wir würden auch lauthals Heil schreien, mit hysterischen Mundlöchern, die Arme sperrig zum deutschen Gruß gewinkelt wie die

Österreicher im vergangenen März. Nein, nicht nur Alois Wessel, der ja aus dem Waldviertel stammt, sondern auch seine Söhne Oskar, Rudl und Karl schüttelten den Kopf, als das passierte. Sie haben uns Österreich genommen, sagte Alois. Das heißt jetzt Ostmark. Und sie haben mir Niederösterreich genommen. Das heißt jetzt Niederdonau. Und der Postenkommandant Hawlíček in Platten sagte: No, is fei nicht scheen, daß hat sich verkrimelt unser Esterreich. Er sagte nicht, Österreich sei vom bösen Hitler besetzt worden, dem Wolf, der den Schafspelz abgelegt habe, nein, die Österreicher hätten sich verkrümelt, sagte er. Und von UNSEREM Österreich, spricht er im Duett mit Julius. Und seiner Meinung nach hätte man in den zwanziger Jahren den Kaiser Franz Joseph nicht von den Denkmalsockeln reißen sollen: No, prosím, hätt man halt den Masaryk gegenieber oder danäben aufstellen kennen hätt man. Und warum sich die Österreicher heim ins Reich verkrümelt haben – den randvollen Heldenplatz hat er ja in der Wochenschau gesehen –, das geht ihm nicht unter das tschechische Amtskapperl. Die waren ja eh daheim, wozu dann heim ins Reich? Ano, to je pravda, das ist wahr: Bei uns liegt der Fall anders. Unsere Deutschen in Böhmen und Mähren sind zwar bei uns daheim, aber wir behandeln sie, bitta scheen, wie Stiefkinder. Und der Beneš ist ein lausiger Stiefvater.

Schlagzeilen

Auch als Geist, der stets verneint, mußt du doch zugeben, lieber Freund, daß der Hawliček recht hat. Wir Deutschen stehen in der zweiten Reihe hinter den Tschechen, aber nicht freiwillig wie der Rudl. Und wir wollen uns auch nicht ducken wie der Rudl. Und wenn du schon den Anwalt der Tschechen spielen willst, dann hör mich an und sag mir offen deine Meinung. Beweis mir, daß ich unrecht habe. Provoziere mich! Mit dem Hawliček kann ich nicht disputieren. Den könnte ich nicht provozieren. Der ist immer meiner Meinung, egal, was ich sage. Der dreht und wendet sich wie der Soldat Schwejk. Mir gegenüber vertritt er die Sache der Deutschen. Dem Kovar und dem Brtek gegenüber die Sache der Tschechen. Hat er überhaupt eine eigene Meinung? Der versteckt sich hinter Wortfassaden, auch wenn er mir im Wirtshaus vertraulich auf die Schulter haut. Ein idealer tschechischer Beamter in einem deutschen Ort. So hat einst die Monarchie funktioniert. Die tschechischen Beamten in Platten geben sich amtlich, sozusagen meinungslos. Sie vertreten nur Vorschriften. Ihre Meinung heben sie für zu Hause auf. Die meisten sprechen gut Deutsch und machen uns keine Probleme. Viele sind kooperativ. Der Lehrer Sveida zum Beispiel möchte zu mir in die Türmerstube kommen. Er möchte mir Dokumente und Fotos über die vor zwei Jahren gegründete tschechische Schule bringen. Stadtchronik ist auch Schulchronik. Hingegen der Richter Kovar und der Zöllner Brtek machen schöne Bögen um mich. Wie die Hunde. Nicht nur wenn ich nach Knoblauch rieche. Weiß nicht warum.

Deshalb brauche ich dich, lieber Freund! Ich brauche dich als Reflektor. Du sollst nicht meine Sichtweise spiegeln. Nein, die könnte mich blenden. Dafür hätten Spiegelchen in deinen Augenhöhlen genügt. Verstehst du? Ich brauche deine knochige Distanz, deinen unterkühlten Spott, deinen fleisch- und seelenlosen Blickwinkel. Ich möchte dir die Fußnoten und Beiblätter zu meiner Chronik unter die Augenhöhlen halten können, zur Beurteilung, auch nachts, wenn deine Krippenbirnchen das Papier ausleuchten und meine Zweifel und Ängste schüren. Krumme Bocksprünge leiten in die Irre. Hörst du mich, wenn ich selbstquälerisch versunken über mitternächtliche Holzbohlen wandle, im Gespräch mit mir, nun, sagen wir mit dir, und diese aufrührerische Zeit überdenke? Nein, du vernimmst nur mein bloßfüßiges Tappen, denn meist rede ich stumm in mich hinein, in ewiger Wiederholung hin und her pendelnd, um dann am Schreibtisch den erlösenden Text loszuwerden. Papier muß hinnehmen, was aus dem Kopf raus muß, egal, ob es jemand lesen wird.

Du mußt mir helfen, knochiges Gesicht!

Warum machen der Kovar und der Brtek einen Bogen um mich? Haben sie ein schlechtes Gewissen? Natürlich, sagt der Schuldirektor Walter Dittrich, um den sie auch einen Bogen machen. In Bärringen und Aberthan hat der tschechoslowakische Staat die deutschen Schulklassen mit weniger als vierzig Schülern aufgelassen, in Gottesgab hat man die ganze Schule geschlossen. Die Lehrer sind jetzt arbeitslos. Und bei uns gründen sie eine tschechische Schule mit rund dreißig Schülern, wovon die meisten Deutsche sind, und importieren einen tschechischen Lehrer, den Sveida. In Aberthan machen sie nächstes Jahr eine tschechische Schule auf: für fünf Kinder. Ist das nicht empörend? sagt er. Vor zehn Jahren waren im Sudetenland schon über fünfhundert deutsche Schulen und über dreitausendfünfhundert Schulklassen aufgelassen. Weißt du, wieviel Geld wir aus dem staatlichen Schulbudget kriegen? Ganze zwei Prozent. Bitter, bitter, sag' ich dir. Das reicht gerade für Schwämme und Kreide. Achtundneunzig Prozent werden in die tschechischen

Schulen gesteckt. Für Neuanschaffungen muß ich mit dem Klingelbeutel gehen, obwohl wir die gleichen Steuern zahlen wie die Tschechen. Und das sagt er grollend sarkastisch, der Walter, wenn ich ihn in seiner Kanzlei besuche, und deutet dabei auf das Staatswappen neben dem Beneš-Bild: Pravda vítězi – Die Wahrheit siegt.

Die Wahrheit ist, daß die grundlegenden Verfassungsgesetze dieses Staates ohne uns durchgepeitscht wurden. Kein deutscher Abgeordneter saß 1920 in der sogenannten Revolutionären Nationalversammlung. Und deshalb muß ich dir recht geben: Die meisten von uns werden Heil schreien, wenn der Hitler kommt. Wie die Österreicher im vergangenen März. Auch wenn's der Hawliček nicht versteht.

Bleck mich nicht so an, du Gruftspion, wenn ich manchmal die Lieder von Anton Günther singe, unserem Volkssänger aus Gottesgab. Seine Stimme ist zwar für den Schrott, aber seine Melodien und Texte zünden. Höhne nicht, wenn ich »Deitsch un frei wolln mer sei ...« singe, unsere heimliche Berghymne. Hast du den Anton Günther schon einmal erlebt? Wie er im Wirtshaus gesungen und gespielt hat? Zum Beispiel anno fünfunddreißig in Breitenbach an der Grenze, als wir die Hundertjahrfeier der Dreckschenke, dr Draakschenk, gefeiert haben? Da war was los. Das ganze Wirtshaus hat gedröhnt, als sie »Deitsch un frei wolln mer sei« gesungen haben. Natürlich war das eine politische Demonstration, die da gewaltig an den Fenstern rüttelte, in jenem Jahr, in dem Beneš zum Staatpräsidenten gewählt worden war, so daß der Postenkommandant Hawliček pikiert in seine Maß Budweiser schaute. Und als der Oberförster Mahlke von drüben aus Johanngeorgenstadt »Deutschland, Deutschland über alles« anstimmen wollte und der Hawliček sich vor Schreck am Budweiser verschluckte, hat der Anton Günther gesagt: Ja, diese schöne Haydnhymne können wir schon singen, aber mit dem Originaltext, bitte schön, »Gott erhalte, Gott beschü-ütze unsern Kaiser ...«. Die kennen wir alle noch auswendig, die habe früher auch der Hawliček gesungen, nicht wahr, und er, Günther, war beim

Landsturmbataillon Nummer 75 eingerückt, und wo denn der Hawliček gedient habe. No, prosím, der war bei den Pilsnern, Infanterieregiment Nummer 35, na also. Und da haben die Henleinanhänger, von denen einige bei den Dreiundsiebzigern in Eger eingerückt waren – das war unser Wehrbezirk –, gesagt: Machen wir einen Kompromiß und singen die restlichen Strophen von »Deitsch un frei ...«. Für die deutsche Hymne sei es vielleicht noch ein paar Jahre zu früh. Und einige haben giftig auf den Hawliček geschaut. Weil der hat nicht mitgesungen, sondern noch ein Bier bestellt.

Lieber Freund und Zwatschingröster!
Halt ein! Deine Reflexionen ufern aus. Da gehe ich doch lieber mit dem Hawliček auf ein Bier in den »Blauen Stern« und warte bis wir uns wieder vertrauensvoll in die Augen schauen können. Dann können wir vielleicht über das Thema »Autonomie des Sudetengebietes« sprechen. Emotionslos, bitte schön. Ohne fundamentale Empörungen.

Laß uns lieber in den Februar dieses Schicksalsjahrs zurückblicken.

Damals, noch bevor die Österreicher an das Reich angeschlossen wurden, waren die Kinderfreunde Karlsbad, Sektion Fischern, auf Winterfahrt im Erzgebirge. Sie belegten das Jugendheim Bergstadt Platten, als dort noch niemand an die Unterbringung von Bombenkindern denken mußte.

Und wer war der überaus beliebte Gruppenleiter der sechs- bis zehnjährigen Mädchen, der nicht nur singen und begleitend die Gitarre schlagen konnte, sondern auch fallweise Trost spenden, Tränen trocknen und heranwachsende Rückenpartien samt Sitzfleisch tätscheln konnte? Komm, setz dich auf mein Knie, du Hascherl! Wer regte an besagtem Abend nach »Wir lieben die Stürme ...« und »Ade nun zur gute-en Nacht ...« das Mörderspiel mit Anfassen und Pfandauslösen an? Wer verzog sich mit den Mädchen in deren überheizten Schlafraum, während die Buben unter der Aufsicht von Ernst Bachmann noch Abwaschdienst hatten und draußen der Sturm an Türen und Fenster rüttelte? Rübezahl war mit seiner wilden Jagd aus dem

Riesengebirge angerückt und sorgte im Haus für heimelige Stimmung samt erregt graupeligen Schauern am Rücken. Man wußte ja doch nicht, ob er vielleicht durch den Kamin oder so … Aber wer, wer war der Mörder, der auf allen vieren im stockdunklen Raum zwischen Doppelbetten rumtapste und nach gefüllten Turnzeug und Trikots grapschte, begleitet von Kichern, pst, pst, Prusten und Mörder-Mörder-Geschrei? Huch, er hat mich, er hat mich. Er drückt und packt mich. Wer? Und wer war dann an der hinteren Wand zwischen Ober- und Unterbett ertappt worden, hast du nicht gesehen, über die Matratze gebeugt, beidarmig nach vorne abgestützt, und unter ihm die Wanka Geier, sich angestrengt windend und Mörder, Mörder in das Leintuch kreischend? Wer glotzte da mit aufgerissenen Schweinsäuglein und reifem Tomatengesicht Richtung Türrahmen, in dem plötzlich der Genosse Bachmann stand und das Licht angeknipst hatte? Aufgerissene Schweinsäuglein und plötzliche Stille. Alle schauten zur Tür, weil auch der Rübezahl draußen Atem holte.

Also, ich sage dir, mein Freund, so reaktionsschnell hatte der Bachmann noch nie das Licht wieder ausgeknipst, in schlagartigem Situationsbewußtsein und unter dem erneut anhebenden Gejohle der Mädchen, die weitermachen wollten, denn sie wollten auch mal erhascht und ermordet werden. Und außerdem hatte nur die Wanka etwas mitgekriegt. Die sagte aber nichts, weil ihr auch der graupelige Schauer den Buckel runtergelaufen war, und wieder hinauf, aber nicht wegen Rübezahl und seiner wilden Jagd.

Ja, mein Freund, du kupplerische Fratze! Wenn ich an ein gewisses Gretchen denke, würdest du die Wanka lieber heute als morgen dem Rudl zuführen, ihm ihr süßes Hinterteil als erotisches Triebwerkel ins Gehirn punzen. Mein schönes Fräulein, darf ich wagen … Ich weiß … Ich weiß.

Du hast ihm aber eine Gnadenfrist gegeben, jawohl, und hast ihm vorerst am Tag darauf zu Julius und Annl ins Koneshäusel geschickt, als Milieuschnüffler sozusagen, was ja auch nicht moralisch hochwertig ist. Genauer gesagt, hat ihm seine Mutter

Berta diesen Auftrag gegeben, die – wahrscheinlich unter deiner Einflüsterung – wissen wollte, mit wem ihr Sohn Oskar seit einem guten halben Jahr rumziehe. Nun ja, sie wollte ihrer kleinen Welt keine kleinere draufaddieren. Klein plus klein gibt nicht groß, führt zu keiner Erhöhung. Nichts plus nichts gibt wieder nichts. Sie selbst war ja aus dem Stadttheater Karlsbad von einem windigen Gastspiel-Hamlet hinausgeschwängert worden. Aus mit dem Traum vom Ballett. Sein oder nicht sein war damals die Frage, und sie war daher in die gutmütigen Arme Alois Wessels getappt und damit in diese miese Milieufalle mit sechs Kindern. Also nun, Oskar dürfe sich auf keinen Fall so was aufhalsen lassen. Der solle sich ein Beispiel an Rudl nehmen. Bei aller Blindheit im Bett wollte der schon beim zweiten oder dritten Mal von seiner Wanda den Kontostand ihres Vaters und die Höhe der Mitgift wissen. Nun ja, schließlich hatte dabei die schöne Wohnung in Fischern, Ackermannstraße 21, rausgeschaut. In Altdeutsch und Kaukasisch Nuß mit Bad und separater Toilette. Da nahm er bummeliges Fleisch und bummeligen Geist gern in Kauf. Schließlich ist ihr Vater Verkaufsdirektor in der Moserschen Glasfabrik.

Also stapfte Rudl am Nachmittag in Bertas Auftrag durch die schneeverwehten Gassen, über den Marktplatz, die Bahnhofsstraße hinunter, die Bahnunterführung hindurch, an den letzten Häuschen vorbei aufs freie Feld hinaus, wo die Allee der Ebereschen bizarr unter Rauhreif lag. Die Erzgebirgler nennen so einen Besuch Hutzen gehen. Der scharfe Wind, der ihm die Wangen zwickte, konnte ihm jedoch die Wanka Geier nicht aus dem Kopf blasen. Der Schreck von gestern abend war zwar weg, aber die Scham rumorte ihm im Gemüt. Was mußte dieses Arschloch von Bachmann ausgerechnet während einer Spielstunde in das Zimmer platzen?

Der kommt ja sonst auch nicht. Niemandem wäre etwas aufgefallen. Und so? So schleppte er jetzt ein Kainsmal durch das Dämmerlicht, mit dem er morgen dem Bachmann beim Frühstück gegenübersitzen wird. Ausgerechnet dem Bachmann, dessen Vorgesetzter er ist. Kainsmal, Kainsmal. Wangenschlagen, mit den Fäustlingen, ohne Fäustlinge, mit der flachen Hand, mit den Fingerspitzen in prickelnder Luft. Es nützt nichts. Heute morgen hatte Bachmann gefragt, wieso er, Rudl, nicht zum Frühstück gekommen sei. Mit Unschuldsmiene, zwar ohne Unterton, aber ... Dieser Heuchler. Rudl, mißtrauisch, mit der Peinlichkeit von gestern als Huckepack, hatte niemanden von der Gruppe sehen wollen. Er fürchtete, er trage sein Kainsmal nicht nur in der Hose, sondern knallrot blinkend im Gesicht. Nein, nicht in der Hose. Da fiele ja nichts auf. Sein Pietzchen im Ruhezustand würde nach wie vor völlig arglos die Blicke seiner Turnfreunde unter der Dusche vertragen. Na klar, was soll's auch? Also nichts Jüdisches zwischen den Beinen. Kein alttestamentarischer, nach Inzucht und Sonstigem schielender Lümmeling. Kein Beschnitt, der verdächtig ist. Ist es ein Wunder, daß die Juden dauernd geil sind, bei nackter Eichel in der Unterhose? Die schänden ja unsere Mädchen schon mit den Blicken. Da braucht man gar nicht den »Stürmer« zu lesen. Bei den eigenen Frauen können sie ihre Geilheit nicht ausleben. Und jüdische Huren sind heutzutage selten. Daher Rassenschande: Die erhöht noch dazu, weil verboten, den Genuß. Hier hat Hitler recht. Sollen wir den Juden auch noch Genuß bereiten? Ich hab' ja persönlich nichts gegen die Juden, aber was wahr ist, ist wahr. Und dann die Schweinereien im Alten Testament. In einem Antiquariat hatte Rudl ein Büchlein entdeckt gehabt: biblisches Erotikum mit gestellten Bibelszenen. Drei- oder viermal war er dort gewesen und hatte mit hochrotem Gesicht darin geblättert. Wissen macht frei, aber Rudl genierte sich, das Buch zu kaufen. Klammheimlich riß er daher die Seite mit Lot und seinen Töchtern heraus und kaufte zum Ausgleich das unverdächtige »Album starých pohlednic«, ein Album alter Ansichtskarten der westböhmischen Bäder.

Da hatte er nie reingeschaut, aber mit dem erregten Lot und seinen knieenden Töchtern war er jahrelang in den Kohlenkeller gegangen. Die Peinlichkeit auf Rudls Schultern sagt: Du machst keine Rassenschande. Auch wenn du's mit kleinen Mädchen machst. Du bist nicht beschnitten. Das beruhigt ein bißchen. Du bist nicht beschnitten, du kannst weiterhin mit deinen Turnern duschen gehen. Die witzeln höchstens über dein feistes Bäuchlein: Da komme wohl der Pietz nicht mehr an deine Frau heran, sagen sie. Die ist ja auch schön mollig. Solltet mal beide eine F.-X.-Mayr-Kur machen. Soll Wunder wirken. Haben wir ja in Karlsbad vor der Haustür. Hilft auch gegen cholerische Stammtische. Aber nur für die Dauer der Kur. Nachher trinken die wieder zuviel Pils und lassen den Henlein hochleben. Letztlich helfen da nur ranke biegsame Mädchen, aber nicht so wie gestern abend mit dem Bachmann. Seit gestern blinkt dir dein Kainsmal im Gesicht. Schau mal in den Spiegel, lieber Rudl. Spieglein, Spieglein an der Wand. Vergleiche mit den wüsten Karikaturen im »Stürmer«, den der Genosse Gombinski, ein Emigrant von drüben, voriges Jahr mitgebracht hat. »Ich nehm' als Judenjunge immer / Nur deutsche Mädchen mit aufs Zimmer.« Und die Gesichter dazu: Ja, die vollen Lippen zeigen Sinnlichkeit; je vorspringender die Unterlippe, desto sinnlicher. Und die buschigen Augenbrauen: Das ist sexuelle Dämonie. Da braucht man gar keine Mörderspiele im überhitzten Zimmer: Buschige Augenbrauen beleben die Klitoris. Und dann ein bulliger Nacken. Beim Juden sitzt der Sexualtrieb im Nacken. Und die zwei Eckpunkte am hinteren Schädel beim Nackenansatz. Rudl fühlte nach hinten. Je näher beisammen, desto stärker der Trieb. Ojemine. Gelten für ihn die »Stürmer«-Glossen? Der Rassenschänder von Mannheim. Jud Deutsch und die Ladnerin. Kleiderjude Totschek: Die Else D. war vierzehn Jahre alt, als sie zum Juden Totschek in die Lehre kam ... Spieglein, Spieglein an der Wand ...

Ich bin kein Rassenschänder, hatte Rudl gedacht, ich sehe nicht so aus, und dabei war sein Ringelpietz zum Pietz geworden, halbwach, weil die »Stürmer«-Artikel halbe Pornographie sind und seine Vorstellungskraft wecken und weil ihm die Wanka Geier wieder im Kopf punzte, an Lot und seine Töchter brauchte er dabei gar nicht zu denken, und da hatte er auf die Toilette gehen müssen, ein bißchen Abhilfe schaffen. Und dann hatte er wieder einen Schock gekriegt wie am Abend zuvor, weil die Tür zum Waschraum geknarrt hatte, und er hatte den

Atem angehalten, aber der Eingetretene hatte nur sein kleines Geschäft erledigt und ein bißchen gepfiffen dabei. Das wird doch nicht wieder der Bachmann gewesen sein? Wenn der seinen Chef diesmal auf der Emailmuschel ertappt hätte? Mit der gehäuften Hose auf den Schuhen? Mitten am Vormittag?

Kurz und gut. Erst als Rudl sich im Konesschen Vorhäusel den Schnee abklopfte und die Schuhe auszog, verblaßte die Wanka zu Pastell. Zupackend kräftig jedoch belebten die neuen Eindrücke: der muffige, säuerlich abgestandene Geruch. Wahrscheinlich von der Feuchte, die oberhalb des Fußbodens den Verputz dunkelte. Das Stroh im Eingangsbereich bis zur Holzstiege ins Obergeschoß. Das legen sie im Erzgebirge ab Weihnachten aus. In der Stube der reservierte Julius auf der Fensterbank hinter dem Tisch. Er war nicht aufgestanden. Die beflissene Annl, Rudl schätzte sie auf zwanzig, emsig zwischen Herd und Tisch. Ein erfrischender Anblick, welcher der Wanka die letzte Farbe nahm. Wenn Annl sich über den Herd beugte, hätte Rudl gern Mörder gespielt. Er begaffte sie mit den Augen Oskars: ihre schlanken Fessel, ihre perlendenden Zähne, wenn sie lachte, die Bewegung des Faltenrocks, ihre schwungvolle Stirnlocke. Anmutig wie ein Reh. Ach ja.

Und dann gab es Erdäpfelgulasch mit Gurkerl und hinterher Punsch mit Stollen. Annls Weihnachtsstollen, sie buk meistens fünf oder sechs, reichten bis Ende März. So lange ließ Julius auch seine Krippe hängen, im Herrgottswinkel zwischen einem vergilbten Druck von Kaiser Franz Joseph und einer Pieta. Neben der Krippe in einem roten Glas mit Rapsöl das Ewige Licht.

Und Rudl, der gekommen war, um zu beobachten und zu registrieren, der verbindliche, unterhaltsame Plauderer, der mit der Annl scherzte und dem schweigsamen Julius ganze Sätze entlocken konnte, über Stall und Haus, über unregelmäßige Rentenzahlungen, über die Schikanen mancher tschechischer Behörde, über den Präsidenten Beneš, über Annls Bruder Josef und die Arbeitslosigkeit, Rudl, dem das Gulasch schmeckte und die Wangen glühten, der die Wanka-Punze nicht mehr merkte, weil er die Annl abschätzte, der sich über Sittlichkeit und Moral der Juden empören konnte und auf den Genossen Bachmann böse war, mein Gott, was war denn schon passiert, das bißchen Anfassen und Drücken beim Mörderspiel (hat sich jemand beschwert?). Rudl hat sein Register gefüllt wie Leporello, hat trotz belangloser Plauderei Punkte abgehakt und anschaulich für die Mutter formuliert: Die Grünes'? Kleinhäusler. Katholisch hoch vier. Über Politik kannst du mit denen nicht reden. Leben hinter den sieben Bergen. Glauben an Rübezahl und Kaiser Franz Joseph. Der Vater war früher Eisenbieger und Nachtportier im Eisenwerk Neudek. Müßte eigentlich Sozi sein. Ist er aber nicht. Kein bißchen kämpferisch. Ist zufrieden mit dem, was er hat. Als er in Rente ging, hat er das Häusel in Platten gepachtet. Zwei Kühe, eine Ziege, Hühner, Hasen, Katze. Der Sohn ist Spengler, derzeit wieder einmal arbeitslos. Mutter gestorben, als die Kinder noch klein waren. Schlaganfall. Das Haus müßte saniert werden. Kein Bad. Haben zwar eine Wasserleitung in die Küche, müssen sie aber im Winter immer auftauen. Und der Abort ist im Stall draußen. Und die Annl? Eine Handschuhmacherin! Das sagt ja schon alles.

Kein Sterbenswörtchen entschlüpfte Bachmann in weiterer Folge über den Vorfall im Jugendheim, etwa seinem und Rudls Chef gegenüber, dem Ludwig Faßmann, der ja im Vorstand der Kinderfreunde Amt und Würde hatte. Die Tage darauf kamen zwar Rudl und Ernst Bachmann wieder miteinander ins Gespräch, sahen sich dabei aber nicht in die Augen. So einen rührigen und brauchbaren Menschen wie den Rudl, einen verheirateten Mann und Vater, konnte man nicht so einfach anschwärzen. Er ist ja nicht nur bei den Kinderfreunden Gruppenleiter, sondern hat auch Funktionen beim »Liederkranz«, beim ATUS und im »Vorwärts« und wird für die Partei im Gemeinderat kandidieren. Und außerdem ist er Arbeitskollege bei der Genossenschaft und hat Karriere vor sich. Da rutscht man vielleicht mit nach oben. So einen Menschen kann man nicht mir nichts, dir nichts denunzieren. Und man muß ja auch an seine Frau und sein Kind denken. Und immerhin, für eine Zehnjährige hat die Wanka ja einen Gang wie eine läufige Katze, und wie die jetzt schon ihre Kulleraugen wirft, und außerdem ist ihr ja nichts passiert. Mein Gott, das bißchen Sudelei hinten drauf aufs Trikot hat sie leicht wegwaschen können. Da hat ja lauwarmes Wasser genügt.

Du mußt die Moral der anderen angreifen, um von der eigenen abzulenken. Jawohl, und deshalb war der besagte Heimabend für Rudl und Ernstl bald kein Thema mehr.

Aber dann marschierte Hitler in Österreich ein.

Und der Wiener Heldenplatz war mit Heil-Schreiern vollgestopft. Da liefen vielen wieder die graupeligen Schauer den Rücken hinunter.

Aber dann und deshalb erschien im Fischener Lagerhaus des »Gec« eine Kommission: und zwar der Regierungskommissär von Fischer Rat Krsek, der Chef der geheimen Staatspolizei von Karlsbad und ein Militär in Zivil. Die Herren amtshandelten Stockwerk für Stockwerk samt Lagerhallen durch, gaben sich auf Tschechisch geheimnisvoll, obwohl sie, bis auf die Militärperson, gut Deutsch konnten, stellten dem Direktor Faßmann – der konnte gut Tschechisch – Fragen nach der politischen Orientierung der Mitarbeiter und seinem Stellvertreter Wessel – der konnte weniger gut Tschechisch – nach der Sicherheitstechnik der Objekte. Vage deuteten sie staatspolitischen Bedarf an drei Kanzleien und ein ganzes für sich verschließbares Stockwerk an, verabschiedeten sich dann und wollten übermorgen wiederkommen. Faßmann und Wessel standen da wie Sankt Nimmerdabei vor dem versperrten Tor, und Rudl sagte: Die wollen Militär einquartieren. Wenn die das wirklich wollen, ginge das nur in der oberen Halle bei Bachmann. Der Direktor sagte: Das wäre geschäftsschädigend. Wer von den Henleinanhängern würde noch bei uns kaufen? Die würden uns boykottieren wie die Nazis drüben die Juden. Und Rudl: Da würde uns aber niemand mehr beklauen. Wir bräuchten in der Nacht keine Wache schieben. Außerdem wäre dies eine Zwangseinquartierung. Das verstünden die Leute. Der Direktor: Im Gegenteil, die würden glauben, wir haben sie aus Sicherheitsgründen geholt. Das wäre eine Provokation.

Aber dann, ausgerechnet an jenem Abend, schleppte Bachmanns Frau die Mutter von Wanka Geier an. Diese suchte in einer peinlichen Angelegenheit seinen Rat, weil er doch Gruppenleiter bei den Kinderfreunden sei, wenn auch bei den Knaben. Und sie möchte ja keinen Verdacht ... und hin und her ..., aber ihre Tochter, die Wanka, wolle nicht mehr in die Heimstunden gehen, turne unter der Bettdecke, verkrieche sich mit dem Sohn des Hausmeisters stundenlang auf dem Dachboden, halluzi...halluziniere im Schlaf Mörder, Mörder, und ... und Wankas Freundinnen munkeln komisch herum, und sie glaube nicht, daß man mit zehn Jahren, na demnächst wird sie ja elf, schon seine Tage bekommen könne, denn gewisse Anzeichen in der Wäsche ..., erst unlängst, na, Sie wissen schon. Angefangen habe das ganze nach dem Winterlager. Erst jetzt werde ihr, der Mutter, bewußt, daß ihre Tochter gewisse Flecken am Trikot mit nach Hause gebracht habe.

Nein, er wußte nicht und könne auch keinen Rat geben, aber er werde der Sache nachgehen.

So sprach er. Na, das würde er schön bleiben lassen, dachte er, als sie weg war, denn er münzte sofort auf Rudl, seinen Chef. Dieses Rübenschweinchen, das unverbesserliche. Hat er wieder Mörder gespielt? Ringelpietz mit Anfassen? Und außerdem: Warum hat mich der Kerl heute nicht beigezogen, als die Kommission hier war? Ich kenne doch den Rat Krsek. Zumindest informieren hätte er mich müssen. Schließlich bin ich Disponent und möchte Lagerleiter werden. Wer schupft denn den ganzen Laden? Wer? Das macht doch nicht der Wessel. Der hat doch nicht einmal die Schlüssel zu den Stockwerken. Und mit dieser Empörung würzte er gleich das Abendessen, und zur Nachspeis erzählte er seiner Frau die Sache mit dem Mörderspiel. Aber sag das niemandem! Hast du gehört?

Am Tag danach durchwogen Isolde Bachmann Wellen der Entrüstung. Da sie Geheimnisträgerin ist, weiß sie nicht, wem sie dies als ersten erzählen soll.

Am Tag danach beschwert sich Genosse Bachmann beim Genossen Wessel, daß er sich im Sinne seiner Disponentenverantwortung nicht ausreichend über das Betriebsgeschehen informiert fühle. Er müsse daher die Schlüsselgewalt über das Lager zurücklegen. Das hätte auch den Vorteil, daß er nicht mehr für fallweise Klauereien verantwortlich gemacht werden kann. Genosse Wessel beschwichtigt und wimmelt ab.

Am Tag danach wächst daher Bachmanns Unmut in umgekehrt proportionalem Verhältnis zu seiner Einschätzung von Rudls Moral. Letztere sinkt auf »Stürmer«-Niveau, obwohl Wessel weder eine vorspringende Unterlippe noch buschige Augenbrauen hat. Diese Einschätzung führt zu einem unglaublichen Akt der Illoyalität: In Umgehung des Dienstwegs sucht er um einen sofortigen Termin bei Direktor Faßmann an, der ja auch im Vorstand der Kinderfreunde sitzt. Mutig, mutig! Keine Skrupel gegenüber Rudl hocken mehr auf den Sprossen seiner Karriereleiter und grinsen ihn frech an. Na, da wird ihm der Rudl aber das Du-Wort entziehen. Das würde schmerzen, aber schließlich hat er auch eine moralische Verantwortung gegenüber den Kinderfreunden.

Am Tag danach sitzt also Bachmann um elf Uhr beim Direktor und verteidigt hartnäckig seine Stockwerke. Schließlich sei er Disponent und in dieser Funktion für die Lagerung und Bestellung der Waren zuständig. Und das obere Stockwerk sei deshalb so leer, weil der März und April tote Saison seien. Und der Genosse Direktor werde schon sehen, wie das im Mai sein wird, da wisse man nicht mehr wohin mit der vielen Ware. Und wolle er, daß am Ersten Mai, dem Tag der Arbeit, hier besoffene Soldaten herumgrölen und über die feiernden Werktätigen dreckige Witze reißen? Vor allem, wenn am Vormittag die »Rote Wehr« marschiert? Da lachen sich dann nicht nur die Henleinleute kaputt.

Am Tag danach wollte also Faßmann zur Klärung der Angelegenheit unverzüglich und der guten Form halber seinen Stellvertreter Wessel beiziehen, mußte aber noch warten, weil Bachmann, räusper, räusper, noch vorher, und zwar unter vier Augen, ihm ein paar Worte zuflüstern wollte.

An diesem Tag erwies sich diese Zuflüsterung allerdings als Bummerang, denn auch bei den Kinderfreunden kommt das

Geschäft vor der Moral. Außerdem hatte Ludwig Faßmann im Moment andere Sorgen, als sich um Gerüchte zu kümmern. Die Tschechen verlegen Militär ins Land, und der Rudl steht im Wahlkampf und tritt in einem guten Monat zur Gemeinderatswahl an. Lieber Genosse Bachmann! Du hast ja einen Hirnriß. Willst du in Zeiten wie diesen bei Polizei und Gericht als Zeuge gegen ihn antreten? Dann brauchen wir keine »Rote Wehr« für die Lachnummer. Dann bist du die Lachnummer. – Ach so. Ach nein. Also nun. Ich weiß nicht. Muß ich noch überlegen.

Siehst du, du Chancentöter und Seelenfänger, der du wieder mit Gnadenfristen bei der Hand bist, deshalb saßen also an diesem Tag die drei Genossen nach dem Mittagessen einvernehmlich in Faßmanns Kanzlei und bastelten ein Schreiben an ihren Generaldirektor in Prag. Rudl als eifriger Schriftführer: Werter Genosse Kreisky! ... teile ich Ihnen mit, daß ich den drei Herren von der Kommission in Anwesenheit von Genosse Wessel erklärt habe, daß wir für irgendeine bindende Erklärung nicht zuständig sind und sie deshalb an Sie nach Prag verweisen müssen. Die Stationierung von Militär ist sicher hervorragend geeignet, den Übermut der Anschlußfanatiker zu dämpfen, aber besser wäre es ..., wir verweisen auf das leerstehende Ledigenheim der Gemeinde Fischern, welches zur Einquartierung von Militär (im übrigen eine Idee von Rudl, die Faßmann vorab telefonisch nach Prag durchgegeben hatte) hervorragend geeignet wäre. Und er wolle doch bitte schön diese Angelegenheit durch Vorsprache bei den Prager Behörden von uns abwenden. Mit genossenschaftlichem Gruß.

An diesem Tag ging Bachmann, obwohl ihm sachlich recht gegeben wurde, trotzdem als Verlierer nach Hause. Seine Frau tröstete und meinte, niemand entgeht auf Dauer seiner irdischen Gerechtigkeit.

Zwei Wochen darauf, am 10. April, ging Frau Geier, die Mutter Wankas, von der irdischen Gerechtigkeit und Isolde Bachmann getrieben, zur Polizei und zeigte Rudl an. Der Beamte war höchst interessiert, bohrte nach stichhältigen Details, maulte wegen nebulösen Verdächtigungen, nahm aber trotzdem ein Protokoll auf und expedierte dieses, allerdings ohne Zeugenvernahme, auf dem Dienstweg weiter. Bei Bachmanns gab es deshalb den größten Ehekrach seit Bestehen ihrer ehelichen Trautheit. Isolde verstand ihren Mann nicht mehr. Ernstl verstand seine Frau nicht mehr.

Eine Woche später belegte tschechisches Militär das Ledigenheim in Fischern. Angeblich wurden auch in Sachsen und Bayern Truppenkonzentrationen beobachtet. Die jungen Burschen im Ledigenheim und die meisten ihrer Offiziere konnten nicht Deutsch, denn sie waren aus einer Kaserne bei Tabor. Man hatte ihnen erzählt, die Deutschen planten einen Aufstand.

Rudl rückte gleichzeitig, aber nicht deshalb, in die vertrauenshältige Position des Kassiers der Kinderfreunde auf, Sektion Fischern, mußte dafür aber die Führung der Mädchengruppe der Sechs- bis Zehnjährigen wegen unzumutbarer zusätzlicher Überlastung abgeben, und zwar an Ernst Bachmann.

Am 24. April verkündete Konrad Henlein die acht Punkte seines »Karlsbader Programms«, mit denen in weiterem Verlauf seine SdP, die Sudetendeutsche Partei, bei den Gemeinderatswahlen rund neunzig Prozent der deutschen Stimmen kriegen sollte. Hauptpunkt: Herstellung der vollen Gleichberechtigung der deutschen Volksgruppe mit dem tschechischen Volk. Er war groß auf den Titelseiten der Zeitungen, und in Prag diskutierte man eine strengere Zensur.

Ende April wollte Oskar Wessel, der mit Hilfe seiner »Five Fidelios« mehr Ohren hatte als andere Leute, von seinem Bruder wissen, wie heiß in der Du-weißt-schon-was-Sache aus der Gerüchteküche gegessen werde. Bei einem Pils im »Roten Hirsch« in der Habsburgerstraße , wo die Brüder Wessel ihren Stammtisch hatten, beschwichtige Rudl und meinte, dieser Schmutzkübel könne nur von einem neidischen Arbeitskollegen geschüttet worden sein, der bei den Kinderfreunden Gruppenleiter bei den Mädchen werden wollte. Man könne sich ja vorstellen warum. Eine infame Verleumdung gegen ihn. Er wolle sich diesbezüglich rechtliche Schritte vorbehalten. Mit seinem Freund Zobel, dem Notar, habe er bereits gesprochen.

Er wolle nur noch auf eine etwaige Zeugeneinvernahme warten. Oskar riet ihm, sich von der Kandidatenliste der DSAP, der Deutschen Sozialdemokratischen Arbeiterpartei, streichen zu lassen. Bevor die Sache am Ende an die Öffentlichkeit komme. Das würde Mutter nicht überleben. Im übrigen hat deine Partei null Chancen, und du stehst erst an fünfter Stelle am Papier. Und hör auf, bei Mutter gegen die Annl zu schüren. Das geht dich einen Schmarrn an. Es hat mir gar nicht gepaßt, daß du im Februar die Grünesschen besucht hast, ohne mich zu informieren.

Nein, lieber Gnadenfristler, nicht du schobst die Anzeige auf die lange Bank. Auch nicht der Bezirkshauptmann Pospischil, über dessen Schreibtisch ja solche Kinkerlitzchen nicht liefen, es sei denn, Rudl wäre ein SdPler gewesen. Natürlich, da hätte man schon reagiert und die Sache an die Zeitungen gespielt. Da hätte man gegen die SdP ein bißchen Stimmung machen können. Nein, schon auf unterer tschechophiler Ebene blieb das besagte Protokoll hängen, denn vor den Wahlen hatte man andere Sorgen. Auf welche Seite soll man sich schlagen? Komme ich als Beamter der Tschechoslowakei, so mußte man sich fragen, in den ethnischen Fleischwolf? Jetzt vor der nächsten turnusmäßigen Vorrückung? Oben werde ich als Deutscher hineingestopft, unten komme ich als loyaler Staatsdiener heraus? Wenn es den Anschluß gibt, stehe ich schön blöd da. Die werfen mir dann vor, daß ich Tschechisch gelernt habe. Wahrscheinlich wird die SdP bei den Wahlen schön zulegen. Es muß aber nicht sein. Am besten ist es, wir lassen den Akt liegen. Wen interessierten zum Beispiel die Anschläge auf die Lagerhäuser des »Gec« in Asch und Graslitz? Außer den Mitarbeitern der Lagerhäuser. Faßmann nahm mit dem Regierungskommissär Krsek und der Ortsleitung der »Roten Wehr« Kontakt auf, um sich Waffen zu beschaffen. Begründung: Verteidigung gegen die fünfte Kolonne Hitlers.

Dann kamen die Gemeinderatswahlen und die Teilmobilisierung. Die Maikrise. Dunkles weltpolitisches Wolkengebräu dreute über dem Geschehen, und die britische Regierung stellte sich an die Seite Frankreichs gegen Hitler. Beneš fühlte sich gestärkt, und Rudl bewachte, wie du schon weißt, die Brücke zwischen Brüx und Teplitz-Schönau.

Siehst du, und im Juni darauf, in dem die nationalen Kräfte so schön im Grün standen, wollte Oskar, der Bankbuchhalter und Musiker, seine »Five Fidelios« verlassen und nach Amerika gehen. Weil, wie er sagte, sein Chef Rudolf Vogel, Mehrheitseigner des Bankhauses Vogel & Co., seinen Aktienanteil los und für sich und seine Familie bereits die Schiffspassage nach New York gebucht habe. Dem wird's hier zu heiß, sagte Oskar zu seinen Brüdern im »Roten Hirsch«. Seit Vogels Cousin aus Wien bei ihm wohne, rede er von nichts anderem mehr. Der Cousin ist im März mit seiner Familie noch rechtzeitig aus Österreich raus. Und mich wollen sie mitnehmen nach Amerika, sagte Oskar. Mutter sagt, das ist eine Ehre für mich. Und was sagt der Bankier Vogel? Drüben haben wir mehr Zukunft für uns. Denn England und Frankreich können wir vergessen, sagt er, die helfen uns nicht. Die haben wegen 1918 ein schlechtes Gewissen und drohen nur mit leeren Gebärden herum. Wegen der Tschechen riskieren die doch keinen Krieg mit Deutschland. Da kann der Beneš noch so strampeln. Nach Österreich sind wir dran. Nicht nur Deutschböhmen und Deutschmähren. Nein, die ganze Tschechei, sag' ich euch. Eine geschichtliche Gesetzmäßigkeit, meine ich. Hitler hat in die mittelalterliche Schublade gegriffen. Die böhmischen Ritter sind ja unter den deutschen Kaisern immer wieder nach Italien gezogen. Schon unter Barbarossa haben sie die Mauern von Mailand berannt. Und haben dann deutsche Siedler und Handwerker ins Land geholt. Nicht wahr? Wir sind so eine Art Kriegsbeute gewesen. Und er sagt wir, der Vogel. Jawohl. Wir! Der Doktor Ludwig Vogel, der in Prag studiert hat und jetzt nach Amerika geht. Jawohl: Wir. Und den Schmiß auf seiner Wange trägt er wie den Pour le mérite. Sein sichtbarstes Bekenntnis.

So erzählt also nun Oskar im »Roten Hirsch«, und seine Brüder Karl, Gustl und Rudl nicken bedeutungsschwer in ihre Biergläser, obwohl sie von Barbarossa und den böhmischen

Rittern nicht mehr viel wissen. Aber Oskar, so sagen sie, solle lieber noch zuwarten mit dem Auswandern, bis sich der Vogel drüben gemausert habe, und inzwischen könne er, Oskar, doch Saxophon lernen, das komme im Jazz und Swing besser an als Klavier und Akkordeon. Zur Klarinette dazu wäre das nicht schlecht für ein musikalisches Standbein, falls der Vogel sich nicht mausern sollte. Nun ja, und hin und her, und dann sagt Oskar, daß die Annl, das Mädchen aus Platten, schwanger sei. Und da gibt es dreimal geknickte Gesichter, und die Brüder sagen eine Zeitlang nichts, und das Bier schmeckt plötzlich nach lauwarmer Pisse, und Rudl denkt an die Wanka Geier. Und dann meint er, ach so, ja daher wehe der Wind, und da solle Oskar lieber heute als morgen auswandern, und er ist ein bißchen schadenfroh, weil Mutters Liebling in der Rue de Gack sitzt. Schadenfreude ist allemal gesünder als selbstquälerische Betroffenheit, und unmotiviert halblustig böhmakelt er den Witz von Pan Navratil, der auf der Kolonnade einen Einheimischen anspricht, weil er, bitta scheen, am rechten Tepl-Ufer einen gewissen Vogel suche. Ja, ja, sagt der Passant: Kenne ich. Ein gewisser Vogel wohnt auf Nummer dreizehn, zweiter Stock. Fink heißt er. Salomon Fink. Hihi, haha. Aber die anderen schweigen betreten, haben keine Lust mehr aufs Bier, und Karl sagt, das war ein Irrläufer, Judenwitze gehören in den Turnverein, und nach einer langen Pause, während Rudls poliertes Tomatengesicht Farbe verliert. Da müsse Oskar wohl oder übel heiraten, so unsicher die Zeiten auch seien, und er könne die Annl ja mit nach Amerika nehmen. Habt ihr übrigens gelesen? Die Engländer schicken uns jetzt einen Sonderbeobachter, den Lord Runciman, der soll über unsere nationale Frage ein neutrales Lichtlein halten.

Ja, du Katakombengeist! Wir spielen in diesem Schicksalsjahr achtundreißig ein Stück mit vorhersehbarem Ausgang. Auf der Bühne schieben die Spieler ihre kleinen Schicksale hin und her, bedeutsam im Lichte der wandernden Scheinwerfer, aber gering vor dem düsteren Bühnenprospekt im Hintergrund, welcher mit den täglichen Schlagzeilen der Zeitungen beklebt ist:

In Riesenlettern, die von manchen aber nicht wahrgenommen werden. Kein Wunder, wenn die mit der Lupe hinschauen. Detailliebe endet oft im schwarzen Nichts.

Oskar schiebt das Auswandern auf die lange Bank, weil er die durcheinander geklebten Schlagzeilen im Bühnenhintergrund ein ums andere Mal abschätzt. Spielend brächte er sie in die zeitgeschichtliche Chronologie. Auch ohne Datum.

Dafür geht Oskars Schwester Hedwig, eine lustige kleine Person, schnell entschieden in die Schweiz, wo sie eine Stelle als Haushälterin und Kindermädchen annimmt. Schlagzeile: Vorteil der Neutralität. Der Schweizer Franken steigt rasant.

Rudolf Vogel geht mit seiner Familie nach New York. Er kennt die Schlagzeilen alle auswendig und hinterläßt Oskar nicht nur das Angebot, so bald als möglich nachzukommen, sondern auch eine Kiste aus seiner Bibliothek. Aus der Heimat aussteigen, lieber Wessel, heißt auch aus dem angestammten Kulturkreis aussteigen. Bei Gott, das ist nicht leicht. Eine Epoche abschließen heißt auch die geistigen Wurzeln abhacken. Da mußt du bei jedem Schlag schreien. Jawohl! Ich habe es aber nicht übers Herz gebracht, meine ganze Bibliothek auf den Müll zu schmeißen. Die Werke Goethes, Schillers und Adalbert Stifters etwa. Da, nehmen Sie davon. Bei Ihnen sind sie in guten Händen. Und Oskar läßt die Kiste zu seinen Eltern bringen, da in seinem Untermietzimmer kein Platz ist. Ein ganzes Wochenende hindurch wühlt er sich trotz der händeringenden Mutter, wouhin mit dem Zeig, wouhin, durch die Bücher und starrt manchmal verloren auf die verblaßte Blumentapete, welcher die wandernde Augustsonne abschnittsweise Farbe gibt. Und ganz unten in der Kiste, Oskar hat mit dem schweren Ding seine Mühe, wie ein Meßbuch im dicken Einband, über fünfhundert Seiten stark: »Die fidele Kommode«. Vierhundert Jahre deutscher Humordichtung: »Lasset uns geistlich und weltliche Lieder / Klingen und singen, ihr lustigen Brüder.«

Annl Grünes war also stinkwütig auf ihren famosen Bruder, diesen Hallodri, der ja immer schon einen Wurm in der Rinde hatte. Aber diesmal war die Rinde geplatzt, genau dort, wo sie einer knorrigen Semmel glich. Einer Semmel mit Längsschnitt. Solche Dinger verfolgen ihren Bruder seit seiner Kindheit. Nicht nur, daß er seiner Schwester früher behaarte Semmeln in die Schulhefte gemalt hatte, desgleichen ihren Puppen zwischen die Beine, wiederholt in schwarzweiß oder Farbe, und sie deswegen – weil dem Herrn Lehrer nichts entgehen durfte – von Julius die Watschen und vom Herrn Direktor die Standpauke einstecken mußte. Ein Gipfel an Unmoral, sagte damals auch der Herr Pfarrer. Und statt Josef mußte s i e nach der Beichte die zehn »Gegrüßest seist du, Maria« und acht »Vaterunser« beten und Hochwürden die Zeichnungen zeigen, während der gute Seff aus lauernder Deckung heraus unverschämt grinsen konnte. Nun gut, also: Der anläßliche Rindenplatzer, der die Annl so erregte, war diesmal eine höchst läufige Semmel gewesen, hinter der Seff her war und die zu einer Kellnerin in Saison gehörte. Letztere hatte ihren freien Tag und ein Dachbodenzimmer im dienstgebenden Hotel in Franzensbad.

Also Seff! Wenn du schon auf den Tannenberg bei Franzensbad fährst, um deiner illegalen Leidenschaft, dem Segelfliegen, nachzugehen (die Tschechen haben ja die Segelfliegerriegen der Turnvereine verboten, 1935 nach dem Wahlsieg der SdP), dann fahr am Abend gefälligst runter nach Marienbad und hol die Annl wieder ab, die du dort am Morgen vor dem »Esplanade« abgestellt hast und die sich nun vergeblich die Beine in den Bauch steht, weil du nicht kommst. Und wenn du schon beim FS bist, dem freiwilligen Schutzdienst der SdP, und mit dem Meldekrad angeblich Nachrichten zur Ortsstelle Eger übermittelst, also eine Dienstfahrt vorschiebst, dann sei nicht so blöd und laß läufige Kellnerinnen auf den Sozius klettern. Denn nicht nur die tschechische Gestapo hat überall ihre Augen und Ohren.

Die Marie Zwitterlein zum Beispiel, der nicht nur gestampfte Beine, sondern auch gespitzte Lauscher eignen und bei welcher der mobile Seff vor drei Jahren eingezogen ist, hat von der Sache erfahren und ihren Kostgänger darauf hochkantig aus der Wohnung geschmissen. Die griene Kließ, die Erdäpfelknödel, schmiß sie ihm gleich hinterher, weil an jenem Tage hätte es einen wunderbaren Sauerbraten gegeben.

Josef klebte aus diesem Vorfall am Stammtisch im »Blauen Stern« seine eigene, unter lokaler Beleuchtung liegende Schlagzeile und lieferte gleich zum Gaudium seiner Kumpane einige pikante Details mit der Kellnerin hinterher. Ein geiles Luder, sag' ich euch.

Am Höhepunkt der Maikrise, als die Bauern Hofmann und Böhm aus Eger von den Tschechen erschossen wurden, sandte Hitler zwei Kränze samt dazugehörigen Offizieren der Wehrmacht zur Totenfeier. Im ganzen Lande stieg die Spannung. Das Militär mußte mit Bajonetten gegen Demonstrationen vorgehen.

Am Höhepunkt der Maikrise, als Rudl mobilisiert, als Brückenwache zwischen Brüx und Teplitz-Schönau stand, sorgte Oskar mit seinen »Five Fidelios« zu den Wochenenden im »Esplanade« in Marienbad für flotte Rhythmen. Der Renner der Saison war »Der kleine Trompeter«, ein Rheinländer von Karl Mladek, den Oskar von seiner Edition in Leitmeritz zum Einführungspreis von zehn Kronen bezogen hatte.

Am Höhepunkt der Maikrise, als sich die britische Regierung an die Seite Frankreichs stellte, wurde der Nachrichtenübermittler Josef Grünes zwischen Neudek und Altrohlau von einer Militärpatrouille gestellt. Man kontrollierte seine Papiere samt Meldeunterlagen und requirierte das Motorrad wegen unklarer Halterverhältnisse. Gehörte es nun dem Turnverein oder der Sudetendeutschen Partei? Die Anschrift war ja ein und dieselbe. Weil er die sofortige Einberufung zum Militär fürchtete, setzte sich Josef samt Soziusfahrerin, diesmal einer arbeitslosen Kontoristin, über die Grenze nach Johanngeorgenstadt ab. Dieses Spielchen sollte sich später wiederholen.

Also, am Höhepunkt der Maikrise, aber noch am Samstag bevor das Motorrad zum Militär kam, brachte der Kradmelder Seff seine Schwester Annl, weil er auf dem Tannenberg segelfliegen wollte nach Marienbad. Sie besuchte Oskar im »Esplanade« und legte am Nachmittag bei Kaffee und Kuchen einige Tänzchen hin. Der Herr Kapellmeister persönlich führte sie einige Male über das Parkett und ließ von seinen vier auf dem Podium verbliebenen Fidelios unter anderem den günstig erstandenen Rheinländer »Der kleine Trompeter« spielen. Das ehrte die Annl sehr.

Am Höhepunkt der Maikrise stand die Annl an jenem Samstag abend, wie wir ja schon wissen, wie verabredet vor dem »Esplanade«, aber ihr semmelsüchtiger Bruder kam und kam nicht.

Am Höhepunkt der Maikrise mußte die Annl daher bei Oskar im Hotel übernachten, und der Herr Kapellmeister konnte sie bequem schwängern. Stundenlang.

Wen wundert es, daß sie, so melodiös der »Kleine Trompeter« auch nachwirkte, stinkwütig auf ihren unverläßlichen Bruder war? Diesen Hurenbock, der schuld war, daß sie schwanger wurde?

Na und? fragte ihre Cousine Annl Zwo Mitte August in Platten, werd's heiern?

Annl zuckte die Schultern: Wir haben keine Wohnung. Und der Oskar wisse nicht, wie es in der Bank weitergehe, weil sein Direktor nach Amerika ausgewandert sei.

Isser e Jid? fragt Annl Zwo. Nu, da isser ja beizeiten ausg'rissen. Auch in Prag denken die Juden jetzt schon ans Ausreißen. Jawohl, die schwangere Ritsch – wahrlich ein fruchtbarer Sommer – wolle daher ihr kommendes Kind keineswegs ihrem Dienstherrn, dem Reprounternehmer Löw, anhängen, obwohl sie das hingetrickst hätte. Da hätten ihr die Rassengesetze aus Nürnberg – wen kümmere das in Prag? – und die Blutschande einen Furz ausgemacht, sagt die in Schlagzeilen bewanderte Annl Zwo. Wegen dem Hitler passe sie doch nicht auf, wem sie ihr Büchslein hinhalte, sagt Ritsch. Wenn der wirklich hier auftauchen sollte, kann er sie aber kreuzweise kann er sie. Jawohl, ein halber Jude als Kind wäre der Ritsch daher Powidl gewesen. Ein halber Evangelischer wäre ihr auch Powidl gewesen. No, sagt sie, mei František is' a Hussit oder so was, no bitt scheen, wird das Kinnerchen halt a halber Hussit. Außerdem habe der František noch nie eine Kirche von innen gesehen. Also sei's ihm egal, ob er einen ganzen, halben oder viertel Juden oder Katholiken oder Hussiten kriege. Nur g'sund müßt er sei. Am liebsten wäre ihm weder noch. Der hätt' lieber einen Hund. So einen Pinscher, mit dem er im Park bessere Damen aufreißen könne. Aber jetzt is' schou passiert. Und wenn er Spompernadln mache, lasse sie einen Vaterschaftstest … Aber wenn das Kinnl dann doch a halber Jud ist? Könnt ja durchaus sein. Nein, dann kriegt der Löw ein Rapoltikum und mache justamentum mit seiner Verlobten nach England, auch wenn der Hitler nicht nach Prag kommt, und sie stünde im Regen auf der Karlsbrücke. Nu, was soll ich dir sagen: Stattdessen stöckelt sie nun mit flottem, keck gestülptem Hütchen und weißen Netzhandschuhen in der Abendsonne über den Wenzelsplatz, am Arm dieses Habenichts, und weiß nicht mehr, wie sie das Kostüm zukriegt, weil sie im vierten Monat ist. Und ihr tschechischer Salonschleicher will vom Heiern nichts wissen. Des dumme Luder moust fei wix'n, sagt die Annl Zwo. Immer, wenn sie erregt ist, wechselt sie vom Hochdeutschen in den Dialekt. Auch mitten im Satz. In Neudek ins Egerländische, in Platten ins Erzgebirglerische. Und als Deutschlehrerin an der Bürgerschule Neudek weiß sie auch, daß die Bruchlinie zwischen der nordbairischen und der ostfränkischen Mundart zwischen diesen beiden Orten liegt.

Ach ja, lieber Totenkopf, natürlich diskutieren die Lehrer in Neudek die Blutschutzgesetze von 1935. Schließlich sichert die Reinhaltung des Blutes den Fortbestand des deutschen Volks. Durch verseuchtes Judenblut leidet auch unser Sudetendeutschtum. Is' ja klar.

Und so witzeln manche Lehrer: Wir haben geglaubt, der Fortbestand des deutschen Volks in unserem Staat hänge von der Autonomie oder dem Anschluß oder der verqueren Staatsverfassung ab. Und zum Kollegen Kraus, einem halbjüdischen Mathematiklehrer, sagen sie: Du mußt die deutschen Blutkörperchen vermehren. Sonst hast du eine bösartige Blutarmut, die perniziöse Anämie. Da bist du nicht nur bleich wie die Ahnfrau von Rosenberg, sondern kannst auch nicht mehr logisch denken. Du brauchst mehr Vitamin B oder eine neue Milz. Die filtert dir die Giftstoffe ab. Hast du schon mal Blutreinigungstee probiert? Zum Beispiel Birke, Folia Betulae, dreimal täglich ein Teelöffel auf eine Tasse Wasser, heiß natürlich. Gänseblümchen oder Maßliebchen können wir auch empfehlen. Bei anhaltendem Genuß bist du dann irgendwann – sagen wir bis zu einem möglichen Anschluß ans Reich – nur noch ein Vierteljud. Also ein Dreivierteldeutscher. Und den Rest Gift in den Adern, das bei dir ja zwischen den Beinen konzentriert ist, hihi, kriegen wir mit Blutegel weg oder einem Aderlaß und füllen mit einem Liter Arierblut vom Roten Kreuz wieder auf. Bei dir, lieber Gottfried, brauchen wir nicht einmal den Vornamen ändern.

So spricht vor allem der Naturkundelehrer, und darüber können auch Halbjuden lachen. Einige Lehrer lachen bei solchen Pausenspäßchen nicht mit und schauen zwiderwurzig auf die Spaßtreiber. Denen ist die jüdische Frage, Biologie her oder hin, blutiger Ernst, denn die Verschwörung des Weltjudentums ist dem deutschen Volk in den Rücken gefallen. Is' ja wahr. Schließlich sind wir 1918 schon am Don gestanden, als sie in Berlin revolutioniert haben.

Auch Annl Zwo lacht nicht mit, obwohl sie bei einer Blutvergiftung nicht an deutsche oder jüdische Blutkörperchen denkt. Aber sie liest die ins Land gewehten Schlagzeilen am Bühnenhorizont: Juda verrecke! Oder: Jüdisches Geschäft! Wer hier kauft, wird fotografiert. Oder: Germans defend yourselves against jewish atrocity propaganda! Buy only at German shops! Oder: Volksverderber und Drückeberger, der hebräische Charakter. Seit Jahren gibt es solche Schlagzeilen. Und die hat sie auch informationshungrig in der slowakischen Einöde aufgesaugt, wo sie als Junglehrerin ihren Pflichtdienst machte. Und da gab es auch Zigeuner- und Judenkinder in der Klasse, na ja … Und außerdem ist der Vacin, ihr Verlobter, der schöne Toni, ein Judenfresser.

Aber trotzdem, sagt sie pragmatisch orientiert, hätte die Ritsch dem Reprounternehmer Löw die Vaterschaft anhängen müssen, der hätte, im Gegensatz zu František, wenigstens das Börsel zücken können. Da wär was drin gewesen, sag' ich dir. Wozu hat die Ritsch schließlich ihr Blut schänden lassen und sogar Löws Pyjamas gebügelt? Für das Pyjamabügeln sei sie schließlich nicht bezahlt worden, sondern nur gröblichst beschimpft, von Löws jüdischer Verlobter nämlich, die zufällig einmal in seine Lotterwohnung hineingeplatzt sei. Und für ihre Botengänge, die sie vor allem zu tschechischen Kunden führte, sei sie schließlich erbärmlich bezahlt worden. Ist es da ein Wunder, daß sie sich während der Dienstzeit am Wenzelsplatz rumgetrieben habe? Nu, so hat es angefangen. Da hat sie der Herr Löw einmal erwischt, vor dem Metro Goldwyn Meyer, hat sie aber nicht rausgeschmissen, sondern ein Eis spendiert und ins Kino eingeladen. »Go west, young man« haben sie gespielt, mit der Mae West, und ich glaub' mit dem Clark Gabl, was für ein Mann, hätt' ich auch gern gesehen. Einhundertzwei Zentimeter Oberweite hat die Mae West, und der Papst und die Bischöfe und die amerikanische Liga für Anständigkeit haben dagegen protestiert, wie gesagt, hätte ich auch gerne gesehen. Nu, und dann hat er die Ritsch, angeregt vom Film, zum Abendessen eingeladen, der Löw. Nu, und danach hat er sie immer wieder zum Abendessen eingeladen und ins Kino. Und so hat sie nicht nur seine Pyjamas gebügelt, sondern auch seine Wohnung bedienert. Und als Löws Verlobte sie am Bügelbrett erwischt hatte, gab es zwar einen Riesenkrach, aber aus der Repro ist sie nicht hinausgeschmissen worden, weil der Löw sie auch in ihrer Untermiete besuchen wollte.

Ja, die Ritsch ist ein Luder, sagt die Annl Zwo zu ihrer Cousine, aber ein dummes. Hat sie doch den František, diesen polierten Dingerich, schon in ihrer Untermiete behaust, als der Löw noch gekommen ist. Und jetzt seid ihr zwei schwanger und net verheiert. Und poetisch: Da werdet ihr durch ein langes Jammertal irren.

Ja, du Schreck aller Schwangeren! Ende August pendeln die Scheinwerfer auf der Bühne wieder den Rudl Wessel aus, der, nach absolvierter Teilmobilisierung, mit dem werdenden Vater

Oskar am Bühnenhorizont die bedrohlicher werdenden Schlagzeilen studiert.

Seit den Anschlägen in Asch und Schönbach schiebt er mit seinen Genossen Nachtdienst im Lagerhaus »Gec« und hat dabei reichlich Gelegenheit, an die Wanka Geier und an Lot und seine Töchter zu denken. Eines Nachts schreckt er von seinem Feldbett hoch, weil er Schüsse gehört hat.

Vom Fenster aus sieht er den Genossen Gombinski am Hoftor hängen und eine Gestalt umklammern, die sich mit anschwellenden Halsadern über die obere Torkannte ziehen will. Oben verschwinden zwei andere Gestalten zur Straße hinaus, unten fuchtelt Erich Bachmann, der stellvertretende Stellvertreter, mit der rauchenden Pistole herum und schreit mehrmals: Hände hoch, oder ich schieße. Doch die Gestalt am Tor kann die Hände nicht heben, da sie mit aller Kraft, es hängt ja auch der Gombinski dran, an der Torkannte klammert und verzweifelt nach unten strampelt. Doch da reißt ein Gurt, und Gombinski plumpst mit kläglichem Wehlaut in eine Pfütze am Boden. Er hat eine Hose aus schwarzem, abgewetztem Cord in den Händen und ein aufgerissenes Koppelschloß. Darauf steht: FFF; frisch, fröhlich, frei. In der Hose ist eine Unterhose, und oben entschwindet ein blanker Hintern mit weiß bestrumpften Beinen. Da schießt Bachmann noch mal, trifft aber nur den nachtschwarzen Himmel.

Und die Schlagzeilen mehren sich: Am 12. September ist Reichsparteitag in Nürnberg. Tschingbumtrara. Adolf Hitler sichert den Deutschen in der Tschechoslowakei seinen besonderen Schutz zu. Tschingbumtrara. Am Tag darauf wird in Fischern bei Karlsbad wieder geschossen. Diesmal auf das von Rudl empfohlene Ledigenheim, in dem tschechisches Militär aus Tabor liegt. Auch in anderen Orten gibt es Zwischenfälle, und in den Straßen drängen demonstrierende Menschenmassen.

Die Regierung verhängt daraufhin das Standrecht. An Litfaßsäulen und Amtstafeln kleben Kundmachungen im Amtsdeutsch der Monarchie: Jedermann habe sich von allen aufrührerischen Zusammenrottungen, allen Aufreizungen hiezu und aller Teilnahme daran zu enthalten und den zur Unterdrückung dieses Verbrechens (des Aufruhrs) ergehenden Anordnungen der Obrigkeit zu fügen, widrigens jeder, der sich nach der Kundmachung derselben dieses Verbrechens schuldig macht, standrechtlich gerichtet und mit dem Tode bestraft würde. Gezeichnet der Landespräsident.

Es folgen Polizei- und Militäraktionen. Außer der Annl Grünes und der Ritsch Červenka denkt niemand ans Heiraten. Letztere interessieren sowieso keine Schlagzeilen, und sie wundert sich nur, daß im Metro Goldwyn Meyer keine schicken Uniformträger mehr sitzen. In Prag gibt es keine Kundmachungen an den Litfaßsäulen, die hätten ja auch in Tschechisch sein müssen, dafür mehr Uniformen auf den Straßen. In Karlsbad und anderen deutschen Städten werden die Kundmachungen bekleckst oder bekritzelt: Mörder Beneš, steht drauf, oder: Beneš an den Galgen. Oder: Heim ins Reich.

Niemand denkt an ein zehnjähriges Mädchen namens Wanka Geier, welches die Klasse wiederholen muß, weil sie im letzten Halbjahr die Schulbücher gegen den Sohn des Hausmeisters eingetauscht hat. Es denkt auch niemand an die Anzeige ihrer Mutter, die samt Protokoll in einer subalternen Schublade des Bezirksgerichts Karlsbad verdämmert.

Die Bühnenscheinwerfer springen zwar von Schicksal zu Schicksal, aber nur irrlichternd, weil sie immer wieder auf den Rundhorizont schwenken. Alle Akteure starren auf die dortigen Schlagzeilen. Aus den Lautsprechern tönt der reichsdeutsche Rundfunk. Es fiebert eine Stimmung wie beim Finale der Hundertmeterstaffel der Frauen 1936 in Berlin. Leider verschenkten sie damals den Sieg, weil sie beim letzten Wechsel das Holz fallen ließen.

Dann wird Oskars Zimmerwirt, ein Funktionär der Sudetendeutschen Partei, verhaftet. In Bergstadt Platten verhaften sie Josef Grünes und seine Freunde. Der Postenkommandant Hawliček hatte zwar dem alten Julius einen Tipp gegeben, aber der konnte seinen Sohn nicht mehr warnen, weil dieser

Höllteifi wieder mit einem Motorrad unterwegs war. Diesmal hatte er die kurzstummelige Marie auf dem Sozius, weil er wieder bei ihr eingezogen war. Als die beiden zurückkehrten, Marie wollte Sauerbraten mit grünen Klößen machen, wartete schon der Hawliček mit einer Militärstreife.

Am 15. September tönt Konrad Henlein aus dem Reichsdeutschen Rundfunk: Ohne jemals auf das Selbstbestimmungsrecht verzichtet zu haben, haben wir unter schwersten Opfern alles versucht, im tschechischen Staat unser Dasein zu sichern. Alle Bemühungen um einen gerechten Ausgleich sind gescheitert. Wir wollen als freie deutsche Menschen leben! Wir wollen Frieden und Arbeit in unserer Heimat! Wir wollen heim ins Reich!

Nun also, lieber Freund! Da kollern nun die Worte mit der hochbrisanten politischen Botschaft über den Äther in die weite Welt hinaus und nicht nur dem Präsidenten Beneš über Kopf und Kragen, sondern auch mir, so daß es hinuntergraupelt bis in die Unterhosen. Jetzt gibt es wohl kein Zurück mehr: Henlein befiehlt die Aufstellung eines sudetendeutschen Freikorps. Diese Nachricht überströmt in freudigen Schauern Seff und seine Freunde, die gut bewacht in einer Turnhalle in Neudek sitzen, aber reichlich von außen mit Kassiber versorgt werden. Endlich geht es los. Tatensüchtig entfliehen sie fünf Tage nach dieser Frohbotschaft über Dach und Blitzableiter und schlagen sich über die Grenze ins Freikorps.

Karl und Rudl Wessel jedoch, auch Ernst Bachmann, müssen zum tschechischen Militär einrücken, weil am 22. September die Generalmobilmachung erfolgte. Eineinhalb Millionen Mann stehen unter Waffen. Die Republik wartet auf Frankreich und England. Aber die kommen nicht. Denen hat Lord Runciman das schlechte Gewissen zusätzlich beschwert. Die treiben sich abwechselnd am Obersalzberg und in Bad Godesberg herum und schreiben Noten an Beneš, in denen sie Ultimaten stellen: Gebiete mit mehr als fünfzig Prozent deutscher Bevölkerung sollen abgetreten werden. Na, gute Nacht, das kann doch der Beneš nicht annehmen. Steht er ganz allein da? Wo bleibt Rußland?

Also, bevor der Scheinwerfer mit dieser Frage den Horizont absucht, schwenkt er noch kurz auf Karl und Ernst. Die rücken pflichtgemäß (für welche Sache eigentlich?) in Podersam ein und werden dann nach Prag verlegt. Rudl kommt wieder zu seiner Brücke zwischen Brüx und Teplitz-Schönau. Wir werden ihn dort noch besuchen.

Siehst du, mein Reflektor, der Scheinwerfer findet keine Antworten am Horizont und huscht mit unschlüssigem Kegel über die Annl, weil die Beleuchter nicht wissen, ob sie nun abschalten oder weitermachen sollen, jetzt, wo europäische Geschichte geschrieben und an Bühnenwände geklebt wird. Die Annl wollte ja noch mit ihren Gebärmutterthemen, weil Julius dafür kein Ansprechpartner ist, zu ihrer Cousine nach Neudek, konnte aber nicht mehr, weil die Tschechen die Zugstrecke zwischen Neudek und der Grenze bereits lahmgelegt hatten. Zwei Brücken und ein Tunnel waren gesprengt worden. Mit dem Rad wollte sie auch nicht fahren, da an den Straßen schlagzeilenfördernde Panzersperren errichtet und Schützengräben ausgehoben wurden. Außerdem sollten sich, so nah der Grenze, schon Freikorpsmänner herumtreiben. In schwarzen Uniformen und alten Stahlhelmen aus dem Krieg.

Also stieg sie die einhundertachtunddreißig Stufen zu mir in die Türmerstube hoch, gegen innere Sperren, die letzten Stufen daher zögerlich nehmend, um mit ihrer Cousine in Prag telefonieren zu können. Auf der Post hatte man ihr gesagt – und das Fräulein dort wollte plötzlich nur noch Tschechisch verstehen –, daß man jetzt, wo das Heldenzeitalter der Hussiten auferstehe, keine Privatgespräche verbinde. Sie solle lieber auf den Anschluß nach Berlin warten, aber da könnt ihr lange warten, sagte sie süffisant, da werdet ihr euch blutige Köpfe holen. Auf den Anschluß nach Prag könne die Annl hingegen pfeifen, es sei denn, es handle sich um eine konspirative Meldung, zum Beispiel um einen Wehrpflichtigen, der seinen Einberufungsschein zerrissen hat und sich versteckt halte. Nicht alle nämlich, die sich vor dem tschechischen Wehrdienst drücken wollten, gingen zum Freikorps.

Nu, lieber Freund, ich sage dir: Wir schafften den Anschluß nach Prag innerhalb von Minuten. Das Fräulein am anderen Ende der Leitung, wahrscheinlich eine Deutsche, machte keine Spompernadln und stöpselte uns weiter, und in der Löwschen Reproanstalt holte man Ritsch umgehend an den Apparat. Ein seltener Fall bei einer Botengängerin. Helle Begeisterung strömte durch die Leitung und hielt sich bis zum Ende des Gesprächs: Nu sieh emol, die Annl! I ho di jo glei kennt. Nu was is', Maadl, hast wieda Kirbis g'stohln?

Nu, typisch Ritsch, die da einst am Neudeker Markt die Kürbisse gestohlen und sie Annl zum Tragen gegeben hatte. Und die Annl hatte man erwischt, während die anderen Reißaus nahmen. Und trotzdem läßt sich die Annl von der jüngeren Ritsch seit damals bemuttern. Nu was is', Maadl?

Ritsch, die eigentlich Maria heißt.

Ritsch, die mit ihrem Vater lieber Tschechisch als Deutsch gesprochen hatte. Schon um der Mutter eins auszuwischen.

Ritsch, die immer Krach mit ihren Lehrern gehabt hatte.

Ritsch, die deshalb nach der zweiten Klasse Bürgerschule als Austauschschülerin in eine tschechische Schule kam. Nördlich von Budweis.

Ritsch, die mit fünfzehn von daheim ausriß und nach einigen Umwegen in Prag landete.

Ritsch, die mit allen Wassern der Großstadt gewaschen ist und nun mit dem František rumzieht und nicht weiß, ob sie vielleicht doch vom Löw schwanger ist.

No, bin ich von ihm oder bin ich nicht? Kreisen da epper jüdische Blutkörperchen herum? Bei mir oder bei dem Dingerchen im Bauch? Mei Schwester sagt, das sind antivölkische. Heilige Jungfrau von Maria Sorg, habe ich Gift drin? Du wirst keine dreißig Jahre alt, hat dein Vater, der Julius, immer gesagt, du hast Gift in den Zähnen. Nicht im Blut, das ist bei dir zu heiß, hat er gesagt, aber in den Zähnen. Du bist eine kleine Natter. Dir werden sie die Zähne ausreißen. Nein, ich hab' meine Mutter nicht ins Grab gebissen. Nein, ich hab' auch nicht auf ihr Grab gewieschelt, sou bleed war i net, höchstens hinter den

Grabstein ... Und wie war's mit den Kürbissen? Ganz einfach: Mit dem Buckel zum Korb und dann nach hinten greifen. Und dir zum Halten geben. Hihi. Was ist antivölkisch? Wieviel tschechische Blutkörperchen fahren Ringelspiel? Wieviel davon hat mir der Červenka vererbt? Wieviel sind in dem Dingelchen in meinem Bauch? Das Ringelspiel läuft ja schon. Man hört schon den Herzschlag. Wird jetzt siebzehn Zentimeter, vielleicht zwanzig Zentimeter sein, das Dingelchen. Hat vielleicht einhundertfünfzig Gramm. Hab' ein paar Bilder in meinem Gesundheitsbuch. Im vierten Monat sieht man schon Fingerle. Nu, was sag ich dir da. Jaaa, der Červenka war a böhmischer Fiedler. Und hat so gout g'sunga. Der war mir lieber als meine Mutter. Nein, die Linie der Mutter kommt aus Thüringen. Thüringische Blutkörperchen sozusagen. Kann man Blutkörperchen zählen? Wem hat František seine Körperchen rein? Mir oder dem Dingelchen in mir? Jeschusch Maria, den František haben sie auch schon geholt zum Militär. Wo sich der nicht mal einen Knopf annähen tät. Und der Löw drückt sich. Der is' untauglich. Kaum zu glauben: Kann mit keinem Gewehr schießen, aber dafür dreimal im Bett. Und wie is'n dei Oskar? Isser auch beim Militär? I will koin Krieg, i will heiern, jawohl, heiraten. Jaa, und da sind mir die Tschechen am Hintern lieber als alle anderen im Gesicht. Und deshalb soll das Dingerchen eher am tschechischen als am deutschen Mutterkuchen knabbern. Weil jiddischen ho i koinen. Und ist ein Unterschied zwischen meinem und deinem Muttermund und deiner und meiner Fruchtblase? Und wie is'n dei Abstrich, und hast du Blutungen? Aber Kinnerchen, du wirst doch net zur alten Schmieda wolln, dieser Hex mit dem Schürhaken. Nu, hättst halt nach Prag komma missen. Aber jetzt im vierten Monat is' zu spät. Und der Oskar sagt nichts dazu und spielt den kleinen Trompeter?

Und durch das Bullauge in meinem Winterraum, wie vom Logenplatz aus, sehe ich die Annl lächeln, und da kann ich auch lächeln, denn ich bin froh, wenn sie lächelt. Und würde sie jetzt heulen, hätte ich einen verkrampften Magen, könnte aber nicht hinaus zu ihr und sie in die Arme nehmen, nein, das ginge nicht, obwohl ich sie seit ihrer Kindheit kenne. Ich muß sie meinem Freund Julius überlassen, diesem knorrigen Stamm, an dem man sich höchstens den juckenden Buckel reiben, aber nicht die irrende Seele anbinden kann.

Aber sieh: Die Annl lächelt noch immer im Kegel des Scheinwerfers, wie sie gelächelt hatte, als sie mit ihren Cousinen Ritsch und Annl Zwo zu Füßen ihrer Mutter gesessen und den Märchen vom Mädchen mit den Schwefelhölzern oder Hänsel und Gretel gelauscht hatte. Und ich schaue hin, bis nur noch ein schwarzer Fleck dort ist, der immer größer wird, weil der Scheinwerfer wandert. Aber im schwarzen Fleck hat sich das Lächeln eingekerbt und haftet noch, als der Lichtkegel schon längst über zwei Gesichter huscht, die sich gequält zueinanderneigen. Mit offenen Mündern und verquollenen Augen.

Die Gesichter gehören zu zwei Burschen, die platt am Rükken liegen und keinen Rührer mehr machen. Der eine in bayrischer Lederhose, der andere in Knickerbocker. Anima nostra …: Unsere Seele entwich wie das Vöglein aus der Schlinge des Jägers. Und der Scheinwerfer huscht beiläufig über das mißtrauische Gesicht der alten Schmieda, die da in der Gemeindezelle eingesperrt ist und mit erhobener Faust gegen die tschechischen Höllteifi schimpft. Die Schmieda, die eigentlich Anna Meinl heißt und am Weg ins Schwarzwassertal haust, hatte die zwei ortsfremden Burschen tagsüber versteckt gehabt und wollte sie nachts über die Grenze bringen. Dabei waren die drei von einer Militäreinheit gestellt worden. Die Schmieda sagte beim Verhör, die Burschen hätten die Hände gehoben. Die Soldaten sagten, die Burschen hätten sich gewehrt und wollten abhauen. Wer glaubte da schon der alten Schmieda, dieser schmierigen Engelmacherin, die in Wirtshäusern Karten legt und Hexensprüchlein reimt. Ein Vorfall, der in diesen Tagen gerade noch für lokale Schlagzeilen reicht und an keine düsteren Bühnenpanoramen geklebt wird. Einzelschicksale außerhalb der Scheinwerfer, für welche das p. t. Publikum keinen Kommentar einfordert. Als einige Tage darauf mein Freund, der Schuldirektor Walter Dittrich, der Kommandant der Plattner Schützen,

Hans Eckhart, und der Feuerwehrhauptmann Friese als Geiseln genommen und nach Kladno gebracht wurden, gab es nicht einmal mehr Schlagzeilen. Der Vorabend des Kriegs war zum kleinen Alltag geworden.

Und unser Freund Rudl, der staatstreu an seiner Brücke zwischen Brüx und Teplitz-Schönau Wache schob? Nu, der hatte erstmals Gelegenheit, hinter Stacheldrahtverhauen und Sandsäcken, unter schrägstehender Nachmittagssonne bei leichtem Nordwest sein Hosentürl zu öffnen und exhibitionistisch sein Zumperl zu kühlen. Vor einer interessiert guckenden Kindergruppe, die beim Soldatenspielen mitmachen wollte, weckte er leicht knickebeinig aus vorgeschobenem Becken heraus, locker aus dem Handgelenk, sein Dingsda und ließ es in den Altweibersommer wachsen. Hokuspokus, Zauberlokus, hängt eure Augen an den Fokus. Nu, der hätte bei diesem Licht den späteren Kriegsfotografen Oskar sicherlich zu einem Schnappschuß herausgefordert. Wäre ein gestochen scharfes Etappenfoto geworden: Tagwache. Da staunten auch die Kinder. Die Mädchen kicherten, und die Buben grinsten verschämt. Keines lief weg. Die nahmen dieses Kriegsfoto mit nach Hause. Komm her, sagte Rudl mittendrin zu einem knochigen Ding mit Geierschen Kulleraugen, willste auch mal ... Aber Pech. Stattdessen kam ein Korporal um die Ecke und schrie: Prdel! Prdel! Arsch, du stinkiger! Den geladenen Karabiner am Stacheldraht und die Kinder in Reichweite. Ich hau dir die HDV um die Ohren, du Prdel! Also eine mißlungene, weil hastig abgebrochene Premiere.

Ein paar Tage darauf, es war der 27. September, beschlagnahmten Polizeiorgane in Karlsbad den Rundfunkempfänger von Oskars Hauswirt und nahmen seinen auch gleich mit. Nicht weil sie in vornehmer Rücksicht die Verbreitung von Rudls Premiere verhindern wollten, sondern weil Hitler zunehmend über die Grenze wetterte. Im Berliner Sportpalast wandte er sich gegen die militärische Unterjochung der Sudetendeutschen und erklärte, daß seine Geduld zu Ende sei. Welch Jubel brandete da über den Äther, obwohl – außer ein paar Funktionären der SdP – keine Sudetendeutschen im Auditorium saßen. Es knisterte also, und so rannte Oskar am 29. September, am Samstag nach Arbeitsschluß, zu seinen Eltern nach Meierhöfen, weil er wissen wollte, was in München passierte. Aber denen hatte man auch den Apparat entzogen. Ebenso den Nachbarn. Am ganzen Moserschen Fabriksgelände gab es keine Radioempfänger mehr. Ein ganzes Viertel ohne Radio. Und Berta, Oskars schimpfende Mutter ohne musikalischen Nachmittag. Eine Tragödie. Und während Oskar in der Vogelschen Kiste stöberte, dem bibliophilen Nachlaß seines ehemaligen Chefs, »Das Publikum sind alle Leut / Drum ist es dumm und auch gescheut«, Ludwig Robert, 1778 bis 1832, kroch allgemeine Hilflosigkeit in viele Wohnungen und legte sich wie ein Leichentuch über die Bewohner. Sie waren von der Öffentlichkeit getrennt. Gerüchte drangen herein, da und dort, und nährten Spannung und Erwartung. Sie merkten, wie abgeschnitten sie plötzlich waren. Hast du nicht gesehen, wie ein Teil deiner Identität hops ist? Ja, die Öffentlichkeit, all das, was außerhalb deiner vier Wände passiert, ist ein Teil von dir. Glaub mir! Jetzt stehst du plötzlich da und bist von dort abgeschnitten. »Das Publikum, das ist ein Mann / Der alles weiß und gar nichts kann.«

Jetzt weißt du aber nichts mehr. Die Öffentlichkeit ist herausgebrochen aus dir und hinterläßt ein klaffendes Loch, in welches der kalte Wind hereinzieht wie auf einen offenen Nerv am Zahnhals. »Das Publikum, das ist ein Weib / Das nichts verlangt als Zeitvertreib.« »Die fidele Kommode«, wir wissen schon, vierhundert Jahre deutscher Humordichtung.

Und da bricht plötzlich im Nachbarhaus lauter Jubel los und steigert sich zum hysterischen Geschrei, und die Fenster werden aufgerissen. Haben die ein Radio versteckt gehabt? Und ringsum werden andere Fenster aufgerissen. Haben die keine Angst vor dem Standrecht und der tschechischen Geheimpolizei? Nein, sind offene Fenster und allgemeines Geschrei schon eine verbotene Zusammenrottung? Nein, die Tschechen werden sich hüten, bei solchen Nachrichten noch jemanden zu erschießen. Jetzt pfeifen wir auf die Kundmachungen an den Litfaßsäulen und pfeifen auf den Paragraf 73 des Strafrechts, Verbrechen des Aufruhrs. Hoch, hoch, hoch! Hoch, Daladier, hoch, Chamberlain, hoch, Mussolini, hoch, Hitler. Beneš ab ins Winkerl zum Scheitelknien. Es leben die vier Großmächte. Habt ihr gehört? Die vier haben sich geeinigt. Ein Wunder, ein Wunder. Brüder, laßt die Tränen laufen. Die Tschechen müssen uns abtreten. Heil! Heil! Heil! Deutsch und frei sind wir, Heil mit uns und unserem Führer Adolf Hitler. Deutschland, wir kommen. Wir sind ja schon da. Wir haben ja lange darauf gewartet. Wir kommen heim ins Reich, deutsch und frei sind wir, laßt den Tränen freien Lauf, das Reich rückt die Grenze ans Tschechengebiet. »Wir wollen dich, oh Böhmerland, / In Trotz und Glut wohl fassen. / In deine Erde festverkrallt, / Wir wollen wurzelnd bleiben. / Von dir soll nimmer die Gewalt / Der Menschen uns vertreiben.« Jawohl! Keine Umsiedlungen also von ein bis zwei Millionen, wie's Edward Beneš als letztes Zugeständnis vorgeschlagen hatte. Kein Abtreten von vier- bis fünftausend Quadratkilometern. War's nach Plan A, B oder C? Ein Stück Land so groß wie Vorarlberg. Ein Nebbich. Heil, Heil! Das ganze Sudetengebiet kommt ans Reich. Endlich heim ins Reich.

Und das Leichentuch lüftete sich und entließ die Hilflosigkeit, die Spannung und die Erwartung, und wurde mit dem roten Teppich getauscht, der durch Städte und Dörfer rollte. Willkommen, willkommen! Und am Sonntag waren die Straßen und Plätze in Karlsbad, trotz beschlagnahmter Radios, voll von schreienden, tanzenden, sich umarmenden und weinenden Menschen. Und der in den Häuserzeilen hallende Marschtritt deutscher Battailone, der Trommelwirbel, das Klingen der Schellenbäume und das schmetternde Blech der Militärmusik wurden verstärkt und reflektiert von den Heil-Rufen der hypnotisierten Menge. Ganz so wie vor einem halben Jahr in Österreich. Ja, Oskar, wir leben in einer großen Zeit. Jawohl! Du brauchst nicht mehr auszuwandern. Jetzt warte einmal ab. Du hast ja auch noch keine Nachricht von Rudolf Vogel aus Amerika. Nur die Annl schreibt dir lange Briefe.

Du weißt es, du ewiger Grinser, ja, zeig nur dein heiles Gebiß, bei uns in Platten änderte sich nicht viel. Zur Enttäuschung unserer Bürger war Hitler nicht persönlich aufgetreten. Nur ein paar Kompanien seiner Wehrmacht, die von Johanngeorgenstadt eingerückt waren, gaben uns Gelegenheit zum Jubeln. Am besagten Sonntag nach der Frühmesse sah ich von meiner Türmerstube aus, durch die herbstelnden Kastanien durch, unten am Marktplatz Stahlhelme und Stiefel glänzen, Wimpel in schwarzgelbrot und Blumen schwenken und die Stadtmusik spielte die »Alten Kameraden« und das Deutschlandlied. Natürlich in Abwesenheit des Gendarmeriekommandanten Hawliček. Schade. Der Grünes Seff machte mit seinen Freunden Ordnerdienste: weißes Hemd mit schwarzer Krawatte, Breeches mit Schaftstiefeln, Sturmriemen um die Schulter, bedeutungsschwere Miene. Ja, das Freikorps war nicht umsonst gewesen. Ab jetzt werdet ihr auf uns hören müssen. Hoch die Fahnen mit dem SdP-Schild. In Ehren hoch, bis es Hakenkreuzfahnen gibt. Auf Wunsch Hochwürdens hatte ich die schwarzrote Kirchenfahne zum östlichen Turmfenster hinausgehängt. Weil wir jetzt angeschlossen waren? Oder weil wir jetzt zu Hause waren? Die Glocken brauchte ich nicht zu läuten. Nun ja. Der Bühnenhorizont hatte sich geändert. Düsteres Grau war trotz leichter Herbststimmung einem hellen Grün, der Farbe der Hoffnung, gewichen, und aus den Schlagzeilen sprach Jubel.

Die Administration auf Gemeindeebene bot kein besonderes Wechselchaos. Auf den Straßen war kein tschechischer Gendarm und kein Militär zu sehen. Der Hawliček hatte über Nacht seine Koffer gepackt. Er wird mir abgehen. Auch der Lehrer Sveida, der Richter Kovar, der Zöllner Brtek und die Beamten der Bahn und Post waren mit ihren Familien weg und hinterließen trostlose Dienststellen. Signaleinrichtungen und Nachrichtenübermittlungen waren, wahrscheinlich auf Befehl von oben, zerstört.

Zwei Tage nach dem Einmarsch wurde ich, da das Telefon noch nicht funktionierte, vom Gemeindediener geholt. Der Gemeindesekretär Karlmann hatte meinen ehemaligen Personalakt aus Neudek angefordert und blätterte darin herum.

Die Organisation der Gemeinde als Selbstverwaltungskörper, ein Erbe Österreichs, sagte er, hat uns in Platten zwar die Einstellung von Tschechen erspart, aber wir müssen uns jetzt nach nationalsozialistischen Grundsätzen von marxistischen und sonstigen unwürdigen oder unfähigen Elementen säubern. Donnerwetter, das ging ja ruck, zuck, und im konkreten Fall säuberte man den Guck Phil, einen Sozi der ersten Stunde, aus der Hauhaltsstelle, einer Schlüsselstelle der Gemeinde, hinaus. Ja, so lief das.

Sie sind 1924 aus dem Beamtendienst in Neudek ausgeschieden, sagte er, wahrscheinlich wegen des Abbaugesetzes.

Jawohl! sagte ich. Man wollte mich nach Hawlĭckuv Brod in Südböhmen versetzen, aber ich kann ja nicht Tschechisch.

Da sind Sie der richtige Mann für uns. Sie können am Aufbau des Reichsgaus Sudetenland mitwirken. Wir holen nicht nur unsere ehemaligen Beamten aus der Tschechei zurück, sondern mobilisieren auch Pensionisten. Wir leben in einer großen Zeit, und diese Zeit erfordert tüchtige Männer. Wir brauchen Sie daher für die Haushaltsplanung.

Aber ich habe mit Budgets nichts zu tun gehabt. Ich war im Steueramt als Revisor tätig. Mein Gott, das ist vierzehn Jahre her. Außerdem bin ich schon dreiundsechzig.

Mit Stolz und Begeisterung strömen die Alten überall in die verlassenen Dienststellen. Jetzt, wo der Abwehrkampf den Siegeskranz am Haupt hat, können Sie nicht abseits stehen. Vom Kinde bis zum Greis müssen wir unermüdlich am Aufbau …, und der Bürgermeister persönlich klopfte mir beruhigend auf die Schulter: Naz, sagte er, verschieb das Krippenbauen und Geschichtenschreiben. Ist ja nur vorübergehend, bis wir jemanden eingeschult haben. Ich hab' schon mit dem Pfarrer gesprochen. Kannst ja deinen Totenschädel auf den Schreibtisch stellen.

Und während die Wehrmacht Richtung Karlsbad abzog, so wie immer wieder die Truppen abgezogen waren, die kaiserlichen Kroaten, die Schweden, die Franzosen, die Preußen, meist nach Plünderung, Mord und Totschlag, während die Ritsch an die Annl schrieb, Jeschusch Maria, Madl, ein Elend jetzt, wo wir uns vielleicht nicht mehr so bald wiedersehen, jetzt, wo die neue Grenze trennt, o Gott, was wird aus unseren Kinnerchen, jetzt gibt's zwischen uns Hüben und Drüben, während Oskar an die Annl schrieb, sachlich, kurz, bündig, ... müssen wir erst einmal die politische Entwicklung abwarten, während die Angehörigen des Freikorps sich um die Sturmfahne des Führers sammelten, jawohl, das kämpferische Mannestum unserer Heimat bildete den Kern der SA, während der Grünes Seff, betreut von der SA-Gruppe Sachsen, nahtlos von der motorisierten Staffel des Schutzdienstes der SdP in die Motor-SA überging und sich auch für das Segelfliegen meldete, während die Jungturnerschaft unseres Turnvereins zur Volksjugend wurde, erst im April neununddreißig sollte sie zur Hitlerjugend werden, während die anderen Gliederungen der NSDAP mit ihrem Aufbau begannen, während die eingerückten Deutschen aus dem tschechischen Heer entlassen wurden, Karl Wessel und Ernst Bachmann rüsteten in Prag ab, Rudl in Komotau, also während ..., da arbeitete ich, fern der heimeligen Türmerstube, eifrig am Haushaltsvoranschlag der Gemeinde für das Jahr 1939. Dich, lieber Totenschädel, hatte ich oberhalb der Krippe hängen lassen. Für die trockene Budgetarbeit brauchte ich deine Inspiration nicht.

Im außerordentlichen Haushalt häuften sich die Vorhaben: Kanalsystem, flächendeckende Wasserleitung, Stromversorgung der östlichen Straßenbereiche, Pflasterung des Marktplatzes, Subvention Feuerwehrauto.

Wie sollen wir das bedecken? sagte ich zum Bürgermeister. Wir haben Schulden wie ein Regiment Stabsoffiziere.

Alles reinstopfen bis obenhin! sagte der Bürgermeister. Und noch ein bißchen mehr. Wenn uns die Tschechen schon nicht geholfen haben, so muß jetzt das Reich helfen. Ein Volk, ein Reich, ein Führer.

Und während in unzähligen Sitzungen mit den Gemeindevertretern Budgetpositionen umgeschichtet und ausgetauscht wurden, zum Beispiel Pflastersteine gegen eine Konrad-Henlein-Statue und das Feuerwehrauto gegen ein Heimatmuseum, letzteres hatte ich als völkische Notwendigkeit eingebracht, da war inzwischen auch mein Freund Walter Dittrich wieder zurück aus der Geiselhaft und unterstützte als Schuldirektor eifrig meine Forderung nach dem Heimatmuseum.

In Karlsbad meldeten sich Rudl Wessel und Ernst Bachmann zum Dienstantritt im Gec-Lagerhaus zurück. Das heißt, sie wollten. Aber da gab es niemanden mehr, bei dem sie sich hätten melden können. Denn der Direktor Ludwig Faßmann war nicht mehr da.

Es gibt bei uns keine Genossen mehr, schnauzte sie ein Ordner mit Armbinde an, es gibt nur noch Kameraden. Und der Faßmann ist wahrscheinlich nach Prag abgehauen. Dort gibt's noch Genossen. Und dann wurde Rudl in seine Kanzlei geführt, und der Ordner schimpfte über Marxisten und andere unwürdige und unfähige Elemente und holte das Bild des Altpräsidenten T. G. Masaryk von der Wand hinter dem Schreibtisch und hieb es an der Tischkannte in Stücke, daß die Glassplitter durch die Gegend flogen. Und Rudl stotterte mit poliertem Tomatengesicht, daß er den Beneš, diesen Deutschenfresser, nie gemocht und deshalb nicht aufgehängt hätte, trotz Weisung seines Chefs. Ein Glück, daß der jetzt in Prag sitze, sonst hätte er schon ein Disziplinardings am Hals, aber das war dem Ordner wurscht, und der Rudl biß sich auf die Lippen, weil er ausgerechnet heute lange Hosen anhatte und nicht die Knickerbocker mit den weißen Wollstutzen, obwohl es also nun egal ist, ob der Schock eine lange Hose oder eine treudeutsche Knickerbocker näßt. Und dann holte der Ordner den leitenden Kommissar, einen gewissen Kameraden Maschauer, und Rudl glotzte inzwischen mit aufgerissenen Schweinsäuglein hinaus auf das Hoftor, an dem noch vor einigen Wochen verdächtige Gestalten ihr Unwesen getrieben hatten. Möglicherweise waren dies jene Kerle gewesen, die jetzt hier großspurig mit ihren Armbinden auftraten. Und der Kommissar teilte ihm mit, daß der »Gec«-Verband und alle Konsumvereine aufgelöst würden, oh, dem Rudl schlug das Herz bis in die Stirne, und aus Berlin habe sich schon eine Treuhand gemeldet, die den Verein hier mal unter die reichsdeutsche Lupe nehmen und die Geschäfte interimistisch ... Und hier im Hause säße schon die NSV, die Nationale Volkswohlfahrt, die gleichzeitig mit den Soldaten der Wehrmacht eingerückt sei, ruckedizuck. Jawohl, die habe schon begonnen, Arbeitslose von der Straße zu holen, damit sie wieder eine Zukunft kriegen, hier in diesem einst reichsten Gebiet des alten Österreich, jawohl! Kennen Sie den Reichsoberrevisor Janovsky vom Hauptamt für Volkswohlfahrt? Nein? Na werden Sie schon noch. Jedenfalls können Sie jetzt gehen, wir brauchen Sie vorläufig nicht, aber halten Sie sich zu Hause bereit, bis wir Sie holen. Abtreten!

Und dann kriegte der Rudl eine Vorladung zur Gestapo, aber nicht zur tschechischen, die war ja schon östlich über die neue Grenze, die einen gehen, die anderen kommen. Und seine Frau, die Wanda, wandelte händeringend durch die Nachbarschaft und jammerte: Der Herrgott schlägt uns. Jetzt verhaften sie meinen Mann, Jesus, dein bin ich, ausgerechnet meinen Mann, der doch immer nur seine Pflicht getan hat, beim tschechischen Militär und beim Konsum. O Gott, wer hilft uns denn da? Und der Rudl erfand, während er auf den Termin wartete, schicksalslenkende Spielchen, indem er auf arbeitslosen Spaziergängen an der Eger Blümlein rupfte und an Blütenblättern herumzupfte: verhaftet, nicht verhaftet, verhaftet, nicht verhaftet. Und zu Hause am Lokus jonglierte er, weil seine Morgenlektüre die »Bohemia« und »Der Sozialdemokrat« nicht mehr geliefert wurden, mit den Ergebnissen seiner Verdauung herum und zählte. Ungerade Plumpser: verhaftet. Gerade Plumpser: nicht verhaftet. Nu, da konnte er seine biologischen Dränge zwar marginal beeinflussen und den großen Weltenlenker spielen: Er kam immer auf gerade, also nicht verhaftet, wie schön. Aber es bedurfte einiger Anstrengung und Konzentration, und deshalb bekam er Darmkrämpfe, bei denen auch der berühmte Sprudel in den Kolonnaden nichts nützte. Auch der Becherbitter nach dem Frühstück half nicht. Verhaftet. Nicht verhaftet. Was sollte er tun? Sollte er nach Prag gehen? Der Faßmann und der Genosse Kreisky würden ihm dort helfen. Nein, die Wanda ginge da nicht mit. Auch wenn er ins Gefängnis müßte. Verhaftet. Nicht verhaftet. Wozu habe er sich diesen ganzen politischen Krimskram aufgehalst, fragte sie. Wozu habe er noch im Frühjahr für die Sozis kandidiert. Wozu? Es habe ja nichts rausgeschaut dabei. Nicht einmal ein Spesenersatz. Wenn du wenigstens das bißchen Einlagegeld hättest behalten können. Wozu bist du denn Kassier bei diesen Vereinen gewesen? Das kassieren jetzt alles die Nazis. Verhaftet. Nicht verhaftet. Was hast du denn von den schönen Quittungen, die sie dir geben? Wenigstens die zehn Reichsmark des »Liederkranzes« hätten sie dir lassen können. Was kümmert die der Sängerbund? War doch ein privater Verein. Und was macht der Herr ..., laß mal lesen, der Herr Unterbevollmächtigte des Stillhaltekommissars für den Kreis Karlsbad? Nu, in seine Parteikasse steckt er das. Ist ja klar. Und wovon sollen wir jetzt leben?

Und weil er schlecht schlief und bei seiner Wanda nichts mehr hochkriegte, ging Rudl zum Arzt, und der diagnostizierte einen Nervenzusammenbruch. Rudl war daher froh, als er den Termin bei der Gestapo hatte. Verhaftet oder nicht verhaftet. Wurst oder Leberknödel. Gewißheit. Jawohl, Gewißheit: besser als Magenkrämpfe und kleine Mädchen im Kopf.

Der Gestapo -Beamte hatte eine Mappe vor sich, musterte Rudl leicht verkniffen mit geschürzter Unterlippe, leckte am rechten Zeigefinger und blätterte hin und her.

Soso, murmelte er manchmal.

Soso. Wessel Rudolf, geboren 1908. Verheiratet. Eine Tochter. Drei Brüder, zwei Schwestern. Soso. Rudl fühlte sich schuldig.

Sie waren im tschechischen Heer aktiv?

Jawohl! 1928 als Sanitäter. Und danach noch fünf Waffenübungen.

Soso.

Als Sanitäter haben Sie auch Schießen gelernt.

Jawohl!

Da hätten Sie wohl vor drei Wochen auf ihre deutschen Brüder geschossen?

Äh. Nein. Ich hätte in die Luft ..., ich hätte mich ergeben.

Ich war ja nur Brückenwache. Soso. Rudl würgte der Darm, und er dachte an das Kasperltheater mit den Kindern. Prdel, Prdel, ich Arsch. Hätte ich das nicht sagen sollen? Aber der Korporal hatte ja hinter den Sandsäcken nichts gesehen. Rudl fühlte sich schuldig.

Warum sind Sie nicht desertiert?

Ach so. Äh. Als tschechischer Staatsbürger habe ich ...

Soso. Aber als volksbewußter Deutscher hätten Sie für die Wehrkraftzersetzung des tschechischen Heeres sorgen müssen.

Jawohl! Hätte ich.

Warum sind Sie dem Aufruf Henleins zum Freikorps nicht gefolgt? Rudl fühlte sich schuldig.

Ich ... Wenn es zum Krieg gekommen wäre, hätte ich mich selbstverständlich sofort ergeben.

Soso.

Jawohl! Außerdem haben wir damals Zwischeninventur gemacht. Ich habe mich persönlich um das Kühlhaus Bloch und das Hauptlager kümmern müssen. Im Kühlhaus haben wir Eier im Werte von zirka dreihundertfünfzigtausend Kronen lagernd gehabt. Die wollten wir für den Anschluß sichern. Und ...

Soso. Wenn Sie Späßchen machen wollen, müssen Sie ins Orpheum.

Ach so. Nein. Verzeihung. Rudl bekam seinen polierten Tomatenkopf.

Also, Sie waren Reisevertreter des »Gec« für die westböhmischen Konsumgenossenschaften.

Jawohl! Von 1930 bis 1935. Dann war ich bis zur Mobilisierung ..., ich meine, derzeit bin ich stellvertretender Direktor mit den Agenden Vertrieb und Lager.

Soso. Derzeit. Derzeit sind Sie noch Mitglied der Deutschen Sozialdemokratischen Arbeiterpartei. Rudls Tomatenkopf reifte.

Ja, sagte er leise.

Soso. Schon seit 1927 sind Sie dort Mitglied.

Ja.

Warum sind Sie so früh zur Partei gegangen?

Nun ja, äh, mein Vater ..., ich bin so erzogen worden. Ich kann nichts dafür, ich habe schon als Kind im ATUS geturnt. Und man hat mich zu den Kinderfreunden gesteckt. Gegen meinen Willen.

Soso. Kinderfreunde. Dazu kommen wir noch. Sie verwikkeln sich in Widersprüche, Herr Wessel. Der Beamte blätterte in der Mappe.

Haben Ihre Geschwister etwa eine andere Erziehung genossen?

Meine Geschwister? Äh, nein.

Die sind aber in keiner Partei.

Ach so, nein, aber ich ...

Und als Kind waren Sie noch nicht beim ATUS. Dort sind Sie erst 1929 eingetreten. Da waren Sie ja schon bei der Partei, oder?

Ja.

Soso. Ich würde an Ihrer Stelle schön bei der Wahrheit bleiben, lieber Herr Wessel.

Jawohl!

Warum haben Sie heuer noch für die Gemeinderatswahlen kandidiert? Kalt und nüchtern blieb der Geheimdienstler, während an Rudls hellem Rock unter den Achseln dunkle Flecken wuchsen. Er kam ins Stottern.

Ja, das war ein Fehler. Meine Frau sagt das auch. Aber wissen Sie, meine Karriere ..., ich war ja stellvertretender Direktor. Wird nicht mehr vorkommen.

Soso, Herr Wessel. Da bin ich absolut sicher. Sie sind ein Postensammler, Herr Wessel. Sie waren seit 1935 Mitglied des Konsum- und Sparvereins »Vorwärts« in Karlsbad.

Ja.

Sie haben dort die Funktion des Kassiers innegehabt.

Ja.

Sie haben anläßlich der Auflösung dieses Vereins versucht, den Einlagestand zu unterschlagen. Raub am Volksvermögen. Wissen Sie das? Rudl war jetzt hochrot und lag mit dem angedunkelten Rock beinahe über dem Schreibtisch. Von Mundgeruch getragen, entströmte ihm erregte Verteidigung.

Nein, nein, nein! Das kann nur eine Verleumdung sein, Herr ...

Matschke.

Eine Verleumdung, Herr Matschke. Sehen Sie! Er kramte in seiner mitgebrachten Aktentasche.

Sehen Sie! Auf Heller und Krone abgeführt. Schwarz auf weiß. Siebenundvierzig Kronen, sehen Sie, im Gegenwert von fünf Komma vierundsechzig Reichsmark. Sehen Sie! Unterschrieben vom Unterbevollmächtigten des Stillhaltekommissars für den Kreis Karlsbad. Sehen Sie, Herr Matschke, ich habe ja auch ordnungsgemäß den Kassastand des Gesangsvereins sowie der Kinderfreunde …

Kinderfreunde? Herr Matschke kramte einen Akt aus seiner Mappe.

Soso. Sie waren auch Funktionär bei den Kinderfreunden. Gruppenführer bei den Mädchen. Jawohl!

Bevor Sie Kassier wurden.

Jawohl!

Soso. Ist Ihnen eine Wanka Geier bekannt? Rudl quollen erschrocken die Schweinsäuglein auf.

Wanka Geier. Wanka Geier. Er schnappte nach Luft, mußte den Hemdkragen öffnen.

Äh, also, nun ja …

Es liegt hier eine Anzeige gegen Sie vor. Wegen Kindesmißbrauchs.

Wie ein Frosch nach der Mücke schnappte Rudl nach Luft. Verhaftet oder nicht verhaftet. Jetzt haben sie ihn an der Gurgel. Seine Schicksalsspielchen hatten nichts gefruchtet. Kein Blümchenzupfen und keine geraden Plumpser am Klo. Und die Darmkrämpfe und Impotenz?

Alles umsonst. Verhaftet, verhaftet. Wieso trifft mich diese schreiende Ungerechtigkeit? Die Öfen haben doch nur so geraucht beim Abzug der tschechischen Beamten. Tausende Akten waren in verwüsteten Dienststellen verschwunden. Das wird Jahre dauern, bis die Aktenkontinuität wieder hergestellt ist. Und manches wird ausgelöscht bleiben. Unrettbar. Und ausgerechnet diese beschissene Anzeige haben sie ausgegraben. Da hat wohl so ein Prdel von treudeutschem Beamten sein eingeimpftes Pflichtbewußtsein in den Impfpaß gestempelt. Der hat mich sicher gekannt. Das war sicher ein SdPler oder Nazi. Das ist persönliche Rache. So weit kann Ordnungssinn nicht gehen. Ja, ja, natürlich habe ich vernommen, daß die Wanka Geier die Klasse wiederholen muß, obwohl sie bis vor einem halben Jahr eine emsige Schülerin war. Ja, natürlich zeigen die neuen Mitschüler mit der Hand auf sie: Sitzenbleiberin, Sitzenbleiberin! Natürlich weiß ich, daß sie seit April nicht mehr in ihrer Gruppe bei den Kinderfreunden aufgetaucht ist. Aber was habe ich damit zu tun? Übrigens soll sie ein Verhältnis mit dem Hausmeistersohn ihres Wohnblocks haben. Nu, dem Bachmann hätte ich sie sowieso nicht gegönnt, die Wanka.

Und der Rudl zerrt an seiner Krawatte.

Verzeihen Sie, Herr Matschke! Mein Blutdruck. Diese Anzeige ist eine ungeheure Verleumdung.

Bitte sehr. Aber Sie haben das Mädchen gekannt. Sie waren mit ihr auf Winterfahrt in Bergstadt Platten. Rudl nickte ergeben. Und dann sagte der Herr Matschke:

Nun gut, Herr Wessel. Wir wollen hier nicht moralisch über den Wert marxistischer Jugendorganisationen urteilen. Verleumdung oder nicht. In einer nationalsozialistischen Bewegung könnte so etwas sowieso nicht passieren. Das sind wir der Reinheit unseres Blutes schuldig. Wir haben in unserer Gesellschaftsordnung genug Mittel, Kinderschändern radikal ans Zeug zu gehen. Und rechtlich ist es nicht Aufgabe der Gestapo, den vorliegenden Akt zu vervollständigen. Es fehlt ja noch Ihre Aussage als Beschuldigter. Und die Aussagen von Zeugen, zum Beispiel jene der Wanka Geier. Wir werden den Akt aber nicht an die Kripo oder das Gericht rückübermitteln. Wir behalten ihn vorerst bei uns, denn wir haben jetzt Wichtigeres zu tun. Wir müssen für die Reorganisation der Gesellschaft im Reichsgau Sudetenland sorgen. Aufbau und Umbau nach nationalsozialistischen Grundsätzen. Verstehen Sie? Dazu benötigen wir alle verfügbaren Kräfte. Auch die Ihre, Herr Wessel.

Nein! Was ist das? Eine Wolke vom Himmel, die ihn sanft einhüllt und die Stimme Herrn Matschkes zu sanfter Berieselung dämpft. Rudl schloß die Schweinsäuglein, lehnte sich zurück, unglaublich, also waren sie doch nicht umsonst, diese geraden Plumpser am Klo, wischte mit dem Taschentuch über seine Stirnpolitur, zog den Krawattenknopf stramm und wußte noch nicht wohin mit seinem Mißtrauen. Aber die Stimme Herrn Matschkes noch immer in Watte:

Der »Gec« zieht Waren aus den Konsumfilialen zurück, weil der kommissarische Leiter des »Vorwärts« die Sperre der Filialen angeordnet hat. Es kommt zu Schleuderverkäufen. Ein Teil der Ware erreicht nicht die Lagerrampen. Verderbliche Waren müssen vernichtet werden. Die Kutscher lassen Waren verschwinden. Kanditendosen werden in Kindergruppen geschmissen.

Die Wolke verdampfte, die Watte war weg. Rudl saß hellwach zwischen Mißtrauen und Empörung. Sein »Gec«-Gewissen hüpfte.

Schlimm, schlimm! Das muß alles abgeschrieben werden. Die bauen hohe Verluste.

Eben. Es ist nicht im Interesse des Reichs, daß Unternehmen kaputt gehen, nur weil sie andere Eigentümer erhalten. Die Berliner Treuhänder können nicht immer vor Ort sein.

Lieber Wessel, Sie werden daher am Montag wieder ihren Dienst im »Gec« antreten.

Aber, aber ..., die Wolke ist wieder da, diesmal mit rosa Schweinchen aus Marzipan.

Aber, aber, stammelt Rudl ungläubig, der Kamerad Maschauer hat gesagt ...

Lassen Sie den Maschauer. Der ist meine Sorge. Ich regle das mit dem Dr. Schwarz in Reichenberg, dem Leiter der Verbrauchergenossenschaften. Sie werden ab Montag den »Gec« leiten, im Einvernehmen mit Herrn Maschauer. Die Geschäfte müssen nach kaufmännischen Grundsätzen weitergeführt werden.

Und wieder die Wolke, und Rudl schwebt mit ihr an den Blumen vorbei, die er auf den Eger-Wiesen und in den Parkanlagen gerupft, deren Blütenblätter er gezupft hatte: Ich werde Direktor, werde nicht Direktor, werde Direktor. Er schwebt an Gänseblümchen, Astern und Herbstzeitlosen und an seiner Wanda vorbei, die auf der Nebenwolke sitzt, verheult bei einer

Schale Kaffee. Weine nicht, Weib! Geh und hole Champagner! Heute wird noch gefeiert. Hörst du? Auch die Nazis können auf einen Mann wie mich nicht verzichten. Hörst du? Ich bin wieder da. Größer als vorher. Ich brauche keinen Arzt mehr. Hörst du? Und noch etwas: Heut werde ich's dir noch anständig besorgen. Das sag' ich dir.

Nach einer Weile fragte Matschke:

Haben wir uns verstanden?

Jawohl, Herr Matschke! Ab Montag »Gec« leiten.

Na also! Über eines müssen wir uns allerdings noch einig werden.

Jawohl!

Über die Einquartierungen.

Jawohl!

Derzeit wird das Reichslager der NSV von Ihnen beherbergt. Die haben ja allerhand Ware gestapelt. Die sollen aber raus. Man weiß noch nicht genau, ob die Aktion des NSV vom hiesigen Winterhilfswerk übernommen wird.

Jawohl!

Gestern war ein Vertreter der Kreisleitung dort, angeblich im Auftrag des Heeres. Ihre Gebäude sind sehr begehrt. Aber ich sage Ihnen im Vertrauen. Wir haben den Auftrag der SS-Standesverwaltung, für eine geeignete SS-Kaserne zu sorgen. Und Sie werden mir dabei helfen, Wessel.

Jawohl, Herr Matschke! Ich werde mein Möglichstes tun.

Nicht Ihr Möglichstes, Wessel, alles! Sie werden alles tun, damit wir bei Ihnen eine SS-Kaserne einrichten können!

Jawohl!

Man ist sich oben noch nicht einig. Die Wehrmacht drückt, aber wir haben den besseren Draht. Es werden noch Kommissionen bei Ihnen aufkreuzen. Es müssen ja bauliche Veränderungen und ein Um- und Ausbau der Dampfheizung erfolgen. Ich erwarte von Ihnen alle drei Tage telefonische Berichterstattung, was los ist, und in besonderen Fällen einen sofortigen Besuch. Sie wissen: Feind hört mit. Sie sind ab heute mein Vertrauensmann.

Rudl freudig und dankbar:

Jawohl, Herr Matschke! Sie können sich auf mich verlassen.

Das will ich hoffen.

Und Rudl, noch immer auf der Wolke, mit jedem Jawohl schneidiger, wuchs mit dem Vertrauensvorschuß des Herrn Matschke über seine Wolke hinaus. Seine Schweißflächen unter den Achseln bleichten und trockneten vom abgestuften Rand an aufwärts. Die Wolke hauchte über seine Politur und feuchtete seine Augen. Er verlor den marxistischen Blick. Eine nationale Wolke also. Ein Jahrzehnt Mitgliedschaft bei den Roten ging die Tepl runter und verdampfte zum Teil ab der Sprudelkolonnade in der kühlen Herbstluft. Der Rest floß in die Eger, Elbe, Nordsee. Der Genosse Wessel war innerhalb einer halben Stunde zum Volksgenossen geworden.

Offen und ergeben blickte er sein Gegenüber an. Und als Matschke fragte:

Haben wir uns verstanden?, da sprang Rudl auf, raffte linkshändig seine Aktentasche, schlug die Haken zusammen, stand stramm in Kniestrümpfen und Knickerbocker und rief:

Jawohl, Herr Matschke! Verstanden! Riß dann rechts die Hand zum deutschen Gruß empor und sagte, nein rief:

Heil Hitler, Herr Matschke!

Heil Hitler!

Weihnacht

Militärisches Wendejahr 1943.

Naßkalte Novembertage ziehen ins Land, an denen der Himmel mißstimmig über Platten hängt und sich am Kirchturm kratzt. Die Vogelbeerbäume an den Alleen fingern mit nacktem Geäst ins Grau, und der Löschteich, in dem Gert von den Pimpfen getümpelt wurde, hat morgens schon eine leichte Eishaut.

Annl hat von Oskars Kompanie in der Ukraine noch immer nichts gehört. Die haben dort wohl keine Zeit zum Schreiben, denn die rennen zurück, um den Iwan gut auffangen zu können. Anfang November wurde die 17. Deutsche Armee auf der Krim abgeschnitten, und am 6. November nahmen die Russen Kiew ein. Auf dem Rückzug gehen halt nicht nur Fotoapparate und Ziehharmonikas verloren, sondern auch Briefpapier. Jetzt lag Oskars letztes Schützenloch schon hunderte Kilometer hinter der Front, und kein Hahn kräht dort nach einem Kapellmeister in Panzeruniform. Die Annl denkt an die Zeit in Marienbad und summt manchmal den »Kleinen Trompeter« vor sich hin. Und fällt dabei in ein paar Takte Wechselschritt rechtsherum. Und dann heult sie.

Zu Allerheiligen war die Annl nicht auf dem Friedhof gewesen. Nein! Sie wollte kein Lichtlein anzünden wie die heroischen Witwen in Schwarz, wovon es in diesem fünften Kriegsjahr in Platten schon an die zweihundert gab. Viele gaben sich so, als wenn ihnen die Kriegerswitwenschaft vom Führer und Reichskanzler persönlich verliehen worden wäre. Im stolzen Leid. Ein Status mit gesellschaftlicher Anerkennung. Witwe für Reich,

Volk und Führer. Dafür schaffen die sicher demnächst einen Orden. Aber Annl pfiff auf das stolze Leid der Trauernden. So ein Quatsch: Wie kann man im Leide stolz sein? Noch dazu mit einem Kind im Bauch? Soll sie diesem Kind einmal erklären, daß sein Vater dem Ansturm der asiatischen Horden bis auf den letzten Mann standgehalten hat? (Beliebter Kondolenzspruch des Ortsgruppenleiters Max Kleister.) So ein Quatsch. Der letzte Mann ist ja noch nicht gefallen. Das dauert noch, da gibt's ja noch Millionen davon. Und in Sibirien kann man auch überleben. Bleibt also Hoffnung. Die richtet einen auf, schreibt Franz Greiner in seinem Brief. Jawohl, lieber Franz, das nehme ich dir ab, auch wenn du klingst wie ein Psalm.

Sie ließ auch unter Oskars Bild überm Kanapee kein Lichtlein leuchten. Sollte sie das Schicksal zwingen, in eine bestimmte Bahn lenken, etwas vorwegnehmen, was noch nicht ist?

Nein! Deshalb schrieb sie an diesem 1. November 1943 einen Brief an den Kompaniekommandanten von Oskar, weil sie Klarheit und authentische Information über ihren Mann haben wollte. Aus erster Hand sozusagen. Da habe sie wohl ein Recht darauf. Der Oskar sei schließlich mit ihr und nicht mit der Wehrmacht oder dem Großdeutschen Reich verheiratet. Jawohl! Auch wenn er sie erst kurz vor dem Einrücken geheiratet habe, der Oskar, damit der Gert einen Vatersnamen kriegt. Jawohl! Kurz vor dem Polenfeldzug hatten es ja auch andere plötzlich eilig gehabt. Zum Beispiel der Forstbeamte und Kostgänger bei den Červenkas, Anton Vacin, der die Annl Zwo heiratete. Und der Grünes Seff, der die Marie heiratete. Hehe, sagten damals seine Freunde, der will doch nur ihr Büchslein für fremde Spenden schließen. Schade, mit der hätten wir auch gerne einmal ... Also, auf diese Weise kann man Frauen exklusiv belegen und sich eine bequeme Anlaufstelle in der Heimat sichern, wenn man ins Feld zieht. Und die Frauen sichern sich eine Witwenrente und gesellschaftliche Anerkennung, falls etwas passieren sollte. Und sie würden am Ende nicht als alte Jungfer übrig bleiben, ledig, womöglich mit einem Kind im Bauch. Der Krieg ist halt der Vater aller Dinge, vor allem der Vater der Kriegshochzeiten und der Urlaubskinder.

Soll die Annl jetzt für den Kompaniekommandanten leeres Briefpapier beilegen oder nicht? Nein, irgendwann werden diese Rückzüge ja aufhören. Da hat die Wehrmacht wieder Papier, und sie kriegt einen Brief aus Rußland. Das ist man ihr schuldig. Schließlich ist Oskar ihr Mann und der Vater ihrer Kinder. Für das Großdeutsche Reich mag es ja tausende und abertausende von Oskaren geben, aber für sie ist er der einzige. Fürwahr.

Und deshalb schrieb sie diesen Brief, während Gert mit Großvater Julius und den Veteranen ausgerückt war und stramm neben dem Kriegerdenkmal am Marktplatz im steifen Nordwest stand. Schneewind, sagten die Leute. Julius und Seff Ricken im Waffenrock des Kaisers und der kurzbehoste Gert mit grün und blau gefrorenen Knien, weil er seine Wollstrümpfe nach unten geschoben hatte, die wie eine Ziehharmonika um die Knöcheln standen. Beim kleinen Zapfenstreich hatte er die Dinger noch bis zum Hosenrand ausgehalten, aber schon bei »Ich hatt' einen Kameraden ...« hatte er sie heruntergerissen und sich gekratzt, bis er brennende Striemen am dürren Gebein hatte. Beim Trompetensignal, welches zittrig verquollen zum Kirchturm stieg und nur in der Mittellage einen reinen Ton hielt, salutierte Gert und dachte mit schiefem Blick auf die Hitlerjungen: Hoffentlich schauen diese hochmütigen Laffen, die alle diese schönen Winteruniformen tragen, nicht auf meine Wolldinger da. Und an meine Freunde darf ich gar nicht denken, denn da höre ich schon den Fritz: Der trägt Strümpfe wie ein Mädchen. Sogar mit Strumpfbändern, igittigitt. Da gehe ich doch lieber nackert. Und: Hoffentlich hören die Leu-Leute nicht mei-meine Zähne klappern, weil alle atemlos darauf warten, ob der Till Gugg vom Spielmannszug beim nächsten Solo den Einsatz erwischt.

Der Krieg fordert seine Opfer. Der Till muß die Signale blasen, weil die besten Trompeter in Rußland oder sonstwo stehen. Die Musikkapelle spielt mit Ersatzleuten. Dem Lein Adolf, dem Nachbar der alten Schmieda, will man das Solo nicht zumuten. Der ist schon dreiundneunzig. Wenn der Till noch einmal patzt, wird es Kramuri geben. Mindestens drei Runden Häschen hüpf, auf dem Sportplatz hinter dem Jugendheim. Dafür wird Horst Gläß, der Tambour des Spielmannszugs schon sorgen. Von den Liegestützen und dem Strafblasen ganz zu schweigen. Er, der Gert, hätte das auch gerne gekonnt. Und all diese Leute könnten dann sagen: Seht mal den Gert Wessel. Ist das nicht ein verdammt guter Bläser? Wenn er zu den Hitlerjungen kommt, möchte er zum Spielmannszug. Da wird sich der Horst Gläß nicht beklagen brauchen. Heute noch wird er zu Hause auf der Mundharmonika den Zapfenstreich probieren, zumindest »Ich hatt' einen Kameraden ...«.

Noch vor Martini fiel aus dem angekratzten Himmel der erste Schnee, und Platten lag wie in Watte verpackt. Frau Holle ist die Tuchent geplatzt, sagte Annl, der Schnee kommt zu früh. Also ziehen wir halt die langen Hosen an. Hurra: Es waren solche mit eingenähten Gummibändern um die Knöchel. Hosen wie bei den Hitlerjungen. Da werden die Schindlermädchen im Parterre gelbe Augen machen, denn die laufen noch immer in ihren Wollstrümpfen herum. In Berlin, das die Mädchen verlassen mußten, tragen die Mädchen wahrscheinlich keine langen Hosen. Nur Wollstrümpfe und große Maschen an den Zöpfen.

Gegen Ende November hatten die Dächer schon dicke Hauben auf, und das flockige Rieseln schluckte das Krächzen der Raben und dämpfte den Marktlärm vor der Kirche. Von der Türmerstube aus lief alles wie im Stummfilm ab. Nach dem Andreastag war Sturm zu erwarten, und Julius mußte sich beeilen, die Weihnachtsfichten für die Kirche, für sich und die Annl aus dem Jungwald auf der Neudeker Höhe zu holen. Sonst würde er nicht mehr mit dem Kuhgespann durch den verwehten Hohlweg zum Wald hinaufkommen.

Heut beutelt die Frau Holle, sapperlot, sagte Gert, der sinnierend auf dem Schlitten saß, die mu-muß ganz schön geschwitzt haben heut nacht.

Ja, lächelt Julius, nach dem Winter hat sie keine Federn mehr in den Tuchenten.

Wohnt der Nikolaus bei der Frau Holle?

Nein, der wohnt auf der Wolke daneben. Der geht nur zum Hutzen hinüber, bevor er zu den Kindern fährt. Da trinken sie Tee, und die Frau Holle schüttelt danach die Federbetten aus.

Krieg ich auch was vom Nikolaus?

Nu, do hängst ne Strumpf vurs Fanster, un nochert wer mer schu seh.

Den Baam kannst' wieder mitnehmen, sagt die Annl zu Julius, heier kommt mer ka Baam ins Haus. Je mehr sich ihr Bäuchlein wölbt, desto öfter schaut sie Oskar über dem Kanapee in die stechenden Augen. Ja, auf einmal erträgt sie seinen Blick. So hätte sie in seinem letzten Urlaub retourschauen sollen. Offen und redebereit. Da bräuchte sie sich jetzt vielleicht keine Vorwürfe machen, die auf ihrem Gewissen lasten. Da wäre es vielleicht zu keiner Szene gekommen, nach dieser verpatzten Bettgeschichte. Hatte sie nun Schlappschwanz zu ihm gesagt oder nicht? Sein scharfer Blick aus dem Bildrahmen öffnet ihr Fragenkästchen. Ob seine Brille noch heil ist? Mein Gott, wenn's ihn in den Schnee haut, und er verliert die Brille? Und der nächste latscht drauf? Oskar ist ohne Brille hilflos. Da könnten sie ihn gleich eingraben. Das haben die Tschechen gewußt. Die haben ihn bei der Musterung für ihr Heer untauglich geschrieben. Und bei dieser Kälte beschlägt das Glas. Wie hält er die Kälte überhaupt aus? Er hat ja kein bißchen Fett am Gebein, wovon er zehren kann. Beschlagene Brille und die Kälte gleich an den Knochen. Und sie kramt in seinen Briefen herum: ... blicke mit Genugtuung und Erleichterung auf die gefrorene weiße Fläche vor mir. Da vorne liegen die dunklen Häuflein, frieren langsam zu starren Klumpen. Erledigt. Wie viele sind es? Die Kommissare treiben ihre Leute gegen unsere Linien wie das Vieh. Gott sei Dank haben wir diesen Angriff überstanden, haben sogar in der Aufregung die Kälte vergessen, die gnadenlos in den Gliedern sitzt.

Und statt mit Julius den Adventskranz zu winden, wie jedes Jahr, mit roten Schleifen und roten Kerzen drauf, setzt sich die Annl hin und schreibt, da sie noch immer keine Antwort aus Rußland hat, an Franz Greiner, Oskars Freund, er solle ihr doch in Dreiteufelsnamen einen Kameraden Oskars ausfindig machen, der an jenem denkwürdigen 22. September in seiner Nähe war. Und um dessen Anschrift wolle sie dankbar bitten. Es müsse doch jemanden geben, der genau weiß, was mit Oskar passiert ist, als die Russen die Stellungen überrannten.

Die strümpfestrickende Rößlerin kann vorübergehend das weiße Leichentuch lüften, das sich über die russische Steppe und deren Schützenlöcher legt und von dem die Annl in der Nacht träumt. Am Vorabend zu Andreas kommt sie mit einem Tablett mit sechs umgestürzten Kaffeetassen herüber. Tüpelstürzen: Was kommt im nächsten Jahr, was kommt im nächsten Jahr, singt sie, was soll u-uns beschieden sein? Für jeden zwei Tassen mit Symbolen darunter. Gert hat einen Pfennig unter der ersten Tasse und einen aus einem Foto geschnittenen Kopf Oskars unter der zweiten. Desgleichen die Annl. Nu saht emol, sagt die Rößlerin, Geld bringe ja Glück, und der Kopf Oskars, nu …? Also kein Trübsal mehr blasen, liebe Kinner. Und jetzt tüpeln wir noch eine Runde. Und da ist bei der Annl ein Engelchen aus Wachs dabei: rosa, rund, niedlich, nu saht emol, der Gung kriegt ne Schwesterle, nu saht emol, und wieder ein Kopf Oskars, das bedeutet Rückkehr. Nu saht emol.

Also, da hatte sich die Frau Rößler wirklich etwas Nettes einfallen lassen, und ihre Aufmunterung wirkte bis Nikolo. Einige Mal summte die Annl wieder den »Kleinen Trompeter« und schaukelte sogar ihren Sohn im Takt dazu. Der sträubte sich zwar sperrig gegen den ungewohnten Gefühlsstrom, sehnte sich aber abends im Bett zurück auf ihre Arme.

Am Nikolaustag hatte Gert am Morgen gefüllte, vom Schnee angestäubte Strümpfe vorm gartenseitigen Fenster hängen: Trockenobst, Nüsse und drei Orangen. Und einen geschnitzten Nikolaus (von Julius). Was für Aufregung. Sogar Orangen hat uns die Volkswohlfahrt zugeteilt, sagte Annl nach Fabrikschluß zur Rößlerin, die kriegst' ja beim Pfüller nicht mehr. Nu, und Cebion-Tabletten und Bienenhonig und Kondensmilch. Die Kondensmilch kannste haben für deinen Kaffee, Else!

Aber gleich darauf, als die Annl Gerts Wollstrümpfe zum

Waschen haben wollte, er wollte sie nicht hergeben, obwohl er sie schon zwei Wochen trug, gab's Schimpf und Ohrfeigen, denn er hatte diese Dinger, dieses kratzende, juckende Winterhilfswerk, hast du nicht gesehen, knapp über Knöchelhöhe abgeschnitten und handliche Socken daraus gemacht. Seine Strapse, das verhaßte Gummibanderl um den Bauch mit den Strumpfhaltern dran, diese Schande deutschen Mannestums, hatte er unwiderbringlich in den vereisten Abort geschmissen. Von dort hätte sie nicht einmal mehr der Nikolaus heraufholen können.

Aber nicht deshalb träumte die Annl bald wieder vom Leichentuch über der russischen Steppe, sondern weil zwei Tage nach Nikolaus der erwartete Brief aus Rußland kam.

Oberleutnant Roland Nickel, Abteilungsadjudant, schrieb:

Sehr geehrte gnädige Frau!

Auf Ihre Anfrage wegen Ihres Gatten, des Obergefreiten Oskar Wessel, habe ich die traurige Pflicht, Ihnen mitzuteilen, daß Ihr Gatte, unser lieber Kamerad, seit dem 22. September bei Polgenkoja, südostwärts Isjum vermißt ist. (Nu, weiß ich ja, weiß ich ja schon.) Wir alle hofften noch, aus den Feldlazaretten im Frontabschnitt eine Nachricht über ihn zu bekommen, aber leider gab es bisher kein Lebenszeichen von ihm. Und so erfüllt uns mit Ihnen, sehr geehrte gnädige Frau, echte Trauer über die Lücke, die in unseren Stabs- und Nachrichtenzug der 3. Kompanie gerissen wurde. Wir haben zusammen schöne Erlebnisse beim Barras gehabt, und man wächst im Rahmen des gemeinsamen Schicksals zu echter Kameradschaft zusammen. Um so mehr schmerzt es uns ...

Sie setzt aus, blickt Oskar über dem Kanapee ins bohrende Auge, schmerzt es sie, schmerzt es sie, hörst du, nein, so weit ist es noch lange nicht. Es gibt ja noch Sibirien. Und du bist kein Schlappschwanz, du stehst das durch, ich hab' das auch nicht so gemeint. Ja, das schmerzt mich jetzt, das tut weh, und das nächste Mal nehme ich eine Spirale. Es ist ja nicht, weil ich keinen Willen zum Kind hätte, aber ..., und als wir dir nachwinkten und du im Fenster des Zugs immer kleiner und kleiner wurdest und du dann hinterm Wald verschwunden bist, dort, wo die Gleise vor Breitenbach eine Biegung machen, und als dann der Arzt gesagt hat ..., und die Frau Rößler meint, es wird ein Mädchen, unser Kind, und ich muß diesen Brief an die Schwiegereltern nach Karlsbad ... Um so mehr schmerzt es uns ..., paperlapapp, euch? Da kann ich nur höhnisch lachen. Da müssen euch ja Tausend und Abertausende schmerzen jeden Tag, da bringt ihr ja den Mund nicht mehr zu vor Schmerzgebrüll, da müßt ihr ja platzen müßt ihr, bis zum letzten Mann platzen vor Schmerz und dann niederregnen auf die Steppe. Jawohl, dann ist die Steppe angefüllt mit schwarzen Häufchen, die zu unförmigen Klumpen erstarren, so dicht, daß man mit keinem Fuß mehr dazwischentreten kann, und drüber weht der schauderhafte Wind, der den Schnee hinter die Häufchen bläst.

Ach, Oskar, du schreibst wie im Buch, um so mehr schmerzt es uns ... Ja, Oskar, mich schmerzt der Schlappschwanz mehr als dich. Wieso streiten wir, wenn du da bist, und wieso sehne ich mich nach dir, wenn du weg bist? Wieso habe ich dir das nie gesagt? Und wieso habe ich dir nicht offen in die Augen sehen können? Ach, Oskar, ich schließe mein Fragenkästchen, sonst mache ich mich wirr. Da schaue ich lieber in die Glasvitrine, ja, da blitzt und blinkt es dunkelgrün im Facettenschliff, deine Deckeldose aus Smaragdglas, mein bestes Stück, und die spiegelt sich überm Kanapee in deinen Brillen, sieh mal. Hoffentlich sind deine Brillen noch heil, ohne die bist du ja verloren, nein, du hast ja Reservebrillen dabei. Um so mehr schmerzt es uns ..., nein, diesen Satz nehme ich nicht zur Kenntnis, der klingt ja, als ob ... Soll ich den Brief überhaupt fertig lesen? Weg, weg mit dem Brief! Weg, weg!

Lieber Stollenbacken (wollte ich ja heuer nicht), den ihr, Gert und du, so gerne gegessen habt. Weg, weg! Advent, Advent, ein Lichtlein brennt, du weißt ja: sechs Packerl Hefe, ein Kilo Zucker, ein Liter Milch, drei Kilo Mehl, Salz, ein Kilo zerlassener Butter ... O heiliger Laurentius! Ich muß die Menge reduzieren. Wo krieg ich auf einem Schlag soviel Butter her? Und die Gewürze? Zitronenschalen, Bittermandelöl geht ja noch. Aber wo nehme ich in dieser Zeit Muskatblüte, Kardamom, Piment und Vanillezucker her? Ein Rezept für acht Stollen. Da treib' ich keine Zutaten dafür auf. Unmöglich, ich kann dir ja auch keinen schicken so wie voriges Jahr, ich hab' ja deine Adresse in Sibirien nicht. Also, ich mach heuer nur vier Stück. Aber Adventkranz kommt mir keiner ins Haus. Und auch kein Punkinnlbaum. Es brennen mir schon zu viele Lichter ringsum im Ort. Totenlichter. Und zu Weihnachten werden es noch mehr sein. Nein, ich zünde auch keine Lebenslichter an. Ein Lebenslicht ist rasch ausgeblasen. Ich zünde heuer überhaupt keine Lichter an.

Und sie brachte es zustande, den angefangenen Brief (entschuldige, Oskar!) unterhalb des Glasschranks in eine Schublade zu legen. Um so mehr schmerzt es uns ..., ja, ja, und dann begann sie mit hektischem Eifer Stollen zu backen. Und während sie ihre Ingredienzen zusammentrug, die Weihnachtszuteilung an Lebensmitteln half dabei, nur bei den Gewürzen mußte sie auf einiges verzichten, während sie den Teig mengte und auf die Dachbodentreppe stellte, der mußte ja einen Tag lang treiben, während sie die Fülle vorbereitete, sie hatte die Schalen der Nikolausorangen getrocknet und geschnitten, hatte kandierte Zitronenschalen, Korinthen und gebrannte, gehackte Mandeln beigemengt, während die Frau Rößler braunen Zucker und Rum beisteuerte, die Fülle mußte auch einen Tag stehen, während Gert mit gewaschenen Wollstrümpfen, nein, Wollsocken und geblähten Nasenflügeln diesem verführerischen, durchs ganze Haus ziehenden Duft nachhing und heimlich um den Teig auf der Bodentreppe schlich (fällt ja nicht auf, wenn ich mal ...), während die Annl nach zwei Tagen die Teigmasse mit der Fülle mengte und knetete, walkte, zog, und wieder knetete, walkte, zog, bis ihr die Stirn perlte, während sie Gert von Schürze und Herd scheuchte, itze gib dei Drackfinger weg, du Niglnagl, host schu wiedr im Teig bohrlt, da zog es sie, jedesmal wenn sie die Kredenz kreuzte, zur Schublade wie den Magnet zum Eisen. Fast wäre ihr lieber gewesen, sie hätte den Brief nie bekommen.

Schnee, Schnee, Schnee.

Das weiße Treiben rückt die Sondermeldungen des Großdeutschen Rundfunks ins Abseits. Auch ich, der Türmer, vernachlässige meine Generalstabskarte hinter dem Holzpaneel. Rückzugs-, Absetzbewegungen und Frontbegradigungen bekommen den Stellenwert von Wetterberichten.

Schnee, Schnee, Schnee.

Bei Schindlers im Parterre, den Bombenflüchtlingen aus Berlin, blieb es trotz hellen Tages zappenduster. Die konnten nicht mehr aus den Fenstern sehen, so hoch häufte sich die weiße Pracht. Während der Brückenkopf Cherson am Dnjpr von unseren Truppen geräumt wurde, mußte Herr Rößler aus seinem Schlafzimmer im ersten Stock mit der Schaufel in der Hand in eine Schneewächte hupfen, um an die Haustüre zu kommen. Unten stand er bis zur Brust im Schnee und rief zu seiner Else hinauf, sie solle die Verdunkelung hochziehen und das Licht anmachen, er sehe nichts. Außerdem habe er einen Stiefel verloren. Um diese Zeit – es war sechs Uhr morgens und finster wie in Abrahams Schoß – werden schon keine Flugzeuge kommen und ausgerechnet auf ihn eine Bombe schmeißen. Else solle sich tummeln, weil er ja in den Dienst müsse. Heimatfront: Produktion von verzinkten Blechnäpfen. Sie arbeiten nach Termin, weil vor Weihnachten noch eine Lieferung an die Ostfront abgehe. Blechgeschirr gegen asiatische Horden.

Während Annl ihre vier kunstvoll geflochtenen Striezel noch einen Tag treiben ließ, konnte sie der magnetischen Schublade noch widerstehen, aber noch bevor sie die Striezel zum Bäcker Wenzel brachte, sie brauchten bei vorgewärmtem Backrohr zehn Minuten lang zweihundert Grad Hitze und fünfundvierzig Minuten lang einhundertfünfundsiebzig Grad, griff sie in die Lade und hielt den Brief des Abteilungsadjutanten in den Händen: ... Schmerzliche Lücke ... Kamerad ... Um so mehr schmerzt es uns ... 22. September ... Am Morgen griff der Gegner nach starker Artillerievorbereitung unsere Stellungen an, und es gelang ihm beim linken und rechten Nachbarn einzudringen. Wir mußten uns langsam absetzen, um nicht von zwei Seiten abgeschnitten zu werden. Weiß ich schon, weiß ich schon, lieber Herr Nickel, ich brauche keinen Wehrmachtsbericht.

Jawohl, der Oskar war bei diesen Angriffen besonders tapfer, weil er ja hundert Meter vor dem Bunker im Deckungsloch hockte und von dort seine Funksprüche abgab. Jawohl, jede Standleitung war sofort zerschossen, da blieb nur der Funk. Wie konnte der Oskar überhaupt aus dem Loch gucken, wenn ringsum die Artillerieeinschläge …? Ja, über den Verbleib meines Gatten konnte niemand genau Auskunft geben, auch nicht bei der vierten Kompanie. Ja, und ihr hofft alle, daß ihr euren alten Kameraden wieder wohlbehalten in eurem Kreis begrüßen könnt. Nu, das schreibt der Nickel wie der Greiner und der Rudl. Was einen aufrichtet, ist die Hoffnung. Weiß ich, aber: War der Oskar allein im Loch? Gibt's ja nicht. Auf seinen Fotos ist immer ein zweiter dabei. Wer war also der zweite? Und wie war das mit dem Funken? Wer hatte mit ihm den letzten Funkkontakt? Und was hat er da gesagt? Und wann und von wem erfährt man, wer gefangen worden ist? Lieber Herr Oberleutnant Nickel! Das hätte ich gerne gewußt. Und dann schrieb sie an das Rote Kreuz in Berlin. Das konnte vielleicht die Namen der Kriegsgefangenen in Rußland erfragen.

Schnee, Schnee, Schnee.

Schnee und Kälte haben wir im Erzgebirge schon immer genug gehabt. Und ich frage mich, wenn ich dein Alter orte und dich auferstehen lasse, dich zum kaiserlichen Kroaten, Schweden oder Pappenheimer stemple, ob du vielleicht erfroren bist, du Haupt aus Alabaster, so blank und unverletzt. Der Helm, den Julius und ich neben dir gefunden haben, war nicht der deine, denn das ausgefranste Loch knapp oberhalb des Halslaufs müßte auch im Schädel des Helmträgers … könnte von einem Hellebardenhieb oder einem Schuß von hinten stammen. Von den Wintern im Dreißigjährigen Krieg finde ich leider keine Aufzeichnungen in meinen Chroniken. Aber hundert Jahre vorher, als unser Platten noch evangelisch war, hat der Pastor Schmatzer, der eifrigste unter den Chronisten, nicht nur penible Aufzeichnungen über Geburten und Sterbefälle, über Pest und Cholera, über Mord und Totschlag und die Reibereien mit den benachbarten Bergrevieren, sondern auch über das Wetter geführt. Seine Kirchenbücher lesen sich wie Romane. 1556 etwa lag der Schnee von Martini bis Ostern. Der Schnee lag zeitweise so hoch, daß die Fuhrleute ihre Wagen auf freiem Felde stehen lassen mußten. Bei Gottesgab und am Mückenberge erfroren die Leute. Der Schuster Joachim Merkel wurde mit seinen Kindern von Wölfen angefallen und aufgefressen. 1571 schneite es von Anfang Januar an vierzig Tage und Nächte. Die Leute konnten wochenlang nicht aus dem Haus und waren am Verhungern. Diejenigen, die sich hinauswagten, kehrten nicht zurück. Niemand konnte zur Kirche gehen. Und dann die Kälte: Das Wasser ist in Küchen und Kästeln gefroren, Bier und Wein in den Kellern. Vielleicht, lieber Freund, bist du ein Zeitzeuge für jene weißen Leichentücher über dem Erzgebirge. Weiß nicht: Unten im Egerländischen und draußen im Tschechischen sind die Winter nie so schlimm gewesen wie hier oben.

In Rußland hat es immer weiße Leichentücher gegeben, von denen die Annl träumt, wenn auch der Schnee nicht so hoch liegt. Dort weht der schaurige Wind den Schnee nicht nur hinter die Schollen, sondern auch hinter die gefrorenen Leichen. Da müssen die Wölfe nicht viel im Schnee buddeln, bis sie am Gefrierfleisch sind. Annl denkt an Oskar, denn es ist wieder ein Brief gekommen. Ein Luftpostbrief von Franz Greiner: Im Osten, 14. Dez. 1943. Liebe Frau Wessel! Franz Greiner als Künstler, denn er hat die Anrede mit einer schwungvollen Schleife gerahmt. Wie Oskar wird er dann auf vier Seiten poetisch. Da draußen im Schützenloch frieren also mitfühlende Tiefgänge nicht ein wie das Wasser im Topf. Liebe Frau Wessel, glauben wir doch an Gerechtigkeit und das Gute im Leben. Auch dieser Krieg findet eines Tages sein Ende, dann werden die Zweifel und das Dunkel um das Geschick lieber Menschen gelüftet werden. Bis zu diesem Tag wollen wir doch stark und gläubigen Herzens bleiben. Glauben Sie fest an eine Wiederkehr Ihres Gatten aus der russischen Gefangenschaft, auch unter den Russen gibt es Menschen. Also nun, der Franz schreibt ja schöner als Oskar, der schreibt wie Hochwürden, das treibt dir die Tränen ins Gesicht. Aber was ist mit dem zweiten Mann im Deckungsloch? Gab es einen zweiten? Und wenn, was ist mit dem passiert? Jawohl, es gab einen; war ein junger Abiturient, frisch aus der Heimat, das erste Mal im Fronteinsatz, von dem kenne er sogar Namen und Heimatadresse: Ist aus Erlangen, das dürfe er sagen, aber vorläufig nicht mehr, da zuerst seine Angehörigen von der Truppe verständigt werden müßten. Weil er auch vermißt ist. Und der Abteilungsadjutant – die Annl wisse dies ja – ist wegen des Rückzugs mit dem Schreiben im Rückstand. Versteht man ja. Der wird viele Briefe schreiben müssen. Eine undankbare Aufgabe. Da ist Greiners Brief wirklich ein bißchen Trost. Was uns aufrichtet, ist die Hoffnung. Jawohl! Und der Franz wird ja Namen und Heimatadresse des zweiten Mannes im Deckungsloch bei Polgenkoja, südostwärts Isjum, bekanntgeben. Da kann sie dann nachfragen. Vielleicht haben seine Angehörigen Nachricht. Vielleicht fährt sie nach Erlangen. Ist ja nicht gar so weit weg.

Wie ineinander verkrampfte Gichtfinger stehen die Äste der Kirsch- und Apfelbäume gegen die Rottöne des Sonnenuntergangs. Die Eiszapfen an den Dächern leuchten, und durch manche Fenster fällt letztes Licht auf aufgeputzte, die Erzgebirgler sagen angezogene Tannen und Fichten. Im Westen meiner Türmerstube pinseln die Farbschattierungen Gemälde in die Fensterrahmen, und unter mir liegt der Ort wie ein Krippenpanorama. Auf der Tagseite liegt noch der Lichtzauber von Diamantfeldern. Auf der Nachtseite verschwimmen allmählich die Konturen und werden bald vom Dunkel verschluckt sein. Im südwestlichen Fensterrahmen hingegen, mit den Sichelspitzen zum Totenkopf, gewinnt der Mond an Gestalt. Oben am Plattenberg gleißt ein Turmfenster wie Silber über dem Wald. Es verkündet eine kalte Nacht. Wegen der kriegsbedingten Verdunkelung stören keine Lichter die Einheit von Ort und dämmernder Landschaft. Winterschlaf. Kein feindliches Flugzeug soll durch kerzenbestückte Christbäume in den Fenstern angelockt werden. Eine solche blaue Stunde voll Ruhe, Frieden und

Natur gibt es auch in diesem Krieg. Vorausgesetzt, man sitzt nicht in den Ruinen Berlins oder einer anderen Stadt. Die Welt wartet auf die Geburt eines Kindleins oder das Kriegsende oder den Sieg oder die Geschenke oder sonst was. Glória in excélsis Deo. Also draußen kein störendes Licht. Nur herinnen erhellen die Fensterchen meiner Krippe tröstlich die Giebel, Erker, Arkaden, Zinnen und Türme von Bethlehem, und aus Höhlen und Stollen glimmert und glitzert es im Scheine von Laternen und wetteifert mit den Himmelsgemälden in den Fenstern. Auch der Totenschädel leuchtet aus dunklen Augenhöhlen. Solange ich die Leuchten hinter dem Helm, hinter dem heiligen Martin und dem Gekreuzigten nicht anknipse, brauche ich keine Verdunkelung.

Meine Krippe steht das ganze Jahr hindurch als Blickfang. Den spirituellen Sinn gebe ich ihr erst am zweiten Adventssonntag, wenn ich Gerts Surmbannführer aus dem Stall hole, der dort Ochs und Esel requiriert, und stattdessen Josef und Maria samt Jesukindlein zu den Viechern stelle. In dieser stillsten Zeit des Jahres muß der Gung auf die Krippe als Kriegschauplatz verzichten, sonst bringt ihm epper das Punkinnl, das Christkind, nichts.

Während also in den Häusern unseres Städtchens schon die Tische gedeckt werden, manche Frauen für den abwesenden Vater ein zusätzliches Gedeck richten (sinst kriegt er heit ka Ohmdassn), während der Hunger noch warten muß, obwohl Mittag gefastet wurde, während vor dem Finsterwerden Obstbäume geschüttelt werden, Regen bringt Segen, während in den Ställen Weihnachtsfutter und in den Vogelhäuschen Kerne und Nüsse gestreut werden, während in vielen Stubeneingängen Stroh ausgebreitet wird, Symbol dafür, daß der Heiland auf Stroh gelegen ist, während die vierte deutsche Panzerarmee in der Ukraine eine besondere Art von Bescherung empfängt, die Sowjets sind dort zwischen Kiew und Schitomir zur Winteroffensive angetreten, da marschieren in den nachdunkelnden Himmel und das wachsende Violett hinein ein großer und ein kleiner Schattenriß: Gert Wessel und seine Mutter auf dem Weg zum Koneshäusel.

Mir kimmt en Heilichohmd ka Baam ins Haus, hatte Annl seit Wochen gesagt und Julius' Fichte den Schindlers geschenkt. »Zuckerzeig« zum Anziehen habe sie sowieso zu wenig, die einhundertfünfundzwanzig Gramm Weihnachtszuteilung solle der Gung vernaschen. Und Seidenpapier zum Einwickeln und Stanniol und Buntpapier für eine neue Kette seien nicht zum Auftreiben. Nicht einmal zum Eierlikörmachen habe sie heuer Lust.

Kann das Punkinnl fliegen? Will Gert wissen.

Da mußt ne Onkel Pat frag'n. Der is' bei die Flieger.

Find' uns das Punkinnl in der Nacht? Mir haben ja verdunkelt.

Nu, die Flieger fliegen auch bei Nacht. Und die finden die Ziele, wo sie ihre Bomben hinschmeißen müssen. Frag den Onkel Pat.

Schmeißt der Onkel Pat auch Bomben?

Glaub nit, der is' bei die Jäger. Frag ihn.

Jawohl, der Onkel Pat ist bei den Jägern. Der ist Partisanenjäger in Italien. Und jetzt ist er auf Urlaub. Den haben sie heimgeschickt zu Marie für vierzehn Tag, weil seine Partisanen auch auf Urlaub sind. Der Vater der Schindlermädchen ist auch auf Urlaub. Die halbe Wehrmacht auf Urlaub? Kein Wunder, daß die Sowjets am Heiligen Abend mit ihrer Winteroffensive begonnen haben. Der Schindlervater ist gar nicht nach Berlin gefahren. Der hat gewußt, daß Luise und Frieda mit ihrer Mutter und Großmutter bei uns in der Bindergasse wohnen. In Berlin wäre er vor einer traurigen Ruine gestanden. Nicht alle Väter, die auf Urlaub kommen, finden ihre Familien. Die stehen dann blöd vor der Ruine. Vielleicht hängt ein Zettel an einem Balken oder Ziegel. Darauf steht: Sind in Bergstadt Platten, Sudetengau, Bindergasse 188, oder beim Förster Franz Fladerer und seinem Sohn Fritz. Oder im Jugendheim. Oder bei Oma in Bärringen. Viele Urlauber finden keinen Zettel, sondern gar nichts oder nur ein paar Kreuze hinter der Ruine, dort, wo früher der Garten war. Die haben keine Freude am Urlaub und fahren zum Roten Kreuz oder der Volkswohlfahrt oder wieder nach Hause zu ihren Kameraden im Schützengraben.

Onkel Pat hat schon Freude am Urlaub, grinst von einem Ohr zum anderen in seinem viereckigen Gesicht, blinzelt mit seinen wasserblauen Augen, wackelt mit den Ohren und sagt: Nu, Gung, sieh emol o, du giehst mer jo schu bis an d'Knie. Bist' nu immer a Hosenscheißer?

Also, Onkel Pat ist mit Abenteuern vollgestopft. Und so sitzt bald, während die Marie beflügelt mit glühenden Wangen über den Töpfen werkt und sich von Annl nicht helfen läßt, Gert neben seinem Großvater auf der Eckbank hinter dem Tisch und lauscht mit aufgestellten Ohren den Erzählungen des Partisanenjägers. Das waren andere Weihnachtsgeschichten als die von Karl Heinrich Waggerl, welche die Mutter sonst liest. Denn da war was los: Da wurden Dörfer und Gehöfte durchkämmt, Türen eingetreten und Handgranaten geschmissen, im oberen Apennin zwischen Parma und Busana. Und einmal, nach einem Nachtmarsch durch die Berge, erzählt Pat, wir mußten eine von den Partisanen beherrschte Schlucht umgehen, an der Via Franca, da zog schon Karl der Große nach Rom, in einem Kaff mit einer alten Basilika, romanisch, nicht so ein Barockkitsch wie bei uns, da mußten wir rein in die Kirche, weil wir einen Tipp bekommen hatten. Zuerst die Beichtstühle durch, dann die Sakristei, dann zum Altar mit Ziborium. Kennt ihr nicht, was? Na, ihr lebt hier ja hinter den sieben Bergen. Also, hinter dem Altar eine Falltür am Boden, zur Krypta hinunter. Einer reißt den Deckel auf, und unser Leutnant – kann perfekt Italienisch – schreit runter: Kommt raus, oder ihr kriegt eine Handgranate auf den Dietz. Testa, schreit er natürlich: Kopf. Und da kommen sie rauf mit erhobenen Händen, fünf oder sechs. Und wir raus mit ihnen mit angelegter MP, und draußen ... draußen? Da kriegen wir einen Schreck, weil unsere Wachen am Boden ..., die Kehle durch. Seff illustriert mit einer kurzen Handbewegung. Und ringsum auf den Dächern, hinter der Dreifaltigkeitssäule, hinter Hausecken und vom Campanile herunter die Mündungen von Gewehren, und unsere Gefangenen blitzartig zu Boden, und über ein Megaphon da schreit einer ... Und dann hat's gekracht, sagt Gert mit heißem Gesicht (Krippenspiele, Krippenspiele). Nein, sagt Onkel Pat, das wäre Selbstmord gewesen, und macht einen kräftigen Zug aus der Bierflasche. Aber da trägt die schwitzende Marie den ersten Gang auf: Arwessupp, sagt sie, Erbsensuppe. Un sauf nit aus dr Flasch, Dudelsack, host in Italien nischt dazug'lernt? Und der Seff grinst wieder von einem Ohr zum anderen, zwinkert unter den buschigen Augenbrauen, wackelt mit den Ohren – komm, probier's auch mal – und verzieht seine geplatzten Äderchen am Backenknochen, schau: ein Frosch. Ein anständiges Pils wäre ihm jetzt lieber, sagt er dann, was is'n das für dunkles Dünnbier? Einfachbier, sagt Marie, ein neues Sparbier, damit du nicht gleich besoffen wirst.

Da machen wir gleich den Blutzer auf, sagt er, den er aus Italien mitgebracht hat. Ein Merlot aus der Gegend von Parma. So was habt ihr noch nie getrunken, ihr lebt hier ja wie die sieben Zwerge. Ja, um die Welt zu sehen, muß man beim Barras sein. Aber so was Schönes wie den Winter hier, das gibt's in Italien nicht. Jo, die Barch sin schie. Und er wolle gleich in den nächsten Tagen zum Bobfahren hinaus, und das Gungala kommt mit, jawohl. Wir borgen uns vom Turnverein einen Bob aus, machen rauf auf den Plattenberg, und dann ab die Post. Gelle?

Aber zuerst gibt's Stockfisch mit Erdäpfeln und Senf, sagt Marie, und dann Pflaumenbrie und später Stollen und Punsch.

Und morgen gibt's Sauerbraten mit grünen Klößen und Merlot, sagt Seff. Nu, wie schmeckt euch der Wein?

Itze ass erst emol ne Fisch un hör endli mit de Qualmerei uf. Man sehe ja nicht einmal mehr bis zum Christbaum hin. Sieh emol dei gelb'n Finger o. Pfui Teifi. Wozu habe man ihn zum Barras geschickt?

Und dann will Julius wissen, wie es mit den Partisanen weitergegangen sei.

Nu, wie schu, sagt Seff. Hände hoch und rauf auf einen Lastwagen und dann rein ins Gebirg. Nu, du kannst dir unseren Mulm vorstellen. Die wollten uns ja nicht zur Kur fahren. Nu, da bin ich in einer Kurve runter vom Lastwagen und einen Hang hinabgekugelt. Amici, auf Wiedersehen, Ciao. Nu, und die haben das gar nicht bemerkt. Kein Schuß oder sonst was. Weiß nicht, was mit den Kameraden passiert ist. Habe nichts mehr davon gehört. Wahrscheinlich vermißt.

Und bei diesem Stichwort kriegt die Annl feuchte Augen und sagt, er solle jetzt mit den ewigen Kriegsgeschichten aufhören. Was sei denn das für ein Thema am Heiligen Abend, da komme überhaupt keine Stimmung auf. Und für sie interessiere sich wohl niemand, sie sei schließlich im fünften Monat schwanger, ob er das überhaupt schon bemerkt habe. Und noch dazu der Mann vermißt. Und dann sagt die Marie, mein Gott, sie tue ja wie eine Katze, der man auf die Pfoten gestiegen ist, und man solle doch einen Fronturlauber, der vom Lkw gehupft ist, seine lebensgefährlichen Geschichten erzählen lassen. Nur qualmen und saufen solle er nicht so viel. Und sie beklage sich ja auch nicht, wo sie doch den ganzen Abend die Fresserei gemacht habe und auch keinen Dank dafür kriege oder wenigstens ein Vergelt's Gott, net emol en Heilichohmd. Und schließlich sei der Seff in zwei Wochen wieder weg, aber sie, die Annl, sei dann noch immer schwanger. Und da heult die Annl los: Niemand verstehe sie in ihrem Unglück, sagt sie ruckweise gequetscht und putzt sich die Nase. Jede Nacht träume sie von weißen Leichentüchern. Und der Seff, der ja ein guter Lapp ist (wenngleich ein Weiberer, wie Marie sagt), meint, das sei ein gutes Omen, denn Träume sind Schäume, und wenn das Leichentuch weggeschäumt ist, schaue am Tag danach die Welt wieder rosiger aus. Und der Hauptfeldwebel Bodensack zum Beispiel sei südöstlich von Tripolis abgeschossen worden und war vermißt. Nu, und nach einem halben Jahr, als Rommel nach Südwest vorgestoßen war, haben sie ihn gefunden. Putzmunter in einer Oase, und eine Beduinin sei sogar von ihm schwanger gewesen. Auch im fünften Monat. Und er schenkt seiner Schwester noch einen Merlot ein und sagt, an ihrer Schwangerschaft sei er diesmal aber nicht Schuld und grinst, das müsse sie schon selbst verantworten, und von ihm aus könne sie jetzt den Karl Heinrich Waggerl lesen. Aber da wollte Gert wissen, ob das Punkinnl fliegen könne, wenn es so saukalt ist wie heute, denn er hatte in der Wochenschau gesehen, wie ein Flieger wegen

Vereisung der Flügel abgestürzt ist, und da grinst der Onkel Pat wieder ohrenweit und meint, da bräuchte Gert keine Angst zu haben, weil die Flügel vom Punkinnl seien aus Adlerfedern und ist ein Adler jemals vereist? Es werde sich ja gleich herausstellen, ob das Christkind da war und etwas gebracht hat.

Also, bei den Flugzeugen ist es anders als beim Christkind, sagt Onkel Pat.

Und in null Komma Josef ist er in der Luft, sitzt in der Kanzel seiner Messerschmitt und hält auf einen Tommy zu: Hat mich nicht gleich gesehen, weil ich aus der Sonne heraus ... Und als ich etwa im Angriffswinkel von ... und den ersten Feuerstoß ..., da hat er mich erst gesehen und kippt schon nach rechts ab und taucht unter mir durch. Und Seff illustrierend mit beiden Händen, elegant und beweglich wie die Schwäne bei Tschaikowsky, links die wegtauchende Spitfire, rechts die Messerschmitt mit gelben Fingern, dem Tommy hinterher, ein Pas de deux über der Straße von Bonifacio. Und da habe ich ihn wieder im Visier, aber da hör ich meinen Staffelkapitän: Paß auf! Hinter dir. Da hat sich einer rangemacht von oben, hab ich nicht gleich bemerkt, und da ist's auch schon passiert. Ratatata in die linke Tragfläche und den Motor, da ist gleich Rauch raus, und mein Staffelkapitän schreit: Steig aus! Und ich raus, und die Maschine schmiert schon ab. Und als ich dann so pendle, zirka dreißig Kilometer nordwestlich Sardinien – hab' ich euch ja geschrieben –, und ich denk noch, hoffentlich gibt's da unten keine Haifische, da kommt der Tommy vorbei, diese Filzlaus, die mich erwischt hat, gute zehn Meter neben mir, und salutiert. Ich sag euch, das nenn' ich Haltung.

Und das erzählt der Seff zwischen dem Pflaumenbrie und dem Stollen mit Punsch. Und der Gert sitzt mit offenem Mund, schaut dem Onkel Pat auf die kurvenden, wellenschlagenden Schwanenhände: Das muß er seinem Freund Fritz weitererzählen. Hoffentlich kommt die Mutter jetzt nicht mit dem Waldbauernbuben. Aber der Onkel Pat wie aufgezogen mit einem Landserwitzchen: Wie machen es die Deutschen in der Liebe?

Kennt ihr den? Nein? Nu, die machen es langsam und bedächtig: Sieeg-Heil! Sieeg-Heil! Und er schiebt seinen angewinkelten Arm mit den Raucherfingern vor und zurück, locker aus der Schulter heraus wie einen Kolben seiner 12-Zylinder Me 109. Und die Italiener? Nu, huddelig hops drops: Dolce-dolce-dolce. Sechzigmetersprint. Der Gert lacht mit Seff und Marie, während die Annl den schweigsamen Julius anschaut. Muß das sein am Heiligen Abend?

Und jetzt ein Weihnachtsgedicht, sagt Seff, das auch der Gung versteht:

Adpfent, Adpfent, der Bärwurz brennt.
Erst trinkst du oan, dann zwoa, drei, vier,
dann haut's di mit dem Hirn an d'Tür.

Nein, dieses Gedicht brauche er sich nicht zu merken, sagt die Annl, und auch den Witz nicht, und jetzt machen wir lieber die Bescherung.

Also zinden mer ne Baam o, sagt Seff, Vatr wu is'n mei Feierwehrhelm. Vorsicht sei die Mutter der Jungfrau Maria, und dann singt er: »Flamme empor, Flamme empor …«

Und dann kramt er seine Mitbringsel hervor: ein schwarzes Schiffchen mit Quaste und Abzeichen der italienischen Schwarzhemden für Gert. Einige Bündel Rosmarin, Thymian und Pfefferkörner für Marie und ihren Sauerbraten. Nie hätte er an schwarzseidene Unterwäsche gedacht wie Vacin in Paris. Marie würde in so was aussehen wie ein aufgetackeltes Zirkuspferdchen. Hihi, die Marie in Strapsen? Die könnte sie höchstens als Sockenhalter verwenden, bei ihren kurzen Stampfern. Also für Julius hatte er Schnupftabak und eine Flasche Grappa mit: Mußt du mal mit deinem Vogelbeer vergleichen. Nur, o weh, an seine Schwester hatte er nicht gedacht. Für dich ist der Wein, sagte er. Typisch Seff, sagt die Annl, außerdem hast du schon ein Viertel von dem Blutzer geschluckt. Ihr wäre ein anständiger Eierlikör lieber gewesen. Und dann wollte Seff »Hohe Nacht de-er hellen Sterne …« anstimmen, aber Annl wollte kein Parteilied. Wenn schon, dann »Stille Nacht«, aber heute nicht, denn sie habe schon genug geheult. Das Christkind wird ihr das schon nachsehen. Jetzt heult aber Gert los, denn er hat ein weiteres Geschenk ausgepackt, nämlich feinsäuberlich gestrickte Wollstrümpfe. Die könne sich das Punkinnl wieder abholen, greint er, diese kratzenden, beißenden Biester. Warum nimmt man einem armen Schaf die Wolle weg? Das friert jetzt, und ich brauche die Dinger nicht. Da haben es die katholischen Schafe in den Krippen viel besser, die haben alle ihre Haare dran. Und das Jesukindlein in der Krippe habe ja auch keine Wollstrümpfe, weil das würde den Schafen so was nie antun, und mit Wollstrümpfen könne er bei den Pimpfen nie Fanfare blasen oder trommeln, die nehmen keine solchen Volksgenossen, noch dazu mit Strumpfbändern. Und der Onkel Pat lacht sich schief und krumm, als er erfährt, daß Gert die Vorgängerstrümpfe zu Socken geschnitten hat und denkt, seiner Marie hätte er Sockenhalter als Strapsgürtel mitbringen sollen, hihi, haha, aber sagen traut er sich das nicht.

Und Gert wird erst wieder ruhiger, als er neue Fäustlinge probiert und die Strickhaube, die aussieht wie die Fliegerhaube von Onkel Pat. Begeisterung packt ihn aber erst, als er den Guckrahmen des Raumbildverlags auspackt: »Reichsparteitag der Ehre« und »Der Polenfeldzug«. Da hockt er versunken und schaut in die vom Kerzenschein umrandete Zeitgeschichte, marschiert in Nürnberg und Warschau mit SA und Wehrmacht ein, in schwarzweiß zwar, aber mittendrin, dreidimensional, umflattert von Fahnen und Standarten, hast du nicht gesehen, und die Bajonette blitzen, und der Takt der Stiefel dröhnt.

Umdrahn, sagt Onkel Pat, dreh dich um! Das Licht muß von hinten reinfallen. Und da sieht er alles noch besser: die vorrükkenden Panzer, die schneidigen Kommandanten im schwarzen Barette, die polnischen Gefangenen, die Juden in Tarnopol und die Partisanen an den Ästen. Plastisch, berührbar, atemlos. Besser als die Fotos seines Vaters. Und die Marie bemüht sich mehrmals nachhaltig: Des is fei vu mein Punkinnl is fei des. Vu Marie sein Punkinnl.

Siehst du, mein Freund, der du so weihnachtsstimmig aus den Augenhöhlen leuchtest, als makabre Konkurrenz zur Krippe, unser Ortsgruppenleiter Max Kleister wollte die Mette auf den Christtag mittag verlegen. Wegen der Fliegerangriffe des Westfeindes, die keinerlei Rücksicht auf die Geburt unseres Herrn nehmen und ihre Bomben auf jedes Brauchtum schmeißen. Da könne man ja unser höchstes Fest gleich abschaffen, empörten sich die Plattner, bei uns gibt's ja keine Fliegerangriffe (dieser Blödmann Kleister), die werden wegen uns doch keinen Treibstoff und keine Bomben vergeuden. Und wenn schon, dann solle sich der Max doch auf den Plattenberg setzen und mit der Taschenlampe blinken, zum Naz runter, zweimal kurz, einmal lang, wenn die Feinde kämen, und wir blasen dann die Kerzen in der Kirche aus. So haben's wir ja auch im Dreißigjährigen Krieg gemacht, als die Kroaten kamen. Von Turm zu Turm. Nur haben wir damals keine Taschenlampen gehabt.

Und so krabbelten am Nachmittag des Heiligen Abends zwei Jungzüge HJ unter der Parole »Westfeind« – die brauchten einen Wehrtitel – und der persönlichen Aufsicht von Max Kleister an den Wänden und Fenstern der Kirche herum, den bleigefaßten Heiligen, dem Laurentius, dem Lamm Gottes und der Jungfrau Maria, und klebten Trauerfahnen und schwarze Pappe ans bunte Glas. Sogar die Inschrift im hinteren Kirchenschiff »Dies Fenster hat der löbliche Sattler Heinrich Kleister gestiftet, 1887«, der Großvater von Max, wurde gnadenlos zugeklebt.

Für diese Mettenrettungsaktion hatte sich Kleister allerdings ausbedungen, daß die HJler in Uniform und Deckel auftreten durften. Eine kleine positionale Korrektur im Verhältnis der örtlichen politischen zur kirchlichen Instanz sozusagen. Aber zur Mette kommen sie wieder zivilisiert, hatte Hochwürden verlangt. Auch jene, die sonst nicht kommen.

Nun, mein Freund, leuchte hinauf zur letzten Stufe ins Glokkengebälk, damit ich den Tritt finde, hinaus in die klare Nacht, um die Mette einzublasen (die Glocken sind ja im Krieg).

Als ich das erste Mal mit aller Kraft gegen Mond und Sterne blase und beinahe am Mundstück des Horns klebenbleibe, lösen sich vom Koneshäusel nur Julius und Annl aus dem Schatten und nehmen den glitzernden Weg zur Kerch. Julius im schwarzen Doppelreiher mit Biberpelz, mit Sonntagshut und Gamaschen. Annl ebenfalls im Doppelreiher mit Pelzbesatz, selbst geschneidert, tailliert, glockig aus den Hüften. Ein russisches Wintermärchen mit zwei offenen Knöpfen am geschwollenen Bauch. Nur der flotte Hut mit Hahnenfeder, ein Geschenk Oskars, paßt nicht zum Märchen. Sie ist gekränkt. Dieser Fallot von Bruder. Wozu hat sie ihm Fäustlinge gestrickt? Nicht daß sie ein Geschenk erwartet hätte, so isser halt, der Seff, nein, nein, aber ein bißchen Mitfühlen mit ihrer Bauchwölbung hätte sie schon erwartet. Und dann verweigert ihr Sohn noch dazu das Heimgehen, weil er beim Onkel und dessen Kriegsgeschichten bleiben wollte. Außerdem wollen sie morgen Bob fahren gehen.

Soll sie zur Mette ...? Nein, sie geht nicht zur Mette. Sie geht gleich nach Hause und legt sich nieder. Und Julius mit der Laterne in der Hand, dem schweigenden Mitleid in der Seele und bedauernden Vergleichen im Kopf räsoniert: Nun ja. Früher war halt alles anders.

Ja, früher haben sechs Bläser der Stadtmusik unten vor der Kirche nach meinem ersten Hornsignal den letzten Ton aufgenommen und in die Weihnachtslieder übergeleitet: »Es ist ein Ros' entsprungen ..., Maria durch ein Dornwald ging ..., Wa-as soll das bedeuten? ...«

Heute stehen sie zu dritt unten und patzen schon bei der Überleitung, da nützt auch der Till Gugg vom Spielmannszug nicht viel. Seit Allerheiligen, dem letzten Auftritt der Musiker, ist ja der alte Lein Adolf gestorben und der Lenz Richard eingezogen worden. Die haben noch halbwegs blasen können.

Beim zweiten Hornsignal stoppen die wandernden Lichter rings um den Ort und in den Gassen, pendeln hin und her wie lautlose Glocken und beschreiben einen Kreis, jawohl, sie haben das Horn gehört, während Max Kreisler mit seinen Hitlerjungen in Zivil unterwegs ist und jedem, den sie erwischen, das Licht ausblasen. Der Ortsgruppenleiter schimpfend wie ein

Rohrspatz: Ob die wohl nicht alle Tassen im Schrank hätten, lauter wandelnde Positionslichter. Zielscheiben für die Flieger. Christlicher Brauch dürfe nicht zum Selbstmord verkommen, Religion dürfe keine deutschen Volksgenossen in Gefahr bringen. Jawohl und zugenäht!

Und beim dritten Signal, das die Mette einbläst, als Ersatz für die eingeschmolzenen Glocken, drängt das Volk in die Kirche, und im Koneshäusel schwitzt der Gert unter Pats Feuerwehrhelm und hat den Reichsparteitag in Nürnberg durchgeguckt. Seff löscht gerade die zweite Garnitur Kerzen und geht mit Marie und einem aufgehitzten, eingewickelten Ziegelstein rauf in die Kammer. Guck mer schie in die Bilder, Gung, hat er gesagt, mir kumme gleich wiedr.

Und über dem Polenfeldzug ist er dann eingeschlafen, der Gert, und erst wieder aufgewacht, als Pat und Marie – es muß lange nach der Mette gewesen sein – im Nebenbett herumgeflüstert haben. Jetzt komme das Punkinnl gleich noch einmal, hat Onkel Pat gesagt, kumm, tu d'Fieß auseinand'! Du Hornochs, du oller, hat Marie gesagt, du hast ne Tick. Mer wecken n Gung uf. Und dann raschelt und ruckelt es hin und her im pechschwarzen Nichts, in dem noch der Paradeschritt hallt, die Bajonette und Helme blitzen und die Partisanen an den Ästen hängen, und die Marie zischelt, Seff solle mit seinen geräucherten Fingern woandershin ..., und der Onkel Pat, weihnachtlich milde gestimmt, singt halblaut: »O Tannenbaum , o Tannenbaum, dir geht die Haut beim Loch net z'sam. O Tannenbaum ...«

Und die Marie: Itze is' ober Amen, du Hornochs, du! Und dann kichert sie und sagt: Ooch, ooch, ober langsam. Mer weckn sinst n Gung uf. Und der Onkel Pat: O Tannenbaum, o Tannenbaum ... Sieg Heil, Sieeeg Heil! O Tannenbaum ...

Ooch, ooch. Sieg Heil! O Tannenbaum, dir geht die Haut ..., gut daß' net z'sammgeht. Ooch, ooch. Sieg Heil! O Tannenbaum ... Sieg Heil!

Und dann gibt's plötzlich ein lautes Poltern und darauf pechschwarze Stille.

Der Ziegel is' nausg'falln, sagt Pat. Ooch, dr Ziegel, ooch, nu kumm schu, is' jo schu warm. Und Onkel Pat: O Tannenbaum, o … Dolce, dolce, dolce, dolce … Und die Marie: O Seff, o Seff, oseffoseffoseff …

O mein allwissender Freund.

Wieviel Mann zählte dein ausdrucksloser Blick an der Straße zwischen Kiew und Schitomir, die in dieser einzigen Stunde, in der wir die Mette feierten und bei tröstlichem Kerzenschein für unsere Soldaten beteten – heute ist euch der Heiland geboren, alleluja –, in den Schnee beißen mußten? Die werden einmal als blankpolierte Vettern von dir auf die Auferstehung warten. Grotesk verkrampft zu Haufen geschichtet, müssen sie auf das Verpuddeln warten. Weil erstens die Erde gefroren … und zweitens die Unsrigen davonlaufen. Und die anderen laufen hinterher. Is' ja wahr: dawei, dawei! Das anhaltende russische Hoch, bei dem auch bei uns der Frost klirrt, konserviert Gefrierfleisch mit Ablaufdatum bei Tauwetter. Irgendwann im Frühjahr, wenn die Front weit im Westen liegt, wird das Fleisch von den Schädeln faulen und Ameisen, Würmern und anderem Bodengetier reichlich Nahrung bieten. Wer hat wegfaulendes Fleisch, wenn man von pfadsuchenden, allzeit fündigen Fliegen absieht, schon mal gerochen? Viele Gefallene wird man nicht mehr auf die Haufen schlichten können, weil von ihnen, außer verstreuten Fetzen, nichts mehr übrig ist. Denn während sich in unserer Mette die Orgel zum Alleluja erhob, Glória in excélsis Deo, dröhnten zwischen Kiew und Schitomir andere Orgeln: Stalinorgeln. Sie dröhnten auch für den gutmütigen Gustl Wessel, Oskars älteren Bruder, den man vor einem Monat aus dem Lazarett in Lodz, versehen mit dem Verwundetenabzeichen, an die Front geschickt hatte. Ohne Heimaturlaub. Hoffentlich wurde ihm nicht der Marsch vom Sensenmann georgelt, denn sein Frontabschnitt wurde an diesem Heiligen Abend überrannt. Vielleicht hat er Glück gehabt. Vielleicht war er nicht im Schützenloch gesessen. Vielleicht hatte er sich gerade an einem Kanonenrohrofen hinter der Feuerlinie den Hintern gewärmt und »Stille Nacht« auf der Mundharmonika probiert, in einem sicheren Unterstand, als die Stalinorgeln loslegten und die russische Infanterie in das eigene Feuer hinein über seine Stellung schwärmte. Ist ja nicht freundlich von den Russen: Ausgerechnet am Heiligen Abend loslegen. Jedenfalls war Gustl nun auch vermißt, und Berta Wessel in Karlsbad konnte ein drittes Trauerband um das Eck eines Bilderrahmens an ihrer Wandgalerie kleben. Schlimm: Auf dem Rückzug häufen sich die ungewissen Schicksale. Da ist man beim Vormarsch besser dran: keine Vermißten, nur Tote.

Helle Christnacht, dunkle (= volle) Scheuern, sagt der Volksmund bei uns. Das wird uns aber nicht viel nützen, sagen die Frauen in diesem fünften Kriegsjahr, die vollen Scheuern gehen alle an die Front. Bei Milch und Fett wird's jetzt schon wieder dünn. Gut, daß wir die Kuh der Löffler Mahm haben, die ist nicht bewirtschaftet, und die Hühner von Julius, sagt die Annl. Seife und Hygienesachen sind auch rar. Und Gewürze. Da haben's die Tschechen im Proktektorat besser, wie die Ritsch aus Prag schreibt. Nu, sagt der Rößler, die müssen bei Laune gehalten werden, die brauche man für die Fabriken, die ja schon in der Monarchie Waffenschmieden waren. Die tschechischen Panzer waren schon immer eins a. Schon vor der Besetzung. Und jetzt bauen sie den Tiger II, den Königstiger, da kann man keine Sabotage brauchen. Aber wir sollten nicht klagen. Uns geht's ja noch gold, sagt er. Was hingegen die Ostarbeiter in der Zinkerei und beim Zenker zum Futtern kriegen, das fressen nicht einmal die Säue: verfaulte Erdäpfel, 'ne Art Steckrübensupp, sag' ich euch, und Brot mit Sägemehl vermischt. Seit einigen Monaten gibt's in Platten nicht nur Franzosen als Fremdarbeiter. Auch Russen: Frauen und junge Burschen. Sie sind in einer separaten Baracke untergebracht. Lauter brauchbare Arbeiter, sagt Rößler, is' kein Unterschied zu den Franzosen, sollen aber Untermenschen sein. Hab' ich mir bisher anders vorgestellt. Was is'n das Gegenteil von Untermensch? Obermensch? Übermensch? Oder was? Seine Else, die Goldseele, die ihm das Mittagessen in die Zinkerei bringt, hatte seinen Henkelmann eine Zeitlang mit Extraportionen aufgefüllt, für zwei klepprige Russen, nu, wern sechzehn Gohr alt sei, die arme Bossn, bis Walter Rößler zum Ortsgruppenleiter Kleister zitiert wurde. Zum Menschenmaterial Ost müsse volkstumsmäßiger Abstand gehalten werden, das erfordere die deutsche Gesinnung, hatte der doziert, und für dessen Befütterung sei ausschließlich Fritz Sauckel, der Generalbevollmächtigte für den Arbeitseinsatz, zuständig. Alles andere ist verboten. Kapiert? Mensch, machen Sie sich keine Schwierigkeiten!

Schwarze Wolken

Ende Jänner kam eine Postkarte vom Deutschen Roten Kreuz aus Berlin mit lapidarem Text: Der Eingang Ihres Schreibens wird hierdurch bestätigt. Das Schreiben wird zunächst der zuständigen DRK-Dienststelle des dortigen Wehrkreises zur weiteren Bearbeitung zugeleitet. Von dort aus werden Sie so bald wie möglich Nachricht erhalten, ohne daß es einer erneuten Anfrage bedarf. DRK. Präsidium. Amt S.

Eine herbe Enttäuschung. Grobfasrig verfilzt das vergilbende Papier mit dem Dreipfennigstempel der Reichspost. Kriegsproduktion. Sägemehl wie im Brot der Ostarbeiter. Grobfasrig auch der Ton. Ich soll keine Anfrage mehr machen, sagt Annl zur Rößlerin. Die haben wohl Oskar schon aufgegeben. Soll ich jetzt die Hände in den Schoß legen, während meine Anfrage von Dienststelle zu Dienststelle geschoben wird? Wie am Rangierbahnhof.

Nu, hab ein bißchen Geduld, beruhigt die Rößlerin, ist ja erst ein halbes Jahr her mit deinem Oskar. Das braucht Zeit: Die schreiben zuerst nach Genf, von dort nach Moskau, von dort nach Sibirien. Inzwischen ist der Krieg aus und Oskar wieder da.

Dann, Anfang Februar, kam wieder ein psalmenhafter Brief von Franz Greiner mit der Adresse des zweiten Mannes in Oskars Schützenloch: Friedrich Bäumer aus Erlangen, Schillerstraße. Und einige Tage darauf ein Schreiben von Ernst Harrer, einem Zimmerkameraden von Oskar aus den Kasernentagen in Nürnberg. Harrer hatte Annls Adresse von Franz Greiner und war in der vierten Kompanie eingesetzt, zu welcher Oskar an jenem 22. September abgestellt war. Sprießt da neue Hoffnung aus dem Leichentuch?

Annl holt das Album des Kavallerieregiments 17 aus der Lade. Da ist Oskar drin und seine Dienstzeit bis zum Polenfeldzug. Im schwarzen Einband aus imitierter Krokohaut und silbernem Hoheitsadler. Annl sucht ein Gruppenfoto mit Ernst Harrer. Den müßte sie kennen. Sie hat Oskar im Sommer neununddreißig, noch vor der Hochzeit, mit dem Winzling Gert in der Tasche besucht und dabei einige seiner Kameraden kennengelernt. Seitenweise Fotos: Oskar hoch zu Roß. Wirkt da oben irgendwie verloren; die Panzer stehen ihm besser. Oskar als frischer Wehrdiener: Kahl bis zum oberen Haargestrüpp. Entblöst abstehende Ohren. Oskar mit Akkordeon zwischen Kameraden und Bierfaß. Wer ist Ernst Harrer? Aha, der auf dem nächsten Foto, feinsäuberlich mit weißem Stift markiert: lachende Gesichter unter Stahlhelmen. Leben die alle noch? Oskar hängt der Helm im Nacken. Ist wohl zu groß für einen Kapellmeisterkopf ohne Locken. Ernst Harrer verkehrtrum, turnerisch eindrucksvoll als Kerze neben der Gruppe. Annl sieht Stiefel in den Himmel ragen und das Seitengewehr schräg abstehen, aber kein Gesicht, weil das mit Gras und Margeriten zugewachsen ist. Schade.

Aber auch der Text des Gesichtslosen verhüllt die letzte Wahrheit mehr, als er sie enthüllt: Ernst Harrer wird kriminalistisch nach dem Verbleib Oskars forschen. Keine Frage. Geht aber zur Zeit nicht, da der Troß hinter den Linien liege und er selber vorne im Einsatz steht. Dann der Ausdruck von allgemeinem Mitgefühl und der Ablauf des denkwürdigen Tages. Die Bestätigung von Greiners Mitteilung: Oskar war zur vierten Kompanie, wegen dortiger starker Verluste, abgestellt worden und hatte den achtzehnjährigen Friedrich Bäumer beigestellt bekommen. Einen Schulabgänger mit Notausbildung. Dann die Neuigkeit: Als der Russe seinen Angriff mit dem Trommelfeuer seiner Ari einleitete, suchten Oskar und Bäumer, wie alle übrigen, in einem Bunker Schutz. Annl schöpft atemlang Hoffnung: Oskar saß nicht, wie bisher berichtet, im Schützenloch vor der Feuerlinie. Der saß Gott sei Dank im Bunker. Aber dann hat der Russe (wie wir schon wissen) während des eigenen Artilleriefeuers blindwütig seine Infanterie auf unsere Stellungen vorgetrieben. Es ist anzunehmen, daß er schon vor dem Bunker stand, als sich Oskar noch darin befand. Von hier ab fehlt jede Spur von ihm und Bäumer. Harrer selbst befand sich mit seiner Funkstelle im Abteilungsgefechtsstand und hatte größte Mühe, aus dem unübersichtlichen Waldgelände hinauszukommen. Also auch Harrer hat nicht gesehen, ob Oskar gefangengenommen wurde oder ... Und unmittelbar Beteiligte können nicht befragt werden, weil von ihnen auch jede Spur fehlt. Rückzugsschicksale.

Also, liebe Frau Wessel, was uns bleibt, ist die Hoffnung.

O mein Hohlauge!

Meine Chronik ist kein Tagebuch. Unsere täglichen Ereignisse sind zu banal, um festgehalten zu werden. Nicht einmal der erste Fliegeralarm in unserem Städtchen wäre einer Erwähnung wert gewesen, wenn er nicht reichlich Christbaumschmuck für die nächsten Weihnachten hinterlassen hätte: Lametta. Unsere Ministranten hatten das Silberzeug trotz der Warnungen der Hitlerjungen gesammelt. Für die Weihnachtsfichten in unserer Kirche. Dabei hätten die Amis gar nichts abwerfen brauchen, da wir weder Flak noch Radar in der Gegend haben. Wahrscheinlich sind die Fäden von Leipzig hergeweht worden. Seit Tagen hatten wir starken Nordwest.

Lieber Freund! Wie du ja auf meiner Generalstabskarte verfolgen kannst, passieren wichtige, geschichtlich bedeutsame, daher aufzeichnungswerte Ereignisse sporadisch. Wann konnte ich deshalb wieder rote Stecknadelknöpfe stecken? Also zum Beispiel am 20. Jänner, da eroberten die Sowjets Nowgorod zurück, Industriezentrum und Verkehrsknotenpunkt.

Am 28. Jänner. Da mußte die Wehrmacht die mehr als zweijährige Belagerung Leningrads aufgeben. Am 17. Februar. Da passierte Tscherkassy: die westlich des Dnjeprs seit Ende Jänner eingeschlossenen deutschen Armeekorps brechen in der Nacht aus. Das mußten sie, wegen Mangels an Munition, mit blanken Bajonetten machen. Der Deutschlandsender spricht von Heldentat und Sieg, von ungebrochenem deutschem Kampfgeist, jawohl. BBC meldet die Vernichtung zweier deutscher Armeekorps.

Am 4. März beginnt auf eintausendeinhundert Kilometer Breite die sowjetische Frühjahrsoffensive und drängt uns aus der Ukraine hinaus. Die roten Stecknadelknöpfe wandern also unbeirrt nach Westen. Nur zwei schwarze halten verloren ihre Stellung: einer zwischen Kiew und Schitomir und einer bei Dolgenkaja südostwärts Isjam am Donez.

Und die Annl will amtlich lapidare Rotkreuzworte und die Briefe von Greiner, Nickel und Harrer nicht hinnehmen wie die Hostie nach der Wandlung, sondern möchte nach Nürnberg zu den Bäumlers. Aber Julius läßt sie nicht. Jetzt, wo sie im achten Monat ist und die Flugzeuge die Bahnstrecken bombardieren. Und die Bäumlers, an die sie geschrieben hat, raten auch ab. Wegen der dauernden Luftangriffe: Ach, liebe Frau Wessel! Sie würden Nürnberg nicht wiedererkennen. Unser altes Nürnberg. Und so legt ein einziger Feuersturm tausend Jahre in Schutt und Asche. Aber wir wollen auf Gott vertrauen. Und so sehen wir auch einem Wiedersehen mit unseren Lieben entgegen. Was uns bleibt, ist die Hoffnung.

Und Gert, der sich bocksteif gegen seine Mutter spreizt, weil in ihrem dicken Bauch eine Schwester oder ein Bruder stecken soll (es droht Konkurrenz), sitzt stundenlang bei mir in der Türmerstube, blättert als ewiger Fragesteller in der »Fidelen Kommode« und holt sich seit dem Fliegeralarm den Bildband »Flugpioniere, Flugexperimente« aus dem Regal. Flugzeuge des Ersten Weltkriegs: Was heißt'n das? Fokker. Und das? Gotha. Und das? Albatros. Neugierig, spitzfingrig beginnt er Buchstaben zu unterscheiden. Das is'n F? Das is'n O? Und buchstabiert: F-o-k-k-e-r. Wenn er mich besucht, erscheint er trotzgesichtig in den Rößlerschen Wollstrümpfen, diesem beißenden Christkindl, weil die Annl die Skihose trotz winterlichen Temperaturen schon zur Sommerwäsche gegeben hat.

Man weiß nicht, wann 's Geschwisterle kommt, sagt sie, und dann will sie mit dem Winterzeug nichts mehr zu tun haben. Also gib schon her! Die Schindlermädchen dürfen noch die Skihosen anhaben, sieh mal, und ich als Bub ...? Und bei der HJ ist auch noch nicht Sommer. Na, hoffentlich geht die Hose wenigstens ein, weil der Hintern zu groß ist. Und schon während er die einhundertachtunddreißig Stufen heraufkeucht, kratzt er sich die Oberschenkel zu Striemen und reißt sich in meiner Kammer die Wollbiester herunter.

Am 17. März, in einem frostigen Hoch über Mitteleuropa, (das nützen die Amerikaner und bombardieren erstmals Wien), löst er das Strumpfzeug vorsichtig mit verkrampftem Gesicht von den Oberschenkeln und tupft ein paar wässrige Stellen mit dem Hemdärmel ab: Hautausschlag mit Bläschen, ein paar Krusten und rötliche Flecken. Nicht kratzen, sage ich. Aber es jucktesjucktesjuckt, sagt er zappelnd. Er hat es seit ein paar Tagen und die Mutter hat es noch nicht gesehen. Nicht kratzen! Du mußt morgen mit der Mutter zum Doktor gehen, sage ich, und jetzt sehen wir uns die Zeichnung der Fokker E III 1915 an. Technische Daten: Hundert-PS-Motor, Höchstgeschwindigkeit einhundertdreiunddreißig Kilometer pro Stunde, Steigzeit auf dreitausend Meter: achtundzwanzig Minuten, Dienstgipfelhöhe: dreitausendvierhundertfünfzig Meter. Das ist eine schöne Ablenkung vom Jucken.

Mara und Josef, sagt die Mutter am Abend, wo host'n das wiedr her, und dann holt sie die Rößlerin. Schaut aus wie Bläschenausschlag, vielleicht Eiterflechte. Nur keine Salbe drauf, da müssen wir pudern. Es jucktesjucktesjuckt, das ist von den blöden Strümpfen. Huhu! Quatsch, laß die Finger weg, das ist vom Ausschlag. Ja nicht kratzen! Ich hab's ja gleich gewußt: Das ist vom Lametta der Flieger. Die haben was Ansteckendes draufgepinselt. Aber du hörst ja nicht. Du tät'st ja jeden Blindgänger einsammeln. Ja nicht kratzen. Und dann holt sie seine Schachtel mit den schönen, sorgsam gelegten Silberfäden und schmeißt sie in den Ofen. Und der Gert verbeißt das Heulen, nein, heulen wird er nicht, auch wenn soeben der nächste

Christbaum umgebracht wurde und er den Onkel Pat nicht zu Weihnachten einladen kann.

In der Nacht juckte es zum Nichtmehraushalten, und am Morgen hatte er den Ausschlag von der Brust bis zu den Knien hinunter.

Die Rößlerin geht daher mit ihm zum Doktor Schütz, und der stellt fest, daß es Krätze ist und nicht von den Fliegern, sondern von einer Milbe stamme, und die lebe in der Hornschicht der Haut so wie der Borkenkäfer in der Baumrinde. Mara und Josef, sagt die Rößlerin, das sei eine schauderbare Geschichte, und woher kämen denn die Borkenmilben. Meist von anderen Menschen, sagte der Doktor, und ob es im Freundeskreis des Knaben Krätze gebe. Jedenfalls müsse er den Fall an die Gemeinde melden. Auf keinen Fall käme die Sache von den Radarabwehrstreifen der feindlichen Flugzeuge, liebe Frau, da können Sie unbesorgt sein. Und da heult der Gert vor Zorn, denn wozu hat die Mutter gestern seine schönen Stanniolstreifen ins Feuer geschmissen?

Das Einpudern war ein Blödsinn, sagt dann der Doktor sinngemäß, das hat die Milben aktiviert. Wir werden jetzt den Knaben mit einer Schwefelsalbe einbalsamieren. Er müsse nur ein bißchen die Zähne zusammenbeißen. Und dann brannte es wie die Hölle, und Gert bekam einen Verband um die Glieder und die Wollstrümpfe über den Verband.

Und am Abend, als ihm die Mutter die Strümpfe auszog, da brüllte er wie am Spieß, weil sich der Verband verschoben hatte und die Wolle mit der Schwefelsalbe stellenweise mit der Haut verkrustet war, und sie mußte einen Strumpf mit der Schere aufschneiden. Und als er dann im Blechzuber stand und die Mutter ihn vorsichtig abtupfte, da stank es furchtbar nach Schwefel, und die Mutter schimpfte vor sich hin, diese Borkenkäfer müsse er von einem Vieh haben, wer weiß, wo er die aufgelesen habe, und bis zu ihrer Niederkunft müsse sie die Käfer vernichtet haben, auch wenn er noch so wimmere. Kratz nicht dauernd! Und als er abgetrocknet neben dem Zuber stand und sie ihn wieder mit der schwarzen Salbe einschmierte und auch das Pipi bediente, denn da waren auch Bläschen drauf, da brannte sein Körper wieder wie in der Hölle. Das Fegefeuer mußte vergleichsweise ein Paradies sein. Und die Mutter schimpfte wieder: Jetzt müsse sie noch die Bettwäsche und die Unterwäsche auskochen und die Verbände, und das jeden Tag, o heiliger Laurentius, das kann Wochen dauern. Und dann wickelte sie ihm die Glieder, stülpte ihm ein Nachthemd über, steckte ihn ins Bett und riß alle Fenster auf.

Endlich war es soweit.

Gert ist froh, daß die Schwester jetzt da ist und die Mutter diesen dicken Bauch nicht mehr schleppen muß, so vorwurfsvoll leidend. Ende April war er einige Tage zu Julius ins Koneshäusel gesteckt worden. Als er wieder nach Hause durfte, krähte ihm aus einem Wäschebündel ein faltiges Etwas an. Ein Gesicht wie rot eingefärbter Pappkleister. Zweieinhalb Kilo, hatte Mutter zur Rößlerin gesagt, neunundvierzig Zentimeter. Und sie hatte keinen Bauch mehr. Is' ja wahr: Die Kinder werden geworfen wie die Katzen und Kälber, wie der Fritz sagt, und nicht vom Storch gebracht, wie die Tante Marie und die Frau Rößler sagen. Letztere rannte aufgeregt in der Nachbarschaft herum und lobte sich selbst. Ein Mädchen, ein Mädchen. Hab' ich ja immer gesagt. Und Gert kann nur milde über den Herrn Pfarrer lächeln, der sagt, Gott schenke die Geschwisterchen. Gott gibt Leben: das Wunder der immer wiederkehrenden Schöpfung, das auch in diesem Kriege neue Hoffnung weckt. Wozu steckt er sie dann vorher in den Bauch hinein? Für die Mutter wäre es einfacher, wenn sie das Christkind brächte oder zum Muttertag … Da hätte sie mehr davon, wenn ich ihr den Flieder stehle. Ja, und Gott nimmt Leben, sagt der Herr Pfarrer. Laß uns für deinen Vater ein kurzes Gebet sprechen: Libera me, Dómine, de morte aetérna … Also, Hochwürden, das darf ich der Mutter nicht erzählen, weil unser Vater ja in Sibirien ist. Und wenn er von dort zurückkommt, kriegt sie wieder ein Kind. Da sagt die Mutter Schlappschwanz, sitzt in der Nacht im kochenden Zuber, hantiert mit der Blechspritze aus dem Schuppen und dann ist es soweit.

Gert ist froh, daß seine Krätze kein Aussatz war, wie Fritz

gemeint hat. Er ist froh, daß ihm die Nase nicht weggefault ist oder ein Finger und daß er nicht ins Mittelalter muß, wo die Aussätzigen auf den Kirchenstufen um Almosen betteln. Fritz kennt sich da aus. Er ist froh, daß er seine Borkenmilben noch vor Mutters Niederkunft loskriegte und die Mutter wegen ihm, dem Nichtsnutz, keine Wäsche und Verbände mehr auskochen muß. Und es tut ihm leid, daß sie wegen ihm die Skihose wieder aus dem Kasten holen mußte, aber alleluja, alleluja, die Wollstrümpfe sind weg, und daß sie jetzt die Windeln der Schwester auskochen muß.

Gert ist froh, daß er jetzt wieder die Milch von der Löffler-Mahm holen und zu mir in die Türmerstube kommen kann. Also, das ist eine Fokker. A-B-C-D-E-F: Buchstabieren wir mal! F-o-k ... Und das eine Flyer (wieder ein F), 'ne englische. zwölf PS, einhundertzweiundneunzig Kilometer in der Stunde in sechstausend Metern Höhe, bei einer Tankfüllung drei Stunden Flugzeit, jawohl.

Gert ist froh, daß die Annl aus Neudek und die Ritsch aus Prag zur Taufe gekommen sind und die Mutter trotz des quäkenden Schwesternbündels wieder ein bißchen fröhlich ist. Mutter schreibt auch keine Briefe mehr an das Rote Kreuz oder die Bäumers oder nach Sibirien.

Gert ist froh, daß die Wesselschen Großeltern mit dem Hund Ami, obwohl die Bahnstrecken unsicher sind, gekommen sind, denn Berta hätschelt und herzt ihn trotz der drohenden schwesterlichen Konkurrenz wie ihren Hund. Der Bou is' dr ganze Oskar, sagt sie und hat Quarkkoung mit Streußel und Einmachgläser mit Tschwatsching, die stehen normalerweise auf Oskars Piano, mitgebracht. Und Großvater Alois hat für die kleine Enkelin (nu, wie heißt sie denn, wie heißt sie denn?) eine geschliffene Vase aus seiner Sammlung, violettina innen, mit Blüte Pensée violett-goldgrün und Stiefmütterchengravur mitgebracht. Da ist auch die Annl froh.

Deshalb ministriert Gert besonders inbrünstig, als der Herr Pfarrer die Taufgesellschaft an der Kirchentür empfängt. Die Taufe als Tor zum Christenleben. Liturgie voller Symbole. Wir brauchen Rituale, um auf sicheren Schienen fahren zu können.

Wie soll das neue Menschenkind heißen? – Erika? – Da freut sich der Herr Pfarrer und sagt, daß die Annl ihre Tochter im Glauben erziehen soll, denn gerade in dieser unseligen Zeit müssen wir wieder lernen, Gott und die Menschen zu lieben, so wie es uns Jesus Christus vorgelebt hat. Deo grátias, sagt Gert, und zur Sicherheit noch Amen, denn bei diesen Floskeln kann nichts schiefgehen. Da braucht Hochwürden gar nicht so die Brauen zu runzeln.

Und dann gehen sie durch die Bankreihen nach vorn: die Taufpatin Annl Zwo mit dem Schwesternbündel am Arm, und der Gert in Meßrock und Spitzenhemd mit geschwollenem Kamm, denn es sitzen auch die Schindlermädchen, der Harry Edelmann und der evangelische Rud Englert mit ihren Müttern in der zweiten Bankreihe. Und dann singen alle »Lobet den Herrn«, und die Thielschwestern kommen mit der Oberstimme nicht aus dem Takt, obwohl ich, der Türmer, zweimal auf der Orgel patze. Deo grátias. Besser ein verpatztes Orgelspiel als überhaupt keines. Und während der Herr Pfarrer aus dem Evangelium vorliest, Jesus segnet die Kinder, und dann bedauert, daß vom Vater Oskar noch keine Nachricht da ist, aber die Hoffnung hält uns aufrecht, Orémus, weinen Sie nicht, liebe Frau Wessel, wünscht sich Gert, daß ihn sein Freund Fritz im Meßgewand sehen könnte, und er versteht nicht, wieso der Kerl nicht Ministrant werden will, obwohl er schon lesen und schreiben kann. Er warte lieber auf die HJ, sagt er. Deo grátias. Amen.

Also, lasset uns beten! Und Großvater Julius, stockend, verhalten unter feuchtem Schnauzer, seinem Schalldämpfer, mit den Fürbitten vom Blatt: Jesus, Reinheit der Jungfrauen. Wir bitten dich, erhöre uns.

Und plötzlich, am letzten Wegstück zum Taufbecken, heulen, o du Schreck, die Sirenen los. Und der Herr Pfarrer, nach kurzem Stocken, den Kopf in die Schultern gezogen: Fliegeralarm. Schnell, schnell! Ich taufe dich im Namen des Vaters und des Sohnes … Schnell, schnell! Und Gert, mit dem Kännchen in der Hand, schüttet seiner Schwester einen Schwall Wasser über das Gesicht, daß diese in die Sirenen einstimmt, und die Schindlermädchen heulen sowieso los, und der Herr Pfarrer ruft, Gert solle Taufkerze, Öl und das weiße Kleidchen nehmen, und wir verschwinden jetzt nach unten, gelle?

So schnell ist das Renaissance-Taufbecken aus Plattner Zinn, an dem immerhin Generationen von Gemeindekindern ungestört zu Ende getauft werden konnten, noch nie verlassen worden. Der Lebensweg mit und zu Gott muß nicht immer würdevoll beschritten werden. Man kann ihn auch rennen. Und während die Taufgesellschaft runter in die Krypta strebt, aufpassen, aufpassen, während das fahle Licht einer Deckenlampe die Inschriften aus der evangelischen Periode aufhellt: Johann Hanauer, der erste Pastor Plattens, Wolfgang Schmatzer, aus dessen Kirchenbüchern ich schöpfe, während Erika, das taufrische Heideröschen, greinend auf den Armen der Taufpatin, hinter der Steinplatte von Georg Rebetrost, dem Erbauer der 1594 neu erbauten Kirche, die Schwelle zur Unterwelt quert, denn wir müssen runter in die alten Bergwerksstollen, während ich mit der Stablampe voran und Gert mit einer Öllaterne als letzter ..., während wir also wie einst die Plattner Bürger im Dreißigjährigen Krieg in aufgelassenen Zinnstollen Zuflucht suchen, Deo grátias, da läuft das ins Mark gehende Heulen der Sirenen aus und in die plötzliche Stille, auch die Kinder verharren mit gespitzten Ohren, dringt das schwellende Gebrumm der Flugzeuge.

Orémus, sagt der Herr Pfarrer, lasset uns beten: Vater unser, der du bist im Himmel ...

Also nun wie dem auch sei. Kein heiliger Laurentius am Seitenaltar hinter dem Taufbecken mittelt das Gebet nach oben. Kein Gottvater, flankiert vom Sohn und dem Heiligen Geist, gibt vom Hochaltar herab seinen Segen. Keine Jungfrau Maria spendet ihr süßes Lächeln wie bisher an Generationen von Täuflingen, selig werden mich preisen alle Geschlechter, alleluja. Nein! Nur ein Wassertrog, mehrere Eimer mit Sand, Schaufeln und Krampen, ein Brecheisen, ein Feldbett, eine Sturmlaterne, Decken, Kerzen und eine Pappschachtel spenden eine eher düstere Baustellenkulisse, als der Herr Pfarrer den Täufling salbt und ihm das Kreuzzeichen auf die Stirn setzt. Und dafür hat Hitler die Kirchensteuer eingeführt, murmelt die Prager Ritsch. Halt's Maul, flüstert ihre Schwester Annl.

Und dann breitet Hochwürden das weiße Kleidchen über das Menschenbündel. Nein, das wollen wir jetzt nicht ausbündeln, weil dem entströmt ein verdächtiger Geruch, der die abgestandene Luft säuerlich anreichert. Wie konnten die Plattner Bürger anno 1632, als sie die eingefallenen Stollen absicherten und ausmauerten, auch ahnen, daß dreihundert Jahre später in den Katakomben getauft werden würde. Die dachten damals nicht an die Aktivierung der alten Luftschächte. Die waren froh, daß sie sich vor den kaiserlichen Kroaten verstecken konnten. Aber sie wurden verraten und abgemurkst. Als die Kroaten dann unter General Holke das zweite Mal kamen, flüchteten die Plattner hinauf in die Stollen und Höhlen der Wolfspinge. So war das. Die Kroaten waren schlimmer als die Schweden.

Annl Zwo und Ritsch mußten über Nacht bleiben, da die Jagdbomber den Bahnhof getroffen hatten. Annls Schwiegereltern Berta und Alois übernachteten samt Hund bei Julius auf der Hefewiese.

Hoffentlich flicken die bis morgen die Geleise zusammen, sagt Ritsch, ich muß nach Prag zurück. Da fühl' ich mich sicherer. Auf uns Tschechen werden ja keine Bomben geschmissen. Wir haben auch noch genug Bohnenkaffee. Und der Verdienst sei auch gut. Ihr František habe eine Stelle in Jungbunzlau, Mladá Boleslav, angenommen, bei Skoda. Aber der Kerl bringe das ganze Geld durch. Sie sehe keinen blanken Heller davon. Deshalb arbeite sie als Putzerin beim Tagblatt. In der Herrenstraße, Panská ulice.

Aber bald kichern sie nicht mehr, weil die burschikose, immer in flotten Kleidchen oder Kostümen steckende Ritsch ihr gebauschtes Sorgentüchlein lüften muß. Sie trägt es wie ein Pschorr-Packerl mit sich herum und steckt ihre Probleme unbesehen hinein. Irgendwann fallen die dann unten durch. Da muß ein Loch sein. Deshalb lösen sich viele ihrer Probleme von selbst. Und die Ritsch bleibt ansteckend heiter, spontan, unbekümmert, aber wenn sie – so wie heute – drüber redet, wird sie schnoddrig annekdotisch und frappierend offen im Kreis von Schwester und Cousine. Ein Problem bleibt sperrig und fällt nicht durch.

So hätte sie, sagt sie, als sie mit Peterle, ihrem ersten, schwanger war, dem Repro-Löw schönere Augen machen sollen, kann ja sein, daß er der Vater ist. Damals habe sie keine Ahnung gehabt, was Blutschande sei. Wäre ihr auch egal, wenn Peterle ein halbes Jüdele ... Nu, vielleicht isser es. Aber der Löw habe sie aus der Firma geschmissen, als er sie mit František im Bett erwischt hat. Das habe er nicht ausgehalten. I wor fei saubleed. Weil i ho jo nix gegen die Jid. Sie kenne zum Beispiel eine Neudekerin, die einen Juden geheiratet hat. Und die wohnen auf der Kleinseite in miesen Verhältnissen. Als U-Boote sozusagen. Und ihre Mutter schicke an Ritschs Adresse immer Lebensmittelpakete. Und am Abend müsse sie hinüber auf die Kleinseite schleichen und die Pakete bringen. Noi, i ho nix gegen die Jid. Aber jetzt gebe es halt den Löw nicht mehr. Leider. Zuerst war er in Theresienstadt, heißt es, und dann sei er vielleicht nach London. Und der František, dieser Weiberer, wolle sie jetzt sitzenlassen mit ihren zwei Boum. Und so was sage er ihr nicht ins Gesicht, der Feigling. Nein, aus Jungbunzlau habe er das geschrieben. Dabei ist er die längste Zeit nicht mehr dort gewesen, der Feigling, habe sie von seiner Schwester erfahren. Der war längst wieder in Prag bei seiner Mamimka. Dort wollte er sich eine andere anrichten, der Schürzenheini. Aber den ho i koi Rouh loun, do bin i hi. Und sei Mutter macht auf und sagt: Odpal! Hau ab! Was willste noch? Nu, sag i, die Eierkart' für die Boum. Optal! Hau ab! Sagt sie wieder und wollt die Tür zuschlagen. Aber i ... Nu, wißt ihr was 'ne Furie is'? Wie 'ne Furie bin i nei, an derer Alten vorbei, furioso fuxdeibelswildo. Und da is' der Kerl mit dieser dreckigen Pitschka im Bett und sagt: Was willste? Was willste? fragt er noch mal bleed. Nu, die Eierkart' für die Boum, sag i. Hm, sagt er. Und die Pitschka sagt:

Die Buben bräuchten noch keine Eier. Wos geh'n der die Eier o, denk i. Die Eierkarte bräuchte der František selbst, sagt sie noch und lacht. Aber da habe schon der Watschenbaum gewakkelt, daß die Früchte geplatzt sind. An den Haaren habe sie diese großfotzige Kurva, diese Hure, aus dem Bett gezogen. Das Gesicht habe sie ihr zerkratzt, eine Brustwarze abgebissen. Jawohl! In die schwitzige Scham getreten. Mit dem Stöckelschuh, jawohl, so daß das Rote Kreuz kommen mußte, hihihi, und die Polizei. Aber der František mußte ihr die Eierkarte geben. Jawohl!

So, sagte Ritsch Lneničkova, geborene Červenka, zu ihren still gewordenen Bettschwestern, was soll ich jetzt tun? Das ist kein Fall zum Kürbisstehlen. Niemand wußte Rat. Auch Herr Jesus nicht, der oberhalb des Bettes das blondgelockte Kind über einen Steg führte. Schaut aus wie mei Peterle, sagte Ritsch.

Jeschusch Maria, was hatte sie alles anstellen müssen, um den František zu bekommen. Wegen dem bin i Tschechin worn. Wegen dem red i mit de Boum nur Tschechisch. Wegen dem sei sie von der Gestapo gesucht worden. A Deitsche mit oin Powidlgfrieß? Das passe nicht zusammen. Und noch dazu staatenlos. Seit dem Anschluß hatte ihr früherer tschechischer Paß nicht mehr gegolten. Daheim und trotzdem staatenlos. Auch das Peterle war daher staatenlos. Schon deshalb wollte sie den František heiraten. Aber der Dingerich wollte lange Zeit nicht. Erst als sein zweiter Sohn am tschechischen oder von ihr aus deutschen Mutterkuchen geknabbert habe, da …

Und die Schwester statt eines hilfreichen Ratschlags: Sie habe ja immer gesagt, daß der František ein Fallot sei und Ritsch hätte lieber die Finger davon lassen sollen. Außerdem sei er eine abgemilderte Rassenschande. Da hätte sie gleich den Löw nehmen können. Und das komme alles davon, daß die Tschechen nicht einrücken müssen und ihre dummen Flausen in jeden Frauenüberschuß stecken können. Auch in den deutschen. Der wird mit jedem Kriegsjahr größer. Wieso sollten sie da heiraten?

Und Ritsch: Und dein schöner Anton? Nu, sie wolle nicht

wissen, was der Anton in Paris treibe. Und der schicke dieses sündige Zeug, das schwarzseidene, nur, weil er ein schlechtes Gewissen habe. Und sie, Ritsch, brauche so was wirklich nicht, denn ihr laufen die Männer auch so nach, als ob sie Baldrian gefressen hätte. Und vom Löw hätte sie jetzt auch nichts mehr gehabt. Und von Prag wäre sie sowieso nie weg mit dem Löw, etwa nach London oder Theresienstadt, dem schönen Terezín. Weil Prag ist halt Prag.

Und die Cousine Annl: Aber Maadln, Madln! Was soll das Gestreit? Was solle denn da vergleichsweise sie sagen mit einem vermißten Mann über dem Kanapee?

Ja, is' ja wahr, und darauf einigten sich die drei im Doppelbett, daß der František keine Rassenschande, sondern ein nichtsnutziger Fallot sei, der seine Flausen in schamlose Frauenzimmer stecke, und was die arme Ritsch nicht alles getan habe, um ihn zu heiraten. Jawohl!

Ich kann Sie nicht länger als U-Boot beschäftigen, hatte Herr Langhans, ihr Chef vom Prager Tagblatt, damals zu Ritsch gesagt. Auch wenn Sie nur putzen. Sie müssen die Staatsbürgerschaft beantragen. Als Deutsche geht das ja schnell.

I will koi Staatsbürgerschaft, i will heiern, hatte Ritsch gesagt, denn sie war mit František junior im dritten Monat schwanger gewesen. Jawohl, das war im Sommer 1941, kurz nachdem Oskar mit seinen Brüdern in Rußland einmarschiert war und die Kesselschlachten von Bialystok und Minsk schlug. Unternehmen Barbarossa.

Also, do bin i ins Palais Czernin nauf, sagt Ritsch, zu oin Oberst. Ein hohes Vieh. Neurath habe er geheißen. Aber der Adjutant habe sie nicht reingelassen, obwohl sie ein enges Sommerkleidchen an und die oberen Knöpfe offen hatte. Nu, da habe sie sich im Stiegenhaus hinter einer Säule versteckt und gewartet. Neben dem Adjutantenzimmer war das Sekretärinnenzimmer. Da ist es zugegangen wie in einem Bienenstock. Nach längerer Zeit ist der Adjutant mal aufs Pipi raus. Wutsch, da bin i noi, und noch mal wutsch, glei zen Oberst noi. Nu, der habe große Augen gemacht und gefragt, wie sie hereingekommen sei und was sie wolle. Und dann habe er gelacht und sich gewundert, wie leicht er gestohlen werden könne. Und dann habe er auf ihre oberen Kleiderknöpfe geschaut und gesagt: Setzen Sie sich, junge Frau! Darf ich Ihnen eine Zigarette ...? Und dann hat er einen Zettel bekritzelt und seinem Adjutanten geklingelt. Gehen Sie heim, junge Frau! Wir werden sehen. Nu, der Adjutant ist ganz blaß geworden, als er sie gesehen habe, und hat ihr aber dann im Vorzimmer eine Legitimation ausgestellt. Und dann hat er ihr auf die oberen Kleiderknöpfe geschaut und seine Telefonnummer aufgeschrieben. Für den Fall, daß es irgendwelche Schwierigkeiten gebe. Sie verstehen. Jawohl! Baldrian.

Nu, mit derer Legitimation mach i auf die tschechische Polizei in der Krakovská. Setzen Sie sich nieder, junge Frau! Sie wollen einen Tschechen heiraten? Sie waren ein bißchen erstaunt und haben gelacht. Wie heißen Sie? Červenka? Geboren? Wo? Und der Vater? In Brünn?

I ho gar koi Dokument mitg'habt. Trotzdem haben sie ihr eine Legitimation ausgestellt, daß sie Tschechin sei, und zu einem Oberlandrat geschickt.

Also wieder im Sommerkleidchen, mit Zwirnhandschuhen und keckem Hut vom Arbeiterviertel Žižkov hinüber auf die Kleinseite und hinauf auf die Burg. Aber der Oberlandrat residierte unten beim Rudolphinum. Also wieder hinunter und über die Moldau. A Rennerei, sag' i eich.

Und dann kuddern und albern die drei Cousinen im traulichen Doppelbett: Los, legt mal eure schwesterlichen Hintern nebeneinander! Slowakisch braun und germanisch weiß! Hihihi. Und noch lange nach Mitternacht sitzen sie Schulter an Schulter unter dem fürsorglichen Jesus und singen dann verhalten leise: »Der Mond ist auf-ge-gan-gen, die gold-nen Stern-lein pran-gen ...«

Nun, mein verständnisvoller Freund!

Ich muß dir in die hohlen Augen pusten, denn die Zeit frißt Geschichte und Geschichten und spuckt sie als Staub über dich hin. Und der Staub darf dir nicht die Augen vernebeln. Die Zeit braucht trotz Dauerlaufs Durchblick. Die Vacin Annl hatte in ihrer Abschlußarbeit für das Lehramt das Thema Zeit und Liebe gewählt. Ein schönes Thema:

Zeit ist niemals tot, niemals still,
Läuft endlos weiter ohne Ziel.
Begann in Nichts und endet dort.
Zeit macht die Liebe nur zum Wort.

So reimte sie. Ein Vierzeiler zum Gefallen und Nachdenken. Damals, vor ihrem Pflichtjahr in einem slowakischen Dorf, kannte sie den schönen Toni noch nicht. Und Ritsch, die schon nach Prag ausgerissen war, kannte den František noch nicht. Die Schwestern sahen sich damals sehr oft, denn Annl besuchte in Prag die Lehrerbildungsanstalt auf der Kleinseite.

Später verliebte sie sich in den Forstbeamten und Kostgänger im elterlichen Haus, Anton Vacin. Und Ritsch verliebte sich – noch während sie ein Gspusi mit ihrem Chef, dem Reprounternehmer David Löw hatte – in den Prager Salonschleicher František Lneničko. Daher laut Annl: Ritsch, das dumme Luder. Der Löw hätte wenigstens das Börsel zücken können, als sie schwanger wurde. Der František hingegen lebte nur von Gelegenheitsarbeiten.

Annls Liebe war nur kurze Zeit beschert, denn 1939 zog Vacin in den Krieg. Aber vorher heiratete er sie noch. Kurz vor dem Polenfeldzug (sie witterten ihn) hatten es ja auch andere eilig gehabt. Zum Beispiel der Grünes Seff, der die Marie Zwitterlein heiratete, oder der Wessel Oskar, der die Annl Grünes heiratete. Nicht nur die Zeit, auch der Krieg macht die Liebe zum Wort. Er ist der Vater aller Dinge. Auch der Vater der Entfremdung zwischen den Frauen in der Heimat und den Männern im Felde. Die Heimaturlaube zeugen davon. Wir wollen hier nicht von der Watsche reden, der letzten, die Gert vom Vater erhielt, obwohl sie der Mutter gegolten hatte.

Nur der František Lneničko heiratete die Maria Červenka, vulgo Ritsch, nicht. Denn er war Tscheche und brauchte nicht einzurücken. No, prosím, sollen mir sich die Kepf wieder hinhalten fier eich Deitsche, so sagte seine Mutter, denn František konnte nicht Deutsch, haben mir ja im ersten Krieg eins naufkriegt fier eich, bitta scheen. Sie war damals Dienstmädchen in Wien gewesen. Da schicke sie ihren Sohn lieber zum Svoboda nach England. Da wisse er wenigstens, für wen er den Finger krumm mache. Gerade unlängst sei klammheimlich ein Agent bei ihnen aufgetaucht, um den František für den Widerstand zu werben.

Aber der František wollte weder den Svoboda noch die Ritsch heiraten, denn die Deutschen liebten weder das eine noch das andere, und mit einer völkischen Mischkulanz könne er sich nur behördlichen Zores einbrocken, auch wenn Ritsch keine Jüdin sei. Wir haben Zeit bis nach dem Krieg, sagte er. Du Powidlochs du, vole pitomej, sagte die Ritsch, die völkische Mischkulanz habe er ja bereits mit dem Peterle angerichtet, und jetzt habe sie eine zweite Mischkulanz im Bauch, und auf ewige Zeit lasse sie sich mit der Heirat nicht vertrösten, weil sonst rinnt die Liebe in die Moldau, und außerdem bräuchten seine Mischkulanzen eine brauchbare Staatsbürgerschaft für die tausendjährige Zukunft. Und sie brauche für die nahe Zukunft und den Herrn Langhans ein anständiges Arbeitsbuch und eine Legitimace der Krankenversicherung. Und ist der František überhaupt versichert? Und von der Gestapo wolle sie auch Ruhe haben. Nicht wahr?

Und deshalb hatte sie sich vom Oberlandrat vermessen lassen und war mit Neuraths Adjudanten essen gegangen, da hatte der František schließlich auch nicht mehr kneifen können.

Aber noch war es nicht soweit. Erst mußten noch die Heeresgruppe Mitte die Kesselschlacht bei Smolensk – der Wehrmachtsbericht meldete dreihundertzehntausend Gefangene – und die Heeresgruppe Süd die von Oskar bildlich dokumentierte Kesselschlacht bei Uman mit einhundertdreitausend Gefangenen schlagen. Außerdem mußte noch geschwind Leningrad eingeschlossen und Kiew erobert werden. Aber am siebenundzwanzigsten September einundvierzig war es dann soweit. Da wurde nicht nur SS-Obergruppenführer Reinhard

Heydrich zum stellvertretenden Reichsprotektor für Böhmen und Mähren ernannt, sondern auch bei Františeks Mutter gefeiert. Ritsch hatte unter anderem auch ihren Chef Langhans eingeladen, aber der schickte seinen Sekretär Paulus, weil der angeblich besser Tschechisch sprach. Es gab Haferflockensuppe mit Knoblauch und Lungenbraten. Nu, der hätt a den Langhans g'schmeckt. Ihr wißt ja: Rinderfilet mit Speck spicken. Etwas salzen und pfeffern. Drei Eßlöffel Öl in a Reindl und das Fleisch von allen Seiten anbraten. Nu, und dann Suppengemüse und eine Zwiebel hacken und mit Lorbeer, Pfefferkörnern, Thymian und Kapern – damals hast' ja noch alles 'kriegt – zum Fleisch und kurz andünsten. Dann ablöschen und weich garen, nu, und dann den Saft drüber, hmm. Und hinterher einen Gugelhupf. In Weiß, versteht sich, ohne braune Wiener Einsprengelungen. Nu, vierazwanzg Johr war i auf derer Hochzit.

Also, Paulus vertrat Langhans. Aber wen vertrat der stellvertretende Reichsprotektor Heydrich? Nu, der vertrat den Herrn Neurath, das hohe Vieh, bei dem Ritsch wegen ihrer Heirat gewesen war. Das hohe Vieh war Konstantin, Freiherr von Neurath, Reichsprotektor für Böhmen und Mähren, der nicht lange nach Ritschs Vorsprache von Hitler auf Kur geschickt wurde. Nicht wegen der Ritsch, sondern wegen zunehmender öffentlicher Proteste der Tschechen gegen die deutschen Behörden. Dagegen brauchte Hitler einen anständigen Endlöser und Durchgreifer. Was will man auch von einem Protektor erwarten, zu dem ein staatenloses Suspekt im blumigen Sommerkleid mit tiefem Ausschnitt mir nichts dir nichts vordringen kann. Ein Protektor ohne geballte SS-Wachen im Stiegenhaus?

Die Ritsch kannte sich ja mit dem Protektorat und dem Reichsprotektor nicht so aus. Sie wußte nur, daß es einen Präsidenten gab. Nu, wie heißt der geschwind? Beneš? Nein, nicht mehr. No, is' auch egal, weil da gibt's noch einen Ministerpräsidenten. Wie heißt der geschwind? No, is' auch egal, weil den sollte es auch nicht mehr lange geben, da Heydrich einen Tag nach Amtsübernahme den Ausnahmezustand verhängte und ihn (ach ja, Elias hieß er) und zwei Dutzend andere zum Tode verurteilen ließ. Drei Tage später ließ er an die zweihundert Intelektuelle an die Wand stellen. Ein schöner Beginn für einen Stellvertreter.

Wie dem auch sei: Ritsch kümmerte das nicht, und Heydrich krümmte ihr kein Härchen. Er hat ihr nicht einmal das Radio einziehen lassen, wie den fünfzehntausend anderen, unter denen er potentielle Hörer propagandistischer Feindsender vermutete. Das hätte sie allerdings schwerer getroffen als eine Verweigerung der Hochzeit oder das Zusperren des Metro-Kinos. Wo doch gerade »Lili Marleen« mit Lale Andersen um die Welt ging und Rosita Serrano ihre neuen Schlager sang. Nein, sie brauchte keine Feindsendungen, dummes Zeug, ihr genügten die tschechischen und die Sender Weichsel und Luxemburg. Da kannst du jeden Abend schwelgen: »Sing, Nachtigall, sing.« »So schön wie heut', so müßt es bleiben.« Im übrigen kannst du den Deutschlandsender vergessen: nur Wehrmachtsberichte, Konzerte und Opern.

Und noch eines: Nach ihrer Heirat und dem Beginn des Angriffs auf Moskau stieg Ritsch samt neuem Arbeitsbuch vom Büroputz ins Expedit des »Prager Tagblatts« auf. Ganz ohne Baldrian. Und nach der Doppelschlacht bei Wjasma und Brjansk Ende Oktober – der Wehrmachtsbericht jubilierte über sechshundertdreiundsiebzigtausend gefangene Russen – bekam Ritsch eine anständige Lohnerhöhung. Aber weil sie den Deutschlandsender nie hörte, schrieb sie dies ihrer braungebrannten Handfestigkeit zu.

Du wirst mir daher zustimmen, unverdrossener Freund, daß das Jahr 1941 ein Jahr der Siege war. Ich hatte damals erhebliche Mühe, meine Skepsis, viele sagten, ich wäre ein Miesmacher, zu wahren. Damals steckte ich noch keine Nadeln in meine kaiserlich-königliche Generalstabskarte. Wozu auch, wo wir doch im Handumdrehen über unseren Lebensraum im Osten ausgeschwärmt waren. Wie die Heuschrecken. Da wäre ich mit dem Stecken nicht nachgekommen. Kein Stellungskrieg wie anno dazumal, sondern zangenartiger Vorstoß von Oskars Panzern: gegnerische Flanken durchbrechen, Kessel schließen. Massenhafter Raumgewinn. Schöne Fotomotive von Millionen von Gefangenen. Das Panzerlied: »Ob's stürmt oder schneit, ob die

Sonne uns lacht ...« Und das Akkordeon im Feindeinsatz. Komm, mein Freund, laß dir den Staub aus den Augen blasen!

Aber zurück zur Taufe Erikas und dem Bombenagriff auf den Bahnhof Plattens.

Es war nicht viel Schaden angerichtet worden. Die Gleise waren tags darauf schon geflickt, und die daneben liegende Handschuhfabrik Linke & Neumann hatte auch nichts abgekriegt. Nur ein paar Fensterscheiben waren kaputt gegangen. Aber das war der Annl egal. Bis sie wieder arbeiten gehen mußte, würden sie schon repariert sein.

Nicht lange danach, am Muttertag, zwickte Gert die erste religiöse Pein seines Lebens und punzte ihm nachhaltig das Gewissen. Nach dem Fliederstehlen sagte ihm der Seifert Adolf, so ein Akt sei eine Sünde, und die müsse er beichten, sonst könne Jesus nicht unter sein Dach eingehen. Siebentes Gebot. Aber ein Fünfjähriger darf noch nicht beichten. Dies geht erst mit der Erstkommunion. Aber damit Gert nicht ein Jahr lang in Sünde leben muß, könne er, Dolfi, dies großzügigerweise bei der nächsten Beichte für ihn in Ordnung bringen. Gert brauche ihm nur eine Fotoserie des Raumbildverlags schenken, denn er habe zwar einen Gucker daheim, aber keine Bilder. Und außerdem verrate er dann nichts dem Herrn Pfarrer, denn der besagte Flieder ist ein Flieder aus dem Pfarrgarten. Höllisches Alleluja! Die Seiferts haben ihre Fenster zum Pfarrgarten hinaus, und der Dolfi hat gespechtelt.

Und während ich, der Türmer, haarscharf an einer Anzeige wegen Abhörens von Feindsendern vorbeiging – Julius hatte auf der letzten Stufe vor meiner Turmstube zwei lauschende Hitlerjungen aufgescheucht –, während die Russen auf die Krim vorrückten, die 17. deutsche Armee und das erste rumänische Gebirgskorps mußten die Halbinsel räumen, während unsere Fallschirmjäger Montecassino aufgeben mußten, während Rom geräumt wurde und die Allierten in der Normandie landeten (Minister Goebbels: Die Lage ist ernst, aber wir brauchen keine Furcht zu haben), während die erste Flügelbombe, die neue

Wunderwaffe V 1, als »donnernder Komet« gegen England zog, da schleppte Gert schwer an seiner unbeichtbaren Sünde. O Herr, ich bin nicht würdig …

Er schleppte sie bis zum Vorabend von Fronleichnam. Da jubilierten die Amseln. Da strich Edelmanns Katze durch die Ribiselstauden. Da duftete der falsche Jasmin – der Flieder war längst verblüht –, und die Weigelien boten ihre satten Farben. Da standen die sauren Wiesen unterhalb von Großvater Julius' Häusel üppig im Saft und waren von Blumen übersät. Margareten, Vergißmeinnicht, Dotterblumen … Ist Fronleichnam schön und klar, gibt' s ein gut gesegnet Jahr, meinten die Leute. Da stand die Sonne schräg gegen Erikas Winteln im Garten. Da war die Mutter mit dem Kinderwagen in der Nachbarschaft bei Englerts, weil die hatten auch Nachwuchs. Da flochten die Schindlermädchen Blumenkränze und füllten ihre Streukörbchen für die Prozession am Sonntag, denn sie waren am Nachmittag auf Julius' Wiese gewesen. Frieda, der jüngeren, hatte man die Zöpfe abgeschnitten und den Rest zu unzähligen Schwanzerln geflochten. Sie hatte morgen Erstkommunion und sah aus wie ein Igel. Da wartete der an seiner Last schleppende Gert, o Herr, ich bin nicht würdig …, unruhig auf den Seifert Dolfi. Das dauerte und dauerte. Nu, was is'? fragte Gert, als er endlich da war. Alles in Ordnung, sagte Dolfi im Schuppen, ich hab's gebeichtet. Knie nieder! Und dann macht er das Kreuzzeichen und sagt: Der allmächtige Gott erbarme Sich deiner. Er führe dich zum ewigen Leben. Amen. Und so spreche ich dich los von deinen Sünden, im Namen des Vaters und des Sohnes … Gelobt sei Jesus Christus. Und Gert: In Ewigkeit. Amen. Und jetzt hat er wieder eine gesunde Seele und übergibt dem Dolfi den Bildersatz »Reichsparteitag der Ehre«. Aber zur Buße betest du noch drei Vaterunser und fünf Gegrüßet seist du Maria, sagt Dolfi, sonst wirkt's nicht. Und der Gert denkt, ob der Reichsparteitag nicht ausreicht, und die drei Vaterunser wird er ihm noch heimzahlen.

Also: Am nächsten Tag hat der Seifert Dolfi Maulwurfsgrillen im Ärmel seines Meßhemds und in der Rocktasche, und die kriechen, o Ekel, während des Hochamts heraus. Die Ministranten ignorieren das Viehzeug mit gebotenem Ernst, weil doch Christi im Tabernakel allgegenwärtig ist, und der Schippl Franz wedelt mit dem Weihrauchfassl wie ein Wilder, auf daß man die Dinger weniger sehe. Und der Dolfi schaut giftig auf Gert, aber der ist heute besonders würdig und inbrünstig, und beim Graduale – aller Augen warten auf dich, o Herr –, da kriechen die Dinger zu den ersten Bänken hin, wahrscheinlich riechen sie die Blumen, alleluja, alleluja – mein Fleisch ist wahrhaft eine Speise, und mein Blut ist wahrhaft ein Trank –, und dort sitzen die weißen Mädchen mit den Blumen in den Körbchen und im Haar. Und die Schindler Frieda, nicht mehr als Igel ohne Zöpfe, sondern als gelocktes Engelchen, fängt zum Kreischen an wie bei den Fliegerangriffen, und die Buben grinsen unfeierlich – wer mein Fleisch ißt und mein Blut trinkt ... –, fixalleluja, sagt der Herr Pfarrer mittendrin, eine vermurkste Eucharistie.

Und da gehe ich und sammle das eklige Zeug ein. Beim Hochamt sitze ich nämlich rechts vom Altar, weil ich nicht Orgel spielen darf. Das wäre musikalisches Chaos, sagt Hochwürden, dafür hole er lieber den Oberlehrer Lienert aus Bärringen, weil unser Organist ist in Gefangenschaft in Amerika. Der war beim Afrikakorps.

Die weitere Messe ist nur noch halb so lustig und die Sequenz endlos lang: Guter Hirt, du wahre Speise, dich barmherzig uns erweise.

Erst als Gert nach dem Evangelium das schwere Meßbuch vom Altar runterzerrt, Hochwürden muß nachhelfen, und beim Wechsel auf die andere Altarseite vor dem Tabernakel schwankend das Knie beugt, mit verbissenen Zähnen und anschwellenden Halsadern, erst als er beim Aufrichten auf seinen Meßrock steigt und nach hinten abkippt, über zwei Stufen nach unten, so daß das Meßbuch samt Holzgestell im schönen Bogen vor die Bubenbänke fliegt und eine übersehene Maulwurfsgrille erschlägt, erst da kann sich die Kirche nicht mehr halten und lacht los wie nach einer guten Nummer mit Weiß Ferdl.

Und während Gottvater strafend vom Hochaltar blickt, so

unwürdig ist die Menschwerdung seines Sohnes noch nie in die Seelen gefahren, während das Lachen also nun schuldbewußt abbröselt und der Herr Pfarrer zum Per Dóminum nostrum ansetzt, während in der vorletzten Reihe nur noch der Ortsgruppenleiter Max Kleister lauthals schadenfroh bleibt, da renne ich los, weil der Gert vor den Altarstufen liegenbleibt und nicht mehr aufsteht. Er ist ganz weiß im Gesicht, stöhnt kurzatmig und kriegt keine Luft mehr. O weh! Der ist mit dem Rücken auf eine Stufenkante …

Und während mir einige Hitlerjungen in Zivil helfen, tatkräftig, eingeübt, und einer zum Doktor Schütz rennt, da murmelt Gert mit blutleeren Lippen: I ho nur die fünf Gegrüßet seist du Maria … I hätt' auch die drei Vaterunser beten soll'n.

Gert mußte also ins Krankenhaus nach Karlsbad, da er drei Rippen gebrochen hatte. Für jedes unterschlagene Vaterunser eine. Der »Reichsparteitag der Ehre« hatte der Heiligen Dreifaltigkeit offensichtlich nicht gereicht. Vielleicht wäre der »Polenfeldzug« besser gewesen. Jedenfalls klaut er künftig keinen Flieder mehr aus Hochwürdens Garten. Jawohl! Nächstes Jahr probiert er's im Garten der Ruschers, der ist weniger heilig, und der Dolfi hat da kein Fenster hinaus.

Wie dem auch sei: Im Krankenhaus ist es stinklangweilig. Das Panorama vor seinem Fenster hat er bald hin und zurück abgesehen. Im unteren Fensterausschnitt (wenn er sich aufrichtet) zeigt sich die Gartenzeile an der Tepl. Darüber das Villenviertel Westend: Hotel Bristol, die Pensionen Ontario, Victoria und König von England. Abwechslung bietet die wandernde Sonne, die vor allem die Kuppeln und Türmchen von St. Peter und Paul, der russisch-orthodoxen Kirche, in unterschiedliches Licht rückt.

Und Gert denkt, ob er überhaupt noch ministrieren soll, wenn Gott so nachtragend ist, daß er einen wegen ein bißchen Flieder die Altarstufen runterschmeißt. Auch die Schwester Oberin meint, daß zu ihrer Zeit beim Ministrieren niemand zu Bruche gekommen sei. Das käme heutzutage alles vom Krieg. Nu, der wird ja nicht mehr lange dauern, sagt sie kryptisch.

Ob sie nun BBC hört oder nicht: Seit ihrem Ausspruch ist die Ostfront nicht mehr zu halten. Am 22. Juni, dem dritten Jahrestags des deutschen Angriffs auf Rußland (die Russen haben was für Stichtage übrig), geht die erste baltische Front gegen die dritte deutsche Panzerarmee vor. Am 23. Juni die zweite weißrussische Front gegen die vierte deutsche Armee. Am 24. Juni die erste weißrussische Front gegen die neunte deutsche Armee. Schlag auf Schlag. Die sowjetischen Panzerzangen zwicken nun raumgreifend in westliche Richtung. Ich stecke außer Positionsnadeln, auch von London genährte Spickzettel auf meine Stabskarte, mit Statistiken, die der Deutschlandsender nicht bringt. Die Heeresgruppe Mitte ist zum Beispiel ausradiert: Die dritte deutsche Panzerarmee und die neunte deutsche Armee sind vernichtet, die vierte deutsche Armee ist eingeschlossen. dreihundertfünfzigtausend Soldaten sind gefallen oder in Gefangenschaft.

Also schwarze Wolken über dem Reich.

Stubengenosse, merk auf!

Ich laß dir die Augen blinken; ein – aus, ein – aus, im Rhythmus meines Pulses, der mir vor Aufregung in den Schläfen pocht, an diesem 20. Juli. Ich habe meine Tür verriegelt und warte auf BBC. Ein Blitz fuhr aus heiterem Himmel. Jawohl, ein Blitz aus heiterem Himmel, obwohl schwarze Wolken über dem Reich drängen. Keiner hat den Blitz erwartet. Alle schauten auf die Wolken im Osten und die dortigen Frontbegradigungen. Die Lage ist ernst, aber nicht hoffnungslos, sagt der Propagandaminister. Alle warten auf die Wunderwaffen. Der Westen ist noch kein großes Thema. Und da passiert das Attentat. Auf Hitler ist ein Attentat verübt worden. In der Wolfsschanze. Ungeheuerlich. Der Deutschlandsender ist aufgeregt und meldet Widersprüchliches. Ist der Führer tot? Lebt er?

BBC weiß es auch nicht. Und ich renne runter zu Pfüller, wo immer was los ist, weil dort die Hausfrauen auf ihre Ration Schweineschlachtfett warten und kartenfreies Sauerkraut kaufen.

Und erwarte freudig erregte Gesichter, aus denen neue Zuversicht strahlt, daß jetzt vielleicht das ganze Bombengeschmeiße aufhört und Max Kreisler im Namen des Führers keine niederschmetternden Kondolenzbesuche mehr abstatten muß. Und daß vielleicht die Männer bald heimkommen. Daß Hoffnung keimt. Und wir erfahren, wo die Vermißten sind. Jawohl! Leute, denkt euch die Jubelglocken in die Türme und singt Alleluja. Vergeßt die Kanonen. Da stecken ja gar keine Glocken drin. Und keine gußeisernen Kolonnaden. Nichts wie Gerede. Die Glocken waren nur in Rom.

Aber nein, aber nein! Wo sind die freudigen Gesichter? Wo fallen sich die Leute in die Arme? Wo bricht frenetischer Jubel aus wie beim Anschluß? Weiß nicht, jedenfalls nicht in Pfüllers Kolonialwarenhandlung. Da steht das frisch gestampfte Sauerkraut unberührt im offenen Faß, und ich höre, was ich nicht hören will. Da zieht der scharfe, alle Gewürz- und Kolonialwarendüfte zudeckende Sauerkrautgeruch durch den Türrahmen, und ich höre, was ich nicht hören will.

Der Führer lebt, höre ich. Das kann doch gar nicht sein, daß der nicht lebt, höre ich. Was fangen wir ohne Führer an? Wer führt uns in das Tausendjährige Reich? Den Führer bringt man nicht so leicht um. Der hat doch überall die SS stehen. Da kommt man nicht so leicht ran an ihn. Das Attentat ist ein Verrat, höre ich. Nicht nur am Führer, nein an der ganzen Volksgemeinschaft, die sich für die Front abrackert, höre ich. Während unseren Männern draußen der Hintern abgeschossen wird, machen die Etappenfritzen Sabotage. Jawohl, so ist das. Die gehören sofort aufgehängt gehören die. Samt den Drahtziehern und Helfershelfern. Ohne Gnade, höre ich. Und wir wissen jetzt: Die Saboteure sind schuld, daß die Ostfront wackelt. Diese verräterische Clique. Das fängt ja schon beim Nachschub an. Jawohl, bei den Handschuhen und Socken, die wir für die Landser stricken. Da kriegste kaum noch Wolle für. Jawohl! Und bei den Unterhosen, die wir für die Landser flicken. Die kommen draußen gar nicht an. Die vergammeln wer weiß wo. Und das Schlachtfett ist heut' auch bald aus. Da stehst du Schlange wie gestern, und was hörst du? Der Führer ist tot, hörst du. So eine Ente. Die soll wohl vom Schlachtfett ablenken. Und die Fleischration soll wieder gekürzt werden. Kürzt lieber die Saboteure um den Kopf. Und fangt oben an. Bei den Generälen, weil die sabotieren nach unten. Jawohl! Wann habt ihr das letzte Mal Bohnenkaffee getrunken? Und Seife und Hygienesachen gekauft? Und Gewürze? Da haben's die Tschechen im Protektorat besser, höre ich. Und unser Goldfasan, der Ortsparteibums, tut nichts. Auf den könnten wir verzichten. Aber auf unnern Fiehrer? Nee, nee, uf den nich. Ohne den verlieren wir den Krieg, höre ich, der ist ein genialer Feldherr. (Hat da jemand GRÖFAZ gesagt?) Und wer steckt mit den Verrätern unter einer Decke? Nu, die Kommunisten, höre ich. Jawohl, wie im ersten Krieg. Da haben die Kommunisten die Front verraten. Mit geballter Faust. Deshalb haben wir den Krieg verloren, wo wir doch schon halb Rußland im Sack hatten.

So sprechen die Hausfrauen in Pfüllers Laden, mein lieber Totenkopf. Ich gestehe dir, ich habe nichts gesagt und verlegen in die Regale geschaut. Wie bestellt und nicht abgeholt. Ja, ja, der Mensch denkt, und Gott lenkt, habe ich dann gesagt und ein Kilo Sauerkraut gekauft. Ein paar Hausfrauen haben auch nichts gesagt und Sauerkraut gekauft. Sie sind raus aus der Schlachtfettschlange und sind heimgegangen. Schweigend. Nur ein paar. Ich bin auch heim und habe dir in die toten Augen gesehen. Das hat geholfen. Die Adern an den Schläfen sind abgeschwollen. Jetzt pulst Resignation durch. Gott lenkt, denke ich. Weiß er, was er tut? Ich esse rohes Sauerkraut und drehe am Radio hin und her: Deutschlandfunk und BBC. – Der Führer lebt. Die Hausfrauen haben recht gehabt. Er ist ein Hätschelkind der Vorsehung. Der Propagandaminister tönt hysterisch, und Volksgenossen jubeln: Jetzt erst recht. Laßt uns aufbäumen gegen eine Welt von Feinden. Führer, befiehl! Wir folgen dir. Nibelungenschicksale steigen aus germanischen Nebeln. Greift zu Schild und Schwert. Laßt Etzels Horden anrennen (asiatische Horden, sagt Max Kleister). Stellt euch zum Kampf, Brüder, auch wenn die brennenden Giebel über uns zusammenbrechen.

Das Kitzeln der Bodendielen auf nackter Fußsohle. Schweißfüße gewinnen Abstand. Mein rauchumhüllter Strohhut. Pfeife beruhigt. Die Blähungen des Sauerkrauts in die Nacht hinein. Julius' Vogelbeer bis zum Morgendämmern. Sauerkraut und Vogelbeer. Furzen auf Sondermeldungen zwischen Schreibtisch und Krippe. Man hat es eilig. Noch in der Nacht wurden Graf Stauffenberg & Co. im Hof des Bendlerblocks in Berlin erschossen und verscharrt. Die Angst der Diktatoren. Du weißt, lieber Freund, die fünf Offiziere waren keine Draculas, die in wolkenschweren Nächten auferstehen und den Machthabern an die Ader gehen konnten. Trotzdem ließ sie Heinrich Himmler, Reichsführer SS, am Tage danach wieder ausgraben und verbrennen. Und die Asche über einem Acker verstreuen. Darauf hatte er wohl den Glauben an den Endsieg gebaut. Wollte er den düngen?

Nachbarschaften.

Ende August, noch bevor der alte Červenka in Neudek sein Haus verkaufte, das Weißwarengeschäft ging nicht mehr, und in die Dachwohnung zog – mittlerweile war der Warschauer Aufstand niedergeschlagen (Sieg! Sieg!), aber Paris gefallen –, kam Ritsch nochmals aus Prag ins Elternhaus in der Hermann-Göring-Straße. Es sollte ihr letzter Besuch bis zum Kriegsende sein. Komm nicht mehr! riet ihr der besorgte Vater. Sie sei ja Tschechin geworden, und hier liefen einige Fanatiker herum, denen das nicht gefalle. Vor allem wenn sie, wie anläßlich der Taufe Klein Erikas, einen Gürtel in der tschechischen Trikolore trage: rot blau weiß. Igittigitt. Er, der Vater, sei deshalb aus der Nachbarschaft angepöbelt worden.

Drei fassungslose Cousinen vernehmen es am Tisch unterm Birnbaum an der Rohlau. Die Ritsch soll nicht mehr heimkommen. Wegen eines Gürtels. Da krächzen ja die Raben im Turmgebälk der Burgruine. Da hocken ja die apokalyptischen Reiter in den Ästen der Holunderstauden an der Flußböschung. Schwarze Gespenster.

No, soll i mir a Hakenkreuzbind umen Bauch wickeln? fragt die erregte Ritsch.

Wer sogt'n sou was? Die kennen mi mal. I geih nach der Mod' un net nach derer Partei.

Und im übrigen schere sie das einen Furz, denn ihr Tschech, der Franta, sei zu ihr zurückgekehrt. Seine Mutter hat ihn samt seiner Hure hinausgeschmissen, weil er bekanntlich keine Eierkarte mehr gehabt hat. Und wer kann sich auf Dauer die Eier am Schwarzmarkt leisten, das Stück um fünfunddreißig Kronen? No, da steht er plötzlich vor der Tür, der Franzl, sagt Ritsch, links eine Zwetschkentüte in der Hand, rechts einen Schmetterling am Schnürl. Weißt schon, einen auf Rädern, der mit den Flügeln wachelt, wenn er fährt. Wie der verlorene Sohn steht er da, so armselig, und sagt: Da bin ich wieder. O Schreck und grüne Neune. I ho ja schou an andren Dingerich im Haus ghot. An herzensgouten Bäcker, der mi unterstützt hot. Mein Gott, was für Dilemma! Der Bäcker kneißt den Franta und macht Reißaus, rapidecapo die Stiegen hinunter, und der Franta hinterher, hast du nicht gesehen, daß die Zwetschken im ganzen Stiegenhaus herumfliegen. No, was soll i eich sagn: Dann isser wieder einzog'n bei mir. Aber nix hop drop Versöhnung und Grießschmarrn. Da sei sie hart gewesen. Vierzehn Tage habe er auf dem Boden schlafen müssen, bevor …

Ja, mein lieber Blankschädel, ich gebe dir recht:

Wegen eines dreifarbigen Gürtels bräuchte man im Deutschen Reich keinen Furz bemühen. Das ist nebbich. Und die Ritsch treffen nachbarschaftliche Anfeindungen im Grunde gar nicht. Die flüchtet sich zu ihrem František und ist zufrieden. Aber …

Jawohl! Ich muß dir schon wieder recht geben. Frag mich nur. Los, frage nur!

Nämlich: Was machen Millionen von Tschechen, die Tag für Tag Hakenkreuzfahnen vor der Nase haben und immer wieder Partei- und Militäraufmärsche der Deutschen ertragen müssen? Zum Beispiel am Wenzelsplatz? Oder am Altstädter Ring, wo man ihren Jan Hus mit Planen verhängt hat wie eine obszöne Schweinerei. Die Kafkas haben dort jeden Tag auf den Hus geschaut und nichts Obszönes bemerkt. Und auch der Kaiser Franz Josef nicht, wenn er mal da war.

Hast du die Wochenschauen nach dem Heydrich-Attentat gesehen? Die gespielte, oder sag geheuchelte Betroffenheit der Tschechen bei den Solidaritätskundgebungen für Berlin? Das organisierte Beileid auf den Plätzen der tschechischen Städte? Den deutschen Gruß (der ganze Wenzelsplatz war ein Arm), während sie ihre Nationalhymne, »Kde domov muj«, gesungen haben? Hast du ihre steinernen Gesichter gesehen? Ihre geballten Fäuste in den Hosentaschen? Nein, hast du nicht. Du hast auch nicht die gezielt verteilten Gestapo-Leute in der Menge gesehen. Du hast nur den Moravec gehört, Minister für Volksaufklärung: Heil unserem Führer Adolf Hitler! Heil unserer herrlichen deutschen Schutzmacht! Heil unserem Staatspräsidenten Dr. Hácha! Heil der tschechischen Zukunft! Und vor lauter Hakenkreuzfahnen hast du die Fassaden der Häuser nicht mehr gesehen. Tschechische Fassaden. Häuserzeilen im Protektorat. Denk mal darüber nach! Ich sage dir: Die Tschechen flüchten nach innen und züchten apokalyptische Reiter. Und die werden einmal über euch und Leute wie den Moravec kommen. Denk darüber nach. Und denk an die Prophezeiungen der alten Schmieda.

Hitler lebt also, kann aber trotz Ausmerzens der Saboteure die Ostfront nicht halten. Die Russen wälzen sich schon gegen die Oder zu. Also, es wäre besser gewesen, man hätte den großen Feldherrn in der Wolfsschanze eingemauert oder mit »Karl May«, seinem Lieblingsautor, in meine Türmerstube gesperrt. Da hätte er Gert aus »Winnetou« und »Old Shatterhand« vorlesen können, welche der Bub im Bücherregal entdeckt hatte. Da hätte er sich mit schnarrender Stimme ausleben können, bis zum bitteren Ende oder bis zu einem Waffenstillstand mit dem Westfeind, um dann alle verfügbaren Kräfte gegen den Bolschewismus zu werfen. – Leider, leider. Niemand sperrt den Hitler ein.

Und so muß ich ran, in diesem August vierundvierzig. Statt Max und Moritz, ritsche, ratsche voller Tücke, muß ich edle Apachen gegen hinterlistige Sioux kämpfen lassen. Dazwischen ein paar Schellacks: bißchen Zauberflöte, bißchen Fledermaus. Aber nur bei Schlechtwetter, weil an sonnigen Tagen Gert oben bei seinem Freund Fritz im Försterhaus ist. Dort pumpen sie vor den staunenden Augen der Bombenkinder Regenwürmer auf. Mit der Fahrradpumpe, bis sie platzen. Und während sie Wühlmäuse an die Heliumflasche anschließen (müssen doch fliegen können), während sie Bachkrebse fangen und kochen, während sie über die Mädchen lachen, weil sie das Lagerfeuer nicht auspinkeln können, während sie den Hühnern Eierlikör in den Brei geben, während sie Blindschleichen fangen und den Mädchen in den Puppenwagen stecken, o Zeder und Mordio, da stoßen die Russen im Norden an die Grenze Ostpreußens vor, stehen im mittleren Frontabschnitt vor Warschau und im Süden vor Belgrad. Da höre ich: Die Sowjets haben ein sogenanntes Vernichtungslager befreit. Majdanek. BBC spricht von eineinhalb Millionen Toten, die dort umgebracht wurden. Nicht zu glauben. Vergast, sagt BBC. Vergast? Oh, gnade uns Gott, wenn das stimmt.

Jawohl, Anfang September begann wieder die Schule.

Gert muß leider noch ein Jahr warten, obwohl er schon aus »Karl May« und der »Fidelen Kommode« buchstabieren kann. Dafür gibt es tolle Darbietungen des Westfeinds. Zum Beispiel an einem späten Abend, als Gert mit Stoppelgewehr und umgehängter Blechdose, seiner Gasmaske, in der Dachluke steht, während die anderen Hausbewohner unten im Keller sind. Schade für sie, denn sie versäumen ein prächtiges Feuerwerk. Richtung Bahnhof lodert der Horizont und glüht auf, wenn die Bomben explodieren. Aber der Bahnhof wurde kaum beschädigt und auch Annls Handschuhfabrik nicht. Der Westfeind hatte nur zwei Häuser hinter der Gleisunterführung getroffen.

Auch die verbogenen Schienen waren bald repariert, und so konnte einige Tage danach die Vacin Annl aus Neudek kommen. Mit dem Zug und nicht mit dem Fahrrad. Sie hatte für ihr Patenkind Erika niedliche Patschen und ein Jäckchen gestrickt. Quasi Rößlersche Konkurrenz und weil der Winter kommt. Und für Gert hatte sie Schokolade aus Vacins Pariser Sendungen mit. Aber Thema Nummer eins war Ritsch, das dumme Luder. Also, warum sie den František wieder aufgenommen hat, diesen Dingerich, an dem muß was Besonderes sein, was andere nicht haben. Und überhaupt diese Schwester: eine läufige Katze. Während wir hier jahrelang als Nonnen darben, is' ja wahr isses, hat die immer Ersatz im Bett. Glaubt ihr doch keiner, daß sie den Franta vierzehn Tage lang am Boden schlafen lassen hat. Das hält die keine paar Tage aus. Während die Tschechen wie die Hasen rammeln, müssen wir hier als beispielhafte Kriegsopfer versauern. Wo bleibt da die Gerechtigkeit?

Erst nach der Ritsch werden das Thema Vacin und der Fall von Paris abgehandelt. Großes Bedauern über die Kriegslage, weil der Anton jetzt zwischen Aachen und Trier unsere Truppen verstärkt und deshalb nichts mehr schicken kann. Das kassieren jetzt die Amis, wo die sowieso wie die Maden im Speck leben.

Und in der Slowakei ist es auch schon losgegangen. Nämlich in der Zips, wo Annl Zwo ihr Pflichtschuljahr verbracht hatte. Und deshalb ist die Familie Wagner, ihre damalige Gastfamilie, bei ihr in Neudek gelandet, weil die Partisanen losgeschlagen haben und die Deutschen von dort evakuiert werden. Die ersten Flüchtlinge also. Und ganz furchtbar: Den siebzehnjährigen Sohn der Wagners, ehemaliger Schüler der Annl, hat man im Wald gefunden. An einem Baum gebunden und den Kopf mit einem Reibeisen behandelt. Und da heult sie los, furchtbar ist das, so ein lieber Bub, der Erich. Wie kann der sich nur zur SS melden? Jetzt noch, wo andere schon die Gewehre wegwerfen?

Und dann trinken sie trostspendenden Cognac. Die vorletzte Flasche aus Vacins Beständen. Ach, Maadl, wie wird das alles weitergehen?

Wenn ich dich so betrachte, mein lieber Freund, deinen heilen, knochigen Schädel, vermute ich, daß man lange braucht, bis man mit einem Reibeisen durch ist. Das geht bei einer Zitrone leichter: Da reibt man die Rinde der Wölbung entlang, bis man auf weiche Frucht stößt. Also nicht ins Fleisch hinein. Das Geriebene muß griffig bleiben, sonst paßt es nicht als Stollenzutat zu Weihnachten. Aber heuer wird es mit der Lieferung von Zitronen sowieso Essig, weil die Allierten schon in Oberitalien vorrücken. Da kann auch der Südtiroler Volkssturm nichts mehr dagegen tun. Ach so, die haben keinen Volkssturm. Den haben nur wir nördlich der Alpen. Verteidigung des Heimatbodens. Wir kämpfen gegen die geplante Ausrottung des deutschen Menschen. Dem totalen Vernichtungswillen unserer jüdisch internationalen Feinde setzen wir den totalen Einsatz aller deutschen Menschen entgegen. Vor allem jener Restbestände an Männern zwischen sechzehn und sechzig, die man an der Front nicht brauchen kann. Und daher exerziert auch bei uns am Sportplatz hinter dem Jugendheim das letzte Aufgebot auf Teufel komm raus: »Die blauen Dragoner, sie reiten ...«, »Die Fahne hoch ...«, und Max Kleister persönlich marschiert mit geschwollener Halsader und Überstimme im Refrain voraus. Der hat noch immer nicht genug. Und sie lernen den deutschen Gruß im Stehen und Vorbeimarschieren: Heil Hitler! Den trainiert ja auch die Wehrmacht seit dem 20. Juli. Hat Göring als militärische Ehrenbezeigung eingeführt. Und wenn die Russenpanzer kommen – wahrscheinlich von Johanngeorgenstadt herauf –, grüßen wir stramm mit gestrecktem Arm und müssen anschließend rennen, weil wir keine Panzerfäuste haben. Wir haben nur ein paar Beutewaffen: italienische Karabiner und zwei russische Paks. Auch Julius und ich haben zweimal exerziert, mit Armbinde und Holzprügeln über der Schulter, bis sie draufgekommen sind, daß wir schon über sechzig sind. Also Drückeberger, wie Max Kleister sagt. Schon kursieren Spottverse über den bunten Haufen: ... Wir hissen die zerfetzten Segel / Und wandern froh an Hitlers Stab. / Mit Mann und Maus und Kind und Kegel / Ins Massengrab, ins Massengrab.

Also lieber Freund!

Kein Reibeisen für deine Alabasterstirn. Und in der Slowakei macht der Partisanenspuk Pause, weil dort ist der Volkssturm ausreichend bewaffnet worden. Die örtlichen Heimwehren haben genug Gewehre aus den Beständen slowakischer Garnisonen, die von der SS entwaffnet wurden. Aber die Wagners wollen trotzdem nicht heim, weil der Russe schon über die Karpaten kommt. Ich stecke meine erste Nadel auf ehemaligem tschechoslowakischem Staatsgebiet. Wahrscheinlich brauche ich nicht lange auf weitere Positionsverschiebungen warten, obwohl ich zur Zeit weder in Polen noch im Baltikum viel herumstecken muß. Die Russen sind zu schnell vor und schaffen den Nachschub nicht. Also großes Atemholen vor dem Kerzenausblasen. Im Radio unterschiedliche Berichte von BBC und Deutschlandfunk über Belgrad, Ungarn, Griechenland. Im Westen nichts Neues: Bomber über der Ruhr. Aachen, als erste deutsche Stadt auf Reichsgebiet, genommen. Frag mich nicht, was wir da noch auf dem Balkan und in Norwegen wollen.

Den meisten Leuten ist dies alles schnurzegal. Alltagssorgen überlagern. Das Warten auf Schweinefett. Kleiderwaren Klohse hat schöne Wintermäntel. Aber Annl hat keine Punkte mehr auf der Kleiderkarte. Die sind weg für die Kinder. Lebensmittelsonderzuteilung für Weihnachten: Zwei Eier zusätzlich für Erwachsene. Jeweils einhundertfünfundzwanzig Gramm Süßwaren extra für Kinder. Die sechste Kriegsweihnacht. Hört das nicht auf? Hoffentlich kommt der Vater bald heim. Der Sohn, Onkel, Gatte …

Annl ist wieder ohne Weihnachtsbaum. Ihr Bruder, der Seff, ohne Heimaturlaub. Seit August ist er nicht mehr in Wiener Neustadt, sondern in Leipzig. Testet neue Wunderwaffen. Die Schindlermädchen sind ohne Vater. Den hat's Ende November erwischt. Südlich Budapest. Also absolute Trostlosigkeit in der Bindergasse 188. Aber Rudl Wessel ist auf seinen Verbandsplätzen noch immer wohlauf. Von Gustl und Oskar keine Nachrichten.

Gert hat seiner Schwester das erste Mal die Windel gewechselt und sich und die Kleine von oben bis unten vollgekotzt. Hat er nur bei sich selber riechen können, als es noch in die Hose ging. Er schleppt die Achtmonatige manchmal zu mir herauf in die Türmerstube. Zu Krippe, »Karl May«, zur »Fidelen

Kommode« und zu »Flugzeuge des Ersten Weltkrieges«. Und die Annl werkt mittlerweile wieder für die Front: Filzstiefel und Fellhandschuhe. Auch auf dem Rückzug darf man nicht frieren. Oft packt Gert seine Schwester auf den Schlitten und zieht sie hinaus zum Koneshäusel auf der Hefewiese. Dort hilft er Julius, soweit es der Schnee zuläßt, beim Gartenzaun. Der muß erneuert werden, sonst bricht im Frühjahr das Wild in den Gemüsegarten ein. Dafür wechselt Julius die Windeln Erikas und steckt Eier, Butter und Äpfel ins Schlittennetz. Heimlich, denn die Tante Marie leidet das nicht. Sie hätten ja selber nichts, nörgelt sie, die Kinder seien mit den Sonderzuteilungen sowieso bevorzugt.

Jeweils an den ersten drei Wochentagen holt Gert für sich und die Schwester Mittagssuppe vom »Blauen Stern«. Das hat Mutter so vereinbart. Rindssuppe mit Eingetropftem, Erbsensuppe, Haferflockensuppe im blauen Emailkrug. Die Wirtin, Frau Bräuer, gibt meist Zugaben: Streußelkuchen oder Apfelauflauf.

Und die Thiel Gust ist wieder heimlich mit ihrem Franzosen zusammen. Oder umgekehrt, wegen der besseren Verpflegung. Außerdem hat man die ukrainischen Ostarbeiterinnen, denen sich Jean-Claude anstelle der Gusti zugewandt hatte, nach Neudek ins Eisenwerk verlegt. In die Munitionsproduktion.

Und dann, vor Weihnachten, gab's den letzten militärischen Versuch im Westen: Ardennenoffensive. Großspurig tönte daher unser Ortsparteidings: Die schmeißen wir alle wieder ins Meer. Einige glaubten ihm und hofften noch immer auf den Endsieg. Daran konnten auch die hastigen Kriegserklärungen Rumäniens und Bulgariens an uns nichts ändern. Torschlußpanik. Nu, wenn schu, sagte Max Kleister. Alles Verräter. Denen werden wir das noch heimzahlen.

Tagebuch

Nur ein toter Indianer ist ein guter Indianer – nein! Das sagt nicht der Karl May. Das haben die Amis gesagt.

Nur ein toter Deutscher ist ein guter Deutscher. Sagt er auch nicht. Aber die Annl Vacin sagt es, weil sie seit dem Fall von Paris BBC hört. Die brave und staatstreue Lehrerin, staatsttreu sowohl unter Tschechen als auch Nazis, die nie Feindsender gehört hat, ist mißtrauisch geworden und kurbelt an Auslandssendern herum. Eben seit und weil der schöne Anton aus Paris abziehen mußte und keinen Cognac und Kaffee mehr schicken kann. Seither möchte sie Kriegsberichte mehrseitig. Denn wie geht's Toni im Westen? Und sie kann ja Tschechisch, Negertschechisch, wie ihre Schwester Ritsch sagt, aber immerhin, und deshalb registriert sie voll Erregung unter anderem die Aufrufe der tschechischen Exilregierung. Denn was hört sie da über den Äther und raunt es in verwandtschaftlich zuverlässige Ohren weiter? No, nur ein toter Deutscher ist ein guter Deutscher: Schlagt sie, tötet sie, wenn es soweit ist, laßt keinen am Leben! O blutiger Fötus. Der Schlachtruf der Hussiten aus feuchtkalter Gruft. Von Beneš & Co. ausgegraben. Modrig für die Endzeit. Aber nur die aus Zips geflohenen Wagners glauben es und heulen aufs Stichwort, weil sie an ihren Sohn denken müssen. Aber Annl Zwo glaubt und versteht das nicht. Weil wir leben ja nicht im Mittelalter. Ja, bei den Russen schon, jawohl, weil Aug im Aug, Zahn um Zahn. Aber bei den Tschechen? Wegen Lidice? Nein, glaube ich nicht. Soweit kann Rache nicht gehen. Also, erst einmal abwarten.

Die Russen sind ab Mitte Januar in der Offensive. Mit vollem Atem. Meine Stecknadelköpfe auf der Generalstabskarte wandern zügig nach Westen. Ende Jänner bin ich schon vor Breslau und an der Oder. Aus Ostpreußen kommen Schreckensmeldungen. Die Kerzen werden ausgeblasen. Nur ein toter Deutscher ist ein guter Deutscher. Und da metzeln wir wahllos, was vor die Flinte kommt. Jawohl, die Revanche. Vorher war's andersherum. Philosophie der gnadenlosen Ausrottung.

Aber die Tschechen? Nu schön, sagt die Vacin Annl. Die haben für uns arbeiten müssen, aber ohne Hauch von Ostarbeiter. Wertvolle Arbeitskraft mit Gewerkschaft und allem. Heydrichs Strategie: Integration des tschechischen Arbeiterstands in die Rüstungsproduktion. Und Ritschs František hätte ja bei Skôda bleiben können. Mit Urlaubs- und Rentenanspruch. Aber der hat seinen Lohn verhurt und versoffen. Die arme Ritsch. Sind also pfleglich davongekommen, die Tschechen, sagt die Annl. Werden wir halt künftig für sie arbeiten müssen. Haben wir ja nach dem ersten Krieg auch getan. Aber vielleicht mit Nachholung der Selbstbestimmung. Gewisse Autonomie. Hat man uns ja nach dem ersten Krieg verweigert. Möglicherweise kommen wir an Bayern oder Sachsen. So denken viele Leute, sagen es aber nicht. Schon gar nicht bei Pfüller, wo die Hausfrauen täglich um Schweinefett und Sauerkraut anstehen. Denn dort gibt es nicht nur verwandtschaftliche Ohren.

Jedenfalls ist das Ende nah. Aber in jedem Ende steckt ein Anfang.

Nur wie sieht ein Anfang aus, nach all dem, was wir angestellt haben, und wenn alle Welt gegen uns ist? Denn im Februar und März gibt es noch eine Menge Kriegserklärungen an Deutschland: die meisten Staaten Südamerikas. Die meisten arabischen Staaten und die Türkei. Finnland, rückwirkend ab September vierundvierzig, wie bei einer Steuervorschreibung. Viel Feind, viel Ehr'. Und meine Ortschronik verkommt zu einem reinen Tagebuch.

2. Februar: Schneefall. Die Kälte knabbert an den Knochen. Seit Tagen schon endlose Trecks aus Schlesien. Oft zweihundert

Fuhrwerke, angeräumt bis zum Achsbruch. Und obendrauf Jammergestalten, Kinder und Alte, aneinandergedrängt unter der Plane. Frauenschaft, Rotes Kreuz und NSV mit Teeküchen bei der Bahnunterführung. Volksgemeinschaft löffelt eine Suppe aus, die sich nicht jeder selbst eingebrockt hat. Leid macht Solidarität. Auch wenn ausdruckslose, starre Gesichter kein Dank sind, für Samariter genügen ausgestreckte, klamme Finger vom Wagen herunter. Hinter und neben den Gespannen die Frauen. Sie tragen die Hauptlast des Krieges. Sie trinken im Gehen. Wie beim Marathon. Nur nicht anhalten. Nur weiter, nur weiter, aber wohin? Gaffende Plattner mit großen Augen. Die Prophezeiung der Zigeunerin ist eingetroffen. Die alte Schmieda im Triumph. Das Hoffen auf die Amerikaner. Vielleicht sind sie früher da als die Russen. Zum Teil sind die Flüchtlinge schon Wochen unterwegs. Alle wollen nach Westen oder Süden. Am Abend nehmen sie ausdruckslos die Einquartierungen hin. In die Turnhalle, in den Gemeindesaal, in Häuser und Ställe. In die Schule geht's nicht. Da ist ein Reservelazarett. Daher kein geordneter Unterricht mehr. Hurra! Fritz und seine Freunde beim Rodeln und Bobfahren. Und Gert mit der Wut im Bauch, weil er auf seine Schwester aufpassen muß.

10. Februar: Gert vor grellroten Plakaten an den Hausecken: Im Namen des Volkes. Was is'n ein Deserteur? Wegen unerlaubter Entfernung von der Truppe erschossen. Er wollte vom Urlaub nicht mehr zurück an die Front. Sie hatten ihn im Elternhaus hinter einer Kellerwand aufgestöbert. Es war der zweite Sohn der Apothekerin, unserer ehemaligen Frauenschaftsleiterin. Ihr erster ist vor zwei Jahren gefallen. Und bei Pfüller tuscheln die Hausfrauen hinter vorgehaltener Hand: Netter Bursche, der Jochen, wär' einmal ein guter Apotheker geworden. Aber andererseits, während unsere Männer dem Iwan den Arsch hinhalten ... Aber dann verstummen sie zur schweigenden Gasse, als die Apothekerin kommt, gesenkten Hauptes und mit Ringen unter den Augen. Keine stolze Trauer mehr. Und sie lassen ihr den Vortritt zur Eierausgabe. Zwei Stück je Person. Und es gibt Suppenmehl ohne Marken und je

Kopf hundert Gramm Rosinen. Die hätten wir zu Weihnachten gebraucht, sagen die Frauen, und, als die Apothekerin weg ist, kennt ihr schon den Neuesten? Die neue Fleischzuteilung von vierhundert Gramm? – Nu, hundert Gramm von dem Bock, den der Adolf bei Stalingrad geschossen hat, zweihundert Gramm von dem Esel, der jetzt noch an den Endsieg glaubt, und hundert Gramm von dem Schwein, das der Adolf am 20. Juli hatte. Und das tuscheln sie hinter vorgehaltener Hand. Eine in die andere hinein.

15. Februar: Das Reservelazarett wird nach Karlsbad verlegt. Für den Fall der Fälle wollen sie in der Schule einen Hauptverbandsplatz einrichten. Annl muß nach Arbeitsende an einem Kurs für Lazaretthelferinnen teilnehmen. Stromausfall am Nachmittag.

Und dann ein Tag Urlaub für Annl. In Neudek geht sie mit ihrer Cousine auf das Wehrmeldeamt. Letzter Versuch wegen Oskar. Aber nur Kopfschütteln des Fürsorgeoffiziers und eine Adresse in Berlin. Da schreibt sie lieber an Hedwig, Oskars Schwester in der Schweiz. Die solle doch mal beim Roten Kreuz in Genf ..., denn Oskar soll wissen: Egal, was passiert, sie bleibt auf jeden Fall in Platten, bis er kommt. Nein, Oskar, keine Spur von Schlappschwanz mehr.

17. Februar: Ein Brief von den Schwiegereltern. Erstaunlich, wie die Post noch funktioniert. Gustl ist nicht mehr vermißt. Er ist in russischer Gefangenschaft. Sibirien. Und Hedwig kommt aus der Schweiz zurück. Aber keine Nachricht von Oskar.

Im ganzen Ort ist kein Brot aufzutreiben. Die Flüchtlinge fressen uns leer, hört man bei Pfüller. Es gibt keine Hefe. Magermilchzuteilung auf ein sechzehntel Liter pro Tag gekürzt. Dafür fünf Eier pro Person. Kennt ihr schon den Neuesten? – Deutschland kriegt ein neues Wappen. Eine Gans: fett wie Göring, schnattert wie Goebbels und wird gerupft wie das deutsche Volk.

20. Februar: Stromausfall. Eine neue Kohlekarte wird ausgegeben. Annl und Gert im Farbfilm »Immensee«. Vorführung

wurde wegen Einquartierungen vom Rathaussaal in den »Postwirt« verlegt. Frau Rößler hütet die Erika. Seit Anfang Jänner gibt es erstmals wieder Salz zu kaufen. Julius hatte mit Viehsalz ausgeholfen. Katastrophe: Nachrichten vom Bombardement Dresdens in der Nacht vom 13. auf den 14. Angeblich einhundertdreißigtausend Tote, da dort die meisten Schlesienflüchtlinge konzentriert sind.

10. März: Aus dem Jugendheim wird ein Teil der Bombenkinder nach Westen verlegt. Fladerers Verwandte aus Essen bleiben im Forsthaus. Das Ruhrgebiet ist kaputt. Wohin sollen sie? Die Schindlers im Parterre des Thielhauses bleiben auch, denn Berlin ist auch kaputt. Außerdem nähern sich dort die Russen. Die ersten Arbeitsmaiden gehen ab ins Altreich. Vorteil des Lazarettkurses für Annl: Sie lernt Verbinden und Mund-zu-Mund-Beatmung.

25. März: Palmsonntag. Herrliches Frühlingswetter. Palmzweige in Gärten und auf Feldern. Wolfsangeln auf einigen Hausmauern. Dreh dich nicht um, der Werwolf geht um. Und am Montag kriegt Annl die Genehmigung zur Fahrt nach Karlsbad.

27. März: Es riecht nach Kriegsende. Jawohl, deshalb muß Annl unbedingt nach Karlsbad. Wegen Hedwig und wegen einer Wohnung. Julius mahnt vergebens in den lauen Frühling. Vollgestopfte Züge und Tieflieger. In dieser Zeit liegt der Trost in der Natur. Jetzt, wo die Erde aufbricht. Aus dem Wald der Kuckuck und unbetroffenes Vogeltüralülü. Und bei Pfüller der erste Kopfsalat, um fünfundvierzig Pfennige das Stück. Auf Gott bauen, aus der Natur Freude und Hoffnung schöpfen, sagt auch Hochwürden. Jawohl, sein Geschäft hat Auftrieb bis in den letzten Winkel. Auch durchziehende Flüchtlinge und Soldaten füllen die Kirche. Randvolle Ostern also.

Für das nahe Ende planen, sagt Julius. Geht am Lande besser als in Karlsbad. Wieso machst'n itze da hinunter? Das Leben wird weitergehen, jawohl, ob unter den Tschechen oder bei

Bayern oder Sachsen. Zweifel am Endsieg? Vorsicht, Julius, sonst klebt bei dir auch bald die Wolfsangel am Haus.

Jawohl, eine Wohnung in Karlsbad. Was soll sonst Oskar, wenn er kommt, in Platten anfangen? Da kann er höchstens in der Feuerwehrmusik oder Stadtkapelle ..., Klarinette vielleicht. Und dann muß er wieder als Buchhalter ..., vielleicht bei Zenker oder in der Sparkasse. Den Traum von der Zeitungsredaktion bitte begraben. Hier gibt es nicht einmal ein Fotofachgeschäft, wo Oskar als Fotograf ... Und dann Annls Gewissensbisse: Gert hat noch keine einzige (Oskars Auftrag) Akkordeonstunde gehabt.

Dem wär' das jetzt schnuppe, denn der steht mit platter Nase am Fensterglas des Zugsabteils. Nu schau mal. Wie in der Wochenschau. Und ganz echt, und die Glasscheibe als Kamera mit variierendem Blickwinkel: Wehrmachtskolonnen, noch in voller Ordnung: Artillerie, Panzer, Marschblöcke. Toll. Zeltlager auf der Wiese. Wo bleiben die Tiefflieger? Ratata! Zwischen Erikas Korbwagen und der Wagenwand kann er nicht zertreten werden, denn ringsum stauen sich Leute wie die Heringe im Glas. Stimmengewirr über Vergewaltigung, Mord und Totschlag. Dazwischen sarkastische Witzchen, halblaut, aber offen. Habt ihr gehört? Der Volkssturm wird aufgelöst. Jawohl, weil sie die alten Säcke zu Feuerpatschen umarbeiten. Auch Flüchtlinge müssen sich eins von der Seele ..., die alten Affen als Wunderwaffen, quasi Befreiungslacher. Weil sie aus der Kälte raus und vorerst in Sicherheit sind. Und vielleicht gibt es in Karlsbad Anschluß nach Eger und Nürnberg. Zu den Amis. Und meine Schwester, sagt eine schmale Blonde, ist mit Eltern und Kindern nach Dresden. Seither nichts von ihr gehört. Hoffentlich war sie schon durch, als die Bomber kamen. Ihr habt es ja noch gold hier. Wird vielleicht gar kein Kampfgebiet mehr. Könnt auf Haus und Hof bleiben. Sie will nach Regensburg. Dort hat sie einen Onkel nach der Mutter. Der wird nicht begeistert sein, aber wohin sonst? Haben Sie vielleicht ein bißchen Milch für meinen Kleinen?

29. März: Annl hat rund siebzehntausend Reichsmark gespart. Liegen auf der Plattner Sparkasse für die Wohnung. Und des-

halb will sie auf das Gemeindeamt Fischern. Aber denkste, die meisten Ämter sind abgesiedelt, über die Eger nach Karlsbad. Weil Bombentreffer im vorigen Herbst. Schöne Bescherung.

Daher schickt sie der Schwiegervater Rudls (wir wissen: Verkaufsdirektor bei Moser) zum Stadtoberinspektor Rödlbach in der Mühlbrunnstraße, Haus »Goldener Schlüssel«. Haha, lacht dieser, wissen Sie, wieviel Flüchtlinge wir unterbringen müssen? Zehntausende, junge Frau, Zehntausende. Also kommen Sie wieder, wenn alles vorbei ist. Und meine Empfehlung an Herrn Direktor.

Und so muß also die Hedwig trösten, die schon aus der Schweiz da ist. Hedwig mit den Wangengrübchen, die vom Lachen kommen. Aber trotz ansteckender Fröhlichkeit hat sie auch in der Schweiz keinen Mann gefunden. Obwohl die dort haufenweise rumlaufen. Völlig unbeschädigt. Und sie war auch beim Roten Kreuz in Genf. Aber ohne Erfolg. Aus Sibirien kann es Jahre dauern, bis eine Nachricht kommt, sagen die dort. Und manche Lagerkommandanten sind Gefühlsschweine. Weißt schon: Schicken die Briefe der Gefangenen nicht weg. Heizen damit die Öfen an. Lachen sich krumm und dämlich. Zuerst Briefe übersetzen lassen und dann ab ins Feuer damit. Nu, unterhaltsamer, als blöd in die Tundra zu glotzen. Jawohl! Gott sei Dank haben wir von Gustl Nachricht, sagt Schwiegermutter Berta. Und sie hat von seinem Wandfoto neben der Kuckucksuhr das schwarze Band entfernt.

Und dann viermal der Ruf des Kuckucks. Schichtwechsel bei Moser. Daher Gewurl vor den Fabrikstoren. Und Gert am Fensterbrett mit einem rubinroten Glas aus Alois' Sammlung, und durch das Glas flimmern plötzlich Flieger im leuchtenden Feuerspiel, ratatata, und die Köpfe der Piloten greifbar, wenn auch durch Facettenschliff verzerrt. Sie kommen flach über die Rennbahn. Und um Gottes willen, die Annl ist wieder unterwegs wegen einer Wohnung, und Hedwig zerrt Gert vom Fensterbrett weg und schleppt ihn in den Keller, aber sie wollen nicht die Glasfabrik, sie wollen den Bahnhof und die durchziehenden Wehrmachtskolonnen. Und jetzt erst, während der Angriff läuft, heulen die Sirenen, aber die Fenster vibrieren nur und splittern nicht von den Bombeneinschlägen, und Berta hätte ohne weiteres die Leintücher wegnehmen können, die sie seit Wochen über dem Piano und der Kredenz hat. Als Splitterschutz.

Und im Keller nur ein bißchen Kohlenstaub und Husten und schwarze Gesichter, und gegen die Ratlosigkeit nach dem Angriff erst einmal ein anständiger Rumtee, aber die Annl ist noch nicht da, Jeschusch Maria, aber die kommt dann gegen Mitternacht mit einem dicken Verband um den Kopf und einem Schuß Galgenhumor: Karlsbad ist Lazarettstadt mit fünfzehntausend Schwerverwundeten. Man hat die Berliner Lazarette hierherverlegt. Die sind angefüllt bis obenhin, da behalten sie keine unnützen Hausfrauen im Bett wegen ein paar Schrammen auf der Stirn. Also nun.

30. März: Danzig gefallen. Genug, genug! Ich stecke keine Nadel mehr in meine Generalstabskarte. Was soll ich da noch stekken? Wollte eigentlich nur in Rußland stecken, als ich zum Stecken begann. Wollte sehen, wie weit wir gekommen sind im Vergleich zu 1918. Also, ich stand damals bei der Kapitulation der Russen zwischen Don und Donez. Etwa dort, wo Oskar vermißt wurde. Ist inzwischen verlorene Geographie. Siehst du, lieber Freund, im Grunde habe auch ich für den Endsieg gesteckt. Daher hat das Stecken schon lange keinen Sinn mehr. Wenn das Schiff sinkt, sind die Wasserstandsmeldungen nur Bürokratie. Also klappe ich das Holzpaneel herunter und hole Nägel und Hammer. Und dann nagle ich meine Generalstabskarte der kaiserlichen Armee zu. Nagle den ganzen verdammten Osten zu. Lebensraum für das Reich. Nagle Millionen Tote in den Sarg. Nüchtern kalkulierter Einsatz für den Endsieg. Wir haben alles hingegeben, um den Sieg zu erringen. Nagle den Rußlandfeldzug zu. Es war einmal ein Unternehmen Barbarossa. Es war. Nur die Millionen an Toten bleiben. Die sind.

1. April: Ostersonntag. Annl zurück in Platten. Allgemeine Aufregung, weil Eier mit Dornenkronen aufgetaucht sind. Eine Prophezeiung der alten Schmieda. Aber bei den Kindern

sehr gefragt, weil die Eier beim Pecken nicht splittern. Und allgemeines Raunen und Tuscheln nach der Messe. Unser Ortsparteidings erstmals nach sechs Jahren in Zivil. Dem gehen wohl die Deutungen der Schmieda an die Nieren. Von wegen Breeches über den Arsch und so. Und die Dornenkroneneier hat die Schmieda schon in der Christnacht angekündigt, als sie mit einem Haufen Weiber auf der Wegkreuzung hinter ihrem Haus einen Zauberkreis zog. Weil bei solchen Eiern würde es uns schlecht ergehen, orakelte sie. Es würde eine dreitägige Finsternis kommen, das liebe Vieh würde verschwinden, und man solle der letzten Kuh die Hörner versilbern. Aber nach dreißig Tagen werde die Erlösung aus dem Westen erscheinen. Jawohl! Also letzteres gab dem Max Kleister gehörigen Auftrieb, und er organisierte nach Ostern am nördlichen und östlichen Ortsausgang umfangreiche Schanzarbeiten. Falls die Russen vor den Amerikanern kommen. Mongolen und Tataren: Gegen die asiatischen Horden bis auf den letzten Mann. Also, da wird der Volkssturm anständig eingesetzt und auch die Frauen unter der Leitung der Thiel Ritsch. Nach Osten haben wir schon gegen die Schweden im Dreißigjährigen Krieg geschanzt. Da haben wir Erfahrung. Nur der Großvater Julius tippt sich an die Stirn: Die sind alle nicht mehr ganz dicht. Meine Hennen haben schon vor dem Anschluß solche Eier gelegt. Also solche mit Verwachsungen am Spitz. Und nichts ist passiert.

20. April: Gert hat Geburtstag und bekommt eine Puddingtorte. Keine Gedanken mehr an Kriegsspielzeug. Auch der Führer hat Geburtstag. Kein Thema mehr außer beim Ortsparteidings samt Anhang. Dafür ein neuer Witz von Ohr zu Ohr. Deutschland leidet nie mehr unter Textilnot. Es besitzt unerschöpfliche Rohstoffquellen: Lumpen in der Partei, Hirngespinste der Regierung und einen endlosen Geduldsfaden der Bevölkerung. Und schau mal an: Was so ein Witz alles ausmacht. Plötzlich brauchst du keine Kleiderkarte mehr. Die Kartenpunkte sind freigegeben. Und die Rößlerin kann Wolle kaufen bis zum Ersticken. Und Annl kauft marineblaues Tuch für einen Mantel für Gert und einen grauen Mantelstoff für sich. Jawohl, und

mehrere Garnituren Bettwäsche. Scheinbar werden riesige Textillager geräumt. Konkursmasse des Reichs. Im »Blauen Stern« und beim »Postwirt« sind die Gaststuben bis oben angefüllt. Und jeder kann hingehen und kaufen. Und Kleiderwaren Klohse kauft wie ein Wilder. Ohne Punkteverrechnung. Auch Textil Armbuster stopft sein Lager voll bis obenhin.

28. April: Erika ist ein Jahr alt.

30. April: Die Russen sind weiß nicht wo, und bei uns liegen SS-Einheiten. Die Amerikaner sind schon seit Tagen in Eger und Johanngeorgenstadt. Vor fünf Tagen sind sie an der Elbe auf die Sowjets gestoßen. Warum kommen sie nicht zu uns? Könnten in einer schmalen Stunde hier sein. Auf der Schwedenschanze hat der Volkssturm schon weiße Fahnen im Sack. Und bei Kleisters hängen Tag und Nacht Zivilanzüge am Balkon. Da waren sechs Jahre lang die Mottenkugeln drin. Und der Max unvermittelt höchstpersönlich bei mir in der Türmerstube, mit Hochwürden, jawohl. Mit einleitendem Räuspern und beinahe flüsternd, obwohl keine Hitlerjungen lauschend vor der Tür, sagt er: Er wolle fern von jeder Partei und mit der Stimme der Vernunft, und wir wüßten ja, er als katholischer Mensch, der trotz …, gebt Gott, was Gottes, und dem Kaiser, was des Kaisers ist, jeden Sonntag in die Messe …, und höchstpersönlich, als es darum ging, die Christmette zur gewohnten Stunde abzuhalten, da habe er unter vorgetäuschter Parole zwei Züge HJ abkommandiert, zum Verdunkeln und zur Wahrung christlichen Brauchtums. Und jetzt in dieser bitteren Stunde des Vaterlandes und im Interesse der Bevölkerung unserer engeren Heimat …, und er wende sich an uns, die wir so unverdächtige und vertrauenswürdige Mitbürger sind – er sagte nicht Volksgenossen – , also kurzum: Wir sollten mit dem Bürgermeister klammheimlich zum Amerikaner machen. Front gibt's ja dort keine mehr, weil die Wehrmacht schon auf dem Weg nach Karlsbad ist. Wir als Emissäre sozusagen. Für ihn, o du mein Kleister, eine delikate Initiative, und, mein Gott, wenn das die SS erfährt, die im Jugendheim, in der Schule und im Rathaus sitzt, steht er

an der Wand. Und Hochwürden, bedächtig konzentriert, mit kleinen Schritten den Raum zwischen Krippe, dem heiligen Martin und der Sturmhaube abmessend: Ja, eben. Die SS und ihre Panzer stehen Richtung Johanngeorgenstadt. Die heizen den Amis noch anständig ein, wenn sie – von uns geholt – auftauchen. Dann stehen wir an der Wand. Entweder bei den Amis oder der SS. Und Sie als Ortsparteileiter – Pilatusbussi, zwick, zwick – wissen von nichts. Also wir müssen erst die SS loswerden. Hm, aber wie zum Teufel, o pardon, aber wie? Und so spazieren wir im Kreise herum, stehen mal gedankenschwer, bedeutungsschwanger vor der Krippe, schauen auf die Flüchtlinge unten am Marktplatz, auf den SS-Posten vor dem Rathaus und trinken Julius' Vogelbeer. Und da meldet der Rundfunk Hitlers Tod.

3. Mai: O du mein lieber Totenkopf! Du hast es selbst gesehen. Der Kleister Max mit Tränen in den Augen. Sein ersticktes Stammeln: der Führer. Den Heldentod erlitten. Itze is alles aus. Hat wohl fürwitzig aus seinem Bunker geguckt, der GRÖFAZ, ob die Russen schon an der nächsten Hausecke ..., höchstpersönlich heldenhaft bis zum letzten Mann. Und dann eine Granate. Oder eine Kalaschnikov: Ratatata.

Das Aus des Tausendjährigen Reichs. Bitter, bitter! Hat nur zwölf Jahre gedauert. Ein Abgang in trostloser Trümerlandschaft. Und dafür haben unsere Männer den Arsch hingehalten. Besonders die Toten in meinem zugenagelten Sarg. Und ich denke, der Kleister hat seinen Arsch völlig heil am Platz, und den will er auch weiterhin schonen, während wir zu den Amis sollen. Aber nach der halben Flasche Vogelbeer ist sogar der Kleister sympathisch, prost, prost, und er nimmt seine Armbinde ab, glasigen Auges Richtung Plattenberg, und nestelt am Parteiabzeichen herum. Steht stark verinnerlicht, ohne Schwanken in den Stiefeln, und sagt: Nein, noch nicht. Erst müssen wir die SS weg. Und der Herr Pfarrer, der auch schon einen Dusel hat, schaut dir tief in die unbeleuchteten Augenhöhlen und sagt, der Tod Hitlers erleichtere jezt alles. Da hat nicht der Teufel Regie geführt, nein, das ist eine Fügung Gottes. Und jetzt gehen wir alle zum SS-Kommandanten. Aber vorher macht uns der Naz noch einen Pfefferminztee, damit die SS nicht umfällt, wenn wir den Mund aufmachen. Ups.

Also heute ist nun die SS abgezogen, und der Kleister stinkt nicht nach Vogelbeer, sondern nach Mottenpulver, weil er ist – ziemlich verfremdet – in echtem Zivil erschienen. Er hat nicht auf die Prophezeiung der alten Schmieda gewartet, sondern hat sich Stiefel und Breeches selbst ausgezogen. Jawohl!

Die SS hat noch einen Fahnenappell zu Ehren ihres obersten Kriegsherrn, dem heldentoten, abgehalten, und danach informierte der Obersturmdings den Bürgermeister: Sie zögen nach Prag. Aber nicht wegen Hochwürdens und meiner würstchenhaften Intervention, keineswegs, sondern wegen der zweihunderttausend Deutschen, welche dort in der Falle säßen. Bewohner, Flüchtlinge und massenhaft Verwundete. Prag sei ja Lazarettstadt, und dort braue sich etwas zusammen, und sie müßten die Evakuierung decken. Die Thiel Gust allerdings sagt, daß sie nach Karlsbad und Eger zögen, um dort zum Ami zu machen. Nein, nicht nach Johanngeorgenstadt. Das liege zu nah an den Russen. Und das hatte sie von einem Unterscharführer, dem sie in der letzten Nacht noch ausgiebig die völkische Brust gereicht hatte. Und sie wollte einen seiner Kameraden, netter Bursche aus Insterburg, Ostpreußen, an die Annl vermitteln. Kupplerische Vergangenheitsbewältigung quasi, denn sie glaubte nicht, daß Oskar zurückkäme. Also, Annl, komm rüber zu mir. A bissl Hutzen zum Abschied. Die SS hat Sekt und norwegischen Lachs. Aber die Annl glaubte an ihren Oskar und hatte keinen Sekt oder Lachs im Kopf, sondern die Lebensmittelkarte, und ging am nächsten Tag zu Pfüller und kaufte alles, was auf den Punkten zu haben war. Ein bißchen Essvorrat in Zeiten wie diesen, man weiß nie …, und bei Textil Armbuster einen grauen Kostümstoff. Nu, muß man halt ein bißchen vom Wohnungskonto abheben auf der Sparkassa. Das Sparen kann sie ja im Frieden fortsetzen.

6. Mai: Fünfter Sonntag nach Ostern. Vocem jucunditátis anuntiáte … Kündet den Freudenruf, daß man ihn höre, alleluja;

kündet bis an das Ende der Erde: befreit hat der Herr sein Volk, alleluja, alleluja. Und Hochwürden rührend beseelt vor gerammelt voller Kirche, denn selten paßt ein Introitus so wie heute: Vorgestern hat die Wehrmacht im Raum Niederlande, Dänemark und Nordwestdeutschland kapituliert. Alleluja, alleluja. Radio Hamburg ist als erster deutscher Sender unter britischer Regie. Bald kehren andere Zeiten ein. Glória Patrí. Nur der Generalfeldmarschall Schörner in Böhmen und Mähren gibt noch nicht auf. Bis zum letzten Mann gegen den Bolschewismus sozusagen. Dóminus vobíscum. Und was hört man aus Prag? Nu, gestern hat sich der Prager Widerstand erhoben, hört man. Die mußten raus aus ihren Löchern, weil sie der Welt beweisen mußten, daß sie auch ohne Russen … Und deshalb pendeln SS und Hitlerjungen als lebende Fackeln an Laternenpfählen, hört man. Oder so ähnlich. Und da bleibt dir das Alleluja im Halse stecken. Die Hussiten kommen aus den Gräbern. Jetzt können Beneš und Konsorten ihre Aufrufe auch über Radio Hamburg … Oder auch schon über die Prager Sender: Nur ein toter Deutscher ist ein guter Deutscher. Schlagt sie, tötet sie. Es ist soweit: Laßt keinem am Leben. Historische Chancen müssen genützt werden. Radikal, sonst haben wir in ein paar Jahren wieder das ewige Nationalitätenproblem. Beat them, kill them, leave none alive.

Kýrie, eléison, sagt der Pfarrer. Herr, erbarme dich unser.

Kýrie, eléison, sagen Gert und der Seifert Adolf.

Hoffentlich passiert der Ritsch in Prag nichts, denkt Annl. Und vielleicht hätte sie doch am Mittwoch abend den SSler ausprobieren sollen. Ein Kerl wie ein Hüne, hatte die Thiel gesagt. Ach, mein Gott! Und richtig nett angeblich.

Dóminus vobíscum, sagt der Pfarrer. Der Herr sei mit euch.

Et cum spíritu tuo, sagen Gert und Dolfi. Und mit deinem Geiste.

Gottes willen, denkt Annl, was für sündige Gedanken, und sie ist richtig erschrocken und schaut verstohlen zum heiligen Laurentius hinüber. Aber der hat nichts gemerkt.

Und der Herr Pfarrer nimmt in seiner Predigt Bezug auf den Introitus: Befreit hat der Herr sein Volk, alleluja, verbreitet Zukunftshoffnung und Morgenrot, denn auch die Tschechen sind christliche Brüder und Schwestern im Herrn, und vor allem die heilige katholische Kirche und die Prager Diözese und der Kardinal Beran sowie Monsignore Jan Srámek werden ihren breiten Schutzmantel über ihre Schäfchen ..., Schutzmantel gleichermaßen über tschechische wie deutsche natürlich. Und der Gert und der Seifert Adolf: Glória tíbí, Dómine. Ehre sei dir, Herr.

Und der Max Kleister heute in der zweiten Reihe, in einer Wolke von Mottenduft, aber mit einem Leuchten im Gesicht wie die Jungfrau Maria, hast du nicht gesehen, sozusagen Wiedergeburt, denn bisher hat er in der vorletzten Reihe sitzen müssen. Wegen seiner Uniform natürlich, denn er hatte sich mit Hochwürden auf ein lokales Konkordat eingelassen: Die Messe in Uniform, jawohl, aber nur ganz hinten. Aber dafür muß die HJ in Zivil. Denn dies ist ein Gottes- und kein Parteihaus. Und das passierte schon anno neununddreißig. Also, diesen damaligenVerrat hatten die Hitlerjungen dem Ortsparteileiter nie vergessen, und heute vor der Kirche hatten sie ihn mit vernichtender Ignoranz in seiner Mottenwolke stehen lassen, und als sie sich in den Bänken hinter ihm drängelten, mit trotzigen Gesichtern und ihren Fahrtenmessern unter den Röcken, da verging ihm das Jungfrauenleuchten, und er spürte ihre Blicke im Nacken wie die Sonne durch das Brennglas.

7. Mai: Schörner hat kapituliert. Der Krieg ist aus. Am Abend singen sie vor dem Rathaus unten das letzte Mal das Deutschlandlied. Spontan, ungelenkt ohne Musikbegleitung. Und das treibt vielen das Wasser hoch. Und gleich darauf »Deitsch un frei wolln ma sei ...« von Anton Günther, unserem Erzgebirgler Volkssänger. Unsere eigentliche Nationalhymne.

11. Mai: Also, vor ein paar Tagen sind amerikanische Jeeps durch Bergstadt Platten von Johanngeorgenstadt herauf ..., und gestern sind zwischen Neudek und Karlsbad mehrere deutsche Divisionen in amerikanische Gefangenschaft. Dieser letzte Rest Wehrmacht hat schon am Weg nach Süden Teile der

Ausrüstung und Waffen weggeschmissen. Die machen einen Müllhaufen aus unserer Gegend, sagen die Leute. Da hast du jahrelang an der Heimatfront gekämpft, schweißtreibende Produktionsschlachten geschlagen, erfolgreich, weil mit Überstunden bis zum Überdruß, und jetzt liegt das Zeug im Straßengraben. Also läßt der Bürgermeister den arbeitslosen Volkssturm antreten und die Sachen einsammeln. Sogar eine Ladung geflickter Untergattinger aus der Winteraktion der Frauenschaft. Ob die Ärsche wohl noch furzen können, die da dringesteckt sind?

Der Krieg ist also aus. Kommunale Selbstverwaltung in der Stunde null. Ordnender Geist, ordnende Hand des gewählten Bürgermeisters. War schon Bürgermeister vor dem Anschluß, damals SdP. Ist dann zur NSDAP. Hat von den Nazis für uns allerhand rausgeholt: Kanalsystem, flächendeckende Wasserleitung, Stromversorgung der östlichen Straßenbereiche, Pflasterung des Markplatzes ... Ich hab' damals, wie wir schon wissen, am Haushaltsvoranschlag 1939 mitgearbeitet, weil sie die Rentner holten, als die marxistischen und sonstigen unwürdigen Elemente aus der Gemeindestube entlassen wurden. Dafür ist meine Türmerstube ans öffentliche Kanalnetz ... Mußte kein Töpfchen mehr hinuntertragen wie vorher. Also, jetzt der Bürgermeister in der Stunde der Not wieder tatkräftig initiativ: Bestandsaufnahme aller Lebensmittel in den Geschäften und alle eingesammelten Waffen in das verlassene Kinderheim. Ein bißchen zu spät allerdings, weil Fritz und Gert noch vor dem Volkssturm auf der Schwedenschanze waren. Dort sicherten sie sich zwei Pistolen samt Munition. Ich zeig' dir, wie's geht, sagt Fritz. Hat mein Vater auch. Mauser 34. Wird seit 1934 erzeugt. Oben in der Wolfspinge können wir schießen. Aber vorläufig verstecken wir sie. Dachboden ist ein guter Platz.

Siehst du, mein ungeriebener Kahlschädel. Unser organisiertes Dasein, unsere zivilisatorische Vereinnahmung überstehen Chaos und Zusammenbruch. Also Phoenix aus der Asche rukkedizuck: Denn vor zwei Tagen ging die Schule wieder in Regulärbetrieb. Soweit man davon reden kann bei dem akuten

Lehrermangel. Aber mein Freund Walter Dittrich, der Schuldirektor, mit erwachtem Elan bis in die Nacht hinein. Nur Fritz hatte am ersten Tag gefehlt. Wegen der Schwedenschanze, wie wir wissen.

Bei Zenker arbeitet man auch noch oder schon wieder. Und Marie Grünes nimmermüde an der Maschine. Kugellager braucht man auch im Frieden. Rößler im Dienst wie üblich. Von Henkelmännern samt Besteck für die Wehrmacht verlagern sie jetzt auf verzinkte Badewannen. Und die Annl? Die produziert auch schon wieder. Aber nur Handschuhe. Keine Filzstiefel mehr für den Osten. Linke & Neumann haben sogar Vorschuß bezahlt für einen Monat.

Nur mehr wenig Flüchtlinge im Ort. Aber die Schindlers im Thielhaus und Fladerers Verwandte im Forsthaus am Plattenberg bleiben. Wohin sollen sie auch? Die meisten Ostarbeiter und Kriegsgefangenen haben sich schon abgesetzt. Vorher haben sie bei Textil Armbuster die Auslagenfenster eingeschlagen und das Lager geplündert. Nu, die werden fein herausgeputzt in ihren ukrainischen und galizischen Dörfern aufkreuzen, als ob von der Kur in Karlsbad. Aber wir wollen kein Selbstbedienungsladen werden. Der Bürgermeister hat den aufgelassenen Volkssturm bewaffnet. Vorläufig. Eine gefährliche Sache im politischen Niemandsland. Es gibt genug Schießzeug. Sogar Panzerfäuste zuhauf. Zwei Mann wachen bei Armbuster, zwei bei Kleider Klohse. Einige sind rund um den Marktplatz postiert, aber so, daß man sie nicht sehen kann. Nur Gustis Franzose ist noch nicht weg. Er will, daß sie mitkommt.

Kurz nach dreizehn Uhr, Gert saß mit der Rößlerin und Erika im Garten, von der Schule her anschwellendes Geschrei: Die Russen kommen. Die Russen kommen! Ein Schreckensruf wie beim Hunnensturm und eine rennende Horde Schüler, aus denen der Fritz Fladerer herauspurzelt. Los, komm mit! ruft er. Und die Rößlerin im ersten Schreck mit der Erika zur Haustür, und dann noch einmal zurück, weil die Russen sollen den Kinderwagen nicht kriegen, und zu Gert: Nu kumm schu, Gung, schnell ins Haus. Alles zusperrn! Aber Gert unschlüssig hin und her, soll er die Pistol' …? Nein, sagt Fritz, hast'n Klopper? Gegen die Panzer? Und dann sind sie schon ungeachtet der zedernden Rößlerin unterwegs Richtung Schule, und gleich drauf liegen die beiden im Garten der Fuchs Marie flach am Schuppendach hinter den blühenden Fliederbüschen. Und was sehen sie da? Nu, da sehen sie zuerst Panzer und Artillerie. Kommen vom Plattenberg herunter aus Gottesgab. Dann Panjewagen mit kutschierenden Frauen. Was? Die sind Soldaten? flüstert Gert. Ja. Flintenweiber, sagt Fritz. Flottes Schiffchen am Kopf, Uniformbluse wie die Männer, enger Rock und Stiefel. Und auf so ein Wägelchen bringst du nicht soviel drauf wie auf einen Planwagen der Flüchtlinge. Aber allerhand immerhin: quiekende Schweine, Hühner, Schafe. Fahrräder, eine Nähmaschine, ein Piano. Auf vielen Wägelchen frisches Gras und Sensen, weil hinten Pferde angekoppelt sind. Beute. Und dann eine ganze Herde Kühe. Marschverpflegung. Zwischen dem Ladegut schlafende Soldaten auf Matratzen. Schlafen bei Tag, vergewaltigen bei Nacht, flüstert Fritz. Einer spielt auf einem Akkordeon. Einer mit aufgespanntem Regenschirm qietschvergnügt gegen die Sonne im Zenit. Dann Fahrzeuge, die Fenster mit Teppichen verhängt. Sind amerikanische, sagt Fritz. Dann ungebremste Geschütze. Hinten hängen sechs bis acht Mann dran. Auch die Panjewagen haben keine Bremsen. Sie klemmen Stangen ein, die an den Rädern schleifen. Und als aus einem Giebelfenster der Schule gegenüber ein Leintuch rollt – unser Direktor, das Verräterschwein, sagt Fritz –, nähert sich der erste Marschblock in Viererreihe. Beeindruckung der Feindbesiedlung. Dichtgeschlossen, gewölbte Brust, angewinkelte Arme im Marschrhythmus. Kommandos. Dreeeii-und-vier auf Russisch. Und ein Flügelmann wie der Hahn am Mist als Vorsänger, puterrot mit geschwollenen Halsadern und einem Vierzeiler. Und dann der ganze Haufen im Refrain. Klingt anders als bei der Wehrmacht. Und dann ein Frauenblock. Und die schrillen, an der Häuserfront rückschlagenden Stimmen öffnen zum Marktplatz runter eine Reihe Fenster, aus denen Leintücher rollen. Und hinter der einen oder anderen Gardine vorsichtige Blicke. Furchtsame Neugier. Man weiß ja.

13. Mai: Also bei Pfüller und der Milchhalle daneben alle total aus dem Häuschen. Entladung von Anspannung und Angst. Befreiende Lacher, sich überschlagende Gluckser über kartenlosen Lebensmitteln. Umarmt euch, Schwestern, hüpft im Kreis, und laßt der Freude freien Lauf. Gelobt sei der Herr! Das waren also die Russen. Sie sind durchgezogen. Nach Neudek und Karlsbad. Also keine Einquartierungen. War das schon alles? Holt die Mädchen aus Dachböden und Kellern. Nichts ist passiert. Haben doch gar nicht vergewaltigt, die Russen. Brauchen die auch gar nicht. Wieso vergewaltigen? Haben ja die halbe Armee voll strammer Weiber. Habt ihr die gesehen? Rund und fest und onduliert. Bißchen gedrungen die meisten, aber dafür mit Seidenstrümpfen in den Stiefeln. Habt ihr das gesehen? Beutegut. Soldaten mit Strapsen. Is' ja lecker. Nu, die machen doch die Beine breit für ihre Iwans. Aber die können doch nicht für alle ... Sind doch viel zu viele Iwans. Sind halt nur für die Offiziere da. Höhere Marschverpflegung quasi. Und die Mannschaften kommen dann über uns wie die biblischen Plagen. Jawohl! Der Herr sei uns gnädig. No, jedenfalls haben wir großes Schwein gehabt. Sollten ein paar Kerzen in der Kirche ... So sprechen die Hausfrauen, während sie auf Brot und Mehl warten. Der Bäcker hat aus Wehrmachtsbeständen organisiert. Also ein bißchen Vorrat. Mußt heut' nicht durch die Hintertür. Müssen nur aufpassen, daß die abziehenden Ostarbeiter nicht plündern. Nu, deshalb hat der Volkssturm noch die geladenen Karabiner unterm Bett.

15. Mai: Mein lieber Freund! Kein politisches Niemandsland mehr. Die tschechische Staatsgewalt wieder voll auf der Bühne. Seit gestern ist der Hawliček da. Der Kommandant unseres Gendarmeriepostens vor Oktober achtundreißig. Mit fünf Mann in den vertrauten graugrünen Uniformen mit roten Aufschlägen. Und der ehemalige Bezirksrichter Kovar und der Zollbeamte Brtek. Und auch der Lehrer Drahoslav Sveida. No, und noch ein paar, die beim Anschluß nach Kladno und Kolin sind. Die bilden einen Národní Výbor, einen Nationalausschuß, und wollen den Bürgermeister in die Exekutivgewalt einbin-

den. Und der Kovar ist sogar per Du mit ihm. Nur den Volkssturm müsse er schleunigst entsorgen, aber dalli, sag' ich. Denn, wenn das die SNB oder die Revolutionsgarde erfährt, dann baumelt er im Stiegenhaus. Und kein Du-Wort könne ihm den Strick abschneiden.

No servus! sagt der Hawliček, als ich ihm über den Weg laufe. Freit mich, daß ich dich säh', alter Freind. Beese Zeiten kommen sich. Die alten Zeiten sind vorieber. Er könne auch nicht mitkommen auf ein Pils im »Blauen Stern«. Nein! Das nähmen mir die iebel, sagt er. Und er könne mir auch mein Telefon nicht mehr einschalten lassen (seit gestern ist es gesperrt), weil allen Deutschen das Telefon abgeschaltet wird. Und wir müßten auch die Radio- und Fotoapparate und alle Waffen abgeben, und er wundere sich, daß wir noch keine weißen Armbinden tragen. No, habt ihr Glick, sagt er, seid ihr so abgelägen und habt keine tschechischen Leit' im Ort. Deshalb ist auch die SNB noch nicht da.

17. Mai: Heute ist die Marie Grünes ganz aus dem Häuschen, weil ihr Seff da ist. Mit breitem Grinsen stand er im gestreiften, abgerissenen Zivil plötzlich vor der Tür. Hat sich von Leipzig her durchgeschlagen, wo er bis zum Schluß Düsenjäger getestet hat. Diesmal kein »Sieg Heil!« oder »Dolce, dolce …« aus der Schlafkammer. Nein! »Durch die Wälder, durch die Auen …«, singt er mit schwerem Atem. Der Kerl hat sich nicht verändert. Auf seine Abenteuer können wir gespannt sein.

Und die ersten behördlichen Kundmachungen sind da. Wir tragen ab sofort weiße Armbinden mit dem schwarzen »N« (Němec: Deutscher) drauf. Bürokratisch pinkelig angeleitet: Sie müssen sieben Zentimeter breit sein, und der Buchstabe »N« zwei Zentimeter, aus schwarzer Leinwand aufgenäht. Alle Personen deutscher Nationalität, also vom sechsten Lebensjahre an. Nu, also der Gert muß auch schon eine Binde tragen. Siehst du, mein Lieber! In Troppau müssen sie eine weiße Scheibe, fünfzehn Zentimeter Durchmesser, auf die linke Brustseite nähen. Wie die Juden den Stern. Wenn du bei der Partei warst, mußt du die Scheibe auch auf den Buckel … Also, da haben wir's prima, weil die Armbinde kannst du auf jedes Kleidungsstück wechseln.

Ferner: Allen Deutschen wird die Fahrt mit öffentlichen Beförderungsmitteln, der Besuch öffentlicher und Unterhaltungslokale und Anlagen (Parkanlagen) verboten. Allen Deutschen ist verboten, ab zwanzig Uhr ihre Wohnungen zu verlassen. Bei Begegnungen mit einem russischen oder tschechoslowakischen Offizier müssen die Deutschen den Hut abnehmen und im entsprechenden Abstand vorbeigehen. Der Einkauf in den Geschäften ist nur eine Stunde vor der Sperre erlaubt.

Und eine Menge rotznasiger Lümmel ist da. Sagen, sie seien Studenten. Aber solche Gesichter findest du nur im Wirtshaus im Spessart oder beim Räuber Hotzenplotz. Galgenvögel. Sind mit drei Lastwagen von Neudek herauf wie aus dem Kostümverleih. Uniformstücke des Afrikakorps, vor allem die schicken Käppis und das exotische Khakizeug, manchmal noch mit Hoheitszeichen. Ferner schwarze Panzerjacken, SS-Tarnjacken, abgewetzte Straßenanzüge, Falmschirmjägerstiefel, schiefgetretene Sandalen, Halbschuhe. Patronengurten um den Bauch. Revolutionsgarde pur. Aber ich sage dir: jeder mit einer Puschka.

20. Mai: Muttertag. Gert hat den Flieder diesmal in Fuchs Maries Garten geklaut, von wo er mit Fritz den Einmarsch der Russen beobachtet hatte. Zum Mittagessen (Pferdegulasch) sind Annl, die Kinder und ich im Koneshäusel. Und anschließend hören wir Seff als verschmitzten Anekdötchenspender, der mit gelben Raucherfingern seine Heimkehr untermalt, wie die Schilderung eines Abenteuerfilms, in dem er die Hauptrolle spielt: Hab noch eine Me 262, Luftstrahlturbo, wißt schon: zweimal neunhundert kp Schub, in den Bunker gefahren, als die ersten Russenpanzer aufs Rollfeld stießen, sagt er. War schon zu spät um neu durchzustarten. Haut ab! hab ich den Flakhelfern zugerufen, einem Haufen Gymnasiasten, aber die haben wie die Wilden losgeballert, und da bin ich allein davongerannt. Und während ich über einen Bahndamm …, seh ich noch, wie die Flakgeschütze samt Besatzung durch die Gegend

fliegen. Also, da bin ich durch ein kleines Wäldchen Richtung Leipzig. Keine Wehrmacht mehr auf der Straße, aber immer wieder Geschützdonner. Und an einem Torpfosten baumelt ein Mann in Zivil. Im gestreiften Flanell. Hat ein Pappschild um den Hals: Verräter. So ein Glück. Die Hose kriegst du bei einem Erhängten leicht runter. Aber für den Rock mußt du erst die Handfesseln aufschneiden und dich ein bißchen abmühen. Hing jetzt da in Weste und langer Unterhose wie ein Türk. Bißchen lächerlicher Anblick. Hab' ihm meine Fliegerkluft nicht angezogen. Hätt' zwar besser ausgesehen, aber nichts mehr genützt. – Marie, host noch ne Vugelbeer? – Also, dann hat sich der Seff zwei Tage in einen Keller verkrochen und hat Zigaretten gegen Essen getauscht. Und als die Straßen ruhiger waren, hat er sich auf den Weg zum Bahnhof gemacht. Und da lief er einer russischen Patrouille über den Weg. Die war hocherfreut, weil sie brauchbare Viehtreiber für einen Rindviehtreck nach dem Osten einsammelte. Fragte nicht einmal nach Papieren. Und der Seff ab jetzt hochgespannt lauernd, weil solche Viehtreiber kommen nicht mehr zurück. Und wenn du einmal in Sibirien bist, brauchst du keine Papiere mehr. Noch vor der Elbeüberquerung bei Oschatz, auf einer Rast zwischen lockerem Baumbestand, als er mal hinter einen Busch muß, läßt er sich daher in einen Graben fallen und robbt durch ein Kanalrohr auf die andere Straßenseite, wo die Bäume sich zu einem Wald verdichten. Und weg war er. Südlich Oschatz springt er auf einen Güterzug nach Chemnitz auf. Von dort schlägt er sich über Annaberg nach Schwarzenberg durch und geht im Schwarzwassertal in einer Gewitternacht über die Grenze. Er kennt dort das Gelände wie seine Westentasche, aus seiner Zeit bei der Sudetendeutschen Legion.

Nu, itze bist' wiedr do, sagt Julius, und keiner merkt ihm an, wie froh er darüber ist. Besser gemeinsam in die bittere Zukunft als alleine. Und der Sohn, tatendurstig suchend, in vollem Saft unruhig, will mit der Marie schon wieder hinauf in die Schlafkammer, aber die will nicht und zischelt Unmißverständliches, und da geht er hinaus und dengelt die Sense. Und während wir noch beim Vogelbeer sitzen, während Gert hinter dem Haus

Wühlmausgänge freilegt, während sein Onkel unter den Birnbäumen Frischfutter für die Liesel, die Amalie und die Geiß mäht, da kommen zwei Gendarmen in Begleitung von zwei Revolutionsgardisten über den Bachsteg und klopfen an die Haustür. Sie requirieren die beiden Kühe für das tschechoslowakische Volk. Und das am Muttertag.

22. Mai: Du bist eher der Typus des Langschädels, nicht des Kurzschädels. Könntest doch ein Schwede gewesen sein. Diese Schädelform ist in Dalsland, Wärmland, Hälsingland, Närke, Södermanland bis in die Steinzeit nachzuweisen. 1902 waren siebenundachtzig Prozent der schwedischen Wehrpflichtigen langschädelig. Germanenschädel. Das wußte ich schon vor den Nazis, denn ich habe eine Rassenlehre in meiner Bibliothek stehen. Und unser Ortsparteileiter Max wollte mir nie glauben, daß auf hundert Friesenköpfe nur achtzehn Langschädel kommen. Und auf dreiundachtzig Bayern nur einer. Also was sagst du!

Da finden sich unter den tschechischen Revolutionsgardisten in Platten verhältnismäßig mehr Langschädel als bei Friesen oder gar Bayern. Und die lungern mit den Kurzschädeln in der prallen Nachmittagssonne am Marktplatz herum. Und vor der Milchhalle und dem Pfüller stehen die Hausfrauen jeweils in einer langen Warteschlange. O Wonnemonat Mai. Die Natur voll im Saft und die Frauen sommerlich und ohne Strümpfe. Und die Gardisten unverhohlen und anzüglich, weil – muß man nicht raten – die deutschen Weiber im Krieg total entwöhnt … Müßte man mal odentlich … Was die Russen können, können wir schon lange. Und die Warteschlange vorm Pfüller allmählich im Schatten des Kirchturms. Und der Schatten nährt volksdeutsche Erregung, und die Frauen schimpfen halblaut: Tschechenschikanen. Den ganzen Tag ist der Laden leer, und jetzt soll ganz Platten in einer Stunde … Und die alte Schmieda, zweite vor der Annl, lautstark: Ja, un in d'Wirtschaft darfst itze a nimma gieh, Sauband tschechische. Und die könnten sie am Arsch …, und heut' gehe sie justament in den »Blauen Stern«, auch nach acht Uhr abends, denn da werde sie den paar Tschechen dort die Karten lesen, daß denen Hören und Sehen vergehe. Die haben ausgespielt, sag' ich euch, denen werden die Allierten in den Hintern treten. Den ganzen Krieg hindurch duckmäusern und dann als große Sieger ... Nö, unsere Rettung kommt aus dem Westen, sag' ich euch. Jawohl! Obwohl wir zu Ostern die Eier mit den Dornenkronen hatten. Und außerdem möchte sie ein paar Mark verdienen durchs Kartenauflegen. Und dieses Reden wirft Wellen. Raunenhaft in der Reihe. Die Schmieda hat recht, jawohl, weil die Russen sind durch und weg, und wir werden vom Ami besetzt werden. Nämlich das Bäderdreieck. Und dies führt schon zur Uneinigkeit, weil einige Hausfrauen wollen lieber zu Sachsen – ich hab' einen Bruder in Johanngeorgenstadt und ich einen Onkel in Dresden, wenn er noch lebt –, aber die meisten zu Bayern, weil es westlicher liegt.

Aber die Revolutionsgarde muß zuerst die öffentliche Sicherheit und Ordnung wahren, im Namen des Národní Výbor, und zerrt daher die alte Schmieda aus der Reihe.

Aber da kommen sie bei der Schmieda in die Sackgasse: Albernes Gesindel! Was soll'n das? Laßt mich los! Fosntnarrn! So was müsse man mit nassen Fetzen erschlagen und in die Wolfspinge schmeißen. Partisanen, Plünderer, Randalierer.

Aber da kriegt sie von der Revolutionsgarde eine Watsche ins Gesicht, daß sie aus dem Schatten raus in die Sonne fliegt, vor die erschrockene Warteschlange an der Milchhalle. Und die Kerle um sie hysterisch, weil alles kann man sich nicht bieten lassen. Der Zorn der Rächer: Du deitsche Sau, schreit einer – ein Langschädel – und haut ihr mit dem Stiefel ins Becken, stopf' ich dir das Maul mit eigene Scheiße. Deine Angstscheiße. Und einer (Kurzschädel) zerrt sie wieder hoch und schmeißt sie in die Warteschlange vor Pfüller zurück. Und die Schmieda verbogen wie ein rostiger Nagel, verzerrt nach Luft schnappend und an der Schulter der Vorderfrau hängend: Wegen euch scheiß' ich mich nicht an, ihr elenden Powidlgfrießer! Hendlfresser, Hurenböcke, Scheißstudenten. Habt wohl in der Leichenhalle studiert. Aber ich sage euch ... Aber da kriegt sie wieder einen Schlag ins Gesicht, der sie gegen die Sonnenschlange hinüber ... Nu, das ist nicht ohne Folgen, denn sie blutet aus

Mund und Nase, am Boden liegend, aber mit einem Blick wie der Dolch des Brutus. Und ein Gardist schreit: Verdammte Nazihure! Warum hast du keine Binde am Arm? Und tritt ihr wieder ins Becken. Warum hast du keine Binde? Kannst du nicht läsen Kundmachung? Kundmachung ist fier alle da.

Und die Schmieda überschnappend: Ich pfeif' auf eure Kundmachung. Hab' nie eine Kundmachung gelesen. Auch nicht unter den Nazis. Und wenn ich's gelesen hätt': Ich trag' keine Binde, ihr Ärsche. Nie und nimmer. Da laß ich mich lieber erschlagen. Zu was eine Binde? Ich weiß ja, daß ich Deutsche bin. Und wenn ich aus dem Sautrog fressen müßt' mit euch, ich fressert nicht. Bankerte tschechische.

Nu, die verstehen nicht alles, weil die Schmieda im Dialekt ..., aber sie zerren sie wieder hoch: Komm her, du Nazisau, du deitsches Vieh. Jetzt fast liebevoll: Wir erschlagen dich. Brauchst gar nicht darum betteln. Stecken dich in Sautrog und schicken dich heim ins Reich, ins Himmelreich, hihi. Haha. Und da hauen sie die Alte wieder zur Schattenschlange zurück, und da rutscht sie zwischen der Annl und der Berger Rosa hinunter auf den Boden und bleibt liegen. Und wieder die Gardisten mit den Stiefeln und einer mit den Sandalen. Also, jetzt kommt sie nicht mehr hoch, aber ihre Wut schwillt ungebrochen und ihre Ohmacht explosiv, und die drängen stoßweise fetzig, zwischen gepreßtem Stöhnen nach oben in provozierte Gardistenohren.

Wehe, wehe! Heulen und Zähneknirschen über euch. Wir werden euch in die Wolfspinge kippen. Bänke und Sessel, Pfannen und Kessel. Wehe, wehe! Hab' den Kleister mit dem Besen verjagt, werde auch euch ..., weil die Rettung aus dem Westen. In dreißig Tagen.

Aber da treten sie wieder mit den Stiefeln hin ins Gesicht.

Und die Schmieda röchelnd: Flinten und Sabel, Schaufel und Gabel. Hurenböcke. Räuber. Mörder. Und niemand kann die Szene festhalten, mit einem guten Objektiv hinter einem Vorhang hervor, weil die Fotoapparate ja abgesammelt wurden. Gegen Quittung versteht sich. Revolutionstrick: keine Erinnerungsfotos für künftige deutsche Familienalben.

Und da hebt einer (ein Langschädel), der bisher gar nichts gesagt und nicht getreten und gehaut hat, der gar nicht ausschaut wie ein Galgenvogel, nein, eher wie der junge Kaplan von Bärringen, aber nicht in schwarz, sondern in khaki, der bisher mit unbeteiligtem Gesicht ..., hebt seinen Karabiner und stößt mit dem Kolben nach unten.

Also nun kein schönes Geräusch. Und die Annl mit Blutspritzern am Rock. Und die Schmieda kein Wehe, Wehe mehr, nein, sondern still. Amen. Und das blanke Entsetzen rundum. Sie hat keinen Zauberkreis mehr ziehen können. Keine Kartentricks und Abrakadabra mehr. Kein Hesperiden und Hinkebein, Hirzepinzchen und Rumpelstilzchen. Keine wirren Reime mehr: Nelken und Rosen, Nestl und Hosen. Mäuse und Schwarten, Spieler und Karten. Karo fünf sticht Blatt zwei und Schell vier. Ihr werdet eine weite Reise machen. Und statt nach Nelken und Rosen, Eibisch und Teer, Wolfskraut und Kinderfeiste riecht es jetzt nach Kotze, denn Annl und ein paar andere Hausfrauen speien sich das Grauenhafte aus dem Leib. Nur die vordersten in der Schlange haben Pfüllers Sauerkraut in der Nase.

25. Mai: Der Krieg ist also nun seit mehr als vierzehn Tagen vorbei, endgültig, weil am Siebten des Monats in Reims die bedingungslose Kapitulation aller deutschen Streitkräfte unterschrieben wurde, aber bei uns geht er erst los. Holzauge sei wachsam, weil der Werwolf und versprengte Soldaten in den Wäldern ... Eigentlich hatte die Schmieda in besseren Tagen Anna Meinl geheißen. Aber der Volksmund nannte sie nach dem Hausnamen Schmied. Ihr Mann war Nagel- und Löffelschmied gewesen. Deshalb der Hausname. Und als der gute Meinl Anfang der dreißiger Jahre verstorben war, wurde seine Frau etwas wunderlich und verlotterte. Nein, sie war keine Hexe, und ich habe sie gemocht.

Und der Hawliček, den nun die Frauen geholt hatten, stand ratlos mit betretenem Gesicht zwischen den Gardisten und ihrem Opfer und konnte nichts machen. Und einige Hausfrauen mußten die deformierte Alte mit einem Handkarren auf den Friedhof fahren. Und als die Annl den Hawliček angeschrien hat, wozu haben wir eine Gendarmerie und wo bliebe da epper Recht und Ordnung, da murmelte er ganz käsig: No, wir haben schon eine Ordnung, und deutete mit einer Handbewegung auf die Gardisten, aber ihr habt keine Rechte mehr. Beese Zeiten kommen auf sich näher.

Und dann heute morgen: Da hat man unseren Bürgermeister gefunden. Hinten, an die Hoftür des Rathauses genagelt. Und in der Stirn hatte er eine schöne Sammlung Parteiabzeichen stecken, so wie ein Rotarmist die Orden an der Brust. Und den Kranz Ferdl haben sie gleich danach (sie haben eine Liste mit ehemaligen Volkssturmangehörigen) im Handumdrehen erschossen, in seiner Wohnung neben seiner Frau, weil sie im Besenkammerl am Gang ein Gewehr gefunden haben. Seine Frau sagt, er hatte gar kein Gewehr mehr und sie könne sich nicht vorstellen, wie das in die Besenkammer gekommen ist. Und den Bezirksrichter Kovar haben sie verhaftet wegen Kollaboration mit dem feindlichen Bürgermeister. Weil der Bürgermeister soll den Werwolf organisiert und den Volkssturm zum Aufstand gehetzt haben. Die Tschechen müssen ganz schön Schiß haben, sage ich mal. Und auch den Lehrer Sveida haben sie aus dem Národní Výbor entfernt, weil national unzuverlässig, und da sitzt jetzt ein Revolutionsgardist drin. Und die Garde macht im ganzen Ort Razzien und hat wieder eine Namensliste vom Národní Výbor dabei.

28. Mai: Ja, mein lieber Totenschädel. Deinesgleichen wird man bald zuhauf schlichten können. Der Krieg, dieses Monster, liegt zwar am Boden, aber er würgt noch und speit den unverdauten Fraß aus, den er geschluckt hat. Zum Beispiel auf der Waldwiese bei Bärringen in frühlingshafter Romantik und zartem Duft. O Wonnemonat Mai. Monat der allerseligsten Jungfrau. Gegrüßet seist du Maria ... und bitt' für uns und alle Mörder in diesem schönen Frühling. Und verzeihe, daß ich heute die Maiandacht schon wieder nicht erwischt habe. Aber du weißt ja: Sie holten uns am Morgen auf die Waldwiese bei Bärringen. Eine offensichtlich heile Wiese. Nur der Abschnitt, den wir mit Krampen und Schaufeln bearbeiten mußten, war streckenweise

beschädigt. Aber dazwischen die Blumen lieblich mit besonderem Trieb. Aber allmählich kein zarter Duft mehr, nein, sondern strenger Geruch in der vorsommerlichen Hitze. Und plötzlich zwischen zertretenen Blümlein, also Margeriten, Gänseblümchen und Dotterblumen wurzellose, ganz besondere Pflanzen: zuerst gekrümmte Finger, dann Zehen und Schädel. Die wuchsen aus gestreiften Leinen, und wir mußten mit den Händen weitergraben. Ich sag' dir, der Geruch, der Geruch, verdammt noch mal. Und als sich Julius und ich – wir zogen die Leichen an Händen und Füßen heraus – Taschentücher umbinden wollten, ließ ein Gardist die Reitpeitsche tanzen und schrie: Habt ihr Leite erschossen, kennt ihr Leite auch riechen. Wieso wir? dachte ich. Der Julius und die alten Volkssturmsäkke und die kleinlaut gewordenen HJler, die da in der Erde buddeln? Übrigens: Max Kleister war nicht dabei. Wie undifferenziert können Verallgemeinerungen sein? Jedenfalls mitgefangen, mitgehangen, jawohl! Und schließlich mußte ja jemand für ein anständiges Begräbnis der KZler sorgen, die da ein paar Tage vor Kriegsende erschossen worden waren. Sie hatten ihr Massengrab selbst ausgeschaufelt. Die SS schaufelte dann zu, und wir schaufeln nun aus. Jedenfalls hatte man Transportraum benötigt und die unnütze Fracht kurzerhand aus den Viehwaggons geschmissen und hier heraufgetrieben.

Und so schleppten wir also, jeweils zu viert, die Särge zu den Lastwagen. Und die Männer in den roten Armbinden, deutsche Antifaschisten aus Neudek, die seit gestern die Tschechengarde verstärkten, meist Kommunisten, wovon die meisten nicht Tschechisch konnten, schrien »dawei, dawei« und ließen uns danach in Reih und Glied antreten. Und wir mußten zum Gaudium der Gardisten schreien: Arbeit macht frei! Arbeit macht frei! Wir danken unserem Führer Adolf Hitler! Und danach mußten wir das Horst-Wessel-Lied singen: Dreii-und-vier. Und als wir uns die Hände mit Lysol waschen durften, erkannte ich einen der Antifaschisten. Es war der Vacin Anton, der schöne Toni, der Gatte von Annls Cousine in Neudek, dieser Erznazi. Aber er schaute weg.

Weiß nicht, ob er mich erkannt hat.

29. Mai: Alles hat sein Gutes. Nach dem Horst-Wessel-Lied gab es im »Bärringer Hof« ein anständiges Essen: Spinat mit Kartoffeln. Leider ohne Salz. Das gibt es schon seit Wochen nicht mehr. Dafür frisches Wasser. Und überhaupt: Banale Gedanken kreisen im Roulett und fallen immer in dieselbe Rille: Essen. Das menschliche Dasein reduziert sich aufs Überleben. Aber jeder Mangel gebiert Bürokratie. Es gibt neue Lebensmittelkarten, da steht »Deutsche« drauf, und für die gibt es keine Eier, kein Fleisch. Und in der nachmittägigen Schattenschlange vor Pfüllers Laden – dem haben sie übrigens das deutschsprachige Ladenschild herabgerissen – erfinden die Hausfrauen neue Rezepte. Also falsche Fleischlaibchen für Sonntag: Nu, da nimmste geschroteten, gekochten Weizen, gibst Zwiebel und Majoran (falls du hast) dazu, machst Klöße, und dann ab ins Backrohr. Und dazu Gemüse aus Futterrüben. Mußt du probieren, sag' ich dir. Oder du machst es mit Sirupsoß'. Süße Klöße. Und die Vacin Annl aus Neudek kommt mit dem Zug und der roten Armbinde – Leute mit weißen Binden sind aus öffentlichen Verkehrsmitteln ausgesperrt –, weil sie zwei Kilo Rindfleisch und eine Flasche Eierlikör bringt und nach ihrem Patenkind Erika sehen will. Hat alles der Toni organisiert. Und mit der roten Binde kannst du einkaufen wie die Tschechen. Wie der Toni zur roten Binde gekommen ist, weiß die Annl Zwo auch nicht. Und die rote Binde brauchst du nicht stempeln lassen. Die weiße Binde hingegen mußt du stempeln lassen und zahlst eine Reichsmark dafür. Also schon wieder Bürokratie mit Abkassieren.

Jawohl, und der Toni tut sich leichter als andere, weil er als ehemaliger Beamter des Forstamts Tschechisch lernen mußte. Und sie als Lehrerin kann ja auch Tschechisch und hat obendrein für Juni noch das Gehalt überwiesen bekommen. Also sehr anständig. Und die Erika sollte mehr Vitamine … – ach so, für Deutsche gibt's kein Gemüse und Obst, no, vielleicht hilft das Fleisch –, weil sie hat auf Wange und Nase einen Ausschlag und auch am Popsch wie von der Nessel, aber die Frau Apotheker hat keine Zinksalbe und auch keine Borsalbe mehr. Die schwarze Teersalbe, an der voriges Jahr die Wollstrümpfe von

Gert samt der nässenden Haut angeklebt sind, will die Annl nicht nehmen, weil da brüllt Erika wie am Spieß. Die brennt wie die Hölle.

Und dann trinken die Cousinen ein bißchen Eierlikör, und furchtbar ist's mit den Russen, denn die holen sich in Neudek in der Nacht die Frauen aus den Betten und sperren sie im Gasthof Sonne in ein Zimmer. Von dort holen sie immer welche heraus bis in die Früh. Da sind auch Schwangere dabei. Ich sag' dir: Eine ist aus dem Fenster gesprungen. Sie hat überlebt, aber das Kind ging ab. Gott sei Dank ist der Annl Zwo noch nichts passiert, da würde auch die rote Armbinde und ihr Tschechisch nicht viel helfen, aber sie ist den Russen zu dünn, denn die stehen auf barock-üppig. Und außerdem hat sie genug mit ihrem Vacin zu tun, denn der ist auch ganz ausgehungert. Und sie muß immer die schwarze Unterwäsche aus Paris anziehen. Und hör einmal: große Neuigkeit. Die Ritsch kommt aus Prag. Die schickt der František in Begleitung seines Bruders her. Sollen sich hier umsehen. Also, der Schmarotzer will wohl als Goldgräber, als Zlatokopce, antanzen, wie sie jetzt haufenweise auftauchen. Möchte sich in ein gemachtes deutsches Nest setzen. Bei uns im Haus kommt die Ritsch ja nicht mehr unter. Da sitzen schon Tschechen herinnen. In der Wohnung und im Friseurgeschäft der Thurnwalders. Diese Leute haben noch nie Friseurwerkzeug in der Hand gehabt. Nennen sich Nationalverwalter, Národní Správce. Und die Thurnwalders hat man hinausgeschmissen und ins Lager gesteckt. Sollen ausgewiesen werden, weil er angeblich Pg war. Hast das Dekret vom 19. Mai gelesen? Nein? Nu, wir haben kein Eigentum mehr. Deine Möbel und alles hier gehört dem Staat. Und der Staat bietet es seinen Bürgern an. Nimmt weg und gibt. Wir sind zum Selbstbedienungsladen geworden, weil wir keine Bürger mehr sind. Jeder Tscheche kann uns wegnehmen, was er will. Der legalisierte Griff in unsere Taschen. Wird auch im Rundfunk gehämmert. Und die Hörer kommen schon. Haben einen neuen Wochenendtourismus erfunden. Kommen mit einer Brotzeittasche, klopfen an deine Tür und fahren mit vollen Koffern heim. Tolldreist. Da gibt's welche, die übernachten bei dir. Laden sich zum Abendessen ein, vertschüssen sich morgens, und hinterher fehlt sogar die Bettwäsche. Also tolldreist. Bei uns waren auch schon welche in Begleitung eines Revolutionsgardisten. Nu, der Toni hat denen einen Schnaps angeboten, den Antifaausweis gezeigt und sie weitergeschickt. Was glaubst du, wenn die Gardisten für ein paar Tage heimfahren, wie die hinten und vorne bepackt sind? Ihr habt ja Glück, daß ihr so nah an der Grenze seid und keine Tschechenbevölkerung habt. Da trauen sie sich zum Wochenende nicht so her. Noch nicht.

1. Juni: Die Schindlers im Parterre der Bindergasse 188 sind weg (die Bindergasse heißt jetzt Odboje). Auch die Verwandten des Försters Fladerer sind weg. Auch der Rest der Schlesienflüchtlinge ist weg, weil bis 31. Mai alle Alt- und Reichsdeutschen heim ins Reich mußten.

Im Morgengrauen eine wüste Schießerei in der Wilhelm-Friedrich-Straße (jetzt: Bezrucova). Auf Nummer 216 haben sie den Verputz und die Fenster gelöchert, weil der Rentner Haberzeth aus Hamburg die Verordnung nicht mitgekriegt hatte. Nu, die haben ihn schön fertiggemacht und dann ins Lager gesteckt.

Am Marktplatz unten sind Lautsprecher montiert. Alle paar Stunden kommen neue Weisungen: Alles Benzin muß abgeliefert werden. Auch Ferngläser und Schreibmaschinen. Desgleichen Schmuck, Pelze, Musikinstrumente, Bücher. Und die zur Aufbewahrung eingestellten Koffer der Flüchtlinge. Der Staat als Räuber. Im Stundenrhythmus wartet ein ausrangierter Bus an den Straßenecken und sammelt ein. Helle Aufregung wegen Gerts Mundharmonika. Nein, die gibt er nicht ab. Nu, aber dann das Spielzeugsaxophon und die Blechtrommel, damit wir eine Empfangsbestätigung kriegen. Als Nachweis für unseren guten Willen. Aber Oskars Klarinette kommt auf den Dachboden ins Heu. Und auch die Märchenbücher samt Karl Heinrich Waggerl kommen dorthin. Wo ist die »Fidele Kommode«? Nu, die ist noch immer bei mir im Turm. Ich gebe nichts ab. Kommt nicht in Frage. Bevor ich meine Bücher hergebe, verbrenne ich sie. Ohne Bücher kann ich gleich vom Turm springen. Wiederholte Waffenaufrufe. Messer ab zehn Zentimeter Klingenlänge gelten als Waffen. Unsere Brotmesser als Waffen? Nu, einen Partisan kannst du auch mit einem Taschenmesser abmurksen, wenn's sein muß. Also, gebt die Brotmesser ab. Annl weiß nichts von Gerts Pistole am Dachboden.

Mit geschulterten Krampen und Spaten marschieren wir zur Schwedenschanze. »Im Frühtau zu Berge wir ziehn, fallera ...« Dann müssen wir »Die Fahne hoch« singen, bis zum Überdruß wie eine hängengebliebene Schellack. Was is'n das für Sauhaufen? brüllt ein Antifaschist, als ob eine Geiß auf die Trommel scheißt. Der war wahrscheinlich beim Barras. Schaut euch die Partisanen an, wie die das können. Und die parodieren als letztes Glied den Stechschritt wie die Zinnsoldaten, in überspitzter Hetz mit geschulterter Maschinenpistole. Und dann müssen wir auch den Paradeschritt treten, haben wir angeblich beim Volkssturm oder Kaiser gelernt. Und folglich die Erschlaffung in den Beinen, denn das ist verdammt anstrengend, und eins und zwei, schreit der Antifaschist, höher, höher das Bein, und die Revolutionsgarde kommt aus dem Tritt, gibt auf, schießt aber eine Salve in die Luft, los, los! Jdeme! Jdeme! Und der Schuller Max, der ist schon an die achtzig, außer Atem mit angestrengtem Gesicht, kann den Schritt nicht halten, stolpert aus der Reihe und kriegt eine mit dem Ochsenziemer über den Schädel. Warum singst du nicht, du Nazischwein? Die Fahne hoch, die Reihen fest geschlossen, und wenn du nicht den Schritt aufnimmst, dann wirst du halt erschossen. Und wieder mit dem Ochsenziemer, los, los! Und der Hans läßt jetzt den Spaten fallen, greift sich an den Hals, blaurot angelaufen, keucht und hustet und taumelt und kriegt einen Tritt in die Kniekehlen. Und da kippt er in den Straßengraben und bleibt liegen. Jdeme! Simulantenschwein faules. Dawei, dawei! Aber kein Ochsenziemer und kein Tritt bringen ihn wieder auf die Beine. Oh, du heiligste Jungfrau der Jungfrauen, du Gottesgebärerin, allerheiligste Trösterin, was müssen wir für Erbe auslöffeln. Da hilft kein Kardinal und kein Nuntius und keine Kirche. Und es war nicht die körperliche Anstrengung, die den Max in den Graben kippte, nein, es waren die Wut und Empörung und die Ohnmacht, jawohl, diese Ohnmacht, die sein Herz zerfressen hat. Und ein zerfressenes Herz kann nicht mehr schlagen. Und nun müssen ihn Horstl Gläß und der Gustl Löscher, zwei ehemalige Hitlerjungen, zurück zum Friedhof schleppen. Und wir anderen müssen Max Kleisters Laufgräben gegen die asiatischen Untermenschen zuschütten und die zwecklosen Panzersperren wegräumen. Aber Max Kleister ist nicht dabei.

9. Juni: Und die zwei Jungen waren vom Friedhof schon zurück, als dieser Elendszug vorbeizog, Richtung Johanngeorgenstadt. Dorthin, von wo während der vergangenen Monate die Flüchtlinge aus Ostpreußen und Schlesien kamen. Fast nur Frauen und Kinder wie eine ausgemergelte Viehherde. Ein Anblick wie aus einem Bild von Goya oder Beckmann. Geisterzug um Mitternacht. Aber verstehst du: Nicht das fahle Licht des Mondes graupelt deine Haut, sondern die stechende Mittagssonne, welche die Rippen nackter Säuglinge und die Backenknochen hohler Wangen modelliert, im scharfen Kontrast von Licht und Schatten. Teilnahmslos, mit fiebrigen Augen schleppen sie sich an uns vorbei. Prager Deutsche, hören wir. Abgerissen mit weißer Binde. Die meisten barfuß. Mögen an die tausend gewesen sein.

Und vor allem das Hin und Her der Scherzworte, die da auf Tschechisch zwischen der treibenden Soldateska und unseren Partisanen flogen, ich sage dir. Und dann die Kommandos: Stopp mit Schaufeln! Augen aufsperren, hinschauen! Seht: Da wandelt euer Volk. Herrenvolk. Volk voll Glanz und Gloria. Es zieht heim ins Reich und kommt nicht mehr wieder. Und dann das Kommando »Stillgestanden!« und der deutsche Gruß und »drei und vier: Muß ich denn, muß ich denn zu-um Städ-tle hinaus …«, begleitend für die Elendskarawane. Und das Lachen der Revolutionsgarde.

Und als der Hausmann Michel ein Stück Brot aus der Tasche zieht und es einer Frau mit Säugling hinüberreicht, da schreien sie und hauen ihn mit Ochsenziemern und Gummischläuchen zusammen.

Und du mußt wissen: Einige von uns hatten Brot in den Taschen, weil es am Vortag Brotkarten gegeben hatte. Eigentlich Kärtchen nur, ähnlich den Kinokarten. Aber Riesenfreude: Nach mehr als drei Wochen je Person zwei Kilogramm Brot. Und statt Magermilch Buttermilch. Ein Liter sogar ohne Karte. Aber gedämpfte Freude beim Milcheinkauf, weil die Milchhalle jetzt eine tschechische Verwalterin, eine Správce, hat. Und statt Milch steht jetzt Mlékem auf dem Schild. Die Nationalisierung rollt. Und die Frau Schmidt, der das Geschäft gehört hat, ist mit ihren Eltern ins Lager gekommen. Und viele Hausfrauen fragen sich: Was können wir dafür, daß die Nazis die Juden …? Und was haben wir den Tschechen getan? Aber unglaublich: Bei Pfüller gibt's ein viertel Kilo Pferdefleisch auf Haushaltsausweis. Und die ersten Erdbeeren in den Gärten. Alleluja! Aber eine Hiobsbotschaft: Der neue Bürgermeister, ein früherer Brauer aus Pilsen, hat sämtliche Guthaben in der Sparkasse sperren lassen. Und die Annl ist deswegen total verzweifelt. Mit dem Wohnungskonto ist auch ihre Zukunft gesperrt.

15. Juni: Und als über die Schattenschlange vor Pfüllers Laden wieder die Sonne wandelte, kurz vor Ladenschluß von Gesicht zu Gesicht der schweigenden Frauen, die auf Pferdefleisch warteten, da klapperte die Annl zu Hause schon mit den Töpfen: Gulasch für morgen. Ein Festschmaus.

Und als Gert, vom Schuppen hinterm Haus kommend, die Treppe hochstieg, mit Holzscheiteln auf den Armen, da pochte es gebieterisch an die Haustür. Und als der Rößler mit kauendem Mund – für ihn gab's das Gulasch schon zu Abend – aus seiner Wohnung raus- und die Treppe hinunterschlurfte und Gert, der innegehalten hatte, ein Holzscheitel verlor, da rief die Annl: Was is'n lus? Mach zu, i brauch's Holz. Und als unten barsche Worte fielen, als der Rößler wiederholt beteuerte, er habe keinen Schlüssel zur Parterrewohnung, den hätten die Thiels gegenüber, als dann Holz krachte und splitterte, weil eine Türe eingetreten wurde, da sagte die Annl, Gottes willen und Gert solle im Ofen nachlegen, weil sie muß geschwind was anziehen. Jawohl, denn in Unterwäsche und Schürze machst du keinen Staat bei der Revolutionsgarde. Aber wo is'n geschwind die Empfangsbestätigung für die Blechtrommel und das Kindersax, damit wir was zum Herzeigen haben, sapperlot, hoffentlich filzen die den Dachboden nicht durch, weil da hat sie außer Oskars Konzertklarinette auch das Radio und die Agfa-Spiegelreflex versteckt und ihr bißchen Schmuck. Im Heu. Und da fällt ihr das Sparbuch ein, in der Kredenz hinter dem Zinnteller, Jeschusch Maria, sollte sie das nicht lieber in die Ofenlade hinters Holz ..., auch wenn die Konten gesperrt sind, aber da steht schon – o Schreck – ein Kerl mit Gewehr im Türrahmen, mit geblähten Nüstern im Gulaschdunst, letztlich hat ihn der Gulaschduft nach oben geleitet, grinsend die Unterwäsche im Auge, und da schreit Klein Erika los, die im Gitterbett sitzt, und die Annl weiß nicht, soll sie zuerst das Kind beruhigen oder ihr Kleid anziehen. Und der Kerl im Türrahmen schreit etwas die Stiege hinunter, auf Tschechisch, dorthin, wo die anderen noch rumoren, und da kommen sie schon herauf, und jetzt stehen sie zu dritt im Raum, und der Annl stockt der Atem, denn der eine ist der langschädelige Kaplan von Bärringen, das heißt, er schaut nur so aus und trägt außerdem das Khakizeug des Afrikakorps. Also ein Gesicht für den Gottesdienst, aber er hat die alte Schmieda erschlagen. Und der andere schaut aus wie der Trapper Geierschnabel, und die Lider hängen ihm in die Augen. Und aus schmalen Schlitzen und einer Kopfbewegung deutet er an, Annl solle sich drehen, und als diese nicht gleich kapiert, illustriert er mit dem Zeigefinger. Und als Annl ängstlich die Tochter an sich drückt und denkt, sie hätte doch zuerst das Kleid ..., schreit der dritte »Drähen!«, und da dreht sie sich und bietet zwangsläufig auch den Anblick, wo die Schürze nicht hinreicht, quasi ihre birnenhafte Seite, wenn auch nicht in schwarz. Aus dieser Perspektive hat ja schon der Rudl, Oskars Bruder, anno achtundreißig, als er mit den Kinderfreunden auf Winterfahrt war und einen Besuch im Koneshäusel gemacht hatte, Stilaugen gekriegt, als die Annl sich über den Herd gebeugt hatte. Weil die Annl ist wie ein gut gepolstertes Reh: unten die schlanken Fesseln und weiter oben die birnenhafte Wölbung. »Noch drähen!« schreit der dritte, weil sie nicht genug haben. Und die Annl dreht sich, hellwach bis in die Haarspitzen gesichert. Und über ihre rechte Schulter blickt die Erika auf die Gaffer, großäugig neugierig. Und über die linke Schulter mit stechendem Blick Oskar, denn die Annl dreht vor dem Kanapee, über dem sein Bild hängt. Und sein Blick sticht durch die dicken Brillen den Kerlen an der Tür einzeln ins Gewissen. Wie durch ein Brennglas. Aber Betroffenheit macht zornig. Und links und rechts vom Kinn hat er ja Totenköpfe am Hals, silbrig flach, und die wachsen plötzlich, werden bleich alabasterhaft, kriegen die dritte Dimension, nehmen jeden Gardisten den Verstand, werden rundschädelig, hohläugig, zweimal zwei schwarze Höhlen, in die man hineinfallen kann. Und da kann man das schlechte Gewissen hineinschmeißen, und das fällt und fällt, bis man es nicht mehr sieht. Also Rache, Rache und das Gewissen in den Schlund. Rache kennt kein Gewissen.

Und jetzt die Annl von vorne, und zwei Kerle schreien: SS, SS, Nazischweine, SS. Und der Geierschnabel hebt sein Gewehr, deckt Kimme mit Korn und drückt ab. Und Oskar hat jetzt oberhalb des Brillenbügels ein Loch in der Stirn, ein Zwölferschuß sozusagen, und sein Gesicht ist versetzt, weil Sprünge im Glas sind. Aus dem Lot. Und die Annl schreit, weil sie spürt den Schuß leiblich, und ein Loch in der Stirn ist ein schlechtes Omen. Gott sei Dank hat sie noch ein zweites Foto. Und er war ja nicht bei der SS, nein, sondern bei den Panzern, schreit sie. Panzer, Panzer, die tragen ja auch Schwarz. Hab' ja bei euch auch schon so eine Panzerjacke gesehen. Tragt ihr ja auch. Habt nur die Totenköpfe runtergerissen. Und die Erika heult, und einer stürmt das Kanapee, reißt Oskars gelöchertes Foto von der Wand, haut es auf den Boden, daß die Splitter fliegen, trampelt darauf herum, schreit: SS oder Panzer. Egal. Alles Nazischweine alles.

Und der Kaplan in Khaki, der bisher nur geguckt hat, großer Schweiger also, aber mit zunehmend verkniffenen Augen, Birnengucker, Birnenriecher, Birnenkoster, quert plötzlich die paar Schritte frisch gebohnerten Bodens zwischen Türschwelle und Kanapee, nimmt der Annl die Erika vom Arm, setzt sie in das Gitterbett, daß ihr Geheul abrupt endet, packt die Annl linkshändig am Arm, weil rechts hat er die MP, und zieht sie zur Schlafzimmertür.

Und die Annl schreit und wehrt sich und tritt mit ihren Rehbeinen. Nein, nein! Ihr Teufel! Rotzer! Ihr seid ja schlimmer als die Russen. Aber da kriegt sie eine Watsche wie die Schmieda in der Schattenschlange. Und sie schreit: Aber nicht heute, nicht heute, bitte! Also Panik hoch drei, und da kriegt sie noch eine. Das hält kein Reh aus. Ach, Oskar, sei froh, daß du nicht mehr an der Wand hängst und siehst, was mit deiner Annl passiert, und nicht helfen kannst. Und nicht siehst, wie der Gert hochgeht, der bisher am Herd mißtrauisch große Augen machte und dem schon beim Schuß auf dich, seinen Vater, die Adern schwollen. Und der jetzt in die Holzlade greift und sich mit einem keulenartigen Scheit auf den Kaplan wirft, blindwütig und schreiend: Laß sie los, laß sie los! Und er drischt mit dem Holz und der Faust auf den Buckel des Pfarrergesichts herum, rasend, weil bis zum Kopf kommt er nicht rauf. Und da repertiert der Geierschnabel das Gewehr und hebt an, aber der dritte schlägt es ihm weg, packt den Gert am Kragen und wirft ihn hinaus auf den Gang, daß ihm die Luft wegbleibt, wie voriges Jahr in der Kirche, als er sich die Rippen brach. Aber er rappelt sich hoch, hastet luftschnappend, den Schmerz verbeißend zur Dachbodenstiege, die Tür zur Wohnung ist jetzt zu, entschwindet samt Gulaschdunst nach oben und kommt gleich darauf mit der Mauser 34 zurück. Aber bevor er die Wohnungstür erreicht, hat ihm der Rößler am Kragen, der mit seiner Else gegenüber hinter spaltbreit offener Tür auf Posten war, hilflos aufgelöst und voll Verzweiflung, und zerrt ihn in die Rößlersche Küche. Und dann schimpft er hin und her am kaltgewordenen Gulasch und der ratlosen Else vorbei, lautstark mit sich selbst, aber zwecklos, weil er nicht helfen kann und nicht hören will, was drüben passiert. Und wohin geschwind mit der Pistole, wohin nur? Und der Gert heult voll Wut in den Armen der Rößlerin. Und in der Wesselschen Wohnung hört man nur die Erika.

17. Juni: Ach ja, mein lieber Bleckschädel! Du Geist, der stets verneint. Sag nicht, das ist der Weltenlauf. Mal oben, mal unten. Sag nicht, das ist dem Gretchen auch passiert. Sag nicht, ich neige zum Dramatisieren. Sag nicht, ein bißchen Faustsche Gelassenheit stünde mir besser. Denn ein Faust schwängert und geht. Gefühlsduselei überläßt er dem Zuschauer. Sag das nicht, sonst schmeiß ich dich aus dem Fenster auf diese gröhlenden Partisanen vor dem Rathaus. Auf diesen Kaplan, dieses ewig guckende, kaltblütig wortlose Kirchengesicht da unten, auf daß es erschlagen werde. Vielleicht wäre mir dann wohler. Aber ich bin in diesem Stück nur hilfloser Zuschauer. Und ich sage dir: Du bist schuld. Dein stilisiertes Konterfei. Jawohl! Dein Konterfei auf Oskars Kragenspiegeln. Du Symbol des Untergangs, der Bedrohung und der Endlösungen. Dagegen haben sich die Revolutionsgardisten gewehrt. Die Kragenspiegel mit dem Totenkopf als billiger Vorwand für die Vergewaltigung. Ihr Zorn war auf dich gemünzt, als sie das Schußloch in Oskars Stirn setzten. Ein Teil des Rahmenprogramms für ihre eigene Endlösung. Beneš' Saat ist aufgegangen.

Und welch gelungene Rache am deutschen Volk: Der Kaplan und der Geierschnabel über der Annl im selben Bett wie Oskar im letzten Urlaub. Nur der Dritte sah zu, wenn auch mit offenem Hosentürl, denn er war schon fertig, bevor der Geierschnabel soweit war.

Und als man die Annl um fünf Uhr früh aus dem Schlaf trommelt, einem kurzen, verheulten, trostlosen, als man ihr sagt, sie solle für drei Tage Essen einpacken, das Nötigste für die Kinder, Decken, Waschzeug und so weiter, da hört sie nur mit halbem Ohr hin, denn im Hirn hämmert es und füllt die innere Leere: Wenn gestern wieder was passiert ist, oh, du lieber Gott, Heilige Jungfrau und heiliger Laurentius, da kann ich mir die Kugel … Und es ist gut, daß ihr gestern abend der Rößler die Pistole nicht anvertraute, sondern spontan in seinen Henkelmann fürs Mittagessen packte, um ihn dann samt Munition im Garten neben dem Schuppen zu vergraben. Rößler hat umsonst geschwitzt, denn die Partisanen waren an der Rößlerschen

Wohnung vorbei abgezogen, mit dem blauen Stoff für Gerts Mantel, dem grauen Stoff für Annls Kostüm und zwei Garnituren Bettwäsche, alles erst kurz vor dem Waffenstillstand gekauft. Um nicht zu vergessen: Vacin Tonis schwarzseidene Unterwäsche aus Paris – war ja nicht gebraucht, weil für Oskar aufgehoben – und das Bargeld nahmen sie auch mit, den Vorschuß von Linke & Neumann für einen Monat. Also die Kerle hatten Geschmack und praktisches Kalkül. Und es ist gut, daß jetzt nicht die drei von gestern, sondern andere Kerle in der Wohnung herumstehen, teilnahmslos, unberührt, aber aufmerksam beobachten, welche Laden und Schranktüren die Annl öffnet und was sie herausnimmt. Und es ist gut, daß sie nur eine halbe Stunde Zeit hat, um sich fertigzumachen, jdeme, jdeme, denn es zwingt sie, ihre Hoffnungslosigkeit mit praktischen Handgriffen fürs Nötigste zu überbrücken. Sogar an das Sparbuch in der Kredenz denkt sie, denn da steckt die Karlsbader Wohnung drin, aber angesichts der lauernden Beobachtung durch die Gardisten läßt sie es hinter dem Zinnteller stehen. Denn einer hat gesagt: No, kommen Sie nach drei Tagen zerrick. Gähen Sie nur zur Musterung heite.

Erst als Gert den Kinderwagen mit der Schwester die Bahnhofsstraße, heißt jetzt Nádrazní ulice, hinunterschiebt, unter aufhellendem, am Plattenberg rot gefärbtem Himmel – also heute heiter bis wolkig, gegen Abend vielleicht bedeckt –, erst als er vom Gehsteig runter muß, denn Deutsche dürfen nicht ..., erst als Annls seelischer Aufruhr in eine Art Gottergebenheit fällt, was bleibt ihr auch anderes übrig?, da greift ihre innere Leere wieder Platz, und da stopft sie Erbitterung und Scham, aber auch Reue und Entschuldigung hinein: Ach, Oskar, warum habe ich nur? Diese miserable Szene mit den Vorwürfen: Schlappschwanz! Schlappschwanz! Und ich sage dir: Ich habe schon bereut, als du dich aus dem Zug beugtest und immer kleiner wurdest, immer kleiner, und du gewinkt hast, jawohl, gewinkt, bis du an der Kurve vor dem Wald warst, und dann weg, futschigagerl, und ich habe nur noch die Rücklichter vom Zug gesehen. Und dann sind wir heimgegangen. Ich und der Gert und die Erika. Jawohl, auch die Erika, denn die hat schon gekeimt damals. Und jetzt? Und jetzt?

Und mit verheultem Gesicht kommt die Annl mit ihren Kindern im ehemaligen Ostarbeiterlager an, in dem bis vor einem guten Monat auch Gustis Franzose hauste, und auf dem bißchen Rasenfläche vor seiner ehemaligen Baracke rutscht eine Gruppe Internierter im Kreise und schnipselt mit Fingernagelscheren an den Grashalmen herum. Wo haben die nur die vielen Scheren her? Und hast du nicht gesehen, da sind die Thielschwestern dabei, und die Annl – o Lichtblick – hebt die Hand und ruft, aber die reagieren nicht, und die Annl kriegt eine mit der Reitpeitsche drüber, und sie soll ihr Nazimaul halten, bis sie gefragt wird. Und wieder ein bekanntes Gesicht: Die Stufen hinauf zu einer Plattform quält sich der Zahn Seff, unser Zahnarzt, ein kleines, schmales Männchen, und schleppt eine Hitlerbüste, die man in seinem Keller gefunden hatte. Nun ja, die stand bis vor einigen Wochen in seinem Wartezimmer, und jetzt darf er dafür »Sieg heil!« brüllen. Oben auf der Plattform. Und dann wieder runter und wieder hinauf und wieder »Sieg heil!«. Und dann wieder hinunter und hinauf … Und dann stolpert er und fällt mit der Büste gegen die Fahnenstange, und da ist endlich die Büste hin, aber die Partisanen schreien Sabotage, und er kriegt eine anständige Sonderbehandlung. O mein Gott, wo sollen die Kinder jetzt hinschauen? Das ist ja kein Kasperltheater, wo das Krokodil gehaut wird.

Und dann steht die Annl mit den Kindern vor einem Barakkeneingang (schon wieder eine Warteschlange) und neben der Tür eine Kundmachung an der Wand: Upozornění. Auf Tschechisch mit deutscher Übersetzung: Personen, welche für den Abtransport bestimmt sind, haben ihre Wohnung in vollster Ordnung zu verlassen.

Gepäck wird für eine Person zugelassen: ein Gepäckstück von dreißig Kilogramm und Handgepäck von höchstens zehn Kilogramm.

Die übrigen Sachen sind in der Wohnung an Ort und Stelle zu lassen. Zum Beispiel Vorhänge, Teppiche, Tischlampen,

Wandspiegel, Waschschüsseln, Teile der Einrichtung, Tischdecken, zwei Handtücher, in Betten Matratzen, Bettlaken und mindestens je ein Kopfkissen und Zudeckbett, alles frisch bezogen.

Das Gepäck darf nicht in Teppiche oder Überzüge gepackt werden.

Wird bei der Kontrolle festgestellt, dass dies nicht beachtet wurde, wird die betreffende Person nicht in den Transport aufgenommen, sondern ins Inland auf Arbeit geschickt.

Und jetzt trifft sie wieder ein Schock, denn das liest sie zum ersten Mal: also doch die Ausweisung. Und der Partisan heute morgen wollte ihr dies nicht offen ins Gesicht sagen. Menschliche Regung, sieh einmal an. Aber sie kommt nicht in ihre Wohnung zurück. Jawohl, und das kommt normal nur im Roman vor: Jemand geht Zigaretten holen und kommt nie mehr heim. Mara und Josef und Oskar und alle Heiligen, wo soll ich denn hin? Und in einem Atemzug: O Gott, ich habe keine Betten gemacht und nicht frisch bezogen. Und kein Geschirr gewaschen. Die angebrannte Gulaschpfanne. Nicht mal gelüftet nach dem Gestank gestern abend. Und das Sparbuch in der Kredenz und die Sachen auf dem Dachboden? Und niemanden kannst du fragen, vor oder hinter dir, was es für Neuigkeiten gibt, was is'n jetzt mit dem Anschluß an Bayern?, denn die Tschechen passen auf wie die Zerberusse. Was passiert mit den Kindern, wenn sie mich zur Zwangsarbeit schicken?

Und als die Reihe vorrückt, das dauert ewig, weil sie das Gepäck durchwühlen und Leibesvisitation machen, hoffentlich finden sie meine Uhr nicht, da steht links an der Wand des Barackenraums eine Reihe Männer: mit dem Gesicht zur Wand, die Hände am Rücken verschränkt. Und mit der Nase drücken sie einen Text gegen das Holz, können ihn aber nicht lesen, weil zu nah dran. Texte aus einem BDM-Liederbuch, flüstert jemand. Halten sie schon seit ihrer Einlieferung gegen die Wand. Sind heute nacht verhaftet worden. Heimkehrer. Waren mal bei der SA oder dem Freikorps. Und da schaut die Annl genauer hin, und Entsetzen, der dritte von links ist ihr Bruder Josef, und auch Gert erkennt den Onkel Pat, der da leicht gespreizt gegen die Wand steht und seine Hände abwechselnd zur Faust ballt. Typisch, das macht er auch in der Kirche, wenn er kurz vor dem Einnicken ist. Aber einer der Aufseher haut ihm mit einem Prügel zwischen die Hosenträger, daß die rostbraune Musterung am Hemd hellrot ausfranst. Wirst du bald letztes Mal Faust machen, schreit er, und haut noch mal hin. Nazischwein! Faust machen nur wir. Tschechische Faust. Sowjetische Faust. Internationale Faust. Solidarität. Haut euch Kapitalisten kaputt. Und da ballt Gert seine kapitalistische Faust in der Hosentasche und denkt an die vergrabene Pistole. Da könnten wir mit diesem Spuk aufräumen. Und der Seff hätte es sich nicht träumen lassen, als er noch über Kreta seine Engländer abschoß, daß er einmal solch klassenkämpferische Spielchen … Aber nicht er verliert jetzt seinen Textzettel, sondern einer aus der Mitte des Panoptikums an der Wand. Der hat nämlich geschwankt, und jetzt flattert sein Zettel wie ein junger Vogel, der einen Ast sucht, vor Annls Füße. Nein, nein, wimmert er in Erwartung der Folgen, nicht schon wieder, weil … Und ein Aufseher brüllt »Aufheben!«, und als sich die Annl bückt, kriegt sie wieder eins drüber, weil es ist ein Lied des unachtsamen Wandstehers, und das muß er selbst aufheben und jetzt auch singen, kann aber, der geschwollenen Augen wegen, kaum den Text entziffern. Muß er auch nicht, weil es ist der Kerber Fritz, und der war früher bei den Wandervögeln und ist mit der Annl in die Schule gegangen und kann den Text auswendig: »Wenn die bunten Fah-nen we-hen«. Und als er in fröhlicher Partisanenrunde »Woll'n wir ferne Lan-de se-hen« singt, etwas gurgelnd ölig zwar, weil ihm das Blut aus dem Mundwinkel rinnt, »fällt der Abschied uns nicht schwer«, da heult die Annl wieder, und auch die Erika heult los, und auch andere Kinder fangen an, sind ja genug da. Oh, welch großer Wirbel jetzt, und ein Aufseher brüllt »Ruhe!«. Aber als der Kerber Fritz »Leuch-tet die Son-ne, zie-hen die Wol-ken« singt, also mehr röchelt als singt, hast du nicht gehört, da mischt sich in das Kindergeheule eine Überstimme ein, »zie-hen die Wol-ken …«, also nun zweistimmig mit Chor, und die Überstimme kommt vom Grünes

Seff, dem ehemaligen Turner und SA-Mann, Jagdflieger und Partisanenjäger in Italien, der dabei nicht mal sein Papierl vor der Nase verliert. Da wär' sowieso ein anderer Text drauf gewesen. Und da vergeht der Revolutionsgarde das Grinsen, und sie will schon ... (wissen wir ja), aber da fallen ein paar andere Stimmen ein, und beim auslaufenden Text singt der ganze Saal mit und pflanzt sich in der Warteschlange nach außen fort: »... klingen die Lieder weit übers Meer«.

23. Juni: Also, der Seff lebt noch. Sie haben ihn nicht gleich erschossen. Wegen nationaler Hetze und Widerstands gegen die tschechische Staatsgewalt oder so. Sie sagen: Alle nazistischen Verbrecher, alle Verräter am tschechischen Volk und ihre Helfershelfer kriegen ein anständiges Gerichtsverfahren, weil die neue Republik ein Rechtsstaat sei. Sie haben ihn nur ein bißchen auf sein Verfahren vorbereitet. Also deshalb lag er drei Tage reglos auf der Pritsche, und der Doktor Schütz mußte ihn behandeln. Und der Seff mit einem Gesicht wie von Picasso, quasi entartet, und drei Rippen gebrochen. Und Gert als erfahrungsreicher Mitfühler. Und die gierigen Ohren der Leute, in welche geraunt wird: Nu, da hat er Glück gehabt. Aber denen haben wir es gezeigt mit dem Singen. Müssen zusammenhalten. Können uns ja nicht alle erschießen. Und einige tragen den Kopf wieder etwas höher. Also, der Seff traut sich was. Und habt ihr schon gehört? Jetzt machen sie Volksgerichte. Die schmieren den Allierten Honig in die Augen. Da machen sie alles legal, was sie seit Landskron angestellt haben. Nu, das war schon im Mai. Habt ihr gehört? Da haben die Beschuldigten auf den Knien zum Verhör rutschen müssen. Und haben ein Hitler-Bild abschlecken müssen. Haben sie vorher angespuckt. Und dann hat man welche in das Luftschutzbecken geschmissen und hineingeschossen. Frag mich nicht. Und die, welche wieder raus sind, hat man mit Feuerwehrschläuchen abgespritzt. Und ringsum das Johlen der Zuschauer. Nu, da hast du Glück gehabt, wenn du mit Prügeln davongekommen bist. Fragt mich nicht. Und die anderen haben sie gleich aufgehängt. Und da ist einer am Strick oben ..., und den haben sie eine brennende Zi-

garette in den Mund gesteckt. Und darauf schallendes Gelächter. Also diesen Sinn für Humor mußt du mal haben.

Also die Baracken – sind ja nur fünf – jetzt total überfüllt. Weil ein ganzer Marschblock von Aussiedlern eingerückt ist. Den hat man vor vier Tagen aus dem Lager getrieben und zur Grenze nach Johanngeorgenstadt eskortiert. Aber die Russen lassen niemanden hinüber. Warten wahrscheinlich ab, was mit dem Sudetengebiet passiert. Im Juli soll es eine allierte Konferenz geben. Und deshalb in unruhiger Nacht, zwischen bleiernen Schlafphasen, immer wieder ein bißchen Hoffnung. Aber die Pritschen total überfüllt, und zur Annl mit den Kindern hat sich eine Frau quetschen müssen, aus deren Mund es mitteilsam flüstert: Drüben gibt's auch nichts zum Futtern. Und die Tschechen sind fuchsteufelswild, weil die Russen stur wie Panzer … Und ein Russe haut einem tschechischen Offizier ins Maul, weil er's so weit aufreißt. Und frag mich nicht: Einer von uns – den haben die Amis entlassen – grinst schadenfroh, und da haben sie ihn gleich verdroschen, aber da haben die Russen in die Luft geschossen und furchtbar geschimpft. Und als wir zurück durch den Wald …, da haben sie den Grinser rausgeholt aus der Kolonne, und frag mich nicht. Und dann haben unsre Männer antreten müssen, wer denn bei der Waffen-SS war, und da war niemand dabei. Und dann haben sie sich trotzdem ausziehen müssen und da waren doch zwei dabei, weil sie die Nummer unter der Achsel hatten. Und frag mich nicht. Will ich gar nicht schildern. Jedenfalls haben wir sie dann einbuddeln müssen. Und ein paar Meter weiter ist auch gebuddelt worden, denn links und rechts von der Straße haben Leute gelagert. Fast nur Frauen und Kinder. Lauter Gerippe. Sollen Prager gewesen sein. Also, ich sag' dir.

Und nach einiger Zeit, in der das Tagesgeschehen im Hirn rädert, fragt die Annl: Hast' deine Uhr noch? Nein, sie hat sie nicht mehr. Requiriert. Weiß nicht, was die mit den Uhren machen. Normalerweise werden die nur von den Russen gesammelt. Von denen kann jeder mal einen Uhrenladen aufmachen. Weiß nicht, die wollen uns orientierungslos machen. Nein, die wollen uns total ausrauben. Denn man hat ihr auch das Armband und die Halskette abgenommen. Und die Versicherungspolice und das Einlagebuch und das Bargeld außer hundert Reichsmark. Dieser Staat ist ein Mörder- und Räuberhaufen. Und der Beneš ein Räuberhauptmann. Hast du deine Uhr noch? Jawohl, Annl hat sie. Und zusätzlich einen Muskelkater im rechten Unterschenkel, weil sie die Uhr im Schuh versteckt hat und deshalb auf den Zehen geht. Und jetzt ist es beinahe drei Uhr morgens.

Und die Baracke ist angefüllt mit Seufzern, Räuspern, unterdrücktem Schluchzen und dem Staub der Holzwolle, der schräg in den wandernden Streifen der Scheinwerfer steht, denn vom Wachturm leuchten sie von Zeit zu Zeit die Baracken ab. Und von dort kommen auch Soldatenlieder – deutsche – und die Lili Marleen, weil die Posten Schallplatten aus requirierten Wohnungen auflegen. Und als auf die Annl wieder Holzstaub rieselt, weil sich oben einer umdreht, da sagt eine Baßstimme vom Fußboden herauf in das groteske Gedudel hinein: Geben Sie endlich Ruh' und fahren Sie anderen Leuten nicht im Gesicht herum. Und eine verwunderte Frauenstimme mit tschechischer Färbung: No, such' ich meine Socken. Missen Sie liegen auf meine Socken. Aber ist das Ihr Gäsicht? Und der brummige Baß: Nein, jetzt ist es mein Hintern. Und da prustet jemand los, und gleich kichert die ganze Umgebung hinterher. Befreiungskicherer sozusagen gegen Trostlosigkeit, Zukunftsangst und Hunger. Und manche trocknen ihre Tränen mit dem Gekicher.

Und das nützt jetzt eine aus den oberen Betten und klettert in das Dunkel, weil sie mal muß, steigt aber auf einen Körper, und der schreit erbost: Sie, was erlauben Sie sich? Können Sie nicht aufpassen? Ich bin ein Kopfschuß. Und gibt der Kletterin einen Stoß, so daß sie über die Sockenfrau fliegt, und jetzt jammert diese, auweia, meine Fieße, und da fordert der Dr. Schütz ein bißchen Mäßigung und Rücksichtnahme angesichts des gemeinsamen Schicksals, und jemand sagt, so ein Kopfschuß schießt wohl jede heile Tasse aus dem Schrank. Und da wird der Kopfschuß renitent, weiß aber nicht, weil's so finster ist, gegen wen, und da sagt einer, er sei ein Lungenschuß, und Kopfschüssler gehörten vor die Tür oder in eine Anstalt, und wenn er nicht gleich das Maul halte, dann werde er schon sehen. Und da ruft die Sockenfrau »es bliitzt, es bliitzt!«, weil der Scheinwerfer wieder vorbeihuscht und das inzwischen hellwache Völkchen blendet, auch die Kinder, und jetzt quäkt und greint und grunzt es aus allen Winkeln, und jetzt kommt von draußen die erleichterte Blase zurück, bleibt neben dem Lungenschuß stehen, hat ein Paket in den Händen und ruft: Wer ist die Annl Wessel?

25. Juni: Du Mützenemblem und Kragenschmuck! Ich sage dir: Es war der Grünes Seff, der die blasenfrohe Nachtwandlerin nach dem Abtritt im Schatten der Baracke abgepaßt und ihr das Eßpaket des Julius überreicht hatte. Für die Annl. Und das hatte er von seiner Marie, welche es hinter den Büschen im östlichen Eck des Lagers über den Zaun geschmissen hatte. Und dort schmiß sie auch ihrem Seff jede zweite Nacht ein Packerl über den Zaun, in welchem nicht nur Brot und Käse (und einmal ein Vogelbeerschnaps), sondern auch Zigaretten enthalten waren. Diese teilte der Seff nicht nur mit dem Kerber Fritz, sondern auch mit einem Posten der Wachmannschaft, der akrat jede zweite Nacht Dienst hatte und die Buschgruppe mit dem Scheinwerfer aussparte. Als Gegenleistung. Und im Vertrauen: In diesem finsteren Eck schmiß die Marie nicht nur die Pakete herüber, welche der Seff geschickt auffing, mit seinen gelben Raucherfingern, sondern steckte auch ihr Zünglein durch den Maschendraht, und der Seff konnte auch was durchstecken, weiter unten, weil sich die Marie verkehrt rum, leicht gespreizt und auf den Knien Halt und Stütze suchend, gegen das Gitter drückte und als Erinnerung ein schönes Muster mit nach Hause nehmen konnte. Zumindest für einen Tag. Und der Kerber Fritz, der Schmiere stand, hatte sein Augenmerk immer nur halb beim Wachturm und halb bei der jammernden Marie, denn er gehörte auch zu jenen, die schon vor dem Krieg gern eine Spende in ihr Büchslein geworfen hätten. Und das letzte Mal, als der Seff mit gequältem Picassogesicht und kaputten Rip-

pen am Zaun hing, leicht verrenkt, weil Marie sehr niedrig auf ihren Stummelbeinen ..., da mußte er mit Atemnot und Rippenqual aufgeben, und als die Marie »nu, itze kumm, itze kumm schu!« jammerte und der Fritz den Kopf nach hinten verrenkte, mit angespannten Ohrwascheln, da winkte der Seff, gutmütig, hilfsbereit, kameradschaftlich, und Fritz ließ sich nicht ein zweites Mal winken, da ihm die Hose vorne ohnehin zu eng wurde, hast du nicht gesehen, und deshalb konnte die Marie doch noch zu einem anständigen Muster kommen. Dieses hielt diesmal fast zwei Tage, also ein anschauliches Zeugnis für Gattenliebe, Kameradschaft und völkisches Mitgefühl.

Das Bedauern war daher mehrseitig, als es hieß, das Lager werde aufgelassen, weil sie die Baracken für Sankt Joachimsthal, jetzt Jáchymov, bräuchten. Also, dorthin hatten die Grafen Schlick schon im fünfzehnten Jahrhundert sächsische Bergleute berufen und für die Krone Böhmens Silber und Blei gewonnen. Seit 1519 prägten sie die Joachimsthaler, also die Taler. Der Dollar soll sich davon begrifflich abgeleitet haben. Nu, wie dem auch sei: Jetzt berufen sie also Aussiedler dorthin, die aber nicht aussiedeln dürfen, weil sie im Uranbergwerk arbeiten müssen. Zwangsarbeiten zum Wohle der internationalen Solidarität, sprich: Die Russen brauchen Uran. Die ortsansässigen deutschen Familien, oder was davon übrigblieb, werden also aus ihren Häusern geschmissen, und die Uranarbeiter kommen in Baracken und werden ohne Vorsorgeschutz in den Berg gesteckt und nicht ins Sanatorium Marie Curie-Sklodowska zur Radiumkur, wo sie ihre Arthrosen, rheumatischen und Nervenkrankheiten behandeln lassen könnten.

Also wieder Warteschlangen, wieder lange Listen vom Národní Výbor, wieder Verhöre und die übliche Filzung, wobei Annl ihre Uhr diesmal im linken Schuh hat. Und dann einer mit Kalkeimer und Pinsel, und der malt hinter dem Amtstisch mit den Bürokratengesichtern den Abgefertigten Nummern auf den Buckel. Römisch eins: Volksgericht. Römisch zwei: Zwangsarbeit. Römisch drei: Ausweisung.

Und nun endgültig: Annl und Gert mit Römisch drei am Buckel. Nur die Erika, neugierig im Kinderwagen, ohne Nummer. »Mamam«, kann sie schon sagen, und »Gege«, das soll wohl Gert heißen. Die Thielschwestern haben Römisch zwei. Man munkelt, sie kämen in ein KZ bei Königsgrätz, also Hradec Králové. Mara und Josef, in dieses Hussitennest. Als Landarbeiter. Jedenfalls besser als ins Bergwerk. Und Seff und Kerber Fritz, mit neuen Piccasogesichtern, grüngelbblau entartet, in der Nebenschlange: Römisch eins, Volksgericht.

28. Juni: Und dann der Nieselregen und der kurze Weg durch die Gleisunterführung zum Bahnhof. Auch der Himmel weint also und hängt bis St. Laurentius herunter. Und in das vertraute Elferschlagen der Turmuhr hinein geht es an Linke & Neumann vorbei, der Handschuhfabrik, hinter deren Fenstern sich jetzt die Frauen drängen. Und als sie die Annl erkennen, winken sie, aber da feuert ein Revolutionsgardist eine Ladung unter die Dachrinne, welche die Fenster im Nu leert. Und beim Friedhof, vor dem Eingang zur Antoniuskapelle, stehen Marie und der Julius und ich, der Türmer, und da ziehen sie vorbei, mit den Köfferchen und Taschen in der Hand, den Rucksäcken und den Bündeln über der Schulter. Da haben sie zum Teil Bettzeug drin oder ein bißchen Winterzeug. Und uns ist es wurscht, ob man uns jetzt erschießt oder nicht. Und es sind vertraute Gesichter dabei, Bekannte aus dem Westviertel, welches jetzt dran ist (die Tschechen evakuieren straßenweise), ein Zug stumm wie böhmische Karpfen. Und da kommen schon die Wessels, und die Annl hinkt links, also uhrenschonend, und der Gert – mit seinem Rucksack am Buckel – schiebt den Kinderwagen. Und niemand traut sich aufzuschauen. Wir kennen solche Gesichter von den Flüchtlingstrecks aus Schlesien und Ostpreußen: hoffnungslos, verbittert, ergeben, weil entrechtet und entehrt. Bodensatz der Menschheit, den man in den Ausfluß spült. Nur der Gert schaut trotzig und winkt uns, und da macht der Julius ein paar Schritte vor und will dem Gert eine Tasche reichen, mit gekochten Eiern von der Henne, die er frühmorgens geschlachtet und gebraten, ins Fettpapier gewik-

kelt und – noch warm – in die Tasche gepackt hat, neben ihre eigenen Eier. Und die Eier haben eine Dornenkrone an der Spitze, und die Prophezeiung der erschlagenen Schmieda ist aufgegangen, denkt Julius, wonach Heulen und Zähneknirschen und eine dreitägige Finsternis über uns kommen werden. Und es regnet jetzt schon den dritten Tag aus schwarzem Himmel, und die Amalie und die Liesl, seine Kühe, hat man requiriert, und er ist nicht dazu gekommen, die Hörner der letzten Kuh zu versilbern, wie die Schmieda verlangt hat. Aber mit der Henne im Magen läßt sich das Heulen und Zähneknirschen besser überstehen, denkt er, und für ihn und Marie reichen die Lebensmittelkarten. Und er hat noch ein paar Schmalzbrote und eine Blechkanne Schwarzbeeren – die sind schon reif – in die Tasche gesteckt. Und die Schwarzbeeren hat er gestern gebrockt, obwohl das Betreten des Waldes für Deutsche verboten ist. Und er hätte gerne am Schwarzwasserhang gebrockt, wo der alte Fladerer seinerzeit mühsam die Fichten gepflanzt hatte, weil dort gibt's die dichtesten Stauden, aber da hätte er durch den Ort müssen und wäre von der Garde geschnappt worden. Also brockte er im Wald hinterm Koneshäusel.

Aber der Mensch denkt, und Gott lenkt, weil jetzt schaut ein Gardist her, schäbig in Zivil mit Hut, und da kommt er auch schon dahergerannt, schimpfend auf Tschechisch, reißt dem Gert die Tasche weg und haut dem Julius das Gewehr um den Schädel. Und während der Julius an der Friedhofsmauer kauert, benommen um Fassung ringend, während die Annl mit starrem Gesicht geradeaus ..., seelisch verkrampft, während Gert noch mal den Kopf wendet und winkt, aber dem Julius sind die Augen verschmiert, während der Lautsprecher vom Bahnhof her »Muß ich denn, muß ich denn zu-um Städ-tle hinaus ...« plärrt, beliebtes Vertreibungslied der Tschechen, während sich der Gert nochmals umdreht, während der Gardist am Hendl schnuppert, hmm, und ein Schmalzbrot an einen Genossen reicht, während wir den Julius abtupfen, denn er hat eine Platzwunde an der Stirn, da stehen wir in Rotz und Wasser und haben keine Zukunft mehr. Und am Ende des Zugs geht der Vacin Anton mit roter Armbinde und schaut weg.

6. Juli: Du, mein schöner Schädel! Alabasterhaupt! Rein und kühl strahlst du das Jenseits aus. Dein Reich kennt keine Schmerzen. Entblößt von der Fäulnis zwischen Hier und Drüben hängst du unberührt über dem Geschehen. Ich möchte den Grenzfluß durchschwimmen, heil wie Orpheus, den Furien der Unterwelt trotzen, ohne auf einer Waldwiese wie in Bärringen oder im Straßengraben zu modern. Und ich möchte drüben bleiben. Was soll ich noch hier auf dieser Welt, in dieser trostlosen Leere? Wir haben keine Zukunft mehr. Was soll das Warten auf Potsdam? Am siebzehnten kommen sie dort zusammen und beraten unsere Zukunft. Aber wir haben keine mehr. Nein, es kommt keine Rettung aus dem Westen. Die dreißig Tage, wie von der Schmieda prophezeit, sind längst vorbei. Ein Orakel mit Ablaufdatum. Die Tschechen haben ihre Endlösung vorweggenommen und die Allierten vor vollendete Tatsachen gesetzt. Da können die Russen die Grenze sperren, soviel sie wollen. Da werden wir halt zwischengelagert. In den verlassenen Lagern der Kriegsgefangenen, der Ostarbeiter, des Arbeitsdienstes und der Arbeitsmaiden. Zwischenlagerung auf Abruf sozusagen.

Neu Rohlau, 10. Juli 1945. Liebe Schwiegereltern!

Ich weiß nicht, ob Euch dieser Brief erreicht. Ich weiß auch nicht, ob wir uns jemals wiedersehen werden, denn wir warten hier im Lager auf unsere Ausweisung. Ich weiß nicht, wohin wir gebracht werden. Zuerst hat man uns mit Lastautos auf den Horner Berg gefahren. Wir sollten im Gebirge wild über die Grenze gehen. Aber an einer Straßenkreuzung haben uns russische Posten zurückgeschickt. Dann haben sie uns nach Neu Sattl zu den Amerikanern gefahren, aber auch diese haben uns abgewiesen. So hoffen wir, daß wir hierbleiben können, bis sich die Lage etwas beruhigt hat. Hier haben wir wenigstens ein sicheres Dach über dem Kopf. Den Kindern geht es nach den Umständen ganz gut, nur Erika kränkelt und hat wieder ihre Hautausschläge. Ich hoffe, es ist keine Krätze. Das kommt wahrscheinlich vom Essen. Sie haben immer Hunger. Morgens bitteres Kaffeewasser, manchmal ein bißchen Brot. Mittags dünne Einbrennsuppe mit Kartoffelschalen drin. Abends Wassersuppe mit Sauerkraut. Wir sollen nicht glauben, wir seien in einem Hotel, sagt der Lagerdirektor. Der Gert hat überhaupt kein Fleisch mehr am Gebein. Aber meine Cousine Annl aus Neudek wird mir Lebensmittelpakete bringen. Sie will das mit dem hiesigen Pfarrer organisieren oder der Wachmannschaft. Ritsch aus Prag ist nun auch in Neudek und führt eine Milchhandlung. Mein Bruder Josef ist auch hier im Lager, in einer Baracke für politisch Internierte. Es dreht einem das Herz um, wenn man sieht, was die mitmachen. Hoffentlich überlebt er. Meinem Vater Julius habe ich geschrieben, aber bisher ohne Antwort. Hier im Lager gibt es viele Ausgewiesene aus Karlsbad, deren Wohnungen an Tschechen vergeben wurden. Wenn ich an die schönen Wohnungen in Karlsbad denke, verstehe ich das ja noch. Aber wieso ich aus meiner Wohnung mußte, das verstehe ich nicht. In Platten gibt es ja noch nicht viel Tschechen, die Wohnungen suchen. Und ich konnte nur das Nötigste für ein paar Tage mitnehmen. Auch das ganze Geld hat man mir genommen. Gott sei Dank hatte ich die Lebensmittelkarten eingesteckt. Am Anfang hat eine von uns zum Einkaufen ins Dorf dürfen, und ich habe meine Punkte gegen etwas Essen und Milch eingetauscht. Aber das Karlsbader Ernährungsamt hat das jetzt verboten. Einer von uns hat trotz Verbots hinter der Küche wiederholt in den Mülltonnen gestierlt. Nach Essbarem. Den haben sie erschossen. Weil die Abfälle gehören dem Schwein vom Herrn Direktor. Aber ich will mich nicht beklagen. Hier leiden wir wenigstens zusammen mit den engeren Landsleuten. Wer weiß, wo wir drüben hinkommen. Allein in der Fremde. Gestern war eine Kommission holländischer Ärzte hier. Sie starrten uns an wie die Tiere im Zoo. Mit eisigen Mienen. Aber wir haben mit ihnen nicht reden dürfen. Habt Ihr schon eine Nachricht von Oskar? Die Karlsbader sagen, das Bäderdreieck kommt zu Bayern. Das bestätigen auch Kriegsgefangene hier im Lager, die von den Amerikanern entlassen wurden. Auf ihren Entlassungsscheinen steht: Entlassen nach Karlsbad oder Neudek in Neubayern. Das gibt schon ein bißchen Hoffnung. Vielleicht müssen wir gar nicht weg. Drüben im Altreich soll es ja noch schlechter sein als bei uns. Also hoffentlich können wir bleiben. Bitte schreibt mir ehestens, aber an das Pfarramt Neu Rohlau. Von dort kann mir die Annl den Brief zukommen lassen. Ich werde mich auch wieder melden. Ich hoffe, Euch geht es gut, und liebe Grüße an die Hedwig.

Eure Annl und Kinder.

P. S.: Die Erika fängt schon zum Plappern an.

Aber was die Annl nicht schrieb: daß es schon fast einen Monat her ist, daß die drei Kerle von der Revolutionsgarde über sie hergefallen waren. Eigentlich nur zwei, aber das reicht ja auch, und daß sie die Angst vor einer neuerlichen Schwangerschaft nervös durch das Lagerleben schleppt. Und daß der Gert seither zickig und spreizig ist und sein dünnes Gebein jeder Umarmung entzieht, jetzt, wo sie das alle bitter nötig hätten. Und keine Träne netzt sein trotziges Gesicht, wenn die Annl heult und sagt: Du bist jetzt mein einziger Beschützer. Und dabei konnte er sie gar nicht beschützen und er hat noch immer einen Zorn auf den Rößler, weil er ihm die Pistole weggenommen hat.

Also nun die Angst und die Scham. Und dann die dauernden Selbstvorwürfe: Wie konnte sie nur in Gulaschduft und Reizwäsche auftreten, vor diesen neuen Herrenmenschen, zum Zugreifen quasi. Wär' vielleicht gar nichts passiert, wenn sie rechtzeitig ein Kleid …

Und neulich lag sie mit dem Oberkörper über dem Latrinenbalken, Unterhose in den Kniekehlen, konnte sie nicht mehr hochziehen, und hat hinabgekotzt wie der Lindwurm von Klagenfurt. So eine Peinlichkeit, also schon eine furchtbare Entwürdigung, denn neben ihr nahm gerade der ehrenwerte Amtmann Hasil aus der Stadtkämmerei Karlsbad Platz, und sein Sitz war nur durch ein schmales, senkrecht genageltes Brett von ihr getrennt. Also, das war schlimmer als die totale Rechtlosigkeit gegenüber den Tschechen. Aber der Herr ehemalige Amtmann Hasil sagt nur: Schämen Sie sich nicht. Kotzen Sie sich aus, junge Frau. Sie haben zuviel Demütigungen und Leid drin, das muß einmal raus. Danach geht es Ihnen besser. Aber es ging ihr nicht besser, und sie ging zum Lagerleiter, dem Herrn Direktor Zaboj, um sich über die unhaltbaren Zustände auf den Abtritten zu beschweren. Und außerdem: Diese Hygiene; da kriechen dir ja die dicken weißen Würmer in den Hintern und sonstwohin. Aber der schimpfte nur und reichte sie an den stellvertretenden Direktor, Herrn Belbl, weiter. Einem Deutschen, der doppelsprachig aufgewachsen und Kohlenkutscher bei der Firma Sebert in Fischern gewesen war. Der Belbl war ein Elegant, trug jeden Tag einen anderen Anzug und die Pistole im Schulterhalfter. Und er hielt sich ein Reitpferd und ein Auto. Einer der Häftlinge, ein gelernter Herrenschneider, mußte ständig für ihn arbeiten. Auch Belbls angebliche Frau und deren Mutter beschäftigten inhaftierte Schneiderinnen. Stoffe hatten sie ja genug aus der gefilzten Habe der Ausgewiesenen. So ein Glück für die Schneider, denn die brauchten im Lager keine Drecksarbeit verrichten und konnten sich satt essen. Auch vom täglichen Arbeitsdienst außerhalb des Lagers waren sie befreit.

Nun steht die Annl mit ihrem Anliegen beim Belbl. Und der Belbl im blütenweißen Hemd hinter dem Schreibtisch und sein Rock und der Schulterhalfter mit Pistole hinter ihm auf einem Kleiderbügel. Und draußen, vor dem geöffneten Fensterflügel, in den ausklingenden heiteren Julitag hinein, ferner Gesang. Marschgesang.

Und der Belbl, mit den Fingernägeln im frischen Haarschnitt und im Hemdkragen, mit den Augen auf der Annl, welche, Fesseln wie ein Reh und Ausschnitt barock, leicht verlegen ihr Anliegen vorträgt. Und sie komme im Auftrag der Lagerfrauen, also mit Mandat: Und sie fordern, daß Mannsbilder und Weibsbilder separat ihre natürlichen Geschäfte …, also austreten können. Und der tschechische Staat werde sich dazwischen wohl eine Bretterwand leisten können.

Und der Direktor Berbl guckt so komisch und kratzt sich am Kopf und sagt: Schaun S' amol nach, ob i kaner Lais ho!

Und die Annl verblüfft: Wie bitte?

No, schaun S' amol, ob i Lais ho! Im reinsten Egerländerisch also, und die Annl steht jetzt zwischen Stuhl und Pistolengurt und stochert spitzfingrig in seinen Locken herum. Und jetzt klappt er die Augendeckel herunter (das auch noch) und läßt links und rechts von der Stuhllehne die Arme pendeln, genießerisch, und die Annl weiß nicht, ob dies nun gut oder schlecht für getrennte Latrinen ist und sagt: I find nix. Und denkt: Woher soll der Läuse haben, wo er jeden Tag von einem Häftling rasiert und pomadisiert wird?

Nu, suchen S' weiter, sagt er. Und da ist der Marschgesang von draußen schon etwas lauter, ein melodiöser, wenn auch schwacher Hintergrund zu den Fliegen im Raum.

Und die Annl weiß noch immer nicht, wie ihr ist, denn der Belbl sagt: G'fangene Russn un Ostarbeiter war'n da im Lager, auch Frauen. Und die hätten alle über denselben Balken geschissen, einträchtig nebeneinander, und sich nicht aufgeregt. Denen hätte die SS sonst einen schönen Tanz gemacht. Und sie solle mal den Kapo fragen. Da seien die Tschechen ja geradezu Humanisten dagegen, die reinsten Waisenknaben.

Und die Annl sagte, sie seien Ausgewiesene und keine gefangenen Russen oder Verbrecher. Unser Verbrechen ist, daß die Tschechen unsere Wohnungen wollen. Und wenn die Tschechen Waisenknaben sind, dann können wir auch ein moralisches Klo verlangen, wo einem die Männer nicht in die Hämorrhoiden schauen. Und außerdem brauchen wir mehr Kalk oder Chlor gegen die weißen Würmer.

Und da sagt der Belbl, unser Verbrechen sei, daß wir Deutsche sind. Gesindel aus ein und denselben Topf, Nazi und deren Helfershelfer. Und deshalb werden wir auch so behandelt, wie wir die Juden behandelt haben. Und verlangen können wir schon gar nichts. Nicht einmal, wenn wir schön winseln und reihum die Füße küssen. Da müßten schon andere Kaliber an Freundschaftsdiensten geboten werden.

Und seine Augen sind noch immer geschlossen, und während die Annl fensterseitig noch auf Läusesuche ist, pendelt seine linke Hand nicht mehr die Stuhllehne runter, sondern wandert ihrem Schenkel rauf über die Birnenwölbungen, und da will sie weg, lassen Sie mich, Herr Direktor, aber der drückt jetzt fester mit dem Arm, und draußen wird sprunghaft der

Marschgesang lauter, weil sie biegen in das Lagertor ein, das wirkt wie ein Trichter, und der Text tönt deutlich: »Die Stra-ße frei den brau-nen Ba-tail-lonen! Die Stra-ße frei …« Sie rücken ein vom Arbeitseinsatz und singen Horst Wessel, zweite Strophe, daß sich die Hälse blähen.

Und die Annl windet sich mit einer heftigen Drehung aus seinem Arm hin zum Fenster, und er lacht, nu hören Sie nur zu, Eure Nationalhymne, damit Sie ein bisserl Heimweh kriegen, und er steht auf und geht zur Eingangstür und sperrt ab. Und da will die Annl aus dem Fenster, aber er erwischt sie noch am Fensterstock und zieht sie herunter. »Es schaun aufs Ha-kenkreuz voll Hoff-nung Mil-lio-nen …«. Und die Annl ruft: Aber Sie sind ja auch Deutscher.

Und er lacht: Heut bin i Tschech.

»Der Tag für Frei-heit und für Brot bricht an«, aber zur dritten Strophe kommen sie nicht mehr, weil Kommandos über den Hof bellen: Stillgestanden! Abzählen!

Und der Belbl umarmt sie von hinten und fährt mit der Hand über ihre Schulter in den Ausschnitt. Und die Annl haut mit dem Ellbogen aus und schreit, was ihm wohl einfalle und ob er das der SS abgeschaut habe und sie könne ja nichts dafür, was die Nazis mit den Juden gemacht haben, und sie habe noch nie einen Juden gesehen, geschweige ihm etwas angetan.

Und wieder die Kommandos von draußen: Versauter Nazihaufen. Und so was war beim Barras. Nochmals abzählen, los! Und da ist einiger Wirbel los und lautes Schreien, und das Echo wirft Kommandos zurück: … Zählen … zähl … zähl, … os … os!

Und der Belbl schließt jetzt das Fenster und sagt zur Annl, nun wollen wir aber mal vernünftig sein und wir machen das Männerklo gleich neben dem Pissoir, und dann machen wir eine Bretterwand und hauen ein paar Zentner Kalk auf die Scheiße, und sie könne auch Konserven mitnehmen und Milch für die Kinder, aber da pocht es energisch an das Fenster, und draußen steht der Lagerkapo, auch ein Deutscher, der schon zur Hitlerzeit Aufseher hier im Lager war und den, obwohl bei der SS, die Tschechen samt seiner Funktion übernommen hatten. Aber eigentlich ist er Häftling, hat deshalb statt einer Pistole nur einen »Pendrek«, also einen Gummiknüppel, und fuchtelt jetzt wild mit den Armen herum. Macht dann, nachdem der Belbl das Fenster wieder geöffnet hat, eine ordentliche Standesmeldung, jawohl, alles in Ordnung, aber ein verdammter Häftling fehlt. Ein Häftling, obwohl unterwegs niemand erschlagen oder erschossen worden ist?

Und der Belbl schreit: Das nennst du in Ordnung?, weil er ist verantwortlich, und der Herr Direktor Zaboj wird ihm zur Sau machen, wenn er aus der Polizeidirektion, dem »Goldenen Kreuz« in Karlsbad, zurück ist. Dort ist er – wie jeden Tag – zur Berichterstattung. Und deshalb schnappt er sich Pistolenhalfter und Rock (Hauen Sie ab, sagt er zur Annl) und ist schon dahin.

Und die Annl taumelt mit einem Weinkrampf ums Barackeneck. Gott segne den abgängigen Häftling und den Kapo, der wie aufs Stichwort vorm Fenster erschien, und in einigen Tagen müßte sie ihre Tage haben. O Gott, hoffentlich. Und vielleicht war das Kotzen doch nur von dem ekelhaften Würmerzeug und dem Gestank. Und sie hat ja diesmal nicht nachhelfen können: kein brennheißes Sitzbad mit Klistier, sie kann ja nicht mal Erikas Windeln warm waschen, kein Salzwasser schlucken, die haben nicht mal Salz für die Suppen, keine Selleriewurzeln, Birkenblätter oder Hagebutten. Und dann wie ein Blitz aus heiterem Himmel die absurde Idee: Vielleicht eine neuerliche Vergewaltigung als Mittel zum Zweck? Ach, Gott, der Belbl als Retter in der Not? Ob das was nützt?

Und während sie an der Holzwand langsam zur Ruhe kommt, die Baracken immer längere Schatten über dem Hof werfen, die Viererreihe der Häftlinge in ein Licht- und Schattendreieck teilen, da schwirren Kommandos wie die Irrlichter, da werden die Lagerbewohner, die vor den Baracken hocken, nach innen gejagt, da wird jeder zehnte Mann aus der Häftlingsreihe geholt. Wer hat dem verdammten Häftling zur Flucht verholfen? Aber keiner weiß was oder sagt was. Und da werden sie anständig verprügelt, aber sie wissen noch immer nichts. Das ist eine Verschwörung, brüllt der Herr Direktor Belbl, wir werden euch eure Hammelbeine brechen und an die Schwänze binden. Und dann schleifen sie fünf, die nicht mehr hochkommen, hinter die nächste Baracke, und der Herr Direktor schießt höchstpersönlich und ungezielt hinein. Aus der Hüfte sozusagen. Und einer rührt sich nicht mehr. Und das ist der Kerber Fritz, der bei den Wandervögeln und mit der Annl in der Schule war und im Plattner Lager gesungen hatte: »Wenn die bunten Fahnen wehen«. Und der Belbl ruft zum Kapo: Zieh nan d'Schouch as, i brauch' sie nuch!

13. Juli: Mein lieber Totenkopf! Sag jetzt nicht, der Grünes Seff sei schuld am Tode seines Freundes Fritz. Das hatte er ja nicht ahnen können, als er getürmt ist. Und hätte er's geahnt, wäre er nicht getürmt. Das kannst du mir glauben. Der Seff hat den Fritz auch nicht eingeweiht gehabt in seine Pläne. Weil als einzelner kommst du besser durch als zu zweien. Alte Barrasregel. Und dann ist alles intuitiv gegangen, quasi die Gelegenheit aufgedrängt. Da wägst du nicht hin und her. Und der Fritz als ehemaliger Wandervogel kriegt nicht gleich den Strick. Oder? Aber er als ehemaliges Mitglied der SA und des Freikorps ist für das Volksgericht ein Leckerbissen. Also keine Chance. Und er vertraut auf das Gesetz der Serie: In der Sudetenkrise achtunddreißig war er der tschechischen Polizei entschlüpft, im Apennin den italienischen Partisanen, bei Oschatz den Russen, warum sollte es diesmal nicht gelingen?

Und unter einem Benešbild im Torhaus des Lagers sagt Annl zu ihren Cousinen: Hoffentlich fangen sie ihn nicht wieder ein. Und insgeheim denkt sie: Gott segne ihn noch einmal, er hat sie vor dem Belbl bewahrt. Damit ist seine Schuld getilgt. Dies deshalb, weil er sie damals nicht mit dem Motorrad abgeholt hat, aus Marienbad, wie ausgemacht, und sie bei Oskar übernachten mußte und deshalb mit Gert schwanger wurde. So war das. Und die Ritsch, die als tschechische Staatsbürgerin das heutige Treffen arrangiert hat, meint, so ein bunter Hund wie der Seff komme schon durch, und dann erzählt sie ein paar Amoralitäten von ihm (fast wie ein Nachruf), weil als Kind hat er ihr manchmal Zuckerla gegeben, aber im Keller bitta schön, und sie hat ihm dafür schon mal hinlangen müssen, weißt schon wohin. Also die beiden Annls sind entsetzt, und typisch Ritsch, daß sie so was erzählt, aber so ist halt der Seff. Und seiner Schwester hat er behaarte Semmeln in die Schulhefte gezeichnet, und sie hat dafür vom Herrn Lehrer die Watschen und vom Herrn Pfarrer einen Batzen Vaterunser gekriegt. Zum Strafbeten. Und der Seff hat in sicherer Entfernung gegrinst. So wie vor drei Tagen wahrscheinlich, als das ganze Lager sein Verschwinden ausbaden mußte, wobei der Gerber Fritz erschossen wurde. Furchtbar. Und der Belbl hatte das Abendessen streichen lassen und am nächsten Tag die Brotration. Für die Ausgewiesenen nicht so schlimm, weil denen flogen ja Eßpakete zu, über den Zaun, aber für die Häftlinge. Denen legen wir seither Gemüsereste und Kartoffelschalen im Waschraum in den Abfluß. Manchmal auch was echt Eßbares. Von dort holen sie sich's, und die Wachen sind noch nicht draufgekommen. Also intelligent. Wehe uns, wenn die draufkommen, denn die Abfälle sind für die Sau von Direktor Zaboj und nicht für die Häftlinge. Aber wir kriegen jetzt auch keine Pakete mehr über den Zaun, müssen alle im Wachhaus abgegeben werden. Wenn sie jemanden am Zaun erwischen, sind meist Frauen, werden sie geprügelt und kahlgeschoren. Weg mit den deutschen Frisuren, wenngleich sie aus den Haaren keine Perücken machen. Und sie verscharren die Erschlagenen und Erschossenen hinter der letzten Baracke in der Mulde. Dort, wo vielleicht schon die Nazis ihre Opfer … Also nur verscharren und keine industrielle Verwertung für Seife oder ähnliche Produkte wie bei den Juden, weil die Tschechen eben human sind.

Aber das Abliefern der Pakete im Wachhaus hat seine Nachteile: Dort machen sie die Pakete auf, und hinterher fehlt die Hälfte.

Jawohl, sagt die Annl Zwo, daher jetzt Trick siebzehn, hokuspokus, Griff in die Handtasche, und da hat sie schon ein Fläschchen Eierlikör in der Hand, zur Feier des Tages, und das entkorkt sie mit verstohlenen Seitenblicken und reicht es weiter. Also nun prost, Madeln! Auf unsere Zukunft. Nur schade, daß wir die Kinder nicht sehen können: das Patenkind Erika und den Gert. Also gib den beiden mal schön Bauchibussi von uns. Aber auch ein Prost auf den Onkel Pat, der hoffentlich schon in Sachsen oder Bayern ist.

Und der Ritsch bringt die Zukunft, also schon nächste Woche, ihren František ins Haus. Vorerst ohne Kinder. Die bleiben noch eine Zeit – man weiß ja nicht, was kommt – bei der Schwiegermutter in Prag. Und der František wird Glotzer machen über ihre neue Wohnung. Hast du nicht gesehen. Die ist ihr vom Národní Výbor zugewiesen worden. Ganz toll und groß und Bad und Toilette extra, von so was hat sie in Prag geträumt, und da könne sie gern auf ein Einfamilienhaus verzichten. Da muß man später vielleicht schauen, denn jetzt prügeln sich die Tschechen am N. V. um so was, daß die Fetzen fliegen. Und diesmal schläft die Bürokratie: Man kriegt die Schlüssel, unterschreibt so 'n Wisch, man solle sich das mal anschauen, man reißt das Siegelband von der Tür und sperrt auf. Und der Ritsch hat die Wohnung gleich gefallen. Aber peinlich, peinlich, große Betroffenheit, denn sie hat bis vor einem Monat dem Studienrat Moder gehört, und der war mal ihr Lehrer. Und alles erinnert an ihn:

Die vollgestopften Bücherregale, das Ölbild seiner Frau an der Wand (hat er selbst gemalt), die Fotos auf der Anrichte. Die hab'n nicht mal den eingerahmten Sohn mitgenommen, mit dem schwarzen Band ums Eck. Die Messingleuchten und geschliffenen Vasen, alles in so 'n Stil, weiß nicht, so 'n Stil halt. Das Klavier, also ein Flügel, des hot sou a dicker Dingerich vom Národní Výbor abhouln lassn. Fürs Kulturhaus. Aber das habe das Kulturhaus wohl nie gesehen, sei ihr aber egal, weil es nimmt nur Platz weg. Also alles tiptop, Betten überzogen, Holz im Ofen und so. Germanische Gründlichkeit. Pflichtgefühl masochistisch. Gute Nachrede und so. Nu, sagt ihre Schwester, g'scheiter, du bist drin als sou a herg'laufener Zlatokopce, der die Einrichtung verkloppt und wieder abhaut. Ja, sagt die Ritsch, der gehe wieder aufs Wohungsamt in Karlsbad oder Eger und lasse sich eine neue Wohnung zuweisen. Jawohl! Dort verkauft er wieder die Einrichtung und geht aufs Wohnungsamt in Aussig oder Reichenberg. Ritsch, sei beruhigt: Den Studienrat läßt du später übers Rote Kreuz suchen und schreibst ihm. Und du schickst ihm ein paar Andenken aus der Wohnung. Nur das Geschirr nicht, sagt Ritsch, das brauche sie selber. Wunderschön mit viel Blumen drauf.

Und in ihrer Milchhalle laufe alles bestens. Der vorherigen Eigentümerin, der Frau Pleier, hat ja nichts Besseres passieren können, als daß die Ritsch kommissarisch als Národní Správce eingesetzt wurde. Die Frau Pleier arbeitet fleißig mit und respektiert sie als neue Chefin. Und die Fuchs Anni und Gretl stehen auch hinterm Laden, und die kenne sie alle von früher. Die Gretl ist ja erst sechzehn, aber die macht den Liptauer und kassiert die Milchabschnitte und pickt sie auf A 4. So einen guten Liptauer wie bei uns gibt es in anderen Geschäften nicht. Dort werden meist auch keine Deutschen mehr bedient. Aber die Russen kommen zu uns und kaufen Liptauer kiloweise. Je mehr Zwiebel und Pfeffer drin ist, desto besser. Zahlen tadellos. Haben Geld wie Mist: Rubel, Zloty, Mark, Kronen, Besatzungsgeld.

Aber auf diese G'frießer mußt' höllisch aufpassen. In der Wohnung unter mir haben sie drei Maad, und da ist fast jede Nacht der Teufel los. Aber die machen inzwischen freiwillig mit, weil die russischen Offiziere Fleisch und Wodka bringen. Dir nützt ja auch die rote Armbinde nicht viel, wenn du Fleisch willst, sagt Annl Zwo. Da stehe sie unlängst in der Reihe vorm Fleischer, schon zu Mittag, weil der hat drei Kühe und zwei Kälber bekommen. Und ab fünf stehen die weißen Armbinden ganz hinten an, weil die dürfen nicht früher. Und um sieben stehen wir noch immer, rote und weiße Binden, aber es gibt kein Fleisch mehr, weil die Tschechen den ganzen Nachmittag neben uns zur Haustür hinein sind und mit vollen Körben wieder hinaus. Also wozu bist du Antifaschist? Nicht mal Tschihi, also Pferdefleisch, hat es mehr gegeben. Und die Tschechenweiber haben noch höhnisch gegrinst. Da hast du direkt Glück, wenn mal ein Russe mit Dauerwürsten vorbeikommt und nach

Uhren hausiert. Hoffentlich hast' noch eine versteckt. Habt ihr schon gehört? Da kommt ein Russe mit einem großen Wecker in Großdorf in die Uhrenfabrik und verlangt, daß man ihm daraus fünf Armbanduhren macht. Also, soll das nun ein Witz ...? Weiß nicht. Aber beim Einmarsch hat einer einen Beutewecker im Rucksack gehabt, und um fünfe ging das Ding los. Was glaubst du, wie schnell der den Rucksack in den Straßengraben und die Kalaschnikov vom Bauch gehabt hat? Ratata zu Schrott. Also, ich sag' euch: Die Russen sind naiv, aber ehrliche Häute. Es sind immer die Oberen, die ein Volk kaputt machen. Und weil sie ehrlich sind, wollen sie keine tschechischen Weiber. Lieber Germanski Frau, weil die sein rein und arbeiten viel, und Mann war Kriegskamerad, Towarisch. Und Iwan nix prügeln Germanski wie feiger Tschech, weil dem Gestürzten soll man keine Fußtritte mehr geben.

Und da fallen der Annl wieder die drei Kerle ein, und sie erzählt von der Razzia und allem, und die Cousinen umarmen sie, Mara und Josef und alle Heiligen, und schieben ihr die Flasche mit dem Eierlikör in den Mund, zur Beruhigung: Nu, kumm schou, Madl, und die Ritsch will sich mal kundig machen, falls etwas passiert ist.

25. Juli: Mein lieber Freund! Machen wir uns nichts vor. Seit einer Woche läuft Potsdam. Und ich sitze ohnmächtig im Turm und muß warten, was die Marionettenspieler da oben ausschnapsen. Welch hilfloses Würstchen unterm Zwiebeldach. Die Gerüchtebörse kocht: Die Westmächte sollen angeblich die ČSR nicht anerkennen. Unsere Russen sollen fort. Es sind schon Plakate abgerissen worden: »Im Krieg und Frieden mit den Sowjets im Bunde«. Aus Pilsen soll die 22. amerikanische Panzerdivision nachrücken. Aus Nürnberg und Regensburg sind Aussiedlertransporte zurückgeschickt worden. Bettler nehmen sie keine auf, sagen sie dort. Sie sind selber Bettler. Sie haben viel mehr Ruinenwüste als wir. Und wir sind angeblich schon Neubayern. Im Raum Eger holen die Tschechen ihre Fahnen ein. Bis 6. August sollen sie räumen. Sie machen keine Straßenkontrollen mehr. Himmlische Ruhe. Der Spuk ist

aus. Drei Monate tschechische Regierung ein Schandmal für die zivilisierte Welt.

Also, lieber Freund! Machen wir uns nichts vor. Die Garde holt uns noch immer zum Arbeitseinsatz. Jetzt müssen wir Bombenschäden in der Bahnhofstraße ausbessern. Bis 10. August werden Reichsmark in Kronen umgetauscht. Je Kopf und Monat dreißig Reichsmark. Bald wird es keine Mark mehr geben. Jetzt haben sie auch das Wohnviertel zum Plattenberg hinauf geräumt. Da liegt die Bindergasse 188. Also hätte es die Annl mit den Kindern jetzt auch erwischt. Die Rößlers müssen bleiben, weil er als Facharbeiter in der Zinkerei gebraucht wird. Und die Edelmanns im Nebenhaus auch, weil er Werkmeister bei Zenker ist. Die Thielschwestern, Römisch zwei, sind nach Königgrätz abgegangen. Zur Hopfenpflücke. Ob wir sie einmal wiedersehen?

Zum Wochenende, meist auch unter der Woche, schnattert es kurz nach zehn Uhr an der Kirche vorbei, daß man drei Kapitole retten könnte. Es sind die tschechischen Ausflügler, die vom Bahnhof kommend in die Häuser strömen, dürftig bekleidet, kurzbehost mit Aktentasche, und am Abend als Schickeria, trotz Sommerhitze mit Mantel, Hut und Koffer, wieder abziehen. Schwitzend, schnatternd und für den nächsten Ausflug planend.

Also, es ist doch passiert. Und die Annl düstert in trostloser Gedankenwelt auf durchgewetztem Strohsack. Und mit sich allein. Warum ausgerechnet sie? Und wenn schon, warum passierte dies ausgerechnet in den kritischen Tagen? Und sie weiß nicht, an welche Klagemauer sie soll. Die katholische hat kläglich versagt. Scheiße, Scheiße, und ihr fallen die endlosen Anrufe der Bittlitanei nicht mehr ein, obwohl sie nicht einschlafen kann. Wieso habt ihr mir diese Dreckskerle geschickt? Wofür bin ich wieder in die Kirche gegangen seit der Geburt Erikas? Bitt für uns …, bitt für uns. Und sie kann nur ihre Tochter an sich drücken, aber nicht den Gert, denn der trotzt noch immer und weiß nicht warum. Es waren also nicht die Würmer auf der

Latrine, nein, es war die Revolutionsgarde. War es nun der milchige Kaplan oder der Trapper Geierschnabel? Wer steht mir bei, wenn das nun Zwillinge … Und sie kann nicht mal einen Ausgangsschein ins Dorf beantragen, so was gibt's seit einer Woche, weil sie verlangen dafür eine Reichsmark. Sie muß ja schon den Essensbeitrag zusammenbetteln, den sie seit einer Woche kassieren. Eine Reichsmark fünfzig täglich. Für Vollpension, wie der Direktor Zaboj sagt. Ausgesprochen billig. Aber sie muß unbedingt mit der Ritsch telefonieren. Vielleicht kann aber auch der Doktor Schütz etwas machen. Und Hoffnung kämpft mit Zweifel:

Der Belbl sagt, sie könnte einen Ausgangsschein haben, wenn …

Der Belbl sagt, sie könnte sich die Kostenbeiträge ersparen, wenn …

Der Belbl sagt, sie könnte in eine wanzenfreie Baracke verlegt werden, wenn …

Der Belbl sagt, sie könnte Konserven, Obst und Gemüse und Milch für die Kinder haben, wenn …

Der Belbl sagt, er würde auch die Latrinen trennen lassen, wenn …

Die Annl sagt: So ein deutsches Miststück. Der Titel Arschloch ist ihr zu ehrenhaft beliebig.

Aber jetzt mal was zum Lachen.

Alleinstehende Männer und Familien mit Männern hinaus zum Appell, in Zweierreihe, lauf, lauf, marsch, marsch! Und vor der Front drohen breitbeinig der Kapo und der »Plüschhut«. Und der Plüschhut heißt eigentlich Pospischil und ist der Stellvertreter vom stellvertretenden Direktor Belbl. Ein Kerl wie ein Kasten im Ruderleiberl mit zwei umgeschnallten Revolvern und einer Peitsche aus farbigen Lederschnüren. Besonderes Kennzeichen: eine Art Kosakenmütze mit Sowjetstern am Schädel. Und in manieriertem Stil der »Goldgräber«, ein Tschech, der eigentlich wegen Plünderung von Staatsgut und Kameradschaftsdiebstahls sitzt. Wir nennen ihn auch »Afrikaner«, weil er in der exotischen Kluft des Afrikakorps steckt.

Wahrscheinlich ein Expartisan. Immer wenn Appelle laufen, ist er in den Baracken und filzt das bißchen Habe der Bewohner. Im Auftrag Belbls. Auf diese Weise verschwand auch Annls Uhr. Bisher sorgsam versteckt, aber letztlich doch konfisziert. Mit so was finanziert der Belbl sein Reitpferd und das Auto. Dabei gibt es Richtlinien zur Aussiedlung der Deutschen, herausgegeben vom Zemský národní výbor in Prag. Hat mir der Gendarmeriekommandant Hawliček gezeigt, und da steht drin, Punkt 5 d, daß das Rauben, Stehlen und die unwiderrechtliche Abnahme des sichergestellten Staatseigentums auf das strengste bestraft wird. Und der Hawliček hat gesagt, er dürfe niemanden erwischen, der sich persönlich bereichert. Aber jetzt purzeln wir schon in den schönsten juristischen Konflikt: Denn Annls Uhr war ja vom tschechischen Staat noch gar nicht sichergestellt, weil versteckt und nicht abgegeben. Also hat sie die Uhr hinterzogen, wie man Steuern hinterzieht. Also bitte, Annl, reg dich nicht auf, wenn du nicht mehr weißt, wie spät es ist.

Aber nun drängeln in der Zweierreihe nicht nur die Kriegskrüppel, sondern auch die Familie Schütz: der Doktor, die Mutter und der halbwüchsige Sohn hintereinander in der rechten Reihe. Und alle schauen sich an, denn was soll ein Appell nach dem Mittagessen? Und der Plüschhut und der Kapo schreiten die Reihen entlang, grimmig, aber gemessen wie bei der Abnahme einer Ehrenkompanie. Und der Plüschhut sticht einzelnen Männern in die Rippen, im Passieren mit dem Peitschenstil, und deutet auf die andere Reihe, und wenn diese nicht gleich kapieren, haut der Kapo mit dem Pendrek hinterher, also los, hinüber in die linke Reihe. Und der Plüschhut sticht auch der Familie Schütz in die Rippen, also nur dem Vater und Sohn, und die drängeln in die linke Reihe hinüber, und inzwischen ist der Goldgräber verschwunden – aha, Appell –, und da sagt der junge Schütz, die haben uns ausgewählt, weil ihm was schwant, und da schmeckt er einen Gewehrkolben, daß er krumm dasteht, und die Wachen schimpfen. Und jetzt der Plüschhut und der Kapo auf der anderen Seite zurück, also in Gegenrichtung, und der Plüsch tippt die Kriegskrüppel und die Frauen an, hinüber in die rechte Reihe, und ein Einbeiniger kann nicht so schnell, und da haut ihm der Kapo die Krücken weg und noch eins drüber, na also jetzt geht's, und als sie am jungen Schütz vorbei sind, wechselt die Mutter geschwind die Reihe, hinüber zu ihren Männern, und da stößt sie ein Wächter zurück, aber sie wechselt wieder. Frauen nach rechts, schreit einer und zerrt sie an den Haaren. Ich will aber bei meinen Männern bleiben, schreit sie. Und da holt schon einer aus ..., aber da kommt der Goldgräber aus einer Baracke und schreit: Die Sau ist los! Die Sau ist los!

Und das Schwein des Direktors Zaboj ist aus seinem Verschlag raus, aber nicht zum Appell, sondern in die Mulde hinter die letzte Baracke, seinem Wühltrieb folgend und einem süßlichen Geruch, der dem frischen Erdreich entströmt. Und da findet es nicht nur Schnecken und allerlei Gewürm, sondern eine Spezialität besonderer Art. Und da quellen dem Plüsch die Augen aus der Fassung, denn er ist für das Schwein persönlich verantwortlich, dem Direktor Belbl gegenüber, und dieser persönlich dem Direktor Zaboj, der heute Gott sei Dank wieder bei seiner Behörde in Karlsbad weilt, und zu Weihnachten erhofft sich der Plüsch eine schöne Keule von dem Vieh. Das soll zwar trotz seiner drei Zentner noch Gewicht zulegen, aber nicht durch verpönte Nahrungsaufnahme, wie etwa in der Mulde, denn der Herr Direktor Zaboj ist pinkelig auf vegetarische Kost für das liebe Tierchen. Deshalb hat der Belbl auch nonchanlant einen Häftling erschossen, als er diesen beim Stierln in der Gemüsetonne erwischt hat, denn Gemüse ist nur für die Sau. Und deshalb brüllt der Plüsch jetzt wie eine Trompete von Jericho, und da saußen der Goldgräber und der Kapo und ein paar andere los wie geölt hinter die Baracke und schreien und fuchteln auf die erstaunte Sau los. Und der Belbl, vom Lärm alarmiert, schaut aus seinem Bürofenster und brüllt, welche verdammten Stümper da am Werk waren, man solle endlich die Sau weg, denn aus dem frisch beackerten Erdreich ragt ein nackter Fuß, und der gehört dem Kerber Fritz, weil dem haben sie vor dem Verscharren die Schuhe ausgezogen. Das waren dessen Sonntagsschuhe und stehen jetzt frisch geputzt unter Belbls Bett. Und der Belbl mag die Füße nicht sehen, die einmal in den Schuhen steckten, weil die erinnern an Ware aus zweiter Hand. Und wieder Gebrüll vom Plüschhut, und da werden fünf Männer aus der linken Reihe geholt, dawei, dawei, und die müssen zur Mulde rennen, mit Schaufeln und Krampen, um dort, etwas abseits, eine neue Grube auszuheben, denn man kann ja nicht warten, bis am Abend die Häftlinge vom Außendienst einrücken.

Und währenddessen saust die quiekende Sau dem Lagerzaun entlang, die schreienden Verfolger im Schlepp, und beim Eingangstor rennen die Wachen heran, damit die Sau nicht ins Freie ..., und diese schlägt Haken wie ein Hase, alle Achtung bei dem Gewicht, und läßt den Kapo samt Gefolge ins Leere rennen. Hurra, schon hört man einen Lacher aus der Doppelreihe am Appellplatz, die zittern alle auf seiten der Sau, hurra, denn jetzt haut's den Goldgräber auf die Nase. Hurra, endlich mal ein anderes Theater, aber dafür gibt's jetzt Prügel durch die Wachen, als Eintrittsgebühr quasi, und da brüllt der Plüsch wieder: Aufhalten, aufhalten!, denn die Sau kommt im gestreckten Galopp auf die Reihe zu, schnurstracks hast du nicht gesehen, und die Wachen fuchteln und schreien und hupfen dann zur Seite, weil die Sau mittendurch und in die Doppelreihe hinein. Also ein Gepurzel wie nach einer Bombe, und der Plüschhut mit einer Rolle rückwärts in den Sand, weil die Sau hat ihn auch erwischt, und hast du gesehen, der ist kahl wie mein Totenkopf. Und dann stehen alle in einer Staubwolke, innen heiter, außen unbeteiligt, und eine Wache bringt dem Plüsch den Tschako, aber die Doppelreihe ist zerrüttelt. So ein Gaudium haben wir schon lange nicht gehabt.

5. August: Die Annl und der Gert haben das Schauspiel von einem Barackenfenster aus verfolgt, und als die Appellanten auf dem Hof wieder in Reih und Glied warten und der Staub sich gesenkt hat, siehe, da stand die Familie Schütz friedlich vereint in der rechten Reihe, Gott sei Dank, weil den Doktor wird die Annl noch einmal gut brauchen können. Sie hatte schon geahnt,

was mit der linken Reihe passieren würde. Und sie hatte recht, denn die mußte innerhalb einer halben Stunde ihre sieben Zwetschken packen, weil die Lastwagen schon vor dem Tor warteten. Und sie kam nach Kladno in die Kohlengruben. Und der Goldgräber hatte das bißchen Gepäck der Angetretenen nicht mehr nach versteckten Wertsachen und Geld durchsuchen können, weil ihm die blöde Sau dazwischengekommen war. Und die Frau Schütz umhalste ihre Männer, woran also auch die Sau ihren Anteil hatte.

Aber dann, es war einige Tage nach dem Schweinetheater, und in Potsdam ritterten sie noch um unsere Zukunft, wurde die Annl in das Wachhaus gerufen. Und wer stand da in roter Armbinde, mit Schweinsäuglein und glänzendem Tomatengesicht, und quatschte mit dem Posten in unbeholfenem Tschechisch? Also große Überraschung, denn das hätte die Annl nicht gedacht. Es war ihr Schwager, Oskars Bruder Rudl, der Sanitätshauptfeldwebel Wessel, der Oskar bei Nowo Dmitrowka in der Ukraine aus der Feuerlinie holen wollte, zu einer Zeit, als dort schon längst die Russen saßen. Also das Meerschweinchen Rudl, über welches es einen Polizeiakt gegeben hatte oder noch gibt, wegen einer gewissen Wanka Geyer, die auf einer Winterfahrt der Kinderfreunde angeblich ..., also, wir wissen schon:

Rudl, der ehemalige Gruppenleiter der Mädchen der Kinderfreunde, Sektion Fischern.

Rudl, der ehemalige Kassier des Arbeitergesangsvereins Liederkranz, Fischern.

Rudl, der ehemalige Kassier des Konsum- und Sparvereins »Vorwärts«, Karlsbad.

Rudl, der bis Oktober achtunddreißig Bezirksspielleiter der Fußballer des »ATUS« war.

Rudl, der Mitglied der DSAP, der Deutschen Sozialdemokratischen Arbeiterpartei, war und 1938 für den Gemeinderat Karlsbad kandidiert hatte.

Und den dann die Gestapo umgedreht hat. Und der nun diesen Krieg heil und unbeschadet überstanden hat. Zuletzt bei der Sanitätsersatz- und Ausbildungsabteilung 17 in Wien.

Er steht nun da in seinen Knickerbockern (ohne weiße Strümpfe bitte schön) und sagt trocken: Die weiße Bindn kannst ounehma. Du bist koi Deutsche mehr. Du bist Österreicherin.

Und die Annl weiß nicht, wie ihr ist, also ganz verwirrt: Wieso keine Deutsche? Ich bin doch Deutsche. Seit Jahrhunderten. Und er sagt nur, das erkläre er ihr später, sie solle nur ihre sieben Sachen packen samt der Kinder, und wir fahren nach Karlsbad. Also Karlovy Vary. Er habe schon alles mit Herrn Direktor Zaboj und dem Okresní správní komise, dem Bezirksverwaltungskomitee Karlsbad, geregelt. Rudl, der handliche Mensch ohne Ecken, umtriebig und einsatzfähig, der, kaum zurückgekehrt, schon wieder nach oben schwimmt und den Antifaschistischen Ausschuß Fischern leitet. Und die Annl noch immer verwirrt, weil einerseits die Freude, aber andererseits ihre bedrückende Lage, und sie hat noch nicht mit Dr. Schütz gesprochen, ob ein praktischer Arzt eine Kürettage …, zu dem hätte sie Vertrauen gefaßt. Und die Ritsch hat sie auch noch nicht anrufen können. Und außerdem ist ihr das Lagerleben schon zum gewohnten, nach fixen Regeln ablaufenden Alltag geworden, fast heimelig im Schoße der ausgesiedelten Gemeinschaft. Also, alle heulten ein bißchen, als sie sich mit den Kindern verabschiedete.

Nun aber Meierhöfen. Das heißt jetzt Dvory. Und was ihr als erstes auffällt, als sie bei den Schwiegereltern einzieht: Oskars Piano ist weg. An seiner Stelle, zwischen Kanapee und Kredenz, zwei Holzkisten, auf denen die Einmachgläser mit Zwetschken stehen. Auf den Fotos der Wesselschen Kinder über dem Kanapee nur noch ein einziges schwarzes Eckband: Karl der Gefallene. Bei Oskar und Gustl keine Bändchen mehr. Und die Annl schaut daher mit großen Augen auf Berta. Aber die schüttelt den Kopf. Nein, nur von Gustl wissen wir: Er ist in Sibirien. Von Oskar noch nichts. Da müssen wir warten. Und die Luis in Eger ist mit ihrem Mann, der ja bei der Partei war, gleich nach dem Zusammenbruch über die Grenze ins bayrische Waldsassen. Haben alles rüberschaffen können. Möbel und alles. Können wir auch, sagt Hedwig, weil wir jetzt Österreicher sind, nach unserem Vater. Das Goldstück ist in Niederdonau, also Niederösterreich, geboren. Und Alois, das Goldstück – hurra, wir brauchen keine weißen Binden mehr tragen –, gibt sich bescheiden und meint, er habe in Großpertholz bei Gmünd einen Cousin, der hat eine Glasschleiferei, dort könnten wir vielleicht hin. Und Rudl meint, da fließe noch viel Wasser die Eger hinunter, und die Potsdamer Beschlüsse seien zwar ein Verbrechen an den Sudetendeutschen, weil jetzt ist die Aussiedlung so gut wie fix und die Allierten dahinter – wenngleich die tschechischen Zeitungen Widersprüchliches berichten –, aber Churchill und Truman haben uns dem Stalin und dem Beneš ausgeliefert. Die haben jetzt freie Hand, aber er, Rudl, als Antifaschist und Österreicher, ist ja von der amtlichen Verfügung gegen die Deutschen ausgenommen, und wir ja auch, und wir kriegen jetzt die Radios und Fotoapparate zurück, er selber hat die Sachen gar nicht abgegeben, und wir kriegen Lebensmittel- und Tabakkarten wie die Tschechen und dürfen mit Bus und Bahn fahren, können nach der Polizeistunde auf die Straße, und die Annl kann ohne polizeiliche Genehmigung nach Platten und kriegt ihre Wohnung zurück, und ob sie ihr Sparbuch mithabe. Nein, das stehe hinter dem Zinnteller in ihrer Kredenz, und Rudl meint, ob sie noch alle Tassen beisammen habe ohne Einlagenbuch, und die Annl sagt, das wäre ihr sowieso vom Goldgräber im Lager gestohlen worden, so wie ihre Uhr, und außerdem seien die Konten auf der Sparkasse gesperrt. Und der Rudl sagt, er werde sich darum kümmern, und auch um die zusätzlichen Papiere wegen der Staatsbürgerschaft. Das kriegt er schon hin, denn wozu ist er Antifaschist?

Er hat die Legitimation Nr. 1158/1056, und die ist überprüft und bestätigt durch die tschechische Sicherheitspolizei und die Bezirksverwaltungskommission, und das hat ihm eine Menge Lauferei gekostet. Mein Gott, wieviel Lebensläufe hat er geschrieben, mit Zeugenaussagen und Bestätigungen, bis er beweisen konnte, daß er das tschechische Volk im Kampfe gegen die Nazis unterstützt hatte! Da ist die sozialistische Vergangenheit eigentlich für die Katz'. Alle deine Mitgliedschaften umsonst. Jawohl, weil da muß man schon die Kampfkraft der deutschen Wehrmacht gegen die Allierten nachhaltig geschwächt haben. Da muß man zur deutschen Niederlage sein Schärflein beigetragen haben. Jawohl! Und dafür hat er Beweisdokumente. Zum Beispiel von der Staatspolizei beim Landes- und Volksgericht in Wien, denn dort sitzt ein Kompanieschreiber seiner ehemaligen Einheit. Und der konnte eindeutig bestätigen, schlüssig und notariell beglaubigt, daß ich laufend gegen Befehle des Führers und der vorgesetzten Wehrmachtsdienststellen gewühlt habe. Jawohl, gewühlt! Und daß ich Feindsender abgehört habe. Und der kann auch andere Zeugen benennen. Und im April fünfundvierzig lag unsere Kompanie in Rosenau, nicht weit von Großpertholz weg, als ein General der Waffen-SS erschien, um uns zum Infanterieeinsatz nach St. Pölten zu bestimmen. Nu, da ließ ich als Sani einen Teil der Befundscheine verschwinden und erklärte glatt, bei der Kompanie gäbe es nur mehr a.v.-Soldaten. Dadurch habe ich eindeutig die deutschen Linien geschwächt. Und am 2. Mai war die Abteilung in Mauerkirchen, OÖ. Und da ließ ich drei weiße Fahnen, fünf bis sechs Meter lang, anfertigen und hißte sie mit zwei Kameraden auf dem Kirchturm. Also in der Nacht vom 2. zum 3. Mai. Und siehe: Am Morgen hängt der ganze Ort voller weißer Fahnen. Eine wundersame Vermehrung. So hat das die Bewohner angefeuert. Und deshalb konnten wir kampflos von den Amerikanern eingenommen werden. Jawohl! Und außerdem habe ich schon anno achtunddreißig anläßlich der Mobilmachung die Brücke zwischen Brüx und Teplitz-Schönau (verflixt: wie heißt das jetzt auf Tschechisch?) gegen die Hitlerinvasion bewacht. Und ich hätte sie auch gegen die Sudetendeutsche Legion verteidigt. Mit der Waffe in der Hand, wenn es soweit gekommen wäre. Also immer staatstreu.

So sprach also nun Rudl, und die Annl dachte, alle Achtung, und ob wohl der Vacin Anton auch solche notariell beglaubigte Wehrkraftzersetzungen habe. Und wenn das auch die anderen Antifas haben, die jetzt massenweise herumlaufen, wieso der Krieg nicht schon zwei Jahre früher aus war.

Und dann die erste Nacht nach dem Lager: behaglich wie auf der Ofenbank im Winter. Und frisches Bettzeug und Nachthemd und Polster statt Rucksack und keine Wanzen. Und kein allgemeines Seufzen in von Scheinwerfern zerschnittener Dunkelheit. Nur der Hund Ami, nebenan in der Küche, wo die zwei Alten schlafen, seufzt im Traum. Vielleicht hat er was von der Vertreibung, die Tschechen nennen es Podsun (Abschub), mitgekriegt. Also Familienfrieden pur, Nestwärme in der eigenen Höhle. Und die Dunkelheit ist nur vom Atem der Kinder bewegt und dem Flüstern der Schwägerin Hedwig: Habt ihr im Lager was von Aussig gehört? Grauenhaft, dort soll es zweitausend Tote gegeben haben. Hauptsächlich Schichtarbeiter. Auf der Elbebrücke hat man die Leute erschlagen und in den Fluß geworfen. Mütter mit Kinderwagen. Schrecklich. Sollen Militärs gewesen sein und kommunistische Milizen: schwarz mit roten Armbinden. Noch heute soll man in Dresden Leichen aus der Elbe fischen. Die haben wenigstens viel Platz zum Begraben, weil dort kein Stein mehr auf dem anderen steht. Ein einziger Friedhof nach dem Luftangriff der Engländer.

Ich weiß nicht, wie's mit uns weitergehen soll. Deshalb will der Rudl nicht weg. Der will unbedingt bleiben. Hat wieder seine letzte Vorkriegsstelle beim Bauunternehmen Schuh angenommen. Bilanzbuchhalter. Allerdings unter einem tschechischen Kommissar. Aber der Rudl will wieder zum Konsum, zum tschechischen Jednota Konsumu. Der hat hier schon zwei Filialen aufgemacht. Allerdings haben sie bei der letzten Mitgliederversammlung keine deutschen Kummerln und Sozis zugelassen. Die Antifaschisten sind denen suspekt. Plötzlich seien alle Deutschen Antifaschisten, sagen sie. Und Rudl sagt, er sei kein Deutscher, sondern Österreicher, und er will sich um die tschechische Staatsbürgerschaft bewerben und geht in eine Tschechischperfektion. Und er schickt auch Wanda und Werni hin: Tschechisch für Anfänger.

Und was wollen die Eltern? Nu, die wollen auch dableiben. Wohin in Österreich auf ihre alten Tage? Der Vater habe ja keinen Kontakt zu seinem Cousin. Und wer zahlt seine Rente? Den ehemaligen deutschen Beamten in Karlsbad zahlen sie zwar keine Pension mehr, aber er sei ja kein Beamter. Mit dem Glasblasen ist's auch aus. Horch mal, wie der Vater hustet. Und man hört nichts Gutes von da unten: Wien ohne Gas. Ein Viertel der Stadt niedergebrannt. Leute kochen auf der Straße mit Bombenholz. Nur eine Stunde Strom am Tag. Jeder zweite Säugling stirbt. Die Russen montieren die heilen Maschinen ab und schicken sie nach Rußland. Also, was sollen wir da unten?

Der Flüsterfluß, über den Kopf Erikas hinweg, stockt, weil aus der Küche der Gong und gleich drauf einmal der Kuckuck ertönt: Halber, sagt die Annl. – Ja, halber. Und dann erzählt die Hedwig, daß sie als Haushälterin bei einer tschechischen Familie arbeite. Die Tschechen plündern und rauben Karlsbad zwar aus, aber persönlich könne sie sich nicht beklagen. Sie habe sogar einen Schutzbrief, mit dem sie spätabends nach Hause gehen kann. Nur wegen der Russen sei es halt gefährlich. Ihr Chef, der Herr Kačena, ist zwar was Höheres beim Národní Výbor und hat mit seiner Familie die ehemalige Schuh-Villa bezogen, aber auf so was pfeifen die Russen. Und sie müsse doch vom Westend bis Meierhöfen. Ein langer Weg.

Und da fallen der Annl wieder ihre Gardisten ein, und sie überlegt, ob sie's der Hedwig …, aber dann fragt sie, was mit Oskars Piano geschehen sei.

Ja, das habe der Rudl in seine Wohnung in der Ackermannstraße bringen lassen, weil da könne die Werni darauf lernen, solange Oskar weg ist. Und »da Vodda« hat stattdessen die Kisten organisiert und hingestellt, weil da will er seine Glassammlung einpacken, falls sie weg müßten.

Und da wächst der Annl schubweise Empörung, weil das Piano hätte sie jetzt nach Platten mitnehmen können. Denn der Gert ist musikalisch und die Werni nicht. Die kann ja nicht mal »Hänschen klein« singen. Und der Rudl war nicht als Tenor beim Sängerbund, sondern als Kassier. Und außerdem hat die Schwiegermutter Berta dem Gert das Piano versprochen. Also so eine Schweinerei. Und sie macht sich jetzt Vorwürfe, daß sie das gute Stück nicht vor zwei Jahren, als Oskar vermißt wurde, mitgenommen hatte.

Und das flüstert sie alles der Schwägerin Hedwig.

Hast recht, sagt Hedwig, aber es ist nur vorübergehend. Bis sich die Lage beruhigt hat, sagt Rudl. Bei ihm als Antifaschisten sei es sicherer aufgehoben.

Und da schlägt der Gong und gleich drauf der Kuckuck: einmal. Schon wieder halb? fragt Annl. – Nein! Ein Uhr. Es schlägt nicht mal zwölf in diesen betrüblichen Zeiten. Oder ich hab's überhört.

10. August: Oh, du fleischloses Gesicht! Wie von der Sau kahlgefressen. Du, dem ich Fragen stelle, aber keine Antworten kriege. Auf wessen Seite standest du? Warst du Schwede, Sachse, Spanier oder Kroate? Oder warst du ein leidgeprüfter Plattner, dem sie den Genickschuß gaben? So ein Loch im Hals hatte auch der Volksstürmer Kranz Ferdl, als ihn seine Frau vor der Besenkammer fand, in der er angeblich ein Gewehr versteckt hatte. Also 1633 kamen die Kroaten aus Neudek über Bärringen nach Platten. Sie nahmen den Richter und die Geschworenen und sechs andere fest und machten ihnen Einläufe, bis sie nicht mehr lebten. Waren gute Katholiken, die Kroaten, und nagelten deshalb auch den Pastor an die Kirchentür, wie es heutzutage die Revolutionsgardisten mit den Bürgermeistern tun. Aber sie sind dann wieder abgezogen, als der Zirkus vorbei war. Und wir haben wieder von vorne anfangen können. Heutzutage bleiben die marodierenden Partisanen hier, und wir müssen abziehen.

Schon am 29. Mai, also lange vor Potsdam, hatte der tschechoslowakische Informationsminister Kopecký erklärt: Wir wollen unseren großen Sieg über die Deutschen zu einer gewaltigen nationalen Offensive ausnutzen, um das Grenzgebiet unseres Landes von den Deutschen zu säubern. General Svoboda schickt seine Truppen und bewährte Partisaneneinheiten, um diese Gebiete von den Deutschen zu säubern. Und die Medien, journalistische und andere Eiferer und Mitläufer, haben die Botschaft hysterisiert und in das Bewußtsein der Hörer und Leser gepunzt. Eine gelenkte Mache, welche dem schweigenden Teil der Tschechen zwar ins Gewissen säuerte, aber mäßigende Stimmen erstickte.

Hör zu! Was schrieb der Jude Ludwig Vogel, Mehrheitseigner des Bankhauses Vogel & Company, New York, Ende Juni an den vermißten Oskar nach Karlsbad-Meierhöfen?

Mein lieber Wessel!

Nun ist dieser unselige Krieg, der so viel Unglück über die Welt gebracht hat, zu Ende.

Ich kann nur hoffen, daß dieses Schreiben Sie wohlauf und bei guter Gesundheit erreicht. Ich habe in den vergangenen Jahren oft an Sie und unsere freundschaftliche Zusammenarbeit in der Bank gedacht. Und natürlich habe ich seit 1938 die Ereignisse in Europa mit großer Anteilnahme verfolgt, und wir haben auch darüber gesprochen, ob wir nun, da alles vorbei ist, zurückkehren sollten.

Aber wir haben dies wieder verworfen, nicht nur, weil unsere Bank hier inzwischen den angestrebten Erfolg hat, sondern weil wir, obwohl amerikanische Staatsbürger, als Deutsche gelten würden. Und wie wir hören, hat der Deutschenhaß in der Tschechoslowakei ungeahnte Ausmaße angenommen. Dieser hat sich also seit meinen Studientagen auf der Alma mater Pragensis, wo wir ja laufend Auseinandersetzungen mit den tschechischen Kommilitonen hatten, bis hin zu Schlägereien, ins Unermeßliche verstärkt. Und als Juden waren wir ja doppelt betroffen: Einerseits waren wir Deutsche, andererseits mit dem hochgradigen tschechischen Antisemitismus konfrontiert.

Jawohl, so schrieb der Dr. Vogel an seinen ehemaligen Mitarbeiter Wessel und wiederholte sein Angebot, welches er 1938, vor seiner Abreise nach Amerika, an Oskar gerichtet hatte: Kommen Sie so bald als möglich nach. Und er lud ihn ein, in der aufblühenden Bank eine verantwortungsvolle Position zu übernehmen, weil er einen vertrauenswürdigen Mann brauche. Vielleicht war sein Angebot auch von Heimweh umspült, denn damals hatte er zu Oskar gesagt: Aus der Heimat aussteigen, lieber Wessel, heißt auch aus dem angestammten Kulturkreis aussteigen. Bei Gott, das ist nicht leicht. Eine Epoche abschließen heißt auch die geistigen Wurzeln abhacken. Und für diese Wurzeln war die amerikanische Axt scheinbar nicht scharf genug gewesen, denn Dr. Vogel erkundigte sich nach der »Fidelen Kommode«, vierhundert Jahre deutscher Humordichtung, die er damals, zusammen mit deutschen und anderen Klassikern, Oskar überlassen hatte: »Ein Wirt, der hieß Hans Teuerlich / Sein Braten war nicht käuerlich / Sein Wein war etwas säuerlich ...« Dieses Werk habe er in Amerika, trotz langjähriger Bemühungen, nicht auftreiben können.

Nun, ein bißchen betroffen wäre er vielleicht, der Dr. Vogel, wenn er das wertvolle Stück nunmehr sehen könnte, mit den schönen Malereien drin von Oskars Sohn: die gelungene Übermalung von Buschs Selbstkarikatur zum Beispiel oder die kühn hingezirkelte Ölkreide aufs Miseräbelchen, in feuerrot und orange. Und das Ganze in meiner Türmerstube, erstes Regal links von der Krippe.

Und die Berta hat gleich nach Erhalt des Briefs aus Amerika (eine Sensation) das schwarze Eckbändchen von Oskars Panzerbild herabgenommen, weil dieser Brief ist ein Fingerzeig Gottes, sagte sie und machte dies in der ganzen Nachbarschaft deutlich. Und der Rudl meint, Oskar hätte doch noch Saxophon dazulernen sollen, fürs Nebenberufliche, denn im Jazz komme das besser an als Klavier und Akkordeon. Und ob Annl die Klarinette noch habe. Und beim nächsten Brief solle der Vogel die Anschrift auf Tschechisch schreiben, sonst werde er nicht mehr zugestellt, und er schreibe seinen Absender immer auf Tschechisch, wenn er die Antifabestätigungen erbete: Pan R. Wessel, Rybare n. Karlovych Varu, Ackermannova 21/50. Das werde er dem Vogel mitteilen, und das wird euch ja recht sein, wenn ich euch diese Arbeit abnehme. Und er wird auch über Oskars Schicksal berichten, und alles in allem wäre Amerika keine schlechte Lösung. Aber da trapsten der Annl die Eulen, denn dem Vogel könne sie selber schreiben, weil sie habe jetzt ja wieder den Absender in Platten, von mir aus einen tschechischen, und sie sei ja Oskars Familie. Und wenn er, Rudl, glaube, er könne sich da hineinschwindeln, anstelle ihres Gatten, dann nur über dessen Leiche. Und die gibt's aber noch nicht. Und der Rudl kriegt wegen dieser Undankbarkeit seinen dunkelroten Tomatenkopf, denn wenn er nicht wäre, hätte sie jetzt keinen Absender in Platten, sondern in Neu Rohlau. Aber Schwamm drüber, und er werde ihr trotz allem weiterhin seine antifaschistische Gunst bewahren, vor allem wegen des gesperrten Sparbuchs, aber dann aus. Und die Berta schaut von einem zum anderen wie beim Tischtennis, steht zwar auf seiten Annls, aber braucht den Rudl, weil ihr Alois is' a alter Latsch ohne Zukunft und ihre best'n Boum sind leider im Krieg geblieben. Und dann serviert sie Tschwatschingkoung mit Tee. Aber ohne Rum, weil da treibt sie keinen auf.

Siehst du, mein stummer Freund! Du und ich wissen, wie Rudl im Herbst achtunddreißig von der Gestapo umgedreht wurde. Statt »Freundschaft!« hatte er ein markiges »Heil Hitler!« über den Schreibtisch des vernehmenden Beamten entboten, mit abgespreiztem Arm, und dabei die Hacken zusammengeschlagen. Und war im Nu für die SS instrumentalisiert gewesen, denn die wollte aus seinem Gec-Lagerhaus eine SS-Kaserne machen, obwohl dort schon die Wehrmacht und die NSV drin saßen. Also der Rudl: ein handlicher Mensch ohne Ecken, umtriebig und vielseitig einsetzbar. Flexibel überlebensfähig und gern gesehen. Ein Überdauerer sozusagen. Ach ja, fast hätte ich vergessen: Er war nämlich nicht bei der Partei, wie man vermuten könnte, denn bevor er sich den angestrebten Bonbon unters Knopfloch stecken konnte, wurde er eingezogen. Und wir wollen hier nicht mit dem Finger auf ihn zeigen, wie die vielen Anmaßer, die jetzt mit aufgeblasenen Lungen herumrennen und dem SNB, dem nationalen Sicherheitsdienst der Tschechen, verdächtige Subjekte zutragen und damit schon einige an den Galgen gebracht haben: Und dabei ist der Mist vor ihrer eigenen Türe auch nichts für empfindliche Nasenlöcher. Denn der riecht nach gelbbrauner Scheiße, und die hat der Herr Hitler dort nicht persönlich hin entsorgt. Nein, auch brave, anständige Mitläufer verlieren diesen Stoff, wenn sie zuviel nationales Grünfutter gefressen haben. Beim Mitlaufen im Marathon hast du keine Zeit zur Besinnung. Da brauchst du kein Karlsbader Salz zur Verdauung, denn wer nationalgrün frißt, scheißt gelb bis braun.

Nein! Also keine Vorwürfe, weil der Rudl auf der Lawine schwimmen kann. Höchstens dann, wenn er andere Schwimmer nach unten tritt. Und einen würde er schon gerne treten, also wirklich: nämlich diesen treudeutschen Kripo-Schani, der seinen Polizeiakt nicht in den Ofen geschmissen hat, damals beim Abzug der Tschechen anläßlich des Anschlusses. Referenz: Wanka Geyer. Und deshalb hat sich dieser Akt vom zivilen zum politischen gemausert und ist bei der Gestapo gelandet. Und was einmal bei der Gestapo war, kann dir allemal auf den Kopf fallen, vor allem, weil der Antifa-Výbor schon wieder einen Akt angelegt hat, Rudls Akt, Referenz: Antifa-Nr. 1158/1056. Und die stierln sicher im Gestapo-Archiv herum.

15. August: Also, lieber Freund! Die Annl hat wieder eine Armbanduhr. Eine Omega mit schwarzem Krokoband. Nicht von einem Russen, der mit solchen Dingern schon mal auf Weiberfang gehen könnte, sondern von Schwägerin Hedwig, welche das schöne Stück aus der Schweiz mitgebracht hatte. Und deshalb verpaßte sie den Zug nicht, der sie, zusammen mit tschechischen »Ausflüglern«, nach Platten und Neudek brachte. Ohne Kinder.

Und der Julius und ich hatten daher große Augen, und auch die anderen Bekannten, welche noch da waren, zum Beispiel die Rößlers und die Edelmanns. Die Annl als Scheintote, die plötzlich senkrecht im Sarg sitzt, den man vor zwei Monaten schon zugenagelt hatte. Ein Wunder: Die Annl, plötzlich eine Österreicherin. Und die geht auf den Národní Výbor und holt sich den Wohnungsschlüssel und öffnet die versiegelte Wohnungstür, und drinnen fehlt nichts, nicht einmal das Einlagenbuch hinter dem Zinnteller in der Kredenz. Gott sei Dank. Und auch Seffs SA-Stoff ist noch da. Nu, da biste ja wieder, sagt die Rößlerin und umarmt sie, und wo sind denn die Kinderchen?, und dann erzählt sie die Neuigkeiten, und die Annl überzieht die Betten neu, denn da steckt noch der Geruch der Revolutionsgarde drin, und wäscht das Gulaschgeschirr, quasi wie bei Dornröschen, wo der Braten nach hundert Jahren wieder zu bruzzeln beginnt und die Fliegen an der Wand wieder weiterkriechen nach so langem Stillstand. Und in der Bindergasse sind die meisten Häuser leer, und jetzt sollen hier Zigeuner angesiedelt werden, aus der Slowakei, oh, du grüne Neune, und bei Linke & Neumann am Bahnhof haben sie einen Správce, einen Nationalverwalter, eingesetzt, aber der Linke führt noch die Geschäfte. Und von unserem verflossenen Ortsparteidings, dem Max Kleister, gibt's Nachricht aus München. Also, der hätte besser an die Rathaustür gepaßt als unser Bürgermeister, und jetzt ist er in Sicherheit. Ein Mensch wie der geht drüben zu den Sozis oder einer anderen Partei, und schwups ist er wieder oben. Ja, und dann der Herr Pfarrer. Den wollte man in die Kohlengruben nach Kladno stecken, weil er alles auf Deutsch macht: Vermeldungen, Evangelium, Vaterunser, die Lieder. Dabei verstehen wir nicht Tschechisch. Sogar auf den Begräbnissen ist Deutsch verboten. Durch Vermittlung des Herrn Dechant in Neudek durfte er dann zwar bleiben, aber er kriegt einen tschechischen Kaplan als Beiwagerl.

20. August: Die Annl in Neudek bei der Ritsch in der ehemaligen Moderschen Wohnung. Und der Dr. Schütz aus dem Lager Neu Rohlau, der mit dem Fahrrad des Rohlauer Pfarrers (und einem Ausgangsschein um eine Reichsmark) kam. Und Ritschs František als Schwesternersatz bei der Kürettage, der hinterher einen Schweinebraten mit Knödeln und Kraut machte, quasi als Entschuldigung für seine Landsleute. Und er bemühte sogar ein paar Sätzchen auf Deutsch. Und da waren auch Annl Zwo und Vacin Toni, der Antifaschist, alle rührend um sie bemüht. Und sie hatten Eierlikör mitgebracht, und der Vacin will sich in Platten um die Försterstelle bemühen, wenn sie einmal frei wird. Und er will auch die tschechische Staatsbürgerschaft beantragen und den Kommunisten beitreten. Jetzt müssen wir auf den Kommunismus und die sowjetische Brudermacht setzen. Auf die internationale Solidarität. Aha! Die Arbeitermilizen schießen aus dem Boden wie die Pilze. Die stehen Gewehr bei Fuß gegen die Reaktion. Aha! Das Hirn muß links stehen, auch wenn das Herz woanders steht, womöglich noch beim Führer. Und was ist mit Beneš? No, der hat seine Schuldigkeit getan,

wie der sprichwörtliche Mohr. Jetzt muß man auf Klement Gottwald setzen. Und als ehemaliger Beamter im Forstamt Neudek kann der Toni ja Tschechisch. Hihi, Mohrentschechisch, kichert die Ritsch. Also, die Annl versteht zwar von der Politik nichts und vom tschechischen Gequatsche sowieso nichts (die Ritsch hingegen wie ein Wasserfall), ist aber unbeschreiblich dankbar und fährt tags darauf mit einer gewaltigen Erleichterung nach Karlsbad zurück.

25. August: Der Vacin hat recht. Jetzt muß man auf Gottwald setzen. Schon dreimal dreißig Tage vorbei und keine Rettung aus dem Westen. In Potsdam, also im Schloß Cäcilienhof, haben die Westmächte ihren Segen gegeben. Sie haben uns an Beneš ausgeliefert. Und der Beneš hat die Tschechen an Stalin ausgeliefert. Und die Tschechen kriegen ihre Grenzen vor dem Anschluß zurück. Aber die Deutschen müssen gehen. Bepunktet und besiegelt. Mehr als drei Millionen. Aber die sogenannte Überführung – so nennen sie es diesmal – soll in ordnungsgemäßer und humaner Weise erfolgen. Nu, vielleicht schicken sie wieder eine Delegation holländischer Ärzte, die da ein bißchen drüberschnuppern kann. Dort, wo's den Tschechen recht ist. Am besten, sie schicken gleich eine Delegation Totengräber mit, damit in Dresden kein Schwemmgut mehr ankommt. Was kümmert den Westen ein paar Millionen Deutsche? Er vermeidet dadurch einen Nationalitätenstaat, in dem die verdammten Krauts wieder aufmucken könnten wie vor dem Krieg. Und eine Verfassung wie in der Schweiz? No, ist sich die Schweizer Verfassung wie bei Schneewittchen: für die sieben Zwerge hinter den sieben Bergen. Wo man noch mit der langen Stange den Mond verschiebt. Gilt nicht für uns. Hat man ja nach der Monarchie auch nicht haben wollen. Keine Selbstbestimmung für die Deutschen. Große Worte von Wilson und das Los der Verlierer. Also keine Verfassung nach Schweizer Muster. Die Tschechen wollten einen Nationalstaat. Aus und basta. Jetzt kriegen sie ihn.

Jetzt ist es aus mit den Spekulationen: Die Russen rücken nicht ab: Brudermacht für Gottwald, denn wenn der Iwan weg, ist auch Gottwald weg. Die 22. amerikanische Panzerdivision bleibt nicht in Pilsen. Die rückt nach Bayern ab. Die Russen rücken nach. Aus dem Bäderdreieck wird kein Neubayern. Aus dem Erzgebirge kein Neusachsen. Der Osten mit dem Riesengebirge, Adlergebirge und Mährisch Schlesien ist sowieso verloren. Auch der Böhmerwald. Im Raum Eger ziehen die Tschechen wieder ihre Fahnen auf. Und an den Grenzen winken Russen und Amerikaner die Aussiedlertransporte durch. Kein Zurückweisen mehr. Und die deutschen Städte dürfen auch keine Transporte mehr zurückweisen. Machtwort der Sieger. Auch das Lager Neu Rohlau geht in mehreren Transporten nach Westen ab. In den Baracken brauchen sie neuen Platz: für Ausgewiesene aus dem Kreis Karlsbad.

Siehst du, mein lieber Freund, du Trostspender! Die Wahrsager der Schmieda sind aufgegangen: Heulen und Zähneknirschen wird's geben auf unserer Platt, in der Wolfspinge wird die Wilde Jagd brausen und in den Stollen und Erdschlünden widerhallen, und dem Max Kleister werden sie die braunen Breeches über den Arsch ... Nein! Der hat sich die Breeches selbst ausgezogen und ist jetzt in München. Der hat sich der Verhaftung und den tschechischen Volksgerichten entzogen. Aber den scharfen Blick fürs Detail sollten wir meiden. Schließlich hat er niemanden umgebracht. Er hat nur ein bißchen Ideologie transportiert, der Max. Oder? Und schließlich ist er bestraft worden, denn der Pfarrer hat ihn in die vorletzte Bank gesetzt. Und er wird wohl den Geruch von Mottenpulver nicht los und die Verachtung seiner ehemaligen Hitlerjungen.

Jawohl, mein Freund, du gäbst einen guten Zähneknirscher ab mit deinem heilen Gebiß. Und der Sturm, der an den Turmfenstern rüttelt und die Wolken fetzig gegen den Plattenberg treibt, in die Schlünde der Wolfspinge fahrend, eignete sich gut für apokalyptisches Heulen. Und dann noch Buxtehude oder Bach dazu, auf der Orgel unten, da würde die Schmieda unterm Vollmond tanzen. Aber ich kann keinen Buxtehude und Bach, leider nicht. Könnte nur mit Standardgriffen, eingeübt wie ein paar Kirchenlieder und den Flohwalzer, ein bißchen improvisieren und damit Gedanken zerstreuen. Darf ich aber nicht, darf nicht, weil seit ein paar Tagen der tschechische Kaplan in Platten weilt. Und der hat mir das Orgelspielen verboten, da eine pfuscherhafte Handhabung von Volkseigentum – so hat mir der Herr Pfarrer übersetzt – bestraft wird. Und die Orgel darf nur noch tschechisch bespielt werden und soll ja noch für Generationen tschechischer Pfarrkinder herhalten und nicht mutwillig ruiniert werden. Bohumil Válek, so heißt der Herr, wohnt zwar als Gast im Pfarrhaus, aber Hochwürden hat nichts mehr zu sagen.

Und jetzt das Glitzern und Blinken der Krippenlichter im heimeligen Dämmern, zum letzten Male, während die Wolkenbänke im gelben Gewitterlicht … Also aus Höhlen und Stollen ein Glimmern und Leuchten, von den Laternen der Zwerge und dem Lagerfeuer der Hirten, und vom Widerschein auf der Stadtmauer und von den ansteigenden Reihen von Giebeln, Türmchen und Erkern und den Fenstern in Spiegelglas, und dem Plattenberger Krippenturm, während das Original am Horizont draußen schon in den Wolken steckt. Mein Lieber, wie lange haben Julius und ich daran gearbeitet? Und jetzt Donnergrollen bei zunehmender Dunkelheit, und ich knipse daher die Lampen an, hinter dem Pickelhelm, dem heiligen Martin und dem Gekreuzigten. Und sie werfen überdimensionale Schattenbilder auf Deckenbalken und Verschalungen. Verzerrt und verwinkelt. Nur ein paar Kerzen mildern den Schatten. Aber es ist genug Licht, daß ich meine Bücher in den Regalen finde. Und einige davon muß ich feinsäuberlich auf den Tisch legen, damit sie Gert gleich findet, wenn er zurückkommt. Falls er zurückkommt. »Die fidele Kommode«, Wilhelm Busch: »Zwei Knaben, jung und heiter, / Die tragen eine Leiter. / Im Nest die jungen Raben, / Die werden wir gleich haben.« Und »Flugzeuge: Pioniere und erste Flugexperimente«. Da haben wir oft darin buchstabiert. Der Gung hat eine schnelle Auffassungsgabe. Und dann einige Karl May.

Und jetzt, mein Lieber, du Besucherschreck, sieh her, sieh her, mit dem Augenlicht, das ich dir anknipse! Leuchte auf das

Papier, welches mir der Herr Pfarrer heute morgen auf den Tisch legte! Und das ich dem Herrn Válek verdanke. Und welches mir der Herr Pfarrer übersetzen mußte, denn es ist auf Tschechisch. Und es ist vom Národní Výbor, und da steht drin, daß mir gemäß Beschluß der Verwaltungskommission der Stadt Bergstadt Platten aufgetragen wird, morgen, am 26.8.1945, sechs Uhr auf dem Marktplatz zwecks Ausweisung aus der Tschechoslowakischen Republik zu erscheinen.

Nachmittag war noch der Julius bei mir. In seinem kaiserlichen Feldrock mit Orden und einem Papier in der Brusttasche. Nämlich auch dem Bescheid über seine Ausweisung: Gemäß Beschluß der Verwaltungskommission und so weiter. Die Bürokratie macht Fortschritte. Haben sie von den Österreichern gelernt. Bis vor kurzem waren die Ausweisungsbefehle noch am Rathaus publiziert, nach Straßenzügen geordnet und von den Lautsprechern am Marktplatz endlos wiederholt. Also, die Wohnung haben Sie in vollkommener Ordnung zu verlassen. Die Nichtbefolgung dieses Bescheids kann mit dem Tode bestraft werden. Und gegen diesen Bescheid gibt es keine Berufung.

Und der Julius hatte das Papier geglättet und gesagt, heuer werde er keinen Vogelbeer mehr brennen. Und links und rechts aus der Hosentasche zieht er dann je eine Flasche: D'r letzte, sagt er und macht eine auf. – Prost!

D'Marie muß aa gieh, sagt er nach langem Schweigen.

Und das Grummet wäre demnächst fällig. Aber wofür, wenn die Liesl und die Amalie weg sind? Un wos moch i mit dr Zieg, dr Meck, wenn i weg moch?

Und ins Holz müßte man gehen für den Winter. Das letzte Gewitter hat viele Äste runter ... Und das Meterholz im Verschlag geht aus. Un da Schwarzbeer steh'n in vuller Pracht. Un da Blümla. Un d'Vuglbeer hänga wie Weitraub'n su vull. Wird ein gutes Schnapsjahr. Dafür verfaulen die Pilze, weil niemand pflücken darf. Und das Reißig verfilzt zu Unterholz. Und jetzt habe er den neuen Zaun fertig. Und ans Vorhäusel hätte er zwei neue Bretter dran ... Wer soll das heuer aufstellen? Und das Kreuz tut ihm auch wieder weh. – Prost, Julius!

Also ein Katalog von Berührtheiten, welcher dem sonst so schweigsamen Julius die Zunge lockert und wohl von der existentiellen Frage seines Besuchs ablenken soll:

Wu moch mer hie? – Jawohl, wo sollen wir eigentlich hin, wenn sie uns morgen über die Grenze schieben? Die werden uns runter nach Johanngeorgenstadt treiben. Die werden wegen uns keinen Treibstoff vergeuden die paar Kilometer. Aber dort können wir nicht bleiben, dort drängeln die Vertriebenen wie die Salzheringe. Kein Iwan sagt mehr: Stoj! Aber wohin dann mit uns zwei unnützen Fressern? Wir haben keine Verwandten oder Bekannten im Altreich draußen. Und Julius weiß auch nicht, was mit Seff geworden ist, seinem Sohn. Nu, dr Teifi wird schu drieb'n sei, aber wu?

Und jetzt überhaupt: Was wird mit Annl und den Kindern? Ja, wenn die mitkönnten. Und vermaledeut: Die sind doch in Karlsbad und wissen nicht, daß wir morgen weg müssen. Und ob die Annl überhaupt weg will, jetzt als Österreicherin? Die wartet ja noch immer auf ihren österreichischen Oskar.

Und siehst du, mein Hohlauge: Dir kann ich berichten, was ich Julius nicht berichten darf.

Es war im Februar 1919. Der Krieg war aus, und ich war im Steueramt Neudek als Revisor untergekommen. Und während Julius mit dem Rest seiner Dreiundsiebziger und anderen deutschböhmischen Regimentern noch in italienischen Lagern saß, feierten bei uns die Fosnt- beziehungsweise Faschingsnarrn fröhliche Urständ. Die Stutzln zogen nach langer Zeit wieder durch den Ort, und die Feuerwehr machte ihren Ball. Quasi als offizielle Löschung der Kriegstristesse. Wieder einmal in der Stunde null. Und da damals viele Leute nach Amerika wollten, ihre Eier zu vergolden (die Tschechen wollten ja Dornenkronen draufsetzen), lautete die Balldevise: Auf einem Auswandererschiff. Und da sagte der Herr Feuerwehrhauptmann, der löbliche Oberlehrer Bleilöb, zu mir: Naz, du warst zwar in Rußland und nicht am Isonzo, aber du mußt als Italiener gehen und die große Trommel schlagen samt Tschinellen und Schellen. Und der Rummich Hermann, der Konditor, spielt die Ziehharmonika und singt dazu, und ich blase die Schalmei. Und unsere Nachbarin, die Grünes Mathilde, soll mal in dieser Fosnt keinen Trübsinn blasen, weil der Julius noch in Italien sitzt, sondern als Planetenverkäuferin gehen. Und wir spielen zwei italienische Auswandererpaare. Zwei alte und zwei junge. Und da habe ich mich überreden lassen, weil ich die Mathi in meiner Gymnasialzeit verehrt habe. Leider nur auf Distanz, da ich – wie wir schon wissen – in Karlsbad aufs Gym ging.

Also hat die Mathi beim Herrn Katecheten Forst einige Sätzchen Italienisch gelernt, andiamo a parlare italiano, und wir haben ein paar Gesangsproben gehalten, weil der Rummich die »Santa Lucia« einstudiert hat. Und die Planeten hat das Papiergeschäft Beer besorgt.

Der Ball war eine gelungene Friedensbotschaft. Schon einmal unser Einzug. Also gewaltig: ich, quergestreift als Gondoliere mit der Trommel am Buckel, und bei jedem Schritt tönten das Schlagwerk und die Schellen, und vorne die Tschinellen, Tschingbum, jawohl. Und hinter mir der dicke Konditor als Signora Romanza mit der Ziehharmonika und der italienischen Hymne. Sein Anblick allein schon – schwellender Kußmund, Perücke und Spitzennachthemd seiner Großmutter – löste Lachsalven im Saal. Also das Lachen saß ja sowieso locker gleich nach dem Krieg, weil Befreiungslacher. Das verging uns erst wieder einen Monat später, als die Tschechen in unsere Demonstranten schossen. Aber, bitte schön, da stülp die Nachsicht drüber im Vergleich zu jetzt. Also am Auswandererschiff war ein großes Hallo, von den Matrosen, Kapitänen, Schifferinnen und Schiffern bis zu den Emigranten aus dem bolschewistisch revolutionären Rußland, Juden, Irländern und Burgenländern. Und als letzte zog die Mathi ein, mit ihrem Bauchladen und den Vogelbauern am Buckel mit echten Kanarien drin. Und die Vögel, aufgeregt flatternd hin und her, wußten nicht, was los war. Und die Mathi wie eine Zigarettendreherin aus Carmen, mit wiegenden Hüften und dem gewissen na weißt schon. Und dann später die Signora Romanza am Podium mit der Santa Lucia und neuen Lachstürmen, weil sie erstens mit eigenem Text und zweitens mit Baßbariton brillierte. Und die Mathi machte mit dem Planetenverkauf eine Stange Geld für den Vereinskassier, so daß wir kaum zum Tanzen kamen. Aber wenn schon, dann in inniger Zweisamkeit, aufgelöst lachend wirbelnd und schon ein bißchen über den gelöschten Durst hinaus. Und die Viecherl im Käfig hatten wahrscheinlich auch Durst, weil sie die Schnäbel aufsperrten und deshalb Wasser kriegten, und wir mußten einen verdunkelten Raum zum Abstellen suchen. Und fanden auch einen, aber nicht nur zum Abstellen, weil wir uns plötzlich in den Armen lagen, und ich weiß nicht mehr, wie das alles so schnell gehen konnte.

Jedenfalls kam vierzehn Tage nach dem Ball der Julius aus Italien zurück.

Mein lieber Freund! Wie du siehst, ist meine Ortschronologie schon längst ins Persönliche geschludert. Weil mir die Zeitspanne zwischen den zwei Kriegen in der Seele brennt. Mathi hat ihr Geheimnis mit ins Grab genommen, aber mir blieb das nächtliche Hin und Her auf den Holzdielen. Das Schweigen neben Julius, dem knorrigen Schweiger im Schneckenhaus. Das Schweigen neben Annl, der schweigenden Dulderin. Und ich, der Sünder mit dem ungebeichteten Geheimnis auf der Seele. Aber was für ein Lichtblick ist Mathildes Enkel: der Volksgenosse Gert. Sein blonder Scheitel unter mir. Unsere Kriegsspiele in der Krippe. Unsere Köpfe über der »Fidelen Kommode« und dem Flugzeugbuch: »A« wie Albatros, »B« wie Bombe, »C« wie Cody-Doppeldecker ... Seine Neugier, sein Vertrauen, sein Trotz. Sein Atem, wenn er die einhundertachtunddreißig Stufen zur Turmstube geschafft hatte. Seine Freude. Seine Begeisterungsfähigkeit. Eine Saat, die aufgeht.

Und nun dieses Papier – Berufung ausgeschlossen –, gegen welches kein Vogelbeer hilft. Und das man umkreist, wie die Katze den heißen Brei, und das man wieder und wieder liest, ohne daß sich was ändert, ohne daß sich der Sturm gegen Westen dreht, ohne daß Rübezahl den Vorhang von der Stange reißt und das Papier in tausend Stücken über den Plattenberg bläst wie Schneegestöber.

Also, lies! Lies nur! Was darf ich mitnehmen?

Lebensmittel, wenigstens für drei Tage, Kleidung (das Nötigste), Waschmittel (Seife, Paste, Zahnbürste und so weiter), Wäsche, Kinderwäsche, Garnituren und so weiter.

Und dann die Punkte 5, 6 und 7, nämlich Geld, Einlagebücher und Schmuck, zur bequemen Absackelung bei der Filzung. Wehe, sie finden Geldscheine und Sparbuch unter der Schuheinlage oder die Juwelen in der ... hm, also zwischen den Beinen.

Ein Abgang wie zu einem Wochenende nach Prag. Und bei dir, du Hohlauge, bleiben die Bücher zurück, ringsum in den Regalen, meine weite Welt voller Abenteuer, in die ich mich vergraben konnte.

Laß mich noch einmal in der »Karlsbader Zeitung« blättern, willkürlich Exemplare aus dem gymnasial gesammelten Stoß greifen und eine verschwundene Zeit beleuchten: das neue Stadthaus; Eröffnung des Café Kaiserpark; »Professor Bernardi« von Schnitzler im Stadttheater, obwohl in ganz Österreich verboten. Ludwig Moser, Vorstand der israelitischen Kultusgemeinde, der, von seiner Reise zurück, die Amtsgeschäfte wieder übernommen hat. Neue Gemüsestände für die Markthalle. Präliminarberatungen des Stadtverordnetenkollegiums. Angekommene Kurgäste: Baronin Anna von Adelebsen (»Haus Mattoni«, Alte Wiese), Herr Haakon J. Wallem, Schiffsreeder aus Bergen (»Hotel Hopfenstock«), Herr Karl Rehorst, Rentier aus Breslau (»Hotel Post«) ... Und wenn ich im Kaffeehaus über den Zeitungen saß, also meist Samstagvormittag, und die Herrschaften nach dem Sprudel einfielen wie ein Schwarm Hornissen, da stichelten und stachelten mich ihre Gespräche nieder, bis ich mir vorkam wie ein Liliputaner aus dem Orpheum und mich empört verzog. In meine Untermiete. Weiß nicht warum. Und als ich mich 1924 weigerte, nach Hawlíčkuv Brod in Südböhmen versetzt zu werden, ich kann ja nicht Tschechisch, da war ich meine Beamtenstelle los, und ich verzog mich empört nach Platten. Dort war die Türmerstelle frei geworden, und das Revisionieren stank mir sowieso bis obenhin. Hier oben im Turm habe ich dann Ruhe gefunden. Ich bin ich geworden, dankbar ohne Bitterkeit.

Aber jetzt nun: Wohin mit meiner frisch geschlagenen Empörung?

Wer will jemanden, der einen Totenkopf neben der Krippe hängen hat?

Wer will jemanden, um den die Hunde einen Bogen machen?

Wer will jemanden, der in der Nacht auf der Orgel wühlt?

Wer will jemanden, der nur in der Vergangenheit lebt und daran herumschreibt. Und der jetzo nur noch Vergangenheit und keine Zukunft mehr hat?

Wer will jemanden, der skurrile Plagiate fabriziert, schwarzhumorig für die Geisterstunde, weil er zuviel Morgenstern liest: »Mein Freund, du schöner Schädel! Zwar ist dein Mund ein schwarzer Schlund – doch du bist gut und edel.«

Wer will jemanden, der literarisch gestutzte Flügel hat und deshalb am Olymp der Schreiberzunft scheitert? »Mein Freund, du schöner Schädel! Die Augen zwar, sie fraß der Aar – doch du bist gut und edel.«

Wer will jemanden, der in dieser sturmdurchtobten Nacht, wie unzählige Male davor, die Bodendielen zwischen heiligem Martin, der Sturmhaube und dem Gekreuzigten abmißt, in selbstquälerischer Wiederholung, mit bohrenden Fragen, auf die er keine Antwort findet? Der sich zur Feder zwingen muß, damit er die letzten Brocken seiner Beichte endlich hochwürgen und auf das Papier kotzen kann.

Wer will jemanden, der Julius' Vogelbeer gurgelt, der das zugenagelte Paneel über der kaiserlich-königlichen Generalstabskarte aufreißt, aus der Ortschronik gewisse Einlageblätter entfernt und hinter die Karte steckt? Und der das Holzpaneel wieder über die Karte nagelt, über dieses tote Ohr für ein Beichtgeheimnis. Jawohl! »Mein Freund, du schöner Schädel! Zwar ist dein Haupt des Haars beraubt – doch du bist gut und edel.«

Die Nacht ist kurz. Jede letzte Nacht ist zu kurz. Zeit bleibt nur bis zum Morgen. Also bis sechse halt. Noch bis sechse dauert meine deutsche Vergangenheit im Lande Böhmen. Kommt, ihr Geister! Stimmt die tschechische Nationalhymne an! Wo ist meine Heimat? Wo ist mein Heim? Da würden wir jetzt alle einstimmen. Alle Ausgewiesenen, jawohl: Dort, wo das Wasser in den Auen donnert, wo in den Felsen summt der Tann … Also ein Ort zum Wohlfühlen für alle. Kein Deutschland über alles, wo wir gar nicht hinwollen. Und wo man uns gar nicht will. Stimmt an, ihr Geister, das Prunkstück meiner Schellacks: Má Vlast, mein Vaterland von Smetana. Laßt Lubomir, den Sänger, die Harfe schlagen vom Aufstieg und Untergang der Geschlechter und Völker. Largo maestoso. Laßt die Moldau raunen durch Böhmens Hain und Flur, von Stifters Waldheimat bis zur Elbe. Laßt die Hörner und Klarinetten ertönen und Sárka die Amazonen rufen zum rächenden Gemetzel. Und ich denke mir, der Berg Blaník ist aufgebrochen und hat all die tapferen Streiter entlassen, die da hinausziehen zur letzten Schlacht, wie der Kaiser Karl aus dem Untersberg, um das Reich Gottes auf Erden zu errichten. Nur das Reich Gottes hat keinen Platz für die Deutschen allhier. Und ich lege jetzt trotzdem die Schellack auf, obwohl der Sturm noch um den Turm braust und der Hussitenchoral »Die ihr seid die Kämpfer Gottes« im Wettertoben untergehen wird.

Fremde Heimat

Liebe Ilona!
Von meinem Zimmer im Hotel »Modrá Hvězda« aus habe ich vier südwestlich zur Neudeker Höhe liegende Fenster der ehemaligen Türmerwohnung im Auge. Hinter den Doppelscheiben ist ein kahles, von Spinnweben vernetztes Oktogon unter beeindruckend verstrebtem Turmgebälk zu vermuten, weil die einst belebenden Requisiten seit ein paar Jahren das Heimatmuseum von Horní Blatná bereichern. Die leere Türmerstube da oben wäre ein anregender Ort für Dichter und Denker. Eine Faustsche Studierstube sozusagen. Aber bleiben wir im Museum: Die Krippe, der heilige Martin, der verdreht hängende Gekreuzigte, der Helm aus dem Dreißigjährigen Krieg, der Totenkopf, das Grammophon mit den alten Schellacks und die Bücher weckten ähnlich erregende Freude in mir wie der Christus im Nachthemd in der Rößlerschen Küche vor fünfzehn Jahren. Auferstehung der Türmerstube. Schlüssel zur Kindheit. Aber etwas fehlte: Wo blieb die Generalstabskarte? Die kaiserlich-königliche von der Ostfront des Ersten Weltkriegs, auf welcher der Türmer akribisch von BBC und dem Großdeutschen Rundfunk genährte Frontverläufe abgesteckt hatte?

Die Front von Hitlers Rußlandfeldzug. Mit roten Stecknadelköpfen, die ab 1943 unbeirrt nach Westen gewandert waren. Nur zwei schwarze hatten verloren ihre Stellungen gehalten: einer zwischen Kiew und Schitomir und einer südostwärts Isjam am Donez. Ersterer für Gustl, Oskars Bruder, letzterer für Oskar, meinen Vater, die dort vermißt wurden.

Und während ich unkonzentriert über deinem Lehrbuch sitze, beim Frühstück etwa oder Abendessen, fünfte Lektion, »Jde do hotelu« (er geht ins Hotel), »To je pokoj« (das ist ein Zimmer), während ich unter einem Vogelbeerbaum döse, oberhalb des Schülertrubels am Pausenhof der Schule, während ich nach Johanngeorgenstadt oder Karlsbad fahre, da brütet mir die Türmerstube im Kopf und läßt drängende Fragen schlüpfen. An den Bürgermeister Wilhelm Schneider, der mir das Heimatmuseum gezeigt hat: Haben Sie die Generalstabskarte entdeckt? Müßte hinter dem Holzpaneel an der Wand der Schlafkoje ... Haben Sie die Stadtchronik sichergestellt? War bis 1945 auf Deutsch. Haben sie die deutschsprachigen Kirchenbücher retten können? Hätte gerne darin geschmökert, obwohl mein mütterlicher Stammbaum in Neudek wurzelt. Lebt Harry Edelmann noch, der Sohn der ehemaligen, mittlerweile schon verstorbenen Nachbarn? Haben Sie jemals eine Nachricht von der Försterfamilie Fladerer empfangen oder von deren Sohn, meinem Freund Fritz, dem Höllteifi? Und die wichtigste: Wissen Sie etwas über den Verbleib von Julius Grünes, meinen Großvater, der nicht zur Vertreibung ging?

Belastet mit diesem unbeantworteten Fragenkatalog sitze ich am Hirschensprung über dem Karlsbader Panorama. Auf den Fassaden des Schloßturms und der Kirche der Hl. Maria Magdalena unter mir brennt die Nachmittagssonne, und auf der Sprudelkolonnade suchen die spärlichen Flanierer den Schatten. Und gegenüber begrenzt der leicht flimmernde Panoramarand mit der Stephaniewarte das Postkartenmotiv. Sieht aus wie der Plattenberger Turm.

Über dem Panoramarand saugen sich Wattewölkchen voll und dräuen. Könnten zum abendlichem Gewitter anschwellen. In der Parkgarage des Hotel Thermal zeigte sich der Parkwächter verwundert: Da sind Sie ja schon wieder! Er war einst – Überraschung! – Glasschleifer bei Moser in Meierhöfen und mußte 1945 bleiben. Ich gab ihm diesmal ein größeres Trinkgeld, und er notierte seinen Namen und die Telefonnummer auf die Parkscheinallonge. Falls ich Fragen habe, könnten wir uns im »Egerländer Hof«, Chebský dvur, treffen. Zu einem Karpfen mit Beilagen.

Also, liebe Ilona, lieber würde ich mit dir ... Wie wär's am nächsten Sonntag? Ich sehe dich schon die gewundenen Stiegen heraufsteigen, wie ein frischer Sommermorgen, Blumenkleid, Blumenhut (deine Hüte ein Traum), und neben mir Platz nehmen. Und wir blicken auf die restaurierte Stadtlandschaft und die Villa, in deren Dachgeschoß ich eine Garçonnière kaufen oder mieten könnte. Mit einem Kingsize unterm Dachgebälk wie bei dir in Krumau. Sag nicht abwehrend, die Villa gehöre jetzt einem russischen Mafiosi, der sie billig von der volkseigenen Gewerkschaft gekauft hat, und wir wollen diesen Blutsaugern mein gutes Geld nicht in den Rachen schmeißen. Ist ja egal. Eigentümer wechseln wie die Politik. Und jemand verdient immer dabei. Auch wenn's der Staat ist. Vor sechzig Jahren gehörte die Villa vielleicht dem Direktor der Stadtwerke und davor dem Rudolf Vogel, Mehrheitseigner des Bankhauses Vogel & Co., dem ehemaligen Chef meines Vaters Oskar. Einem Juden, der rechtzeitig nach Amerika ging. Und du sollst wissen, was am 17. Februar 1939 passiert ist: Da bot die Kurverwaltung Karlsbads sechsundfünfzig Kurhäuser und Hotels zum Verkauf an. Über die Medien, Immobilienmakler und – natürlich – die Parteisekretariate. Und diese Objekte hatten Juden gehört, die im Herbst achtunddreißig, rund um das Anschlußdatum, entweder geflohen oder später ins KZ gekommen waren.

Damals konnte man billig zu einer Villa kommen. Also: Fassaden bleiben stehen, Eigentümer und Inhalte wechseln und sind vergänglich. Und wer verdiente damals? Sicherlich der Staat, weil die Kurverwaltung nur Sachwalter war. Die entschädigungslose Enteignung ergab, nach Abzug der im Parteidunst versickerten Korruptionsgelder, eine schöne Umwegrentabilität für die Rüstungsindustrie. Denn die hat kassiert und produziert, kassiert und produziert, und der Output ist dann ab September an den Fronten sinnlos verpulvert worden. Ein Vernichtungskreislauf, dem unsere materielle Wertschöpfung immer wieder unterliegt. Und auch in Zukunft unterliegen wird, denn wir lernen nichts aus der Geschichte. Nebeneffekt: Millionen von Toten, Verlust von Heimat und Existenzgrundlage. Über Generationen hindurch wird Vermögen aufgebaut und mit einem politischen Federstrich beseitigt.

Hat der tschechische Staat fünfundvierzig auch gemacht. Milliardenwerte der Deutschen hat er in den Fonds der nationalen Erneuerung gesteckt und durch seine Gewerkschaften und Genossenschaften verwalten lassen. Gewinnträchtige Rache an den Deutschen. Was ihr den Juden angetan, das tun wir jetzt euch an. Nur die Juden hatten nichts davon. Und nach der Wende hat der Staat requirierte Werte verklopft. Und in der Maffia der Erwerbsprofiteure sitzen jetzt viele ehemalige volkseigene Funktionäre und schöpfen Rahm ab. Welch ein Zufall. Ist mir aber egal, liebe Ilona, ich werde die Garçonnière trotzdem kaufen. Ist nicht teurer als bei uns im Westen, eher billiger. Und verzeih meinen Rückfall ins langweilige Spintisieren. Das kommt davon, wenn man mit dir nicht mehr im Whirlpool plätschern kann.

Siehst du:

Als ich getauft wurde, waren die meisten der von der Kurverwaltung angebotenen Kurhäuser und Hotels schon verkauft. Auch die meisten der Villen. Onkel Rudl, der Bruder meines Vaters, konnte damals eine schöne Wohnung in der Akkermannstraße in Fischern erwerben. Spottbillig, wie er sagte, inklusive gediegener Einrichtung, altdeutsch verschnörkelt, Bad und separater Toilette. Mutter meinte damals, so eine Wohnung, quasi aus einem Staatsraub, könne man nicht nehmen. An sich moralisch hochwertig einzuschätzen, aber insgeheim wohl ihren Neid köchelnd, weil sie selbst gerne in Karlsbad eine Wohnung gehabt hätte und den Rudl überdies nicht mochte.

Meine Taufe am Pfingstsonntag war also mißstimmig überlagert, obwohl der Heilige Geist in mir einen neuen Streiter Christi sehen sollte. Auf den Stiegen zu Maria Magdalena hatte sich fast die ganze Familie versammelt: die Großeltern Berta und Alois Wessel, Tante Hedwig, die Onkeln Gustl mit Wanda und

Rudl, Großvater Julius, Mutters Cousinen Annl und Ritsch. Und Ritschs František aus Prag. Und Mutter mit mir auf dem Arm zappelt nervös hin und her, und alle schauen abwechselnd auf die Kirchenuhr und diverse Armbanduhren.

Denn nicht nur Vater Oskar ist nicht da – der ist in Nürnberg bei der Kavallerie, also kommt gar nicht –, sondern auch der Taufpate Josef, Mutters rühriger Bruder. Das heißt, der war schon da, aber Mutter hatte ihn wieder weggeschickt. Entschieden und mit Unwillen über der Nase, was sonst nicht ihr Fall ist. In so einem Aufzug käme er ihr nicht ans Taufbecken, hatte sie gesagt, da würde der Nährvater Josef im Grabe rotieren. Da solle doch lieber der František den Paten machen, die paar deutschen Sätzchen könne er dem Priester schon nachbeten. Denn Onkel Pat war in SA-Uniform erschienen, in einer nigelnagelneuen mit dem Wehrabzeichen auf der Brust. Also mit stolzer Schwellung, war er doch in seinem Sturm Erster im Handgranatenzielwurf und Dritter im Geländelauf geworden. Und jetzt ist er wegen Mutter unterwegs, säuerlich vergrämt, weil in bedeutungsloses Zivil verwiesen, um in einem Kostümverleih einen passenden Anzug zu finden. Und siehe da: Er schaffte die Verkleidung (immerhin am Sonntag!) nur mit geringer Verspätung, so daß nur eine der am Stiegenaufgang wartenden Taufgesellschaften uns überholend vorgezogen werden mußte.

Im »Roten Hirsch«, dem Stammlokal der Wesselbrüder, steigerte sich später die anhaltende Mißstimmung zum pfingstlichen Himmelsbrausen. Während ich in einer Tragtasche auf der Eckbank nichts mitkriegte, schimpfte Mutter einleitend auf die Wehrmacht, die Oskar wegen plötzlicher Urlaubssperre die Teilnahme an der Taufe seines Sohnes verwehre, wo er doch für strammen Nachwuchs für das Heer gesorgt habe. Und Onkel Pat im zwickenden Gigoloanzug mit Hochwasserhosen, sein Unbehagen mit Bier zuschüttend, beschwor den Geist solidarischen Volksverhaltens, man müsse jetzt, wo die Polen stänkerten und schon wieder einen SAler in Danzig erschossen hätten, also jetzt, wo es bald losgehen könne, Verständnis für die

Wehrmacht haben, den Wehrwillen steigern und nicht ins Gegenteil hinuntergraben. Er habe beispielsweise beim Kleinkaliberschießen der SA den zweiten Platz nur um zwei Punkte verfehlt, aber das tue seinem Wehrwillen keinen Abbruch. Prost! Und eigentlich hätte er statt der Taufe zu den Flugvorführungen am Tannenberg gehen sollen, denn dort tritt heute der Fritz Wendel auf, der vor einem Monat mit einem Jagdeinsitzer einen Geschwindigkeitsweltrekord aufgestellt hat. Siebenhundertfünfundfünfzig Kilometer pro Stunde, sag' ich euch: Me 109 R mit Mercedes-Benz-Motor, DB 601, versteht ihr? Mit so was wolle er auch einmal. Schließlich habe er die C-Prüfung und den Luftfahrerschein. Und er wolle sich freiwillig zur Luftwaffe melden, wenn es endlich losginge. Und Rudl meinte, der Wehrwille muß in diesen gewaltigen Zeiten die Pfingstbotschaft ersetzen, und es bräuchte niemand mit Feuerszungen nach uns lecken, damit wir in fremden Sprachen reden könnten, weil im Protektorat müßten jetzt alle Deutsch lernen, und wer weiß, wie dies im künftigen Europa aussehen wird.

Und da grinste Onkel Pat, zwinkerte Rudl zu und sagte, der František könne gleich heute mit dem Deutschunterricht beginnen und er solle einmal Zwatschingkoung und Powidlgfrieß nachsprechen. Aber da wurde die Ritsch hochrot bis in die Haarwurzeln und meinte, der Seff solle nur schön sein stänkerndes Maul halten, denn was er mit ihr im Keller des Červenkahauses in Neudek alles angestellt habe, das waren keine anständigen Sachen für kleine Mädchen. Das würde auch seiner SA nicht gefallen, wenn sie, Ritsch, mal plaudern würde. Und überhaupt solle er sich seinen beschissenen Wehrwillen in die Haare schmieren. Wenn man dauernd vom Wehrwillen spricht, ist der Krieg nicht mehr weit. Und jetzt komm, František! Wir gehen!

Liebe Ilona!
Meine Taufe war also damals gehörig in die Hose gegangen, und nach Ritschs Meinung hätten Seff und Rudl den Krieg herbeigeredet, welcher sich dann auch prompt am 1. September einstellte. Mutter hatte den Kriegsbeginn nicht bei den Schwie-

gereltern abgewartet, wo sie seit dem achten Schwangerschaftsmonat – nachdem Oskar zur Fahne geeilt war – gewohnt hatte, sondern war mit mir nach der Taufe nach Platten zurückgekehrt.

Erst nach Kriegsende, im August fünfundvierzig, nach der Internierung im Lager Neu Rohlau, sollten wir wieder, inzwischen um meine Schwester vermehrt, für mehrere Wochen bei den Großeltern untergebracht werden. Damals war ich sechs Jahre alt.

In den Arbeiterhäusern bei Moser trugen meine Altersgenossen die weißen Armbinden. Ich trug keine Armbinde, da ich – wie wir wissen – mittlerweile Rakušan, Österreicher, geworden war. Nur wenn wir über die Gasse zur Rennbahn gingen, hinaus aus dem Betriebsgelände Richtung Egerfluß, ohne ausweisbewehrte Eltern, zog ich mir meine gestempelte Binde, Mutter hatte sie ja aufbewahrt, über den Ärmel. Denn noch vor der Rohlaubrücke wurde es gefährlich. Da konnten die Tschechenknülche lauern, die mich vor einer Woche durchgemangelt hatten, weil ich ohne Binde … Ich bin Österreicher, Österreicher! hatte ich geschrien, aber genauso gut hätte ich schreien können, ich sei der Papst oder Jesus Christus. Esterreich in Arsch! Deitsch is deitsch. Nazischwein! Und als mir der Siebert Franzi helfen wollte, kamen zwei derbe Lackeln aus einem Haus, also Erwachsene, und haben den Franzi ordentlich poliert, so daß er hinterher kein Nasenbein mehr hatte. Und die Tschechenfratzen hatten gelacht und ungehindert unsere Taschen ausgeräumt. An jenem Tage also gingen wir nicht mehr zur Rennbahn. Wir sollten sowieso nicht aus dem Betriebsgelände hinaus, sagte Mutter. Und es hätte keinen Sinn, wenn wir uns gegen Übergriffe wehren, weil die schlagen uns tot. Und wir kriegten nicht einmal ein christliches Begräbnis. Und das würde sie nicht überleben, wenn ich plötzlich auf der Rohlau dahergeschwommen käme, mit dem Gesicht nach unten.

Also ging ich fortan mit Armbinde zur Rennbahn.

Denn auf der Rennbahn lagerten Russen. Dort, wo vor fünf Monaten noch amerikanische Flugzeuge gegen den Bahnhof gesteuert wurden, knapp über dem Rasen hinweg und aus allen Rohren feuernd, betrieben die Iwans Landwirtschaft. Also mit Rindern und Schweinen und Kleingetier im kniehohen, zertrampelten Gras. Das heißt, die Schweine wühlten hinter einem Verschlag, für den die Tribünenballustrade brauchbares Material abgab. Und unter der Tribüne, auf der vor ein paar Jahren noch die Jockeys angefeuert worden waren, hatte man eine Feldküche samt Käserei und Schlächterei eingerichtet.

Die Russen, kumpelhaft freundlich, teils mit, teils ohne Schiffchen auf den Kahlköpfen, zwei gedrungene Kerle trotz der Hitze in roten Morgenröcken mit Velourkrägen, tätschelten unsere Köpfe und Buckeln (und den Mädchen die Popos), nahmen uns um die Schultern, sagten: Germanskis gut Soldat, gut Towarisch, gut Frau, und dann schmissen sie mit Steinen auf die Tschechenkinderköpfe, die sich über den Zaunrand neben der Tribüne reihten und neugierige Augen machten. Die Köpfe gehörten zur Bande, die uns verprügelt hatte und heute, an diesem letzten Augusttag, bis zur Rennbahn gefolgt war. Im Respektabstand, versteht sich, weil noch in der Minderheit. Aber jetzt wuchs immer wieder ein Kopf zusätzlich über den Zaunrand, wie bei den Geiern, die ein Aas ausmachen. Die werden immer mehr, auch wenn man mit Steinen nach ihnen wirft. Und wir, hämisch, weil im Schutz der Russen, breiteten unsere mitgebrachten Sachen aus, die wir aus den Taschen kramten oder aus Zeitungspapier wickelten. Da war auch eine Mundharmonika dabei, und die wanderte bei steigendem Interesse, aber mit kläglichem Ergebnis von Mund zu Mund, bis ich ihnen zeigte, wie sie funktioniert. Weiß nicht mehr, was ich spielte. Wahrscheinlich »Donau so blau, so blau ...«, weil einige Russen Walzer tanzten, und »Oh, du schöner Westerwald«, weil meine Freunde beim Refrain pfiffen. Aber nicht nur meine Freunde pfiffen, sondern auch die sich vermehrenden Tschechenköpfe, laut und schrill, so daß die Russen wieder Steine schmissen. Trafen aber nicht.

Und während das russische Interesse am Schießbudenspiel zur Neige ging, die abtauchenden Tschechenköpfe kamen immer wieder hoch und grinsten, während von der Schweinekoppel ein Riesenkerl herbeieilte, der Mundharmonika spielen konnte und Igor hieß, während vor der Tribüne zwei Russen auf Tretrollern wetteiferten, daß die Tretbeine flogen, während einer auf einem Kinderdreirad hinterherzockelte, schwitzend unter allgemeinem Gelächter, da überlegte ich, was ich für Großvaters bunte Glasmurmeln verlangen konnte, die mir in einem Säckchen am Gürtel baumelten. Großvater hat keine simplen Glaskügelchen gesammelt. Nein! Das sind Prachtexemplare: violette, purpurne, grüne in allen Schattierungen, farblose mit bunten Einschüssen, mit eingeschmolzenen Kreisen und ovalen, roten und gelben Flecken, mit eingeschmolzener Silberfolie, topasfarben opalinrot. Hast du nicht gesehen.

Die Leute sagen, die Russen seien, wenn sie nicht gerade Frauen vergewaltigen oder einen ihrer Kommissäre in der Nähe haben, wie die Kinder: neugierig, begeisterungsfähig, naiv, verspielt. Aber was haben wir seit achtundreißig gehört? Untermenschen sind sie. Asiatische Untermenschen, haben wir gehört. Dagegen müssen wir bis zum letzten Blutstropfen kämpfen. Also, da habe ich immer an Pockennarben, Mundfäule und Zähnefletschen gedacht, an behaarte Ungetüme, die ihre eigenen Kinder fressen und nur bis drei zählen können. Also, ich habe nicht gedacht, daß die Mundharmonika spielen, Buckel klopfen und auf mißliebige Tschechenköpfe schießen wie auf Schießbudenfiguren. Sie waren unsere Freunde geworden, mit denen man Pferde stehlen kann.

Trotzdem wollte die Mutter nicht, daß ich auf die Rennbahn ging. Nur die pragmatisch veranlagte Großmutter Berta hatte nichts dagegen, weil ich nie mit leeren Händen zurückkam. Sie hatte mir sogar das Murmelsäckchen angefüllt, hinter Großvaters Rücken, jawohl, weil er seine gehätschelte Glassammlung bewachte wie ein Zerberus, und hatte nur gesagt: »Paß mer fei ouf, daß'd kaner Lais kriegst.« Und sie schmierte mich manchmal, wenn ich von der Rennbahn zurück war, mit Petroleum ein. Und wie beiläufig konnte sie dabei erwähnen: Ab und zu Milch sei schon in Ordnung, aber ein Bauchfleisch vom Schwein wäre zur Abwechslung auch nicht schlecht, das gäbe ein gutes Schmalz ab. Und damit könnte sie dem Großvater einen heißen Wickel für die Brust machen, gegen sein Asthma, und hinterher aufs Brot streichen.

Also jetzt sind wir am Punkt:
Für die Murmeln tauschte ich ein halbes Kilo Bauchfleisch, eine Speckseite und zehn Eier ein. Nicht schlecht, aber Spitzenrenner in der Tauschwertskala waren Pappsoldaten der Wehrmacht. Ein Marschblock mit Offizier brachte eine Stange Hartwurst und ein Viertel Butter. Also nicht nur Kasperle und diverse Marionettenfiguren staunten, welchen vergnüglichen Spieltrieb die Rote Armee, die in über tausend Kilometern Breite von Leningrad bis Kaukasus gegen Westen gewalzt war, entwickeln konnte. Die Wehrmacht hätte mit Spielzeug auf die Iwans schießen müssen, nicht mit Granaten. Da säßen sie vielleicht noch hinter der russischen Grenze und würden mit Märklin-Loks hin und her schieben oder Glasmurmeln locker aus dem Handgelenk schubsen. Und wir müßten keine weißen Binden tragen und uns mit Tschechenkindern schlagen. Der Iwan will ja gar keine Uhren, Fahrräder oder Sonntagsschuhe mehr, nein, der will Spielzeug.

Also bin ich die Kugeln los, und das nächste Mal muß ich wieder welche bringen. Ein neuer Renner. Und dann marschieren wir nach Hause, mit den Henkelkannen und in Zeitungen gewickelten Fressalien. Einige müssen ihr Spielzeug wieder heimtragen: Teddybären oder Puppen und ein Schaukelpferd. Das haben sie nicht losgekriegt, das gibt es scheinbar auch in Rußland. Von der anderen Straßenseite sondieren neugierige Blicke über unsere Reihe. Dort begleiten uns die Tschechenkinder wie ein Fliegenschwarm die Kuh. Vogelzeigen. Stinkefinger hinüber, Stinkefinger herüber. Sonstige obszöne Gesten. Die hätten uns längst angefallen, wenn wir nicht die Eskorte hätten. Schutzstaffel. Vorneweg Igor mit der Mundharmonika und hinten Iwan. Der hieß wirklich so. Und wir im Gänsemarsch rhythmisch nach Igors Takt und mit hämischen Blicken. Es ist gut, wenn man Verbündete hat.

Dem Himmel sei Dank: Das Klo ist nicht besetzt.

Nach der ersten Wasserspülung wickelte ich das Zeitungspapier auf. Der Speckduft deckte alle anderen Gerüche zu. Die Großmutter wird zufrieden sein. Nach der zweiten Wasserspülung hörte ich Lärm aus der Wesselschen Wohnung. Am hinteren Ende des Hausgangs war die Küchentür nur angelehnt. Nach der dritten Spülung wickelte ich das Zeitungspapier wieder zu. Nach der vierten Spülung (lustig) schimpfte draußen am Gang jemand über Wasserverschwendung. Jetzt habe er den Übeltäter erwischt. Komm sofort heraus! Der konnte ja nicht wissen, daß wir zu Hause nur ein Plumpsklo ohne Wasser hatten, wo du im Winter über einem windigen Eiskeller sitzt.

Also der Lärm hinter Großmutters Küchentür entströmte der Tante Hedwig, die, am Tische sitzend, abwechselnd heulte und schimpfte und deren linke Gesichtshälfte blutverschmiert auf Gewalteinwirkung schließen ließ. Empörte Tränen wuschen Rinnsale in die Verkrustung und trockneten nach unten aus wie im Sommergebirge. Die Großmutter händeringend zwischen Herd und den Kisten an der Wand, die Mutter mit Jod und Tupfer über der Hedwig (hat sie im Lazarettkursus der NS-Frauenschaft gelernt), weil von Hedwigs Stirn bis zur Wange runter eine Wunde blüht. Großvater Alois ratlos auf dem Kanapee unter den Porträts seiner sechs Kinder. Er hat den Hund Ami auf dem Schoß, weil dieser mit angelegten Ohren in Hedwigs Heulen eingestimmt hat. Aber ihre Klagen kommen nur bis zur Tür, brechen dort ab, können nicht durch einen offenen Spalt nach draußen schlüpfen, den Gang und die nachbarschaftlichen Ohren entlang bis zum Klosett, um gegen die Wasserspülung anzukämpfen, die schon wieder betätigt wird. Aber nicht von Gert, denn der hat die Küchentür hinter sich geschlossen und steht mit eingezogener Schulter im Unbehagen. Eingesperrte Klagen schüren Ohnmacht und Empörung, und deshalb schreit die Tante noch lauter: Macht die Türe auf! Alle sollen das hören. Hört alle her. Hört her. Macht die Türe auf! Und Großmutter beschwichtigend an Tür und Klinge, als ob Hedwigs Schreie öffnen könnten: Pst, pst! Net sou laut!

Aber Tante Hedwig am Rande der Verzweiflung. In diesem

Lande bleibe sie nicht länger. Jawohl! Aus diesem Lande müsse sie weg. Da ist man nur Dreck, wird behandelt wie ein Stück Vieh. Nein, nicht von Frau Kačena, bei der sie als Haushälterin arbeitet, die habe ihr sogar früher freigegeben an diesem Traumtag. Nein, es ist auf der Panoramastraße passiert, und zwar vor der Milchhalle. Da kommt eine alte Frau heraus, mit weißer Binde, und will bergauf. Und da versperrt ihr ein Rotzlöffel, so an die zwölf, den Weg, mit einer Peitsche in der Hand, und beschimpft sie auf Tschechisch. Und sie will ausweichen, aber da laufen vier, fünf andere Jungs hinzu, so in seinem Alter, und hauen auf sie ein. Und sie beginnt zu laufen, zu mir her, und die Rotzlöffeln hinter ihr her und auf sie einhauend und schimpfend. Und da ist der Tante Hedwig der heilige Zorn in den Verstand gefahren, und sie hat die Bande angeschrien und die alte Frau an der Hand genommen. Und da haben sie erst einmal innegehalten und einander blöd angeguckt. Aber da haben sich an einem Haus die offenen Fenster gefüllt, und die Leute haben herausgegrinst und ermunternde Zurufe gespendet, auf Tschechisch versteht sich, und da wollten die Knaben nichts schuldig bleiben und haben wieder zum Schreien und Schlagen begonnen. Und ich sage euch: Bisher hat mich noch kein Russe vergewaltigt, am abendlichen Heimweg vom Westend nach Meierhöfen. Aber diese Rotzlöffel sind über mich her unter Gottes heller Sonne, haben »nemcouři« geschrien, deutsche Sau oder was das heißt, und einer hat mir mit einem Ziehmer über den Schädel … auweh! Und da unterbricht der Kuckuck an der Wand und kuckuckt fünfmal aus seinem Türl, und die Hedwig hält inne, und die Großmutter räumt geschwind das Bauchfleisch, den Speck und die Eier in die Kredenz, bevor die Annl mit dem Verbinden fertig ist und die Hedwig wieder loslegen kann.

Onkel Rudl hätte heute abend kommen sollen.

Ist er aber nicht, weil er schon wieder Arbeitseinsatz mit seinen Antifaschisten hat. Freiwilligen. Der macht schon wieder seine politischen G'schäfterln, sagt Berta. Ortsausschuß der Antifas. Vertrauensmann der Ackermannstraße. Haben dort zehn Mitglieder. Alte Sozis. Treffen sich immer im Jugendheim. Wollen am Aufbau der sozialistischen Republik mithelfen. Unter der belasteten Devise: Arbeit macht frei. Und das wortwörtlich, weil sonst käme man vielleicht nach Neu Rohlau. Dumme Sprüche, schimpft Tante Hedwig, sind etwa die Leute mit den roten Armbinden freier als die mit den weißen? Wenn du Deutsch sprichst, bist du nicht einmal ohne Armbinde frei. Sie deutet auf ihr Pflaster auf der Stirn: Der letzte Dreck bist du.

Also, die Hedwig will weg.

Mit dem letzten Restchen Würde und Selbstrespekt und zwei Koffern. Mehr braucht sie nicht. Heimat ist gut und schön, sagt sie, aber nicht unter diesen Bedingungen. Da läßt sie sich lieber vom berüchtigten Kommissar Crha im »Goldenen Kreuz«, der Polizeidirektion, verdreschen, so wie's ihrer Freundin Maria Scherzer passiert ist, die obendrein mit ansehen mußte, wie ihr Vater und ihre Schwester erschossen wurden. Aber dann hat sie der Kommissar gehen lassen, weil er das Foto ihrer Kinder gesehen hat. Er habe ein Herz für Kinder, hat er gesagt. Und mit welcher noblen Geste: Er hat ihr die Hand geküßt. Aber von halbwüchsigen, aufgehetzten Rotznasen, die nicht wissen, was sich gehört und am Ende gar keinen Stimmbruch kriegen, lasse sie sich nicht schlagen, sagt Hedwig.

Also müssen wir weg.

Aber die beiden Alten, zweifelnd, unschlüssig nebeneinander am Kanapee, Berta mit versunkenem Stierer, die abgearbeiteten Hände im Schoß, bißchen lebensmüde, und Alois mit Hund, wissen keine Antwort. Dann, nachdem der Kuckuck sechsmal aus dem Türl ..., bringt Berta zaghafte Ausflüchte: Jetzt fängt ja die Schule an. Da können die Lehrer Einfluß auf die verrohten Kinder nehmen. Die werden sich schon bessern. Und wohin in Österreich? Und wenn Oskar und Gustl aus Sibirien zurückkommen ... Und mit der Rente von Alois ist noch nichts geklärt. Und die Hütte arbeite ja weiter. Nur die deutschen Angestellten werden ausgesiedelt. Die Glasbläser, Schleifer und Graveure müssen ja bleiben. Vielleicht brauchen sie Vatern wieder.

Aber die Hedwig meint, ein zweites Mal holen sie ihn nicht aus der Rente. Was fangen die mit einem Asthmatiker an? Und im übrigen werden sie die Dienstwohnung brauchen, wenn sie Glasmacher aus der Slowakei holen.

Und Alois: Was wird mit dem Hund, wenn wir weggehen? Und aus Oskars Bücherkiste? Und Berta: Wir gehen nicht weg. Wenn der Rudl bleibt, bleiben wir auch.

Meine Mutter möchte auch weg, aber nach Platten. Sie möchte nach ihrem Vater Julius sehen. Und sie weiß nicht, was sie mit mir machen soll. Ich müßte eingeschult werden, aber sie weiß nicht, ob der Schulbetrieb auf Deutsch fortgeführt wird. Und sie möchte den Großeltern nicht weiter auf der Tasche liegen, weil sie ja kein Geld hat. Deshalb wartet sie auf Rudl, denn der hat ihr versprochen, sich als Antifaschist um ihre Spareinlagen zu kümmern. Aber der bleibt samt ihrem Einlagenbuch nicht erreichbar.

Keine Zeit, keine Zeit. Sogar zu den Wochenenden kann er nicht kommen. Da trifft er sich schon morgens um sechs mit seinem Ortsausschuß im Jugendheim. Mit den Antifas aus der Ackermannstraße, Masarykstraße, Bahnhofstraße, Andreas-Hofer-Straße und Bräuhausstraße marschiert er, Grabwerkzeuge geschultert, in Dreierreihen, aber nicht im Gleichschritt wie beim Arbeitsdienst, zum Stalinplatz/Nám. Mars. Stalina. Dort sammeln sich die Ortsausschüsse des Bezirks Karlsbad zu Arbeitseinsätzen, denn die Überreste des Kriegs wollen beseitigt sein. Und er ärgert sich über die G'schaftlhuber, die, wenn tschechische Aufpasser in der Nähe sind, große Worte führen und den Aufbau des Sozialismus schon bis übermorgen schaffen wollen. Meist sind es jene, die nicht in Dachau oder einem anderen KZ waren, sondern als »parteilos« oder »subversiv gegen NS« in den Listen stehen. Aber er ärgert sich vor allem deshalb, weil er bei den Tschechen nicht so richtig ankommt. Dabei ist er original Sozi, hat dem Wenzel Jaksch einmal die Hand geschüttelt, kennt das Konsumwesen aus dem FF und war vierzehn Tage in Gestapohaft. Also es wird keine DSAP, keine Deutsche Sozialdemokratische Arbeiterpartei, mehr geben, sagt er, Beneš hat schon im Exil eine Zusammenarbeit mit uns abgelehnt. Wir gehen in den tschechischen Sozialisten auf.

Aber dann ist es soweit.

Gerade als der große Krach mit Großvater Alois vorbei ist, weil er beim Einpacken seiner Glassammlung den kläglichen Rest der Glaskugeln entdeckt hat, und als Mutter an meinen Haaren schnüffelt, Petroleum? Du warst schu wiedr uf dr Rennbahn! – Nein, das riecht noch von voriger Woche –, da erscheint Rudl und bringt Neuigkeiten mit. Leider nicht das erwartete Einlagenbuch Mutters, weil, wie er sagt, noch ein Dekret des Präsidenten über die Handhabung von Einlagen aussteht. Und deshalb rühren die Geldinstitute kein Ohrwaschl. Nichts zahlen sie aus, die Konten bleiben gesperrt, aber er könne der Annl ein bißchen Geld leihen.

Also, was soll die Mutter machen? Sie muß die Zähne zusammenbeißen und dankbar sein.

Und während Großvater Alois vor sich hintönt, dem Schwund seines gesammelten Lebenswerks nachweint, was bleibt sonst übrig vom Leben außer Asthma und ein Kropf?, während er über achtungslose Weiber brabbelt, die sogar Rum in eine Maria-Theresia-Karaffe füllen, in eine geschliffene, gravierte mit zwölffach facettierter Kupa – unbezahlbar –, während er Pokale, Karaffen, Vasen, geschliffen, graviert, facettiert oder gerippt, in alte Exemplare der »Karlsbader Zeitung« und des »Kladderadatsch«, der Berliner satirischen Zeitung, die Oskar abonniert hatte, wickelt, bedächtig und liebevoll, jedes Exemplar vorher ins Licht drehend, als ob er sich verabschieden wollte, während Berta nichts schuldig bleibt, wortreich und kampflustig zwischen Tisch und Herd (sie macht Tee) keift: Alter Latsch. Lahmarsch. Blähhals. Suddelmaul. Undankbarer Sabbelheini. Kropflois, der noch immer nicht wisse, wie sie zu dem Schweineschmalz kommt, das sie ihm auf die Brust legt, das falle schließlich nicht vom Himmel wie Manna in der Wüste.

Während also …, da liegt Tante Hedwig schwerlastig über dem Tisch (sie hat Brüste wie steirische Kürbisse) und tröpfelt Rudl ihre eindringliche Botschaft ins Ohr: Wir müssen weg! Wir müssen!

Aber Rudl, tomatenrot, schweißtreibend verwirrt, ringt um

Ausflüchte. Also erst einmal abwarten. Wegen ein paar zwölfjährigen Rotzern werden wir doch nicht … Umbruch ist immer ein bißchen Chaos. Und im Chaos liegt immer eine Chance. Und jetzt überhaupt, wo er in der Firma August Schuh, Hoch- und Tiefbau, Fischern, in welcher er arbeite, schrittweise das Vertrauen des kommissarischen Leiters erringe. Dieser wolle ihn halten, obwohl ihm schon zweimal tschechischer Ersatz angeboten worden ist. Und Rudl offenbart mit gesenkter Stimme, fast flüsternd mit säuerlichem Atem: Ich hab' den Direktor Kommissar nämlich in der Hand. Der arbeitet in die eigene Tasche, und ich decke ihn dabei. Der hat den früheren Eigentümer August Schuh von der Übernahmeinventur abgezogen und hat den Inventurbestand um zweihundertfünfzigtausend Kronen zu niedrig bewertet. Die unter den Tisch gefallene Ware hat er auf dem Schwarzmarkt verscherbelt und in seinen Hausbau gesteckt. So war das. Daher wollte ihn der Schuh anzeigen, aber der Kommissar hat ihn verleumdet und der Sabotage bezichtigt. Und deshalb ist der Schuh nach Neu Rohlau gesteckt worden.

Es gibt Tee, aber ohne Rum.

Und Alois hat die Maria-Theresia-Karaffe schon zum dritten Mal ausgespült, aber sie riecht immer noch nach Rum, weil er schon verkrustet ist. Und es gibt, weil der Zucker rar ist, Zwatschingkoung ohne Streußel. Alois ist froh, daß Berta keine geschliffenen Karaffen und Vasen mit Powidl befüllt hat. Eine halb mit seiner Glassammlung gefüllte Kiste steht offen und wartet wie ein aufgesperrter Schnabel auf den Rest. Umzugsstimmung. Aufbruchsstimmung zur Reise ohne Wiederkehr. Einmachgläser, die vorher auf Oskars Piano standen, drängen sich auf der zweiten Kiste.

Wiesou packst'n schou? fragt Rudl. Wir bleiben ja. Außerdem brauchen wir die Gläser vielleicht zum Tauschen gegen Lebensmittel.

Die Hedwig, aus geschlitzten Blicken auf Rudl, kopfschüttelnd: Ob er wohl glaube, daß er bei seinem Kommissar Zukunft habe? Mitwisser sei Mittäter. Als Mittäter sperrten sie ihn ein oder erschießen ihn, wenn der Národní Výbor draufkommt. Als Mitwisser wird ihn der Spravcé so schnell wie möglich loshaben wollen.

Aber er hat schon zwei tschechische Ersatzleute abgelehnt, sagt Rudl.

Wenn er den nächsten unter seine Decke ziehen kann, bist du weg vom Fenster, sagt sie.

Aber ich bin Antifaschist. Deshalb hab ich auch meine Wohnung bisher halten können. Meine Nachbarn sind alle umgesiedelt worden in die Bergarbeiterkolonie. Fünf Familien in ein kleines Häuschen von Ausgesiedelten.

Mitwisser ist Mitwisser. Der hat doch dauernd Angst, daß du mal plaudern wirst.

Aber da wirft ihr Rudl Rechthaberei vor, kein Wunder, daß sie noch keinen Mann gefunden habe und zu einer fülligen alten Jungfrau heranwächst. Bissig bis in den Unterleib.

Im Zug nach Platten durfte ich den Mund nicht aufmachen.

Ich saß stumm wie ein Fisch, während draußen die Landschaft vorbeizog wie in einem Aquarium. Einem fischlosen, aber streckenweise bevölkerten: Kolonnen mit weißen Armbinden. Kurz nach Fischern mit geschultertem Werkzeug in einem zerstörten Rangierbahnhof, kurz nach Neu Rohlau mit Koffern, verschnürten Packen, Rucksäcken, der Septembersonne zum Trotz in Wintermänteln und Decken um den Schultern, auf dem Weg ins Lager. Aussiedler. Also das war mir ein vertrauter Anblick, und ich wünschte den neuen Insassen auch solchen Spaß, wie wir mit der Sau des Lagerdirektors Zaboj hatten, als sie den Fuß des Kerber Fritz aus der Erde gewühlt hatte und dann in die Häftlingsreihen gedonnert war wie in eine Kegelrunde. Das war schöner als ein Neunerschub. Und was einem sonst so einfällt, wenn man nichts reden darf zwischen Erikas Korbwagen und der Nebenbank: Zu Ostern beispielsweise, als wir im Zug nach Karlsbad saßen, das heißt standen, weil er mit Flüchtlingen vollgestopft war, aus Ostpreußen und Schlesien, hatte sich im Aquariumfenster noch die Wehrmacht angeboten; nicht mehr winkend, sondern geschlagen, aber noch in voller Ordnung: Artillerie, Panzer, Marschblöcke. Zeltlager auf der Wiese. Und das Lager Neu Rohlau war mit Kriegsgefangenen und Ostarbeitern gefüllt. Und weit und breit kein Tscheche. Also vor einem guten halben Jahr. Und als ich jetzt Atem hole, zur Mutter gewandt, weil ich mal muß, legt sie den Finger an den Mund, macht runde Augen, also vielsagende, und deutet mit einer Kopfwendung auf das Ende des Ganges. Von ringsum funkeln schwarze Kulleraugen auf mich und Mutter. Keine vielsagenden, sondern reserviert neugierige. Und die Kulleraugen gehören den braunhäutigen Mädchen und Buben und den Erwachsenen, die da dichtgedrängt um uns herumsitzen. Und alle haben schwarzglänzende Haare, und die Mädchen tragen Ohrringe und Armreifen, Blusen mit gestickten Krägen und bunte Röcke. Und die Tante Annl in Neudek könnte uns jetzt sagen, ob sie tschechisch oder slowakisch reden, weil sie hat als Junglehrerin in der Slowakei Zigeunerkinder unterrichtet. Und Onkel Rudl hat vor unserer Abreise gesagt, es wäre besser, wir blieben in Karlsbad, denn in den grenznahen Orten fangen sie als erstes mit der Umvolkung an. Und was wird mit meiner Wohnung? hatte Mutter gefragt, und jetzt sitzt sie wie über glühenden Kohlen, nur halbseitig, also unbequem neben dem Kinderwagen, weil sie Angst hat, daß sie auf Tschechisch angequatscht wird.

Als ich nun die Toilettentür am Ende des Ganges öffne, die ist unversperrt, sitzt einer auf der Muschel, die Hose nach unten gehäuft, und schnauzt mich an. Ich, ziemlich verdattert, verstehe ihn nicht, stottere aber was. Heute weiß ich nicht mehr, was ein Sechsjähriger in so einem Fall stottert, aber da man nicht stumm stottern kann, habe ich sicher auf Deutsch gestottert. Jedenfalls hat mich der Sitzende angeschrien und aus der gehäuften Hose heraus nach mir getreten. Nemcouři, habe ich verstanden, und das haben sie auch zur Tante Hedwig auf der Panoramastraße gesagt.

Bis Neudek ist dann nichts passiert.

Während Erika geschlafen hat, haben Mutter und ich uns weiterhin angeschwiegen und die Blicke der Zigeuner ausgehalten. Nur in meiner Hose bin ich immer unruhiger geworden.

Und dann, als ich schon von einem Bein aufs andere zappeln mußte und der Zug in Neudek einfuhr, ruckweise bremsend, ein aus dem Gepäcknetz fallender Koffer hätte beinahe die Erika erwischt, wurstelte ich mich durch die den Gang verstopfenden Ballen, Körbe und anderen Gepäckstücke zur Toilette durch. Doch diese war verriegelt.

O Scheiße! Kýrie, eléison. Herr erbarme dich unser! Wenn du mir schon Deutsch verbietest, dann laß es mir wenigstens nicht in die Hose gehen. Christe, eléison. Und da der Zug inzwischen stand, öffnete ich bergseitig, vom Stationsgebäude abgewandt, die Waggontür und sprang hinunter. X-beinig verklemmt trippelte ich über das zweite Geleise hinweg zu einem verbogenen Schienenhaufen, mit Ministrantensprüchlein im Kopf und den ersten spürbaren Sprungfolgen in der Hose. Und ich dachte, was bin ich für eine klägliche Zielscheibe für die Zigeunerblicke hinter den Fensterscheiben. Kein würdiger Anblick eines Deutschen, geschweige Österreichers. Glória tibi, Dómine. Ehre sei dir, Herr. Gib mir noch eine Minute bis zum Graben hinter dem Schienenhaufen.

Er gab nicht, weil da war's schon passiert, und als ich im Graben landete, na schöne Bescherung, da fragte ich mich, wozu ich eigentlich Ministrant geworden bin. Wäre das also auf eine Minute angekommen? Ich bin klein, mein Herz mach rein …, und vielleicht auch die Hose, weil ich bin jetzt total bekleckert. Also: O Dómine Deus! Laßt mich nicht ratlos stehen.

Und siehe da: Ein paar Meter weiter, da murmelt und plätschert es und glitzert aus dem Verborgenen. Ein Rinnsal die verwilderte Wiese herab, welches in einem Rohr im Bahndamm verschwindet. Also Deo grátias: Aber jetzt rasch, weil ich muß auch die Schuhe ausziehen und die Hose.

Und während ich, schnell, schnell, die gewendete und gewaschene Hose auf einem Stein ausklopfe, schnell, schnell, da ertönt ein Pfiff und das Anschnauben der Lokomotive, und über den bizarr gebogenen Schienenteilen ober mir – Bombentreffer? – schwärzt eine rußige Rauchwolke den Himmel. O Schreck! Der Zug fährt ab. So schnell war ich noch nie in einer Hose und – mit den Schuhen in der Hand – aus einem Graben raus. Und über das Geleise renne ich an den anfahrenden Zug heran, springe auf ein Trittbrett und werfe meine Schuhe durch das offene Fenster. Und als ich selbst drin bin, es ist nicht unser Waggon, da sehe ich auf der anderen Seite die Mutter am Perron, mit dem Kinderwagen und dem Koffer daneben. Und als sie mich sieht, gestikuliert sie wild und aufgelöst und will zu mir her, aber sie wird von zwei Revolutionsgardisten zurückgehalten. Und während sie langsam kleiner wird, bringe ich die Tür nicht auf, also was soll ich tun? Aber das Fenster ist offen und ich beuge mich hinaus, und die Mutter schreit: Steig in Eibenwald aus! Und nimm den Korb und den Rucksack mit! Und geh zur Tante Annl runter!

Heute vermute ich:
Der mißmutige Furzer in der Zugstoilette hatte uns bei der Bahnhofswache angezeigt. Und ich war schuld daran, weil ich eine deutsche Entschuldigung gestammelt hatte. Aber was hätte ich sonst auch machen sollen als gut erzogener Ministrant, dem es gleichermaßen peinlich ist, ob er einen Deutschen oder Tschechen mit heruntergelassener Hose auf der Klomuschel überrascht? Glória tibi, Dómine.

Also, Mutter und Schwester wurden zwischen den waffenbestückten Gardisten immer kleiner, und ich stand in klitschnasser Hose da und hatte bis Eibenwald noch eine schöne Spanne Zeit. Denn wir wissen: Nach Neudek windet sich die Bahn in einer weiten Schleife ins Erzgebirge hinauf, die Loks quasi mit Atemnot und viel Ruß. Nach mehreren hundert Höhenmetern und zwei Stationen erreicht sie Eibenwald, welches in der Luftlinie gar nicht weit von Neudek entfernt liegt. Wenn Mutter mit uns in umgekehrter Richtung fuhr, nämlich von Platten nach Neudek, stiegen wir in Eibenwald aus, weil bis dort der billigere Zonentarif galt und ein idyllischer Waldweg nach Neudek hinunterlief. Heute gibt es den Ort Eibenwald nicht mehr, der ist zur wuchernden Natur geworden, aber man braucht noch immer eine dreiviertel Stunde bis zur Tante Annl hinunter. Aber die gibt es ja auch nicht mehr.

Ein Unglück kommt selten allein: In der Zugstoilette gab es kein Papier, mit dem ich mir hätte die Hose ausstopfen können. Mit rotem Kopf und tropfender Hose, spurenziehend, erreichte ich den nächsten Waggon, in dem unser Korb und der Rucksack waren. Auch hier kein Papier auf der Toilette, aber eine Zeitung am Boden: »Právo Lidu«. No egal, ob deutsch- oder tschechischsprachig – zentimetergroße Überschriften ließen auf wichtige Informationen schließen –, Hauptsache, sie ist saugfähig. Deo grátias.

Und so erreichte ich steifbeinig, gesenkten Kopfes, aber dank der Pressemeldungen nicht mehr tropfend den Platz, wo ich Mutter und Schwester verlassen hatte.

Und jetzt sofort wieder die schwarzen Kinderkulleraugen auf mich, und verkniffene und geschlitzte der Erwachsenen, die mich unbeteiligt, teilnahmslos, gelangweilt – keineswegs neugierig – mustern. Und ich möchte mit meinem Windelpack in eine Falltür kippen, und was denken diese Leute jetzt von mir? Von einem Österreicher, der keine weiße Binde tragen muß und deshalb die Bahn benützen darf? Nu, Hosenscheißer werden die denken, und das ist schlimmer als eine weiße Binde. Ich weiß es aus der Zeit, als die Edelmanns von nebenan das vernichtende Wort jedesmal über den Gartenzaun gerufen hatten. Schau mal, Harry, der Gert hat schon wieder ...! Und ich möchte daher schnell mit dem Korb und dem Rucksack verschwinden, aber da sind kein Korb und kein Rucksack. Soviel ich auch den Kopf verrenke.

Ja, was denn? Ringsum dieselben Leute, aber kein Korb und kein Rucksack? Die müssen doch ... Und jetzt ist mir die Scham egal, denn ich kann der Mutter doch nicht ohne Korb und Rucksack unter die Augen treten. Im Rucksack sind mein Winterzeug und die Mundharmonika, die chromatische, welche ich nicht ums Leben gegen eine russische Hartwurst eingetauscht hätte.

Und jetzt muß ich nachholen: Im Korb ist nämlich eine schöne lange Stange Hartwurst, appetitlich duftend, und mir scheint, ein Hauch davon mischt sich verdächtig in den säuerlichen Geruch über den drängelnden Menschen. Und die Wurst habe ich von meinen russischen Freunden auf der Karlsbader Rennbahn erstanden, aber nicht gegen meine Mundharmonika, sondern gegen Großvater Alois' restliche Glaskugeln, welche mir Berta zugesteckt hatte. Außerdem sind noch Schweineschmalz, Käse und fünf Gläser von Großmutters Zwetschkenkompott im Korb. Und darauf liegt Mutters Strickjacke.

Also, wo sind die Sachen? Spera in Deo, vertrau auf Gott und schau unter der Bank nach. Aber da sind nur Dunkelheit, eine leere Flasche und die Silhouetten von Hosenbeinen und abgelatschten Schuhen. Auf der gegenüberliegenden Bank müssen Beine gehoben und Mädchenröcke gelüftet werden. Also kommt leichtes Murren auf, aber von ringsum hängen noch unbeteiligte, gleichgültige Blicke an mir. Erst als ich nach oben schaue, wandelt sich das Interesse in den Augen. Denn dort, auf einem abgewetzten Koffer, hast du nicht gesehen, steht der Korb. Deutlich identifizierbar, weil Mutters Jacke heraushängt. Den Rucksack sehe ich nicht.

Mein Korb!, sage ich und deute hinauf. Kann mir jemand …, aber meine hilflosen Handbewegungen stoßen auf Unverständnis oder sonst was, trotz pantomimischer Verdeutlichung. Und im Kopf habe ich statt Scham und zwecklosen Ministrantensprüchlein wachsende Empörung, und ich strecke mich im Zehenstand und grapsche hüpfend nach oben, aber ich erwische den Korb nicht. Und da steige ich zwischen zwei geblümten weiblichen Schenkeln hinauf in die säuerliche Luft, angestrengt auf einem Bein balancierend, und die Frauen schimpfen, und jemand lacht und zieht mir verquollenes Zeitungspapier aus der Hose, und bevor der Korb oben über den Kofferrand kippt, schnappt mich einer von hinten, stellt mich in den Mittelgang und sagt: Neser mě. Du gähen dort! Daleko. Oder ich dich wärfen aus Zug! Und dann tritt er mir in den ausgestopften Hintern.

Dóminus vobíscum.

Et cum spíritu tuo.

Da kann der Herr Pfarrer den Altar soviel küssen, wie er will, und die Hände ausbreiten, die Wege des Herrn sind nicht wunderbar. Meine Mundharmonika ist futsch und auch die Hartwurst, in der, bildlich gesehen, die Glaskugeln von Großvater Alois stecken. Diesen Verlust hätte doch zumindest die Jungfrau Maria vermeiden können, wenn schon nicht die oberste Dreieinigkeit. Wer weiß, ob ich für die noch einmal den Ministrantenrock anziehen werde. Schade, daß es keine HJ mehr gibt.

Na schön, dafür war ich ohne Korb und Rucksack schneller in Neudek unten, in der Stalina, Stalinstraße Nummer 201. Vor ein paar Monaten war das noch die Hermann-Göring-Straße und vorher die Heinrich-Kleist-Straße. In dieser Region wechseln die Straßen ihre Namen wie die Tante Ritsch ihre Unterwäsche. Denn nachdem mich die Tante Annl ganz entgeistert (Gungala, wo kommst denn du her?) abgefüttert und ich ihr alles erzählt hatte – Mutter war noch nicht da –, gingen wir zur Tante Ritsch, weil jetzt müssen wir um Gottes Willen schnell was unternehmen.

Ritsch, behaftet mit mittäglichem Gulaschduft, öffnete im Schlafrock und hatte darunter nichts an. Bist du krank? fragte Annl. Nein, sagte Ritsch, sie wechsle nur die Unterwäsche. Aber da marschierte der František vorbei ins Bad, nackert bis auf die Socken, und Annl sagte: Aha, sieh an, der alte Bock. Zu Mittag habe sie das beim Vacin schon lange abgeschafft. Ja, meinte Ritsch, Mittag sei er scharf wie eine Rasierklinge, was soll sie da machen? Im übrigen hätte sie gar nicht aufmachen dürfen, im Schlafrock, weil es könnten ja viere, fienfe Russ'n vor der Tür stehen wie unlängst und die »Frau« verlangen. Die Russen hatten zu »die drei Maad« im Parterre gewollt, aber die waren nicht zu Hause, und da seien sie einfach hochgekommen. Gott sei Dank war der František an der Tür, und sie hatte sich im Kleiderkasten versteckt. Auf so was wie sie, slowakisch gedrungen mit ausladendem Hintern, also rundum oho, seien sie besonders scharf. Als ob sie Baldrian schwitzen würde. Und da nütze keine tschechische Schimpfonade, weil die löse nur heftiges Lachen aus.

Also, der František war schnell angezogen und auf die Bahnhofswache gegangen.

Und während wir Františeks stehengebliebenes Gulasch aßen – dem ist das Bett wichtiger als das Essen, sagte Ritsch –, ging draußen dröhnende Marschmusik los, und ich eilte ans Fenster. Musik aus den Lautsprechern, welche über eine schon alltäglich gewordene Kolonne mit weißen Armbinden schallte, die da, vergrämt mit Leiterwägelchen, Koffern und Rucksäkken, ohne Ohrenmerk für den zündenden Marsch, zum Hauptplatz zog. Hinter Fensterscheiben bewegten sich Vorhänge. Also, ein Marsch muß in die Beine fahren, dachte ich, nicht in Vorhänge. Da muß es zucken und zum Gleichschritt zwingen, da gehört marschiert wie noch vor einem halben Jahr. Eigentlich bieten die Straßen ohne Spielmannszüge und Hitlerjungen gähnende Alltäglichkeit, also nur belebt von diesen öden, grau eingefallenen, ihrem Schicksal stumm ergebenen Gesichtern der Aussiedler. Da bringen auch die begleitenden Revolutionsgardisten trotz des zündenden Marsches keine Begeisterung hinein. Das ist der Radetzkymarsch, sagte Annl. Schöner Marsch.

Also nun! Der Gleichschritt ist seit dem 8. Mai aus. Außerdem hat die Tante Ritsch, obwohl sie Taktgefühl hat, kein Verständnis für den Radetzkymarsch. Nein!

Keine Reflexe zerren an ihren Gliedern und zwingen sie zum Fenster, während sie frische Wäsche und ein geblumtes Kleid anzieht. Bou, geih weg vom Fenster! sagt sie. Sonst ballert sou a Dingerich nauf. Und man müsse so ein Elend nicht immer begaffen, auch wenn vielleicht Bekannte da unten dabei sind. Man könne sowieso nichts dagegen tun.

Und furchtbar: Vorige Woche gab's Razzia im Nebenhaus. Und der Hausherr Stangel hat nicht gleich aufgemacht. No, darauf eine wilde Schießerei. Und dann haben sie die Bewohner in die Bürgerschule gebracht. Hat die Frau Karner erzählt. Die hat sechs Kinder, und ihr Mann ist erst vor vierzehn Tagen aus der Gefangenschaft zurück. No, zwei Söhne sind gefallen. Und mit den drei jüngsten – der Hansi ist erst drei – hat sie die ganze Nacht an der Wand stehen müssen, mit Hände hoch. Und die Männer sind geprügelt und dann weggebracht worden. Und bisher hat man nichts von ihnen gehört. Auch vom Hausherrn nicht. Man befürchtet das Schlimmste. Und als sie in die Wohnung zurückkamen, war diese geplündert.

Und vor ein paar Tagen haben sie den Kirchplatz gepflastert, gegenüber Ritschs Milchgeschäft. Das waren Leute aus dem Lager. Auch Frauen. Die haben die Pflastersteine vom Bahnhof holen müssen, mit Scheibtruhen. Und im Lager werden sie jetzt mit Salzheringen gefüttert. Aus verdorbenen Fässern vom Konsum, aus denen die Tschechen nichts mehr fressen. No, das gibt Durst. Und eine ältere Frau hat um Wasser gebettelt, und eine Tschechin hat ihr welches gegeben. No, frag mich nicht, was so ein Eskortierer gemacht hat. Die Deutsche ist nicht mehr zum Trinken gekommen.

Also jetzt trinken wir ein Gläschen!

Auf daß der Cousine Annl und der Erika nichts passiert ist. Solche Schrecken übersteht man nur mit ein bißchen Eierlikör. Und dem »Boum« kippen wir auch zwei Stamperln in die Milch, einen Schub Eiweiß zum Wachsen. Und dem Radetzkymarsch folgen andere Lieder, und das Geplärre zieht an Ritschs letzten Nerven, du kannst es ja nicht abdrehen. Und jetzt auch noch die abgeleierte Vertreibungshymne: »Muß ich denn zum Städ-tle hinaus.« Nein, das hältst du nicht aus.

Aber jetzt muß die Ritsch noch etwas anbringen: Der Willi war wieder da. Das ist der Bruder der Červenkaschwestern, der mit seiner Familie gleich nach der Kapitulation, also mit untrüglichem Riecher, mit Sack und Pack über die Grenze ist und jetzt abwartend in Johanngeorgenstadt sitzt. Aber dort nichts zum Futtern hat, weil die Grenzregion mit Flüchtlingen vollgestopft ist. Bei Nacht und Nebel schleicht er daher mit leerem Rucksack über die Grenze und schmeißt ihr beim ersten Vogeltürüli Steinchen ans Fenster. Weil er möchte Butter, Quark und Käse und was sonst noch greifbar ist. Also drüben ist es schlimmer als bei uns. Am Freiti wor er do. Und i ho ihn im Schupp'n schlofa g'loua, bis finster wor. Und mit vollem Rucksack und besten Grüßen an die Annl sei er dann weg. Aber am Montag habe sie schon auf die Gendarmerie müssen. Angezeigt aus der

Nachbarschaft. Die Gendarmen haben kurz protokolliert und sie auf den Národní Výbor geschickt. Und fragt mich nicht, was für ein Verhör. Fast wie bei meinem Ariernachweis. Nur auszieh'n hab' ich mich nicht müssen. Sie sagen: Als Národni Správce habe ich die Interessen des tschechischen Staates zu vertreten. Nicht die Interessen von Verrätern und Staatsfeinden. Und sie haben gedroht: Der Staat gibt, der Staat nimmt. Und dann sollte ich einen Wisch unterschreiben, daß ich ab Oktober nicht mehr an Deutsche verkaufe, sonst nehmen sie mir das Geschäft weg. Aber den Wisch ho i net unterschriebn. Und dann haben sie ihr eine Beitrittserklärung zur Kommunistischen Partei vorgelegt. Aber die habe sie auch nicht unterschrieben, sondern mit nach Hause genommen.

Unterschreib lieber, sagte die Tante Annl, sonst kriegst' Zores.

Und was sie noch erzählen muß, weil die Ritsch ja den Franz Krainer kenne, den kleinen Glatzkopf vom Elferhaus. Ja, natürlich, der mit dem spitzen Rattengesicht. Der wurde verhaftet und ins Bezirksgericht Karlsbad gebracht. Angeblich habe er KZ-Transporte geführt. Obwohl ein tschechischer Baumeister bestätigen konnte, daß der Krainer beim Egerländer Erzbergbau in Schönfeld tätig und von dort nie weggekommen war. Also fünf Tage in eine sechs Quadratmeter große Zelle mit vierzehn Mann gesperrt, so groß wie unser Badezimmer. Haben nur in Schicht schlafen können. Und zwischendurch sind sie gemangelt worden. Und dann zwei Tage in einer Waschküche mit achtzig Mann. Schaut jetzt wirklich aus wie eine verschandelte Ratte und weiß selbst nicht mehr, ob er nun KZ-Transporte geführt hat oder nicht. Und das alles wegen einer Verleumdung und falschen Anzeige.

Und während von draußen das dritte Mal »Muß ich denn ...«, schaukeln die Seufzer der Tanten über dem Eierlikör, geformt von Zukunftsangst und Zweifeln, und die Tante Annl fixiert das Porträt der Frau Moder an der Wand, der Gattin des Studienrats Siegfrid Moder, dem ausgesiedelten früheren Besitzer der Wohnung. Der war einmal Ritschs Lehrer und hat das Porträt selbst gemalt. Und da das Gesicht über blauem

Kleid mit weißem Kragen Richtung Gartenfenster lächelt, ausdauernd zufrieden, rätselhaft, bißchen wie Mona Lisa im Profil – das Modell könnte wegen des Lichteinfalls hier am Tisch gesessen sein –, sagt die Annl: Itze lacht die Frau Moder vielleicht nimmer, aber sie weiß, wo sie hingehört. Vielleicht sollt' mer aa wegmachen. Mer missn hieben genauso zupacken wie drieben. Aber die Ritsch, trotzig, eigensinnig, entschieden, will davon nichts wissen, schon wegen der schönen Wohnung und des František und ihrer zwei Buben in Prag bei der Schwiegermutter. Aber sie will den Parteiwisch trotzdem nicht unterschreiben. Und der František darf auch nicht. Sie habe bei den Nazis nichts unterschrieben und unterschreibe auch bei den Kommunisten nichts.

Liebe Ilona!
Damals, während wir auf meine Mutter warteten, zählte ich aus Langeweile die Buchrücken an der Bücherwand der einst Moderschen Wohnung: Hundertsiebzehn in der obersten Reihe. Siebenundachtzig in der Reihe darunter, wegen breiterer Rükken. Der Studienrat hatte scheinbar nach optischen Kriterien und nicht thematisch geordnet. Tante Ritsch staubt die Bücher nicht ab, weil das wär' für die Katz'. Der Národní Výbor holt sie nämlich nächste Woche ab. Entsorgung deutscher Literatur. Wahrscheinlich auf die Müllberge. Was glaubst du, was die, außer Büchern, allein an Kleidermengen gehäuft haben? Die Tschechen nehmen nur das Beste und schmeißen das andere weg. Was sollen die auch mit geflickten Unterhosen und bestickten Wandtüchern mit deutschen Sprüchen drauf: Eigener Herd ist Goldes wert. Oder: Tritt ein, bring Glück herein. Dummes Zeug! Also da werden Zeitungen draus. Im übrigen haben sie schon das Klavier abgeholt, einen Bösendorfer für das Kulturhaus im ehemaligen Pfarrhof. Aber dort ist es nie angekommen. Is' mer egal. Das schwarze Ding habe nur Platz weggenommen.

Also die Tanten sitzen jetzt wieder in der Zukunft und ich in der Langeweile. Und während ich mich von der Milch mit

Eierlikör wegdrücke, während von draußen, weiß nicht, zum sechsten oder siebten Male »Muß ich denn …«, während ich an der Kommode entlang …, kein Glasschliff wie bei Großvater Alois, sondern Porzellan aus der Manufaktur Schlaggenwald – Vasen mit Blumenmustern, zierlicher Aschenbecher, Karlsbader Kaffeekanne, zwei Schwäne und ein Pferd –, während ich etwas abseits von der Frau Moder ein gerahmtes Großfoto mit strengen Gesichtern und schönen Uniformen studiere – K. k. Hufbeschlagsschule, Prag –, da höre ich mit halbem Ohr: Der Vacin will nicht weg und hat schon bei den Kommunisten unterschrieben. Und er will tschechischer Staatsbürger und Förster auf der Platt werden. Als ehemaliger Beamter des Forstamts Neudek kann er ja halbwegs Tschechisch. Und den Rest lernt er ja bald. Und vielleicht kriegt die Tante Annl wieder eine Stelle als Lehrerin. Für September hat sie ja ihr Gehalt noch bezahlt bekommen, sehr anständig von den Tschechen. Aber die Schwestern wissen nicht, wer aus Bergstadt Platten schon weggemacht ist. Ob der Förster Fladerer und der Grünes Vater und die Marie, die ehemalige Zipperlein. Und dann sagt die Ritsch: Also, dein Erznazi, der schöne Toni, hat bei den Kommunisten unterschrieben. No, schau emol! Und als er no in Paris war, host' mer koin Cognac gebn dirfn, und koi schwarze Unterwäsch net. Schau emol! Und itze schleckt er den Tschechen den Orsch o.

Und übergangslos an der getroffenen Schwester vorbei: Wenn die Bücher weg sind, dann schmeißt sie die Regale hinaus, sie kann ja keine Butter und keinen Käse hineinschlichten, da müßte sie ja Eisblöcke dazwischen …, und Weinflaschen und Eierlikör passen nur auf das oberste Brett. Und an die Wand kommen das Kanapee und die zwei Klubsessel, weil beim Fenster hinten zieht's im Winter.

Also, das eine Ohr habe ich bei den Tanten, das andere beim Lautsprecher auf der Straße und die Augen am Bücherregal. Und beim Drübergleiten über die bunten Buchrücken kriecht die Langeweile hinter die Bücher und schiebt mir einen Band heraus.

Und dann sitze ich im Buch blätternd. Da ist was los: Die

G e r m a n e n, buchstabiere ich. Und was für Kerle in den Bildern: nackt mit Schild und Schwert gegen die Feinde. Kimbern, buchstabiere ich. Und ein schöner Helm mit Riesenhörnern. Und die Schwerter und Speere und Äxte und die Helmzier des Langobardenkönigs Agilulf.

Siehst du, liebe Ilona, da saß ich, hochrot vor Spannung, blätterte und schaute, und hörte gar nicht mehr, was die Tanten sagten, und hörte nicht, daß der Lautsprecher auf der Straße verstummt war, und hörte auch nicht, daß sich die Wohnungstür zum Gang mit Stimmen füllte, oder hörte zwar, aber nahm nicht wahr. Denn der Arminius mit den Adlerflügeln am Helm übergab den Schatz des Varus an die germanischen Priester, und die liebliche Thusnelda promenierte stolz an Germanicus vorbei, in dessen Triumphzug in Rom. Und als gerade die Markomannen aus Böhmen der germanischen Leibgarde des Marc Aurel die Köpfe abschlugen – der eine Kopf sah aus wie der Kaplan von Bärringen, der meine Mutter ins Schlafzimmer …, also dieser blasse, stille Revolutionsgardist, der andere wie der Direktor Belbl aus dem Lager –, da sagte die Mutter zu mir: Do isser jo!, und klopfte mir auf die Schulter.

Also nun dieser Sprung von den Markomannen zu den aufgeregten Tanten im ehemals Moderschen Wohnzimmer, die abwechselnd die Erika am Arm hatten und mit dem František auf Tschechisch quatschten. Wie ein Sprung ins kalte Wasser. Und die Tanten redeten gleichzeitig, so daß der František nicht wußte mit wem … Und ich tauchte aus den Germanen auf, etwas verwirrt, möglicherweise aus einem Schlummerchen, und die Mutter hockte neben mir und fragte: Wo is'n der Korb und der Rucksack?

Siehst du! Erikas Korbwagen war da. Und auch der Koffer war da.

Nur Mutters Nachthemd und ihre Sonntagsschuhe fehlten daraus. Und ihr Halskettchen mit dem Herz, wo eine Locke von Oskar drin ist. Und auch ihre Uhr fehlte, die Omega mit dem Krokoarmband aus der Schweiz, das Geschenk von Tante

Hedwig. Denn Mutter und Erika waren am Bahnhof gefilzt worden. Und man hatte Mutter auch zwischen den Beinen gefilzt, wo Frauen angeblich was verstecken können. Hatte sie aber nicht. Wer denkt'n an so was. Und stellt euch vor: einer wollte auch die Erika zwischen den Beinen ..., aber der andere hat ihm auf die Finger gehaut. Nicht mal als Österreicherin bist du was wert. Gott sei Dank waren die von Rudl beschafften Papiere in Ordnung gewesen, sonst hätte František im Neudeker Lager nachforschen müssen. Und morgen hätte Mutter vielleicht Pflastersteine auf den Kirchplatz vor Ritschs Milchladen geschleppt.

Und jetzt sind auch Korb und Rucksack weg, und sie hockt verloren neben mir am Bücherregal, harte Kerben um den Mund, mit hängenden Schultern, und ihre Hände liegen schlaff am Boden. Mutlos. Denn jetzt ist auch die Strickjacke weg und die Stangenwurst und das andere Essen. Und meine Mundharmonika.

Nein, sie weint nicht. Aber ihr stummer Vorwurf füllt meine Brust. Und mein schlechtes Gewissen paart sich mit Trotz, denn ich kann ja nichts dafür. Und ich möchte in die Schlacht ziehen, mit Eisenhelm und Schwert und der Mauser 34 gegen die Zigeuner im Zug, und besonders jenem, der mich aus dem Fenster werfen wollte. Jawohl! Und ich hätte gerne all die Markomannen und anderen Germanen hinter mir gehabt, aus dem Buch, und wir hätten den Korb und den Rucksack zurückerobern können.

Wie soll ich's dir erzählen?

Das Schlimmste ist am nächsten Tag über uns nieder.

Wir sind heim nach Platten gefahren. Die Ritsch hatte uns neue Billetts gekauft und in eine Tasche Käse, Butter und eine Flasche Eierlikör gepackt. Als Ausgleich zur verlorenen Hartwurst und dem Bauchfleisch, hatte sie gesagt. Fett ist Fett. Und ich hatte heimlich »Die Germanen« unter Erikas Decke im Kinderwagen gesteckt. Die sollten nicht zu einer tschechischen Zeitung umfabriziert werden.

Der Rößlerin kullerte sofort das Wasser aus den Augen, als

sie die Haustür aufmachte und uns stehen sah. Freud und Leid schmecken gleich bitter, wenn man abgeknutscht wird. Kinnerchen, Kinnerchen, heulte sie und drückte immer wieder zu. Daß ihr nur da seid, wiederholte sie ein aufs andere Mal, daß ihr nur da seid. Weil die Wohnung ist schon von Tschechen besichtigt worden. Die sind aber wieder abgezogen, weil es kein Bad und WC gibt. So was lassen sie den Zigeunern, sagen sie.

Und der Hausflur im Halbdunkel, vertraulich wie immer.

Und der Geruch, den du tief einziehst, miefig, weil abgestanden. Auch vertraut, aber stärker als früher, weil die Rößlerin den Flur nicht mehr durchlüftet. Haustür und Gartentür bleiben wegen der Raubtouristen fest verriegelt.

Und das Pappschildchen an der Parterretür, auf dem »Schindler« steht. Als ob die vier Frauenzimmer noch da wären. Luise und Frieda mit Mutter und Großmutter.

Und die Treppenbretter, die noch immer knarren.

Und die Dielen gebohnert wie immer. Sonnenblumen in der Vase. Also Blumen wie immer.

Und die frisch bezogenen Betten in unserem Schlafzimmer. Und über den Betten Jesus im Nachthemd, der noch immer den blonden Knaben über den Steg führt. Nur über dem Kanapee im Wohnzimmer fehlt das Bild Oskars. Sein zertrampeltes Konterfei mit dem Schußloch der Revolutionsgarde in der Stirn ist in der Kredenzlade. Mutter wirft es nicht weg. Das wäre wie Begraben, sagt sie. Ein zweites Foto, welches Mutter an die Deckeldose in der Kredenz gelehnt hatte, liegt flach auf dem Bord. Die stützende Deckeldose aus dunkelgrünem Smaragdglas mit Facettenschliff, das Geschenk Oskars im letzten Urlaub, ist ihm entzogen worden. Auch der Zinnteller, hinter dem Mutter ihr Sparbuch versteckt hatte, ist weg. Sonst fehlt nichts. Auch Onkel Pats SA-Stoff ist noch da. Die Farbe hat wohl nicht gepaßt.

Und drüben bei der Rößlerin wellt erst einmal ausufernde Betriebsamkeit über den Küchentisch, zerfahren, unkonzentriert, ausflüchtend: also einmal die Teller her, und dann einer zuviel, weil die Erika ja keinen braucht, und dann alle wieder weg, weil wir eigentlich Suppentassen brauchen, und dann schimpft sie auf ihren Mann Josef, weil der Teifi seinen Pfeifentabak in Eigenbau mache und nach dem Beizen ihr Backblech zum Trocknen mißbrauche. Das Blech ist jetzt ruiniert, sonst hätte sie heute einen Kuchen gemacht. Und die Semmelbröselmaschine sei auch hin, weil er damit die Stengel und Rippen zerbröselt hat. Also ein dankbares Thema, um die Zeit zu schieben, weil sie nicht weiß, wie sie anfangen soll mit dem, was ihr auf dem Herzen brennt. Aber Rache ist süß, sagt sie daher, denn als ihr Josef den letzten Zucker in die Beize ..., da habe sie ihm einen Pack der gehätschelten Tabakblätter geklaut. Jawohl, und die sind jetzt im Wäschekasten statt Mottenpulver. Und riechen außerdem besser. Ach ja, es wird Zeit, daß wieder normale Zeiten einkehren.

Und bei diesem Stichwort greint sie los und fängt uns wieder zum Abknutschen an, also salzhaltig, und dabei sind wir noch gar nicht mit der Suppe fertig. Kinnerchen, sagt sie hochtönig und wischt sich die Nase, itze seid ihr ganz alleene. Ganz alleene ohne Vatr und Großvatr, weil der Julius und die Tante Marie ausgewiesen worden sind. Vorige Woche schon. Aber sie haben nur die Marie ausweisen können, weil der Julius nicht mehr da war. Der ist nicht zum Sammelplatz gekommen. Nein! Und die Marie hat auch nicht gewußt, wo er geblieben ist. Als sie morgens um halb sechs mit ihren paar Habseligkeiten losziehen wollte, war er nicht mehr im Haus. Gegen Mittag haben ihn dann die Partisanen gesucht, aber nicht gefunden. Nur seine Ziege, die Meck, die Katze und ein Huhn lagen hinter dem Schuppen. Mit durchgeschnittener Kehle, jawohl. Und der Gockel hat vor dem Schuppen hin und her randaliert. Also gekräht, obwohl Mittag war. Den haben die Partisanen mitgenommen.

Die Mutter starrte still in die kalt werdende Erdäpfelsuppe.

Ihr Vater also ausgewiesen. An diese Möglichkeit hatte sie gar nicht gedacht. Das letzte Mal, als sie ihn sah, stand er mit Marie und Naz, dem Türmer, beim Friedhof, vor dem Eingang der Antoniuskapelle, und hat mit wässrigen Augen eine Tasche hergehalten. Wegzehrung für unsere Aussiedlung, als wir noch keine Österreicher waren. Eine gebratene Henne, gekochte Eier und eine Blechkanne Schwarzbeeren. Dafür hat ihn ein Gardist das Gewehr über den Schädel geschlagen. Und mir die Tasche weggenommen.

Und jetzt rinnt auch der Mutter ein lang gehaltenes Wässerchen zum Mundwinkel, und sie schleckt es weg und löffelt etwas Suppe hinterher, also den linden Suppengeschmack aufbessernd, aber wahrscheinlich hat sie das gar nicht gespürt, denn ziemlich geistesabwesend sagt sie: Und er is' extra in die Schwarzbeer, obwohl's verboten war.

Da ist der Julius also nun, bockig, wie er ist, rappelköpfig, hartschalig, weichherzig, schneckenhäuslich, wie die alte Schmieda tief verwurzelt in diesem Landstrich, nicht zur Vertreibung gegangen. Diesen Triumph hatte er den Tschechen nicht gönnen wollen. Am Ende hätten sie die Gendarmerie unter dem Postenkommandanten Hawliček, seinem Freund, als Eskorte beordert. Unvorstellbar, wo doch beide den Waffenrock des Kaisers getragen hatten. Er, Julius, bei den Dreiundsiebzigern in Eger und der Hawliček bei den Fünfunddreißigern in Pilsen.

Also, was sagst du? Stell dir vor, es ist Vertreibung und keiner geht hin. Die können doch nicht alle, weil sie nicht kommen, erschießen oder erschlagen, vor den Augen der Allierten? Oder stell dir vor: Es ist Krieg und keiner geht hin. Aber lassen wir das, denn auch der ignoranteste Sprücheklopfer in einem Friedensbüro weiß, daß es eine Gestapo oder eine SNB, Stráž Národní Bezpečnosti, also die Wache der nationalen Sicherheit, welche formal die Partisanengarde abgelöst hatte, aber meist aus denselben Leuten bestand, oder ein Wehrgesetz mit Feldpolizei und Standgerichten oder das menschliche Duckmäusertum im allgemeinen gibt. Deshalb gehen die Leute zum nächsten Krieg auch wieder hin.

Der Julius hat das gewußt und ging trotzdem nicht zur Vertreibung. Wohin ging er?

Die Rößlerin weiß es nicht, aber greift zum Geschirrtuch, wischt sich die Augen und reicht es Mutter, und diese sagt: Da hot er epper schwarz ieber d'Grenz g'mocht, dr Vota, und die Rößlerin pflichtet ihr bei. Und beide wissen, daß sie sich damit nur ein bißchen trösten wollen, und die Else Rößler schnäuzt sich kräftig in das Geschirrtuch, es muß ja eh in die Wäsch'.

Und ich bin froh, daß die Wasserströme jetzt vorbei und ermatteten Seufzern gewichen sind, denn sonst hätte ich auch noch … Weil der Höllteifi Fritz ist nicht mehr da. Seine Familie, die Fladerer sind, obwohl noch nicht ausgewiesen, aus dem Forsthaus verschwunden. Also, es gibt künftig keine Abenteuer mehr hinterm Plattenberg, von denen die Mutter nichts weiß. Zum Beispiel verhafteten wir einmal am Schwarzwasserhang einen englischen Piloten, der mit dem Fallschirm in die Baumzweige neben unserem Baumhaus gerauscht war. Und einmal pumpte der Fritz Regenwürmer auf, bis sie platzten. Und einmal steckte der Fritz Wühlmäuse an die Heliumflasche, damit sie fliegen. Und dann lachten wir die Bombenmädchen aus dem Ruhrgebiet aus, weil sie das Lagerfeuer nicht auspinkeln konnten. Und einmal gab der Fritz den Hennen Eierlikör in den Brei, bis sie torkelten wie die alte Schmieda nach dem Wirtshaus. Und immer wieder mit der Steinschleuder auf den halbzahmen Eichelhäher in den Nußbäumen der Alten. Und der Spottreim: Nussa, Nussa, komm heraus! Wir treiben dir den Teufel aus. Und ihr Schimpfen: Ihr Grünschnäbel, ihr Wichser, ihr Saubären.

Und unser Lachen, denn sie hat mit Steinen nach uns geworfen, aber nicht getroffen. Und jetzt ist der Fritz nicht mehr da. Und auch der Claudi ist nicht mehr da. Und der Rud ist nicht mehr da. Und der Dolfi ist nicht mehr da, dem ich die Maulwurfsgrillen ins Ministrantenhemd …

Es war einmal eine Rasselbande, die verstopfte der alten Schmieda das Ofenrohr mit Hadern, so daß sie beinahe ausgeräuchert wurde. Es war einmal eine Rasselbande, die hat in der Nachbarschaft viel abkassiert, mit Tschingbum und Trara, wenn Namenstage oder Geburtstage gefeiert wurden. Die Leute haben gerne gespendet, um sie wieder loszuwerden. Lieber als ans Winterhilfswerk trotz der jämmerlichen Katzenmusik:

Harry mit dem Saxophon, Gert mit der Mundharmonika, Fritz mit einem Kamm, umwickelt mit Seidenpapier, und Rud mit zwei Sterzen, welche er Mutters Kochtöpfen entlehnt hatte. Nur einer davon ist mit seinen Eltern und dem Saxophon übrig geblieben: Harry Edelmann vom Nebenhaus. Aber der ist um ein halbes Jahr jünger als ich und nur zum Schneeburgbauen gut und zum Mädcheneinmauern. Der läuft vor jeder Henne davon, die mit abgeschlagenem Kopf ums Hauseck biegt und vor dem Brunnen liegen bleibt, wo sie ausrinnt.

Und furchtbar, sagt die Else, unsere Apothekerin hat sich im Lager aufgehängt. Die hat dort monatelang mit der Nummer zwei am Buckel rumlaufen müssen: Zwangsarbeit. Zehn Jahre Uran in Joachimsthal. Und die Thielschwestern sind in einem KZ bei Königgrätz, Hradec Králové. In diesem Hussitennest als Landarbeiterinnen. Und dabei ist die Gust, die arme Maad, schwanger. Wahrscheinlich ein Abschiedsgeschenk von ihrem Franzos'. Oder einem SSler.

Und noch was, sagt sie, fast beiläufig: Der Türmer, der Naz, ist auch nicht zur Vertreibung gegangen, obwohl er nicht weit gehabt hätte runter auf den Marktplatz. Den haben die Partisanen aber im Nu gefunden. Am Glockenstrick hängend: barfuß, seinen Strohhut am Kopf und den Rucksack am Buckel. Und da hat er den Totenschädel drin gehabt. Ist das nicht furchtbar? Nur gut, daß wir keine Glocken mehr haben, sonst hätt's anständig gebimmelt.

Der Kuckuck kuckuckt und bimmelt nicht.

Bei Großmutters Kuckucksuhr in Karlsbad zum Beispiel kuckuckte er jede Viertelstunde. Und zur vollen Stunde kukkuckte er die Anzahl der Tagesstunden. Eine fleißige Kuckukkerei. Jeder Nerv kuckuckte mit. Nur des Türmers Turmuhr kuckuckt nicht, sondern schlägt. Nervschlagend den gleichen Zeitenlauf. Beide Uhren kuckucken und schlagen deckungsgleich, weil sie nach der Zeitansage des Großdeutschen Rundfunks eingestellt worden sind. Also, sie bimmeln nicht. Gebimmelt hätte nur das Turmgeläute, wenn es nicht – wie im ersten

Krieg – in Kanonen gesteckt worden wäre. Früher sind die Kanonen gesegnet worden, damit sie reiche Ernte halten. Quasi zur materiellen auch eine geistige Kriegsinvestition der Kirchen. Weiß nicht, wie's diesmal war.

Wie dem auch sei: Der Amtsarzt hatte gesagt, der Tod müßte schon vor sechs Uhr früh eingetreten sein. Nicht sehr viel früher, weil der Schnapsgeruch noch frisch war. Wahrscheinlich Vogelbeer. Aber ich kenne meinen Freund Naz und sage: Gebimmelt hätte es nicht vor sechs, sondern mit dem ersten Schlag der Turmuhr, also Punkt sechs, weil der Türmer bedeutungsschwere Zusammenhänge geliebt hatte. Sein Tod als Inszenierung. Gebimmelt hätte es vielleicht bis zum letzten Schlag, weil da hätte er sich nicht mehr bewegt. Also vom ersten bis zum sechsten Schlag. Sechs Schläge lang kann sich ein Erhängter schon bewegen. Um Mitternacht wäre es schwieriger gewesen. Da hätte es zum Bimmeln aufgehört, während die Turmuhr noch geschlagen hätte. Das hätte er nicht gewollt. Denn in seinen abgeschlossenen Lebensweg hinein, quasi in die hängende Stille, hätte er keine Turmuhr schlagen lassen. Zwölf Schläge wären zu lange gewesen. Außerdem sollte seine Reise ins Jenseits punktgenau mit seiner Vertreibung beginnen. Die Revolutionsgarde hatte für so was ja Verständnis, denn sie war auch punktgenau: Mit dem ersten Sechserschlag der Turmuhr begann sie unten am Marktplatz mit dem Abhaken der Namenslisten. Bevor der Naz seine Reise angetreten hatte, mit dem Totenschädel im Rucksack wie bei seinen Wanderungen durch die Wälder, konnte er auf jeden Fall noch den Wechsel des Tageslichts schauen. Von Bärringen her war, nachdem es in der Nacht heftig gewittert hatte, die Sonne hochgekrochen, ins eigene, langsam verblassende Farbenspiel hinein. Bei verblasster Morgenröte mußte nun unten am Platz jede verlesene Person »tady« schreien. Wie beim Standesappell in der Kaserne. Wehe, es war nicht laut genug. Bei Grünes Julius und Kraus Ignaz kamen keine Antworten. Da konnte die Garde noch so wild werden und laut herumbrüllen. Die arme Grünes Marie mußte wegen des Fehlens ihres Schwiegervaters arg büßen, obwohl sie von nichts wußte.

Also:
Es war einmal ein Türmer, zu dem ich die »Fidele Kommode« hinaufgeschleppt hatte, obwohl er schon rings mit Büchern umschlichtet war. Seine Barrikaden gegen die Welt draußen. Die »Fidele Kommode« war mein erstes Märchenbuch: »Mir träumt, ich bin der liebe Gott und sitz' im Himmel droben. Und Englein sitzen um mich her, die meine Verse loben« (Heine).

Es war einmal ein Türmer, der mir Lesen und Schreiben beigebracht hatte: »A« wie Albatros, »B« wie Bombe, »C« wie Cody-Doppeldecker, aus dem Flugzeugbuch, weil das Schriftbild leichter zum Lesen war als in der »Fidelen Kommode«. Also lateinisch nüchtern und nicht gotisch verschnörkelt.

Es war einmal ein Türmer, dessen Zauberreich nur durch einhundertachtunddreißig Stufen erreichbar war. Mit jeder Stufe aufwärts öffnete sich eine Tür in meine kindliche Phantasie.

Es war einmal ein Türmer, um den die Hunde einen Bogen machten und der um Mitternacht Orgel spielte. Unmittelbare Anwohner ätzten, es wäre besser gewesen, wenn man die Zinnpfeifen, so wie im ersten Krieg, eingeschmolzen hätte.

Es war einmal ein Türmer, dessen Krippe das ganze Jahr über zu bestaunen war und einen geländereichen Schauplatz für den Partisanenkampf abgab: Felsen, Büsche, Höhlen, Mauern.

Es war einmal ein Türmer, der während des Kriegs BBC hörte und die Siege Oskars auf einer kaiserlich-königlichen Generalstabskarte absteckte. Noch lange nach Oskars Vermißtenmeldung, als es nur noch selten Siege gab, steckte er ab und hörte erst auf als Danzig gefallen war. Das war am 30. März. Da nagelte er die Generalstabskarte zu.

Es war einmal ein Türmer, der vor dem Krieg das Turmgeläute gebimmelt hatte: bei Feuersbrünsten, bei Hagel- und Sturmdrohung, zu Begräbnissen, zu Messen, zur Wandlung. Nach Kriegsbeginn, als die Glocken abmontiert waren, bekam er ein Telefon. Gebimmelt wurde nur noch zur Wandlung mit den Handschellen, und zwar von den Ministranten. Von mir ab 1943. Wir bimmelten mit Leib und Seele, schön wie Schlittengeläute. Hoc est enim Corpus meum. Das ist mein Leib …

Es war einmal ein Türmer, der nunmehr vor den Messen mangels Glocken in ein Horn blasen mußte. Dreimal in jede Himmelsrichtung. Und bei Feuersbrünsten, bei Hagel- und Sturmdrohung zum Telefon greifen und die Feuerwehr anrufen mußte. Die warf dann die Sirene an. Sirene statt Glocke. Das ist ein Unterschied wie zwischen Sturzkampfbomber und Ostersonntag. Meist heulte die Sirene schon los, bevor der Türmer anrufen konnte. Besonders bei Fliegerangriffen. Dieser Informationsvorsprung der Feuerwehr schmerzte ihn, erstens aus Konkurrenzgründen, zweitens, weil seine Bedeutung von Kriegsjahr zu Kriegsjahr geschwunden war.

Es war einmal ein Türmer, der bei Begräbnissen nicht ins Horn stoßen durfte. Das hatte der Ortsparteileiter Max Kleister gegen Hochwürdens Willen im Wege des Bürgermeisters verfügt. Im Krieg, meinte er, solle der Tod, auch wenn er zivil ist, nicht an die große Glocke beziehungsweise ans Horn gehängt werden.

Es war einmal ein Türmer, der barfuß am Seil hing. Sein Strohhut war ihm durch die Straffung des Seils im Nacken bis auf die Nasenspitze gerutscht. Das Seil hatte sich Punkt sechs, als er mit dem ersten Glockenschlag vom Stuhl sprang, gespannt. Sein Horn hing rechts oberhalb der Krippe an dem Nagel, an dem der Totenkopf – Aug' im Aug' mit jedem Eintretenden – anfängliches Besucherunbehagen und nachwirkend den kauzigen Ruf des Türmers verbreitet hatte. Ich traue ihm zu, daß er – bevor er auf den Stuhl stieg – ins Horn gestoßen hatte wie weiland Roland bei Roncesvalles. Im Rahmen seiner Selbstinszenierung. Wie bei Roland kam keine Rettung. Nicht einmal vom Rübezahl und der wilden Schar der Berggeister, die ihn in der vorangegangenen Nacht umtobt haben mögen. Und bei seinem Begräbnis an der bahnseitigen Friedhofsmauer waren nur drei, vier Leute dabei. Die schauten trübsinnig verinnerlicht, aber niemand stieß ins Horn oder intonierte »Ich hatt' einen Kameraden«, bevor sie zum Spaten griffen. Auch sein Freund Julius drückte sich nicht im Hintergrund herum und spähte aus sicherer Distanz. Er war ein wertvoller Mensch, sagte Hochwürden zu den Anwesenden, als er ihm, entgegen katholischen Brauches bei Selbstmördern, den letzten Segen spendete. Es war einmal ein Türmer.

Und schau einmal!

Bevor der Rößler Else wieder die Tränen kommen konnten, sagte sie: Fiern Gung ho i wos von Hochwirdn, und rückte mit einem schweren Pack an. Es waren »Die fidele Kommode«, »Flugzeuge: Pioniere und erste Flugexperimente«, »Old Shatterhand« und »Winnetou«. Die Bücher hatte der Herr Pfarrer gebracht, weil der Türmer einen Zettel mit meinem Namen hinterlassen hatte. Und während der Rößlerin weitere Neuigkeiten entströmten, Linke & Neumann am Bahnhof, Annls Handschuhfabrik, hat endgültig zugesperrt, der tschechische Správce ist mit einem Teil der Lagervorräte verschwunden, die Linkefamilie ist ausgesiedelt worden, Annl könne in der Zinkerei ihres Mannes anfangen, für Badewannen gäbe es einen Großauftrag, aber zuwenig tschechische Arbeitskräfte, da war ich schon, welch Zufall, bei Max und Moritz und ihrem ersten Streich, den sie der Witwe Bolte spielten: Da hatten die drei Hühner und der Hahn das Brot gefressen, welches an vier Schnüren geknetet war, und flatterten in die Höh' und baumelten am Baumast, »Und ihr Hals wird lang und länger, / ihr Gesang wird bang und bänger«, und trotz der makabren Ähnlichkeit mit dem Türmerschicksal und der Trauerminen von Mutter und Rößlerin mußte ich lachen, weil der Fritz hatte das auch einmal probiert. Mit den Hennen seiner Mutter. Aber die hatten das Brot von den Schnüren gepickt, und nichts war passiert. Wir warteten damals vergeblich auf das hektisch blinde Aufflattern zum Baum hinauf wie in der Illustration von Wilhelm Busch: »Jedes legt noch schnell ein Ei, / Und dann kam der Tod vorbei.« Nur der Hahn legte etwas anderes.

Liebe Ilona,
Fritz war zwei Jahre älter als ich und schon 1943 – kurz bevor die Vermißtenmeldung von Oskar eintraf – eingeschult worden.

Ich wurde im September 1945 eingeschult und hätte mich

gerne ein bißchen nach meinem Vorbild Fritz orientiert. Schließlich wäre er in diesem Jahr den nötigen Respekt verdienende Drittklassler geworden. Auch auf Harry Edelmann konnte ich nicht bauen, da er ein halbes Jahr jünger war als ich und erst nächstes Jahr eingeschult werden sollte. Seine Eltern wollten die politische Entwicklung abwarten. Wie werden die deutschen Kinder behandelt? Auch Mutter wollte mich noch nicht einschulen lassen. Die mochn an Tschech aus dir, hatte sie gesagt, und außerdem: Wer soll auf Erika aufpassen, wenn ich in der Zinkerei bin?

Aber dann war der Lehrer Drahoslav Sveida, der inzwischen die provisorische Leitung unserer Schule übernommen hatte, höchstpersönlich erschienen, hatte verbindlich gescherzt und darauf hingewiesen, daß auch österreichische Kinder, deren Wohnsitz sich auf dem Staatsgebiet der Tschechoslowakischen Republik befände, der nationalen Schulgesetzgebung unterliegen. No prosím, sagte er, haben wir die allgemeine Schulpflicht seit eirer Kaiserin Maria Theresia. Und dann bedauerte er ausdrücklich die Sache mit dem Türmer Naz, den er gekannt hatte.

Du sollst wissen:
Als Stadtschreiber hatte Ignazius Kraus vor dem Anschluß manchmal den Besuch Sveidas in seiner Türmerstube empfangen und den Lehrer schätzengelernt. Drahoslav Sveida fürchtete sich nicht vor Totenköpfen, liebte mystische Stimmungen und den Vogelbeer Julius'. Er brachte nicht nur Fotos von der Einweihung der tschechischen Schule und die Hintergründe ihrer Entstehung mit, sondern jeweils auch einige Flaschen Bier zur Milderung der Vogelbeerschärfe. Spätabends sollen die beiden hin und wieder gesungen haben. Also, meine Liebe, dieses Gerücht hat man in den Wirren des Mai 1945 an das nationale Ohr des frisch formierten und unter anderem mit Sveida bestückten Národní Výbor herangetragen, welches für solche Einflüsterungen offenstand wie ein Scheunentor bei der Ernte. Daraufhin hat man den liberalen, 1936 aus dem Böhmerwald geholten und nach dem Zusammenbruch aus Kladno wiederbe-

orderten Lehrer aus dem N. V. hinausgeworfen und durch einen scharfen Kommunisten, wahrscheinlich den Einflüsterer, ersetzt.

Also, was schrieb der Naz nach den Aufwärmschnäpschen in seine Annalen?

Die tschechische Schule in Bergstadt Platten, schrieb er, wurde 1936 eröffnet und bestand aus zwei Räumen im ehemaligen Kolb-Schneider-Haus, dem späteren Arbeitsamt am Marktplatz. Es gab einen Vorraum mit Kleiderablage und Hausschuhregalen und ein Klassenzimmer. Die neunundzwanzig Schüler, meist Deutsche – alle waren auf einem Klassenfoto vielreihig ernst, in die Tiefe gestaffelt vereinigt –, schätzten besonders den Tischtennistisch und die modernen Schultafeln, die nach oben und unten verschieb- und seitlich schwenkbar waren. Initiatoren der Schulgründung waren Hans Novotny und der Bahnhofsvorsteher Franz Krlin. Die Einweihungsfeier, von der es die meisten Fotos gab, fand im Hotel Imperial statt. Höhepunkt der Veranstaltung war der Auftritt der dreißigköpfigen Kinder-Musikkapelle aus Graslitz, welche schon Gastspiele bis nach England gegeben hatte. Unter dem Klassenfoto mit den steifen Kindergesichtern hatte der Türmer feinsäuberlich die Schülernamen mit den Wohnadressen und den Berufen der Väter notiert. Wie bei der Sonntagsmesse die Mädchen links, die Knaben rechts. Meist waren es die Kinder der in staatlichen Verwaltungs- und Dienstleistungsorganen tätigen Plattner oder Tschechen, die nach 1918 zugezogen waren: Die Väter waren Postmeister, Briefträger, Justizbeamte, Bahnbedienstete, Gendarmen.

Und ich muß nachholen:
Als die tschechische Schule gegründet wurde und am Marktplatz im ersten Stock des Kolb-Schneider-Hauses Unterschlupf fand, stand das Plattner Schulgebäude der allgemeinen Volks- und Bürgerschule schon seit genau sechsunddreißig Jahren an der östlichen Ortsausfahrt zum Plattenberg hinauf, wo es auch heute noch steht und seine ursprüngliche Funktion erfüllt.

Dreigeschossig blickt es mit der Hauptfassade über den ganzen Ort und imitiert mit den stilisierten Ecktürmen die evangelische Kirche auf der nördlichen Straßenseite. Als die Kommunisten in den siebziger Jahren Aluminiumfenster einsetzten, schlugen sie den Stuck der Gründerzeit ab und asphaltierten den Park vor dem Stiegenaufgang zu brüchigen Parkplätzen um. Und die evangelische Kirche verkam zur Ruine. Eine besondere Art der Vergangenheitsbewältigung.

Vor dem Anschluß gab es in unserer Schule zwar keinen Tischtennistisch wie in der tschechischen Klasse am Marktplatz, aber dafür einen Turnsaal und bergseitig den Pausenhof mit dem anschließenden Sportplatz. Unter den Nazis zog die mittlerweile im Lager erhängte Apothekerin, die erste Frauenschaftsleiterin von Platten, mit ihren Frauen in die Räume der tschechischen Schule ein, gab den Tischtennistisch aber nicht an die allgemeine Volks- und Bürgerschule ab. Erst kurz vor dem Krieg konnte Walter Dittrich, der Schuldirektor und Freund des Türmers, nach zwanzigjähriger, jeder Neuanschaffung abholden Budgetnot den Pausenhof und den Vorraum zum Turnsaal mit Tischtennistischen bestücken.

An meinem ersten Schultag waren die mittlerweile verquollenen, von der Mitte zu den Längsenden hin verblassenden Spanplatten und die löchrigen Netze sechs Jahre alt. Trotzdem herrschte in der großen Pause anhaltender Andrang um die drei Tische. Also, zwei Tische standen – von Schülern der drei höheren Volksschulklassen (die Bürgerschule war noch außer Betrieb) belegt – im Schatten des südlichen Gebäudeflügels und der dritte halb in der Sonne. Blinzelnd gegen die Sonne und einen hageren Rotschopf spielte mein dunkelhäutiger Sitznachbar Slatko. Der Rotschopf, kraushaarig, knochig mit verschorften Knien, einen Kopf größer als ich, ähnelte meinem Freund Fritz und hieß Mirko. Nach jedem geschmetterten Punkt hüpfte er aus dem schrägen Schlagschatten nach oben und bleckte die Zähne. Sein Haarschopf glühte dann in der Sonne wie Feuer, und die zusehenden Kinder applaudierten. Nein, nicht alle applaudierten. Das Grüppchen unter den Turnsaalfenstern applaudierte nicht. Verschworen, schweigend abwartend, mißtrauisch ergeben, drückte es sich an der Hauswand entlang und wußte nicht, wie ihm war. Drei Buben und zwei Mädchen. Sie sahen zwar zu, aber applaudierten nicht.

Die Kinder trugen weiße Armbinden auf Jacken, Hemden und Blusen. Bis auf einen Knaben. Der hatte einen funkelnagelneuen kurzhosigen Jägeranzug an, also Sonntagsanzug in einer Farbe wie Dünnpfiff mit dunkelbraunen Aufschlägen und Hirschhornknöpfen, trug aber keine weiße Binde. Im Schatten an der Hauswand entlang, auf Höhe der anderen Tischtennistische, gaben sich auch andere Schülergruppen in weißen Armbinden schweigsam abgesondert, schicksalsbewußt, oder tuschelten miteinander. Sie fühlten sich schuldig, aber wußten nicht wofür und warum. Sie fühlten sich schuldig, weil sie einfach da waren in dieser Stadt.

Siehst du, liebe Ilona, die mußten ja tuscheln und die Köpfe zusammenstecken, quasi konspirativ, mit absichernden Blicken nach links und rechts, flüsternd, immer unter der Bedrohung, daß ihnen ein Lehrer über den Schnabel fuhr oder auf die Finger haute, wenn er ein deutsches Wort hörte. Denn in der ersten Stunde jenes ersten Schultags war der Direktor Sveida in unserer Klasse erschienen, hatte auf Tschechisch eine Ansprache gehalten, dabei abwechselnd auf das frisch gerahmte Bild des Präsidenten Beneš und auf unseren Klassenlehrer weisend, und hatte kurz auf Deutsch erklärt, daß wir Deutsche, als mutmaßliche künftige Bürger der Tschechoslowakischen Republik, in die tschechische Nationalität hineinwachsen müßten. Das würde schneller gehen, als wir uns denken, wir müßten nur ein paar Regeln beachten, und in einem halben Jahr seien wir schon ganz brauchbare Tschechen, und dann sprechen wir uns wieder. Dobrý den! Und dann hat uns, weil wir zusammengedrängt saßen wie die Schafe beim Gewitter, der Klassenlehrer auf die anderen Bänke zwischen Tschechen und slowakische Zigeuner aufgeteilt. Also pädagogisch im Sinne eines schnellen sprachlichen Lernerfolgs. Und mich hat er mit scheelem Blick auf meinen neuen Jägeranzug zuerst in die letzte Bank, aber dann wegen des besseren Hineinwachsens in die tschechische Nationalität neben den dunkelhäutigen Slatko gesetzt. Und zwar in die vordere Hälfte der durch zwei Mittelgänge geteilten Bankreihen. Die hinteren der für achtundvierzig Schüler vorgesehenen Bänke waren mangels ausreichender Erstklassler nicht belegt. Wir waren nur siebzehn Buben und Mädchen. Zwei der insgesamt vier Klassenräume auf unserer Gangseite blieben aus demselben Grund zugesperrt.

Es war einmal ein SA-Stoff.

Den hatte der Grünes Seff gekauft, bevor er zur Luftwaffe eingezogen wurde. Er wollte sich daraus eine SA-Ausgangsmontur schneidern lassen, mit Breeches, wie sie der Ortsgruppenleiter Max Kleister trug.

Es war einmal ein Ballen SA-Stoff, auf dem saß die kurzstummelige Grünes Marie, vormals Zwitterlein, eine begnadete Köchin von Sauerbraten mit griene Kließ, wie die Henne auf dem Ei und gackerte gegen ihre Schwägerin Annl, welche ein begehrliches Auge auf den Stoff geworfen hatte. Annl meinte, ihr Bruder Seff würde nach dem Krieg nicht in einer solch albernen SA-Kluft rumrennen, sondern in Fliegeruniform mit Abzeichen drauf. Und die Marie könne ihm auf die Brust draufsticken, wieviel Tommys er abgeschossen habe, mit Eichenlaub umrandet.

Es war einmal ein SA-Stoff, der wechselte nach Seffs abenteuerlicher Heimkehr aus dem Krieg – noch vor seiner Verhaftung durch die Tschechen – den Besitzer. Onkel Pat schenkte ihn gegen den keppelnden Widerstand seiner Frau meiner Mutter.

Es war einmal ein SA-Stoff, der wurde von Revolutionsgardisten verschmäht, nachdem sie mit meiner Mutter im Schlafzimmer fertig waren. Das Gelb war ihnen wahrscheinlich zu eindeutig Gelb, obwohl einer von ihnen ehemalige Parteibreeches trug. Sie nahmen nur den blauen Stoff für meinen Matrosenmantel, den grauen Stoff für Mutters Kostüm und zwei Garnituren Bettwäsche mit. Und die schwarzseidene Unterwäsche aus Paris, das Geschenk von Tante Annl in Neudek. Auch spätere, an unserer Wohnung interessierte Besucher ließen den

Stoff liegen und nahmen nur einen Zinnteller und Oskars Dekkeldose aus grünem Smaragdglas mit.

Es war einmal ein braungelber SA-Stoff, der, weil ihn niemand wollte und ich eingeschult werden sollte, meine Mutter zu nächtelanger Näharbeit zwang. Den passenden, seit Jahren aufbewahrten Schnitt hatte sie aus der »Münchner Illustrierten Presse«. Es war der Schnitt eines Jägeranzugs mit Stehkragen, Dragoner, Blattspiegel und Taschenaufschlägen. Also hochalpin, zu jedem Jodler passend, die Einfassungen in dunkelbraun. Paßt gut zu Gelb, hatte sie gesagt. Zu Grün hätte es nicht so gut gepaßt. Zu Hellgrün, was für einen Jägeranzug die passendere Farbe gewesen wäre, hätten dunkelgrüne Aufschläge besser gepaßt. Aber woher einen hellgrünen Stoff nehmen? Und in ihrem Nähkästlein hatte sie seit Jahren Hirschhornknöpfe gehortet. Die passen zu jeder Farbe. Also Stoff und Knöpfe für die Einschulung. Weil dies ist ein großer Tag in deinem Leben, sagte sie, fast wie Taufe und Erstkommunion. Und sie hatte dabei wäßrige Augen bekommen.

Es war einmal ein Jägeranzug, der in der Nacht zum ersten Schultag ohne Finalprobe fertig geworden war, der aber wie angegossen paßte und auf den ich mächtig stolz war. Nur die HJ-Kluft hätte mir vielleicht besser gefallen, zusammen mit dem Fehrbelliner Reitermarsch.

Es waren einmal drei Tischtennistische im Pausenhof der Škola von Horní Blatná. Einer davon stand halb im Schatten des Südflügels und wurde von zwei Buben bespielt. Die hießen Slatko und Mirko. Der eine war schwarzhaarig glatt, rund, der andere rothaarig gekräuselt, knochig. Rund um den Tisch stachelten Anfeuerungsrufe den Rothaarigen aus der Reserve. Bei jedem Punkt wurde geklatscht. An der Hausmauer standen die Kinder mit den weißen Binden und verstanden die Anfeuerungsrufe nicht. Sie konnten nicht Tschechisch. Ein Bub stand ohne weiße Binde, aber jeder sah, daß er kein Tscheche war. Wer trug schon als Tscheche einen gelben Jägeranzug mit Stehkragen und Hirschhornknöpfen? Die meisten Kinder waren in Alltagskleidung gekommen, also ohne Sonntagsanzug und Sonntagskleid.

Einige Mädchen mit weißen Armbinden hatten Sonntagstrachtenkleidchen an. Dirndln.

Sie besaßen keine sonstigen Sonntagskleidchen. Und sie hatten ihre Haare zu Zöpfen geflochten, wie sie auch der BDM getragen hatte. Also deutsche Zöpfe. Und Dirndln und Zöpfe gehören zusammen wie Jodler und Jägeranzug. Zur ethnischen Identifizierung ihrer Träger hätte man keiner weißen Armbinden bedurft. So was trugen unzweifelhaft nur Einheimische.

Siehst du, Ilona,
das führt rückblickend zu diversen – wahrscheinlich überflüssigen – Überlegungen: Wen konnte man damals Einheimischen nennen? Uns, die wir mit den Binden oder dem gelben Jägeranzug im Hausschatten standen und zuschauten? Die noch nicht Ausgewiesenen. Dagebliebenen. Nicht-wissen-wohin-Gehörenden. Potentielles Transfermaterial. Abschub- beziehungsweise Podsun-Leute. Geduldet, weil die Eltern noch gebraucht wurden oder Österreicher oder Antifas waren. Bodensatz der Kaffeetasse. Da schütten wir tschechisches Wasser hinein und kochen nochmals auf. Dann wird tschechischer Kaffee daraus, den die Eltern trinken müssen. Auch wenn er ihnen nicht schmeckt. Dünner Kaffee. Ein paar Regeln einhalten, hatte Direktor Sveida gesagt, und in einem halben Jahr sind wir brauchbare Tschechen. Also, da werden wir in die tschechische Nationalität hineingewachsen sein. Was sind wir dann? Sind wir dann noch Einheimische in unserer Heimat? Sozusagen Eingeborene vom Stamme der Erzgebirgler? Oder Fremde in der alten Heimat? Oder Einheimische in der fremden Heimat? Weiß nicht.

Also, solche zu nichts führenden Überlegungen, die nur zum Kopf quälen gut sind, hatte ich damals nicht. Ich empfand meinen Jägeranzug als ortsüblich und kam mir gegenüber dem Rotschopf Mirko, dem die Unterwäsche aus einem Zwickel in der kurzen Hose lugte, wie ein Pfau im Gehege vor. Für mich war er ein Fremder, der außerhalb des Zauns stand, mich anglotzte und mein Gehege Horní Blatná nannte. Wahrscheinlich will er mich ausrotten, wie den Fritz und den Rud und den

Dolfi, oder zumindest die Federn ausreißen. Dazu steigt er über den Zaun und gibt dem Gehege einen anderen Namen. Aber die Namensänderung macht ihn noch zu keinem Einheimischen. Im übrigen kannte ich keinen Einheimischen, dessen rechter Hosenträger mit einer Sicherheitsnadel am Hosenbund befestigt war.

Der Träger rutschte Mirko jedesmal über die Schulter, wenn er nach einem geschmetterten Punkt aus dem Schatten hüpfte und die Zähne bleckte. Nach dem zweiten Seitenwechsel, als sein Gegner, Slatko, die Augen wieder gegen die Sonne kneifen mußte, vielleicht deshalb in Rückstand geriet, unaufholbar, schmiß besagter Slatko den Schläger auf die Platte, hob mit säuerlicher Miene die Schulter und machte eine einladende Handbewegung in die Runde. Doch alle zögerten oder blickten woandershin. Niemand wollte gegen den Rotschopf antreten.

Also, niemand blickte auf mich. Trotzdem dachte ich, Slatko hätte auch mich gemeint, und verließ den schützenden Schatten. Wollte ich mir selber oder den Tschechenkindern etwas beweisen? Mag sein, hatte ich doch halbe Tage lang im Jugendheim bei den Hitlerjungen Pingpong geklopft und manchen älteren Pimpf geschlagen. Oder wollte ich nur vor der ganzen Schar mit dem neuen Jägeranzug ein bißchen Radschlagen wie der Pfau in der Sonne?

Wie dem auch sei: Ich ergriff den Schläger, stellte mich in Positur und blinzelte ins Gegenlicht. Alle schauten. Auch Mirko. Zuerst auf mich, dann gen Himmel, verwundert unter hochgezogenen Augenbrauen, kniff dann mißbilligend die Mundwinkel und sagte: »Ne!«

Ich dachte, wieso ne?, tänzelte ein bißchen aus den Hüften heraus, machte mit dem Schläger auffordernde Bewegungen aus dem Handgelenk und sagte: Nu kumm schu!

Aber er blieb beim sturen »Ne!«, drehte sich in die Runde, streute verächtliche (so meinte ich) Bemerkungen aus und spuckte seitlich in den Kies.

Nu kumm schu! sagte ich und wiederholte meine Handbewegungen.

Neser mě! sagte er (also: Scheiß mich nicht an!, wie ich später lernte), kam grimmig um den Tisch, riß mir den Schläger aus der Hand, warf ihn auf den Tisch und quasselte wieder in die Runde. Meinte wohl: Also, wer spielt jetzt?

Bloß nicht! dachte ich und griff mir wieder den Schläger. Wozu bin ich heute eingeschult worden? Wozu soll ich ein brauchbarer Tschech' werden? Wozu brauche ich keine Armbinde tragen? Wozu darf ich mit dem Zug fahren, auf dem Gehsteig gehen, auf der Parkbank sitzen, einkaufen gehen, wann ich will, und jetzt darf ich nicht Pingpong spielen? Was bildet sich der Kerl mit seiner zerissenen Hose ein? Ist der etwa bei der Revolutionsgarde?

Also, das konnte ich nicht hintereinander denken, sondern nur als Eintopf in Bruchteilen von Sekunden, denn da hatte mich der Mirko schon mit der Rechten am Revers und mit der Linken am Schläger und zerrte mich, was das Zeug hielt, rein in den Schatten. Aber ich ließ nicht los, umklammerte den Schläger und trat den Mirko ins Schienbein, zerrte zurück, raus in die Sonne, und da kriegte ich auch eine ins Schienbein und sein Knie ins Hosentürl, daß mir das Wasser kam, während wir wieder rein in den Schatten ... Also, wir wechselten vor interessiertem Publikum ein paarmal zwischen Sonne und Schatten, und er riß immer heftiger an Schläger und Revers, bis das Zeug nicht mehr hielt und ein häßliches Geräusch von sich gab. Ratsch, da hatte er mein Revers in der Faust. Also mein schöner Jägeranzug war aus dem Lot, weil er nur noch rechts braune Blattaufschläge auf der Brust hatte. Und jetzt kommt natürlich mein heiliger Zorn über mich, wie der Blitz, und ich dresche dem Mirko den TT-Schläger ins Gesicht, und er hält sich die Hände vor die Nase und schreit: »Nemcouři!«, also jenes Wort, welches die Tante Hedwig aus der Panoramastraße in Karlsbad kannte und ich aus der unversperrten Zugstoilette. Jawohl, und dann kommt der aufsichtsführende Lehrer gelaufen, es ist unser Klassenlehrer, und gibt jeden von uns beiden eine anständige Watsche. In nómine Patris, et Fílii, et Spíritus Sancti.

Also, das verstehen sie unter Integration.

Unser Klassenlehrer hieß Petr Pospichal.

Er sah aus wie Omar Sharif – hast du den Film Doktor Schiwago gesehen? Nein, da bist du zu jung –, und er lebte bis vor einem halben Jahr in Wien. Quasi ein Repatriierter, von dem sowohl tschechische als auch deutsche Damen schwärmten.

Also, der Pospichal stellte uns nach der Pause in die Ecken. Hinten, wo die Klasse leer war. Den Mirko in die linke, mich in die rechte. So hatte ich mir den Schulbeginn nicht vorgestellt. Und während auf dem Podium vor dem sitzenden Auditorium eindringliche Worte fielen, ich verstand etwas von Němec und Integration, hatte ich eine dreiviertel Stunde lang Gelegenheit, die ungelenken Kritzeleien im kalkigen Eck zu studieren. Harmlose wie etwa: Das Fräulein Lehrer ist doof. Horst ist ein Arschloch. Oder drohende: Rache ist süß. Dreh dich nicht um, der Werwolf geht um. Zeichnungen: ein Galgen mit Männchen dran (da fiel mir der Türmer ein), ein Hakenkreuz, Runen und ein paar Sauereien. Also, die Wirren des Zusammenbruchs hatten vor der Schule nicht haltgemacht. Hätte vorher nicht passieren können. Ist vielleicht vor oder nach dem Unterricht geschehen, mußten Oberklaßler gewesen sein, bevor der Schulbetrieb eingestellt wurde. Und der Schulwart hat es nicht mehr entfernen können.

Du mußt wissen: Der Schulbetrieb war bereits Ende Mai, einen guten Monat vor den Sommerferien, eingestellt worden, weil der Direktor Dittrich samt seiner Frau und der Lehrerschaft über die Grenze hinüber ist. Ihr Tschechen wart mustergültige Schüler der Nazis – oder habt ihr das gar nicht lernen müssen? – und habt bei der Umvolkung des Sudetenlands mit den sogenannten Intellektuellen begonnen. Auch wenn's nur Lehrer waren. Beim Russeneinmarsch hatte der Dittrich noch höchstpersönlich die weiße Fahne hinausgehängt, Fritz nannte ihn daraufhin Verräterschwein, aber dann hat man eines Morgens den Bürgermeister an der Rathaustür gefunden. Angenagelt wie der Heiland, aber statt der Dornenkrone eine schöne Sammlung Parteiabzeichen auf der Stirn. Also, da ist der Dittrich weg.

Es war einmal ein Schuldirektor. Der hieß Walter Dittrich und hatte sechs Jahre lang, wie alle Lehrer, den Parteibonbon am Rockaufschlag getragen. Er verließ bei Nacht und Nebel mit einem Großteil seiner Habe die Schule und sagte der Bergstadt Platten für immer ade. Auf Feld- und Waldwegen, mit Hilfe von Amalie und Liesl, den zu dieser Zeit noch nicht requirierten Kühen vom Grünes Julius, und eines Leiterwagens gelangte er über die Grenze. Der Türmer soll dabei geholfen haben.

Es war einmal ein geflüchteter Schuldirektor, der ließ am folgenden Morgen über den Schulwart Eisenkolb und das Fräulein Zwittke, der einzigen Lehrerin, die geblieben war, den wartend lärmenden und – weil es geregnet hatte – dünstenden Schülerscharen den abrupten Ausbruch der Sommerferien verkünden. Von Klasse zu Klasse gingen die beiden und ernteten, obwohl oder weil es keine Zeugnisse gab, unglaublichen Jubel. Allerdings sollten die meisten Schüler ihre Schule im Herbst nicht mehr wiedersehen. Sie sollten auch die meisten Klassenfreunde nie mehr wiedersehen.

Es war einmal ein Schuldirektor, der wollte nach dem Krieg mit dem Türmer Ignazius Kraus ein Heimatmuseum errichten und hatte zwei Räume des Schulkellers mit Museumsstücken vollgestopft, das Ergebnis zwanzigjähriger Sammlerleidenschaft: Klöppelzeug, Küchenzeug, Bergwerkszeug, Bauernzeug, Handwerkszeug, Spielzeug. Strohpuppen vom Todaustragen, Schwerter vom Schwerttanz, Fosntlarven, Palmbesen, Osterratschen, Ritterpuppen vom Heiligen Grab in Niemes, Trachten, Uniformen … Und der Türmer sollte seine Krippe, den Totenkopf, den heiligen Martin und die Sturmhaube aus dem Dreißigjährigen Krieg einbringen. Und am wichtigsten: die Ortschronologie.

Es war einmal ein sammelnder Schuldirektor, der kam in jener regnerischen Nacht nicht mehr zur Durchsicht seines Lebenswerks und lud, außer der Schatulle mit altem Silberschmuck, nur eine bemalte Wäschetruhe auf den Leiterwagen. Aus der Zeit Maria Theresias. Als in den siebziger Jahren die Schule saniert wurde, räumte man auch den Keller aus und schmiß das alte Gerümpel in Bausch und Bogen auf den Müll. Und dabei dachte man nicht einmal an Vergangenheitsbewältigung.

Du kannst dir vorstellen:
Mir wäre lieber gewesen, ich hätte als Lehrer den Direktor Dittrich oder das im Juni ausgesiedelte Fräulein Zwittke bekommen. Beide kannten mich vom Ministrieren. Dann wäre ich nicht in der Ecke gestanden, mit dem abgerissenen Rockaufschlag in der Tasche und Rachegelüsten im Kopf. Gegen den Mirko und den Pospichal. Gegen die müßte ich meine Germanen, die Markomannen und die Goten mobilisieren. Mit Schwert und Schild und der Mauser 34. Ich glaube, die hat der Herr Rößler im Garten neben dem Schuppen vergraben, nachdem die Partisanen mit meiner Mutter fertig waren. Da werde ich wohl zum Ausbuddeln anfangen müssen, wenn es so weitergeht. Denn dieser erste Schultag war total im Eimer.

Nicht einmal eine Schulmesse hatte es am Morgen gegeben. Und ich frage dich: Wozu haben wir eine Tradition, in welcher ich den versammelten Schülern schon beim Introitus zeigen kann, was ein Ministrant leisten muß, wenn er das schwere Meßbuch auf die Epistelseite schleppt, vorausgesetzt, er fliegt damit nicht über die Altarstufen hinunter? Kýrie, eléison – Herr, erbarme dich unser. Voriges Jahr hat der Fritz beim zweiten oder dritten Bittruf – er saß in der zweiten Bankreihe – gesagt: Kýrie, eléison – Herr, erbarme dich unser, weil wir wieder in die Schule müssen. Aber am Altar draußen haben wir trotz gespannter Ohren nur das Kichern der Schüler in der ersten und zweiten Reihe gehört, so daß Hochwürden nach der Messe dem Direktor Dittrich empfehlen mußte, auf seine Schüler bezüglich angemessenen, der Würde des Gotteshauses entsprechenden Verhaltens einzuwirken. Und ab nun ist dieser schöne Brauch abgesagt, und ich kann mit meinem Jägeranzug nicht mehr von der Kirche zur Schule hinaufziehen, am »Blauen Stern« vorbei, am »Postwirt«, am Rathaus und der Feuerwehr, und aus den offenen Fenstern hören: Schaut mal, was für einen tollen Anzug der Wessel Gert hat. Und bei der Schule wären die Evangelischen aus ihrer Kirche geströmt und hätten meinen Anzug auch sehen können. Deo grátias! Und dann hätten wir nach der Ansprache des Klassenlehrers das Deutschlandlied und »Oh, du junger Wandersmann« gesungen oder ein anderes

Lied, bei dem meine Überstimme drübersteigen kann wie eine Lerche.

Also stattdessen dieser rabenschwarze Tag:

Weil nach dem langweiligen Winkerlstehen, als die Stunde aus war, haben wir zwar auch gesungen, »Kde domov muj?«, die tschechische Staatshymne, aber wir Deutschen haben nicht mitgesungen, sondern nur verlegen geschaut und mit roten Köpfen auf den unbekannten Text gelauscht. Und der Herr Lehrer Pospichal hat auf Deutsch gesagt: No, wärdet ihr morgen als ärstes dieses scheene Lied lernen. Kde domov muj – Wo liegt meine Heimat? Als Dünger für das Hineinwachsen in die neue Nationalität quasi.

Aber dann: Am Heimweg von der Schule, hinter der evangelischen Kirche, wo die Büsche aufhören und der abkürzende Wiesenweg beginnt, also versteckt hinter den Büschen, so daß ich sie nicht rechtzeitig sehen konnte, fingen sie mich ab: Mirko und zwei andere Bengel. Unvermittelt wie eine biblische Plage (aus dem Geäst ausfahrend kam eine geballte Faust, so daß ich gar nicht reagieren konnte) empfing ich den ersten Nasenstüber, und gegen die anderen konnte ich auch nicht viel machen.

Deshalb frage mich nicht, wie ich nachher ausgesehen habe. Sogar die Erika hat runde Augen gekriegt, als ich heimkam und sie mich sah, also noch rundere als vorher, und hat »Ekala Bää« gesagt. Vielleicht habe ich ihrem Teddy ähnlich gesehen, welcher, da von mir übernommen, schon ziemlich ramponiert war. Dafür hat die Frau Rößler die Hände vor der Brust gerungen wie nach der Kriegserklärung an Polen und mich erst mal verarztet. Gungala, Gungala, hat sie gejammert, du schaust aus wie dr Heiland nach'n Pilatus. Hob'n di d'Partisan gemongelt? Und dann hat sie meinen schönen Jägeranzug begutachtet, von vorn und von hinten, der war nicht nur aus der Symmetrie, sondern auch total verdreckt, weil der Boden in den Gebüschen ziemlich feucht gewesen war. Gott sei Dank waren noch alle Hirschhornknöpfe dran. Dei orme Mutter, dei orme Mutter, hat sie gejammert.

Also, diese kam dann gegen sechs Uhr, nach ihrer Badewannenproduktion in der Zinkerei leicht zerquetscht, aber neugierig nach Hause und hatte schon auf der Treppe das große Fragezeichen im Gesicht: Nu, wie wor's heit? Bei meinem und des hinter der Tür hängenden Jägeranzugs Anblick (vergeblicher Versuch des Versteckens) kippte ihr aber das Fragezeichen ins Nirwana, also im unteren Gesicht stand ihr der Mund offen, im oberen die entgeisterten Augen, und dann greinte sie gegen mich los und wünschte mir sämtliche schwarze Kellermänner und des Teufels Großmutter an den Hals. Also, ich wußte nicht, wohin mit den Augen und wäre gerne ins nächste Mauseloch geschlüpft. Mea culpa, mea máxima culpa, aber was kann ich dafür? De gonze Arbit umasunst, greinte sie. Bis inne Nocht nei ho i gnaht. Fier nix un wiedr nix. Unbelehrbar und raufbolderisch wäre ich, und schon in Karlsbad habe sie gesagt, ich solle mich nicht mit den immer dreister werdenden Tschechengunga anlegen. Unauffällig müsse ich bleiben. Kuschen müsse ich lernen, kuschen, kuschen und noch einmal kuschen. Vor ein paar Monaten, in der Volksgemeinschaft mit drüben, Krieg hin, Krieg her, war ja alles noch Gold. Aber jetzt seien wir dran, weil sie müsse auch kuschen, und dann schimpfte sie unvermittelt auf die elende Badewannenproduktion und den Betriebsrat und die Erfüllung des Zweijahresplans bis 1947. Wer weiß, wie lange sie das alles noch aushalte? Und dann seufzte sie, und ihre Hände lagen schlaff auf der Tischplatte. Mutlos. Und in mir fuhren Schuld und Trotz und Zorn Ringelspiel, und ich flüchtete, damit ich nicht heulen mußte, zu den Markomannen, Herulern und Goten. Und dann ging ich runter in den Garten, um die Pistole auszugraben, fand sie aber nicht.

Das wird dich freuen:

Vormittags wuchs ich in die tschechische Nationalität hinein. Trotz Mirko.

Nachmittags und zum Wochenende in die deutsche. Er soll Deitsch lesn on schreiben kenna, dr Gung, wenn sei Votr hamkimmt. Mutter holte die paar Bücher vom Dachboden, die wir dort wegen der Verordnung zur Bücherabgabe versteckt hatten. Aus deutschen Büchern wollen sie tschechische Zeitungen machen. Der Reißwolf macht sich also über Grimms Märchen, Tausendundeine Nacht und Waggerls Waldbauernbub her und frißt eine Figur nach der anderen: Rotkäppchen, Dornröschen, Aschenputtel, Hänsel und Gretel. Und als Dessert Rumpelstilzchen und Sindbad den Seefahrer. Quasi Liquidierung. Und dann rülpst er und verdaut, und unten kommen dann übelriechende Beneš-Dekrete heraus oder Rudé právo, das Zentralorgan der Kommunisten, wo man über den Zweijahresplan, die Liquidierung der letzten Reste der Okkupantenverwaltung, die Nationalisierung und die Kontrolle der beschlagnahmten Betriebe durch die Arbeiterklasse, also Liquidierung der wirtschaftlichen Machtposition der Großbourgeoisie nachlesen kann. Überhaupt über die führende Rolle der Kommunisten bei der Liquidierung. Immer wieder Liquidierung: auch Liquidierung von Menschen. Ein geflügeltes, ein furchtbares, ein geschichtsträchtiges Wort. Verzeihe, o Ilona, diese eruptiv beigefügte Fußnote.

Und wenn ich schon dabei bin: Uns konnten sie unsere Sprache nicht nehmen. Verbieten schon, aber nicht nehmen. Is jo mei Muttersproch', sagte der Rößler, i ho mi brauchn nu nich ze schame dafier. Aber die Buchstaben, die Schrift, die Bücher, die konnten sie uns nehmen. Also liquidieren. Rein in den Reißwolf. Und wie gesagt: unten dann nur tschechische Druckwerke als Ergebnis und die fortwährende Klage des Josef Rößler. I mecht wiedr emol e deitsche Zeitung lesn. Also seit einem halben Jahr – außer den laufenden doppelsprachigen behördlichen Verordnungen und Kundmachungen – gab es keine deutschsprachigen Tagesinformationen mehr. Die deutschen Medien von heute auf morgen ausradiert. Kannst du dir das vorstellen? Du gehst in deine Stammtrafik und kannst keine deutsche Zeitung mehr kaufen. Du drehst das Radio an – falls du eines versteckt hast – und hörst kein deutsches Wort mehr. Wos possiert'n draußn in dr Walt? I ho mer bei ne Nazis mitn »Völkischen Beobachter« ne Orsch ohgwischt, so sagt Josef Rößler, obr heit tät i gern drin lesn.

Und so behalfen wir uns eine Zeitlang mit der »Fidelen Kommode«. und Frau Rößler las mir, weil die gotischen Buchstaben nicht so wollten wie ich, daraus vor: »Auf einer Burg im Odenwald / Da saß der Ritter Kunibald / Mit seiner Tochter Ilse ...«

Und weil ich selbst buchstabieren wollte, bemühte ich den Winnetou. Aber der zeigte sich auch sturbockig, sperrig, gotisch, so daß ich bald über der gefügigeren Schrift von Tausendundeiner Nacht saß und mit Sindbad dem Seefahrer auf abenteuerliche Reisen ging. Die Germanen hatten darunter zu leiden, da sie erstens schwerer zu entziffern waren als Sindbad, also gotisch, und zweitens besser in Abrahams Wurstkessel geblieben wären, wie Mutter sagte. Die haben im Dritten Reich nur Unglück über uns gebracht. Ich konnte daher den Sindbad bald flüssig herunterlesen, stolperte aber manchmal über Nebensächlichkeiten, wo ich mich fragen mußte, wie man sich im Grünen zerstreut oder wie man sich im Schatten der Büsche ergeht.

Diese Probleme hatte ich beim Hineinwachsen in die tschechische Nationalität nicht. Da malten wir hurtig, ohne über Wortinhalte ins Straucheln zu geraten, endlose Zeilen ins Heft, mit Schrägstrichen, Schleifen, Kreisen oder Haken, viele von uns mit verkrampften Fingern, Kopfschräge und der Nase hypnotisierend auf dem Papier, bis endlich ein »é« oder »í« oder ein »á« daraus wurde. Und später me-mi-mo und ma-mu-mé, zeilenlang, und noch später máma, lípa (Linde), sele (Ferkel), pes (Hund), pusa (Schmatz), unterlegt in lustiger Illustration und daher begreifbar. Nur manchmal mußte ich den Pospichal nach der deutschen Bedeutung fragen.

Der schlenderte dann zu mir her, schaute ins Heft, murmelte »dobře, dobře«, schlenderte kniewippend zu seinem Tisch zurück und schaute sinnierend zum Fenster hinaus, wo der Oktober bei wechselndem Wetter seinen Lauf nahm.

Vor Beginn der ersten Stunde sangen wir jedesmal »Kde domov muj«, und der Herr Lehrer ließ mich nach zwei, drei Wochen, trotz der schiefen Blicke von Mirko, die Tonlage anstimmen. Und immer wieder hörte ich: »Co to je?« – Was ist das? Und der Slatko und die Mirka und die Elga und die Helena – es kümmerten sich mehr Mädchen um mich als Buben – spitzfingrig bedeutsam, in den Pausen, vor und nach den Stunden, auf Gliedmaßen und Gegenstände zeigend. To je krk: Das ist der Hals. To je svetr: Das ist der Pullover. Lavička: Bank, židle: Stuhl, chleba: Brot. Káva, houska, lampa, obraz … Co to je?

Liebe Ilona!
Wir beide waren uns einig, daß ich einen Schock bräuchte, um auf mein verschüttetetes Tschechisch zu stoßen. Ich müsse durch die Kalkschicht durch, hast du gesagt. Aber weder dein Spötteln noch die Beichte wegen deiner Vergangenheit als Strichmädchen boten den fündigen Ansatz dafür. In Prag führtest du mich daher in eine Buchhandlung in der Revolučni ulice, und wir kauften Písanka 1 und 2 für ABC-Schützen. Aus pädagogischer Logik ein interessanter, mit erwartungsvoller Hoffnung gefütterter Versuch, aber leider vergeblich. Es wollte sich keine Erinnerung einstellen. Du gabst nicht auf und griffst ein Buch aus den Regalen, dessen Titelseite eine Ameise zierte: »Ferda Mravenec«. Habt ihr damals sicher gelääsen, sagtest du. Und als ich es durchblätterte, da gaukelten nicht nur Libellen, Schmetterlinge, Spinnen, Blattwanzen und Grashüpfer mit dem Nußschalenwagen durch die glückliche Natur, sondern auch Ameisen, und die kribbelten, krabbelten in mein Gedächtnis, und, hast du nicht gesehen, das mußten jene sein, welche sich auf meinen muffig vergilbten Kinderzeichnungen wiederfinden, wo sie mit Speeren und Schilden feindliche Ameisenhaufen bestürmen. No, hast du ja schon Sprung im Kalk, sagtest du, da missen wir sich bißchen nachhälfen. Und wir kauften Tschechisch für Anfänger: Chcete mluvit česky. Für den ersten Schock.

Und jetzt sitze ich da, auf der Wiese oberhalb unserer Schule, beschattet von einem Vogelbeerbaum, beschallt vom Türüli einer Amsel, »In jeden Baam do hängt e Lied«, und der Blick schweift über das in der Nachmittagssonne liegende Schulgebäude – im leeren Pausenhof sehe ich keine Tischtennistische – auf die Turmkuppel der Kirche, unter welcher einst der Türmer hauste. Und ich hätte gern deinen Kopf an meiner Schulter und deinen Duft in der Nase und deine Stimme im Ohr: Also erste Lektion, mein Liebär: Dobrý den! Guten Tag. Ják se máte? Wie geht es Ihnen?

Und da du nicht da bist, blättere ich zerstreut im Anfängerkurs und bin mutlos. Nicht nur, daß ihr in eurem abeceda 42 Buchstaben habt, nein, auch die Aussprache ist für mich heutzutage zungenbrecherisch. Ihr habt allein soviel Konsonanten im ABC wie wir Buchstaben. Und die vielen Hatscheks und Accents. Bitte sprech mir den Namen »Čtvrtek« vor, der den »Räuber Rumcajs« geschrieben hat. Wenn ich den fehlerlos hinkriege, darf ich mit dir in den Whirlpool. Ja? Als Volksschüler hätte ich mit dir pausenlos im Pool planschen dürfen, denn ich hab' »g'red wia e Tschechenbou«, sagt die Tante Ritsch, die es wissen muß. Und ich frage mich, wieso mein Tschechisch verschwunden ist wie das Bernsteinzimmer aus St. Petersburg. Schade, denn ich hätte mich gerne mit der Wirtin vom »Blauen Stern«, heißt jetzt Modrá Hvězda, auf Tschechisch unterhalten, während sie Aardäppelpuffer mit Kompott oder Sauerbraten mit griene Kließ serviert, und hätte gerne gefragt, wieso es das Hotel Imperial nicht mehr gibt und den Postwirt und das Jugendheim. Und wieso ich Großvaters Koneshäusel nicht mehr finde, auf der Hefewiese, und viele andere Häuser, sondern nur noch Buschwerk. Und was mit den Ruinen geschieht, die noch immer herumstehen, und den Gräbern am Friedhof, an denen man die Buchstaben nicht mehr entziffern kann. Und wieso die Zigeuner weg sind und jetzt Vietnamesen vor den Haustüren hocken und mich groß anschauen, wenn ich durch die Straßen wandle. Und ob ich hier nicht ein Häuslein kaufen könnte, weil sich auch Tschechien nicht an der multikulturellen Zukunft, über Zigeuner- und Vietnamesenpräsenz hinausgreifend, vorbeischwindeln darf, jetzt, wo es in die EU kommt. Oder? Aber wahrscheinlich hätte sie keine Antworten darauf gewußt, weil sie zu jung dafür ist und mit der Vergangenheit nichts zu tun hat, oder auch nicht will. Aber was meinst du, Ilona: Eine Garçonnière in Karlovy Vary und ein Wochenendhäusel in Horní Blatná, wäre das was?

Ich glaube, es war Ende Oktober. Jedenfalls hatten wir noch die Sandalen an.

Vormittags wuchsen wir anhaltend in die tschechoslowakische Nationalität hinein und übten das abeceda und zusammenhängende Buchstabenkombinationen. Stinklangweilig für mich, so daß ich, verwöhnt von der »Fidelen Kommode« und »Sindbad dem Seefahrer«, auf meiner Schreibunterlage die Illustrationen in unserem Schulbüchlein nachzeichnete. Oft beflügelte mich meine kriegerische Phantasie zu allerlei Kürübungen auf einem Zeichenblock: Meist kamen dabei bewaffnete Ameisen in Ritterrüstungen heraus oder Ritter auf unterschiedlich geratenen, manchmal skurril verfremdeten Pferden. Möglicherweise ein germanisches Erbe. Als mich der Pospichal einmal beim Kritzeln ertappte, schaute er zuerst mein Schreibheft an, murmelte »dobře, dobře«, sagte dann, meine Zeichnungen fixierend, entartete Kunst werde jetzt zwar wieder modern, aber Pferde in einer Schlacht haben kein lachendes Gebiß und kein ausgefahrenes Geschlechtsteil.

Nachmittags, wenn ich die Erika an die gute Frau Rößler abschieben konnte, pflegten wir unsere deutsche Nationalität durch Ritterspiele. Meist waren Horsti und Max, meine zwei Klassenfreunde, welche in der nächsten Straße wohnten, und das eine oder andere Mädchen dabei. Die Tschechenkinder pflegten ihre Nationalität abgesondert in anderen Ortsteilen, meist aber rund um das leerstehende Jugendheim. Es gab, außer zeitweiligen Rempeleien mit Mirko und seinen Freunden, keine nennenswerten Berührungen. Also keine grimmigen Bandenkriege wie in Karlsbad-Meierhöfen. Laurentius sei Dank, denn in Platten hätten wir keine russischen Beschützer gehabt. Für eine russische Garnison war das Bergstädtchen zu klein. Die nächsten Russen lagen jenseits der Grenze im sächsischen Johanngeorgenstadt.

Einmal, also Ende Oktober, hatten wir unsere Ritterburg auf der Tenne und dem Heuboden der Edelmanns von nebenan. Zuerst suchten wir die Katze Schnurr, die irgendwo ihre frisch geworfenen Jungen versteckt hatte, und ich zog meine Sandalen aus, da ich barfuß besser auf den Holzbalken unter dem Dach balancieren konnte.

Wir fanden die Katzen nicht, so daß wir, angeregt durch das ideale Gelände, »Burg erobern« spielten. Hurra: »Die Fackeln glänzten herab vom Stein / Und schimmerten weit in die Nacht hinein ...«, und wir werfen unsere Haselnußgerten hinab auf die Schilde, und der Max schießt Pfeile ab, und der Harry schreit auf, weil er getroffen ist, hurra, der Feind wankt, und dann springen wir hinterher, vom Dachboden hinunter auf die Heuhaufen, und da spüre ich einen heftigen Schlag am rechten Fuß und will mich aufrappeln und bin schon halb auf den Knien, aber da sehe ich vor mir, großteils im Heu verborgen, ein Schneidmesser aufragen, metallisch glänzend im Schliff, und das gehört zu einer Häckselmaschine, und da falle ich erschrokken wieder nach hinten und schaue auf meinen Fuß, und der klafft innen auseinander, und ich, noch nicht begreifend, schaue unschlüssig mit erhobenem Fuß zu Max, und der sagt: Mara und Josef! Harry, renn un hol dei Muttr! Und jetzt färbt sich der Innenfuß rot, Mensch, da paßt eine Faust hinein, und da kommt schon der Schmerz, und mir wird schlecht, und alle rennen. Schnell, schnell!

Es hat eine Ewigkeit gedauert, bis sie mit dem Arzt da waren, einem jungen Tschechen, da unser Doktor Schütz im Lager Neu Rohlau interniert war, und der hat mir eine Spritze gegeben und einen Druckverband und hat von der Gemeinde einen Skůda organisiert, mit dem er mich in Begleitung der Frau Edelmann nach Karlsbad gefahren hat. In einem Höllentempo, ist mir vorgekommen, weil es die erste Autofahrt meines Lebens war. Also hochinteressant. Aber von der ersten halben Stunde dieser betrüblichen Geschichte ist mir nur das dreckige Grinsen von Horsti und Max in Erinnerung geblieben, nämlich als der Doktor sagte, er sei der neue Arzt von Horní Blatná, also der Lékař. Aber weil das Wort einen Hatschek am »r« hat und sich ausspricht wie Leckarsch, also nun aber, hat dies die teilnahmsvollen Freunde wohl amüsiert, und sie haben gekichert, während ich halbtot in meinem Blute schwamm. Mit denen werde ich keine Burg mehr bestürmen. Und wenn schon, dann nicht barfuß oder in Sandalen, sondern nur in anständigem Schuhwerk. Es sprach der Rheingraf: »Ein Kurier / Ließ jüngst mir diese Stiefel hier ...«

Und nun das Krankenhaus:
Das kannte ich ja schon. Hatten sie doch hier vor einem guten Jahr meine gebrochenen Rippen kuriert, nachdem ich mit dem Meßbuch über die Altarstufen runter ... Nemocnice stand über der Auffahrtsrampe und nicht mehr Krankenhaus. Und dann schoben sie mich auf einem Rollwagen in die Eingangshalle, vorbei am Příjem pacientu (Co te je: Was heißt das?), und der Plattner Leckarsch reichte mich an zwei Ärzte unter einer riesigen Lampe weiter, und im Hintergrund sagte Frau Edelmann, ich solle keine Angst haben, morgen käme sicher meine Mutter auf Besuch, und die zwei Ärzte schauten auf meinen Aufnahmezettel und lächelten süffisant tschechisch (kam mir so vor, weil als Unterdrückter rückbezüglich fühlend), und einer sagte: Horst Wessel. Nein, sagte ich benommen, Gert Wessel. Und der andere sang baritonal sanft: »Die Fahne hoch, die Reihen fest geschlossen. SA marschiert ...« Und dann hatte er eine riesige Spritze in der Hand, und der andere sagte: No, wird jätzt ein bißchen wäh tun. Und dann stach mir der Sänger mitten in die Wunde, und mein Schrei zerstäubte oben im blendenden Chrom, und dort sah ich meinen Mund gespiegelt, aufgerissen riesig, verzerrt wie im Panoptikum, vom restlichen Kopf sah man fast nichts, und um dieses aufgesperrte Loch kreisten Gesichter: die Mutter, der Türmer, Großvater Julius, Frau Edelmann und der Leckarsch, der Lehrer Pospichal und Mirko, und im Ohr haftete der Text: SA marschiert, SA marschiert ..., und ein mehrstimmiger Chor dröhnte wie in einer Halle: Co te je. Co te je. Und dann wußte ich nichts mehr.

Am nächsten Tag, gegen Mittag, war die Mutter da.
Ich sei ihr Sargnagel, sagte sie, ich ziehe das Unglück an wie der Honig die Fliegen. Da könne sie sich ja gleich ein Zimmer nehmen in diesem Spital, auch wenn sie dann Tschechisch ler-

nen müsse. Und sie habe auf Edelmanns Tenne nur eine einzige Sandale gefunden, und was machen wir im nächsten Sommer mit nur einer Sandale? Aber da konnte ich sie, schon wieder mit schlechtem Gewissen, beruhigen, denn die andere lag unter meinem Bett. Und dann sagte sie, die Sehne habe es nicht erwischt am Fuß, der Jungfrau sei Dank, weil sonst hätte sie mich als Krüppel mit nach Hause nehmen können. Aber eine Riesennarbe werde ich behalten. Mein Gott, als ob wir nicht eh schon genug Sorgen hätten. Und letzteres sagte sie zur Schwester Oberin, welche mit dem Thermometer und der Pißflasche (und der deutschweißen Binde am Arm) ins Zimmer gekommen war. In jedem Unglück stecke eine Portion Glück, sagte diese, nennen wir es Vorsehung. Von der Vorsehung hat der Hitler auch immer gefaselt, aber sich nichts davon abschneiden können. Ja, ja! Der Mensch denkt, und Gott lenkt, sagt die Oberin, und Mutter solle sich keine Sorgen machen um den kleinen Patienten, um den werde sie sich persönlich kümmern. Schließlich kenne sie ihn noch vom Vorjahr, wo ja wegen der vielen verwundeten Soldaten arger Personalmangel war. Jetzt ist es aber noch schlimmer, weil das meiste Personal weg ist. Nur die paar Ordensschwestern seien noch hier, die müssen rund um die Uhr ran. Die paar Tschechinnen, die gekommen sind, reichen hinten und vorne nicht. Jetzt schulen sie schon Zigeunerinnen ein. Nette Frauenzimmer, aber wer weiß, ob sie das schaffen. Aber sie kümmere sich schon um den Boum.

Und dann bedankt sich die Mutter, weil jetzt müsse sie gehen, nämlich zu ihrem Schwager wegen ihres Sparbuchs, denn es solle ein neues Dekret über die Spareinlagen verordnet worden sein. Und die Schwester Oberin meint, sie wünsche alles Gute, aber die Spareinlagen bleiben sicher gesperrt, weil der Beneš sogar das deutsche Klostervermögen einsackeln will. Und der ehrenwerte Kardinal Beran in Prag hetzt ihn dazu noch auf. Es gibt keine christliche Solidarität mehr in Böhmen, nur noch eine kommunistische. Dem Herrn sei Dank, daß sie und ihre Mitschwestern nur um Gotteslohn gearbeitet haben, diesen kann der Beneš nicht einsackeln.

Am Nachmittag kam die Mutter mit Tante Hedwig zurück, aber ohne Sparbuch.

Der Rudl war in der Ackermannstraße nicht erreichbar gewesen, weil er wegen einer Stellenbewerbung nach Eger mußte. Und nachdem die Tante mit ihren Kürbisbrüsten gewaltig über mich ... und vor Mitleid wegen meiner Schmerzen fast zerflossen wäre, schimpfte sie auf ihren Bruder los. Sein ganzes Antifagetue sei ohne Resonanz bei den Tschechen geblieben. Sie haben hier keine Zukunft mehr. Das sehen nicht nur die Eltern ein, sondern mittlerweile auch Rudl, obwohl er eine provisorische Staatsbürgerschaft erhalten hat und keine rote Antifabinde mehr tragen muß.

Du sollst wissen, liebe Ilona, Mutter und Rudl hatten nicht nur die Piano-, sondern auch die Sparbuchaffäre miteinander, wobei sich letztere, unabhängig von der moralischen Sicht, zum kriminellen Tatbestand entwickelte. Dies konnte ich anhand von Dokumenten aus dem Nachlaß Rudls akribisch nachvollziehen. Also:

Annl Wessel fuhr nach dem Krankenhausbesuch noch am selben Abend nach Platten zurück. Ihre Schicht in der Zinkerei begann am darauffolgenden Tag um sieben Uhr morgens. Sie war erstens mit ihrem Produktionssoll im Rückstand und zweitens wegen des gesperrten Sparkontos auf den Arbeitslohn angewiesen.

Am Vortage, das war der 29. Oktober, war ihr Sohn Gert in das Messer einer Häckselmaschine gesprungen. An diesem Tage erfolgte auch die Bekanntmachung des Finanzministeriums über die Auszahlung aus gesperrten Einlagen und Konten von »staatlich unzuverlässigen Personen«. Danach konnte für den betroffenen Personenkreis pro Person monatlich ein Betrag von bis zu fünfhundert Kronen zur Bestreitung des Unterhalts freigegeben werden. Österreichische Staatsangehörige waren von diesen Beschränkungen ausgenommen.

Also hätte Annl bei einem umsichtig geführten Nachweisverfahren ihre gesamten Spareinlagen beheben können. Davon hatte sie aber keine Ahnung.

In diesen Angelegenheiten brodelte mangels deutschsprachiger Medieninformation nur die Gerüchtebörse. Dies hatte Annl anläßlich ihres Krankenhausbesuchs zu ihrem Schwager Rudl geführt, der im Besitz ihres Sparbuchs war. Doch dessen Frau Wanda versicherte glaubhaft, daß ihr Mann in Eger auf Arbeitssuche sei. Tatsache war aber, wie später von Hedwig Wessel bezeugt, daß Rudl nicht in Eger gewesen ist, sondern sich verleugnen ließ.

Sein Verhalten läßt auf zielstrebige Ausbeutung von Annls Unwissenheit und strategische Vorbereitung seiner Ausreise nach Österreich schließen. Wahrscheinlich hatte er zu diesem Zeitpunkt, ohne Annl zu informieren, schon den Repatriierungsantrag für sich und die Wesselsche Familie gestellt.

Tatsache war, daß er über die Freigabe von Einlagen und Konten gut Bescheid gewußt hatte.

In seiner Dokumentenmappe finden sich die entsprechenden Dekrete des Staatspräsidenten in deutscher Übersetzung. Sparbücher waren bis spätestens 30. November 1945 bei den Geldanstalten anzumelden. Bei Fristversäumung ging das Verfügungsrecht über die Geldeinlage an den tschechischen Staat über.

Um dies zu vermeiden, reichte Rudl das Sparbuch seiner Schwägerin fristgerecht bei der Karlsbader Sparkasse ein. Der Einlagenstand betrug siebzehntausend Reichsmark.

Und jetzt, o Rudl, du Meerschweinchen: In deiner Dokumentenmappe findet sich ein Auszahlungsschein der Karlsbader Sparkasse vom 10. Januar 1946 über den Gegenwert von achttausend Reichsmark. Bezugnahme: Anna Wessel, Sparkasse Bergstadt Platten.

Wie hast du Tausendsassa diese Auszahlung ohne Sondergenehmigung des Finanzministeriums geschafft? Darüber habe ich keinen Hinweis gefunden.

Tatsache ist, daß meine Mutter von diesem Geld nie etwas gesehen hat. Du sagtest immer, die Karlsbader Sparkasse habe ihr Sparbuch bei der Anmeldung im Oktober 1945 eingezogen, obwohl du wie ein Löwe darum gekämpft hast. Quasi selbstaufopfernd blindwütig.

Es war einmal ein Sparbuch, in dem ein Lebenstraum steckte: eine Wohnung in Karlsbad mit Elektroherd, Bad und WC.

Es war einmal ein Sparbuch, in dem die Überstunden von mehr als sechs Jahren steckten. Meist als Nachtstunden und Wochenendstunden, in denen gefütterte Handschuhe und Filzstiefel für die Ostfront erzeugt wurden.

Es war einmal ein Sparbuch, in dem der Zonentarif der Bahn von Eibenwald nach Neudek steckte. Weil Mutter nützte, wenn wir nach Neudek fuhren, den billigeren Tarif bis Eibenwald, stieg mit uns Kindern dort aus und wanderte mit uns den idyllischen, wenn auch langen Waldweg ins Rohlautal hinunter. Und was ich nicht verschweigen will: Sie sparte bei der Kleidung, indem sie für sich und uns Stoff kaufte oder geschenkt bekam und auf ihrer »Singer«, angeregt durch Schnittmuster in der »Münchner Illustrierten Presse«, ansehnliche, von der Nachbarschaft und den Kirchgängern entsprechend gewürdigte Mode schuf. Zum Beispiel einen gelben Jägeranzug mit Hirschhornknöpfen.

Es war einmal ein Sparbuch, von dem neuntausend Reichsmark – jener Betrag, den man nicht an Rudl ausbezahlt hatte – in den Fonds der nationalen Erneuerung der Tschechoslowakischen Republik flossen, quasi als Annls Kontribution an die Tschechen wegen Hitlers Krieg.

Es war einmal ein Piano. Das gehörte Rudls Bruder Oskar und sollte einmal Gert gehören.

Es war einmal ein Piano, das eignete sich der Neoösterreicher Rudl an und nahm es – dem Fonds der nationalen Erneuerung der Tschechoslowakei entziehend – zusammen mit seinen altdeutschen Möbeln und der emaillierten Badewanne nach Wien mit. Dort fraß sich die Feuchtigkeit eines Lagerhauses der Konsumgenossenschaft allmählich in die Töne und setzte Schimmel an. Jahre später fand es sich in einem Häuschen nahe Wien wieder, welches Rudl, vermutlich mit Hilfe von Annls Geld, mit seiner Familie beziehen konnte.

Das Piano diente als zweistufige, dekorative Abstellfläche für Wandas Einmachgläser, denn meine Cousine Werni hat nie einen Ton darauf gespielt.

Eines weiß ich, liebe Ilona!

Bei mir wäre das Piano nicht zum Speiseregal verkommen.

Dazu ist es zu dekorativ. Schwarzgelackt mit einer Messingleuchte darauf. Jugendstil. Und an der Wand dahinter könnte ich mir als Kontrast ein rotes Schüttbild von Nitsch vorstellen. Wäre das was? Und ob ich Klavier spielen gelernt hätte, bleibt spekulativ. Und wenn schon, dann hätte ich dich nicht barock verspielt oder aufwühlend, etwa mit einem Rondofinale, wie du es liebst, bedient, sondern eher jazzig. Denn ich habe keine spinnenhaft feingliedrigen Virtuosenhände, die sich mit hiobscher Geduld und Ausdauer an stetig ausperlenden Notenläufen abmühen. Eine bewundernswerte Sisyphusarbeit. Aber zu einer moderaten Bluesimprovisation – soll ich Clapton nennen? – hätte es vielleicht gereicht. Nein! Würde ich trotzdem nicht spielen, denn den Clapton schieben wir lieber in den CD-Player, wenn ich in Krumau wieder unter deinen Hut komme, den breitkrempigen.

Also keine Spekulationen! Und über den sang- und klanglosen Abgang des Pianos aus Karlsbad, Ende Jänner sechsundvierzig, hatte sich nur meine Mutter gehörig erhitzt. Nicht ich. Dieses miese fette Meerschweinchen, hatte sie öfter wiederholt, als sie einen Brief aus Linz in Händen hielt, dieses hinterlistige Meerschweinchen. Itze hobn s' nach Estrreich g'macht, un i ho nix g'wißt von. Und auf ihr Magengeschwür, an dem sie damals zu leiden begann, drückte eher Oskars ausgesiedeltes Piano als das abgängige Sparbuch, denn letzteres hatte sie wegen der vermeintlichen Kontensperre schon abgeschrieben.

Sie saß also, als sie Ende Februar den besagten Brief erhielt, am Kanapee unter dem verblaßten Rechteck, an dem einst Oskars Konterfei hing, hatte das Schreiben, schon wieder mutlos, am Schoß und blickte ins Leere. Dort konnte sie allerdings keinen Trost schöpfen, sondern fand nur Trübsinn und Ziellosigkeit. Und sie kommt sich verloren vor, getrennt von der Herde, und obwohl sie den Rudl nicht ausstehen kann, vermißt sie Oskars Familie, vor allem die versteckte, plump-zutrauliche Zuneigung von Schwiegervater Alois und die offene Herzlichkeit von

Schwägerin Hedwig. Man hat sie mit den Kindern allein gelassen. Der vertraute Rahmen ihrer kleinen Welt ist verloren. Heimat wird zur Fremde. Aber da fällt ihr die alte Schmieda ein mit ihrem Abrakadabra. Ihr werdet zu dritt eine große Reise machen. Aber wohin? Von ihrem Bruder Seff, seiner Frau Marie und Vater Julius hat sie keine Nachrichten. Wenn sie noch leben, sind sie in Deutschland, aber wo? Wenn Oskar heimkommt, wird er zuerst zu seiner Familie nach Platten wollen. Normalerweise die erste Anlaufstelle für einen Kriegsheimkehrer. Oder? Was soll sie also tun? Soll sie nach Österreich?

Aber da fördert der Brief, den sie von Schwägerin Hedwig bekommen hat, auch keinen brauchbaren Entschluß: Die Wesselschen sitzen in einem Sammellager des Roten Kreuzes in Linz und wissen nicht wohin. Sie haben zwar Hausrat und Möbel mitnehmen dürfen, aber das ganze Zeugs (Hedwig wörtlich) ist in eine halb zerbombte Halle der ehemaligen Hermann-Göring-Werke gestopft worden, wo der Schnee hineinweht. Nur Rudl hat Glück und geht zum Konsum nach Wien. Den haben seine Kriegskameraden und ehemaligen Genossen Faßmann und Dobsch geschoben. Er kann aber die Eltern nicht mitnehmen, weil er noch keine Wohnungszusage hat. Schaut schlecht aus, weil Wien noch eine Ruinenstadt ist. Vater geht's schlecht. Hat wegen seines Asthmas schon zweimal ins Spital müssen. Weint seinem Hund nach, den er bei Nachbarn in Meierhöfen zurücklassen mußte. Nur gut, daß er noch nicht in die Kiste mit seiner Glassammlung schauen konnte, weil die ist beim Ausladen aus dem Waggon gefallen. Und du kannst dir vorstellen: Als wir mit dem Transport über der Grenze waren, sind aus den Waggontüren weiße Armbinden geflattert wie riesige Schneeflocken. Und die Leute haben gejubelt. Um so enttäuschter waren wir, als wir hier ins Lager kamen. Viele von uns sind von einem tschechischen Lager in ein österreichisches gewechselt. Aber zumindest werden wir hier nicht behandelt wie ein Stück Vieh und auf Tschechisch schikaniert. Ich weiß nicht, liebe Annl, wie es weitergehen wird. Sie sagen, wir werden in ein paar Wochen in ein Lager an der Enns kommen. Dort wollen sie ein Kraftwerk bauen, und ich könnte putzen oder einen Kindergarten aufbauen. Die Eltern nehme ich mit.

Also:
Annl hat jetzt nur noch ihre Cousinen in Neudek und die Frau Rößler. Und einige Bekannte aus der Nachbarschaft, die noch nicht weg sind. Aber sie will bleiben, weil sie in kein österreichisches Lager will. Sie hat genug von Neu Rohlau.

Dieser Entschluß fällt ihr etwas leichter, weil sie seit Anfang Jänner nicht mehr in der Zinkerei werkt, sondern an ihrer alten Arbeitsstätte am Bahnhof, vormals Handschuhfabrik Linke & Neumann. Dort gibt es jetzt, nachdem der seit Juli fünfundvierzig tätige tschechische Verwalter mit den Lagerbeständen abgetaucht war, eine Puppenerzeugung. Václav Hyža, so hieß der neue Eigentümer, war aus Leitmeritz und sprach gut Deutsch. Das war für meine Mutter wichtig, denn für sie war die tschechische Sprache unerreichbare Zungenakrobatik. So hatte sie mich nicht nur zum Bewerbungsgespräch zu Hyža mitgenommen, sondern auch zu Behördengängen und zum Einkaufen. Kimm, mer geh'n zen Pfüller! sagte sie oft, obwohl die Pfüllers längst abgeschoben waren. Und dort, wo früher die Hausfrauen ihre Kriegsrezepte ausgetauscht hatten – zum Beispiel falsche Fleischlaibchen für Sonntag: da nimmste geschroteten, gekochten Weizen, gibst Zwiebel und Majoran dazu … – oder hinter vorgehaltener Hand Göring-Witze kreisen ließen, hörte man kaum noch ein deutsches Wort. Und Mutter flüsterte nun, verschämt, unterlegen mit schlechtem Gewissen, zu mir herunter: Wos heißt'n dos? Salat oder Kohl oder Mehl oder Sauerkraut? Und wenn der neue Chef die Ware über die Budel reichte und den Preis nannte, assistierte ich ihm und flüsterte zu ihr hinauf: Dreiundzwanzig fünfzig oder einen sonstigen ins Deutsche übersetzten Gegenwert. Wir schämten uns für unsere Sprache.

Siehst du, nicht einmal die alte Schmieda hätte der Weissagung des Direktors Sveida zugestimmt, die er uns deutschen Schülern am ersten Schultag offenbart hatte: Das Hineinwachsen in die tschechische Nationalität würde schneller gehen, als wir denken, und in einem halben Jahr seien wir schon brauchbare Tschechen.

Mein Nationalisierungsprozeß war also trotz mehrwöchiger unfallbedingter Abwesenheit von der Schule nicht zu verhindern gewesen. Da konnten auch die »Fidele Kommode« und »Sindbad der Seefahrer« nichts dagegen tun, obwohl sie dem parallelen Hineinwachsen in das deutsche Lesen und Schreiben gewaltig auf die Sprünge halfen. Den Sindbad beherrschte ich schon fließend, und auch die gotischen Lettern in Winnetou und bei den Germanen verloren ihre Sperrigkeit und öffneten das Tor zu den Inhalten. Nur meine Rittersprüchlein fanden keine passenden Abnehmer mehr, da wir mangels Teilnehmer keine Turniere mehr veranstalten und keine Burgen mehr erobern konnten. Giselheid und Max waren inzwischen samt Familien nach Deutschland emigriert. Wir waren also nur noch drei deutsche Schüler in unserer Klasse und der Herr Lehrer Pospichal redete kaum noch Deutsch mit uns.

Liebe Ilona!
Seit Mai fünfundvierzig hatte ich einen Beichtspiegel. Der hielt mir meine Sünden ungeschminkt vors Gesicht. Den ganzen Monat hindurch hatten wir uns auf die Erstkommunion vorbereitet, welche dann wegen der Revolutionswirren um ein Jahr verschoben wurde. Aber haltet euch an die Zehn Gebote, hatte Hochwürden gesagt, der barmherzige Herr schenke euch Nachlaß, Vergebung und Verzeihung eurer Sünden. Amen. Nun, das war leichter gesagt als getan. Selbstquälerisch verstümmelt sündigte ich im Zeitenlauf vor mich hin. Du weißt schon: viertes und – vor allem – sechstes Gebot. Ach ja, was sammelte sich da im Zeitraffer zuhauf. Diese Sündenhalde hoffte ich bei meiner ersten Beichte, noch vor der Erstkommunion, in einem zu entsorgen. Tabula rasa sozusagen wie bei einer Sperrmüllsammlung.

Aber ich wartete vergeblich auf die gnadenbringende Lossprechung, indulgéntiam, absolutiónem ..., weil unser Pfarrer mittlerweile ausgewiesen worden war. Die Pfarrersstelle hatte der Kaplan Válek übernommen, den man Hochwürden im September fünfundvierzig in den Pelz gesetzt hatte. Gegrüßet sei der Kardinal Beran in Prag, der von oben her gehetzt und für einen raschen Austausch deutscher Pfarrer gesorgt hat. Laus tibi, Christe. Lob sei dir, Christus. Und zu einem tschechischen Hochwürden würde ich sowieso nicht in den Beichtstuhl steigen, auch wenn er mir die Erstkommunion spendete. Der fragt epper scheinheilig: Wie heißt du, mein Sohn? Und wenn ich Wessel sage, pfeift er womöglich: »Die Fahne hoch.« Das kenne ich von den Ärzten im Karlsbader Krankenhaus. Und dann will er mich nicht verstehen und gibt mir zehn Vaterunser zuviel auf. Also Vorsicht! Und für das Beichten muß ich noch stärker in die tschechische Nationalität hineinwachsen und vor allem den Beichtspiegel auf Tschechisch lernen.

Der Herr Pfarrer hatte uns, weil wir eine Ministrantenfamilie waren, noch besucht, bevor er mit seiner Wirtschafterin ins Aussiedlerlager nach Neu Rohlau überstellt wurde. Auch die Rößlers waren zur Verabschiedung herübergekommen. Bitter hatte er über die Demütigungen resümiert, denen er seit dem Einzug des Kaplans Válek ins Pfarrhaus ausgesetzt war. Er habe den Kerl aufgenommen wie einen geistlichen Gast, erzählte er, verpflegt, bedient, behandelt wie einen Mitbruder. Selbstverständlich. Er habe ihm die Ordnung des Gottesdienstes, den öffentlichen Amtsverkehr und die Betreuung der tschechischen Pfarrkinder überlassen, als ob er Pfarrer gewesen wäre. Aber dann ist der Kaplan mit dem Předseda, dem Vorsitzenden des Národní Výbor, schon der zweite Bürgermeister nach der Revolution, aufgetaucht – an einem Abend kurz vor Weihnachten –, und Hochwürden habe Amtsbücher und Schlüssel, also die gesamte Pfarrei, übergeben müssen. Nur Brevier beten und privat die Messe lesen habe man ihm zugestanden. Er habe zwar heftig protestiert, weil dieses Vorgehen könne nur vom Bischof, seinem Vorgesetzten, angeordnet werden, aber die beiden haben nur gelacht und gesagt, sie wüßten schon, wie das bischöfliche Konsistorium dazu stünde und er könne sich gerne den Amtsweg hinauf beschweren, also beim Kardinal Beran in Prag, dem Papst in Rom und, er bekreuzigte sich, dem da oben. Hihi! Aber ganz schlimm: Noch am Abend habe er sein weihnachtlich geschmücktes Wohnzimmer räumen müssen, und die Wirtschafterin mußte von ihrem Zimmer in den kalten Dachboden umziehen. Auf eine abgelegte Matratze. Und noch um zehn Uhr selbigen Abends habe man eine tschechische Wirtschafterin angeschleppt. Also, ich sage euch. Am nächsten Tag sind ein Gendarm und ein Schreiber vom Výbor erschienen und haben die Pfarrei inventarisiert. Lebendes und totes Inventar. Sogar die Speisevorräte. Und ich habe unterschreiben müssen. Und der Válek hat die Liste gekriegt, und einen Durchschlag haben sie mitgenommen.

O heiliger Laurentius, du Schutzpatron unserer Kirche, der du zwanzig Jahre lang deinen Mantel über Hochwürden wehen ließest, wie konntest du das alles zulassen?

Der Válek hat den Vorratsraum abgesperrt. Nur die Kartoffeln aus dem Keller waren zugänglich. Der Válek hat alle Ausgänge der Pfarrei mit Vorhangschlössern abgesperrt. Nur das Haupttor blieb offen. Der Válek hat den Weizen vom Pfarreifeld gegen Weizenmehl getauscht. Kein Stäubchen davon wehte in Hochwürdens Backpfanne hinein. Der Válek hat die Amalie, Hochwürdens Wirtschafterin, nicht mehr in die Küche gelassen. Sie mußte auf einem Öfchen in Hochwürdens Kammer kochen. Der Válek rief die Gendarmerie, wenn die Amalie einen Topf aus ihrem ehemaligen Geschirrschrank holte. Die deutsche Pfarrwirtin stehle ihnen alles aus der Küche, sagte er. Da komme die Inventarliste durcheinander. Das sei Diebstahl am nationalen Vermögen. Pfarrer und Pfarrwirtin müßten ins Lager oder vor ein Volksgericht. Der Válek schlachtete auch die Pfarrziege. Zwölf Liter Ziegenfett wanderten in seine Speisekammer. Hochwürden und Amalie blieben das Nachsehen und der Blick auf die Lebensmittelkarte für Deutsche. Da war leider kein Fett darauf. Nicht einmal ein Fettfleck. Auch keine Eier.

Der Válek ließ sich die Frühstückseier, die er persönlich aus den Hühnernestern holte, gut schmecken. Und wenn Hochwürden ans Fenster trat, weil die Hühner aufgeregt gackerten, grinste der Kaplan und hielt das volle Körbchen schelmisch in die Morgensonne.

Am 6. Jänner, dem Dreikönigstag, vermeldete der Válek in der Kirche, die deutschen Gläubigen dürften nicht mehr zu Hochwürden in die Pfarrei kommen. Und er stellte nicht nur die Heiligen Drei Könige in die Krippe, sondern pflanzte auch die tschechische und russische Flagge auf die Tortürme der Krippenstadt. Für den Herrn Pfarrer niederschmetternd: Hammer und Sichel in Bethlehem. Der Bolschewismus zieht also nun in die Kirche ein. Mitte Februar ließ Válek den abgespeckten Hochwürden, dessen Bauchhaut sich schon über die Scham faltete, das erste Mal zum Schneeschaufeln holen. Mit anderen Zwangsverpflichteten schippte unser Pfarrer am Bahnhof die Geleise frei. Mit einem Hals, der geierhaft aus dem zu weit gewordenen Collare ragte. Dieser Anblick schuf böses Blut auch unter tschechischen Katholiken.

Und dann, quasi als Erlösung und Auferstehung, der Ausweisungsbescheid: Gemäß Beschluß der Verwaltungskommission der Bergstadt Platten wird Ihnen hiemit aufgetragen … O heiliger Laurentius! Warum hast du deinen Schutzmantel eingerollt? Heiliger Antonius! Lamm Gottes und Allerheiligste Jungfrau! Der Pfarrer muß gehen, und ihr dürft bleiben?

Es war einmal ein Pfarrer, der hütete die Heilige Dreieinigkeit samt allen Heiligen sowie seine Pfarrschäfchen zwölf Jahre lang auf der tschechischen und acht Jahre lang auf der reichsdeutschen Staatswiese. Dann kam der Kaplan Válek und ekelte ihn hinaus. Der katholische Kaplan Bohumil Válek war Mitglied des Aussiedlungskomitees der Stadt Platten.

Es war einmal ein Pfarrer, der deshalb seine katholische Welt nicht mehr verstand und nicht nur auf Kardinal Beran, sondern auch auf Monsignore Srámek und Monsignore Hála schimpfte, den beiden Regierungsmitgliedern von der christlich-sozialen Partei. Ersterer war stellvertretender Ministerpräsident, letzterer Postminister. Zwei Priester in Prag, die in christlichnahen Zeitungen gegen die Deutschen hetzten.

Es war einmal ein Pfarrer, der duldete unter den Nazis keine Parteiuniformen in seinem Gotteshaus. Auch die Hitlerjungen mußten in Zivil zur Messe kommen. Einzige Ausnahme: Max Kleister, der Ortsparteileiter, mit dem er ein privates Konkordat geschlossen hatte. Bis zur vorletzten Reihe nach dem Kirchentor durfte sich der Max nach vorne setzen. Nicht weiter. Erst kurz vor dem Zusammenbruch saß der Max in zivilen, penetrant nach Mottenpulver stinkenden Klamotten in der dritten Reihe vorne.

Es war einmal ein Pfarrer, der teilte sich mit der Stadtgemeinde die Entlohnung eines Türmers, der auch für Mesnertätigkeiten in – von manchen Leuten umstrittener – Verwendung stand. Dieser Türmer, den er als kauzigen Freund bezeichnete, hatte sich vor einem halben Jahr an einem Glockenstrick erhängt.

Es war einmal ein Pfarrer, der dem Türmer zu Studienzwekken das Memorabilienbuch der Kreuzkapelle überlassen hatte. Der Türmer fand heraus, daß der Pfarrer seit 1636 von allen seinen Vorgängern – es waren zweiunddreißig – die drittlängste Amtsperiode abgedient hatte. Mitten im Dreißigjährigen Krieg wurde also der erste katholische Pfarrer nach Platten beordert. Frater Leo Majesanus, Doktor der Künste und der Heiligen Schrift, kam aus dem Minoritenkloster St. Michael in Kaaden, blieb aber nur vier Jahre, da die Mehrheit der Bevölkerung trotz seiner Missionsmühen starrbockig lutherisch verharrte. Man konnte sie weder durch Diskriminierung noch durch Strafe hinwegekeln: fünfzehn Kreuzer für versäumte katholische Messen beispielsweise. Oder vierzehn Tage Arrest, wenn an den kirchlichen Festen nicht zu Beichte und Kommunion gegangen wurde. Als Nachweis mußten dem Kreisamt Beichtzettel vorgelegt werden. Es nützte nicht viel. Erst als die scharfen Patente der Gegenreformation griffen, erst als die lutherischen Sturböcke Haus und Hof verlassen mußten, wenn sie nicht konvertierten, ergaben sich radikale Lösungen. Platten wurde dadurch beinahe entvölkert. Die Emigranten zogen über die Grenze und gründeten unter den Fittichen des Kurfürsten von Sachsen Johanngeorgenstadt. Aber sie hätten eine andere Wahl gehabt. Die Freiheit der Entscheidung.

Es war einmal ein katholischer Pfarrer, der mußte im März 1946 seine Pfarre verlassen. Er hatte keine andere Wahl. Keine Freiheit der Entscheidung. Er bereicherte damit den Tagesdurchschnitt von rund dreitausend Sudetendeutschen, die allein zwischen Februar und Oktober 1946 über die Grenze nach Bayern abgeschoben wurden. Laß mir, liebe Ilona, illustrativ umreißen: Im Zehntagerhythmus entsprach dies jeweils der Einwohnerzahl von Memmingen oder Rosenheim, das heißt, innerhalb von sieben Monaten ist das Bevölkerungsäquivalent von rund zwanzig Städten dieser Größenordnung ausgesiedelt worden.

Es war einmal ein Pfarrer, der spendete anläßlich seines Abschiedsbesuchs den Familien Wessel und Rößler seinen letzten Segen: Benedícat vos omnípotens Deus ... Und auch Herr Rößler, der schon vor dem Kriege ungeschminkter Kommunist gewesen ist, antwortete verlegen, aber deutlich: Amen!

Die Zeit vergeht im Sauseschritt.

Und wir sausen mit. Else Rößler brauchte nicht mehr mit mitlesendem Zeigefinger, eintönig ohne Interpunktion aus der »Fidelen Kommode« zitieren, ich las den gotisch verschnörkelten Wilhelm Busch mittlerweile schon selbst. Das hinderte mich nicht daran, in die tschechische Sprache hineinzuwachsen. Das »Co to je?«, »Was ist das?«, wurde immer seltener. Erweitertes Wissen verhalf mir zu erweitertem Wortschatz, der nicht durch Übersetzung, sondern durch neue Begriffe zuwuchs, deren Bedeutung auch Tschechenkinder erst lernen mußten. Jetzt gab es manchmal umgekehrte Probleme, nämlich das deutsche Äquivalent für ein tschechisches Wort zu finden. Was heißt also nun »asimilace« auf Deutsch? Assimilation? Frau Rößler wußte auch nicht genau, was das bedeutete. Herr Rößler sagte, das heißt, daß ich – er selber nahm sich davon aus – ein Tschech' werde. Als Kommunist brauche er kein Tschech' zu werden, sagte er. Die Kommunisten seien international und verkehren auf Russisch miteinander. Vielleicht lerne er Russisch. Das wäre ihm lieber, als in der Betriebskampfgruppe Schießübungen zu machen. Und vielleicht schickt ihn der Betriebsrat einmal auf die Krim auf Urlaub. Das wäre schön.

Heute weiß ich, daß meine Assimilation damals durch die Sommerferien gehemmt wurde, denn der feriale Schülerzeitvertreib verlief nach Nationalitäten getrennt. Der schöne Sommer forderte zum Baden heraus, aber die Tschechen hielten den Löschteich besetzt. Wir bauten uns daher am Neudeker Bach, unweit des Koneshäusels, eine Steinwehr, wo wir bis zur Brust ins Wasser konnten. Anfangs hatten wir versucht, zumindest die Westecke des Löschteichs für uns zu pachten, aber dann hatte mein Klassenfreund Mirko mit seinem Trupp zu stänkern begonnen und wir gingen – von unseren Eltern ständig belehrt – einer Eskalation aus dem Wege. Kuschen, ausweichen, Hosen scheißen! Das hatten wir schnell gelernt, auch wenn wir in den Hosentaschen die Fäuste ballten. Auch mit den Zigeunern, die nunmehr die Westecke des Löschteichs, mit großzügiger Duldung Mirkos, übernahmen, hatte ich wenig Kontakt. Meinen Sitznachbarn Slatko hatte ich schon zwei Wochen vor Schulende nicht mehr gesehen. Da unser Lehrer keinen Grund für seine Abwesenheit angab, dachte ich, er wäre krank. Erst als wir die passende Stelle für eine Wehr am Neudeker Bach suchten, fand ich die Aufklärung.

Das Koneshäusel, in dem er mit seiner Familie gewohnt hatte (muß ich hier erläuternd nachtragen), stand nämlich leer. Mit einseitig gebrochenem Blick guckte es in das ringsum wuchernde, kniehohe Unkraut. Die Fensterscheiben links vom Eingang waren eingeschlagen. Kein Zaun grenzte mehr zur Wiese hin ab. Die ungebremste Natur brandete gegen den Mauerverputz. Die Holzlage hinter dem Haus gab es nicht mehr. Der Schuppen gähnte halboffen Richtung Wald. Ohne Dach. Alles verheizt. Hinter dem Schuppen häuften sich Dachpappefetzen, in welche die Wiese hineinwucherte. In den violetten Kleeblüten summten Bienen. Aus der Fichtengruppe unweit des Hauses löste sich das verrostete Krächzen von Elstern. Früher hatten hier Amseln gesungen. Die Elstern verjagen Amseln und andere Vögel. Vielleicht war aber die Vogelwelt ausgezogen, weil drei Apfelbäume im Grase lagen: umgeschnitten. Kahl verzweigt, klagend stand ein Teil der Äste gegen den blauen Himmel. Der Rest war wohl verheizt worden. Ungehemmt wuchernd nur der Holler im Süden.

Unverschlossen die Haustür. Ist Großvater zurückgekehrt? Weiß nicht. Aus dem säuerlichen, nicht mehr nach Erdäpfelgulasch riechenden Muff der Diele, fädelt sich Unbehagen und graupelt mir den Rücken runter. Wenn jetzt irgendwo eine Tür aufgeht? Im Vorratsraum und Waschküche ist niemand. Auch in der Stube nicht. Am Esstisch unterm Herrgottswinkel steht schmutziges Geschirr. Hart verkrustet. Nein, da hat sich niemand fluchtartig aus dem Haus gedrückt, durch die Hintertür, als er uns kommen hörte. Also jetzt hinauf in den ersten Stock. Erst zusammen mit Edelmann Harry traue ich mich. Das Stiegengeländer fehlt. »Großvater!« rufe ich, um mir Mut zu machen. Noch einmal. Aber keine Antwort. Die Türen zu den Schlafkammern sind angelehnt, aber niemand kommt heraus. Es ist auch niemand drin, obwohl die Betten zum Hinlegen einladen. Matratzen böten auch ohne Bettwäsche für jeden heimlichen Unterschlüpfer ein komfortables Lager. Aber kein Rucksack und kein Rock hängen identifizierend im offenen Kasten. Wäre Julius hier gewesen, hätte er sicher die Doppelfenster mit der Kreidemarkierung »Kammer Süd«, die trotz der Julihitze noch montiert sind, abgenommen.

Wir wollen auf den Dachboden hinauf, finden aber keine Leiter. Wahrscheinlich auch verheizt, oder es hat sie jemand nach oben gezogen. Sollen wir hinauf? Zwei Knaben spenden sich gegenseitig Mut. Also los! Und zwar mit Hilfe des Tischchens aus Maries Kammer und eines Stuhls. Das heißt, Harry hält den Stuhl, und ich klettere hinauf und drücke die Falltür nach oben, jawohl, also Vorsicht, weil jetzt graupelt es wieder den Buckel hinab, und ich spähe erst einmal über die Bohlenkante, und ich hätte gerne einen Topfhelm der Kreuzritter auf, weil der hat einen Sehschlitz und rundum Eisen, denn wenn mir jemand einen Schlag … Aber nur meine abenteuerliche Phantasie fällt über mich her. Kein Onkel Pat oder Großvater, die über die Grenze zurückgekehrt sind und sich vor der Gendarmerie oder der Revolutionsgarde verstecken, und auch nicht Onkel Willi, der Bruder von Mutters Cousinen, und František, die auf einer Hamsterfahrt Zwischenstation machen und die Nacht abwarten, kippen mir die Bodenklappe auf den Kopf, weil sie glauben, ich bin ein Gendarm. Nein! Ich finde auch keine mumifizierte Leiche und kein abgenagtes Gerippe oder einen schlaff hängenden Körper hinter dem Kamin, ich finde nur, in Reichweite meiner Hand, ohne daß ich mich auf die Bohlen hinaufstemmen muß, Großvaters Krippe: den Krippenberg und daneben die Schachtel mit den feinsäuberlich verpackten Figuren. Die habe ich noch heute.

Bindergasse 188. Jetzt: II. ODBOJE.
Einer meiner Lieblingsplätze im zweigeschossigen Haus ist der Dachboden. Hierherauf gehe ich mit der »Fidelen Kommode«, mit »Winnetou« und »Sindbad dem Seefahrer«. Manchmal auch mit den Germanen. Und manchmal, weil ich keine Mundharmonika mehr habe, mit der Konzertflöte meines Vaters, welche wir hier heroben versteckt hatten. Manchmal spiele ich mit Julius' Krippenfiguren Stalingrad und Partisanen. Und das Kamel und die Heiligen Drei Könige müssen Panzerfäuste und Maschinengewehre schleppen, die ich aus Zündhölzern gebastelt habe. Lieber hätte ich in der Türmerstube gespielt, aber die hat der Válek, der neue Pfarrer, zugesperrt.

Und einmal saß ich am östlichen, im Sommer offenstehenden Giebelfenster und zeichnete das Nachbarhaus. Es muß ein Sonntag gewesen sein. Vor dem Fenster summten Wespen wie ferne Flugzeuge und steuerten ihre Nester in der Holzverschalung an. Manchmal verirrte sich eine durch das Fenster und kreuzte, die Spinnennetze aussparend, meinen Zeichenblock. Das Nachbarhaus war schon von Tschechen bewohnt. Der neue Besitzer werkte im Garten, stützte die Sonnenblumen mit Haselnußstecken, und seine Frau brachte Kaffee aus dem Haus. Ich hatte das Gebäude fertig skizziert: Steinsockel, Holzverschalung, rhombenartige Schieferverkleidung vom ersten Stock bis unter den Dachgiebel, Ziegelmuster der Kamine. Als ich den Schiefer schraffierte, marschierte draußen eine Männerkolonne vorbei. Marschrhythmus, und ich sofort aus dem Fenster hängend. Es waren die Betriebskampfgruppen von Zenker und der Zinkerei. In ihren blauen Arbeitsmonturen zogen sie Richtung Plattenberg. Ein Trommler in der letzten Reihe gab den

Schritt vor. Drei Reihen vor dem Trommler marschiert Herr Rößler mit umgehängten Gewehr. Gleich darauf ging unten im Hausflur ein Stimmengewirr los. Aber nicht wegen der vorbeimarschierten Volksmiliz, sondern weil Besuch gekommen war. Als ich nach unten kam, hingen sich Frau Rößler, meine Mutter und die Thielschwestern Gusti und Karin heulend in den Armen. Zwei Gendarmen waren dabei, das Siegel von der Parterrewohnung zu lösen, auf deren Tür noch immer »Schindler« stand. Aus einem Korb am Boden lugte großäugig ein Kleinkind heraus.

Du verstehst, liebe Ilona!
Wir hatten bis zum Kriegsende unsere Wohnungsmiete an die Thielschwestern bezahlt. Ihr Vater, der das Haus gegenüber besaß, es gehörte den Thiels seit dem siebzehnten Jahrhundert, hatte das Haus Bindergasse Nummer 188 nach dem Anschluß gekauft und den beiden Töchtern vermacht. Quasi als Aussteuer. Das Thielhaus gegenüber stand nunmehr ein gutes Jahr unbewohnt und versiegelt, weil der alte Thiel einer der ersten war, der ausgesiedelt worden war. Seit damals zahlten wir unsere Miete an den Národní Výbor.

Wir hatten die Thielschwestern das letzte Mal vor einem Jahr im mittlerweile aufgelösten Plattner Aussiedlungslager gesehen. Damals hatten uns die Revolutionäre, weil wir noch keine Österreicher waren, Römisch drei auf den Buckel gepinselt: Ausweisung. Den beiden Thiels, weil sie beim BDM aktiv waren, Römisch zwei: Zwangsarbeit. Sie kamen ins KZ bei Königgrätz, Hradec Králové. Und frage mich nicht, was sie darüber erzählten.

Du weißt selbst, liebe Ilona, wie leicht man zu einem Kind kommen kann. Und die hitzige Gusti war bereits schwanger, als sie ins KZ mußte. Aber nicht von ihrem Fremdarbeiter, dem Franzosen, als Abschiedsgeschenk, sondern vom Unterscharführer, dem sie in der letzten Nacht vor dem Abzug der SS ihre vom Chaos des Zusammenbruchs irritierte, aber grundsätzlich spendenfreudige Brust gereicht hatte.

Also, willst du nun wissen, wie es mit ihr weiterging? Ja, ich kenne dein Achselzucken: ein bedauernswertes Einzelschicksal, gewiß, zwar druckreif dramatisch, aber doch nur eine Schnuppe am Sternenhimmel. Und dies war ein politischer Himmel, an dem Millionen ähnlicher Schicksale hingen. Ein historischer Himmel, sagst du. Er sei nicht deine Vergangenheit. Er ist die Vergangenheit deiner Eltern und ihrer Generation. Jawohl, jawohl! Aber mit dieser Meinung stehen wir schon wieder am Anfang des üblichen Verdrängungswettbewerbs: Wer sagt als erster: Schwamm drüber? Da könnte ich erwidern: Auch die Nazigreuel sind nicht meine Vergangenheit, sondern die meiner Elterngeneration. Wir wühlen trotzdem in den Wunden unserer Vorgänger und wandeln mit mahnendem Zeigefinger durch die heutige Welt, wissend, daß sich alles wiederholen kann. Aber oho! Jeder erhobene Zeigefinger produziert Skepsis. Was will der mit dem Zeigefinger? Zeigefinger ist Stinkefinger. Belehrungsfinger. Anrüchige Schulmeisterei. Mischt euch nicht ein in unsere Angelegenheiten. Das geht euch nichts an. Zum Beispiel in Srebrenica. Blicke hinunter! Die wollen das Geschehene auch schon wieder unter den Teppich der Geschichte kehren. Die kehren auch ihre Kriegsverbrecher unter den Teppich, damit sie niemand findet. Ilona, komm! Laß uns deshalb darüber reden! Laß uns aufrühren, aufwühlen, wirbeln. Laß uns nicht beiläufig die Schulter zucken: Das geht uns nichts an.

Also höre: Beinahe hätte man der Gusti das Kind herausgeprügelt aus ihrem völkischen Leib, denn im Akt der Plattner Lagerkommission stand, daß sie BDM-Führerin war. Eine Stütze des ehemaligen Regimes. Auweia, Schalmeia. Halte deinen Kopf hin! Auf daß man die Sünden des Regimes drüberkippt wie auf eine Müllhalde. Die Racheengel warten schon mit Pendrek und Peitsche und den Gebrauchsanleitungen von Auschwitz und Treblinka. Die Tschechen als Rächer der Juden. Ha! Und da platzt dir die Haut am geschorenen Schädel. Und da quillt dir das Aug' aus der Höhle, und deine Nase steht quer. Und du kotzt den ausgehungerten Magen hoch, spuckst Galle und Blut. Und dir schwellen die Glieder zur Unförmigkeit an und dein Bein ist gelähmt. Und dir ist es egal, ob du die große Grätsche machst und draußen hinter dem Lagerzaun endest, im Massengrab, wo schon über hundert Leidensgenossen verscharrt sind und süßlicher Geruch von der schlampigen Arbeit der Totengräber zeugt. Aber du hast ein Kind im Bauch und willst überleben.

Und so stehst du nach zwei Wochen – verglich ich schon: wie ein Bild von Picasso? – auf dem Lagerhof, dem Sklavenmarkt, und wartest, bis dich ein Správce aussucht, der Kommissar eines nationalisierten Hofs, der dich für die Hopfenernte braucht. So ist das. Und deine Schwester flüstert dir zu, vergangene Nacht habe man den jungen Utschig tot geprügelt, der war vierzehn Jahre alt, weil er ausbrechen wollte, und die Frau Weber aus Neudek hat sich im Waschraum erhängt. Und jetzt kriegst du mit dem Pendrek eins über dem Buckel, weil du ein verdammtes Nazischwein bist und nicht reden darfst, und strafweise mußt du mit deinen Genossen dreimal die Runde marschieren und »Hoch auf dem gelben Wagen singen«. So habt ihr's ja auch mit den Juden gemacht, sagen sie. Nicht wahr? Und du kriegst noch eins ins Gesicht, weil du mit deinem lahmenden Bein den Gleichschritt und das Symmetriebedürfnis des Oberaufsehers Latke störst. Wenn schon links ein blutunterlaufenes Auge, dann auch rechts. Und als Draufgabe stellt er dir ein Bein, weil die nächste Wasserpfütze so schön tief ist.

Also, Schwamm drüber, liebe Ilona.
Ich verspreche: Ab jetzt gibt's keine so grauslichen Geschichten mehr. Und im Bücherregal unserer Garçonnière in Karlsbad wirst du vergeblich nach den dicken Bänden des Deutschen Vertriebenenministeriums suchen. Also keine Angst vor neuerlichem Aufwühlen. Aber jetzt hat das noch einmal an die Sonne müssen, und zwar an die tschechische. Verstehst du? Es bedrückt mich, daß das Geschehene an euch Jungen abrinnt wie Regenwasser. Es benetzt euch, aber es berührt euch nicht. Ich kann das alles nicht immer nur in mich heineinfressen. Da erstickst du einmal daran. Und der Tante Ritsch kann ich es auch nicht erzählen. Die fühlt sich zwar als Tschechin, aber bei die-

sen Dingen ist sie Deutsche. Außerdem hat sie ja alles hautnah erlebt.

Wie dem auch sei: Die Thiel Gust ist ein zähes Luder und überstand den Winter relativ unbeschädigt, und Ende Jänner bekam sie ihr Kind. Und dieses Kind, der Sohn Lukas, überstand den Winter auch unbeschädigt und lächelt nun mit seinen sieben Monaten schon munter aus dem Korb heraus. Er braucht noch keine weiße Binde am Arm wie seine Mutter und Tante. Und dann, welches Glück: Die Thielschwestern bekommen eine Anstellung in der Zinkerei, weil von dort ein paar Zigeuner abgehauen sind. Also Badewannen im Akkord, aber kein Sonntagsdienst in der Volksmiliz. Dieser Ehrendienst der Werktätigen ist nur politisch Zuverlässigen vorbehalten. Da mußt du als Deutscher zumindest Antifa sein. Und du mußt Kommunist sein, und obendrein ein Vertrauter des Betriebsrates, damit er dir auch einmal ein Gewehr in die Hand drückt. Und es schadet nicht, wenn du auf die Klassenfeinde rund um Beneš schimpfst, weil im künftigen Arbeiterparadies muß es eine proletarische Regierung geben. Also nieder mit Beneš, denn der will die Bourgeoisie zurück an die Macht ... Das dürfen wir nicht zulassen. Auch der Josef Rößler ist dieser Meinung und darf daher am Sonntag mit umgehängtem Gewehr auf den Plattenberg hinaufmarschieren. Geländeübungen treiben und ein bißchen Schießen.

Aber seine Frau, die Else, schimpft ihn dafür einen alten Ochs, der schon wieder willig seinen Dietz hinhält, und wo das wieder enden werde. Und während sie mit meiner Mutter und den Thielschwestern das Sonntagsessen richtet, Rindsuppe mit »Ein'tropftem« (Eiern) und Apfelauflauf – sie kochen am Sonntag meist gemeinsam – , fließen ihr flotte Klagen von den Lippen: Bei Pfüller, obwohl's den gar nicht mehr gibt, werden die Tschechen bevorzugt, und nach dem Krieg wollte sie eigentlich in Bohnenkaffee baden, nu is leider nix wurn, und ihr Josef ruiniere ihr mit seiner Tabakmacherei noch immer das Backblech und die Bröselmaschine. Also kein Kuchen heute nachmittag. Die sollen statt Patronen und Badewannen endlich mal Tabak produzieren. Is' fei wohr.

Und meine Mutter meint, die Else solle sich wegen Bohnenkaffee und Kuchen nicht die Schürze nässen, denn ihr Chef, der Herr Hyža, versuche es bei ihr neuerdings mit Bohnenkaffee, und da könne sie schon mal was abgeben. Kimmt nieber nach'm Assen. I ho 'n Zwatschingkoung.

Und während die Damen deshalb am Nachmittag bei Annl echten Bohnenkaffee trinken und Zwetschkenkuchen essen, während Josef Rößler – erschöpft von der morgendlichen Geländeübung – auf der Eckbank in seiner Wohnung ein Schläfchen hält, während Oskar unbeachtet mit strengem, aber wirkungslosem Blick an der Wand hängt, legen sie der Annl den Václav Hyža ans Herz. Der ist zwar ein bißchen mager und bleich, aber hat schöne Locken und ein scharfgeschnittenes Gesicht. Und wenn sie mit ihm nichts anfangen wolle, so solle sie ihn wenigstens warm halten. Und die pragmatische Gusti meint, sie hätte da keine Hemmung, und in Zeiten wie diesen wäre es ein Glück, wenn man einen tschechischen Unternehmer …, und Annl solle ihr den Hyža einmal vorstellen.

Du kannst dir vorstellen:
Auf den kleinen Lukas sind die Frauen ganz närrisch gewesen, weil sich der mit seinen blauen Guckern so neugierig und aufmerksam an diese schöne Welt herangetastet und die traurige Kehrseite nicht gesehen hat und obendrein noch freundlich lächeln konnte. Ein niedliches Kerlchen, welches im Lager seine Nottaufe erhalten hatte. Der zelebrierende Priester, ein Mitgefangener, hatte feuchte Augen bekommen, als der Lukas ihn so groß und neugierig angeschaut hatte. Aus dir sieht mich Jesus an, hatte er gesagt, da wird unser Leid zur Beschämung, weil ertragbar. Deo grátias! Wir wollen nicht klagen.

Auch meine Schwester Erika, welche zweieinhalb Jahre alt wurde, war ganz närrisch auf Lukas. Und wenn sie »Alle meine Entchen« oder »Hänschen klein« sang – das kann man mit zweieinhalb schon schaffen –, wackelte Lukas mit dem Kopf und patschte in die Hände. Das war etwas anderes als Hyžas doofe Puppen, die nicht einmal einen Mucks machten, wenn man ihnen mit der Häkelnadel Haare in den Kopf stach. Außer den nackten Musterpuppen, nach denen Mutter die Kleider schneiderte, lagen noch jede Menge behaarte und unbehaarte Puppenköpfe in unserer Wohnung herum. Die unbehaarten hatten hinter dem Gesicht einen ausgestopften Leinenpolster, in denen wir Kinder Haare stechen mußten. Mutter nahm jede Puppenarbeit an, die sie kriegen und mit unserer Hilfe bewältigen konnte.

Wenn Herr Hyža eine neue Kleidersammlung samt unbehaarten Puppenköpfen lieferte, transportierte er auch päckchenweise Kaffeebohnen in seinen Koffern. Sie machte ihm dafür Kaffee, und einmal meinte er, ob er sie zu einem Theaterbesuch nach Karlsbad einladen dürfe. Das Nationaltheater gebe ein Gastspiel mit der »Verkauften Braut« von Smetana, und da könne sie sich Anregungen für ihre Puppenschneiderei holen. Sie missen einmal auf Abwächslung, Frau Wässel, sagte er, sie werden hier saure Gurke, außerdäm gibt's dort scheene Kostieme. Also reines Geschäftsinteresse, versteht sich. Mutter vertröstete ihn und redete sich auf ihr Kostüm hinaus, das sie erst ändern müsse. Aber als er weg war, starrte sie sinnend über ihre Nähmaschine hinweg aus dem Fenster und kaute verloren an einer Kaffeebohne. Und nach dem Schlafengehen seufzte sie ein bißchen.

Dann kam der 28. Oktober. Euer Nationalfeiertag, liebe Ilona!

An diesem Tag schien die Sonne sehr vorsichtig und hielt im leichten Dunst Abstand.

An diesem Tag stand der Herbst in schönen Farben, brachte es aber nur auf vier bis elf Grad im Tagesverlauf. Ich mußte lange Hosen tragen. Die gehörten zu meinem Jägeranzug mit den Aufschlägen und Hirschhornknöpfen. Onkel Pats SA-Stoff hatte für eine Garnitur kurzer und einer Garnitur langer Hosen gereicht. Sehr praktisch: sommerliche und winterliche Ausgehuniform in einem. Mein einziger Sonntagsanzug.

An diesem Tag rückte die Schule geschlossen aus und versammelte sich im großen Rathaussaal. Auch die Eltern sollten dorthin kommen. Vorher gab es einen Aufmarsch der Volksmiliz mit Ansprachen vor dem Rathaus. Also Josef Rößler mit

Gewehr. Sie hatten die Blasmusik der Karlsbader Eisenbahner kommen lassen, da sie in Platten noch keine herzeigbare Musikkapelle auf den Beinen hatten. Überall die tschechische Trikolore, auch von der Türmerstube des Kirchturms herunter. Keine schwarzrote Kirchenfahne wie in der Hitlerzeit (damals hatte sich der Pfarrer geweigert, die Hakenkreuzfahne aufzuziehen), aber eine rote mit Hammer und Sichel aus einem seitlichen Turmfenster. Alle Fahnen hingen windlos schlaff. Die Wetterprognosen versprachen Stabilität. Der Osten war rot. Die Zukunft stand rosa.

Nur in unserem Haus kroch an diesem Tag der Trübsinn in alle Winkel. Nicht wegen eures Nationalfeiertags, sondern weil seit zwei Tagen die Thielschwestern samt Lukas nicht mehr da waren. Sie waren ausgewiesen worden. Gemäß Beschluß der Verwaltungskommission der Stadt Bergstadt Platten ... et cetera, et cetera. Von jetzt auf dann weg. Mit dem Kinderkorb, zwei Koffern und einem Rucksack. Sie hatten nicht gewußt wohin, denn von ihrem Vater war bislang keine Nachricht eingetroffen. Also die Wohnung im Parterre wieder versiegelt. Und die Rößlerin verheult. Und die Mutter verbittert, vertrotzt wie nach der Vermißtenmeldung von Oskar: I kimm heit net ins Rathaus zu ne Tschech'.

An diesem Tag ging ich also allein unter dem herbstlichen Hoch zur Schulfeier ins Rathaus. Im seelischen Tief sozusagen. Die Thiels weg, Mutter trotzte, und ich hatte ungelöste Fragen im Kopf: Was konnte ich dafür? Wozu hatte ich eine ganze Woche lang auf dem Dachboden die tschechische Nationalhymne trainiert? Wozu hatte mich mein Klassenlehrer Pospichal zum Dirigenten des Schulchors bestimmt? Gegen den Willen des Direktors Sveida. Wozu hatte mein Klassenfreund Mirko seine hämischen Sticheleien allmählich aufgegeben, als wir in der Turnhalle unsere Proben abhielten? Und dann geht die Mutter nicht mit.

An diesem Tage erschien ich also in meinem gelben Jägeranzug mit langen Hosen. Mirko erschien in kurzen Hosen, aber erstmals mit einem Rock, grau mit hellen Längsstreifen.

Das mußte der Oberteil eines Anzugs sein. Wahrscheinlich war ihm die Hose zu lang und breit. Wer weiß, wem der Anzug vorher gehört hatte. Am linken Revers war der Rock jedenfalls knopfförmig angedunkelt. Vielleicht war da einmal ein Parteiabzeichen drauf gewesen. Während sechs Jahren kann ein Stoff schon ein bißchen ausschießen und einen geschützten dunklen Fleck hinterlassen.

Der Pospichal schaute mit verkniffenen Nasenfalten auf meinen Jägeranzug, sagte aber nichts.

An diesem Tage zogen wir also, als die Volksmiliz abmarschiert war, mit klingendem Spiel der Eisenbahner ins Rathaus ein. Dann rückte die Musik ab, weil sie den Elf-Uhr-Zug nach Karlsbad erwischen mußte.

An diesem Tag gab es keinen Film von Sergej Eisenstein, etwa »Panzerkreuzer Potemkin« oder »Alexander Newski«, um nationale und proletarische Gefühle zu wecken.

Und gleich zu Beginn mußte unser Chor auf die Bühne. Aber siehst du: Jetzt gab es eine Verzögerung. Der Direktor Sveida, mit Späherblick allgegenwärtig, aufgeregt, nervös hin und her, weil in der ersten Reihe der Předseda mit den Mitgliedern des Národní Výbor und der Pfarrer Válek in festlicher Kleidung ..., tuschelt mit dem Pospichal. Und gleich darauf der verkniffen abschätzende Blick des Pospichal auf mich und die anderen sangesfreudigen Knaben im Chor. Nicht auf die Mädchen. Und er fischt mich und Mirko, der – wegen seiner Länge – im letzten Glied stehen muß, heraus und geht mit uns hinter die Bühne. Zieht eure Jacken aus, sagt er. Und als wir die Jacken, obwohl's kalt ist, an die Wand hängen wollen, meint er kurz und trocken: Nein, nein, Jacken tauschen! Anziehen! Und als Mirko und ich uns verdutzt anschauen und zögern, reißt er mir meine Jägerjacke aus der Hand und gibt mir Mirkos Rock. Schnell, schnell! Der Chor steht schon auf der Bühne. Los!

Erst im nachhinein wurde mir klar, was für kläglichen Anblick der Mirko abgegeben hatte. Rothaarig, knochig mit langem Hals sah er aus wie eine geschnitzte Figur aus einem alpinen Marionettenspiel. Der Anführer einer tschechischen Rasselbande in eine Jodlerjacke gezwängt, die seine Unterarme spannenbreit unter dem Ellbogen entließ und die Taille um den unteren Brustkorb spannte. Also zum Zerkugeln. Aber der Blick, den er im Hinausgehen auf mich warf … und die hektisch roten Flecken in seinem Gesicht. Auweia. Also diesen Blick auf mich werde ich nie vergessen.

Ich habe wohl noch lächerlicher ausgesehen, hab' mich auch so gefühlt, weil ich in gackgelber Hose und graugestreiftem Doppelreiher auf der Bühne stehe und draufkomme, daß die Stimmgabel in meiner Jägerjoppe ist. Auch das noch, und unten im Saal warten sie gespannt hüstelnd auf das, was wir wohl anbieten können. Und der Chor wartet auch und schaut mich groß an. Und der alle überragende Kopf Mirkos in der letzten Reihe wartet auch. Nämlich darauf, daß ich das Anstimmen verpatze. Er schaut nicht groß, sondern giftig. Und mir fällt »Fips der Affe« ein: »Oft wird es einem sehr verdacht, / Wenn man Geräusch nach Noten macht.«

Also, es muß auch ohne Stimmgabel gehen, und ich hebe die Hände. Heiliger Laurentius sei Dank, sie setzen ohne Dissonanz ein. Vielleicht eine Spur zu tief, da die dritten Stimmen in den unteren Lagen Mühe hatten, aber die Zuhörer kannten das Lied sowieso nicht. Und ich habe es heutzutage auch nicht mehr im Kopf. Muß so etwas wie »Die Himmel rühmen des Ewigen Ehre …« gewesen sein, also anspruchsvoll. Jedenfalls dirigierte ich mit hochrotem Kopf, da mir die Rockärmel bis zu den Fingergelenken flatterten und ich daran denken mußte, wie kurz meine gelben Hosenbeine aus dem langen Doppelreiher ragten. Eine Mißproportion wie aus dem Kladderadatsch. Aber als ich mich nachher mit dem Chor verbeuge, gibt es anschwellenden Applaus, und der Pospichal in der zweiten Reihe rechts außen nickt zustimmend.

Also, während der Direktor Sveida nun das Rednerpult besetzt und eine endlose Begrüßungslitanei losläßt, während die Begrüßten sich mit geehrten Gesichtern über das Schülerpublikum hinweg zu den Elternreihen neigen, viele Eltern drängeln wegen Platzmangels an den Wänden entlang, während der Direktor Sveida vom nationalen Wiederaufbau spricht und noch einmal die Tschechoslowakische Republik ausruft, wie anno

1918 am 28. Oktober, während er das gute Recht der tschechischen Nation auf die Reichtümer des gesamten Landes beschwört und die Wahrheit siegen läßt, Pravda vítězi, nach diesem schönen Motto im Staatswappen, welches rechts oberhalb des Pultes hängt, da spielt sich zwischen der letzten Reihe des Chors und dem faltenziehenden Bühnenprospekt im Hintergrund, von den anderen unbemerkt, ein heftiges Hin und Her ab. Ich will die Stimmgabel haben, aber der Mirko gibt sie nicht her. O heiliger Zorn, jetzt soll doch der Teufel nieder ... aber der hilft mir nicht, und so muß ich auch die anderen Lieder, die noch dran sind, ohne Stimmgabel anstimmen. Dieses Arschloch Mirko möchte mich einfahren lassen. Möchte mich dem Publikum vorschmeißen wie den sprichwörtlichen Löwen. Möchte, daß verdächtig gehustet und geschneuzt, gegrinst, mit dem Arm gestoßen, hinter vorgehaltener Hand getuschelt und am Ende gelacht wird, wenn wir dreistimmig falsch singen. Dem genügt meine lächerliche Aufmachung nicht: ein Viertel SA, drei Viertel Salonschleicher. Der will, daß ich in ganz Platten zum Gespött werde. Der will, daß man einen Deutschen nie mehr auf diese Bühne hinaufstellt, auch wenn er schon dreimal in die tschechische Nationalität hineingewachsen ist. Deshalb darf ich mich nicht blamieren. Das bin ich mir schuldig. Das bin ich dem Pospichal und dem Sveida schuldig. Das bin ich meiner Mutter schuldig, die seit ein paar Minuten verlegen neben dem Saaleingang steht und nicht nach links und rechts schaut. Wie ein Mäuschen steht sie da, das am liebsten in sein Loch verschwinden möchte. Brauchte sie aber nicht, weil das weitere Anstimmen klappte eins a, auch ohne Liedergabel. Und noch nie schwebte meine Überstimme so lerchenhaft tönend über den Refrains. Triumphierend sozusagen. Nun gut: zu laut. Ich hätte sie etwas zurücknehmen, in den Chor einordnen müssen. Aber da ging wohl die Wut mit mir durch. Und außerdem sang ich zum Chor hin, vor allem zum Mirko, und nicht zum Publikum. Also nicht so hörbar. Und ich denke, wir waren nicht so langweilig wie die Redner, die sich zwischendurch am Pult abwechselten: der Bürgermeister, der Pfarrer Válek und der Vorsitzende des örtlichen Ausweisungskomitees. Und dann zum Abschluß natürlich die Nationalhymne: Kde domov muj. Und der ganze Saal stand »Habt Acht!« und sang lauthals begeistert. Und ich dirigierte enthusiastisch befreit. Nur Mutter und ein paar andere Deutsche standen stumm und schauten verlegen zu Boden. Sie konnten nicht in ihre Mäuselöcher verschwinden, sprich durch die Tür. Wäre aufgefallen und hätte böses Blut gemacht, weil Boykott.

Als ich in meinem maßgeschneiderten Jägeranzug mit der Stimmgabel in der Tasche neben dem Pospichal herschritt, Richtung Schule, war der Dunst weg, und die Sonne hielt keinen Abstand mehr. Sie wärmte. Das Gelb und Braun der Blätter war gelber und brauner als am Morgen. Das Rot der Vogelbeeren war roter als am Morgen. Ein überreiches Angebot für die Krähen. Großvater hätte eine reiche Ernte halten können. Das Grün der Wiesen war grüner als am Morgen. Es schimmerte feucht leuchtend im Gegenlicht. Ein unbeschreibliches Grün. Und ich war angefüllt mit unbeschreiblichen Gefühlen. Diese Genugtuung muß man erst einmal empfinden. Kann ich nicht wiedergeben.

Ich trug die Stehlampe vom Rednerpult, Pospichal die beiden Löwen mit dem Staatswappen und der Aufschrift: Pravda vítězi. Die Wahrheit siegt.

Liebe Ilona!
Ich möchte an dieser Stelle nicht polemisch zurückblicken oder unterschiedliche Wahrheitstheorien entwickeln (wer pachtet welche Wahrheit für sich?), möchte nur noch einmal anmerken, daß dieser Fleck Erde, auf dem heute Horní Blatná steht, bis 1532 nur Hochmoor und Wald war und zu Sachsen gehörte. Dann kamen, wie wir schon wissen, die Schneeberger Bergleute und fingen zum Roden an.

Und jetzt hängt das tschechoslowakische Staatswappen in unserer Schule gangseitig über dem Eingangstor. Seit einem Jahr. Und das hatte mein Klassenlehrer entdeckt, als er in den Kellerräumen gestöbert hatte, die vollgestopft waren mit volkstümlichem Gerümpel des in Nacht und Nebel geflohenen, ehemals leidenschaftlichen Sammlers Walter Dittrich, dem Freund des Türmers und Vorgänger des Direktors Sveida. Dieses Wappen hatte bereits vor 1938 die Wand hinter dem Schreibtisch im Direktionszimmer geziert und war in der Nazizeit durch ein Hitlerbild ersetzt worden. Dittrich hatte es als Zeugnis lokaler Geschichte seiner Sammlung einverleibt, und es hätte im geplanten Heimatmuseum wahrscheinlich eine prominente Stelle eingenommen. Schließlich konnten sich die im Relief geschnitzten Löwen auch künstlerisch sehen lassen. Als ich nun dem Pospichal, der auf einer Leiter steht, das Wappen hinaufstemme, sagt er auf Deutsch:

No, darfst' das nächste Mal nicht werden iebermietig. Darfst nicht ohne Stimmgabel ansummen. Kann in Hose gähen. Hab' ich selber erläbt. Hab' ich auch Chor dirigiert als Schieler in Wien. War a scheene Zeit damals.

Und da kriege ich wieder die Wut auf den Mirko, denn was kann ich dafür?

Und mit dieser Wut im Bauch und wurmstichigen Gedanken im Kopf – wie kann ich dem seine Fresse polieren? Ich wollt', ich wär' der Winnetou und hätte meine Apatschen, oder ich wär' der König Totila und hätte meine Goten, oder ich wär' der Slatko und hätte meine Zigeuner – sehe ich keine bunten Herbstfarben mehr, als ich nach Hause gehe. Und ich marschiere mit diesen Würmern im Holz an der evangelischen Kirche vorbei und will bar jeder Vorsicht den Wiesenweg nehmen, die Abkürzung wie üblich durch die Büsche hinter der Kirche, aber da fährt aus einem Busch eine knochige Faust heraus. Und die beutelt meine Holzwürmer durcheinander, frage nicht, gewaltig, daß es nur so bröselt. Und ich haue wild um mich, stumm und blind vor Zorn und Empörung, und treffe auch, weil einer schreit, aber es sind zu viele.

Also, wieso bin ich durch die Büsche, ich Haustepp. Hätte mir ausrechnen können, daß der Mirko Rache plant. Ausgerechnet diesen Deutschenfresser steckt der Pospichal in meine Jägerjoppe. Und ich gehe durch all diese Büsche, wo ich schon am ersten Schultag meine Abreibung bekommen habe. Selber

Schuld bin ich. Und jetzt habe ich den Salat: Sie haben mir alle Hirschhornknöpfe abgeschnitten. Sie haben die braunen Kragenspiegel von den Revers geschnitten, sie haben mir die Taschenaufschläge abgetrennt und das Futter aufgeschnitten. Sie haben mir den Dragoner abgeschnitten. Und einer hat auf die Jacke geschissen, dunkler als der Stoff, aber heller als die Aufschläge, also zum SA-Gelb passend, weil da alle Brauntöne dazupassen, und danach haben die anderen draufgepinkelt, gleichzeitig in froher Runde, schön knickebeinig mit vorgewölbten Becken, in unterschiedlicher Dauer. Und dann haben sie die erste Strophe ihrer Staatshymne gesungen, eher gröhlend, jawohl! Aber nur einstimmig, weil sie hatten keine Stimmgabel, und der Mirko schaffte das Einsummen nicht. Der hat nur wild fuchtelnd dirigiert. Schließlich war Nationalfeiertag.

Vergiß es! Vergiß es, liebe Ilona!
Ich will's auch vergessen, obwohl mich damals der Verlust meiner Jacke mehr schmerzte als meine blutige Nase und das blaue Äuglein. Die Jacke habe ich natürlich liegengelassen, die war nicht mehr restaurierbar. Und als ich in Hose und blutverschmiertem Hemd zu Hause erschien, da hat es kein Donnerwetter gegeben wie vor einem Jahr, da hat die Mutter gar nichts gesagt und nicht einmal Fragen gestellt. Da hat sie mich spontan in den Arm genommen – sieh einmal an –, hat mich an sich gedrückt, ohne daß ich mich spreizte, und gesagt: Schön hast' dirigiert. Wirklich schön. Und das war mehr als meine überladene, hochgestimmte Gefühlswelt nach dem Dirigieren im Rathaus. Verbissen habe ich die Tränen niedergerungen, die mir aus den Augen kippen wollten. Also jetzt reiß dich zusammen, Gert, denn ein Winnetou oder ein König Totila oder Sindbad der Seefahrer haben auch nie geheult. Und die Ritter sowieso nicht.

Und siehst du: Mutter hat aus der gackgelben SA-Hose drei wunderschöne Puppenmäntel gemacht, bißchen Empire, von der Brust glockig nach unten verlaufend, mit braunen Pelzbesätzen, denn Empire war nicht verdächtig. Eine modisch-ethnische Flurbereinigung sozusagen. Und dann hat sie zwei Wochen gewartet, ob bei Hyžas Kleidernachschub etwas Passendes für mich dabeigewesen wäre, zum Umarbeiten. War aber nicht.

Und in dieser Zeit hat sie eine Kaffeebohne nach der anderen gekaut, aus Hyžas Nachschub, so daß die Rößlerin gemeint hat, Maadl, du bist schu sichtig, und besser wäre es, zu sparen und jeden zweiten Tag einen anständigen Kaffee zu machen. Die Rößlerin war ihrerseits süchtig auf Bohnenkaffee, auch wenn ihr Josef sagte, das wäre eine dekadente bürgerliche Eigenschaft, den Kaffee habe der Adel eingeführt, und man dürfe sich nicht von diesen südamerikanischen Diktaturen abhängig machen. Die diktieren den Preis, indem sie ganze Schiffsladungen in das Meer kippen. Und er trinkt sowieso nur Tee. Russischen.

Und nach diesen zwei Wochen, als Mutter wieder ein Päckchen Kaffee aufgerissen und sich spitzfingrig gleich mehrere Bohnen in den Mund gestopft hatte, stellte sie sich kriegerisch entschlossen, mit verschränkten Armen, vor Oskar an die Wand, der war jetzt über drei Jahre vermißt, stülpte die Lippen nach unten, ging kauend ins Schlafzimmer zum Kleiderschrank, öffnete ihn und holte Oskars graugestreiften Einreiher heraus. Feinstes Flanell. Itze moch i fier dich ne schen Anzug, sagte sie. Der Vater würde das schon verstehen.

Aber vorher kam noch dieser Wanderzirkus nach Platten.

Also nach Allerheiligen, noch bevor die kalten Novemberwinde den Schnee ankündigen oder gar hinter die gefrorenen Schollen treiben konnten, errichtete er auf der Wiese zwischen Löschteich und Jugendheim seine Wagenburg.

Für uns Kinder, Tschechen wie Deutsche, eine Sensation. Man darf sich so einen Wanderzirkus nicht als kapitalistisch aufgezogenes Unternehmen vorstellen, welches mit großem Fuhrpark, Zugmaschinen und Eisenbahnwaggons anrollt und im geheizten Zelt den öffentlichen Menschen wie Schowmastern, Quizmastern, Talkmastern, Schauspielern, Politikern und anderen Publikumslieblingen ein Forum für Dressurkunststückchen bietet, wo sie mit der Peitsche knallen und sich vom Elefantenrüssel hochheben lassen, anläßlich einer wohltätigen

Fernsehgala für die Verhungernden in Darfur. Man darf so einen Wanderzirkus auch nicht mit einem Zoo verwechseln, wo es von dressierten Tigern, Löwen, Rhinozerossen und madegassischen Springfröschen nur so wimmelt und die Türschützer die entfleuchten Frösche wieder einsammeln und in Eimern über den tödlichen Asphalt tragen. Nein, insofern ist ein kleiner Wanderzirkus gar kein Zirkus. Der hat kein geheiztes Zelt. Der hat überhaupt kein Zelt. Der hat nur ein paar Zeltplanen, die zusammen mit geflickten, ausgefransten Decken und im Wind pendelnder Wäsche an gespannten Drähten hängen. Die Drähte bilden die Hälfte eines Oktogons. Die andere Hälfte wird von drei Wohnwägen und einem Anhänger für die Sitzbänke gebildet. Also ist es nur eine halbe Wagenburg. In so einem Zirkus kannst du rauchen, daß es zum Himmel stinkt. Weil nach oben ist er offen. Aber bei Regen gibt's keine Vorstellung. Hinter den Wohnwägen stehen ein Traktor und ein weiterer Anhänger für den Zoo. Der Zoo ist abgeladen. So ein kleiner Wanderzirkus hat nur einen bescheidenen Zoo: drei Lamas in einem Verschlag. Ein paar angeleinte Königspudel. Zwei Schimpansen in einem Käfig. Drei hätten da gar nicht hineingepaßt, so klein ist der. Deshalb ist der dritte außen angekettet und schaut traurig zu uns her. Kein Tierschützer pirscht mit gezücktem Notizblock zwischen den bunten Wagenfronten und den im Rondo, zum Löschteich hin ansteigenden Sitzreihen herum. Es kann auch keiner pirschen, weil der Tierschutzverein längst ausgewiesen worden ist. Dem Aff' is' kalt, sagt Ilse, meine verbliebene Klassenfreundin (wir sind nur noch zwei Deutsche in der Klasse), und kratzt sich am Kopf. Der Aff' kratzt sich auch. Sie bohrt in der Nase. Der Aff' bohrt auch. Ich drücke meine Daumen in die Ohren, die Handflächen zum Affen, fächere mit den Fingern und schneide eine Grimasse. Der Aff' fächert auch, vergißt aber die Grimasse. Ilse streckt ihre Zunge heraus. Der Aff' auch. Also, Ilse und ich haben zusammen »Fips der Affe« angeschaut und gelesen, weil ihre Eltern wollten, daß sie Deutsch lesen übt, und wir können dem Wilhelm Busch bestätigen: »Wenn wer was macht, der Aff' macht's nach; / Und Bosheit ist sein Lieblingsfach.«

Aber nein! Der Aff' ist doch nicht boshaft. Das sind doch wir mit unserem albernen Getue. Das könnte jeder Tierschützer bestätigen. Und boshaft ist das Gelächter hinter uns, das kleineren und größeren Steinen folgt, die plötzlich auf den Affen geschmissen werden. Und der schmeißt die Steine zurück, siehe an, eine Mordsgaudi allhier. Ein Interessensaustausch sozusagen. Und im Käfig die zwei anderen aufgeregt, mit Geschnatter an den Gitterstäben hin und her. Wahrscheinlich sind's seine Weibchen. Erst als ihn ein größerer Stein am Kopf trifft, bleckt er die Zähne und hält die Arme vors Gesicht. Also der hat ein Gebiß, mein Lieber. Hab' gar nicht gewußt, daß Schimpansen so ein Gebiß haben. Und als wir uns umdrehen, gehört das Gelächter zu Mirko und seinen Kumpanen, die oberhalb der Sitzreihen stehen und sich jetzt kratzen, in der Nase bohren, mit den Händen fächern, Grimassen schneiden und uns die Zungen zeigen. Bäh, bäh! Und wieder das Gelächter.

Komm, sage ich zu Ilse, gehen wir Lama schauen.

Aus den Ofenröhren in den Wohnwägen zieht dünner Rauch in den blanken Nachmittagshimmel. Hochdruckwetter. Die schwarzhaarigen, barfüßigen Kinder, welche bis vor kurzem mit akrobatischen Verrenkungen von den Affen abgelenkt hatten, sind verschwunden. Wahrscheinlich drinnen beim Essen.

Was fressen die Affen? fragt Ilse.

Bananen, sage ich.

Was sind Bananen?

Du kennst keine Bananen?

Sie schüttelt den Kopf.

Also so gebogene gelbe Dinger, so ..., ich versuche illustrativ zu erklären ... Und die Affen können die abschälen.

Ach so, sagt sie, habe sie auf Bildern schon gesehen, aber noch nicht gegessen. No, ich auch nicht, weil zuerst Krieg und dann überhaupt. Sollen süß schmecken.

Also, die Lamas fressen keine Bananen. Können sie nicht abschälen. Sind so 'ne Art Mitteldings zwischen Schaf und Kamel. Stehen hinter dem Gatter und gaffen uns an. Und wir gaffen zurück, durch die Zaunlatten hindurch, und wissen nicht, daß die Spanier mit denen sodomiert und dadurch die Syphilis nach Europa eingeschleppt haben sollen. Also gefährliche Viecher.

Schon deshalb gefährlich, weil sie viel höher sind als wir. Herausfordernd. Wollte ich deshalb Jung Siegfried spielen? An der Herausforderung wachsen? Oder weil ich Ilse imponieren wollte? Oder den Tschechenknilchen oberhalb der Sitzreihen? Weiß nicht. Jedenfalls steckte ich – wie Hänsel sein Hölzel zur Hexe hin – meine Hand durch die Holzlatten. Tapfer sozusagen, weil bis zur Schulter.

Und da strebt auch schon das größte Lama auf mich zu, würdig, obwohl im Laufschritt. Und da ich nicht weiß, was es frißt, ziehe ich schnell meine Hand ein. Aber jetzt folgt die reinste Boshaftigkeit: Durch die zwei Latten hindurch schießt ein milchiger Schlatz und trifft zielgenau meine aufgerissenen Augen. Es brennt und rinnt warm das Gesicht hinunter. Schweinerei. Das Luder hat mich angespuckt. Und jetzt: verteufelt einmal. Die zwei Holzlatten gehören zum Gattertürl. Und das ist nur angelehnt. Und das spuckende Lama tritt gegen das Türl. Und das Türl geht auf, hast du nicht gesehen. Und da fange ich zum Rennen an. Und das Lama hinter mir her, vorbei an der erschrockenen Ilse, die wie eine Salzsäule steht, auf die gröhlende Tschechenbande zu, die jetzt wild die Arme schwenkt und sich auf die Schenkel haut vor Vergnügen. Und bei denen kann ich nicht durch und muß zu den Sitzreihen einschwenken, nach rechts. Und das Lama, obwohl nur im Trab, ist ganz schön schnell und kommt näher. Und ich nun am Affenkäfig vorbei, an dem der traurige Aff' an seiner Kette hängt. Und auf der Höhe des Affenkäfigs, von einer Sitzreihe davon getrennt – weiß nicht, ist der Affe erschrocken oder will er sich rächen, wegen der herausgestreckten Zunge und der Grimasse von vorhin, oder ist's Bosheit – hat er, unbehindert von der langen Kette, einen Satz gemacht und mich angesprungen.

Mein Schrei hat die Ilse von der Salzstarre gelöst, und sie ist hinter mir hergerannt, und während sich Mirko und seine Freunde zerkugeln, kurz vorm Platzen, kommen schon die Zigeuner aus den Wohnwägen gerannt und schneiden dem Lama den Weg ab. Und da hat mich die Ilse schon eingeholt und keucht erschrocken: Du blutest. Du blutest ja.

Und ich schaue an mir herunter und wundere mich wie ein unbeteiligter Betrachter. Hoppla, mein linker Ringfinger, da hängt der vordere Teil weg und Blut markiert eine dunkle Spur auf dem Weg. Und aus dem schwächer werdenden Gröhlen von Mirkos Bande hallt es mir hinterher: Der ist vom Affen gebissen worden. Der ist vom Affen gebissen. Hat man so was schon gesehen. Hihi, haha.

Also du kannst dir vorstellen, liebe Ilona:

Die Mutter ist wieder einmal käseweis angelaufen, als ich mit Ilse in die Wohnung platzte. Die Erika hat losgeheult wie eine Sirene, und dann ist Mutter mit mir zum Leckarsch gelaufen, dem jungen Dokor am Marktplatz, der mich ja schon von meinem zusammengeflickten Fuß her kannte, und hat bis zum Rathaus hinunter gejammert: Du bringst mi unter d'Erd. I bleib' mit dir nimmr do. Mer mach'n weg. Mer mach'n nach Estreich.

Das weitere war mir vertraut: Schmerzen, Spritze, Notverband, der Skoda von der Gemeinde und ab die Post.

Aber diesmal nur bis Neudek. Die haben dort im Eisenwerk, weil öfter was passiert, eine chirurgische Station eingerichtet. Nicht nur eine Betriebskampfgruppe. Und dort haben sie mir die weghängende Fingerkappe wieder angenäht. Und diesmal war der Doktor ein Deutscher, der aber nicht das Horst-Wessel-Lied gesungen hat wie der tschechische Doktor vor einem Jahr im Karlsbader Krankenhaus, sondern gar nichts. Er hat auch kaum was geredet.

Also: Der junge Leckarsch hat noch vor der Operation nach Platten zurück müssen.

Und wir sind nachher, benommen wie ich war, mit der bandagierten Hand in einer Schulterschlinge, zur Tante Annl und mit dieser zur Tante Ritsch zum Abendessen.

Dort bin ich zwar wieder munter geworden, habe aber das gute Essen in das Klo gekotzt. Und Mutter hat gejammert, und die Tanten haben den Kopf geschüttelt. Also so was: vom Affen gebissen. Weil ein Lama hinter ihm her. In einem Zirkus.

Und deshalb willste nach Österreich auswandern? Überleg mal, Maadl!

Nein, nicht deshalb, sondern: Die Tschechenjungs haben ihn den Weg versperrt, als das Lama … Das hätt' ihn nie erwischt. Der ist ein schneller Läufer. Und vorige Woche haben ihn die Tschechenjungs verprügelt und die Jägerjacke zerschnitten. Und im Sommer haben sie ihn und seine Freunde vom Badeteich vertrieben.

Wos fier Zukunft hob'n unnere Kinner? Da nütze auch das Dirigieren der Staatshymne nichts und die guten Noten in der Schule. Da könne er noch so hineinwachsen in die tschechische Nationalität und die Anerkennung seines Lehrers finden. Wenn ihn die Klasse nicht annimmt, nütze das gar nichts. Im Gegenteil: Je mehr er sich bemüht, desto stärker wird er angefeindet. Nicht nur von diesem Räuberhauptmann Mirko. Streber, Streber, ätzen sie. Aber da kann er ja nichts dafür. Sein Lehrer mag ihn. Aber Integration fängt nicht oben an, sondern unten bei den Schülern. So ist das. Der Gert hat in der Nacht schon Schweißausbrüche und träumt wirres Zeug. Immer sein Licht unter den Scheffel stellen macht krank. So kann es nicht weitergehen. Das Licht muß auch einmal über dem Scheffel leuchten, damit es die anderen sehen.

So sprach also nun, liebe Ilona, die Mutter in einfachen Worten in die ratlose Runde. Und noch nie hatte ich sie so aufgebracht vernommen.

Wie dem auch sei:

Außer meinem Affenbiß hatte Mutter noch andere Gründe für das Auswandern. Zum Beispiel Oskar. Der war schon drei Jahre vermißt und hatte sich immer noch nicht gerührt.

Und noch ein Grund: Ihr Chef, Herr Václav Hyža, bedrängt sie immer heftiger. Er will sie sogar ins Theater nach Karlsbad einladen. Irgendwann kann sie nicht mehr ablehnen, weil ihr die Ausflüchte ausgehen.

Und die Ritsch ganz empört: Jo, Maadl, wegn sou was willst auswandern? Host'n Hieb? Heh! Loßt oin Fabrikant sausn? No greif do zou. Mußt ja net glei heiern.

Und wenn Oskar kommt?

No, lass'n komma. Heh! Dann geihst noch Estreich. Und sie habe sich ja auch seinerzeit den Repro-Löw, obwohl's ein Jude war, warmgehalten, weil der František nicht richtig gezogen hat. Schade, daß der Löw dann irgendwie untergetaucht ist.

Aber ich kann den Hyža nicht riechen.

Wos hoißt net riechn? Heh! Sie habe den František auch nicht riechen können. Der hat oft gestunken, weil er so geschwitzt hat als Tanzgigolo und nur einmal per Woche ins städtische Tröpferlbad ist. Zu Hause hat er ja kein Bad gehabt.

Aber der Hyža hat ein Bad und stinkt nicht. Aber ich kann ihn trotzdem nicht riechen.Verstehst du? Nicht r i e c h e n !

Heh František, sagt die Ritsch, komm her, laß dich mal riechen.

Der František sitzt mit seinen Söhnen, dem Franta junior und dem Petr, die schon längst aus Prag zugezogen sind, auf der Sitzgruppe vor der ehemaligen Bücherwand der Moderschen Wohnung und kommt nun zum Tisch. Und meine Mutter wird hochrot, als er hinter die Ritsch tritt, ein bißchen in ihrer Bluse wühlt und dabei Mutter fixiert. Ritsch kichert: Jede Nase gewöhnt sich. Sie muß nur wollen.

Und die Cousine Annl Zwo entrüstet: Der olle Bock. Und das vor den Kindern.

Und Mutter, unruhig auf ihrem Sessel, murmelt: Es gibt noch andere Gründe.

Wolfspinge

Liebe Ilona!
Mutter hoffte also noch immer auf ein Lebenszeichen von ihrem Mann. Sie hoffte auch auf ein Lebenszeichen von ihrem Vater. Sie hoffte auch auf ein Lebenszeichen von Seff, ihrem Bruder, der im Sommer fünfundvierzig auf abenteuerlichem Wege aus dem tschechischen Internierungslager Neu Rohlau geflohen war.

Und siehe da: Anfang 1947 ist ein Lebenszeichen da. Nicht von Julius oder Oskar, sondern vom eher schreibfaulen ehemaligen Partisanenjäger und Jagdflieger Josef Grünes. Eine erregend freudige Botschaft. Dr Seff lebt, dr Seff lebt! Nach zwei Jahren ein Komet aus einer anderen Welt. Das nährt Hoffnung, spendet Auftrieb und neuen Lebensmut und hält die Auswanderungslust bei Glut. Josefs Brief kam aus Altstädten im Allgäu, Nähe Sonthofen, einer allemanischen Gegend, wo er mit seiner Marie (Gottchen, sie hat ihn gefunden) in zwei Zimmern bei einem Bauern unterschlüpfen konnte. Und er habe auch schon Arbeit, schrieb er. Auf der Ordensburg in Sonthofen, der ehemaligen Adolf-Hitler-Schule, wo er bei den Amis – ist jetzt die Constabulary School – als Hausspengler werkt. Und die Giss, Maries Schwester, ist mit ihren Kindern ganz in der Nähe, in Immenstadt, gelandet. Schau mal an, der Seff, dieser Saperlott, hat Schwein gehabt. Ist wieder obenauf. Schreibt auch Englisch. Konstabulari Schol: wahrscheinlich das Gegenteil von Sibirien. Das Paradies bei den Amis sozusagen. Die Oase in der Trümerwüste. Nix Paradies, sagte Rößler, kapitalistisches Fegefeuer. Spenglerparadies gibt's nur im Kommunismus.

Nach dem sozialistischen Aufbau. Bleib bei uns, Madl. Geh nicht in den Westen.

Seine Frau Else hieß ihn deshalb einen damischen Hornochsen, der nicht kapiert, daß ein Land, in dem man den Tabak in Heimarbeit herstellen muß und dadurch Bröselmaschine und Backblech ruiniere, so daß die Hausfrau keine Knödel und keinen Kuchen mehr machen kann, kein Arbeiterparadies sei. Bei den Amis ist's besser. Haben soviel Tabak, daß sie damit Strohsäcke stopfen können. Und soviel Zigaretten, daß Seff, der Kettenraucher, nicht nur gelbe Zähne, sondern auch Raucherbeine kriegen wird. Und sie haben Bananen. Die brauchen ihre Affen nicht mit fauligem Abfall vom Konsum füttern, den nicht einmal mehr die Deutschen fressen. Nämlich, wenn dieser Zirkusaff' letzten November eine anständige Portion Bananen gekriegt hätte, wäre Gerts Unglück mit dem Finger nicht passiert. Jawohl! Ein satter Affe beißt nicht.

Aufgekratzt las Mutter den Brief immer wieder, suchte zwischen den Zeilen – abseits vom euphorischen Ton des Bruders – ein nüchternes Flüchtlingsschicksal zu ergründen. Er hat nicht geschrieben, wir sollen rüberkommen, sagte sie. Der schreibt über seine Verhältnisse hinaus. Der hat immer übertrieben. Da können wir nicht hinmachen. Er habe sich nur nach Vater erkundigt. Er weiß also nicht, daß Vater verschwunden ist. Seff müßte sich ans Rote Kreuz wenden, die haben dort Flüchtlingslisten. Vermißtenlisten.

Dann wieder eine Nachricht: diesmal von Hedwig. Die Wessels sind in einem Lager in Großraming gelandet, südlich von Linz im Gebirge. Dort baut man ein Wasserkraftwerk an der Enns. Hedwig gehe es leidlich. Der Mensch denkt, und Gott lenkt. Hauptsache, man hat zu essen und ein warmes Dach über dem Kopf. Sie bewohnt mit Mutter Berta einen Raum. Die paar Möbelstücke und Kisten mit Vaters Glassammlung verkommen irgendwo in der Schranne in Linz. Vater Alois ist seit Monaten im Spital in Steyr und hängt dort am Sauerstoff. Wegen seines Asthmas und dem Kropf. Von dort kommt er wahrscheinlich nicht mehr heraus. Rudl ist mit Wanda und Werni in Wien. Hat über seine Konsumgenossenschaft eine Wohnung bekommen. Will aber Häusel bauen. Jetzt gibt's rund um Wien billige Grundstücke, schreibe er, vor allem in der Russenzone. Also, da diagnostiziert er aus der allgemeinen Not heraus schon wieder zu seinem Vorteil. Unverzagt pflegt er seinen obersten Leitspruch: Die Gelegenheit beim Schopfe packen. Hedwig wundert sich nur, woher er das Geld hat. Von Gustl gebe es Nachricht aus Sibirien. Er hat bisher alles überstanden. Wegen Oskar hat sie an das Rote Kreuz in Genf geschrieben, aber noch keine Antwort erhalten. Ihr selbst gehe es gut, sie führt den Lagerkindergarten und habe viel Freude mit den Kindern. Nur manchmal fallen ihr in diesem engen Tal die Berge auf den Kopf. Sie denkt oft an Karlsbad, Annl und die Kinder. Und sie hätte Oskars Familie gerne um sich, vor allem weil sie im Kindergarten eine Hilfe brauchen könnte. Mit dem Lagerleiter habe sie schon wegen einer Unterkunft gesprochen. Da ließe sich was machen.

Also die Hedwig, als Wesselsches Stehaufweibchen, schon wieder beim Planen und Gestalten. Und die unschlüssige Annl tagelang abwägend, ihre Lebensverhältnisse und Zukunftsaussichten hier und dort in die Waagschale häufend, ob sie den Ausreiseantrag stellen soll oder nicht. Mit Zweifeln behaftet werkt sie weiter an der Hyžaschen Puppenproduktion, lehnt einen Heiratsantrag Herrn Hyžas ab, sieht mir zu, wie ich in die tschechische Nationalität hineinwachse, und müht sich widerwillig mit dem Tschechischen ab. Co prosím? Wie bitte? Mluvím jen málo … Ich spreche nur wenig.

Liebe Ilona!
Erst nach einem Jahr, im Mai 1948, also vor den Sommerferien nach meinem dritten Schuljahr, stellte Pani Anna Wesselová, Staatsbürgerschaft Rakouský, für sich und ihre Kinder Gert Wessel und Erika Wesselová den Antrag auf Repatriierung nach Österreich.

Und du sollst wissen:

Als wir repatriierten, waren Menschen mit weißen Armbinden auf den Straßen bereits herablassend belächelte Exoten.

Übriggebliebene Schaustücke eines gelungenen Bevölkerungstransfers. Gehässige Anpöbelungen oder Ausschreitungen wurden seltener. Die planmäßigen Aussiedlungen waren Anfang achtundvierzig weitgehend abgeschlossen.

Als wir repatriierten, war der Kommunist Klement Gottwald ein knappes halbes Jahr Ministerpräsident. Josef Rößlers Arbeiterklasse hatte die Macht ergriffen. Seine Betriebskampfgruppe hatte den Marsch auf Prag mitgemacht und den Präsidenten Beneš gehörig unter Druck gesetzt. Am 25. Februar hatte Beneš Gottwald zum Regierungschef ernannt. Ohne Abschub der Deutschen – falls sie eingebürgert worden wären – hätte es dafür möglicherweise keine politische Mehrheit gegeben.

Als wir repatriierten, kam Herr Hyža zum Bahnhof, küßte Mutter die Hand, überreichte ihr ein Päckchen mit Wegzehrung, sagte, der Abschied tue ihm weh, sie solle schreiben, no, vielleicht sähen wir sich wiedär, weil jetzt setze man ihm einen Národní Správce, einen Nationalverwalter, ins Haus, und da müsse er wohl aufgeben. Was sie gemacht haben mit eich Deitsche, machen sie jetzt mit uns. Der Nationale Vermögensfonds geht nahtlos ins Volksvermögen über. Zweite Enteigung sozusagen. Und nach der Abfahrt stand er mit Hängeschultern am Bahnsteig, neben der heulenden Else, und schneuzte sich. Vor fünf Jahren winkte Oskar, und wir wurden für ihn immer kleiner. Jetzt winken wir, und Herr Hyža und die Rößlerin wurden immer kleiner.

Als wir repatriierten, fuhren wir zuerst von Horní Blatná über Nejdek nach Karlovy Vary. Dort war die Sammelstelle des Österreichischen Repatriierungskomitees Karlsbad. In der Sadova 33. Unser Transportschein, Transportní list, Nummer 129 b, war mit der Destination Linz ausgestellt, datiert vom 7. Juli 1948. Der Amtsoberrevident, welcher den Schein abgestempelt hatte, sagte, der Transport könne mehr als eine Woche lang dauern, habe aber einen Rotkreuzwagen dabei, welcher für Verpflegung sorge. Wir hätten auch militärischen Schutz, so daß es – was ja inzwischen illegal war – zu keinen Plünderungen kommen könne. Stell dir vor: Wie im Wilden Westen könnte eine Bande von Spätrevolutionären den Zug anhalten und durchplündern.

Als wir repatriierten, repatriierten auch unsere Schlafzimmermöbel, die Küchenkredenz, das Kanapee, vier Stühle samt Tisch, die Nähmaschine und eine Kiste mit Wäsche, Bilderalben und Küchengeräte. In der Kiste repatriierten auch die »Fidele Kommode«, die »Germanen«, »Tausendundeine Nacht«, »Winnetou« und die »Flugpioniere«, die mich in das Hineinwachsen in die tschechische Nationalität behindert hatten. Mein Gott, das war ein Kampf mit Mutter, weil sie die Bücher nicht mitnehmen wollte. Zu schwer, sagte sie. Den Kampf um meine Schulhefte und die Zeichnungen hatte ich jedoch verloren. Alles, was an die tschechische Schule erinnerte, verbrannte sie, so wie sie auch unseren Ariernachweis und die Dekrete der Ordensverleihungen an Oskar verbrannt hatte. Zum Beispiel Winterschlacht im Osten, Verwundetenabzeichen und Eisernes Kreuz II. Klasse. Alles im Namen des Führers und Oberbefehlshabers der Wehrmacht verliehen. Sie verbrannte damit eine persönliche Unglücksperiode, über die sie später nie mehr gesprochen hat. Vielleicht hatte sie damit auch mein Erinnerungsvermögen an die tschechische Sprache verbrannt. Dafür packte sie ihre Glassammlung ein; in den großen Waschzuber. Hab' ich ja Verständnis dafür. Mit dem Kanapee repatriierte übrigens auch der darüber hängende Oskar. Nur wohnungsüblichen Krimskrams, wie zum Beispiel Blumentöpfe und Jesus im Nachthemd an der Schlafzimmerwand, hinterließen wir samt einigen Fotos den Rößlers als Andenken. Oskars Piano – bereits mit Rudl emigriert – wollte Mutter in Österreich zurückfordern. Ich weiß nicht, wie sie sich das bei dieser ungewissen Zukunft in der neuen Heimat vorgestellt hatte.

Als wir repatriierten, reiste Erika, trotz hochsommerlicher Temperatur, in ihrem Hasenfellmantel. Während wir Kinder mit großen Augen an den Fensterscheiben des Zugs klebten, saß Mutter abwesend auf der Holzbank, ihre Hände im Schoß, sah aus dem Fenster wie nach den Besuchen Herrn Hyžas, nahm aber nichts wahr. Wahrscheinlich schaute sie auf ihr kurzes Stückchen heimatliche Vergangenheit, aus der sie nun hinausfuhr ohne Wiederkehr: Auf ihre Cousinen Ritsch und Annl Zwo, die nach Karlsbad zur Verabschiedung gekommen waren und nun zurückblieben, auf ihren knorrigen Vater Julius, von dessen Verbleib sie nichts wußte, die weinende Else, das Koneshäusel neben den Apfelbäumen, die Vogelbeeralleen … Damit glitt wohl eine versunkene Welt an ihr vorbei, die mit dem wechselnden Panorama vor den Zugfenstern nichts gemein hatte. Wie beschreibt Anton Günther Wehmut? Heimweh? »Jed's Vöchela liebt doch sei Nastl of'n Bam. On wenn's amol fortfliecht, fliecht's a wieder ham.« Also: Beim Wegfahren kann man doch noch kein Heimweh haben, sag' ich mal. Vielleicht dachte sie auch an die Prophezeiung der alten Schmieda, die sich jetzt auf dramatische Weise erfüllte: Nu sieh emol. Nach Regen kommt Sonne. Hesperiden und Hinkebein. In fünf Jahren werdet ihr eine große Reise tun. Aus drei mach vier, aus vier mach drei. Sie sehe ein Schiff, eine Bahn, Flüsse, hohe Berge, oioioi, wilde Felszacken, Sommer. Karo fünf sticht Blatt zwei und Schell vier … Sprießt daraus neue Hoffnung?

Hallo Ilona!

Ahoi, ahoi! Endlich hab' ich dich an der Leitung.

Ahoi, Wotan! No, freu' ich mich wirklich.

Kann dich per Handy nicht erreichen. Haben hier einem toten Winkel. Sag mal deiner Telecom, sie soll hier einen Handymast errichten. Oben am Plattenberg, damit ich deine Stimme öfter hören kann.

No, werd' ich dir schicken Telecom morgen frieh. Gleich nach Friehstick. Paßt? Hab' dich auch probiert anrufen. Gäht aber nicht. Von wo rufst du an?

Vom Hotel »Blauer Stern«, äh, ich meine Modrá Hvězda. So heißt das jetzt.

No, hast' dich noch nicht gewehnt an Tschechisch. Hast' noch keinen Schock gehabt. Bist' nicht durch Kalk durch.

Ne. Leider. Ich bemüh' mich ja, bin aber nur bis zur Lektion drei gekommen. Welcher Tag ist heute?: Který den je dnes?

Heit' ist Freidentag.

Freitag?

Nein: Freidentag, weil du mich anrufst.

Du Kindskopf! Alberne Libussa. Hör mal! Du gehst mir ab. Ich träume von dir.

Ich auch von dir. Wie gäht's deiner Kriegsbemalung? Ist schon ganz weg? (Sie perlt ihre Tonleiter ab.)

Ano, ja, aber ich hab' niemanden, dem ich's zeigen kann.

No, bin ich mir nicht sicher (lacht sie). Gibt auch da oben fromme Hälänen.

Nein, da gibt's nur eine nette Wirtin, die Mirca, die mir Erdäpfelpuffer und Eintopf macht.

No, meine ich ja (lacht sie).

Kannst du nicht ein paar Tage raufkommen? Wir könnten wandern.

Wandern? No, glaub' nicht. Kommen wir nicht aus Bett raus, wenn ich oben bin (sie kichert). Wird Mirca eifersichtig.

Also, ich muß schon sagen: Ich bin entrüstet. Das traust du mir zu?

Ja (lacht sie), aber es gäht nicht. Ich krieg' keinen Urlaub.

Also marschiere ich ohne Ilona zum Plattenberg hinauf. Der Aussichtsturm bietet sich schattenlos blaß unter trübem Himmel an. Aus dem gemauerten Sockelquadrat wächst der Turm wie ein Phallus bis unter dem glockenförmigen Helm hinauf. Das Holz müßte wieder einmal gestrichen werden. Unter dem Helm reihen sich die Fenster in die Runde. Die Aussicht von dort oben hätte ich gerne mit Ilona geteilt. Aber wir hätten nicht hinauf gekonnt, da die Turmtüre verschlossen ist. Weit und breit ist niemand zu sehen. Früher war hier eine Gastwirtschaft, in welcher an Samstagen zum Tanz aufgespielt wurde. Oft waren Mutters Cousinen Ritsch und Annl Zwo extra aus Neudek angefahren, mit Zug oder Fahrrad, um als Dreimäderlhaus die Attraktion des Abends zu bilden. Nach dem Tanzen seien sie mit Fackeln und Taschenlampen den Wald hinunter, hatte mir Ritsch erzählt, einen Schwung Dingeriche hinter sich herziehend. Meine Mutter war sehr gefragt. Schlank, rank und biegsam, braungebrannt und Augen wie ein Reh.

Also, das war vor Oskar, versteht sich, aber Julius hatte das nicht gerne gesehen, obwohl die Cousinen bei ihm im Koneshäusel übernachten durften. Es gibt Fotos aus späterer Zeit, auf denen ich auch drauf bin: Gert im Korbwagerl vor dem Aussichtsturm mit Annl Zwo – Ritsch lebte damals schon in Prag – und dem langen Schatten der fotografierenden Mutter. Oder Gert auf einem Holzbalken zwischen der strahlenden Mutter im luftigen Sommerkleid und Oskar in schwarzer Panzeruniform. Oder Gert auf Vaters Panzeruniform-Schultern. Im Hintergrund das Salettl der Gastwirtschaft. Am Sonntag ging man hier herauf zu Kaffee und Kuchen, besonders wenn Frontsoldaten auf Heimaturlaub waren. Noch später, zum Beispiel im Sommer vierundvierzig, wurden keine Fotos mehr geschossen. Auch nicht vom englischen Piloten, der abspringen mußte und am Schwarzwasserhang unterhalb vom Forsthaus, ein paar Meter neben unserem Baumhaus, in die Fichten rauschte. Während mein Freund Fritz damals zu seinem Vater, dem Förster Fladerer, rannte, mußte ich zum Plattenberg laufen, weil es dort in der Gastwirtschaft ein Telefon gab. Der Wirt meldete den Vorfall an die nächste Wehrdiensstelle.

Der Weg zum Forsthaus ist verwildert, scheint in der Ferne zuzuwachsen. Tut er aber nicht, weil ihn immer wieder eine Biegung öffnet. Dichtes Unterholz links und rechts, verfaulende Äste. Reisig. Hab' ich anders in Erinnerung. Damals gingen die Plattner ins Holz, räumten die Winterbrüche und das Reisig weg. Der Förster Fladerer pinselte Bäume an, die gefällt werden durften. Ich war oft mit Großvater, dem Türmer und einem Leiterwagen im Wald unterwegs, wenn Holz für den Winter gemacht wurde. Auch in der Umgebung von Fladerers Forsthaus. Der Wald war fast so sauber wie die gute Stube der Plattner. Das Forsthaus hat nun die Läden geschlossen, die Lider herabgekippt. Verschlafen, dunkel und verwittert steht es zwischen der Douglastanne und der Fichtengruppe. Die Douglastanne mit hohem silbrigem Stamm, weit ausladenden Ästen und weichen, nach Apfel duftenden Nadeln, war von Fritzens Großvater gepflanzt worden und erspart dem Forsthaus den Blitzableiter. Der Bürgermeister hat erzählt, daß es vor einigen

Jahren von einer Prager Abgeordneten gekauft wurde. Als Wochenendsitz.

Und jetzt muß ich dich erinnern:

Hab' ich schon vom schönen Toni erzählt, dem Mann von Mutters Cousine Annl Zwo?

Also, der Vacin Toni war vor dem Anschluß Beamter im Forstamt Neudek gewesen. Nachdem sich in seinem Ariernachweis kein Jude, sondern nur ein tschechischer Wandertrödler eingeschlichen hatte, wollte er seinen Namen deshalb eindeutschen lassen, wurde glühender Nazi und verbrachte seinen Militärdienst vorwiegend in der Etappe Paris. Von dort schickte er Kaffee, Cognac und schwarzseidene Unterwäsche an seine Frau. An Ritsch, ihre Schwester, dieses verkommene Powidlgfrieß in Prag, wie er erläuternd geschrieben hatte, durfte sie davon nichts abgeben. Besagter Vacin kehrte nun nach dem Zusammenbruch als Antifaschist mit alten Beamtenbeziehungen zur tschechischen Seite hin nach Hause zurück. Und was glaubst du, wann er das erste Mal mit roter Armbinde gesehen wurde? Nu, als wir vom Plattner Internierungslager zum Bahnhof eskortiert wurden, zur Überstellung nach Neu Rohlau. Da ging er am Ende des Zugs und schaute demonstrativ weg, als er den Julius und den Türmer vor der Kreuzkapelle am Friedhof stehen sah. Er hatte keine Waffe, sondern nur einen Pendrek an der Seite. Gewehre trugen nur die Revolutionsgardisten. Und damit ich auf den Punkt komme: Der schöne Toni bezog Mitte neunundvierzig, als die verwaiste Försterstelle neu besetzt wurde, samt der inzwischen schwangeren Annl Zwo das ehemalige Forsthaus des Grafen Nostiz. Vom Verbleib der Försterfamilie Fladerer wußte man zu diesem Zeitpunkt noch nichts. Übrigens wurde die Cousine meiner Mutter nach ihrer Niederkunft Lehrerin an der Škola Horní Blatná und verblieb dort bis zu Vacins Tod Anfang der neunziger Jahre. Sie lebt jetzt in Nejdek in einer Anstalt für geistig Verwirrte und phantasiert vor sich hin jammernd in ihrer Jugend herum.

Ein Stück den Schwarzwasserhang hinab müßte unser Baumhaus gewesen sein. Fritz, der Bombenflüchtling Wolfi und ich schnitzten gerade Haselnußflöten, als der englische Pilot neben uns in die Zweige rauschte. Aber jetzt, natürlich keine Spur mehr von der Baumhütte.

Jede umweltgeschädigte Fichte sieht gleich aus. Da könnte man lange suchen. Jede Schwarzbeerstaude sieht gleich aus. Jeder Stein ist mit gleichem Moos bewachsen. Zur Wolfspinge hätte ich den markierten Weg nehmen sollen. Wenn du in eine Felsspalte fällst, nützt auch dein Handy nichts, weil du in einem toten Funkwinkel liegst. Ideales Partisanengebiet sozusagen. Ideales Gebiet zum Verstecken.

Hier versteckten sich die Plattner bereits im Dreißigjährigen Krieg vor den marodierenden Soldatenhaufen der Schweden. Dann versteckten sie sich vor den kaiserlichen Kroaten, anno 1632 und 1633, die noch viel schlimmer als die Schweden wüteten. Damals war es der Pastor und nicht der Bürgermeister, welcher an die Kirchentür genagelt wurde. Er wollte sich nicht verstecken. 1640 versteckten sich die Plattner nochmals vor den Schweden. 1758, im siebenjährigen Krieg, versteckten sie sich vor den Preußen und postwendend wieder vor den Kroaten, Panduren und ähnlichen Truppenteilen Maria Theresias, welche die Preußen wieder hinausschmissen. 1866, als wieder die Preußen kamen, wollten sie sich wieder verstecken. Brauchten aber nicht, weil die preußischen Kardinaltugenden, Disziplin und Ordnung, den einmarschierenden Truppen vorausmarschierten. Die nachrückenden Truppen bestätigten den Ruf der Vorhut. Also hochachtungsvoll. Dieser gute Ruf hielt bis nach dem Ersten Weltkrieg, als die Plattner »Deitsch on frei bi' ich / On wills emmer bleib'n« sangen. Dieser gute Ruf hielt bis nach dem Anschluß, bei den meisten Leuten bis 1945, und sie sangen begeistert: »Deutschland, Deutschland über a-alles.« Bis sie darauf kamen, wohin die preußischen Tugenden geführt hatten. Also nicht mehr hochachtungsvoll.

Nach dem Zusammenbruch versteckten sie sich wieder. Diesmal vor den Tschechen. Genauer gesagt: Es versteckte sich die Familie Fladerer. Herr Fladerer, Frau Fladerer, mein Freund Fritz, der Höllteifi, seine Schwester Gertrud, sein Bruder Franz, seine Schwester Franzi, nach fallendem Alter aufgezählt.

Sie versteckten sich in der Wolfspinge vor den blindwütigen, von Politikern und Medien aufgehetzten Partisanen, wollten wohl in den ersten Nachkriegswochen die Beruhigung des allgemeinen Chaos abwarten.

Jetzt könntest du glauben, die Wolfspinge wurde nach den herumstreunenden Wolfsrudeln benannt, die es im Mittelalter hier haufenweise gab und welche noch 1556/57, als der Schnee von Martini bis Ostern lag, den Schuster Joachim Merkel und seine Kinder aufgefressen hatten. Nein, sie wurde nach dem heiligen Wolfgang benannt, der unter anderem St. Wolfgang am Wolfgangsee gegründet hatte, denn die Bergleute brauchten einen tatkräftig schaffenden, keinen leidend hinnehmenden Fürbitter.

O heiliger Wolfgang, Fürbitter der Wolfspingeknappen, führe meinen Fuß déréctō, auf dem rechten Pfad, auf daß er nicht in eine Spalte rutsche, hinab zu den Berggeistern der seit dem Dreißigjährigen Krieg abgesoffenen Schächte und Stollen. Führe ihn heil durch die alles überwuchernden Schwarzbeerstauden, über vermodernde Äste und fauliges Reisig. Du hast ja auch deine Bergleute trotz unzähliger Grubeneinbrüche beschützt. Nur einmal hast du weggeschaut, wahrscheinlich als ein heftiges Gewitter über St. Wolfgang drohte. Das war anno 1562, als etliche Bergleute in der Grube umkamen. Möglicherweise war der Schacht mit Stützen aus Fichtenholz gesichert und nicht mit Eibenholz, welches sie damals am Schwarzwasserhang schlugen. Der ganze Hang wurde abgeholzt und verödete allmählich zu Geröll. Wenn Fritzens Großvater seinerzeit das Gelände nicht mit Fichten und einzelnen Laubbäumen bestockt hätte, mühsam in jahrzehntelanger Arbeit – die Forstarbeiter mußten die Erde in Körben und Eimern herbeischleppen –, hätte der abgeschossene englische Pilot im vorletzten Kriegsjahr zwischen nackten Felsen und Steinen landen müssen. Und die Partisanen hätten freie Sicht bis zur sächsischen Grenze und bessere Orientierung gehabt und keinen einheimischen, auf persönlichen Vorteil spekulierenden Fremdenführer benötigt. O heiliger Wolfgang, du hättest deinen Schutz und

Schirm auch über die Förstergilde ausbreiten sollen. Das hätte im Sommer fünfundvierzig die Fladerers unauffindbar machen können. Weiß nicht. Jedenfalls war der heilige Wolfgang gerade auf Sommerfrische, wahrscheinlich im »Weißen Rössl« am Wolfgangsee, als die Försterfamilie von einer Gruppe Revolutionsgardisten in ihrem Unterschlupf aufgespürt wurde. Man munkelte später, dabei habe sich der schöne Toni als ortskundiger Späher bewährt, da ja die Gardisten irgendwoher aus Innerböhmen oder Prag stammten.

Siehst du, liebe Ilona!
Das hat mir der Bürgermeister Vílem Schneider erzählt, gestern abend in der Gaststube des »Modrá Hvězda«, als wir einen Sauerbraten mit Erdäpfelknödel und das dritte Glas Pilsner hinter uns hatten. Demnach waren die Fladerers erst Anfang der fünfziger Jahre wieder aufgetaucht. Präziser gesagt, gefunden worden, von einer Jugendgruppe der Gewerkschaft, welche zum Wochenende einen Orientierungsmarsch machte. Der Förster mit Frau und Kindern lag – ihrem Altersgefälle entsprechend – aufgereiht in einer Höhle am Ende eines kurzen Schachtes. Ihre Exekutoren hatten offensichtlich Sinn für militärische Ordnung gehabt: der Größe nach. Und außerdem keine Scheu vor der Todesangst ihrer Opfer, denn die Fladerers – oder was von ihnen übriggeblieben war – hatten keine Einschußlöcher im Genick, wie beispielsweise der Helm aus dem Dreißigjähringen Krieg, den der Türmer Ignaz Kraus beim Steineklauben auf den oberen Wiesen gefunden hatte, sondern auf der Stirn.

Und jetzt wirst du mich fragen, was ich unter Wandern verstehe, wenn ich mich, links und rechts am kalten Fels stützend, eine Kluft hinunterzwänge, auf ihrem Grund entlang suche, von einer verfallenen, schon von der Natur eingenommenen Schachtöffnung zur anderen – der Bürgermeister hat gesagt, es müßte die dritte oder vierte sein –, und gebückt dem Strahl der Taschenlampe folge.

Nun ja. Auch wenn du an meiner Seite gewesen wärst, hätte ich mich von diesem Abstecher in die Unterwelt nicht abhalten lassen – es zieht einen nicht nur zu Allerheiligen an die Gräber seiner Verstorbenen –, denn der Bürgermeister hat gesagt, daß die Junggewerkschafter die Überreste eines siebten Toten gefunden hatten. Etwas abseits von der Familie Fladerer, als ob er der Gruppenführer gewesen wäre, auf abgewinkelten Knien nach hinten gesunken, vermutlich wurde die Gruppe im Knien erschossen, und eindeutig indentifizierbar. Der Tote trug nämlich einen vermoderten Uniformrock des k. k. Infanterieregiments Nummer 73, Eger, mit einem Orden drauf. Und dieser Rock hatte meinem Großvater Julius Grünes gehört, der nicht zur Vertreibung ging.

Jetzt würdest du sagen, meine Mission sei erfüllt. Meine Spurensuche abgeschlossen. Das Ende meines Großvaters liegt offen wie ein Buch. Also er ist erschossen worden. Und ich wüßte wo. Ich hätte sogar ein Erinnerungsstück an ihn, denn in der Höhle habe ich einen Metallknopf gefunden. Zwischen Steinchen, von Sand halb verdeckt. Der muß vom Waffenrock stammen, weil er hat silbern geglänzt, als ich ihn gerieben habe. Und jedesmal wenn ich daran reibe, steigt wie aus Aladins Wunderlampe die Erinnerung hoch: an die Sommer am Heuwagen unter Vogelbeerbäumen, an das Reisighacken hinter dem Koneshäusel, an die Zapfenstreiche zu Allerheiligen, neben dem Kriegerdenkmal, zu denen Julius und Seff Ricken in ihrer alten Montur ausgerückt waren. Sagte ich schon, daß aus dem Kriegerdenkmal die deutschen Namen herausgemeißelt sind? Also: Julius hätte zur Vertreibung gehen sollen. Da hätte er überlebt und womöglich bei seinem Sohn Josef im Allgäuer Altstädten einen gebirgigen Lebensabend verbringen können. In der Schrebergartenhütte an der Iller, zu der es Onkel Pat später geschafft hatte.

Kurz und gut: Meine Mission ist abgeschlossen. Aber ich trauere trotzdem meinem verlorenen Tschechisch nach. Kein Lampengeist kann es ans Tageslicht reiben. Es bleibt abgesoffen wie ein Zinnschacht nach dem Wolkenbruch. Also, was hält mich noch in diesem gottverlassenen Nest? Wessel, du kannst gehen. Was zögerst du? Und ich höre dich: Komm nach Krumlov! Oder wir treffen uns in Prag.

Liebe Ilona!
Nichts lieber als das, aber gleichzeitig packen mich wiederkehrende Zweifel. Sieh mich an: Ich bin fünfzig plus. Eine von den Werbestrategen erfundene Bezeichnung für eine nach oben offene Altersskala, an der ich – jawohl! – selbst mitgetextet habe. Steht für Dynamik, Lebensfreude, Wellness und Konsumpotenz, auch wenn schon Zipperlein und Alterszucker winken. Und du bist dreißig minus. Wie paßt das zusammen, außer daß sich vorgenannte Definitionskriterien bei uns ziemlich decken? Sogenannte Freunde würden sagen: Abenteuer, jawohl, also da steckst' den Pimmel rein und aus mit der Sache, aber Gottes willen keine Gefühle. Hüte dich vor der Liebe. Dein Verstand sollte noch immer höher stehen als dein Dings da. Und komm uns nicht mit dem alten Goethe, der um die Ulrike von Levetzow geworben hat, ich bitt' dich, er vierundsiebzig und sie neunzehn, also damals ein pikanter Gesprächsstoff im böhmischen Bäderdreieck, dessen wehmütiges Ende dann die Marienbader Elegie war. Und ich frage mich: Wehmut mal zwei? Du und Großvater? Muß ich mir das antun, mit fünfzig plus? Für welche Wehmut soll ich mich entscheiden? Oder bringe ich beide unter einen Topf?

Also nun: Der Bürgermeister hat mir die Entscheidung vorläufig abgenommen. Ich muß noch drei Tage bleiben, denn dann kommt er von einer Dienstreise zurück und zeigt mir die Türmerstube. Das darf ich mir nicht entgehen lassen.

Also nun hinauf auf den Turm.

Bei jeder zwanzigsten Stufe hielt Vílem Schneider an, um zu verschnaufen. Asthma, Bluthochdruck, erklärte er bei den ersten Pausen und griff sich in die Herzgegend. Er ist auch fünfzig plus. Nächste Woche sei Gemeinderat, sagte er beim vierten Halt, da werde er die Beschriftung des Rößlerschen Grabsteins zur Genehmigung vorlegen. Die Else kriegt goldene Buchstaben wie ihr Josef. Sie soll kein namenloses Dasein fristen, äh, am Grabstein. Beim fünften Halt sagte er, der Türmer habe ein fundamentales Werk über die Geschichte Plattens erstellt, das leider 1945 abrupt abbricht. Es sei das wertvollste Stück im

Heimatmuseum. Leider fehlte eine Reihe Einlageblätter, auf welche der Türmer auf der ersten Seite in einer Bleistiftnotiz hingewiesen hat: S. Einl.Blätter ab Jahr 1919. Schade, daß sie nicht auffindbar sind. Im übrigen habe der Gemeinderat beschlossen, das Werk ins Tschechische übersetzen zu lassen. Man müsse sich auch mit der deutschen Vergangenheit identi… Er wechselt plötzlich von Hochrot zu Aschfahl und stützt sich an einem Pfosten ab. Und ich denke, nein, nicht schon wieder ein Toter, denn das hab' ich unlängst auf dem Tennisplatz erlebt. Am Nebenplatz spielte einer, der war mindestens fünfzig plus, aber hat geglaubt, er kann hupfen wie einer mit dreißig minus. Der war vorher auch hochrot und dann aschfahl. Doch da sagt der Vílem bei neuerlichem Farbwechsel, also zurück ins Leben: … ähem, … sich mit der deutschen Vergangenheit identifizieren, jawohl, ein absolutes Muß, obwohl das politisch ein Problem ist. Aber unterm Strich müssen wir an den Tourismus und den künftigen Euro denken. Also hoffnungsvolle Aussichten, und die letzten Stufen nach oben schafften wir ganz ohne Problem. Bitte schön, jetzt sind wir in der Türmerstube. Und da ich mich schon bei der sechsten Rast gewundert habe, daß ich als Fünfjähriger die einhundertachtunddreißig Stufen hierherauf in einem Zug …, beladen mit der »Fidelen Kommode«, ohne Atemnot, denke ich nicht mehr an die körperlichen Unterschiede zwischen den Generationen, sondern genieße den vertrauten Rundblick. Ein Panorama in Grau- und Schwarztönen. Die Sichtachse Ost endet nicht am Plattenberg, sondern in den Wolken. Im Westen lösen sich dunkelrandige Baumzacken in Grau auf. Wie schwarze Wasserfarbe auf nassem Papier. Bei solchem Zwielicht besuchte ich den Türmer am liebsten. Er hatte im Gegensatz zu meiner Mutter immer Zeit für mich. No, Gung, pflegte er dann zu sagen, moch mer's ins gmietlich, zündete feierlich, fast zeremoniell Kerzen an, knipste die Krippenbeleuchtung und die Lämpchen im Totenschädel an, machte Tee und las aus der »Fidelen Kommode« oder einem anderen Buch vor. Wir saßen schräg unterhalb des nach oben verknoteten Glockenseils, an dem er am Morgen seiner angeordneten Ausweisung gefunden worden war. »Ein Ritter reitet durch das

Land / Das ist der Ritter Unverstand. / Man hält ihn, ist er nicht bekannt / Für seinen Vetter, den Verstand« (L. Deinhardstein). Vom Seil zum Tisch mögen es fünf Schritte gewesen sein. Der Tisch, auf dem er mir – akkurat geschlichtet – die »Fidele Kommode« und die anderen Bücher hinterlassen hatte, mit einem letztwilligen Zettelchen an den Herrn Pfarrer, war mit dem anderen Inventar im Heimatmuseum gelandet.

Es war fast noch alles beisammen, als wir die Stube ausgeräumt haben, sagte der Bürgermeister, bis auf den Volksempfänger und das Grammophon mit den Schellacks. Das Grammophon habe man vor einigen Jahren aus dem Nachlaß des Gemeindearztes erstanden, der es 1945 einem Revolutionsgardisten abgekauft hatte. Sieh an, das war der Leckarsch, der mich wegen meiner Fußwunde und dem Affenbiß zu den Chirurgen gefahren hatte. Der ist auch schon im Jenseits.

Nur etwas fehlt noch, sagte der Bürgermeister. Der Naz soll eine k. k. Generalstabskarte gehabt haben, auf welcher er die deutschen Niederlagen abgesteckt hatte.

Siehst du: Manchmal brauchst du ein Stichwort.

Manchmal nützt kein Knöpfereiben oder ein Schockerlebnis, damit dir die Erinnerung kommt. Du brauchst ein Stichwort. Zum Beispiel: Vergewaltigung; oder Lagersau; oder Wassertümpeln; oder Jägeranzug; oder Affenfinger. Oder Generalstabskarte.

Jawohl! Deshalb drehe ich mich unter verstrebten Deckenbalken in die kahle, nur von Spinnennetzen dekorierte Runde. Deshalb rückt mir sofort das Holzpaneel ins Auge, welches in mittlerer Schultafelgröße als horizontal betonter Ausschnitt die senkrecht genagelten Bretter der ehemaligen Nazschen Schlafkoje unterbricht. Und ich klopfe daran. Und aus einem Spinnwebenvorhang rieselt Staub, als ich die Tafelränder absuche. Und da sind die Nägel, die wir entfernen müssen. Hokuspokus: Das Paneel klappt auf wie ein Kofferraumdeckel. Und da hängt die Generalstabskarte, und der Bürgermeister macht große Augen. Raffiniert, sagt er, denn wenn damals Max Kleister, der Ortsparteidings oder einer der Hitlerjungen hierherauf … und die Karte gesehen hätte, wäre der Türmer ins KZ gewandert. Denn Ignaz Kraus hatte penibel mit Hilfe des Großdeutschen Rundfunks und des Feindsenders BBC den Rückzugsverlauf der Ostfront abgesteckt, mit rotköpfigen Stecknadeln, defätistisch, und hatte erst aufgehört, als er oben Danzig und unten die Oder markieren mußte. In der Ukraine steckten zwei einsame schwarze Köpfchen. Eines zwischen Kiew und Schitomir, eines südostwärts Isjam am Donez. Erstes für Gustl, Oskars Bruder, das zweite für Oskar.

Als wir die Karte von der Wand lösten, fiel ein Päckchen loser, ungeordnet hinter die Leinwand gesteckter Blätter zu Boden. Welche Überraschung, sagte der Bürgermeister zielsicher, die Einlageblätter der Plattner Chronologie.

Und jetzt stell dir vor, liebe Ilona, du baust dir an der Moldau ein Strandhäusel.

Und das baust du wegen des Hochwassers auf Stelzen. Und dann kommt ein Sudetendeutscher mit einem kanadischen Paß und sägt dir, ritsche, ratsche. voller Tücke, eine Stelze um, weil das Häusel auf seinem ehemaligen Grund und Boden steht. Und das Häusel kracht zusammen, und du stehst da und weißt nicht, wie dir ist.

Siehst du, genauso stand ich da, als der Bürgermeister und ich die Einlageblätter des Ignaz Kraus gelesen hatten. In meinem Lebensbild wurde quasi ein Fixpunkt umgesägt wie eine Stelze. Und der Säger war ausgerechnet der Türmer, der in seinen Heftblättern, als Begleittext zur Ortsgeschichte, sein privates Schicksal, genauer gesagt, das Schicksal meiner Mutter seit ihrer Geburt im Jahre 1919 aufgezeichnet hatte. Penibel, in steilem Kurrent, hatte er ein Tagebuch über seine Rolle im Leben der Anna Grünes, verheiratete Wessel, geführt, in dem auch ich seit 1939 zunehmend auftrat. Die Rolle war nicht groß und weitgehend stumm.

Das Tagebuch also als Beichte.

Das Tagebuch als lebenslanger Selbstvorwurf.

Das Tagebuch als quälende Zwiesprache mit sich selbst, denn er konnte sich niemandem anvertrauen. Am wenigsten seinem

Freund Julius. Konnte nur dem geduldig verschwiegenen Papier, beobachtet vom Totenschädel an der Wand, seine Nöte zuflüstern und hinter die Landkarte stecken.

Denn – und jetzt hast du es schon erraten – der Türmer Naz war der Vater meiner Mutter und deshalb mein Großvater.

Und jetzt bin ich unterwegs zu dir, liebe Ilona, als nachdenklich gestimmter Freier.

Und das Türmerschicksal fährt mit, denn der Bürgermeister hat mir die Tagebuchblätter mitgegeben. Er sagte, sie seien persönlicher Natur, die bräuchte er nicht ins Tschechische übersetzen lassen, weil sie nicht für die Ortsgeschichte wesentlich sind. Ich bin ihm dafür dankbar, aber eine neue Wehmut fährt mit. Wehmut mal drei oder vier? Vor lauter Wehmut habe ich sogar vergessen, einen Blick zurückzuwerfen, als ich Horní Blatná verließ und oberhalb der Wiese, wo einst das Koneshäusel stand, die Sichtschwelle Richtung Nejdek und Karlovy Vary kreuzte. Aber vor der Abfahrt war ich noch auf dem Friedhof und habe zwei Lichter angezündet. Eines für Julius, der nicht mehr mein Großvater ist, und eines für Naz, der stattdessen mein Großvater wurde. Nicht weil ich glaube, daß die zwei da oben auf einer Wolke sitzen, kameradschaftlich um die Schultern gefaßt, und nun, da sie meine Lichter sehen, zur Seite rükken, um einen Sonnenstrahl durchzulassen; als Dank, daß ich an sie denke, sondern wegen mir selbst. Habe ich nun eine doppelte Wehmut oder eine geteilte? Jedenfalls hat jeder der beiden sein Lichtlein bekommen. Ohne beziehungslastige Bewertung. Das beruhigt mich. Julius bleibt mein Großvater und Naz mein Freund. Und ich denke, sie liegen im Tode nicht weit voneinander entfernt. Und zwar an der Friedhofsmauer, bahnhofsseitig im Eck, wo das Unkraut besonders hoch wuchert. Ich fand dort ein verwittertes Blechschildchen, auf dem mühsam zu entziffern war: Ignaz Kraus, geb. 17.6.1886, gest. 26.8.1945. Von Julius und der Försterfamilie fand ich nichts. Aber sie müssen dort begraben worden sein, hatte der Bürgermeister gesagt. Im Eck dort liegen noch viele andere ohne Namensschilder. Verstehen Sie? Sie gelten als vermißt. Aber die Else Rößler bekommt ihre Goldinschrift, das versprech' ich Ihnen. Sie soll nicht vermißt werden.

Trotzdem fährt jetzt, je mehr ich mich Karlsbad nähere, eine weitere Wehmut mit. Meine Mutter hat also nie erfahren, daß der Türmer ihr Vater war. Noch auf dem Sterbebett, sie hatte Krebs, flüsterte sie etwas von den Seelen, die »drüben« schlummern, auf die sie sich schon freue und von denen sie hoffentlich etwas über den Verbleib ihres Vaters Julius und ihres Mannes Oskar erfahren werde. Der Mensch hofft über den Tod hinaus. Sursum corda. Empor das Herz.

Vielleicht hat sie dort drüben auch den Türmer getroffen.

Drüben herrscht, denke ich, keine moralische Verlogenheit, die ein ganzes Leben vergiften kann. Drüben sperrt man Gefühle nicht in Konventionen ein, wie in ein Korsett, in dem du nicht atmen kannst. Drüben täuscht man den anderen nichts vor, denke ich. Ginge auch gar nicht, da Gott ja allwissend ist. Hoffentlich gilt dort das Neue Testament. Ein Werk des Verzeihens. Und der Naz hat seinem Freund Julius sicher schon alles gebeichtet. Damit er sich leichter fühlt. Deo grátias. Und wird auch der Annl alles erzählen: Vom Faschingsball im Februar 1919 zum Beispiel, als er mit der Grünes Mathilde, ihrer Mutter, als italienisches Auswandererpaar auftrat. Er, quergestreift als Gondoliere, mit der großen Trommel am Buckel, und sie, die Mathi, mit Bauchladen, Vogelbauer und dem gewissen Hüftschwung. Hat Gott den Frauen den Hüftschwung verpaßt, verdammt mal, damit den Beichtvätern nicht langweilig wird? Der Naz hat damals nicht an den Beichtspiegel gedacht, im dunklen Hinterzimmer, in dem sie die Kanarienvögel, die armen Viecher, die ja ihre Nachtruhe brauchten, deponieren wollten. Dort ist es halt passiert. Und die Vögel haben noch ein bißchen gezwitschert, bevor Ruhe einkehrte und den Naz noch im Verschnaufen ein schlechtes Gewissen befiel. Vierzehn Tage später ist der Julius aus dem Krieg nach Hause gekommen. Und im November darauf ist meine Mutter geboren worden. So war das.

Ich fahre also an Karlsbad vorbei, damit ich nicht in einem Immobilienbüro ende. Wegen der aktuellen Marktlage im allgemeinen und einer Garçonnière im besonderen. Hintergründig schwebt noch immer Wehmut mit, vordergründig drängeln Goethe und Ulrike von Levetzow. Beide hängen an der Wand im Gasthof »U bílého kone« (»Zum weißen Roß«) in Loket (Elbogen) und wecken Vorfreude auf dich. Hier hat Goethe am 28. August 1823 mit Ulrike und deren Familie seinen Geburtstag gefeiert. Es war das letzte Zusammentreffen mit Ulrike, bevor er seine persönliche Wehmut nach Weimar verfrachten mußte und noch in der Kutsche mit der Marienbader Elegie begann. Sein Denkmal vor dem Stadttor überdauerte nicht nur Krieg und Vertreibung, sondern auch den Kommunismus. Erst kurz nach der Wende wurde es zerstört. Aufgrund eines fatalen Irrtums. Die jugendlichen Täter – in ihrem Zorn – verwechselten den Dichterfürsten mit eurem ersten kommunistischen Ministerpräsidenten Clement Gottwald. Ob du es glaubst oder nicht, die hatten keine Ahnung, wer Goethe war. Vielleicht auch nicht, wer Gottwald war, denn der Goethe schaut ihm nicht ähnlich und hat biedermeierliche Kostümierung. Na Schwamm drüber. Und da mich das Städtchen an Krumau erinnert, mit der Burg oben und der Egerschlinge rund um den Ort, kaufe ich dir ein Kaffeeservice aus der ältesten Porzellanfabrik Böhmens, Haas & Cajzek, gleich nebenan, mit Kobaltband und geflochtener Goldeinlage. Ich denke, das könnte dich freuen. Eher als eine Diskette mit Albinoni, Vivaldi oder Clapton, zumal du nur ein paar Teller im Schrank hast. Bei abnehmender Wehmut und zunehmender Vorfreude fahre ich also auf der E 48 nach Cheb (Eger). Schau, schon wieder stehen die frommen Helenen an der Straße und werden bis Eger immer dichter! Die Grenze ist nicht weit. Noch dichter sitzen die Tagestouristen aus Bayern im Café am Marktplatz, nicht weit vom Pachelbelhaus, in dem 1634 Wallenstein ermordet wurde. Es ist hier alles viel billiger als drüben. Aber bitte, wer ist Wallenstein? Kaiserlicher Generalissimus im Dreißigjährigen Krieg? Theaterstück von Grillparzer? Ach so, nein, wir trinken nur Kaffee, fahren weiter nach Karlsbad: Gallenstein statt Wallenstein.

Verstehst du das?

Meiner Wehmut entspringt Bitterkeit. Sagte schon: Es stehen die alten Kulissen, anerkennenswert restauriert, aber es werden neue Stücke darin aufgeführt. Von neuen Schauspielern. Die alten Stücke gehören nicht zur neuen Identität. Bald wird man sie vergessen haben. Schade.

Und als ich weiterfahre, auf der 21er Richtung Stríbo (Mies), kriege ich einen Krampf im Unterschenkel. Nicht wegen fremder Gallensteine, sondern – glaub' ich – wegen Mangels an Magnesium. Kein Muskelkater von der Wolfspinge, sondern Krampf. Also rechts ran. Als meine Frau noch lebte, hatten wir Kapseln aus Bad Reichenhall: Nach dem Frühstück einmal Vitamin E plus Magnesium. Gut gegen Krämpfe, Muskelkater und alles. Und danach eine Knoblauchkapsel. Gut gegen Verkalkung und Draculas. Und du stinkst nicht. Also, da hast du nie einen Krampf im Bein. Aber Schultern und Kreuz taten mir trotzdem weh. Altersgruppe fünzig plus.

Als ich nun aussteige, weil der Krampf weg muß, kommt eine fromme Helene mit Hüftschwung um die Ecke und sagt: No, was machen wir heite? Sie ist nicht mehr die Jüngste.

Heite fahr'n wir nach Mariánské Lázně, sage ich.

Nach Marienbad? fragt sie. Scheene Stadt, aber teier. Bin ich nicht so teier.

Ist gut, sage ich und komme mir vor wie der Ochs von Lerchenau. Das nächste Mal.

Das nächste Mal bin ich teierer. Komm, gäh'n mir sich in Kukuruz! Paar Meter da hinten. Mach ich dir ohne. Und dabei hebt sie ihren Rock, unter dem sie nichts anhat.

Kost zwanzig Dollar.

Olala, sage ich, aber ich hab' keine Lust. Noch dazu im Kukuruz.

Kommt schon Lust, beharrt sie und läßt mich tiefer schauen. Oder fahr' ich mit nach Marienbad. Ganze Nacht. Kost achtundneunzig Dollar.

Ich will die fromme Helene nicht nach Marienbad mitnehmen, auch wenn sie das geschürzte Röckchen schwenkt und den

Hintern im Halbprofil offenbart. Das Fräulein ist beharrlich und meint, weil's ich bin, könne ich auch um neunzehn Dollar …

Damit die Lust nicht plötzlich einkehrt, weil man an einer behaarten Scham nicht dauerhaft vorbeistarren kann und weil mein Krampf weg ist, steige ich ins Auto. Telefonieren ist ein gutes Mittel gegen so was, und ich wollte dich sowieso anrufen.

Libussa, wie geht's dir?

Hallo, Wotan, danke, es gäht.

Klingt aber nicht sehr gut.

No, kennte besser gähen.

Was ist los?

No, Krach mit Muttär. Felix krank und einiges. Was soll ich lang erzählen.

Du Arme. Komm ich ungelegen?

Nein, also bittä, im Gägenteil. Kommst du gelägen. Kann ein bißchen Spaß vertragen. Wo bist du jetzt?

Am Weg nach Marienbad. Schau mir aber noch Schloß Königswart an. Kynžvart, den Alterssitz von Metternich. Der war österreichischer Staatskanzler.

No, weiß ich. Haben wir gelärnt Karlsbader Beschlisse. Hat gemacht Zensur gägen Tschechen.

Ja, nicht nur gegen Tschechen. Nun gut. Heute abend bin ich in Marienbad. Morgen möchte ich die Umgebung und Stift Tepl, also Teplá, besuchen. Weiß nicht, ob ich noch einmal in Marienbad oder weiter unten, vielleicht in Klattau, Klatovy, übernachte. Wann soll ich bei dir sein? Schon am Donnerstag?

No …, also komm liebär am Freitag. Kann ich vorhär noch was erlädigen.

Gut, dann mach' ich noch das Goethemuseum. Goethe hat ja in Marienbad seine junge Baronin kennengelernt.

Ja. War er abär viel ältär als du (sie lacht). Bin ich auch viel ältär als Baronin.

Ja, du könntest ihre Mutter sein.

Eine Zeitlang gaukelt mir noch eine behaarte Semmel durchs Gemüt. Aber sie hat rote Haare, keine schwarzen wie jene der frommen Helene. Und nach oben schimmert ein Körper in sanfter Wölbung, alabastern, mit den spitzen Brüsten. So ist das also: Die Semmeln ersetzen die Wehmut. Aber nur bis Königswart. Da ist sie wieder zurück, mit einem Schuß Bitterkeit, denn es ist nur der Park zu besichtigen. Ein hundert Hektar großer Landschaftsgarten, der mich mit meiner Gedankenlast aufnimmt. Gebäudefassaden bröseln. Der Holzschwamm haust im Schloß. Aber es wird restauriert. Der Dreiecksgiebel mit dem Metternichschen Wappen liegt frischfarbig, schönbrunngelb in der Nachmittagssonne.

Und dann bin ich in Mariánské Lázně. Hier spüre ich den Mix aus Wehmut und Bitterkeit nicht mehr. Ich spüre nur semmellose Neugier. Hätte gerne im »Esplanade« übernachtet, in jenem Zimmer, in dem damals Annl und Oskar … Aber ich finde das Hotel nicht.

Ich übernachte daher in der Villa St. Georg am Rande des Skalník-Parks. Maffia-Villa, würdest du sagen. Die Eigentümer sitzen irgendwo in Prag.

Aber ich freue mich trotzdem. Marienbads alte Kulissen erstrahlen im neuen Glanz. Vielleicht schöner als früher. Nur einzelne Häuser bröckeln noch. Sie sind aber auch schon von Investoren belegt. Von Best Western vielleicht. Westliche Investoren machen der Ostmaffia Konkurrenz. Anonymisierung des Kapitals. Böhmen hat eine neue Gründerzeit. Alles strahlt, aber die Atmosphäre fehlt noch. Vielleicht kommt sie wieder. Sie muß ja nicht vom Adel, dem Großbürgertum oder den Juden gebracht werden. Das nostalgische Ambiente kann auch andere Genießer anlocken. Wächst hier eine unbelastete, verloren geglaubte Identität in die Zukunft?

Kann schon sein. Jedenfalls merkt man das im zwölf Kilometer entfernten Tepl, dem Prämonstratenserkloster, welches den Grundstein zu Marienbad legte. Es gibt wieder Mönche, die mitten im Wiederaufbau des Konvents stehen. Sie werden aber die Zerstörungen der vergangenen Jahrzehnte, in denen das Kloster als Militärkaserne diente, nicht so bald beseitigen können.

Und als ich dann in der barockisierten Stiftskirche sitze, in der sie auch schon restaurieren, und auf Maria Verkündigung am schwarzen Marmoraltar schaue, kriecht mein vergrabenes Ministrantentum aus der Gruft Hroznatas, des Klostergründers, und besetzt meine Identitätssuche. Jawohl! Gert Wessel, du hättest bereits früher dem Lockruf des tschechisch-katholischen Pfarrers Bohumil Válek in Platten folgen sollen, nicht erst zu Weihnachten 1947, als sich Hochwürden an deinen Klassenlehrer Pospichal wandte, da er für die Weihnachtsmette noch Meßdiener brauchte. Bei den Tschechenjungen hatte er nicht genug rekrutieren können. Und gib zu, daß du – trotz früheren Sträubens – sofort ja gesagt hast, weil du schon ein bißchen Sehnsucht nach dem roten Rock, dem Meßhemd, dem Weihrauchgeruch und dem lateinischen Klimborium hattest. Jawohl! Und gib zu, daß du dumm geglotzt hast, als in der Sakristei plötzlich dein Klassenfeind Mirko neben dir stand und sich das Meßhemd überstülpte. Und der hat kein einziges Stichelwort in den Weihrauch fließen lassen in dieser Hochheiligen Nacht, sondern hat höllisch aufgepaßt, was ich dem Pfarrer antworte, damit er nicht patzt und sich bei den anderen, hinter uns stehenden Ministranten blamiert. Beim Amen hat er ja keine Schwierigkeiten gehabt und beim Et cum spíritu tuo auch noch nicht, aber als der Válek »Sursum corda«, Empor das Herz, gesagt hat, fixierte er mich nur stumm aus den Augenwinkeln und schaute zu Boden. Also, gib zu, Wessel, so laut und so hochmütig hast du noch nie »Habémus ad Dóminum« gesagt: Wir haben es beim Herrn. Und der Heiligen Dreifaltigkeit war ich jedenfalls dankbar, daß der Mirko und ich mit dem Herrn Pfarrer Lateinisch reden durften, auch wenn wir es nicht verstanden. Es hat uns verbunden, weil es nicht unsere Muttersprache war. Wir zwei hätten jederzeit im Mittelalter auftreten können, bis weit über die Zeit Luthers hinaus. Europäisches Sprachenwirrwarr mündete damals in Latein, der Sprache der Bibel und des Papstes. Frei von nationalen Animositäten. »Per ómnia saécula saeculórum.« Von Ewigkeit zu Ewigkeit. Siehst du, Mirko und ich sind quasi ins Latein geflüchtet und haben auf sprachlich neutraler Ebene, wenn schon nicht zur Freundschaft, so doch zu einer losen Zweckpartnerschaft gefunden, unter den Augen der Heiligen Dreieinigkeit. Und diese – auf wackligen Beinen begonnene Kumpanei – gedieh bis zu unserer Emigration im Sommer achtundvierzig zur erträglichen Standfestigkeit. Mirko duldete mich im Pausenhof der Schule am Tischtennistisch und, als die Badezeit begann, am Löschteich hinter dem Jugendheim. Nur nach Elternsprechtagen – weiß nicht warum – giftete manch einer aus seiner Bande zu mir her, aber ich bekam keine Prügel mehr. Ungehindert konnte ich am Heimweg die Abkürzung durch die Büsche hinter der evangelischen Kirche nehmen. Und wären wir nicht nach Österreich emigriert, hätte mich mein Ministrantentum wohl rascher in die tschechische Nationalität hineingeleitet, als meiner Mutter lieb gewesen wäre.

Meine Liebe!
Jetzt passierte mir doch noch ein Malheur. Heute früh fand ich die Fahrertür am Jeep aufgebrochen. Mein Blaupunkt mit den CDs fehlte. Sonst nichts. Den unverzichtbaren Laptop hatte ich am Vorabend mit auf das Zimmer genommen. Wegen der Versicherung also Anzeige bei der Polizei. Eine Bagatelle unter vielen, hörte ich dort, ich solle froh sein, daß der Wagen nicht fehlt und am Wege zur polnischen Grenze ist. Jawohl, ich bin heilfroh, weil ohne Auto kein Wochenende mit dir. Meine Erwartungen wären in die Tepl gekippt und zur Elbe geschwommen. So fahren sie aber hochgestimmt in die andere Richtung auf der 21er und 26er, zuerst südost, dann südwest, wenn auch ohne Clapton oder Albinoni. Die können wir morgen bei dir aufwärmen. Auch den Ravel mit seinem Bolero.

Oho, der semmelhältige Bolero lenkt ein bißchen vom Schloß der österreichischen Trautmannsdorff ab, hier in Bischofteinitz – Horsovský Týn. Ein Schloß mit typisch böhmischem Schicksal: Bis 1618 gehörte es den protestantischen Lobkowitz. Nach der Schlacht am Weißen Berg wurde Wilhelm Lobkowitz zum Tode verurteilt, und der verdiente Graf Trautmannsdorff übernahm es ziemlich taxfrei. Also alles wie bekannt. Die kaiserlich-katholischen Gefolgsleute streiften protestantisches Vermögen ein. Und 1945? Da bedienten sich die Tschechen aus dem Vermögen der Deutschen. Und 1948? Da bedienten sich die Kommunisten daraus und verstaatlichten den restlichen tschechischen Besitz. Volkseigentum feierte Triumphe und nivellierte die individuelle Verantwortung für Eigentum zum breiigen Kollektiv. Wem nichts gehört, gehört alles. Wem alles gehört, schert sich um nichts. Und nach der Wende? Da bedienten sich unter anderem ehemalige kommunistische Funktionäre aus dem Vermögen des Volks und sind jetzt möglicherweise Eigentümer der Villa St. Georg in Marienbad, vor deren Haupteingang mein Auto aufgebrochen wurde. Und die Villa hat vielleicht einmal einem Juden gehört, der 1938 von den Nazis enteignet wurde. Ein ewiger Kreislauf.

Mir wäre lieber, du wärst hier, liebe Ilona.

Geteilte Freude ist doppelte Freude. Mir wäre lieber, ich könnte dir aus meinem Reiseführer und den Memoiren der Tatiana Metternich vorlesen. Mir wäre lieber, ich könnte diese Inhalte mit dir teilen. Denn es sind nicht nur meine Geschichten, es sind auch deine. Böhmische Geschichten und Geschichte. Mir wäre lieber, ich würde deine Meinung hören, so wie ich gerne die Meinung meiner Frau hörte. Es ist nicht alles angenehm, was single ist. Und bei all deinem Hang zur Blödelei scheinst du mir ernsthaft und nüchtern. Eine anregende Kombination. Bist du eine Frau zum Pferdestehlen? Dieser Frage möchte ich zum Wochenende näherkommen.

Vorläufig narrt mich noch der Bolero. Seine Trommeln untermalen die böhmische Vergangenheit. Sie hallen unter gotischen Kreuzrippen und Renaissancefresken: Adam und Eva im Paradies, Christi Geburt und Johann Popel von Lobkowitz. Sie dröhnen um Kapitelle und Schlußsteine, Blüten und Blattornamente, durch Stadtkirchen und Fürstengruften, über Bastionen und Wehrmauern gegen Hussiten, Schweden und Preußen, hinaus aus der Stadt über das wellige Land unter trübem Himmel. Sie begleiten mich über Hain und Flur abseits der Hauptstraßen, Má Vlast Smetanas, durch Dörfer, in denen dich noch immer verlassene Dreiseithöfe aus hohlen Fenstern anstarren oder überhaupt – weil zugemauert – blind sind. Sie wühlen meine Mutter aus der Erinnerung, die Revolutionsgardisten über ihr, und ihr Gesicht, als sie 1951 das Verfahren zur Todeserklärung meines Vaters einleitete: Amol muß es sei, hatte sie gesagt. Und in der amtlichen Einleitung, gestempelt vom Landesgericht Salzburg, Abt. 3, Zahl T 184/51-4, wurde Oskar Wessel damals aufgefordert, vor dem gefertigten Gericht zu erscheinen oder auf andere Weise von sich Nachricht zu geben. Da er nicht erschien und auch keine Nachricht von sich gab, leitete das Innenministerium die Wahrscheinlichkeit ab, daß der Vermißte nicht mehr am Leben sei. Der Akt Oskar Wessel wurde amtlich geschlossen. Jawohl! Ein Schicksal abgeschlossen. Ein böhmisches Schicksal. Sandkorn in der Wüste, vom Sturm aufgewühlt und verweht.

Und die Trommeln des Bolero wühlen auch – was einem so einfällt, wenn man allein unterwegs ist – Mutters verschleierten Blick hoch, unter mühsam nach oben gezwungenen Lidern, und ihre Kopfwendung zur Tür, als ich gegen Mitternacht, aus Brüssel kommend in ihr Sterbezimmer getreten war. Das war 1983 und sie lag hochgebettet und hatte die Hände am Schoß. Ergeben, wie mir das von früher her in Erinnerung war, ihr Schicksal ohne Murren annehmend, aber nicht bewältigend. Davon zeugten ihre bitter gekerbten Mundwinkel. Nu, da bist' ja, Gung, hatte sie matt und mit schwerer Zunge gesagt, narkotisiert unter dem Einfluß der Schmerzmittel, als ich im Türrahmen stand. Ein Bild, das ich nie vergessen werde. Da bist du ja. Und ich nahm ihre Hand und hielt sie, bis ich ging. Und am nächsten Morgen war sie tot.

Und jetzt übernachte ich noch einmal in Klatovy-Klattau. In einer kleinen Pension, in der die Wirtin im rosa Schlafrock hinter einem Pult sitzt und lächelt, als sie im Paß meinen Geburtsort liest: Karlovy Vary? Aha! Ein Landsmann! Allein unterwegs? Jawohl! Und dann muß ich im voraus das Zimmer bezahlen. Also aha.

Und am Morgen danach liegt auf dem Frühstücksplatz mein Paß mit einem Zettel dabei, und darauf steht in fehlerlosem

Deutsch: Ich hoffe, Sie hatten eine angenehme Nacht. Kommen Sie bald wieder.

Countdown, weil heute abend bin ich bei dir. Aber zuerst kaufe ich mir in der Barockapotheke – ein von der UNESCO geschütztes Baudenkmal – noch ein Mittelchen gegen Mundgeruch. Kaugummi allein hilft bei fünfzig plus nicht immer. Und ich nehme mir vor, heute mittag kein blähendes Sauerkraut oder Zwiebelauflauf mit Knoblauch zu essen. Und dann besichtige ich die Jesuitenkirche mit dem Portal, welches man Ignaz Dientzenhofer zuschreibt, dem Architekten meiner Taufkirche in Karlsbad. Ringsum am Platz Renaissance- und Barockfassaden der ehemaligen Bürgerhäuser. Und genau in der Mitte, anstelle des gründerzeitlichen Stadttheaters, der Betonblock des ehemaligen kommunistischen Kulturhauses. Da in Tschechien die alte Bausubstanz kaum durch Bombenangriffe im Kriege gelitten hat, blieb es den Kommunisten vorbehalten, historische Kulturgüter zu zerstören.

Ich freue mich auf Krumau.

Gib zu, Wessel! Du kämpfst mit dem heiligen Ignazius, dem Ordensgründer der Jesuiten, den zweihundert Mumien von Patres, Adeligen und Offizieren, tschechischen wie deutschen, die in den Katakomben von Klattau anschauliche Zeitzeugen mimen, gegen die Trommeln des Bolero, welche dir wieder ins Blut hämmern. Und du überlegst, ob du aus der berühmten Klattauer Nelkenzucht – man bietet über achtzig Sorten an – für Ilona …, nein, Nelken erinnern zu sehr an Maiaufmärsche, auch wenn's keine roten sind, und außerdem habe ich das Schlaggenwalder Kaffeeservice im Jeep. Bist blöd? hätten außerdem gute Freunde gesagt. Wennst' eine Frau überfütterst, wird's träge und launisch. Und noch außerdemer: Das Porzellan hatten die Marienbader Blaupunktdiebe ja im Auto gelassen. Der dadurch gestiegene Wert dieses Geschenks soll daher nicht durch Nelken gemindert werden.

Und jetzt also nun der Böhmerwald, der sich vom basaltschwarzen Klattauer Stadtturm aus heute vormittag in dunstiger Ferne angeboten hat. Und auf der 187er trommelt auf der

Höhe von Schüttenhofen / Sušice, weil ich keine Heiligen und Mumien zur Hand habe, wieder der Bolero in ritueller Faszination, und du, Ilona, geisterst wie eine Fata Morgana hinter jeder Kurve hervor, mit ekstatischem Gesicht unter blumigem Hut. Und deshalb verlasse ich bei Bergreichenstein / Kasperské Hory die Hauptstraße und fahre in die Berge hinein, in die Šumava. Natur muß Kulturgeschichte, speziell Heilige und Mumien, ersetzen. Es geht auf schmalen, kurvigen Straßen nach oben. Zuerst Sägewerke, Holzstapel, Kleinkraftwerke, Kühe auf der Weide. Eine verfallene Mühle. Das ist nicht das Land Smetanas. Das ist das Land Adalbert Stifters. Weiter oben Schafe, Wald. Böhmerwald. Grenzgebirge zum Bayerischen Wald. Almböden, die nach Süden in sanft gewölbten Bergrücken übergehen, gestaffelt, blau verblassend bis zu dreizehnhundert Metern ansteigend. Und dann Skilifte und Touristenunterkünfte. Hotels. Hab ich dich schon gefragt, ob du Ski fahren kannst? Wir könnten uns hier im Winter treffen. Schneesicheres Gebiet. Mehr als ein Drittel billiger als bei uns. Kannst du von Krumau aus in einer guten Stunde erreichen.

Und jetzt ist es an der Zeit, daß ich dich anrufe.

Hallo, Ilona! Ich verstehe nicht. Ach so, die Sprachbox. Muß wohl heißen: Sprechen Sie nach dem Signalton. Na gut, ich rufe später an.

Jetzt bin ich im Tal und treffe bei Horní Vltavice – muß Ober …, weiß nicht wie, heißen – auf die 4er Richtung Passau, und bevor ich ins Moldautal einbiege, stehen schon wieder fromme Helenen an der Straße und deuten. Der Farbe nach zwei Zigeunerinnen. Könnten Mutter und Tochter sein. Die junge schmale ist höchstens sechszehn. Könnte auch jünger sein, weil sie stark geschminkt ist. Und jetzt trommelt wieder der Bolero, rhythmisch verhalten, moderato assai, und wühlt Erinnerungen hoch. Hab' ich dir schon von Onkel Rudl und der Sache mit Wanka Geier im Plattner Jugendheim erzählt? Damals wurde der Polizeiakt Rudl Wessel angelegt, mit dessen Hilfe die Gestapo den Sozi Wessel zum Nazi Wessel machte. Im politischen Chaos versandete später die Angelegenheit.

Gottes Mühlen mahlen zwar langsam, aber das Getriebe stockt nicht.

Und so hat es Rudl doch noch erwischt. Und zwar Ende der fünfziger Jahre, als er in der Nähe Wiens das Fundament für ein Salettl in seinem Garten aushob. Hinter Haselnußsträuchern verging er sich an einer Zehnjährigen.

Gottes Mühlen schickten ihn drei Jahre ins Gefängnis und schmissen ihn aus der Einkaufsgenossenschaft des Konsums hinaus. Ein Drama für seine Frau Wanda und meine Cousine Werni. Meine Mutter verzichtete damals endgültig auf die Einforderung von Oskars Piano.

Im Rückspiegel nehmen die Zigeunerinnen ab. Der Trommelwirbel aber nimmt zu, und ich frage mich, wie du bei diesem betont langsamen Zeitmaß den Rhythmus halten konntest, als du vor drei Wochen mit verdrehten Augäpfeln und Schnappmund über mir warst. Siebzehn Minuten dauert der Bolero, wenn der Dirigent langsam ist. Hast du den Bolero ein- oder zweimal wiederholt, während wir …? Ich weiß es nicht mehr.

Hallo, Ilona!

Noch immer die Box? Bin jetzt in Horní Planá / Oberplan und besichtige das Geburtshaus Adalbert Stifters. Da steht unter anderem ein Hammerklavier drin. Aber ohne Einmachgläser darauf. Hat Stifter benützt. Könnte man heute noch darauf spielen.

Was ist los mit dir? Hörst du deine Box nicht ab? Ich könnte in einer guten halben Stunde in Krumau sein. Habe die dreißig Kilometer schon mit meiner Frau bewältigt. Einmal vor, einmal nach der Wende. Vor der Wende war Stifters Hochwald südlich des Stausees militärisches Sperrgebiet. Damals haben sie uns, weil wir die Burgruine Wittinghausen besuchen wollten, nicht hinübergelassen. Stifters Hochwald wächst dort über die ehemaligen Siedlungen, aus denen die Böhmerwäldler 1945 vertrieben wurden. Ein Unglück für die Leute, ein Glück für die Naturlandschaft. Ich könnte dir eine Vorkriegskarte der Gegend zeigen, auf welcher eine Reihe deutscher Orte verzeichnet ist. Auf meiner Autokarte hingegen finde ich diese

Orte nicht mehr. Auch nicht auf Tschechisch. Archäologen späterer Zeiten werden in dieser Gegend vielleicht einmal graben, weil ein Wanderer im Frühtau unter einer entwurzelten Fichte Ziegel und behauene Steine entdeckt hat. Mitte zwanzigstes Jahrhundert, werden sie diagnostizieren, Ende der deutschen Kolonisationsepoche. Und nach drei Grabungsschichten: erste Besiedelung Mitte zwölftes Jahrhundert, Zeit Wladislavs II., der von Kaiser Friedrich Barbarossa die Königswürde erhält. Stifters Roman »Witiko« spielt in dieser Zeit. Witiko, der südböhmische Adelige, der von den römischen Orsinis abstammen sollte, die Burg Wittinghausen baute und bajuwarische Siedler in den Wald holte.

Siehst du: Heute gibt's zwischen Lipno-Stausee und dem Höhenrücken zum österreichischen Mühlviertel keine Siedler mehr. Nur Hochwald. Soche Wandlungen haben wir in der europäischen Geschichte seit der Antike immer wieder erlebt. Aber irgendwann ist in den verlassenen Landstrichen dann doch wieder gesiedelt worden. Nur in Böhmen hilft heute der Naturschutz gegen Baulandwidmungen.

Aber jetzt trommelt mich der Bolero bei Westwind und lockeren Schäferwölkchen nach Krumau. Je mehr ich an dich denke, desto stärker wird das Trommeln. Ein verhaltener, verzögernder, gleichbleibender Rhythmus. Der Puls ist schneller als der Takt. Das Anschwellen liegt im Orchester, nicht im Rhythmus. Solis plagen sich. Wem würde das tosende Tutti nicht unter Spannung setzen?

Aber bevor ich ins befreiende Finale komme, bin ich schon in Krumau und parke unter der Mantelbrücke, welche die Hochburg mit dem Barocktheater und dem Schloßpark verbindet.

Also, was ist los, Ilona?

Noch immer die Sprachbox an? Dein Dienst müßte schon aus sein. Tourismus hin oder her, einmal muß Schluß sein. Gibt's im Tourismus keine Gewerkschaft? Bist du auf Fremdenführung? Deutsch oder Englisch? Hast du Japaner im Schlepp? Die kommen sicher aus Venedig. Die UNESCO hat zwar die Lagunenstadt als bedeutendstes europäisches Denkmalreservat eingestuft, aber Český Krumlov gleich an zweiter Stelle gereiht. Eine unbezahlbare Etikettierung.

Also, du meldest dich nicht. Muß deshalb meine Handtasche im Auto lassen. Kann ich später auch holen. Unter dem Moldausteg paddeln Kajaks und verschwinden hinter der Biegung der Flußschleife. Von deinem Zimmerfenster aus böten sie sich jetzt frontal an. Schiele hätte diesen Blick in ein Bild verwandelt: Ansicht Krumaus mit Baderbrücke und Paddlern. Jetzt kurzes Verharren vor einem Plakat: Egon Schiele Centrum; Grafika vom 27.5.–27.8.; Pablo Picasso. Könnten wir morgen besichtigen. Auf dem Hauptplatz vor der Stadtapotheke häuft sich eine Touristengruppe um eine Führerin. Es bist nicht du. Schade. Ich hätte dich gerne erzählen gehört: von den Witigonen und Rosenbergern, von Don Juan d'Austria und der schönen Baderstochter, von den Fürsten Schwarzenberg ...

Die Sonne senkt sich über die Hochburg. Kein Strahl erreicht mehr die Baderbrücke. Ich sehe dein Giebelfenster unter dem Dach. Die Steinschnecken mit den Obelisken links und rechts davon. Den Empireaufsatz darüber, frisch im knalligen Abendlicht. Fünf Jahre nach der Wende hatte die Hausfassade noch ausgesehen wie geschälte Haut nach einem Sonnenbrand. Grauer Sonnenbrand. Dein Fenster war ein schwarzes, rechteckiges Loch in nackter Ziegelmauer. Kann mich genau erinnern, weil hier der Aufgang zum Schloß beginnt. Die Haustür war zugenagelt. Jetzt steht sie offen, doch du bist nicht zu Hause. Die Leute im Stock unter dir zucken die Achseln. Was tun? Ich stecke dir einen Zettel in den Türspalt: Bin in der »Hospoda na louzi. Einem Bierlokal. Doch du kommst nicht. Ich habe Gück, denn die Hospoda hat ein freies Zimmer. Na jednu noc. Für eine Nacht. Also hole ich meine Handtasche aus dem Auto.

Noch immer das tschechische Gezwitscher in der Sprachbox. Endlose Ziffern: Nula, pet, jedna, osm ... Signalton. Signalton. Signalton. Wiederholte Anrufe machen mein Verlangen nicht dringlicher. Und im Bett – nach zwei Maß Pils – das gewohnte Einschlafritual. Aber es sind nicht Schäfchen, die ich zähle, nein, es sind die Zweifel, die ich abhake. Zweifel an mir selbst und Gründe, warum du nicht rückrufst. Und die Gründe enden bei Goethe und seiner jungen Ulrike und der Marienbader Elegie. Dazwischen geflügelte Kumpelworte wie Blinklichter zu Weihnachten: Nur keine Gefühle! Pimmel rein und raus. Und dann aus! Wessel, willst du die Herzschmerzpolka spielen? Nein, aber die Gründe enden trotzdem bei dem lausigen Kerl aus Köln, welcher der Vater deines Sohnes ist und der vielleicht plötzlich aufgetaucht ist, alte Ansprüche geltend machend. Eifersucht? Hüte dich vor Eifersucht. Eifersucht ist schlimmer als Gelbsucht. Gründe pendeln zwischen Dämmern und Traum und enden (was hat das mit dir zu tun?) beim Höllteifi Fritz, dem Förstersohn, der nicht zu den Ministranten wollte, sondern auf die Hitlerjugend wartete, aber dann in der Wolfspinge ein jähes Ende fand. Wäre er als Ministrant mit dem Leben davongekommen? Weiß nicht. Jetzt komme ich mit dem Zählen durcheinander. Bin ich bei einhundertfünfundzwanzig oder einhundertsechsundzwanzig? Von den Gründen bin ich schon weg, weil jetzt narrt mich Mirko, mein tschechischer Klassendings, der Begriff Freund wäre übertrieben, der mir den gackfarbenen Jägeranzug zerfetzte, aber lammfromm meine Ministrantensprüchlein bejahte. Dóminus vobíscum. Der Herr sei mit euch. Und es narrt mich der Lehrer Pospichal, der mich zum Dirigenten der tschechischen Nationalhymne machte. Und es narrt mich Julius, der nicht mein Großvater war, und der Türmer Ignaz Kraus, diese schlagende Offenbarung, Kuckucksei unterm Christbaum. Und es narren mich andere: die Rößlers, die Thielschwestern, Harry Edelmann, Rudl und Tante Hedwig. Vergoldete Tote, Untote. Oh, reib nicht den Knopf von Julius' Montur, der kaiserlich-königlichen. Statt Aladins Geist steigt die alte Schmieda hoch, als Mythos in der Wolfspinge. Mit ihrem Eichelhäher auf der Schulter: Nussa, Nussa, komm heraus ... Um Gottes willen, nur keine Sentimentalität! Keine Wehmut. Denn Wehmut ist kein Abschluß. Wehmut ist wieder neuer Anfang. Eine Wehmut kommt zur anderen. Was ist die Mehrzahl von Wehmut? Wehmute? Verlorenes Böhmerland? Verlorene Ilona? Fünfzig plus? Es morgensterndelt aus der »Fidelen Kommode«: »Kennst du das einsame Hemmed? Flattertata, flattertata. / Der's trug ist baß verdämmet. Flattertata, flattertata ...« Weiß nicht, ob ich noch zähle, schlafe, träume, dämmere. Zustand wie nach dem voroperativen Venenstich. Mein Vater Oskar, meine Mutter Anna, Schicksale in der Fotoschachtel und der schwarzen Krokomappe des Kavallerieregiments Nummer 17. Böhmische Schicksale. Verglühte Sternschnuppen am Firmament. Warte, Europa! Warte noch ein bißchen. Dann sind die Sudetendeutschen eine Fußnote der Geschichte. Totenscheine in der Mappe. Totenscheine, die von den Enkeln weggeschmissen werden.

Nach alldem wirren Zeug beim Einschlafen hab' ich doch noch ein bißchen von dir geträumt. Oder war's schon am Morgen, weil unten die Mülltonnen klapperten? Ich an deiner Hand. Du bist mit mir die Stiegen zum Schloß hinaufgestiegen. Und im Plauderton spendetest du mir die Lektion eins von »Tschechisch für Anfänger«: Moje rodina. Meine Familie. Der Vater. Die Mutter. Die Schwester ... Und an der rechten Hand führtest du Mirko. Und der zitierte aus Lektion zwei: Co to je? Was ist das? Káva: Kaffee. Houska: Semmel. Chleba: Brot. Und am oberen Stiegenabsatz, schräg unterhalb der Kastanien, wartete schon der Pfarrer Válek und sagte, wir sollten die Verherrlichung Gottes gemeinsam fortsetzen. In einer homogenen Nation. Und dann drehte er sich um, küßte den Altar und sprach:

Dóminus vobíscum: Der Herr sei mit euch.

Und Mirko und ich im Duo: Et cum spíritu tuo. Und mit deinem Geiste.

Und der Válek: Ite, Missa est. Gehet hin, ihr seid entlassen.

Also letzter Versuch. Meine Hartnäckigkeit kommt mir sprichwörtlich vor. Dein Handy antwortet noch immer mit der Blechstimme. Der letzte Versuch probiert's nur bis zum Signalton. Jeder Versuch hat eine Schwelle zum Stolz. Wenn du diese Schwelle überschreitest, wird Hartnäckigkeit zur Albernheit und Demütigung. Schade, ich hätte gerne mit dir gefrühstückt. Aber die Tür zu deinem Haus ist verschlossen. Ich muß einen

Nachbarn herausläuten. Mein Zettel an deiner Tür ist unberührt. Du warst also heute nacht nicht zu Hause. In der Buchhandlung im Schloß oben wissen sie auch nicht, wo du bist. Du hättest gestern vormittag noch eine Schloßführung gehabt, sagen sie, dann hättest du dich verabschiedet. Jawohl, es war eine deutsche Gruppe. Sie wissen nicht, ob du am Montag im Dienst bist. Aber am Dienstag müßtest du da sein, weil eine Führung eingetragen ist. Sie kennen die Adresse deiner Mutter in Budweis nicht. Sie wissen auch nicht, ob du Freunde in Krumau hast. Hoffentlich ist dir nichts passiert. Wieso weiß man so wenig über dich? Bist du wieder unter die frommen Helenen gegangen? Als Wochenend-Helene? Stehst du wieder in Rosenberg und wartest auf einen, der dich nach Prag mitnimmt? Die Fragen begleiten mich zum Parkplatz am Fuße der Hochburg. Diesmal könnte ich nicht mit dir nach Prag fahren, da ich am Montag im Büro sein muß. Die Geschäfte laufen nicht von allein. Wenn allein, dann am Ende davon.

Am Moldausteg ein letzter Blick auf den Schloßturm im milchigen Dunst. Die Säulen des Galerieumgangs stehen an den Turmseiten gegen den hellen Himmel. Da oben liegt die ehemalige Türmerwohnung. Auch Krumau hatte seinen Türmer. Etwas flußabwärts, als blasser Schatten unweit deiner Wohnung, der Turm von St. Jodokus. Schräg schraffierte Sonnenfilter liegen vor den Silhouetten. Liegen auch vor deinem Fenster. Dieses Bild möchte ich mit nach Hause nehmen. Dazu brauche ich die Hilfe Schieles nicht. Jawohl! Jedesmal wenn ich an dich denke, wird dieses Bild in meinem Gedächtnis hängen.

Und dann bin ich gedankenverloren am Parkplatz, und als ich den Kofferraum öffne, sehe ich das Geschenkpaket mit dem Kaffeeservice aus Schlaggenwald. Was soll ich …!

Also: Goethe schenkte Ulrike von Levetzow böhmischen Granatschmuck.

Als sie ihn verließ, schrieb er die Marienbader Elegie.

Ich schenkte dir böhmisches Porzellan, das ich vor meiner Abreise neben deine Wohnungstür stellte. Soll ich eine Krumauer Elegie schreiben?

Glossar

ATUS:	(Deutscher) Arbeiter Turn- und Sportverband in der Tschecholowakei bis 1938
BDM:	Bund Deutscher Mädel: Teilorganisation der HJ
Beneš (Benesch):	Edvard; tschechoslowakischer Staatspräsident von 1935 bis 5. Oktober 1938 und von 1945 bis 1948
Chamberlain:	Arthur Neville; britischer Premierminister, der mit dem französischen Ministerpräsidenten Daladier sowie Mussolini und Hitler das Münchner Abkommen vom 29. September 1938 unterzeichnete, in welchem die Abtretung der sudetendeutschen Gebiete in Böhmen und Mähren an das Deutsche Reich vereinbart wurde
DSAP:	Deutsche Sozialdemokratische Arbeiterpartei in der Tschechoslowakischen Republik bis 1938
Flak:	Fliegerabwehrkanone
GEC:	Produktions- und Großeinkaufsverband für Erwerbs- und Wirtschaftsvereinigungen, Prag, bis 1938
Gestapo:	Geheime Staatspolizei im Dritten Reich
Goebbels:	Joseph; Reichspropagandaleiter der NSDAP
GröFaz:	Größter Feldherr aller Zeiten; Verballhornung von A. Hitler in seiner Funktion als Oberbefehlshaber der Wehrmacht
HDV:	Heeresdienstvorschrift
Henlein:	Konrad; Gründer und Vorsitzender der Sudetendeutschen Heimatfront (ab 1935 SdP), ab 1938 Reichskommissar, Gauleiter und Reichsstatthalter im »Reichsgau Sudetenland«
HJ:	Hitlerjugend; Staatsjugendorganisation der NSDAP

Jaksch:	Wenzel; Parteivorsitzender der DSAP
KdF:	Kraft durch Freude; Freizeitorganisation der NSDAP
KLV:	Kinderlandverschickung; Maßnahme, die vor dem Krieg der Erholung gesundheitsgefährdeter Stadtkinder diente. Im Krieg dehnte sie sich auf die Evakuierung von Kindern aus luftkriegsgefährdeten Gebieten aus
KPTsch:	Kommunistische Partei der Tschechoslowakei
Kripo:	Kriminalpolizei
Lidice:	Ort östlich von Kladno, Tschechische Republik; wurde 1942 vom SD als Vergeltung für das Attentat auf Reinhard Heydrich, stellvertretender Reichsprotektor von Böhmen und Mähren, zerstört
Masaryk:	Thomas G.; Führer des tschechischen Exils (1914–1918). Gründer und erster Präsident der Tschechoslowakischen Republik (1918–1935)
Národní Výbor:	Nationalausschuß; oberstes Verwaltungsorgan der tschechoslowakischen Gebietskörperschaften
NSV:	Nationale Volkswohlfahrt der NSDAP
Odsun:	Abschub; tschechischer Begriff für die Vertreibung der Sudetendeutschen
OKW:	Oberkommando der Wehrmacht
PAK:	Panzerabwehrkanone
Pendrek:	Gummiknüppel
Pg:	Parteigenosse
Schlacht am Weißen Berg:	1620; Niederlage der protestantischen Stände Böhmens und Mährens gegen das katholische Lager der Habsburger. Eigentlicher Beginn des Dreißigjährigen Kriegs
Schmalkaldischer Krieg:	1547 besiegen in der Schlacht bei Mühlberg an der Elbe die kaiserlichen Truppen das Heer des (protestantischen) Schmalkaldischen Bundes
SD:	Sicherheitsdienst der NSDAP; ab Sommer 1934 der alleinige Geheimdienst und Nachrichtendienst der Partei
SdP:	Sudetendeutsche Partei in der Tschechoslowakei (bis 1938)
SNB:	Stráž (Sbor) Národní Bezpečnosti; Sicherheitsdienst in der Tschechoslowakei
(Národní) Správce:	(National-)Verwalter (für beschlagnahmtes deutsches Vermögen)

Geschichtlicher Überblick 1918–1948

Seit dem zwölften Jahrhundert waren – von den Landesherrschern gerufen – in steigender Zahl Deutsche in Böhmen und Mähren eingewandert. Sie bildeten bis 1918 eine von ethnischen Spannungen berührte Symbiose mit den Tschechen, die aber zum Glanz der böhmischen Krone beitrug. Diese Spannungen verstärkten sich unter den Habsburgern vor allem gegen die Wende vom neunzehnten zum zwanzigsten Jahrhundert hin.

1918: Ende des Ersten Weltkriegs; Ausrufung der Ersten Tschechoslowakischen Republik am 28. Oktober 1918 (Nationalfeiertag). Die Friedensverträge von Versailles und St. Germain verweigern den Deutschböhmen und Deutschmährern das Selbstbestimmungsrecht. In weiterer Folge entwickeln sie zwangsläufig eine eigene politische und kulturelle Identität als »Sudetendeutsche«.

1919: Generalstreik und Protestkundgebungen der Sudetendeutschen am 4. März. Tschechisches Militär schießt in mehreren Städten in die Menge (Gedenktag der Sudetendeutschen).

1920: Die nur von tschechischen Parteien beschickte Revolutionäre Nationalversammlung verabschiedet die Verfassung; die Deutschen sind von der Abfassung und vom Beschluß der Verfassungsbestimmungen sowie etwa dreihundert weiterer grundlegender Staatsgesetze (zum Beispiel Sprachengesetz) ausgeschlossen. Die Tschechoslowakei definiert sich als tschechoslowakischer »Nationalstaat« mit ethnischen Minderheiten.

1921: Zusammensetzung der nationalen Bevölkerungsanteile:

6,7 Millonen Tschechen	0,5 Millonen Ruthenen
3,1 Millonen Deutsche	0,3 Millonen Juden
2,0 Millonen Slowaken	0,1 Millonen Polen
0,7 Millonen Ungarn	

1922: 1498 (deutsche) Zeitungen werden beschlagnahmt. Gegen die Einstellung einer Zeitung besteht kein Rechtsmittel. Es kommt zu Hochverratsprozessen gegenüber politischen Gegnern des Systems. Bis Sommer 1922 werden einhundertdreiundneunzig deutsche Schulen und eintausendsiebenhundertdreiundachtzig deutsche Schulklassen aufgelassen (bis 1927 waren es fünfhundert Schulen und dreitausendfünfhundert Klassen; das sind dreißig von Hundert des Standes von 1918).

1926: Erstmalige Koalition sudetendeutscher Parteien mit tschechischen Parteien; der Regierung gehören fortan bis 1938 zwei, zuletzt drei sudetendeutsche Minister an.

1933: Der Verbandsturnwart des »Deutschen Turnverbandes«, Konrad Henlein, ruft zur Sammlung aller sudetendeutschen politischen Kräfte in der »Sudetendeutschen Heimatfront«, der späteren »Sudetendeutschen Partei« (SdP), auf.

1935: »Erdrutschsieg« der SdP bei den Parlamentswahlen im Mai. Mit 1,25 Millionen Stimmen wird sie stärkste Partei im Prager Parlament und stellt vierundvierzig Abgeordnete von insgesamt zweihundertfünfundachtzig. Edvard Beneš (tschechische Aussprache: Benesch) wird zum Staatspräsidenten gewählt.

1938: Mai/Juni: Die Gemeinderatswahlen bringen der SdP über einundneunzig von Hundert des deutschen Wählerpotentials. Sudetenkrise. 29. September: Münchner Abkommen, in welchem Frankreich, England, Italien und Deutschland die Abtretung der sudetendeutschen Gebiete an das Deutsche Reich vereinbaren. Ab 1. Oktober: Einmarsch deutscher Truppen in das Sudetenland. Der »Reichsgau Sudetenland« wird dem Dritten Reich eingegliedert.

1939: 15. März: Hitler besetzt den restlichen Teil Böhmens und Mährens und errichtet ein »Protektorat«. Die Slowakei erklärt sich zum unabhängigen Staat. September: Beginn des Zweiten Weltkriegs.

1942: 27. Mai: Attentat auf Reinhard Heydrich, stellvertretender Reichsprotektor von Böhmen und Mähren. Als Vergeltung dafür zerstören Einheiten des SD das Dorf Lidice bei Kladno, erschießen die Männer und deportieren Frauen und Kinder.

1945: 8. Mai: Kapitulation Deutschlands, Kriegsende. Ab Mitte Mai beginnen Verfolgung und Massenaustreibung der Sudetendeutschen durch die Tschechen. 17. Juli: Beginn der Potsdamer Koferenz. Formeller Vertreibungsbeschluß durch die Allierten.

1948: 25. Februar: Regierungsbildung durch die Kommunisten. Die Tschechoslowakei wird Satellitenstaat der Sowjetunion.

Bibliographie

Deutsche Geschichte im Osten Europas; Böhmen und Mähren; Friedrich Prinz, Siedler Verlag, Berlin 1993.
Die Sudetendeutschen; Eine Volksgruppe im Herzen Europas; Sudetendeutscher Rat, Verlagshaus Sudetenland, München 1989.
Die Vertreibung der deutschen Bevölkerung aus der Tschechoslowakei; ehemaliges Bundesministerium für Vertriebene, Flüchtlinge und Kriegsgeschädigte; Band 1 und 2, Weltbild Verlag, Augsburg 1993.
Sudetenland; Wegweiser durch ein unvergessenes Land; Rudolf Hemmerle, Bechtermünz Verlag, Augsburg 1996.
Die Vertreibung; Böhmen als Lehrstück; Peter Glotz, Ullstein Verlag, München 2003.
Chronik des Zweiten Weltkrieges; Chronik Verlag, Augsburg 1997.
Das III. Reich, Band 1 und 2; John Jahr Verlag, Hamburg 1975.
Gebrauchsanweisung für Tschechien; Jiří Gruša, Piper Verlag, München 1999.
Die Chronik Österreichs; Chronik Verlag, Dortmund 1984.
Moser 1857 – 1997; Firmengeschichte der Glasfabrik Moser; Eigenverlag, Karlsbad 1997.
Wollen Sie Tschechisch sprechen? 1. Teil; Tschechisch für Anfänger; 5. vydání, Liberec 1998.
Písanka 1 und 2; Pro 1. Ročník Základní Školy; Nová Škola 2001, Brno.
Neudeker Heimatbrief; Zeitung aus dem Heimatkreis Neudek im Erzgebirge; Periodika; Sudetendeutsche Verlags-GmbH, München.
Private Dokumentationen (Originaldokumente): Erich Bachmann, Wien; Anneliese Sandner, Salzburg; Erika und Horst Weber, Salzburg.

Dank

Mein Dank gilt besonders

Maria Lneničkova, Prag, für ihre offenherzige Zeitzeugenschaft,

Erich Bachmann, Wien, für die vorbehaltslose Überlassung von Originaldokumenten und

»Gérard« Sandner, Salzburg, für den literarischen Meinungsdisput.

Bitte beachten Sie
die folgende Seite